BASTEI LÜBBE DIE KATASTROPHEN-THRILLER VON JON LAND IM TASCHENBUCH-PROGRAMM:

13 135 Das Omega-Kommando
13 148 Der Rat der Zehn
13 164 Im Labyrinth des Todes
13 169 Das Vortex-Fiasko
13 186 Die Lucifer-Direktive
13 199 Der Alabaster-Agent
13 223 Der Alpha-Verrat
13 252 Die achte Fanfare
13 303 Die Gamma-Option
13 344 Das Walhalla-Testament
13 377 Die Omnicron-Legion
13 410 Die neunte Gewalt
13 573 Der Tag Delphi
13 655 Die Rache des Tau
13 759 Die Verschwörung der Sieben
13 883 Das Disney-World-Komplott

Jon Land
DIE MAUERN VON JERICHO

Thriller

**Aus dem Amerikanischen
von Marcel Bieger**

BASTEI LÜBBE TASCHENBUCH
Band 14 140

Erste Auflage: September 1998
Zweite Auflage: Oktober 1998

© Copyright 1997 by Jon Land
All rights reserved
Deutsche Lizenzausgabe 1998 by
Bastei-Verlag Gustav H. Lübbe GmbH & Co.,
Bergisch Gladbach
Originaltitel: The Walls Of Jericho
Lektorat: Marco Schneiders
Umschlaggestaltung: QuadroGrafik, Bensberg
Satz: KCS GmbH, Buchholz / Hamburg
Druck und Verarbeitung:
Brodard & Taupin, La Flèche, Frankreich
Printed in France
ISBN 3-404-14140-7

Der Preis dieses Bandes versteht sich einschließlich der gesetzlichen Mehrwertsteuer

*Für meine Lehrer
in den Klassen 1–12.
Danke für die Grundlagen,
die mir ermöglicht haben,
dieses Werk und all die anderen
zu vollbringen.*

DANKSAGUNG

Diejenigen, die diese Seite in meinen Büchern jedesmal lesen, werden feststellen, daß bestimmte Namen regelmäßig auftauchen. Nun, das Buchgewerbe ist immer noch von Teamarbeit bestimmt, und ich bin in der glücklichen Lage, ein großartiges und sehr fleißiges Team hinter mir zu wissen. Den Quarterback in dieser Mannschaft spielt mein wunderbarer Agent Toni Mendez, dem Ann Maurer mit ihrem kreativen Genie den Rücken stärkt.

Natalia Aponate, meine Redakteurin beim Verlag Forge, und ich haben im Laufe unserer Zusammenarbeit festgestellt, daß es beim Bücherschreiben kein noch so großes Problem gibt, das nicht bei einem gemeinsamen Mittagessen geklärt werden könnte. Um ganz ehrlich zu sein, ein paar der kniffligsten Wendungen und Entwicklungen im vorliegenden Roman sind in einigen der besten Restaurants an der West Side geboren worden.

Tom Dohertys gesamtes Tor-/Forge-Team, das von Linda Quinton, Yolanda Rodriguez und Jennifer Marcus angeführt wird, lassen einen die Arbeit an einem Buch als persönliche Erfahrung und nicht als distanzierte Angelegenheit erleben.

Und wo wir gerade bei Persönlichkeiten sind, so will ich jetzt den Genies in meiner Umgebung danken, darunter vor allem Emery Pineo, John Signore und Alvin Fischer sowie Nancy und Moshe Aroche, Art und Martha Joukowsky und David Onik.

Schließlich möchte ich Blaine, Johnny und Sal danken, daß sie ein Abenteuer lang ausgesetzt haben, damit ich diesen Roman schreiben konnte.

Heimat ist ein Ort,
An dem man dich,
Wenn du dort anlangst,
Hereinlassen muß.

      Robert Frost
       ›The Death of the Hired Man‹

ERSTER TAG

Kapitel 1

»Was wissen Sie über die Morde, Inspektor?«

Ben Kamal bewegte sich verkrampft auf dem Stuhl, der dem Schreibtisch von Ghazi Sumaya gegenüberstand, dem Bürgermeister der uralten Stadt Jericho.

»Soviel wie jeder andere auch«, antwortete er und fragte sich immer noch, warum er eigentlich hier war.

»Und was weiß jeder?« bohrte der Bürgermeister nach.

»Daß im vergangenen Jahr sieben Menschen in der Westbank ermordet worden sind. Drei vor dem israelischen Rückzug, und vier danach. Der letzte Mord ist vor zehn Tagen hier in Jericho begangen worden.«

Sumaya beugte sich vor und wirkte jetzt hinter seinem gewaltigen Schreibtisch noch kleiner. »Dann würden Sie mir sicher zustimmen, daß wir es hier mit einem Serienmörder zu tun haben. Mit al-Diib, wie er genannt wird.«

»Der Wolf ... Vermutlich aus dem Grund, weil er seine Opfer zerfleischt und so verstümmelt, daß sie nicht mehr wiederzuerkennen sind.«

»Der Serienmörder, den Sie in Amerika erwischt haben, hatte doch auch einen Spitznamen, nicht wahr?«

»Ja, Sandmann«, nickte Ben.

»Und warum dieser Name?«

Kamal senkte den Blick. »Weil er ganze Familien im Schlaf umgebracht hat.«

»Bis Sie seinem Treiben ein Ende gesetzt haben.«

»Richtig.«

»Damit sind Sie so etwas wie ein Experte für Serienmörder.«

Ben hob den Kopf. Die Strahlen der frühen Morgensonne fielen durch die offene Jalousie, und er mußte blinzeln. Über ihm drehte sich langsam ein Deckenventilator, dessen Rotoren einen huschenden Schatten auf das Porträt von Jassir Arafat warfen, das direkt hinter dem Sessel des Bürgermeisters an der Wand hing.

»Ich habe einige Erfahrungen sammeln können, nicht mehr«, entgegnete Kamal.

Der Blick aus den tiefliegenden Augen Sumayas wandte sich beschwörend an Ben. »Erfahrung, mein lieber Inspektor, ist genau das, was wir hier brauchen. Ich habe gestern abend mit Präsident Arafat gesprochen. Israelische Stellen haben sich an ihn gewandt. Sie möchten uns bei den Ermittlungen unterstützen.«

Kamal riß die Augen weit auf. »Sie wollen uns unterstützen?«

»Ihr Angebot ist ehrlich gemeint, das kann ich Ihnen versichern. Ich habe heute morgen bereits mit ihrem Polizeisprecher verhandelt.«

»Haben Sie den Mann gefragt, was die Israelis sich davon erhoffen?« wollte Ben wissen.

»Vielleicht fürchten sie, dasselbe zu verlieren wie wir: den Frieden. Nun, wie dem auch sei, sie schicken einen Kriminalbeamten, der mit seinem palästinensischen Kollegen zusammenarbeiten soll. Wären Sie daran interessiert, dieser palästinensische Kollege zu sein?«

»Nein, Sir.«

Mit dieser Antwort hatte der Bürgermeister nicht gerechnet. »Vielleicht haben Sie mich nicht richtig verstanden. Ich biete Ihnen an, offiziell die Ermittlungen im Fall dieses Serienmörders zu leiten.«

»Ich habe Sie genau verstanden, und ich bin nicht daran interessiert. Nichts zu machen, tut mir leid.«

»Das ist wirklich schade.« Sumaya wirkte sehr betroffen, fast schon verletzt. »Sie wissen doch, daß ich mich immer hinter Sie gestellt habe, wenn alle anderen Ihren Kopf verlangten?«

»Wenn Sie mir diese Ermittlungen übertragen, wird man auch Ihren Kopf verlangen.«

»Einige tun das bereits, und mit jedem Tag werden es mehr.«

Der Bürgermeister erhob sich und kam um seinen Schreibtisch herum. Er trug einen olivgrünen Anzug, der nur einen Ton heller war als Bens Polizeiuniform. Der Mann war klein, aber Haltung und Bewegung ließen ihn größer erscheinen.

Sumaya hatte der Palästinenser-Delegation angehört, die die ursprüngliche Option ausgearbeitet hatte, nach der Jericho und der Gaza-Streifen zuerst befreit werden sollten. Er hatte zuvor in Frankreich studiert und war dann auf die Westbank zurückgekehrt, um hier die Entwicklungen chronologisch festzuhalten, in denen er dann plötzlich selbst eine Rolle spielte. Sein dunkles, leicht ergrautes Haar ging bereits zurück, was seine autoritäre Ausstrahlung nur noch unterstrich.

»Ben, wir verlieren unsere Glaubwürdigkeit«, fuhr der Bürgermeister fort. »Diese Mordserie ist zum Symbol unserer Ineffizienz geworden. Sie verleiht den Schwierigkeiten, vor denen wir ohnehin schon stehen, ein weltweites Forum, auf dem sich die Feinde des Friedens versammeln können.«

Sumaya trat ans Fenster, zog die Jalousien zu und sperrte damit die Sonne aus, die weiterhin das aus behauenem weißen Stein errichtete Gebäude an den Ausläufern von Jericho beschien, in dem der Hauptsitz der palästinensischen Selbstverwaltung untergebracht war. Das eigentliche Büro des Bürgermeisters befand sich im Rathaus in der Innenstadt von Jericho; doch als Mitglied des Palästinensischen Rates hielt er sich lieber hier auf.

»Die Friedensgespräche sollen offiziell nächste Woche wiederaufgenommen werden«, erklärte der Mann. »Sechs Monate ohne Dialog haben wir nun hinter uns, und endlich scheint der neue israelische Premierminister bereit zu sein, über die letzten Stufen des Rückzugs von der Westbank zu verhandeln.«

Sumaya schwieg für einen Moment und straffte dann seine Haltung, als wolle er salutieren. »Ein Jahr ist nun ohne ›aamaliyya‹ vergangen, ohne Operationen gegen Israel, und zu einem nicht unbeträchtlichen Teil ist es das Verdienst Ihrer Arbeit. Sie haben uns beigebracht, Inspektor, wie wir unsere eigenen Leute aufspüren und festnehmen können. Die Hamas ist so verängstigt, daß sie sich zur Zeit offiziell nicht rührt. Wir haben ihre Reihen infiltriert, ihre Streiks schon im Vorfeld zunichte gemacht und die Militanten unter ihnen ins Gefängnis geworfen. Deswegen haben sie sich auf diese Mordserie gestürzt, um die Glaubwürdigkeit der Menschen zu untergraben, mit denen wir so erfolgreich zusammengearbeitet haben.«

Der Bürgermeister setzte sich wieder hin, aber die Erregung blieb in seiner Stimme, als er kurz darauf fortfuhr: »Verstehen Sie, worauf ich hinauswill? *Ohne die Unterstützung unseres eigenen Volkes können wir keinen dauerhaften Frieden erringen!* Und die Morde haben uns diese Unterstützung genommen. Die Gespräche mit der israelischen Seite werden im Sande verlaufen, wenn sie überhaupt zustandekommen.«

»Und deswegen schicken die Israelis uns ihren Kripobeamten?«

»Wollen wir mal ganz ehrlich sein: Die Israelis trauen uns genausowenig wie wir ihnen. Was zwischen uns herrscht, kann bestenfalls als gegenseitiges Unverständnis bezeichnet werden. Also, ich habe mit dem Präsidenten gesprochen, und wir sind beide der Ansicht, daß Ihre Fähigkeiten und Erfahrung zu unserem Vorteil genutzt werden sollten.«

»Ich bin wohl kaum der geeignete Repräsentant unseres Volkes, Sidi«, entgegnete Kamal.

»Gut, ich verstehe Ihre Verbitterung darüber, wie man Sie hier in den vergangenen Wochen behandelt hat. Das Verhalten Ihrer Kollegen war unentschuldbar, und ich wünschte, ich hätte mehr tun können, um es gar nicht erst so weit kommen zu lassen.«

»Dennoch brauche ich ihre Mitarbeit, wie auch die der Zeugen oder der Angehörigen der Opfer. Wenn diese Leute regelmäßig Zeitung lesen, darf man wohl mit einigem Recht davon ausgehen, daß die von mir gewünschte Zusammenarbeit nicht zustande kommen wird. Und ganz gewiß nicht in den zehn Tagen, die uns noch bis zur offiziellen Wiederaufnahme der Friedensgespräche bleiben.«

»Aber wir müssen es versuchen. Unternehmen Sie irgend etwas, damit wir wenigstens unseren guten Willen unter Beweis stellen.«

»Und wenn ich damit scheitere, was haben wir dann vorzuweisen? Daß wir genauso unfähig sind, wenn wir mit den Israelis zusammenarbeiten, wie wenn wir alleine arbeiten? Ineffizient, inkompetent und schwach? Bürgermeister, Sie nehmen wirklich ein gewaltiges Risiko auf sich.«

»Das Risiko wäre noch größer, wenn wir nur die Hände in den Schoß legen würden, Inspektor. Wenn al-Diib bis Donnerstag nächster Woche immer noch frei herumläuft, fallen die Friedensgespräche garantiert ins Wasser, und alles, was die Selbstverwaltung aufzubauen versucht hat, bricht in sich zusammen. Verstehen Sie, Ben, wir haben nichts zu verlieren.«

»Mit anderen Worten, mir bleibt gar keine Wahl.«

»Ich hätte es nicht so dramatisch ausgedrückt, Ben.« Sumaya räusperte sich nervös. »Auf jeden Fall dürfen Sie sich meiner vollen Unterstützung sicher sein.«

»Und auch der von Commander Shaath?«

»Nun, ich weiß, daß Sie mit ihm einige Probleme hatten, seit ... seit dem Vorfall.«

»Nein, wir hatten auch vorher schon unsere Schwierigkeiten. Der ›Vorfall‹ hat alles nur noch weiter verschlimmert.«

»Er mag keine Ausländer.«

»Ich bin kein Ausländer, sondern hier geboren, genau wie er.«

»Aber Shaath ist nicht als Kind nach Amerika ausgewandert.«

»Das war die Entscheidung meiner Eltern. Ebenso wie es die meine war, wieder hierher zurückzukehren.«

»So wie es Ihr Vater schon vor Ihnen getan hat. Habe ich Ihnen eigentlich schon mal erzählt, daß ich ihn gekannt habe?«

»Sie haben es einmal erwähnt.«

»Ihr Vater war ein Held«, erinnerte sich Sumaya mit leiser Stimme. »Ich bin ihm 1967 begegnet, kurz nach dem Ende des Sechstage-Krieges. Er meinte, ich sei zu jung, um helfen zu können, und ich solle auf eine spätere Gelegenheit warten.«

Seine Stimme erstarb, und erst nach einem Moment des Schweigens fuhr er fort: »Ich nehme an, er wußte damals schon, daß meine Zeit kommen würde.«

»Ich war sieben Jahre alt, als er weggegangen ist. Er hat mir nichts darüber gesagt.«

»An dem Tag, an dem er getötet wurde, habe ich geweint. Wir haben ihn auf dem Heldenfriedhof bestattet.«

»Meine Familie hat erst Wochen später von seinem Tod erfahren. Die Israelis wollten seinen Leichnam nicht nach Amerika schicken.«

»Was glauben Sie, wie er sich freuen würde, wenn er wüßte, daß Sie ihm gefolgt sind, um in seine Fußstapfen zu treten?«

»Ich fürchte, er würde mir sagen, daß ich einen Riesenfehler begangen hätte.«

»Wie kommen Sie denn darauf?«

»Weil er einen Ort hatte, an den er zurückkehren konnte.«

»Und Sie ...«

»Ich habe nur gedacht, einen solchen Ort zu besitzen.«

Der Bürgermeister glaubte, endlich den Punkt gefunden zu haben, mit dem Ben sich verpflichten ließe. »Aber begreifen Sie denn nicht? Sie haben jetzt diesen Ort, diese Gelegenheit vor sich. Sie müssen sie nur wahrnehmen!«

»Trotzdem würde ich lieber die Finger davon lassen.«

Sumaya wurde ernst. »Ihnen ist doch hoffentlich klar, daß ich hier unter erheblichem Druck stehe.«

»Wegen der Serienmorde ...«

»Und wegen Ihres besonderen Status'. Ich habe mir für Sie ein Bein ausgerissen, Inspektor.«

»Dafür bin ich Ihnen auch sehr dankbar.«

»Dann helfen Sie mir jetzt«, drängte der Bürgermeister. »Der israelische Beamte wird heute um fünfzehn Uhr hier erscheinen. Was soll ich ihm sagen?«

»Daß ich noch etwas Zeit zum Nachdenken brauche.«

»Wir haben aber keine Zeit mehr.« Sumaya richtete sich in seinem Sessel auf, stützte sich auf den Schreibtisch und wirkte sehr ernst: »Wissen Sie, Inspektor, heute morgen ist in Jericho die achte Leiche gefunden worden.«

Kapitel 2

»Danielle!« wiederholte die Stimme. »Können sie mich hören, Danielle?«

Um keine Aufmerksamkeit zu erregen, wartete Danielle Barnea, bis sie sich weit genug von der Menge auf dem Haganah-Platz entfernt hatte, um ihrem Vorgesetzten,

Dov Levy, auf seinen gereizten Funkruf antworten zu können. »Ich bin noch da und befinde mich in Position.«
»Was ist vorgefallen? Wo haben Sie gesteckt?«
»Ich habe nur versucht, kein Aufsehen zu erregen.«
»Der Lastwagen ist gerade auf den Marktplatz eingebogen und nähert sich dem Warenhaus.«

Danielle blickte über die Straße auf den Mann, der unter der ottomanischen Standuhr wartete und den sie schon seit einer Stunde beobachtete.

»Atturi rührt sich noch nicht. Wahrscheinlich wartet er auf den richtigen Augenblick«, meldete Danielle. »Moment, jetzt setzt er sich in Bewegung.«
»In welche Richtung?«
»Nach Osten ... in die Yefet-Straße.«
»Wunderbar!« rief ihr Einsatzleiter. »Endlich haben wir diesen Schweinehund am Kanthaken!«

Danielle wartete, bis der Mann einen gewissen Vorsprung gewonnen hatte, ehe sie ihm folgte. Bislang hatte Atturi sich nicht anmerken lassen, von der Observation etwas bemerkt zu haben, unter der er stand. Barnea wollte jedoch kein Risiko eingehen.

Sie war zum Shin Bet, dem israelischen Äquivalent des amerikanischen FBI, versetzt worden, nachdem man sie als jüngste Frau in der israelischen Geschichte in den Rang eines Chefinspektors der Polizei befördert hatte. Das hatte seinerzeit für einigen Medienwirbel gesorgt, nicht nur weil Danielle damit ein außerordentlicher Karrieresprung ermöglicht worden war, sondern auch aufgrund der Umstände, die dazu geführt hatten.

Barnea hatte an jenem bedeutsamen Tag dienstfrei gehabt, als sie plötzlich auf der Straße Ahmed Fatuk identifizierte, der seit über zehn Jahren wegen mutmaßlicher terroristischer Gewaltakte gesucht wurde. Der Mann hatte in Jerusalem eine Bäckerei betreten. Danielle wußte, daß er längst über alle Berge sein würde, bis sie Verstärkung gerufen hätte. Deshalb lauerte sie ihm neben der Bäckerei auf, und als er wieder herauskam, hielt sie ihm die Mündung ihrer Pistole an den Hinterkopf. Fatuk war mit mehreren Tüten bepackt, er hatte keine Hand frei, und so blieb ihm nichts anderes übrig, als sich zu ergeben.

Eine Woche später wurde der Mann ins Untersuchungsgefängnis Ansar 3 gesperrt, wo er auf seinen Prozeß wartete.

In derselben Woche war Danielle dem Shin Bet empfohlen und dorthin versetzt worden.

In den Jahren seit der Ermordung von Ministerpräsident Rabin hatte sich dieser Dienst erheblichem Druck ausgesetzt gesehen, und seine Reihen waren quer durch die Hierarchie gelichtet worden. Als Folge davon standen Posten vor allem im gehobenen Außendienst offen, die früher für normale Beamte unerreichbar gewesen waren. Die Leitung des Shin Bet suchte in Armee und Polizei nach geeigneten Mitarbeitern, um die Lücken wieder zu schließen.

Niemand schien auch nur einen Gedanken daran zu verschwenden, ob Danielle diesen Posten überhaupt haben wollte – warum auch? Schließlich hatte noch keiner eine so prestigeträchtige Position abgelehnt, bei der einem alle Möglichkeiten offenstanden.

Doch genau das war Danielles Problem. Niemand fragte sie, ob ihr dieser Job zusagte, und was sie eigentlich an dem Tag, als sie Ahmed Fatuk verhaften konnte, nach Jerusalem geführt hatte. Die Ereignisse hatten es gefügt, daß aus ihr eine Heldin geworden war. Dabei hatte sie sich einen Tag vor der Verhaftung fest dazu entschlossen, einen anderen Weg einzuschlagen.

Die Ermittlungen gegen Ismail Atturi, einen Araber, der im Verdacht stand, in den Schmuggel von Waren zur Westbank und nach Gaza verwickelt zu sein, waren bereits im vollen Gange, als Danielle zum Shin Bet stieß, obwohl zu jenem Zeitpunkt noch nichts Konkretes zutage gefördert worden war.

Weder der Dienst noch die Polizei hatten es bislang vermocht, eine direkte Verbindung zum Schmuggel nachzuweisen. Durch einen Informanten war man jedoch davon in Kenntnis gesetzt, daß heute eine Ladung zu einem Lagerhaus in der Nähe des berühmten Flohmarkts von Jaffa angeliefert werden sollte.

»Der Laster hält in diesem Moment vor einem der Läden am Marktplatz«, informierte Einsatzleiter Levy seine Untergebenen. »Ich halte Sie weiter auf dem laufenden.«

Danielle folgte Atturi, der in seiner weiten, cremefarbenen Leinenhose und einem dazu passenden Hemd leicht auszumachen war, die Yefet-Straße hinunter. Er bog nach links in die Oley Tsiyon ab und bewegte sich auf das Zentrum des Marktplatzes zu. Um zwischen den vielen Touristen, die sich um diese Jahreszeit in Jericho aufhielten, nicht aufzufallen, hatte die Agentin sich leichte Sommerkleidung angezogen: eine luftige Hose und eine weite Bluse, unter der das Pistolenholster nicht zu erkennen war, das sie am Hosenbund trug.

Eine Aktion wie diese verlangte von ihr, die Beretta griffbereit bei sich zu tragen. Aber der Erfinder dieses Holsters schien sich keine Gedanken darüber gemacht zu haben, wie schmerzlich es nach einer Weile gegen die Hüfte preßte – ganz zu schweigen von der Ausbeulung am Hosenbund, die man, wenn überhaupt, nur durch eine übergroße Bluse verdecken konnte.

Danielle lauschte dem Geschrei der Händler, die von Ständen, Wagen oder Läden in den Häuserfronten rund um den Marktplatz ihre diversen Waren anpriesen. Die Kleinhändler und Geschäftsinhaber überboten sich gegenseitig darin, ihre Angebote und Sonderpreise bekanntzumachen. Alle, bis auf die Touristen, wußten, daß man hier keine wirklichen Qualitätsprodukte erwerben konnte, was dem Ringen der Händler um Platz und Kunden aber nicht den geringsten Abbruch tat.

»Ich betrete jetzt den Markt«, meldete die Agentin,

»und kann den Verdächtigen noch deutlich ausmachen.«
Der intensive Geruch von frisch gefangenem Fisch drang ihr in die Nase, der offizielle Willkommensgruß des berühmten Flohmarkts in der Altstadt von Jaffa.

»Sie müßten jetzt gleich auf Agent Tice treffen«, teilte Levy ihr mit. »Sobald er die Verfolgung übernimmt, ziehen Sie sich zurück.«

Joshua Tice war einer der Top-Agenten des Shin Bet, und Danielle konnte sich glücklich schätzen, ihm in den ersten Monaten ihres Dienstes zugeteilt worden zu sein. Dieser ernste, humorlose Mann arbeitete so lange, wie man ihn ließ, und schien sonst wenig vom Leben zu verlangen. Erwartete sie in den nächsten zehn Jahren eine ähnliche Arbeitsmoral? Wann immer Danielle daran denken mußte, überkam sie ein Zittern.

Ein Stück voraus passierte Atturi gerade eine Ansammlung von Orientteppichen, die auf Wagendächern und Markisen ausgebreitet lagen. Er ignorierte die Aufforderungen und Bitten des Händlers, doch näherzutreten und sich die fein verarbeitete Seide und Wolle anzusehen.

Die Agentin folgte ihm weiter und hatte für die endlosen Reihen von Ständen kaum mehr als einen flüchtigen Blick übrig. Ein Händler versuchte, ihr im Vorübergehen eine grellbunte Halskette überzuwerfen, und sie hatte die größte Mühe damit, ihm das Stück zurückzugeben, ohne gleich einen größeren Auflauf zu provozieren.

Mittlerweile überquerte Atturi die Straße und näherte sich einer Reihe von Miniaturwarenhäusern, die vornehmlich uralte und teilweise schon verrostete Maschinen und Haushaltsgeräte anboten. Die unverschämt hohen Zölle, mit denen die israelische Regierung solche Waren im fabrikneuen Zustand belegte, hatten eine große Nachfrage nach reparierten und gebrauchten Fernsehgeräten, Kühlschränken und ähnlichem erzeugt, ganz gleich in welchem Zustand sie sich bereits befanden.

Die Gebäude hier am Platz glichen den feilgebotenen

Waren. Das alte Jaffa war eine Stadt, die in ihrer langen Vergangenheit versank. Die alten Gebäudestrukturen waren nie erneuert, modernisiert oder auch nur ausgebessert worden. Zerrissene und ausgefranste Markisen flatterten über den Köpfen der Händler, die noch um den letzten Schekel feilschten. Die Häuser waren in ihrer überwiegenden Mehrheit aus Stein gebaut, der im Lauf der Jahrhunderte grau bis schwarz angelaufen war, und über dem Ganzen lag ein merkwürdiger Geruch, den Danielle nie vergessen hatte, seit ihr Vater sie als kleines Mädchen zum ersten Mal hierher mitgenommen hatte.

Sie wendete den Blick lange genug von Atturi, um den Lastwagen zu bemerken, der rückwärts in eine Hauseinfahrt gesetzt hatte. Das Haus wirkte genauso mitgenommen wie die Waren, die dort auslagen.

Wenn der Spitzel sie nicht falsch informiert hatte, mußte das der betreffende Transporter sein, mit dem Atturi gestohlenes Gut zur Westbank schaffen wollte. Eine dieser sonderbaren Dividenden, die der Friede manchen eingebracht hatte. Danielle sah die gelben israelischen Nummernschilder – ohne Zweifel gefälscht –, die dem Fahrer an allen Checkpoints auf der Westbank freies Durchkommen garantierten. Als Besitzer israelischer Kennzeichen mußte er auch nicht befürchten, daß sein Wagen durchsucht und er selbst festgenommen würde.

Als die Agentin wieder nach dem Gesuchten Ausschau hielt, entdeckte sie, daß Tice schon sechzig Schritte vor ihr die Verfolgung des Mannes aufgenommen hatte.

»Alles klar, Agentin Barnea«, schnarrte der Einsatzleiter. »Sie ziehen sich zurück, bleiben aber einsatzbereit. Rühren Sie sich erst, wenn ich den anderen Teams das Zeichen zum Losschlagen gebe.«

»Verstanden«, bestätigte Danielle, behielt aber den Verdächtigen im Auge, während dieser quer über die Straße lief und offensichtlich das betreffende Gebäude ansteuerte. Tice folgte ihm in großem Abstand.

Der Top-Agent wurde jedoch aufgehalten, weil vor ihm einige Fahrzeuge die Straße am Marktplatz blockierten. An dieser Stelle konnte Tice die Fahrbahn unmöglich überqueren.

Danielle schlenderte weiter auf das Haus zu, während sie die Menge nicht aus den Augen ließ. Plötzlich fielen ihr vier Männer auf, die das gleiche Ziel zu haben schienen. Trotz der mörderischen Hitze trugen sie Jacketts, und ihre Bewegungen waren ungewöhnlich steif. Ganz offensichtlich hatten sie nicht vor, hier zu feilschen oder ein Schnäppchen zu machen.

Joshua Tice bemerkte das Quartett nicht. Seine ganze Aufmerksamkeit galt Atturi, der nur noch wenige Schritte von dem Lastwagen entfernt war.

Die Agentin erkannte nun, daß die vier es nicht auf ihren Kollegen abgesehen hatten, denn auch sie liefen auf den Transporter zu und ließen dabei den Araber nicht aus den Augen. Sie spürte, wie ihr Herz schneller schlug, und zwang sich zur Ruhe.

»Rot«, gab sie über ihr für Außenstehende unsichtbares Mikrophon durch – das Codewort für drohende Gefahr.

Danielle konnte die anderen Agenten nicht sehen, die hier überall verteilt standen, wußte aber, daß sie sich schon in Bewegung gesetzt haben mußten, um die Positionen einzunehmen, die der Einsatzleiter ihnen zugewiesen hatte.

Tice hielt eine Hand hinters Ohr, lauschte, verlangsamte seine Schritte und sah sich verwirrt nach allen Seiten um.

Die Agentin schob sich nun rascher durch die Menge auf ihn zu und versuchte, die vier Jacketträger nicht aus den Augen zu verlieren. Drei von ihnen entdeckte sie wenig später. Sie hielten die Rechte an der Seite, liefen weiter und machten sich offensichtlich für etwas bereit.

Danielle stieß ein paar Umstehende rüde beiseite und zog ihre 9mm-Beretta. Vierzig Schritt vor ihr stand Tice. In der gesenkten Hand befand sich seine Dienstwaffe – ebenfalls eine Beretta. Die Masse der Händler und Käufer verdeckte ihm die Sicht auf das Quartett.

Jemand prallte von hinten gegen Danielle, und ein Fußball traf ihre Wade, flog weiter, streifte einen Kotflügel und rollte direkt auf den Araber zu.

Zwei der Jackettträger zückten ihre Pistolen. Ein dritter zog ein Schrotgewehr mit abgesägtem Lauf aus der Jacke und richtete es auf Atturis Rücken.

Tice drehte sich, machte einen Schritt zurück, um den Ball zu treten, und gelangte damit zwischen das Gewehr und Atturi.

Danielle bemerkte aus dem Augenwinkel einen Jungen, der seinen Ball zurückholen wollte und auf den Top-Agenten zulief. In diesem Moment verdrängte ihr Instinkt alle Logik. Danielle zog ihren Revolver und krümmte den Zeigefinger. Der Knall hallte in ihrem Kopf wider. Dann drückte sie noch mehrere Male ab.

Eine Kugel traf den Mann mit dem Schrotgewehr in die Schulter, und er drehte sich um die eigene Achse. Seine Waffe ging im selben Moment los, verfehlte aber den Jungen, der erschrocken auf halbem Weg stehengeblieben war.

Danielle sah, daß Tice am ganzen Körper zuckte, die Hände vors Gesicht hielt und dann zusammenbrach. Die Beretta war ihm längst aus den Fingern entglitten. Jetzt feuerten die Jackettträger. Ihre Kugeln trafen Atturi und warfen ihn gegen den Laster. Blut spritzte über die Motorhaube und auf die Windschutzscheibe.

Danielle konnte sich nur mit Mühe einen Weg durch die in Panik geratene Menge bahnen.

Sie nahm ihre Gegner unter Beschuß und eilte dann zu Tice, der auf der Straße lag und sich vor Schmerzen wand. Auf dem Weg dorthin sah sie den Jungen, der noch immer an seinem Platz stand und ein hervorragendes Ziel abgab. Danielle warf ihn zu Boden und feuerte erneut auf Atturis Mörder.

Der vierte Mann! Wo ist der vierte aus dem Quartett abgeblieben?

Im selben Moment, als ihr bewußt wurde, daß sie ihn verloren hatte, ertönte das vertraute Stottern einer Maschinenpistole. Danielle warf sich nach rechts, und von dort hörte sie auch schrille Schreie.

Der vierte Mann versuchte zu fliehen und feuerte dabei auf alles, was ihm in den Weg kam. Seine Kugeln mähten einige Marktbesucher nieder, die unglücklicherweise zwischen ihn und Danielle geraten waren.

Bevor sie ihre Beretta auf ihn richten konnte, eilten drei weitere Agenten des Shin Bet herbei. Einer sprang auf eine Motorhaube, ein anderer ging hinter einem Gemüsekarren in Stellung. Im nächsten Moment stürzte der Attentäter von Kugeln durchsiebt zu Boden.

Danielle tauschte ihr leeres Magazin gegen ein neues aus.

Das Aufdröhnen eines Motors ließ sie herumfahren. Sie sah den dritten der Jackettträger am Boden, während der vierte auf sie zu taumelte. Aus seiner linken Schulter sickerte Blut, und in der Rechten hielt er zitternd eine Pistole.

»*Suka!*« schrie er plötzlich, während er verzweifelt versuchte, die Pistole geradezuhalten.

Die Agentin warf sich noch rechtzeitig hinter einen Wagen, bevor dessen Seitenscheibe explodierte. Vorsichtig spähte sie über das Chassis und sah, wie der Lastwagen aus der Einfahrt fuhr. Mit einem häßlichen Knirschen löste er sich schließlich aus dem zu schmalen Gemäuer, mähte einige Stände nieder, erfaßte den letzten des Quartetts und schleuderte ihn zur Seite.

Danielle bemerkte, wie die altersschwachen Scheibenwischer des Transporters vergeblich versuchten, die Reste von Atturis Gehirnmasse vom Sichtfenster zu kratzen.

Der Wagen schob einige Autos beiseite und drückte sie

gegen das Fahrzeug, hinter dem die Agentin sich in Deckung gebracht hatte – sie saß in der Falle.

Der Laster kam immer näher und versprühte wie ein Drache seinen heißen, nach Benzin stinkenden Atem. Danielle blieb nichts anderes übrig, als den Fahrer ins Visier zu nehmen und abzudrücken. Spinnweben zogen sich rund um drei Einschußlöcher über das Glas, und die Fahrerkabine war voller Blut. Im letzten Moment, ehe er Danielle zerquetschen konnte, brach der Transporter nach links aus, krachte in eine Reihe geparkter Autos und kam mit laut tönender Hupe zum Stehen.

Die Agentin befreite sich aus dem verbogenen Metall, das sie umgab, und rannte hinter vier anderen Agenten her, die von ihrem Vorgesetzten Levy angeführt wurden.

Zwei weitere Kollegen waren schon bei Joshua Tice. Während der eine ihn beruhigte, drückte der andere ein Taschentuch an sein Gesicht.

Dutzende Waffen richteten sich mittlerweile auf das Heck des Lastwagens. Levy nickte einem seiner Männer zu. Der Agent kletterte auf den Wagen und zog die Plane hoch. Alle anderen richteten augenblicklich ihre Pistolen auf die Ladefläche.

»Kühlschränke!« hörte Danielle den Agenten auf dem Laster rufen. »Verdammte Kühlschränke!«

»Wie bitte?« rief ein anderer, der jetzt zu ihm hochstieg.

Er zog an der Tür des ersten Geräts, doch so leicht ließ sich diese nicht öffnen. Endlich zerrte er mit beiden Händen daran.

Eine Kiste fiel heraus, krachte auf den Boden und barst auseinander. Automatische Gewehre, vor allem amerikanische M 16 und israelische Gallis, flogen auf die Straße und klapperten über den Asphalt.

»*Elohim!*« rief einer der beiden Agenten.

»Heilige Scheiße!« sagte der zweite im selben Moment.

Er hatte Englisch gesprochen, und das rief Danielle ins

Gedächtnis zurück, was der letzte der vier Attentäter ihr entgegengeschleudert hatte:
Hure hatte er gerufen, und das auf Russisch.

Kapitel 3

Als Ben den Sitz der Palästinensischen Autonomieverwaltung verließ, wartete bereits Omar Shaath, der Polizeichef von Jericho, hinter dem Steuer eines uralten Peugeot auf ihn. Seine dicken Finger umklammerten das Lenkrad so fest, als wollten sie den Lederbezug zerdrücken.

Ben zweifelte nicht daran, daß Shaath dazu in der Lage wäre. Er war ein Bär von einem Mann, hatte dichtes schwarzes Haar, einen buschigen Schnurrbart und wirkte meist unrasiert. Eine schwarze Klappe verdeckte sein rechtes Auge, das er vor einigen Jahren während der Intifada durch eine israelische Gewehrkugel verloren hatte. Im Gegensatz zu den meisten höhergestellten Polizeioffizieren in der Westbank und im Gaza-Streifen entstammte Shaath nicht den Reihen palästinensischer Guerillas aus anderen Nationen, sondern war in der Stadt Hebron geboren und aufgewachsen. Als Al-Fatah-Aktivist hatte er in Ägypten eine besondere Ausbildung erhalten, die ihn auf seinen jetzigen Führungsposten vorbereitet hatte.

Der Polizeichef drehte sich nicht um, als Ben einstieg und hinter sich die Tür zuzog.

»Guten Morgen«, grüßte Kamal vorsichtig, nachdem Shaath den Wagen gestartet und in den Verkehr eingefädelt hatte.

Er erhielt nur ein Grunzen zur Antwort. Erst Minuten später, als sie auf der Jaffa-Straße fuhren, wurde der Polizeichef etwas gesprächiger. »Der Bürgermeister ist ein Narr, so etwas zu versuchen.«

»Meinen Sie die Tatsache, daß er mich eingestellt hat oder daß er mit den Israelis zusammenarbeiten will?«

»Das können Sie sich selbst aussuchen. Er glaubt, Sie seien besser als wir alle, und hält auch die Israelis für effektiver als unsere Truppe.«

»Er ist lediglich der Ansicht, ich würde über größere Erfahrung verfügen, ebenso wie die Israelis, und damit hat er absolut recht.«

»Niemand will mehr mit Ihnen zusammenarbeiten. Und keiner wird Ihnen oder *denen* ein Wort sagen. Sie können gleich wieder nach Hause fahren.«

»Vielen Dank für das Vertrauen, das Sie in mich setzen.«

»Sie haben es sich ehrlich verdient.«

Ben wußte, worauf der Mann anspielte. Kamal war vor vier Monaten auf Streife unterwegs gewesen, als er die Meldung erhielt, Kinder hätten auf dem Weg zur Schule in einem Straßengraben die Leiche eines Mannes entdeckt. Ben hatte sich damals gleich auf den Weg gemacht und mußte am Tatort nicht erst auf den Gerichtsmediziner warten, um zu erkennen, daß das Opfer vor der Ermordung gefoltert worden war. Die Mörder hatten ihm mit einer Messerspitze ein Wort in die Stirn geritzt:

Ameel – Kollaborateur.

Der Tote konnte als Taxifahrer identifiziert werden, der die populäre Jerusalem-Route befahren hatte. Als solcher mußte er natürlich die meisten der israelischen Soldaten an den Checkpoints mit Namen gekannt haben. In schwierigen Zeiten wie diesen lief man Gefahr, daß Cleverness und Geschäftstüchtigkeit als Zusammenarbeit mit dem Feind betrachtet wurden.

Seit die Israelis sich immer stärker von der Westbank zurückzogen, hielt sich hartnäckig das Gerücht, sie wollten eine ganze Armee von Spitzeln aufbauen, die in dem ehemaligen besetzten Gebiet tätig werden sollte. Die Mörder des Taxifahrers hatten offensichtlich ein Exempel statuieren und eine Warnung für andere zurücklassen wollen – ob das im Fall des Opfers nun gerechtfertigt war oder nicht.

Wie so oft hätte Ben die Mörder vermutlich nie aufgespürt, wenn nicht drei palästinensische Polizisten überall damit angegeben hätten, einen Verräter hingerichtet zu haben. Kamal begab sich in Begleitung einer Streife zu dem Trio und nahm es auf offener Straße fest, ohne vorher Shaath oder den Bürgermeister konsultiert zu haben.

Seine Ermittlungen ergaben, daß es sich bei dem Taxifahrer keinesfalls um einen Kollaborateur gehandelt hatte. Und selbst wenn er ein Verräter gewesen wäre, hätte das den drei Polizisten noch lange nicht das Recht gegeben, ihn derart zu mißhandeln. Wie diese drei, statuierte jetzt auch Kamal ein Exempel.

Doch der Schuß ging nach hinten los.

Die palästinensischen Polizisten, die ihn vorher schon mißtrauisch beäugt und abgelehnt hatten, nahmen die Verhaftung ihrer drei Kollegen zum Anlaß, Bens Befehle nicht mehr zu befolgen.

Kamal war nach Palästina zurückgekehrt, um die hiesige Polizeitruppe zu modernisieren, der es an allen Ermittlungstechniken und -kenntnissen mangelte. Er wollte aus den besten und hellsten Köpfen, die die Westbank zu bieten hatte, fähige und intelligente Kriminalbeamte schaffen.

Dummerweise hatte ihm sein eigener Diensteifer einen dicken Strich durch die Rechnung gemacht.

Der Bürgermeister mußte sich dem Volkszorn beugen und erklärte Ben, es läge im Interesse seiner eigenen Sicherheit, wenn er seine Vorschläge in Zukunft nur noch in schriftlicher Form vorbringen würde. Jeder direkte Kontakt mit den Beamten, mit deren Ausbildung er vorher betraut gewesen war, wurde ihm nun ohne ausdrückliche Genehmigung untersagt. Da sich Ben in Palästina ein neues Leben aufbauen wollte, konnte er nur hoffen, daß irgendwann Gras über die Sache wachsen und es dann aufwärts mit ihm gehen würde.

Aber anscheinend war er in dieser Hinsicht zu optimistisch gewesen.

Shaath hatte damals getobt, und sein Zorn war auch heute noch spürbar, als er im Schneckentempo durch Jerichos Straßen kurvte und ständig die Hupe betätigte, um die wachsende Menge zu verscheuchen, die sich in der Nähe des Wochenmarktes versammelte, wo die Gerüche von frischen Feldfrüchten die Luft erfüllen würden, sobald die Ladeninhaber ihre Geschäfte öffneten.

Ben wußte, daß er rasch vorgehen mußte, weil sonst der ganze Tatort überfüllt sein würde – wenn das nicht schon längst geschehen war.

Schließlich drängten sich die Menschen so eng aneinander, daß Shaath den Wagen einen halben Häuserblock von der Gasse entfernt anhielt, in der die jüngste Leiche aufgefunden worden war.

»Dann machen Sie sich mal an die Arbeit, Inspektor.«

»Kommen Sie denn nicht mit?«

»Ich bleibe besser im Wagen. Außerdem ist das ja nun Ihr Fall, oder?«

Kamal stieß die Beifahrertür auf, trat hinaus auf die Straße und zog sein Barett gerade. Seine grüne Polizeiuniform und der Pistolengurt waren ihm recht behilflich, durch die Umstehenden zu gelangen. Einige erkannten ihn, denn sie hatten sein Foto in den Zeitungen gesehen. Manche von ihnen zeigten mit dem Finger auf ihn.

»*Kha'in*!« hörte er jemanden schreien und ihm den Namen des biblischen Brudermörders geben. Auch andere beschimpften ihn, und ihren Stimmen war deutlich der Haß anzumerken. Kamal achtete darauf, niemandem von ihnen in die Augen zu sehen, weil das nur eine offene Konfrontation ausgelöst hätte.

Einmal glaubte er, in der Menge ein bekanntes Gesicht zu entdecken, aber als er erneut hinsah, war es verschwunden. So drängte er weiter nach vorn, um endlich an den Tatort zu gelangen.

Zu seinem Glück wagten sich die Neugierigen und Sensationssüchtigen nicht in die Gasse. Der Tote lag an ihrem Eingang, und sein Blut schien wie Tentakel nach den Sonnenstrahlen auf der Jaffa-Straße zu greifen.

Ben sah ihn, sobald er die Menge hinter sich gebracht und in das abgesperrte Geviert getreten war.

Drei Polizisten hielten hier Wache, und ihre Gespräche verstummten sofort, als sie den Inspektor erkannten. Obwohl er ihr Vorgesetzter war, entbot ihm niemand einen Gruß. Kamal sah ihnen an, daß man sie vorgewarnt hatte. So nickte er ihnen nur kurz zu und begab sich gleich zu dem massigen Mann, der sich gerade über die Leiche beugte.

»Guten Morgen, Doktor.«

Bassim al-Shaer, der Gerichtsmediziner von Jericho, befand sich halb in und halb außerhalb der Gasse, während er interessiert die Leiche studierte. Als Ben ihn ansprach, riß er seinen Kopf hoch und zeigte eine ebenso erschrockene wie empörte Miene.

»Was wollen Sie denn hier?«

»Mir ist der Fall übertragen worden.«

Der fette Mann verdrehte die Augen. »Dann sollte ich mich wohl besser beeilen. Ich würde ungern eine der Kugeln abbekommen, die für Sie bestimmt sind.«

»Ich fürchte, es bedarf mehr als nur einer Kugel, um Sie zur Eile anzuspornen, Doktor.«

Al-Shaer grinste und wandte sich wieder dem Toten zu. Für Kamal sah der Mediziner immer so aus, als trüge er die Sachen, die er gestern schon angehabt hatte. Heute hing ein verknitterter khakifarbener Anzug formlos über seinem massigen Körper. Eine Kamera mit einem Fünfunddreißig-Millimeter-Objektiv baumelte an einem Riemen von seinem Hals.

»Wie lange sind Sie schon hier?«

»Zu lange«, antwortete al-Shaer knapp. Er legte beide Hände an die Kamera, drückte aber nicht ab.

»Lange genug, um die Todesursache herauszufinden?«

Ohne in seiner Untersuchung innezuhalten, entgegnete der Arzt: »Erstochen. Mehrere Stiche.«

Er setzte die Kamera an, stellte die Brennweite ein und machte zwei Bilder.

»Al-Diib?«

Die Kamera prallte gegen die breite Brust des Mannes. Er versuchte, einen Rülpser zu unterdrücken, scheiterte aber, wie an dem Geruch von billigem Tee deutlich wurde. Dann trat er einen Schritt aus der Gasse und suchte nach dem richtigen Winkel für weitere Aufnahmen.

»Sehen Sie doch selbst nach.«

Ben beugte sich über die Leiche, die auf der linken Seite lag. Das eine Bein war ausgestreckt, das andere zusammengeknickt, so daß die Ferse den Hintern berührte. Die rechte Schulter stand hoch, und der rechte Arm war nach hinten gedreht, als habe der Mann sich am Rücken kratzen wollen. Der Hals war so geknickt, daß der Ermordete mit seinem schlaff herabhängenden Kopf in die Gasse starren konnte, wie es ihm zu Lebzeiten unmöglich gewesen wäre.

Dieser verdrehte Winkel, in dem der Schädel dalag, und die Schatten, die darüber standen, ersparten Ben den Blick auf das Gesicht der Leiche. Doch dann beugte er sich tiefer und kam dem Antlitz näher. Was er zu sehen bekam, raubte ihm den Atem. Die Züge des Toten waren nicht nur zerschnitten, sondern regelrecht zerfetzt worden. Ein Auge war aus seiner Höhle gerissen, das andere von getrocknetem Blut bedeckt.

Genau wie bei den anderen sieben ...

Damit war es in der Westbank zu fünf Morden in fünf Monaten gekommen. Die beiden letzten hatten sich in Jericho ereignet.

Ben richtete sich wieder auf.

»Ich brauche einen detaillierten Bericht über den Zustand des Gesichts«, teilte er al-Shaer mit.

Der Arzt schnaubte. »Das können Sie sich doch selbst alles ganz genau ansehen, oder?« Seine Miene verfinsterte sich, und etliche Fleischpartien in seinem feisten Antlitz traten deutlicher hervor. »Kein Zweifel, der Wolf, was?«

»Ich muß vollkommen sicher sein, ehe ich weitermachen kann. Mit anderen Worten, ich will diese Leiche mit den anderen vergleichen, um mit Bestimmtheit sagen zu können, daß wir es in allen Fällen mit ein und demselben Killer zu tun haben.«

»Deren Gesichter sind auf die gleiche Weise zugerichtet worden. Reicht Ihnen das nicht? Sie haben die hiesigen Spielregeln noch immer nicht begriffen, nicht wahr? Ich will Ihnen mal was sagen: Im Grunde interessiert es mich einen Scheißdreck, ob Sie sich hier jemals anpassen können oder nicht, aber wenn meine Arbeit davon betroffen wird, bleibt mir keine andere Wahl, als mich Ihren Wünschen zu fügen.«

»Ganz recht, Ihnen bleibt keine andere Wahl.«

Al-Shaer nahm die Kamera wieder zwischen seine Hände, in denen sie beinahe verschwand. Während er weitere Fotos schoß, fragte er: »Was haben Sie hier eigentlich verloren?«

»Das habe ich doch gerade gesagt, der Fall ist mir übertragen worden.«

»Nein, ich wollte wissen, warum Sie immer noch hier sind, in Jericho, in Palästina.«

Kamal sah den Gerichtsmediziner nicht an, sondern hielt den Blick weiterhin auf die Leiche gerichtet. »Wie lange ist er schon tot?«

»Ein paar Stunden. Ich würde auf acht tippen, vielleicht sogar neun. Also etwa seit Mitternacht.«

»Und Sie sind sicher, daß der Tod durch diese Messerstiche herbeigeführt wurde?«

Der Arzt lief um die Leiche herum und nahm sie aus verschiedenen Winkeln auf. »So sicher, wie ich mir in diesem Stadium der Untersuchung sein kann.«

»Sie haben doch bestimmt die Klopfer verständigt, oder?« Ben meinte den Lieferwagen, mit dem die Leichen fortgeschafft wurden. Der Name rührte von der Zeit her, in der die zwei Brüder, denen der Wagen gehörte, als Teppichreiniger gearbeitet hatten. Später hatte man den Lieferwagen zu einem Leichenwagen umgebaut, der vornehmlich Gewaltopfer fortschaffte – und er wurde immer noch von denselben Brüdern gefahren.

»Sind schon unterwegs.« Al-Shaer setzte die Kamera ab. »Jetzt habe ich schon den zweiten Film verknipst. Man kann in meinem Beruf nicht vorsichtig genug sein.«

»Richtig.«

Der Arzt legte den Kopf schief. »Unser toter Freund hat das wohl nicht bedacht.«

»Hat man bei ihm irgendwelche Papiere gefunden?«

»Nein«, antwortete der Gerichtsmediziner und unterdrückte einen Hustenanfall. »Wie üblich.«

»Wer hat den Toten gemeldet?«

»Ein anonymer Anrufer. Paßt irgendwie, nicht wahr?«

Al-Shaer holte die Filmrolle heraus und ließ die Kamera achtlos herabbaumeln. Dann wollte er sich entfernen, aber Ben hielt ihn am Ellenbogen zurück.

»Sie sind noch nicht fertig, Doktor. Es müssen noch Proben genommen werden.«

Der Arzt starrte erst auf die kräftige Hand, die ihn festhielt, und dann in die blauen Augen, die ihn kalt ansahen. »Gewebeproben?«

Bens Blick wanderte kurz zu der immer noch anwachsenden Menge hinter der Absperrung. »Bevor hier alles zertrampelt wird, benötige ich Proben vom Boden und Straßenbelag in dieser Gasse. Von sechs verschiedenen Stellen, die alle katalogisiert und miteinander verglichen werden sollen.«

Al-Shaer starrte ihn an und war viel zu schockiert, um zu protestieren.

»Außerdem verlange ich, daß der gesamte Boden fünf Meter in die Gasse hinein und fünf Meter auf die Straße hinaus durchsiebt wird.«

»*Durchsiebt?*«

»Ja, um Fremdmaterialien zu finden. Dinge, die nicht hierhergehören.«

Al-Shaer schlug sich in einer dramatischen Geste an die Stirn. »Aber natürlich! Wie konnte ich das nur vergessen? So etwas ist natürlich überaus wichtig, um festzustellen, wo unser gesichtsloses Opfer gewesen ist, bevor seine Schritte es hierher und in den Tod lenkten.«

»Der Tote ist eigentlich nebensächlich.«

»Wie? Um wen oder was geht es Ihnen denn dann?«

»Um al-Diib.«

Kapitel 4

Als Ben zu der Menge jenseits der Absperrung zurückkehrte, trafen gerade ein Jeep mit vier weiteren Polizisten und wenig später der Leichenwagen der Brüder ein, die früher Teppiche geklopft hatten. Die Umstehenden buhten die Neuankömmlinge aus, und einige schlugen mit der Hand gegen den Wagen, der sich abmühte, zur Gasse vorzustoßen.

Ben verfolgte den Aufruhr und mußte an die Worte des Bürgermeisters denken, welches Klima die Mordserie in den Straßen hervorrief. Offensichtlich waren die Bürger von großem Zorn auf alles erfüllt, was auch nur im entferntesten mit der Verwaltung zu tun hatte.

Kamal war noch nicht in Palästina gewesen, als hier der langjährige große Volksaufstand, die Intifada, stattgefunden hatte, aber er hatte von mehreren gehört, daß die Atmosphäre damals ähnlich angespannt gewesen sei. Wieder sprachen alle Anzeichen dafür, daß es zum Ausbruch von Unruhen und Gewalttätigkeiten kommen könnte, und das verringerte die Aussichten für einen baldigen dauerhaften Frieden natürlich sehr.

Die Verstärkung war keinen Moment zu früh gekommen, denn schon fingen die Händler an, ihre Geschäfte zu öffnen und Abdeckungen vom Gemüse und Obst zurückzuziehen, das dort in den Auslagen angeboten wurde. Der Geruch der Feldfrüchte hing bereits in der Luft. Andere taten es ihnen gleich und öffneten ihre Buden, in denen man geflochtene Körbe, Teppiche und alle Arten von Geräten kaufen konnte. Eine ohnehin schwierige Situation drohte unkontrollierbar zu werden. Zusätzlich zu den normalen Käufern würden nämlich auch allerlei Neugierige angezogen werden, und die Mundpropaganda würde ein übriges tun, immer mehr Gaffer anzulocken.

Ben wartete, bis die vier Neuankömmlinge entlang der Absperrung Aufstellung genommen hatten, und rief dann die drei Polizisten zu sich, die bereits bei seiner Ankunft zugegen gewesen waren. Der Tatort war mit gelbem Band abgesperrt worden, das aus Amerika stammte und auf dem DO NOT CROSS zu lesen stand – etwas anderes hatte Kamal nicht für seine Truppe auftreiben können.

»Wer von Ihnen ist als erster hier eingetroffen?« fragte er.

»Ich«, meldete sich der Beamte in der Mitte, ein bärtiger, hagerer Mann, dem die Uniform schlecht saß. »Ich befand mich in der Nähe des Fundorts, als die Meldung durchgegeben wurde.«

»Wie heißen Sie?«

»Moussa Salam.«

»Haben Sie bei Ihrer Ankunft irgend jemanden bemerkt?«

»Niemanden, Sir.«

»Und was ist mit den Lichtern? Hat in keinem der Häusern in dieser Straße Licht gebrannt?«

»Ich ... darauf habe ich nicht geachtet, Sir.«

»Dann versuchen Sie sich zu erinnern. Kommen Sie, geben Sie sich etwas Mühe.«

»Ich habe die Gasse abgesperrt, und dabei hatte ich keine Gelegenheit –«

»Aus einigen Fenstern ist Licht gedrungen«, meldete sich der Polizist zu Wort, der rechts von Salam stand. Er war von den dreien der älteste. In seinem Haar zeigten sich graue Strähnen, und der Bart war abwechselnd schwarz und weiß gestreift. »Aber jetzt bin ich mir nicht mehr so sicher, in welchen Häusern das gewesen ist.«

»Warum soll das überhaupt wichtig sein?« beschwerte sich Salam.

»Wenn aus einem Fenster Licht dringt, sind die Bewohner dahinter vermutlich wach. Und der eine oder andere von ihnen hat vielleicht etwas gesehen, das uns weiterhelfen könnte.«

»Scheint mir nicht sehr wahrscheinlich«, bemerkte der dritte Beamte, den Ben als Fakhar kannte. Er hatte lockiges schwarzes Haar, in dem sich bereits erstes Grau zeigte, und einen langen Bart.

»Wenigstens ist das ein Anfang«, entgegnete Ben.

»Zum Zeitpunkt des Mordes war es viel zu dunkel. Wenn da jemand zufällig aus dem Fenster geschaut hat, wird er hier unten auf der Straße kaum etwas gesehen haben können«, widersprach Fakhar, und ein trotziger Unterton schwang in seiner Stimme mit.

»Da haben Sie natürlich nicht unrecht«, gestand Kamal ihm zu. »Trotzdem ist dem einen oder anderen möglicherweise etwas aufgefallen, zum Beispiel eine Person, die sich rasch von hier entfernt hat.«

»Zu so später Stunde? Kaum vorstellbar«, erwiderte Salam mürrisch.

»Vielleicht ist jemand auch zufällig hier spazierengegangen.«

Fakhar machte einige Notizen auf seinem kleinen Block, den er aus der Brusttasche gezogen hatte. »Natürlich, Inspektor«, sagte er, schloß den Block und steckte ihn wieder zurück.

»Wir suchen nicht nur nach demjenigen, der den Mord gemeldet hat, sondern nach allen, denen etwas aufgefallen ist. Zum Beispiel einen fremden Wagen, der hier abgestellt wurde. Oder jemanden, der rasch fortgelaufen ist. Alles eben, was zu so später Stunde ungewöhnlich ist und deswegen den Menschen, die das Leben hier kennen, merkwürdig vorkommen muß.«

Ein vierter Polizist drängte sich durch die Zuschauer zu Ben. Er warf einen raschen Blick auf die drei Kollegen, die in einer Reihe vor dem Inspektor standen, wandte sich dann an Kamal und nahm Haltung an.

»Ich entschuldige mich dafür, meinen Posten verlassen zu haben, Sir.«

»Sie heißen?«

»Issa Tawil.«

»Und warum haben Sie Ihren Posten verlassen?«

»Weil ich mit jemandem gesprochen habe, Sidi, einem Zeugen.«

Tawil war mit Abstand der Jüngste in dieser Truppe, und in Amerika hätte er vermutlich gerade das erste Semester am College besucht. Sein nicht sehr voller Bart war kaum in der Lage, dem jugendlichen Gesicht einen erwachsenen Zug zu verleihen.

»Wissen Sie, wer ich bin, Issa?« fragte ihn Ben, nachdem sie sich einen Weg durch die Menge gebahnt hatten und nun die Jaffa-Straße entlangliefen.

»Ich habe Sie gleich wiedererkannt, Sidi.«

»Sie sollten mich nicht so formell anreden. Ich fürchte,

Ihre Kollegen werden es nicht gerne gesehen haben, daß Sie sich mir gegenüber als kooperationswillig gezeigt haben. Wenn sie die Gelegenheit dazu gehabt hätten, hätten sie bestimmt versucht, Ihnen das auszureden. Für einen jungen Mann, der noch nicht lange im Dienst ist, kann so etwas einige Probleme mit sich bringen.«

Tawil lächelte. »Aber von einem jungen Mann, der noch nicht lange im Dienst ist, wird nicht erwartet, daß er in Ihnen etwas anderes als einen Vorgesetzten sieht.«

Ben nickte und verkniff sich ein Lächeln. Er hätte Tawils Namen sofort auf die Liste der Kandidaten für den Kriminaldienst gesetzt, wenn er dazu legitimiert gewesen wäre. »Dann erzählen Sie mir jetzt alles über diesen Zeugen.«

»Ich patrouillierte gerade am Außenrand der Menge – Sie waren noch nicht eingetroffen –, als sie mich von ihrem Fenster aus rief.«

»Sie?«

»Eine alte Frau, und blind wie ein Maulwurf. Sie dachte, ich sei von der Müllabfuhr und wolle ihre Abfallsäcke mitnehmen. Ihre Wohnung befindet sich gleich dort drüben, in der Seitenstraße.«

»In der Seitenstraße?«

»Ja, Sir. Den Tatort konnte sie von da natürlich nicht sehen, nicht einmal, ob sich jemand in der Nähe aufgehalten hat.«

Kamal blieb abrupt stehen. »Ja, aber was hat sie denn dann gesehen?«

»Einen anderen Zeugen.«

Kapitel 5

Ben machte sich allein auf den Weg zur Wohnung der alten Frau. Als er die Seitenstraße erreichte, blieb er stehen und drehte sich um. Er stand diagonal zu der Gasse, wo der Mord stattgefunden hatte, ungefähr vierzig oder fünfundvierzig Meter davon entfernt.

Von hier aus konnte man unter günstigen Umständen ein Gesicht erkennen, das vom Mondlicht beschienen wurde. Doch als er dann die Seitenstraße entlanglief, schwand diese Möglichkeit immer mehr, und als er das Haus erreichte, in dem die Alte wohnte, war davon nichts mehr übriggeblieben.

Am Hauseingang zu Rula Middeins Wohnung befand sich eine Tür, die weder über eine Klinke noch über ein Schloß verfügte. Entlang der Fassade lagen und standen überquellende Mülltüten. Kamal mußte sich die Nase zuhalten, um dem gräßlichen Gestank zu entgehen, und er zuckte zusammen, als sein Fuß auf etwas Glitschigem ausrutschte.

Die Stufen zum Eingang waren morsch. Er eilte rasch hinauf, um nicht an ihren Zustand zu denken, und wünschte sich nur, es gäbe hier ein Geländer. Drinnen erwartete ihn eine Treppe von leidlich besserem Zustand. An deren Ende befand sich eine Tür, die halb offen stand, so als würde er erwartet.

»*Ya halla! 'Ahlan wa sahlan!*« hieß eine Stimme ihn gleich willkommen, kaum daß seine schweren Schritte auf den Stufen zu vernehmen waren. »Komm herein! Komm.«

Es roch nach vorzüglichem Essen, ein Duft, der sich auf sehr angenehme Weise vom Gestank der Straße unterschied. Als Ben die Wohnung betrat, hörte er das Klirren eines Löffels an einer Schüssel. Eine Wand und ein Vorhang trennten die Küche vom Rest der einfachen, gepflegten Wohnung. Direkt vor ihm stand ein viereckiger Holztisch, der uralt sein mußte. Er war offensichtlich zu groß für die kleine Wohnung. Der Tisch war für zwölf Personen gedeckt.

Hinter der Eßecke standen die unterschiedlichsten Möbel, allesamt mehrfach geflickt und trotzdem halb verfallen. Kamals Blick wanderte über die einzelnen Stücke. Er konnte sich leicht vorstellen, wie die alte Frau einfach nicht mehr damit zurechtkam, alles so in Schuß zu halten, wie sie das vielleicht gern wollte.

Er sah ein Radio, aber keinen Fernsehapparat. Ein weiterer Vorhang trennte das Schlafzimmer der Alten vom Rest der Wohnung. Die beiden Vorhänge waren das einzige in dieser Unterkunft, das farblich zusammenpaßte.

Derjenige, der die Küche abschottete, teilte sich jetzt, und Rula Middein erschien. In der einen Hand hielt sie einen Löffel, und die andere befand sich darunter, um das aufzufangen, was über den Rand fließen mochte.

»Probier das«, forderte sie Ben auf und stieß ihm den Löffel entgegen. »Leckeres *il-kabab*.«

Er öffnete den Mund und ließ sich Kebab und Bohnen hineinschieben.

»*Ajib! Ajib, haja!*« lobte er ihre Kochkünste.

Die Alte lächelte, als er sie mit diesem würdigen, wenn auch alten Titel anredete. Das graue Haar hing ihr ungekämmt und verfilzt herab. Sie zog den Löffel wieder zurück, roch an dem, was sie zubereitet hatte, und freute sich, daß der Gast ihre *madafah*, ihre Gastfreundschaft annahm.

»Soll ich noch etwas würzen, was meinst du?«

»Nein, bloß nicht, es ist perfekt.«

Die Frau strahlte. »Dann bleibst du und ißt mit uns? Ich habe viele Mäuler zu stopfen«, – sie zeigte auf den für zwölf Personen gedeckten Tisch –, »aber für einen Gast ist immer genug da. Soll ich für dich decken?«

»Nein, nicht heute.«

»Natürlich, du mußt bei deiner Familie essen. Wie

dumm von mir, verzeih bitte. Familien sind etwas Gutes. Hast du Kinder?«

»Nein«, antwortete er und spürte, wie sein Magen knurrte.

»Ein Mann in deinem Alter sollte aber Kinder haben«, tadelte sie ihn. Rula hielt den Löffel jetzt wie einen Taktstock, als wolle sie das Leben dirigieren und in ihrem Sinne gestalten.

»Ich habe viele Kinder, sowohl eigene als auch Enkelkinder.« Wieder zeigte sie auf den Tisch. »Sie werden bald nach Hause kommen, zum Abendbrot. Wir essen immer alle zusammen, denn wir sind eine Familie.«

Ein Sonnenstrahl fand seinen Weg durch eines der unverhangenen Fenster, und in diesem Licht entdeckte Kamal die dicke Staubschicht auf Tellern und Bechern. Das Besteck wirkte angerostet, verursacht durch die feuchtschwüle Luft in Jericho.

»Du bleibst doch noch, oder?« fragte die Alte.

»Ein anderes Mal gern.«

»Versprichst du mir das?«

»Ich verspreche es.«

Zufrieden zog Rula sich in die Küche zurück, um das Mahl zu Ende zu kochen, zu dem außer ihr niemand erscheinen würde. Ben folgte der Frau vorsichtig, um sie nicht zu erschrecken.

»Ein anderer Polizist war schon hier. Er konnte leider nicht bleiben.«

»Man hat mich geschickt, damit wir uns unterhalten können.«

»Er hat mir Fragen gestellt.«

»Das weiß ich.«

»Wirst du mir die gleichen stellen?«

»Einige werden bestimmt identisch sein.«

Rula ließ die Schultern hängen. Zum ersten Mal, seit Kamal die Wohnung betreten hatte, wirkte sie traurig. »Ziemlich schlimm, was gestern nacht passiert ist.«

»Mein Kollege sagte, Sie hätten jemanden gesehen.«
»Ich habe die Polizisten unten am Eingang der Gasse gesehen und ihnen zugerufen, sie sollten heraufkommen. Einer ist auch tatsächlich erschienen. Ein netter Junge namens Issa. Ich habe ihm gesagt, er soll meinen Müll fortschaffen. Er hat geantwortet, er wolle sich darum kümmern.«
»Ich helfe ihm dabei.«
»Versprichst du mir das?«
»Bis heute nachmittag ist er verschwunden.«
Die Alte stellte sich an ihren noch älteren Herd und schien ihren Besucher vergessen zu haben.
»Der junge Polizist hat mir erzählt, Sie hätten letzte Nacht jemanden gesehen.«
Rula antwortete, ohne sich von ihren Töpfen abzuwenden. »Den sehe ich jede Nacht dort unten. Ich habe dem Polizisten gesagt, er möchte sich auch darum kümmern.«
»Wen haben Sie denn gesehen?«
»Einen, der immer in der Gasse schläft.«
»Berichten Sie mir von ihm.«
»*Al-sabi*, der Bettlerjunge. Manchmal sehe ich ihn auch am Tag, auf der Baladiya. Da bestiehlt er die Leute und rennt dann davon. Ich wollte ihn zum Essen einladen, aber ...« Sie hob die schmächtigen Schultern. »Er läuft immer weg, bevor ich ihn fragen kann. Und in der Nacht gehe ich nicht nach draußen.«
»Eine weise Entscheidung. Und, war dieser Junge letzte Nacht in der Gasse?«
»Er ist jede Nacht da.«
»Beschreiben Sie ihn mir bitte.«
»Er ist sehr schmutzig. Die langen Haare hängen wie ein geflochtenes Seil von seinem Kopf. Man trifft nicht viele, die so langes Haar haben.«
»Und seine Kleider?«
»Ausgebleicht und grau. Waren wohl mal weiß.«
»Hose und Hemd?«

»Ja, er hat beides.« Sie drehte sich um und sah ihn hoffnungsvoll an. »Wirst du dem Jungen helfen?«

»Ich werde heute nacht auf ihn warten«, antwortete er Rula. »Wenn er denn kommt.«

Issa Tawil erwartete ihn auf der Jaffa-Straße.

»Und, wie ist es gelaufen?«

»Sie haben gute Arbeit geleistet, Issa.«

»Vielen Dank, Sidi.«

»Die alte Frau hat mir erzählt, daß der Junge jede Nacht in ihrer Straße schläft. Ich vermute, es handelt sich bei ihm um einen Insassen der Flüchtlingslager. Was meinen Sie?«

»Ich würde darauf wetten. So, wie die Alte ihn beschrieben hat, kann er eigentlich nur aus dem Einissultan-Lager stammen.«

»Eine ausgezeichnete Schlußfolgerung.«

»Nein, nur Erfahrung, Inspektor«, entgegnete der junge Mann mit ernster Miene. »Schließlich bin ich hier aufgewachsen.«

»Kein angenehmer Ort für ein Kind.«

»Auch nicht für einen Erwachsenen.« Tawil sah ihm ins Gesicht. »Aber Sie haben in Ihrem Leben auch schon einiges durchgemacht, nicht wahr?«

Er zögerte unvermittelt und räusperte sich dann. »Während sie oben bei Rula waren, hat Commander Shaath eine Nachricht hinterlassen. Er ist mit einer anderen Streife zurück in sein Büro gefahren und hat Ihnen den Wagen dagelassen.«

»Sehr freundlich von ihm ...«

»Wie bitte?«

»Ach, nichts.« Kamal wollte lieber das Thema wechseln. »Glauben Sie, der Junge wird sich heute nacht hier blicken lassen?«

»Wenn ich an seiner Stelle wäre, würde ich mich von

hier fernhalten, vor allem wenn ich etwas gesehen hätte. Aber man kann nie wissen. Offenbar hält er die Hisbe für sein Territorium, und es ist gar nicht so einfach, sich ein neues Revier zu suchen. Wollen Sie heute nacht hier auf ihn warten?«

»Ja.«

»Ich würde gern dabeisein.«

Ben wollte zunächst nein sagen, entschied sich dann aber anders. Vier Augen sahen immerhin mehr als zwei, und Tawil war ihm ausgesprochen sympathisch.

»Gut, dann treffen wir uns um Mitternacht hier, es sei denn, ich finde den Knaben schon vorher.«

»Wo, etwa im Lager?«

»Ja.«

»Lassen Sie mich lieber dort nach ihm suchen, Sidi. Immerhin ...« Tawil beendete den Satz mit einem Achselzucken.

»Das ist eine Angelegenheit, die ich erledigen muß, Issa.«

»Selbst für Polizisten ist es in den Lagern nicht sicher.«

»Genau aus dem Grund will ich ja auch allein dorthin.«

Kapitel 6

»Wir möchten die ganze Geschichte noch einmal durchgehen«, erklärte einer der Männer den Agenten des Shin Bet, die sich im Zentrum von Alt-Jaffa versammelt hatten. »Nur noch einmal, bitte.«

Seine Aufforderung war an alle gerichtet, aber Danielle konnte sich des unangenehmen Eindrucks nicht erwehren, daß der Mann dabei hauptsächlich sie ansah. Immerhin war sie die erste gewesen, die ihre Waffe gezogen und gefeuert hatte. Den drei Männern in Zivil, die gekommen waren, um festzustellen, was sich vor ein paar Stunden ereignet hatte, mußte Danielle Barnea am ehesten als Sündenbock erscheinen, dem man die ganze Schuld an dem Vorfall aufbürden konnte. Schließlich waren bei der Schießerei ein Unbeteiligter getötet und zwei weitere schwer verwundet worden. Ganz davon zu schweigen, daß das Trio gleich mit der Bemerkung begonnen hatte, der Shin Bet habe sich falsch informieren lassen und schlechte Arbeit geleistet. Und unter dieser Prämisse führten sie von Anfang an die Befragung.

Danielle war sich nicht sicher, von welcher geheimen Regierungsabteilung diese Männer geschickt worden waren. Seit der Ermordung Rabins kannte man sich in den diversen Diensten kaum noch aus. Anscheinend existierten diese drei in einer Art politischem Vakuum und wurden nur dann aktiv, wenn irgend etwas schiefgelaufen war. Und sie verschwanden erst wieder, wenn sie die Angelegenheit peinlich genau untersucht und festgestellt hatten, daß bei einer Aktion doch alles mit rechten Dingen zugegangen war. Danielle glaubte zu spüren, wie enttäuscht diese Beamten sein würden, wenn sich das hier ebenfalls herausstellen sollte.

Die Männer (und Frauen?) dieser Geheimabteilung waren so etwas wie die Terroristen des Staates und wurden von den meisten mehr gefürchtet als jedes ausländische oder palästinensische Kommandounternehmen.

Die Agenten der Shin Bet traten nervös von einem Fuß auf den anderen und postierten sich so, wie sie bei dem Vorfall gestanden hatten.

Das ganze Gebiet war weiträumig abgesperrt worden. Man hatte die Leichen und Verletzten bereits abtransportiert, ihre Stellung jedoch mit Kreide oder Klebeband markiert.

Die Agenten hatten die Schießerei bereits mehrere Male nach bestem Wissen und Gewissen nachgestellt. Zwei Soldaten waren herbeigerufen worden, um die Rollen von

Tice und Atturi zu spielen – die beiden einzigen Beteiligten, deren Karriere zur Zeit nicht an einem seidenen Faden hing.

»Agent Barnea«, rief einer der Zivilbeamten, »wenn ich jetzt bitten dürfte.«

Danielle stellte sich auf die Straße. Sie wußte, daß sie sich absolut richtig verhalten hatte, und im Grunde war es ihr gleich, wenn die Untersuchungsbeamten zu anderen Schlußfolgerungen gelangen sollten. In Wahrheit würde sie sogar froh sein, wenn man ihr einen Fehler nachweisen konnte, suchte sie doch schon lange nach einer Möglichkeit, aus dieser Truppe herauszukommen.

Die junge Frau hatte ihren Wehrdienst abgeleistet und mit dem Gedanken gespielt, anschließend eine Familie zu gründen und Ehefrau und Mutter zu werden.

Doch dann war ihr ältester Bruder ums Leben gekommen, und das hatte ihrem Leben einen neuen Sinn gegeben. Erfüllt von dem Wunsch nach Rache hatte sie die harte Ausbildung bei der Elitetruppe der Sayaret als eine der Besten abgeschlossen. Und sobald sie den gefährlichen Dienst in dieser Einheit angetreten hatte, waren ihre alten Wünsche verblaßt. In der Welt der Geheimdienste blieb kein Raum für Sentimentalitäten und Sehnsüchte. Danielle hatte diese Zeit rasch als Therapie begriffen, um mit dem Tod ihres Bruders fertig zu werden. Später würde sie immer noch Gelegenheit finden, eine Familie zu gründen.

Als sie ihre Dienstzeit bei der Sayaret mit Auszeichnung beendet hatte, bekam sie so viele Angebote, daß sie bald den Überblick verlor. Die besten Aussichten schien ihr die israelische Polizei zu bieten – außerdem konnte sie diese Truppe am leichtesten verlassen, wenn sie erst einmal den richtigen Mann kennengelernt hatte.

Doch dann verlor auch ihr zweiter Bruder sein Leben, und sie wurde in den Rang eines *Pakad*, eines Chefinspektors erhoben. Ihr Vater erlitt zur selben Zeit einen Schlaganfall – ausgelöst durch den Verlust seiner Söhne und den Nachwirkungen einer Heckenschützenkugel, die ihn auf einer Routinepatrouille in der Westbank erwischt hatte.

Da Danielle aus einer Familie stammte, in der fast jeder bei der Polizei oder den Streitkräften Dienst getan hatte, durfte sie natürlich jetzt nicht den Job quittieren und nur noch für Mann und Kinder dasein. Sie fürchtete nämlich, ein solcher Schritt würde ihren Vater seiner letzten verbliebenen Hoffnung berauben.

Doch obwohl sie bei der Polizei blieb, ging es mit ihrem Vater nicht bergauf. Ihr Entschluß, weiter für ihr Land zu arbeiten, half ihrem Vater nicht in der Weise, wie sie gehofft hatte – im Gegenteil, es ging ihm immer schlechter.

So war sie an dem Tag, in dessen Verlauf sie Ahmed Fatuk verhaften würde, zu ihrem Vater nach Jerusalem gefahren, um ihn davon in Kenntnis zu setzen, daß sie den Dienst quittieren wolle. Danielle hatte zwar keinen festen Freund und konnte erst recht keinen Verlobten vorweisen, aber sie sehnte sich im stillen nach einem ruhigen Familienleben.

Auf dem Weg zu ihrem Vater entdeckte sie Fatuk, wie er die Bäckerei betrat, und in dem Moment wurde ihr bewußt, daß ihre Pläne wieder einmal durchkreuzt worden waren. Die Versetzung zum Shin Bet stand unmittelbar bevor, und dort würde Danielle mindestens ein halbes Jahr Dienst tun müssen.

Noch vor Ablauf dieser Zeit verschlechterte sich der Zustand ihres Vaters. Er war kaum ansprechbar und schien nichts um ihn herum wahrzunehmen. Danielle konnte nun tun und lassen, was sie wollte, und ihm sogar davon erzählen. Er würde sie nur stolz anlächeln, weil sein Gehirn das Gehörte nicht mehr verarbeiten konnte.

Aber Danielle brachte es nicht fertig, ihm Lügen aufzutischen, und es war ihr auch nicht möglich, von dem Weg abzuweichen, der ihn so mit Stolz erfüllte.

Also würde sie warten müssen, bis er das Zeitliche segnete, und dann ...

Würde sie sich weiterhin verpflichtet fühlen, in seinem Angedenken für ihr Land tätig zu sein? Oder stellte der heutige Tag und die Schießerei den Wendepunkt dar, der ihr ermöglichen würde, endlich ein Leben zu führen, wie es ihr schon seit Jahren vorschwebte?

»Was genau haben Sie nun hier gemacht?« Die Frage des ersten Untersuchungsbeamten riß Danielle aus ihren Tagträumereien.

»Meine Pistole gezogen.«

»Sie haben vorhin ausgesagt, zunächst eine Warnung ausgesprochen zu haben«, entgegnete der Mann.

»Ja, das stimmt, tut mir leid.«

»Sie haben also Ihre Waffe gezückt, bevor Sie feststellen konnten, daß die Männer ebenfalls ihre Waffen gezogen hatten?«

»Nun, sie trugen Jacketts.«

»Und das hat Sie zu der Vermutung geführt, sie trügen darunter Waffen, richtig? Ihnen ist wohl nicht in den Sinn gekommen, daß den Männern nur kalt gewesen sein könnte?« fragte der zweite Untersuchungsbeamte.

»Wie sich herausgestellt hat, habe ich mit meiner Vermutung richtiggelegen«, entgegnete die Agentin.

»Wir sind nicht hier, um festzustellen, ob sich etwas als richtig oder falsch erwiesen hat«, widersprach der erste.

»Wir untersuchen lediglich, ob ihre Vorgehensweise im Einklang mit den Vorschriften stand, die zum Schutz Unbeteiligter erlassen worden sind«, fügte der zweite hinzu.

Danielle hörte Schritte und bemerkte, wie Commander Levy neben sie trat. »Unsere Vorgehensweise, die im übrigen von mir abgesegnet worden ist, hat viele Menschenleben gerettet.«

Der dritte Untersuchungsbeamte, offenbar der Vorgesetzte der beiden anderen, sah den Commander nur kurz und streng an: »Wir haben Sie doch gebeten, so lange am Rand der Absperrung zu warten, bis wir Sie rufen.«

»Ich muß aber dringend mit Agentin Barnea sprechen.«

»Sobald wir die Untersuchung abgeschlossen haben, Commander.«

»Nein, jetzt!« beharrte Levy.

Er zog Danielle einfach fort, ohne das Einverständnis des Trios abzuwarten.

»Danke«, flüsterte sie erleichtert.

»Sie sollten mit Ihrem Dank ein wenig warten«, entgegnete er ernst. »Ich habe eben einen Anruf vom Hauptquartier erhalten. Man will Sie dort sehen.«

Trotz aller Beherrschung wackelten ihr die Knie. »Glauben Sie ...«

»Ich glaube gar nichts, und das sollten Sie auch. Warten Sie einfach ab, was die hohen Herren von Ihnen wollen.«

Levy und Danielle sahen sich lange an.

»Sind Sie der Ansicht, daß ich heute falsch gehandelt habe?« fragte sie ihren Vorgesetzten schließlich.

»Sie haben Agent Tice und mindestens einem Dutzend Unschuldiger das Leben gerettet.«

»Das scheinen die drei da drüben aber ganz anders zu sehen«, sagte sie und nickte kurz in Richtung der drei Untersuchungsbeamten, die ungeduldig auf ihre Rückkehr warteten.

»Die machen auch nur ihre Arbeit«, erwiderte Levy. »Genau wie wir.«

Danielle bemühte sich, Freude darüber zu empfinden, daß jetzt endlich die Gelegenheit gekommen war, aus dem aktiven Dienst auszuscheiden und ein ruhiges und beschauliches Leben zu führen ... Aber nein. Nicht, wenn sie unehrenhaft entlassen werden sollte, weil diese drei Bürokraten irgendeinen Fehler konstruierten, den sie nie begangen hatte.

»Sie sollten sich jetzt besser auf den Weg machen«, drängte Levy, hielt ihr einen Schlüssel hin und blickte kurz in Richtung des Trios. »Der Schlüssel gehört zum Wagen einer Ihrer neuen Freunde. Die Herren werden sicher nichts dagegen haben, vor allem, da Sie ja in Eile sind.«

Danielle lächelte. »Ich bringe ihn bestimmt zurück, wenn ich fertig bin.«

Levy runzelte die Stirn und sah zu den Soldaten und den ›spanischen Reitern‹, die die Straße absperrten. »Sie wissen ja, wo Sie uns finden.«

Kapitel 7

Bevor er sich zum einzigen Flüchtlingslager von Jericho aufmachte, steuerte Ben den Peugeot, den Shaath ihm überlassen hatte, durch das Verkehrsgewühl auf der Jaffa-Straße und drückte unablässig auf die Hupe, um zu der Seitenstraße zu gelangen, in der Rula Middein lebte.

Schließlich legte er den Rückwärtsgang ein und rollte mit dem Heck voran über den Bürgersteig. Auch hier kam er nur mit Unterbrechungen voran, weil die Fußgänger ihr Bestes taten, ihn zu ignorieren.

Kamal setzte sich so weit wie möglich zurück. Dann hielt er an, stieg aus und öffnete den Kofferraum.

Er brauchte zwanzig Minuten, um alle Müllsäcke einzusammeln, die vor dem Haus der alten Frau lagen. Sobald er die Stadt hinter sich gelassen hatte, würde er den Abfall bei der erstbesten Gelegenheit in der freien Natur entsorgen.

»Sie haben Ihren Beruf verfehlt«, rief ihm jemand zu. Ben hob den Kopf und sah einen Mann, der vor dem Wagen auf einen Stock gestützt stand.

Kamal kannte ihn. Er warf den Kofferraumdeckel ins Schloß und marschierte zur Fahrertür. »Ich dachte mir doch gleich, Sie in der Menge gesehen zu haben, Jabral.

Vermutlich muß ich mich bei Ihnen für die *Kha'in*-Rufe bedanken, oder?«

»Man kann Ihnen vieles vorwerfen, Inspektor, aber kaum, daß Sie ein Verräter sind. Davon abgesehen ziehe ich es vor, mich unauffällig zu verhalten.«

»Dann bleiben Sie doch einfach da stehen, während ich den Motor starte und losfahre. Damit erregen Sie zwar Aufsehen, aber das kann Ihnen dann wirklich egal sein.«

Der Mann lächelte und humpelte mit seinem Gehstock zu Ben. »Ich hatte eigentlich gehofft, wir zwei könnten uns unterhalten.«

»Wissen Sie, Jabral, es gibt tatsächlich etwas, was die Palästinenser und die Amerikaner gemeinsam haben: In ihren Zeitungen steht nur Scheiße. Vielen Dank, daß Sie mir ein Stück Heimatgefühl gegeben haben.«

Kamal stieg in den Wagen und schloß die Tür. Zaid Jabral trat an das heruntergekurbelte Fenster und lehnte sich daran.

»Eins müssen Sie mir aber noch sagen, Ben. Habe ich nur ein einziges Faktum falsch wiedergegeben? Habe ich etwas anderes als die Wahrheit berichtet?«

»Die Wahrheit, so wie Sie sie gesehen haben.«

»Da Sie mir Ihre Sicht der Dinge nicht erzählen wollten, blieb mir wohl kaum etwas anderes übrig, als das zu schreiben, was ich aus anderen Quellen erfahren habe. Und Sie wissen ja, was man sich über Sie erzählt.«

»Nein, weiß ich nicht.«

»Daß man Sie nur aufgefordert hat, hierher zurückzukehren, weil Sie der Sohn des großen Jafir Kamal sind. Ich habe ihn übrigens einmal interviewen dürfen.«

»Sehen Sie, da haben wir ja schon einen der wenigen Punkte, in denen ich mich von ihm unterscheide. Aber ich will Sie aufklären: Ich bin nicht aufgefordert oder gebeten worden, hierher zurückzukehren, sondern aus eigenem Antrieb gekommen.«

»Vielleicht hätten Sie besser gewartet, bis ein neuer

Krieg ausgebrochen wäre, so wie Ihr Vater«, entgegnete Jabral zynisch.

»Das habe ich doch, oder?«

»Sie haben Ihre Heimat verlassen und sich in der Fremde ein neues Leben aufgebaut, nur um dann dort alles hinzuschmeißen, hierher zurückzukehren und im Schatten Ihres Vaters ein Dasein zu fristen.« Der Journalist lächelte befriedigt über diese kluge Schlußfolgerung. »Das würde doch einen guten Aufhänger für eine Story über Sie abgeben, oder?«

»Schon möglich. Nur haben Sie es sich ja zur Aufgabe gemacht, mich in Ihrem Blättchen als Volksfeind zu brandmarken.«

»Es ist meine Pflicht, die Leser zu informieren und sie zu –«

»Zu belehren?« unterbrach ihn Kamal und beobachtete, wie der Journalist erstarrte. »Das würde vieles erklären. Schließlich haben Sie doch als Lehrer gearbeitet, bevor Sie der Starreporter der *Al-Quds* geworden sind. Damals gehörten sie noch zu den Männern, die ich bewundert habe. Der große Zaid Jabral, der Architekt des Wandels. Ich habe von den Vereinigten Staaten aus alle Ihre Bemühungen aufmerksam verfolgt. Wie Sie versucht haben, die Lehrpläne in der Westbank zeitgemäßer zu gestalten, als an eine Unabhängigkeit unserer Heimat noch gar nicht zu denken war.«

»Das habe ich aus dem Grund versucht, mein lieber Ben, weil wahre Unabhängigkeit nur durch eine gründliche Bildung erreicht werden kann.«

»Haben Sie das den Kindern der Intifada erklärt?«

»Diese Heuchler! Alle haben sich beklagt, als die Israelis unsere Schulen schlossen. Und dann haben wir die Schulen selbst dichtgemacht, als Zeichen unseres Protests!«

»Aber nur für einige Tage – und nicht für Jahre wie die Besatzer. Sie haben trotzdem Unterricht abgehalten.«

Jabral zuckte nur die Achseln.

Genau an diesem Punkt ließ sich nicht mehr so recht unterscheiden, was an Zabrals Geschichte Faktum, was böswilliges Gerücht und was Legende war. Fest stand lediglich, daß eines Tages, als er gerade seine Zwölfklässler einen Test schreiben ließ, eine Gruppe von *Shabab*, von protestierenden Schülern und Studenten, in der Schule erschien. Sie wollten die Jugendlichen dazu bewegen, mit ihnen nach draußen auf die Straße zu kommen und gegen die Besatzer, die Israelis, zu demonstrieren. Jabral aber wollte seine Klasse erst hinauslassen, wenn der Test geschrieben war. Das gefiel den Anführern der *Shabab* überhaupt nicht. Jabral war der erste Lehrer, der sich ihrem Willen widersetzte.

Was dann geschah, war nicht mehr eindeutig zu rekonstruieren. Es gab zwei völlig voneinander abweichende Versionen darüber, wie Jabral zum Krüppel geschlagen worden war.

Die einen erzählten, seine eigenen Landsleute, die *Shabab*-Führer, hätten ihm draußen aufgelauert, nachdem der Test geschrieben worden war. Dabei sei seine Hüfte zerschmettert worden. Außerdem hätten die Schüler und Studenten den Krankenwagen nicht durchgelassen, der Jabral ins Krankenhaus bringen sollte.

Die andere Version berichtete, daß Jabral nach dem Test mit seiner Klasse demonstriert hätte und dabei israelischen Soldaten in die Hände gefallen sei. Danach habe man ihn ohne Anklageerhebung eingesperrt und gefoltert, um ein Geständnis zu erzwingen. Jabral habe aber nichts gesagt, und seitdem leide er an einer zerschmetterten Hüfte.

Die Wahrheit blieb im Verborgenen, und man konnte sich nur der israelischen oder der palästinensischen Version anschließen.

Ben hatte nie nach der Wahrheit gesucht, obwohl er den Zeitungsmann sehr schätzte, bis in der *Al-Quds* vor zwei Monaten ein Artikel erschienen war, in dem Ben als Volksverräter gebrandmarkt wurde, weil er Polizisten verhaftet hatte.

»Wissen Sie, Jabral, eines wollte ich Sie schon immer fragen: Warum haben Sie das getan?«

»Weil der Taxifahrer ein *ameel* gewesen ist, ein Kollaborateur.«

»Ein angeblicher Kollaborateur, wollen Sie wohl sagen, denn dafür hielten ihn nur die drei Polizisten, die beschlossen hatten, einem ihrer Landsleute ihre eigene Vorstellung von Gerechtigkeit zuteil werden zu lassen.«

»Der Mann war nur dem Namen nach Palästinenser.«

»Aber diesen Namen hat er mit einer Frau und fünf Kindern geteilt. Warum schreiben Sie nicht einmal über seine Hinterbliebenen eine Geschichte?«

»Und was ist mit den drei Beamten? Haben die etwa keine Familien, die sie vermissen werden? Es ist Ihnen zu verdanken, daß sie zu lebenslänglicher Haft verurteilt wurden – von einem Gericht, das sich aus drei hochrangigen Polizeioffizieren zusammengesetzt hat. Die Verhandlung fand hinter verschlossenen Türen statt, und es gab keine Möglichkeit zur Berufung.«

»Soll ich mit den dreien etwa Mitleid empfinden?«

Der Journalist schüttelte den Kopf. »Eigenartig, daß ausgerechnet ein Amerikaner ein derart undemokratisches Gerichtsverfahren verteidigt.«

»Wir sind hier noch lange nicht reif für Gerechtigkeit und Demokratie.«

»Wir sind auch nicht reif für jemanden wie Sie, Inspektor. Sie hätten es dabei belassen sollen, den Polizeischülern zu zeigen, wie man ermittelt und Fälle löst.«

»Seltsam, ich war immer der Meinung, genau das hätte ich mit der Verhaftung der drei Polizisten getan.«

»Ich spreche auch von der theoretischen Arbeit. Vom Unterricht im Klassenzimmer.«

»Dann überlegen Sie doch einmal, wie wichtig eine praktische Ausbildung ist.«

»Und Sie denken darüber nach, wie nützlich es sein kann, manchmal die Augen vor etwas zu verschließen.«

»Das ist nicht so leicht bei einem Opfer, dem man die Geschlechtsteile abgeschnitten und in den Mund gestopft hat. Der Taxifahrer war noch bei Bewußtsein, als die drei ihm das angetan haben. Ich kann mich nicht erinnern, darüber etwas in Ihrer Zeitung gelesen zu haben.«

»Das liegt daran, daß ich meiner Zeitung Ihr Schicksal ersparen möchte. Sie selbst haben sich zu einem Paria gemacht.«

»Mit Ihrer Unterstützung.«

Jabral lächelte wieder. »Vielleicht bin ich aus genau dem Grund hier.«

»Um alles wiedergutzumachen? Wedeln Sie mir zum Zeichen des Friedens mit einem Olivenzweig?«

»An Ihrer Stelle würde ich danach greifen. Da man Ihnen diesen Fall übertragen hat, sind Sie auf jede Hilfe angewiesen, die Sie kriegen können.«

»Manche Nachrichten verbreiten sich wirklich rasend schnell.«

»Wer gute Ohren hat, bekommt so manches mit.«

»Der Bürgermeister hatte seine Gründe, mich mit dem Fall zu betrauen. Wieso wollen Sie mir helfen, Jabral?«

»Ein Wahnsinniger treibt sein Unwesen. Ist das nicht Grund genug?«

»Nur wenn Sie ein wirkliches Interesse daran haben, daß die Friedensgespräche fortgesetzt werden.«

Der Journalist senkte den Kopf. »Von der Alternative haben hier mittlerweile alle mehr als genug.«

Ben betrachtete ihn neugierig. »Warum sind Sie eigentlich nie in den Schuldienst zurückgekehrt?«

»Weil ich mich entschlossen habe, anderen Interessen zu folgen.«

»Man wollte Sie nicht wieder einstellen, nicht wahr? Sie sind damals zu weit gegangen. Selbst Ihrem eigenen Volk sind Sie unheimlich geworden. Sie waren ein Risiko, stellten eine zu große Verantwortung dar. Das wollte man nicht länger tragen und hat Sie deswegen fortgeschickt.«

Kamal sah, wie sein Gegenüber mit den Zähnen knirschte, aber er war noch nicht fertig. »Diejenigen, die heute den Frieden bekämpfen, haben auch Ihre Lehrerlaufbahn beendet, weil Sie sich gegen sie gestellt haben. Und jetzt hoffen Sie, ich könnte diese Leute für Sie ausschalten. Das und nichts anderes steckt hinter Ihrem Olivenzweig.«

Jabral unternahm gar nicht erst den Versuch, das abzustreiten. »Mit meiner Zeitung kann ich diese Leute nicht besiegen. Niemand von uns, die wir hier aufgewachsen sind, kann sie in die Knie zwingen.«

»Weil Sie Angst haben, ebenfalls als Kollaborateur gebrandmarkt zu werden, dem man irgendwann die Eier abschneidet und in den Mund stopft.«

»Nein. Aber ich habe Angst, daß die palästinensische Polizei unsere Büros schließt und unsere ganze Auflage konfisziert, wenn ich etwas schreibe, was Präsident Arafat oder unseren gewählten Vertretern nicht paßt.«

»Der palästinensische Sicherheitsdienst hat nichts mit der Polizei zu tun, Jabral, und das wissen Sie auch.«

»Natürlich. Die Polizei wartet, bis ein Verbrechen begangen worden ist, um dann den Falschen zu verhaften. Der Sicherheitsdienst hingegen verhaftet einen Unschuldigen, ehe er etwas Falsches tun kann.« Der Journalist nickte zur Unterstreichung seiner Worte. »Sie sollten sich ebenfalls vor diesen Leuten in acht nehmen, Ben.«

»Warum sollten die sich noch mit jemandem abgeben, der bereits zum Verräter abgestempelt ist? Und das ist ein weiterer Grund, warum Sie plötzlich hier auftauchen. Ich habe nichts mehr zu verlieren, und mit einem Mal fällt jedem ein, daß er mich für dieses oder jenes Vorhaben gebrauchen kann.«

»Inklusive der Israelis«, fügte der Journalist hinzu.

»Tatsächlich?«

»Wie ich aus zuverlässiger Quelle weiß, haben die Israelis ausdrücklich um Ihre Unterstützung ersucht.«

Das war Kamal neu, und er war für einen Moment sprachlos. Als erfahrener Jäger nutzte Jabral diese Schwäche gleich zu einem weiteren Schlag aus.

»Was glauben Sie denn, warum Sumaya Sie urplötzlich wieder aus der Versenkung gezogen hat? Mensch, Benny, sind Sie denn wirklich so naiv?«

»Und warum ausgerechnet mich?«

»Ich fürchte, da müssen Sie die Israelis selbst fragen. Und bis dahin scheuen Sie sich nicht, mich anzurufen, wenn Sie glauben, daß ich Ihnen in irgendeiner Angelegenheit weiterhelfen könnte.«

Damit setzte sich der Journalist in Bewegung und ließ Kamal stehen.

»Die Israelis sind Ihre Quelle, nicht wahr, Jabral?«

Der Mann humpelte weiter, ohne sich umzudrehen.

»Ist es nicht so, Jabral?«

»Fragen Sie sie doch selbst.«

»Ich frage aber Sie.«

Der Journalist sah ihn über die Schulter an. »Ben, bringen Sie sich bloß nicht in Schwierigkeiten.«

Jabrals Warnung war kaum verklungen, als in unmittelbarer Nähe eine Fensterscheibe barst. Ein Stuhl flog hindurch, und dem folgte ein Mann, der mit einem dumpfen Aufschlag auf dem Bürgersteig landete.

Jabral lächelte. »Anscheinend gehen die Schwierigkeiten schon los.«

Kapitel 8

Kamal erreichte den Mann, der durch das Fenster geflogen war, noch vor den beiden Polizisten, die gerade ihre Patrouille machten. Aus allen Richtungen strömten Neugierige heran. In der Gasse hatten die Klopfer gerade die Leiche abtransportiert, und folglich gab es dort nicht mehr viel zu sehen.

Ben half dem Mann auf und lehnte ihn gegen die Hauswand.

»Wer sind Sie?«

Sein Gegenüber trug eine weiße Schürze, die voller Fettflecke war. Blut tropfte von seinen Wangen und von seinem Kinn.

»Der Koch, bloß der Koch.«

»Was war denn da drinnen los?«

»Er ist wahnsinnig!«

»Wer?«

»Woher soll ich das wissen? Er ist häufig unser Gast. Aber heute scheint ihm eine Laus über die Leber gelaufen zu sein. Am Essen kann es jedenfalls nicht gelegen haben.«

Im selben Moment krachte ein Tisch durch das zerschmetterte Fenster und riß Glasreste mit sich, die noch im Rahmen steckten.

Die beiden Polizisten zogen ihre Pistolen und liefen geduckt zur Eingangstür. Ben baute sich vor ihnen auf und hielt sie zurück.

»Lassen Sie es mich zuerst versuchen.«

Die beiden Beamten sahen einander an, und einer begann zu kichern.

»Geben Sie mir nur ein paar Minuten«, sagte Kamal. »Wenn er mich ebenfalls durchs Fenster schmeißt, dürfen Sie den Fall übernehmen.« Er wandte sich an den Koch: »Gibt es bei Ihnen eine Hintertür?«

»Ja, aber die ist abgeschlossen.«

»Haben Sie den Schlüssel dabei?«

Der Mann suchte in seinen Taschen. »Ja, hier.«

Der Inspektor nahm den Schlüssel und lief hinters Haus. Er schloß leise auf, trat ein und fand sich in einem Vorratsraum wieder, in dem Kartons und Kanister aufgestapelt waren. Ben hörte das Krachen von zerberstendem Porzellan und Glas. Anscheinend fing der ›Wahnsinnige‹ jetzt an, das Inventar nach draußen zu werfen.

Ben entdeckte die Tür, die ins Restaurant führen mußte. Ein L-förmiger Flur lag vor ihm, den er geduckt durchquerte. Dahinter lag die Küche, in der es nach Angebranntem roch. Auf dem Grill zischte ein schwarzer Klumpen, der dort offensichtlich schon zu lange lag.

»Wem von Euch soll ich ein Frühstück zubereiten?« drohte eine schrille Stimme aus dem Restaurant. »Na los, Leute, ich will doch nur Freunde finden.«

Ben schlich an der Anrichte entlang und erreichte den Vorhang, hinter dem sich der Speiseraum befand.

»He!«

Wieder klirrte Glas, und dann folgte ein harter, dumpfer Schlag.

»Ich habe gesagt, du sollst dich von der Tür fernhalten!«

Kamal glitt leise durch den Vorhang und ließ sich an einem Tisch im hinteren Teil des Restaurants nieder. Die Tische waren im Halbkreis aufgestellt. Zwischen ihnen und der Tür stand ein großer Mann und schwang ein Tischbein oder ein anderes Stück Holz wie eine Keule.

Der Mann war groß, noch größer als Shaath, und unglaublich muskulös. Sein Hemd war zerrissen, das Haar ungekämmt, und selbst aus dieser Entfernung nahm Ben Alkoholgeruch wahr.

»Nicht bewegen!« brüllte der Riese ein hageres Männlein an, das an der Kasse stand. »Du hast deine Chance gehabt, fair behandelt zu werden.«

Im vorderen Teil des Speiseraums erhob sich ein Mann von seinem Tisch. Der Blick des Hünen ließ ihn in der Bewegung erstarren.

»Setz dich wieder hin, verdammt noch mal!«

Er gehorchte augenblicklich, und der Riese suchte den Raum nach weiteren Gästen ab. Sein Blick wanderte über Ben und kehrte sofort wieder zu ihm zurück, als ihm bewußt wurde, daß der Mann an dem hinteren Tisch eine Polizeiuniform trug.

»Verdammte Scheiße, was willst du denn hier?« Er schwang die Keule und stürmte heran, bis er nahe genug war, um einen Hieb landen zu können.

Ben legte die Hände auf den Tisch, damit der Riese sehen konnte, daß er keine Waffe darin verborgen hielt. »Ich habe gehört, daß du das Frühstück zubereitest. Da hätte ich jetzt Appetit drauf.«

»Ich mag keine Bullen.«

»Seltsam, seit kurzem mag ich sie auch nicht mehr.«

»Die machen einem nichts als Scherereien.«

»Da kann ich ein Lied von singen.«

Der Hüne beäugte ihn und wußte nicht recht, was er darauf antworten sollte.

»Was hast du denn für ein Problem?« fragte er schließlich.

»Ich habe den Fehler begangen, einige Leute zu verhaften, die sich schuldig gemacht haben.«

»Ich habe mich nicht schuldig gemacht.«

»Hast du denn einen Ausweis dabei?«

Der große Mann zuckte die Achseln und zog eine Karte aus seiner Jacke. Seine Papiere waren von den Israelis ausgestellt worden. Solche Ausweise waren noch gültig und wurden von der palästinensischen Polizei anerkannt. Bis jetzt war es noch nicht gelungen, alle Bewohner der selbstverwalteten palästinensischen Gebiete mit neuen Ausweisen zu versorgen. So kam es, daß vor allem die Bewohner der Westbank immer noch die Papiere bei sich trugen, die sie schon zu Zeiten der israelischen Besatzung besessen hatten.

Ben nahm sich die Karte vor. Der Mann hieß Yousef Shifa, und sein Ausweis wies an den vier Ecken dreieckige Stanzlöcher auf – sichtbares Anzeichen dafür, daß der Mann für einige Zeit in einem israelischen Gefängnis gesessen hatte. Kamal fragte sich, wie lange er wohl von seiner Familie getrennt gewesen sein mochte.

»Was ist hier los, Yousef?« fragte er ihn. »Der Koch hat mir erzählt, daß du dich nicht über das Essen beschwert hättest.«

»Nein, das ist immer vorzüglich.«

»Aber warum hast du ihn dann aus dem Fenster geworfen?«

»Als ich nicht bezahlen konnte, haben sie ihn aus der Küche gerufen. Er hat sich geweigert, die Summe anschreiben zu lassen. Ich habe ihm gesagt, ich würde alles bezahlen, sobald ich wieder auf eigenen Füßen stünde, aber er hat mir gar nicht zugehört.«

Kamal sah das Männlein hinter der Kasse an. »Kann ich bitte Herrn Shifas Rechnung haben?«

Er reichte sie ihm über den Tresen. Ben legte die geforderte Summe an Dinaren hin und fügte sogar ein Trinkgeld hinzu.

»Er muß mir auch den Schaden ersetzen, den er hier angerichtet hat«, forderte das Männlein.

»Den macht er wieder gut, sobald er einen Job gefunden hat. Jetzt hören Sie, wenn Sie darauf bestehen, verhafte ich diesen Mann und werfe ihn ins Gefängnis. Aber ich sage Ihnen, er hat eine Familie, die ihn braucht, und wenn er im Loch sitzt, hat er keine Möglichkeit, Ihnen Geld zukommen zu lassen.«

»Woher wollen Sie wissen, daß er überhaupt Arbeit findet?«

»Weil ich ihm eine Stelle besorgen werde.«

»Was wollen Sie?«

»Das würden Sie wirklich tun?« Yousef strahlte.

Kamal wandte sich ihm zu. »Wir können auf der Wache noch jemanden gebrauchen. Die Bezahlung ist zwar nicht enorm, und es sind vor allem niedere Tätigkeiten zu verrichten, aber es ist wenigstens ein Job, der dir die Möglichkeit bietet, als freier Mann mit mir dieses Lokal zu verlassen.«

»Du wirfst mich nicht ins Gefängnis?«

Ben erhob sich und entgegnete mit Blick auf den Kassierer: »Dank der Freundlichkeit und Großzügigkeit dieses Mannes bleibt dir das erspart. Ich schätze, ich werde dieses Restaurant meinen Kollegen empfehlen, vielleicht hänge ich auf der Wache sogar einen entsprechenden Zettel auf. Was halten Sie davon? Könnte Ihrem Lokal doch einigen Auftrieb verschaffen, oder?«

Er ging zu Yousef. Auch wenn der Riese jetzt Kopf und Schultern hängen ließ, überragte er den Inspektor immer noch. Ben nahm ihm das Tischbein aus der Hand und ließ es zu Boden fallen. Dann legte er dem Mann einen Arm um die Schulter und schob ihn Richtung Ausgang.

»Komm, jetzt wollen wir uns um deinen Job kümmern.«

Yousef richtete sich auf und schien noch nicht zum Gehen bereit zu sein. »Woher hast du gewußt, daß ich eine Familie habe?«

»Weil mir gleich klar war, daß du etwas zu verlieren hast.«

Kapitel 9

»Treten Sie ein, Pakad«, rief eine Stimme aus einem der Büros im fünften Stock des israelischen Hauptquartiers.

Danielle erkannte die Stimme ihres ehemaligen Vorgesetzten, Hershel Giott. Er hatte sie mit ihrem alten Rang als Chefinspektor gerufen, der noch aus der Zeit stammte, als sie unter ihm bei der Polizei gearbeitet hatte.

Das Hauptquartier des Shin Bet befand sich im Zentrum von Jerusalem und war wie die Polizei in einem schmucklosen und unauffälligen, fünfgeschossigen Kalksteingebäude mit absolut symmetrischen Fensterreihen untergebracht. Ein Fahnenturm stand im Zentrum eines riesigen asphaltierten Parkplatzes, der nie mehr als zur Hälfte gefüllt war und daher stets den Eindruck erweckte, den gesamten Komplex gleich verschlucken zu wollen.

Obwohl Danielle schon seit einigen Monaten für den Shin Bet arbeitete, hatte ihr ehemaliger Vorgesetzter sie hierher bestellt. So hatte Dov Levy es ihr jedenfalls erklärt. Die Agentin wußte nicht, was er von ihr wollte, und angesichts dessen, was an diesem Tag schon hinter ihr lag, nahm sie sich vor, auf der Hut zu sein.

Als sie Giotts Büro betrat, bemerkte sie sofort einen der führenden Direktoren des Shin Bet, der links vom Schreibtisch in einem Sessel saß. Obwohl Commander Moshe Baruch der Leiter ihrer Abteilung war, bekam sie ihn heute zum ersten Mal von Angesicht zu Angesicht zu sehen, und sie spürte gleich, daß dies unter den denkbar ungünstigsten Umständen geschah.

Baruch war dürr wie eine Bohnenstange, und der Bart verdeckte den Großteil seines schmalen Gesichts. Ihm eilte der Ruf voraus, jeden in seiner Abteilung zur Schnecke zu machen, der seinen Vorstellungen von effektiver Arbeit nicht genügte – und die Betroffenen brauchten sich dann keine Hoffnung mehr zu machen, es im Staatsdienst noch weit zu bringen. Es hieß, manch einer, den er in sein Büro zitiert habe, sei danach nie wieder im Dienst gesehen worden. Danielle fragte sich, ob ihr wohl das gleiche Schicksal drohte und ihre Karriere hier und jetzt zu Ende ging. Im Grunde hatte sie nichts dagegen, nur hätte sie lieber selbst ihren Abschied genommen, statt unehrenhaft entlassen zu werden. Eine solche Schande würde sie noch jahrelang in ihren Alpträumen heimsuchen.

»Setzten Sie sich, Pakad«, forderte Giott sie auf.

Rein äußerlich unterschied er sich deutlich von dem langen Baruch. Klein und zierlich, die Stirn ständig in Falten gelegt und eine Yarmulke auf dem Kopf, wenn er an einem kniffligen Fall saß, als erinnere er sich erst dann, daß er Gottes Hilfe brauchte.

Danielle hatte ihn nie ohne diese Gebetskopfbedeckung gesehen, und daraus schloß sie, daß der Mann sich ständig in die Arbeit stürzte. Während Baruch seine Untergebenen unbarmherzig antrieb, sprach Giott stets sachlich, leise und freundlich mit ihnen. Eigenartig, daß zwei so unterschiedliche Männer im selben Gebäude Dienst taten und ihre Abteilungen gleichermaßen effektiv führten. Die Verbindungen zwischen der Polizei und dem Shin Bet waren vielfältig und stabil. Kompetenzgerangel fand nur selten statt, und es kam gar nicht selten vor, daß beide Stellen bei einem Fall Hand in Hand arbeiteten.

»Wir haben uns über das informieren lassen, was sich heute morgen ereignet hat«, begann Giott, nachdem Danielle Platz genommen hatte, »und wir sind gemeinsam zu dem Schluß gelangt, daß höchst bedauernswerte Dinge vorgefallen sind.«

Die Agentin spürte, wie sich ihr Magen verkrampfte. Jetzt war es also soweit: die fristlose Entlassung in Schimpf und Schande. Sie würde durch diese Tür hinausgehen und ihren Rang verlieren, der sie so lange an ihren eigentlichen Zielen gehindert hatte und den sie doch so schmerzlich vermissen würde.

»Ich möchte jedoch hervorheben«, fuhr Giott fort, »daß Ihre Handlungsweise zwar nicht als vorbildlich bezeichnet werden kann, aber dennoch einem Ihrer Kollegen das Leben gerettet hat.«

»Agent Tice ist glücklicherweise nur leicht verletzt worden«, übernahm Baruch jetzt mit einer Stimme, die für seinen dürren Körper viel zu tief klang. »Er wird zwar noch einige Zeit an Augenproblemen leiden, ansonsten aber vollständig wiederhergestellt werden.«

Danielle atmete erleichtert aus.

»Trotz dieser guten Nachricht«, sagte Giott, »stehen wir jetzt vor einem ernsten Dilemma.«

Nun, dachte Danielle, jetzt kriegst du also doch noch dein Fett ab ...

»Agent Tice sollte heute einen neuen Auftrag für uns übernehmen.« Giott warf dem Direktor des Shin Bet einen raschen Blick zu. »Einen Auftrag, der in Zusammenarbeit zwischen meinem Büro und dem des Shin Bet entwickelt wurde. Agent Tice hat sich dazu übrigens freiwillig gemeldet. Heute nachmittag sollte er damit beginnen, und leider läßt die Angelegenheit sich nicht aufschieben. Daher sehen wir uns gezwungen, einen Ersatz für ihn zu finden.«

»Wir möchten, daß Sie an die Stelle von Agent Tice treten«, bemerkte Baruch. »Ihre Personalakte läßt den Schluß zu, daß Sie für diese Aufgabe ausreichend qualifiziert sind.«

»Vielen Dank, Sir.«

»Danken Sie uns nicht zu früh, Pakad«, warnte Giott. »Tice war der einzige Freiwillige, der sich dazu gemeldet hat, und das aus gutem Grund: Wir haben uns nämlich entschlossen, den palästinensischen Behörden unsere Unterstützung anzubieten, um in einer gemeinsamen Operation einen Serienmörder zu fassen, der schon seit einigen Monaten die Westbank terrorisiert.«

Danielle starrte die beiden Männer abwechselnd an und fragte sich, ob sie hier einem Test unterzogen wurde und man feststellen wollte, wie sie auf einen so absurden Vorschlag reagierte.

»Es geht um den Wolf«, erklärte Baruch, ehe Danielle sich in irgendeiner Weise äußern konnte. Sie begriff, daß es den beiden durchaus ernst war. »Er hat letzte Nacht zum zweiten Mal in Jericho zugeschlagen. Ich bin mir sicher, daß Sie unter diesen Umständen ermessen können, in welch unerquicklicher Lage wir uns befinden.«

»Ich kann mich aber nicht damit einverstanden erklären, den Palästinensern unsere Hilfe zu gewähren.«

»Das Angebot ist im Namen des Friedens gemacht worden, Pakad«, entgegnete Giott. »Der Befehl dazu wurde von unserem Premierminister höchstpersönlich erteilt. Wenn Sie mit diesem Auftrag Schwierigkeiten haben, sollten Sie sich vielleicht direkt an ihn wenden.«

Danielle bemühte sich, nach außen hin ruhig zu wirken, aber der Stuhl beengte sie plötzlich, und Schweiß trat auf ihre Stirn.

»Bei allem Respekt muß ich den Auftrag ablehnen.«

Ihr jetziger und ihr ehemaliger Vorgesetzter sahen sich an, und dann erklärte Baruch: »Sie scheinen nicht ganz verstanden zu haben, Barnea. Wir bitten sie nicht, den Auftrag anzunehmen.«

»Aber verstehen Sie doch, Sir, meine Brüder, mein Vater ...«

Giott nickte. »Allesamt verdiente Helden des Staates. Wie geht es Ihrem Vater, Pakad?«

»Nicht besonders gut.«

»Wie bedauerlich.«

»Der Tod meines jüngeren Bruders hat seinen Zustand deutlich verschlechtert. Mein Vater erholte sich gerade von seinen Verletzungen, als er die schlimme Nachricht erhielt. Er erlitt einen Schlaganfall.«

»Wir haben Verständnis für Ihre Situation«, sagte Giott.

»Aber damit läßt sich unser Problem nicht lösen«,

erklärte Baruch und erhob sich. »Diese Mission kann nur jemand übernehmen, der seinen Verstand zu gebrauchen weiß, auch ohne das Training, das Agent Tice genossen hat. Heute morgen haben Sie bewiesen, daß Sie diesen Anforderungen genügen.«

Danielle nahm das Kompliment mit gemischten Gefühlen entgegen. Schließlich war der Fall nach der Schießerei auf dem Flohmarkt noch lange nicht abgeschlossen.

»Was ist mit den Gewehren?« fragte sie.

»Gewehre?« Giott sah sie erstaunt an.

»Die Waffen, die in den Kühlschränken entdeckt wurden.«

»Die Lieferung, die der verstorbene Atturi in seinem Lastwagen schmuggeln wollte, braucht Sie jetzt nicht mehr zu interessieren«, entgegnete Baruch streng.

Aber Danielle konnte nicht so einfach vergessen, daß Atturi Gewehre mit solcher Feuerkraft in die Westbank schaffen wollte. Offenbar hatte derjenige, der das Attentat auf ihn geplant hatte, die gleichen Bedenken gehabt.

»Was ist mit den vier Schützen«, bohrte sie nach. »Hat man sie inzwischen identifizieren können?«

»Die Männer führten keinerlei Ausweispapiere mit sich«, informierte sie Baruch und setzte sich wieder hin.

»Bei den Schützen hat es sich um Russen gehandelt!«

Die beiden Männer sahen sich wieder an.

»Eine interessante Schlußfolgerung, Pakad.«

»Ich weiß es mit Sicherheit, denn einer von ihnen hat mich beschimpft. Auf Russisch.«

»Vielleicht haben Sie sich verhört«, erwiderte Baruch.

»Er hat mich *suka* genannt, was soviel wie ›Hure‹ bedeutet. Dieses Wort hat man mir schon in verschiedenen Sprachen entgegengeschleudert.«

»Wir werden das in den Bericht aufnehmen, Pakad«, versprach Giott und notierte rasch etwas auf dem Block, der vor ihm lag.

»Ich frage mich nur die ganze Zeit, warum die vier es

auf Atturi abgesehen hatten. Vier schwerbewaffnete Männer werden ausgeschickt, einen einzelnen zu töten, der bekanntermaßen stets unbewaffnet ist.«

»Es wäre besser, Agent Barnea, wenn Sie jetzt –«

»Das geht mir ständig im Kopf herum«, unterbrach sie ihn. »Wollten die vier vielleicht ein Zeichen setzen oder uns auf irgend etwas hinweisen? Ich meine, stellen Sie sich denn nicht auch die Frage, ob das, was sich heute morgen ereignet hat, viel tiefer geht, als es auf den ersten Blick erscheint? Das läßt mir keine Ruhe. Vielleicht wäre ich Ihnen von größerem Nutzen, wenn ich diese Angelegenheit weiterverfolgen würde.«

Giott sprang von seinem Sitz auf. »Pakad!« donnerte er, während Baruch sich im stillen ärgerte, weil Danielle ihm gegenüber so respektlos gewesen war. »Wir können Ihr Zögern, diesen Auftrag anzunehmen, bis zu einem gewissen Grad nachvollziehen. Aber Sie müssen auch die schwierige Lage begreifen, in der wir uns befinden. Jemand, der nicht so sehr hinter Ihnen steht wie wir, hätte Ihre Handlungsweise heute morgen auch in einem ganz anderen Licht sehen können.

Pakad, Sie gehören nicht länger der Armee oder einer Eliteeinheit an, in der niemand Sie für Ihre Taten zur Verantwortung ziehen kann. Nach dem Attentat auf Rabin betrachtet uns die Weltöffentlichkeit mit viel kritischeren Augen. Heute müssen wir über jede Kugel, die aus einer unserer Waffen abgefeuert worden ist, Rechenschaft ablegen. Und Heldentum kann leicht als Rücksichtslosigkeit interpretiert werden – ein Verhalten, das weder Commander Baruch noch ich dulden.«

»Ich verstehe«, sagte Danielle betroffen, als ihr langsam klarwurde, was ihr ehemaliger Vorgesetzter damit ausdrücken wollte.

»Sehr gut«, nickte Giott zufrieden und setzte sich wieder hin. »Melden Sie sich um fünfzehn Uhr in Jericho. Jetzt werden wir Sie erst einmal in den Fall einweisen ...«

Kapitel 10

Die Wachsoldaten standen in einer Gruppe vor dem Tor des Flüchtlingslagers und wirkten nicht allzu glücklich, als sie Ben kommen sahen. Der wachhabende Offizier war gerade nicht zugegen, und die Soldaten erklärten, sie könnten ihn aus Sicherheitsgründen unmöglich in das Lager begleiten.

Das Flüchtlingslager stand am Rande der Stadt Jericho, genauer gesagt am Rand der Oase, die sich inmitten der Wüstenebene befindet. Im Süden schlossen sich Orangenbaumplantagen an, während im Norden nur sandige Hügel zu erkennen waren. Vom Lagereingang im Osten konnte man ein verlassenes israelisches Militärlager sehen.

Als der Militärstützpunkt noch benutzt worden war, war das Lager geschlossen gewesen. Seitdem die israelische Regierung der Westbank zögernd und widerwillig eine begrenzte Selbstverwaltung zugestanden hatte, waren ganze Ströme von Palästinensern über den Jordan in ihre alte Heimat zurückgekehrt, und es gab keine Möglichkeit, all diese Menschen unterzubringen. Daher war den Selbstverwaltungsbehörden nichts anderes übriggeblieben, als neben einigen anderen Lagern in der Westbank auch dasjenige bei Jericho wieder zu öffnen.

Ben hatte eigentlich vorgehabt, ganz allein durch das Lager zu laufen und nach dem jungen Zeugen Ausschau zu halten, doch kaum war er durch das Tor geschritten, als sich ihm eine junge Frau in den Weg stellte.

»Warum kommst du hierher, Bulle?« fuhr sie ihn an, stellte sich als Lagersprecherin vor und boxte ihn gegen den Arm. »Ist ein Verbrechen geschehen? Hat jemand ein Vergehen gemeldet?« Sie schlug ihn noch einmal gegen den Arm, diesmal fester. »Verdammt, das habe ich doch glatt vergessen. Wie kann hier jemand Meldung machen, wenn das Lager nicht einmal über ein Telefon verfügt? Wir dürfen das Lager auch nicht verlassen, um draußen zu telefonieren. Rund um die Uhr werden wir eingesperrt. Von unserem eigenen Volk, nicht etwa von den Israelis!«

Ben ging nicht auf ihr Gekeife ein. Er wollte sie einfach stehenlassen, aber sie griff nach seinem Pistolenholster, und er machte einen Schritt zur Seite.

»Warum sagst du mir nicht, was du hier willst?« Wieder versperrte sie ihm den Weg. »Vielleicht kann ich dir ja helfen.«

Kamal schätzte ihr Alter auf höchstens fünfundzwanzig Jahre. Ihre Kleider machten einen reinlichen Eindruck, und sie hatte sich das Gesicht gewaschen. Ihr Haar roch nach Seife. An einem anderen Ort und unter anderen Umständen hätte sie als Schönheit durchgehen können. Doch hier im Lager war für etwas wie Schönheit kein Platz. Haß beherrschte diesen Ort, und Hoffnungslosigkeit erstickte alles.

Ben lief weiter, aber nicht mehr so schnell wie vorher. Er wollte nicht stehenbleiben, weil sich bereits zahllose Menschen an den Rändern der Lehmstraßen sammelten. »Warum nennen Sie mir nicht als erstes Ihren Namen?«

»Warum sagst du mir nicht erst, was dich hierhergeführt hat? Du willst doch irgendwelche Nachforschungen anstellen. Das hoffe ich jedenfalls. Vielleicht feststellen, unter welchen Bedingungen wir hier vegetieren müssen? Ja, darüber solltest du einen Bericht schreiben. Glaub mir, Bulle, das ist nämlich wirklich ein Verbrechen.«

In diesem Punkt hatte sie recht. Der Dreck, in dem diese entwurzelten Menschen leben mußten, drehte Ben den Magen um. Mit jedem Schritt, den er weiter ins Lager hineingelangte, nahm der Gestank von ungewaschenen Körpern, Abfällen und Abwässern zu.

Dabei waren dies die Palästinenser, die der Intifada auf den Weg geholfen und die Selbstverwaltung am lautesten begrüßt hatten. Nun kamen sie sich natürlich betrogen vor, und das Lager glich einem Pulverfaß. In israelischer Gefangenschaft waren die Palästinenser besser versorgt worden. Die Besatzer hatten für diese Menschen zwar nicht viel übrig, stellten aber wenigstens genügend Vorräte und andere lebensnotwendige Dinge zur Verfügung.

»Ich suche jemanden«, erklärte Kamal der jungen Frau.

Sie stemmte die Fäuste in die Hüften. »Tun wir das nicht alle?«

»Einen Jungen.«

»Um ihn zu befragen oder um ihn zu ficken?«

Ben fuhr zu ihr herum, sagte aber nichts.

»Warum so überrascht, Bulle? Glaubst du vielleicht, du wärst der erste Offizielle, der dieses Lager zusammen mit einem Halbwüchsigen oder einer Frau verläßt? Bei wem können wir uns darüber beschweren? Wahrscheinlich sperrt ihr Drecksäcke uns überhaupt nur aus diesem Grund ein!«

»Sind sie jemals von einem Offiziellen aus diesem Lager geführt worden?«

»Aus irgendeinem Grund suchen sie sich immer jemand anderen aus.«

»Das kann ich mir gut vorstellen.«

Sie trat ihm direkt in den Weg. »Was genau willst du?«

»Ich möchte, daß Sie mir helfen, diesen Jungen zu finden.«

»Was hat er angestellt? Willst du ihn verhaften?«

»Er hat nichts getan. Aber vielleicht ist er Zeuge eines Mordes gewesen.«

»Wie sieht er denn aus?«

»Schmächtig. Schulterlanges Haar. Gewöhnliche Kleidung«, antwortete Ben und versuchte, sich an alles zu erinnern, was Rula ihm erzählt hatte, während sie das Essen für die Familie kochte, die niemals kommen würde.

Die junge Frau lachte lauthals, aber diesmal nicht, um ihn zu provozieren. »Das dürfte ja ein Kinderspiel sein, einen solchen Knaben hier zu finden. Sie müßten sich jetzt alle auf unserem wunderbaren Fußballfeld tummeln. Wir nennen es Arafat-Stadion, zum Angedenken an den Mann, der uns etwas so Schönes hinterlassen hat.«

Sie führte ihn nach rechts, und sie kamen an weiteren geflickten Zelten und Hütten vorbei, die aus allem Möglichen zusammengebaut waren. Etlichen fehlten ganze Stücke aus den Wänden. Der vorherrschende Geruch war der nach gekochtem Haferbrei. Die Unterkünfte waren aufs Geratewohl hier aufgestellt und zusammengeschustert worden. Überall, wo noch ein freies Plätzchen zu ergattern war, schien sich jemand niedergelassen zu haben. Schmale Wege, durch die gerade mal ein Wagen paßte, führten dazwischen entlang.

»Der Junge, nach dem ich suche«, sagte Kamal zu seiner Führerin, »hat mehrere Nächte in den Straßen rund um die Baladiya verbracht.«

»Dann hat er sicher mehr zu essen bekommen als wir hier im Lager.«

»Ist es denn möglich, hier einfach nach Belieben zu verschwinden und zurückzukehren?«

»Die Cleveren finden immer einen Weg. Manche von ihnen kommen irgendwann wieder hierher, andere verschwinden für immer. Einige gehen mit Leuten wie dir, andere aus eigenem Antrieb.«

Sie hatten jetzt den Fußballplatz erreicht – ein dreckiges, schlammiges und unebenes Stück Land. Da hier kein Bach floß, wunderte sich Kamal, wo der ganze Matsch herkam – bis der Wind ihm den Gestank dieses Ortes entgegenblies. Dies hier war eine Art Sickergrube, in die alle Abwässer strömten, solange die Pumpen funktionierten. Trotz dieser unhygienischen Verhältnisse hatten die Jungen das Feld für sich reklamiert, weil es das einzige verbliebene offene Stück Land im ganzen Lager war.

Ben blieb stehen, als der Boden vor ihm Pfützen bildete und betrachtete die Knaben, die ihn mißtrauisch beäugten. Tatsächlich fanden sich hier Dutzende, auf die Rula Middeins Beschreibung zutraf, und jeder einzelne von ihnen schien etwas vor dem Polizeiinspektor verbergen zu wollen.

»Du hast gesagt, du suchst nach einem Zeugen«, bemerkte die Frau unvermittelt.

»Ja.«

»Eine ganze Reihe von denen hier könnte irgend etwas gesehen haben. Sag mir, worum es geht, und ich arrangiere alles für dich.«

Ben drehte sich zu ihr um. »So funktioniert das aber nicht.«

»Hier schon.«

Kamal machte auf dem Absatz kehrt und lief den Weg zurück, den er gekommen war. Wie töricht von ihm, ganz allein ins Lager zu kommen! Die reinste Zeitverschwendung. Er hätte mehr erreicht, wenn er die Berichte über die früheren Morde studiert hätte, vor allem über den, der vor zehn Tagen in Jericho geschehen war. Zwei Tote innerhalb kurzer Zeit und am selben Ort. Al-Diib schien von seinem gewohnten Muster abzuweichen.

Kamal lenkte seine Gedanken bewußt in diese Richtung, um dem Schmutz und dem Verfall rings um ihn herum zu entfliehen. Als er in Sichtweite des Tors angelangt war, hoffte er, ohne weiteres Aufsehen von hier verschwinden zu können.

Doch bevor er hinaus war, verstellte ihm die angebliche Lagersprecherin erneut den Weg.

»Das hier ist unsere Welt, Bulle. Was hast du erwartet, als du hierher gekommen bist? Sollen wir uns etwa vor dir in den Matsch werfen und dir die Füße küssen? Selbst Gott schert sich nicht um die Verbrechen, die in diesem Lager begangen werden. Was für ein Glück, daß es hier so gut wie nichts zu stehlen gibt!«

Menschengruppen hatten sich an den Rändern des Hauptwegs versammelt, der zum Tor führte. Ben würde zwischen ihnen hindurchlaufen müssen, wenn er nach draußen gelangen wollte. Das Gemurmel und Getuschel der Menge verwandelte sich von einem leisen Summen zu einem ärgerlichen Brummen.

Kamal ließ sich nicht beirren und schritt gleichmäßig voran. Die junge Frau hörte nicht auf, den Unmut der Anwesenden anzustacheln. Ben unterdrückte den dringenden Wunsch, sie einfach beiseite zu schieben, weil er fürchtete, damit genau das zu tun, worauf die Menge nur wartete, um sich auf ihn zu stürzen.

»Was ist los, Bulle? Warum so schweigsam?« provozierte sie ihn. Vermutlich wollte sie, daß er sie schlug, doch Kamal war die Ruhe selbst.

Die Menschen machten ihm nur widerwillig Platz.

Der erste Stein flog heran und streifte ihn an der Schläfe. Dennoch fühlte es sich so an, als habe er einen harten Schlag erhalten.

Kamal lief unbeirrt weiter.

Der zweite Stein traf ihn am Hinterkopf, und vor seinen Augen explodierten Lichtblitze. Die nächsten beiden erreichten ihn fast gleichzeitig, der eine an der Stirn, der andere an der Wange. Warmes Blut quoll aus den Wunden.

»Worauf wartest du noch, Bulle?« schrie die Frau. »Zieh deine Kanone! Knall uns einfach ab!«

Ben dachte nicht im Traum daran. Am liebsten wäre er auf der Stelle losgerannt, um so rascher das Tor zu erreichen, aber er besaß genügend Selbstkontrolle, diesen Wunsch niederzukämpfen.

Statt dessen setzte er gleichmäßig einen Fuß vor den anderen. Die junge Frau verspottete ihn jetzt nicht mehr, sondern schwieg und betrachtete eindringlich sein Gesicht.

Das Gemurmel und Getuschel nahm an Lautstärke und Rhythmus zu und verwandelte sich in eine Art Gesang. Die fliegenden Steine wurden nun von Beifall und Rufen begleitet. Einer traf ihn direkt an der Nase, und Tränen schossen ihm in die Augen. Ben geriet kurz ins Straucheln, nahm aber gleich seinen Marsch wieder auf.

Das Haupttor lag noch etwa dreißig Meter entfernt, und er fürchtete schon, es nicht bis dorthin zu schaffen. Kamal sah die Wachen, die unsicher davorstanden und nicht wagten, ihre Waffen einzusetzen. Vermutlich fürchteten sie, dann selbst dem Volkszorn zum Opfer zu fallen. Vielleicht warteten sie aber auch nur darauf, daß Ben sie verzweifelt zum Eingreifen aufforderte – dann würde die Menge sich gewiß auf ihn stürzen, ehe die Soldaten ihn überhaupt erreicht hätten.

Der Inspektor war zu klug, um sich auf so etwas einzulassen. Die Lagerinsassen konnten ihn zwar überwältigen, aber er würde ihnen nicht die Befriedigung verschaffen, vor ihnen seine Angst zu zeigen. Die schmutzigen, frustrierten und erregten Menschen bückten sich jetzt nach größeren Wurfgeschossen, und eine regelrechte Steinigung bahnte sich an.

Der nächste Stein traf ihn am Hals, und Blut sickerte aus der Wunde. Ein Treffer zwang ihn nach links, ein anderer wieder nach rechts.

Kamal riß sich zusammen und marschierte weiter. Er hatte große Lust, seine Pistole zu ziehen und sich damit zum Tor vorzukämpfen.

Doch dann überkam ihn eine eigentümliche Ruhe, und er erkannte mit einem Mal, daß der Tod seine Schrecken verloren hatte. Im Gegenteil, der Tod erschien ihm in diesem Moment als etwas Wünschenswertes, weil er die Last der Vergangenheit und der Zukunft auslöschen konnte. Ben nahm nur noch am Rande seines Bewußtseins wahr, wie er weitere Treffer erhielt. Die Menschen zu beiden Seiten seines Weges verschwammen zur Unkenntlichkeit, und er sah nur noch die Gasse zwischen ihren Reihen.

Plötzlich hörte das Bombardement auf. Vielleicht hatten die Lagerbewohner erkannt, daß es ihnen nichts einbrachte, einen Repräsentanten des Staates zu töten.

Das Tor, das eben noch in weiter Ferne gelegen hatte, befand sich nun direkt vor ihm. Einer der Wächter öffnete es mit zitternder Hand. Als Kamal hindurchgehen wollte, trat die Frau auf ihn zu, griff nach seinem Arm und redete leise auf ihn ein.

»Du bist ein Narr, aber ein tapferer Narr. Der Junge, den du suchst, nennt sich selbst Radji. Er ist fortgelaufen, nachdem er einen Wächter mit Steinen beworfen hatte.«

»Wie lange ist das her?«

»Einen Monat. Vielleicht auch zwei. Seitdem habe ich ihn nicht mehr gesehen.«

Ben trat nach draußen, und der Wächter schloß hinter ihm das Tor. Der Inspektor und die junge Frau standen nun auf verschiedenen Seiten des Zauns.

»Woher kennen Sie ihn?« fragte Kamal. »Was macht Sie so sicher, daß es sich bei dem Jungen, nach dem ich suche, um Radji handelt?«

»Weil er mein Bruder ist.«

Kapitel 11

»Er hat heute einen seiner besseren Tage«, teilte die Schwester Danielle mit, während sie die junge Frau zum Zimmer ihres Vaters im Veteranenheim führte. »Er ist gut gelaunt und bei klarem Verstand, obwohl er manchmal ein paar Aussetzer hat.«

Sie erreichten die Tür, und Danielle dankte der Krankenschwester für ihre Hilfe. Es kostete sie jedes Mal einige Anstrengung, sich auf das Wiedersehen mit ihrem Vater vorzubereiten. Ganz gleich, wie oft sie ihn besuchte, der Schock, ihn so zu erleben, wollte einfach nicht nachlassen. Sie mußte sich stets an den starken und tatkräftigen israelischen Kriegshelden erinnern, der so stolz auf den Werdegang seiner Tochter war. Der Umstand, daß Danielle weder einen Ehemann noch Kinder vorweisen konnte – ein unerhörter Makel für eine zweiunddreißigjährige Israelin –, bedeutete ihm angesichts ihrer Verdienste für das Vaterland nicht viel.

Danielle atmete schließlich tief durch, trat ein und setzte ein Lächeln auf, das wenig glaubwürdig wirkte.

»Hallo, Vater.« Sie stellte sich an sein Bett, küßte ihn leicht und spürte seinen Speichel an ihrer Wange.

Er setzte sich auf und legte den Laptop auf seinen Schoß. Das Gerät diente ihm als Stimmenersatz, seit der Schlaganfall ihn seiner Sprechfähigkeit beraubt hatte. Die Agentin setzte sich so hin, daß sie vom Bildschirm ablesen konnte.

WIE SCHÖN, DICH WIEDERZUSEHEN.

»Ich muß etwas mit dir bereden. Du bist der einzige, mit dem ich darüber sprechen kann.«

ICH HÖRE, tippte er ein und sah sie aufmerksam an.

»Man hat mir einen sehr speziellen Auftrag zugewiesen ...«

DIE ARMEE, gab er ein, bevor sie ausgeredet hatte.

»Nein, Vater, ich bin nicht mehr bei den Streitkräften, sondern beim Shin Bet.«

Er sah sie fragend an.

»Sie schicken mich in die Westbank, nach Jericho.«

Ihr Vater schien erstaunt zu sein, obwohl man das in seinem Zustand nie richtig erkennen konnte.

»Ich soll die palästinensischen Behörden dabei unterstützen, einen Mörder zu fassen. Eine Form von internationaler Amtshilfe, die erste ihrer Art zwischen unseren beiden Völkern.«

Seine Augen wirkten sehr rege, als er wieder etwas eintippte:

NICHT ALLES, WAS NACH GESCHICHTE AUSSIEHT, IST ES AUCH.

»Da stimme ich dir vollkommen zu, aber sie haben mir

keine Wahl gelassen.« Danielle beschloß, ihren Vater nicht mit allen Einzelheiten zu belasten.

»Wenn ich ablehne, riskiere ich eine Strafe. Sicher würde ich dann versetzt, vielleicht sogar aus dem Shin Bet entlassen.«

MISTKERLE!

»Sie halten den Auftrag aber für eine wichtige Sache.«

Obwohl Shim Barnea seine Gesichtsmuskeln kaum noch bewegen konnte, blickte er jetzt überaus skeptisch drein.

DIESE LEUTE HABEN NOCH NIE ETWAS OHNE HINTERGEDANKEN BEGONNEN. GLAUB MIR, ICH KENNE DIESE TYPEN.

Danielle wollte etwas entgegnen, aber er tippte noch immer.

SCHLIESSLICH HABE ICH SELBST BEI DEM HAUFEN GEARBEITET.

Er gab noch etwas ein, und Danielle bemerkte einen ungewohnt ernsten Ausdruck in seinen Augen.

TRAU IHNEN NICHT ÜBER DEN WEG!

»Ich könnte ja meine Kündigung einreichen«, sagte sie und hoffte, ihr Vater würde diesen Entschluß billigen.

DAS WÜRDEST DU JA DOCH NIE TUN.

Plötzlich wurde sein Blick wieder glasig, alles Leben wich aus seinen Augen, und dahinter lauerte nur undurchdringliche Dunkelheit. Aber es gelang ihm, sich noch einmal zusammenzureißen.

HÖR ENDLICH AUF ZU BENAKD/WVCKDDV ...

Er umschloß mit beiden Händen das Gerät, um das Zittern aus seinen Fingern zu vertreiben und etwas anderes als Wortsalat zu schreiben.

Danielle zog sie mit sanftem Druck von dem Laptop und war insgeheim froh, mit diesen wichtigen Angelegenheiten zu ihrem Vater gekommen zu sein. Gerade solche Besuche waren ein Segen für ihn, gaben sie ihm doch Gelegenheit, seinen Verstand noch einmal zu gebrauchen.

Und heute hatte sein Geist ausgezeichnet funktioniert.

Ein Gedanke ihres Vaters ließ sie auch dann noch nicht los, als sie ihm etwas später dabei half, das Mittagessen zu sich zu nehmen.

Trau ihnen nicht über den Weg.

Kapitel 12

»Ich bin beauftragt, Ihnen meine hundertprozentige Unterstützung zu gewähren«, erklärte Bassim al-Shaer und hielt Ben die Tür auf. »Der Bürgermeister hat höchstpersönlich bei mir angerufen.«

»Ich kann mir gut vorstellen, daß er vor allem an Ihr Mitgefühl appelliert hat, oder?«

»Er meinte so etwas wie: ›Wenn ich je wieder als richtiger Arzt arbeiten wolle ...‹ Wo wir gerade beim Thema sind, was haben Sie denn mit Ihrem Gesicht gemacht?«

»Ich war im Flüchtlingslager und habe dort Bekanntschaft mit einigen Steinen geschlossen.«

»Ich könnte die Wunden versorgen.«

»Bleiben Sie lieber bei Ihren Toten, Doktor.«

Der Gerichtsmediziner grinste. »Ich bin ein geduldiger Mann, Benny.«

Der gewichtige Mann schloß die Tür hinter sich und ließ die Jalousien herunter.

»Kommen Sie«, winkte er den Inspektor heran. Al-Shaer trug noch immer den verknitterten Khakianzug vom Morgen, hatte sich aber der Jacke entledigt und die Ärmel bis zum Ellbogen hochgekrempelt. Er roch nach Schweiß, Zigarettenrauch und den diversen Chemikalien, mit denen er seine Arbeit verrichtete.

Das Büro des Gerichtsmediziners war – wie so vieles in Jericho – behelfsmäßig im hinteren Teil einer tierärztlichen Klinik untergebracht. Zusätzlich zu einem ehemaligen Behandlungszimmer, das er in ein Labor umgewandelt hatte, besaß er noch einen kleinen, fensterlosen Raum als Büro, der vormals als Besenkammer gedient hatte. Im Labor fanden gerade mal zwei Tragen Platz, und als Kühlraum für die sterblichen Überreste mußte eine Gefriertruhe herhalten, die aus Jordanien gekommen war.

Der Gerichtsmediziner führte Ben durch einen dunklen Gang in sein Labor. Kamal hätte den Raum auch allein finden können, indem er einfach dem strengen Formaldehyd-Geruch gefolgt wäre.

Im Innern des fensterlosen Zimmers brannten Neonleuchten an den Wänden. Al-Shaer hatte eine leere Bahre in die Ecke geschoben, und eine zweite stand mitten im Raum, bedeckt von einem weißen Plastiklaken. An einem Wandhaken hing eine blutbespritzte Schürze. Der Gerichtsmediziner schien allerdings nicht vorzuhaben, diese umzubinden. Erst nachdem der Mann die Tür geschlossen hatte, wurde sich Ben des Umstands bewußt, daß er sich in einem der wenigen Gebäude der Stadt aufhielt, die über eine Klimaanlage verfügten. Bei den anderen handelte es sich in der Regel um die vornehmen Hotels und Gasthöfe in Ost-Jericho, wo man den Blick auf den fernen Jordan genießen konnte.

Kamal hörte Hundegebell im vorderen Teil des Gebäudes, dort, wo immer noch die Tierärzte praktizierten.

»Die Ergebnisse, von denen ich Ihnen berichten kann, beruhen auf der Voruntersuchung. Viel weiter bin ich nämlich noch nicht gekommen, und ich bezweifle, daß ich mich noch länger mit dieser Leiche befassen muß. Sie befindet sich nämlich im gleichen Zustand wie der Tote, den man mir vor zehn Tagen gebracht hat.«

»Dann tun Sie doch bitte so, als wenn dies die erste Leiche wäre. Und fangen Sie ganz von vorne an.«

Der Gerichtsmediziner legte eine Hand auf den Saum der Plastikdecke, zog sie aber gleich wieder zurück, um sich eine Zigarette anzuzünden. Nach ein paar Zügen begann er seinen Vortrag.

»Siebzehn Stichwunden, von denen elf tödlich gewesen sind. Diese siebzehn Stiche wurden, und das kann ich Ihnen versichern, mit ein und demselben Messer durchgeführt.«

»Was für ein Messer?«

»Ein sehr scharfes.«

»Danke.«

Al-Shaer lächelte selbstzufrieden und lehnte sich an die Bahre. »Mehr weiß ich nicht, um die Wahrheit zu sagen. Ich habe nur herausgefunden, daß dieselbe Klinge, die die Stichwunden verursacht hat, auch dazu benutzt wurde, den Mann zu verstümmeln, und zwar im Gesicht, am Unterleib und an den Genitalien.«

»Genitalien?«

»Dazu komme ich gleich noch. Die Klinge war scharf wie ein Rasiermesser, schnitt aber in einer Form und Breite, die für ein Rasiermesser untypisch ist.«

»Wie soll ich das verstehen?«

Der Gerichtsmediziner schob die Zigarette in einen Mundwinkel und griff hinter dem Kopf der Leiche zu einer Schale, in der chirurgische Instrumente in einem Alkoholbad schwammen. Sie mußten blutverschmiert gewesen sein, denn die Lösung hatte eine hellrote Färbung angenommen. Al-Shaer zog ein Skalpell heraus, und Ben fiel auf, daß er sich nicht die Mühe gemacht hatte, vorher Gummi- oder Latexhandschuhe überzustreifen.

»Die Schneide von diesem Gerät hier läßt sich mit der eines Rasiermessers vergleichen«, erklärte er. »Sehen Sie bitte, wie dünn die Klinge ist. Die Tatwaffe wies zwar eine wesentlich dickere Schneide auf, war aber genauso scharf. Außerdem sind die Schnitte in beide Richtungen durchgeführt worden.«

»Also ein zweischneidiges Messer?«

Al-Shaer nickte. »Und dann ist da noch etwas. Bei der

letzten Leiche stieß ich auf eine ölige Substanz an den Rändern der Stichwunden.«

»Ich kann mich nicht erinnern, davon in Ihrem Bericht gelesen zu haben.«

Ein Ruck ging durch den kleinen Mann, und Asche fiel von der Zigarette. »Ich habe das Öl nicht in meinem offiziellen Bericht erwähnt, weil es mir nicht gelungen ist, die Substanz zu identifizieren. Ich nahm daher an, daß der Mörder es als eine Art Gleitmittel benutzt hat, um mit seiner Arbeit rascher und effektiver voranzukommen.«

»Was denn für ein Gleitmittel?«

»Das ist mir ein Rätsel.«

»Und beileibe nicht das einzige.« Ben trat an die Bahre. »Weisen die Wundränder hier auch dieses Öl auf?«

»Soweit bin ich noch nicht. Aber ich habe mir die Autopsieberichte über die anderen Toten angesehen. Darin wird weder ein Öl noch ein Gleitmittel erwähnt. Ich möchte allerdings bezweifeln, daß meine verehrten Kollegen sich die Leichen überhaupt so gründlich angesehen haben«, fügte er mit einem Grinsen hinzu.

»Was können sie mir sonst noch über die Todesart berichten?«

»Daß es sich um einen gewaltsamen Tod gehandelt hat.«

»Darauf bin ich auch schon von allein gekommen.«

»Also gut.« Der Gerichtsmediziner sprach frei und ohne irgendwelche Notizen zu Hilfe zu nehmen. »Schweres Körpertrauma, post-mortale Spasmen, schwerer Blutverlust. Die eigentliche Todesursache war jedoch, daß man dem Opfer die Kehle durchgeschnitten hat. Nach einer solchen Verletzung tritt der Tod auf der Stelle ein. Aber um eines gleich klarzustellen: Das Opfer hat vorher einiges zu erleiden gehabt. Habe ich Ihnen schon seine Hände gezeigt?«

»Nein.«

»Sie sind von Schnittwunden übersät. Offenbar hat der

Mann sich gewehrt, aber aufgrund der Stichwunden soviel Blut verloren, daß seine Kräfte nicht mehr ausgereicht haben.«

»Befinden sich Hautpartikel unter den Fingernägeln?«
»Leider nicht. Sind Sie jetzt zufrieden?«

Ben nickte und war überrascht, welch ausgezeichnete Arbeit al-Shaer mit dieser bescheidenen Ausrüstung zuwege brachte. Er wußte, daß der kleine dicke Mann einige Jahre in den besetzten Gebieten als praktischer Arzt tätig gewesen war. Doch dann waren Gerüchte aufgekommen, er habe im alkoholisierten Zustand Operationen durchgeführt. Daraufhin blieben immer mehr Patienten seiner Praxis fern, und schließlich hatten die Israelis ihn verhaftet und eingesperrt.

Wenige Tage bevor die Israelis Jericho der palästinensischen Selbstverwaltung übergeben hatten, war al-Shaer entlassen worden und hatte sich gleich um eine Approbation bemüht. Bürgermeister Sumaya hatte ihm eine entsprechende Lizenz in Aussicht gestellt, wenn er gute Arbeit leisten würde. Offiziell mußte die Urkunde erst in Arabisch verfaßt und von den Autonomie-Behörden beglaubigt werden, und das zog sich hin.

»Was können Sie mir sonst noch sagen?« fragte Ben nach einer Weile.

»Nun, ein paar Kleinigkeiten, die aber durchaus interessant sind«, antwortete der Mediziner. Er spuckte die fast abgebrannte Zigarette auf den Boden und trat sie mit dem Absatz aus. Dann zog er die Decke ein Stück weit zurück und legte einen Teil des Körpers bloß, der nicht verstümmelt worden war. Sein Zeigefinger deutete auf eine weiße Stelle auf der ansonsten braunen Haut. »Können Sie die kleinen Narben hier erkennen?«

Ben blickte al-Shaer über die Schulter. »Nein.«

»Insgesamt drei. Hier, hier und die dritte durch den Nabel.« Der kleine Mann zeigte mit dem Finger auf die entsprechenden Stellen. »Sie lassen darauf schließen, daß dem Toten die Gallenblase entfernt worden ist, und zwar durch ein Operationsverfahren, das man Laparoskopie nennt.«

»Höchst zweifelhaft, daß sich ein Palästinenser einer solchen Operation hat unterziehen können.«

»Nicht in den besetzten Gebieten, das steht fest. Außerdem kann ich kaum glauben, daß ein Palästinenser sich überhaupt die Gallenblase entfernen lassen würde. Wir sind es schließlich gewöhnt, mit Schmerzen und Leid zu leben.«

»In welchem Alter unterzieht man sich für gewöhnlich einer solchen Operation?«

»Frühestens mit fünfunddreißig. Nur wenn das Gallenleiden chronisch ist, kann die Operation auch an jüngeren Menschen durchgeführt werden. Die Gallenblase gehört zu den Organen, ohne die man normalerweise nicht leben kann.«

»Aber Ihre Untersuchung hat ergeben, daß das Opfer mindestens fünfunddreißig Jahre alt gewesen ist, oder?«

»Ja, der Mann dürfte zwischen fünfunddreißig und vierzig gewesen sein. Und seine Krankengeschichte kann mit mehr als nur der Entfernung der Gallenblase aufwarten.« Al-Shaer begab sich ans Kopfende der Bahre und wollte schon das Gesicht freilegen, als er es sich plötzlich anders überlegte. »Nein, diesen Anblick möchte ich Ihnen ersparen. Sie würden ohnehin nichts erkennen, was Ihnen irgendwie bekannt vorkäme.«

»Was wollten Sie mir denn zeigen?«

»Seine Zähne. Fast alle weisen Jacket-Kronen auf. Eine hervorragende Arbeit. Ich brauche wohl nicht extra zu betonen, daß ein Palästinenser sich schon glücklich preisen darf, wenn er überhaupt eine Füllung bekommt.«

»Und was können Sie mir sonst noch berichten?«

»Da bin ich auf Vermutungen angewiesen.«

»Bitte, auch die interessieren mich.«

»Der Tote hat einen durchtrainierten Körper und muß

sehr stark gewesen sein. Vermutlich war er ein Athlet oder Soldat.«

»Größe und Gewicht?«

»Gut einen Meter achtzig. Zweiundneunzig bis dreiundneunzig Kilogramm.«

»Und trotz seiner hervorragenden körperlichen Verfassung und seiner Kräfte konnte er dem Mörder nicht entkommen.«

»Das läßt al-Diib in einem ganz besonderen Licht erscheinen, nicht wahr?«

Kamal starrte auf die Gestalt, die von dem Tuch verhüllt wurde. »Haben Sie irgendeine Vorstellung, welcher Nationalität das Opfer angehört haben könnte?«

»Das wenige, was von seiner Haut noch übriggeblieben ist, läßt auf einen Semiten schließen, der allerdings im Westen aufgewachsen sein muß. Also ein Europäer oder Amerikaner. Normalerweise würde ich auf einen Israeli schließen, wenn dem nicht eine Kleinigkeit im Wege stünde.«

»Was für eine Kleinigkeit?«

»Der Mann ist nicht beschnitten. Wenn man ihm die Vorhaut entfernt hätte, würde ich sofort sagen, der Mann sei Israeli gewesen.«

Al-Shaer hatte deutlich gemacht, daß die Untersuchung der Leiche viele Fragen aufwarf. Ben versuchte sich die Schlußfolgerungen des Gerichtsmediziners klarzumachen. In der Regel begann eine Ermittlung mit der Identifizierung der Leiche, doch im vorliegenden Fall erwies sich schon diese Grundvoraussetzung als überaus kompliziert. Kamal konnte sich nicht mehr auf Vermißtenmeldungen oder die Gewißheit verlassen, bei dem Toten handele es sich um einen Bürger Jerichos. Und warum spazierte ein Ausländer um Mitternacht durch die Straßen der Stadt?

»Ich darf wohl davon ausgehen, daß Sie die persönliche Habe des Toten aufgelistet und verstaut haben?«

»Selbstverständlich.«

»Dann möchte ich mir gern seine Schuhe ansehen.«

Der Gerichtsmediziner machte ein verdutztes Gesicht, seufzte und holte eine Plastiktüte aus einem metallenen Aktenschrank. Er reichte Ben die eingepackten Schuhe und versuchte, nicht hinzusehen, als der Inspektor sie herausnahm und die Sohlen inspizierte.

Kamal zog ein Taschenmesser aus seiner Hosentasche, kratzte mit der Klinge an der Sohle und ließ die Bröckchen auf ein Stück Küchenrolle fallen. Bei dem Belag handelte es sich um gewöhnlichen Straßenstaub, der sich jedoch rasch löste und darunter eine schwarze Schuhsohle zum Vorschein kommen ließ.

»Darauf hätte ich wirklich schon früher kommen können«, murmelte der Polizist.

»Worauf?«

»Aber ich hatte ja keine Ahnung, daß es sich bei dem Toten um einen Ausländer handelt«, murmelte Ben. »Ich bin immer davon ausgegangen, das Opfer sei zu Fuß gekommen und die Jaffa-Straße entlang gegangen.«

»Und, stimmt das etwa nicht?«

»Untersuchen Sie die Partikel von diesem Schuh, und Sie werden leicht feststellen, daß sie exakt den Proben gleichen, die Sie auf meine Bitte hin am Tatort einsammeln sollten – der Gasse in der Nähe der Jaffa-Straße. Es fällt auf, daß sich nicht viel Straßenschmutz unter diesem Schuh befindet. Das Opfer ist also nicht sehr weit gelaufen, bevor es umgebracht wurde.«

Kamal machte sich nun über den zweiten Schuh her, und bald entstand neben dem ersten ein zweites Staubhäufchen. »Entweder hat er sich von jemandem dort absetzen lassen, oder er ist selbst hingefahren, hat den Wagen in der Nähe abgestellt und ist den Rest zu Fuß gelaufen, um an dem Treffen teilzunehmen.«

»Treffen? Was denn für ein Treffen?«

»Wir haben es hier mit einem Ausländer zu tun, der

mitten in der Nacht durch Jericho läuft. Sie glauben doch wohl nicht, daß er sich nur ein wenig die Beine vertreten wollte? Daß er dabei die Grenze überschritten hat, ohne es zu merken?

Nein, der Mann hielt sich aus einem bestimmten Grund in der Stadt auf. Und dabei ist er al-Diib in die Arme gelaufen. Vielleicht wollte er sich auch mit dem Wolf treffen.«

Der kleine Mann stellte sich so hin, daß Kamal sein höhnisches Grinsen erkennen konnte. »Soll ich das alles in meinen Bericht mit aufnehmen?«

»Nein, das ist meine Angelegenheit. Ihre Aufgabe besteht darin, das Messer zu finden, mit dem al-Diib seine Opfer niedergemacht hat.«

Al-Shaer grinste noch immer. »Meinen Sie, der Wolf war so freundlich, es hier irgendwo liegen zu lassen, damit ich es problemlos finden kann?«

»Nachdem wir es hier mit zwei Opfern zu tun haben, deren Wunden wir miteinander vergleichen können, wäre ihm das durchaus zuzutrauen. Ich schicke Ihnen alle Messer, Doktor, die ich auftreiben kann. Testen Sie sie. Alle.«

»Testen?«

»Überprüfen Sie, welche spezifischen Wunden sie hinterlassen. Möglicherweise ist eines dabei, das Löcher und Schnitte wie das von al-Diib erzeugt.«

»Vergessen Sie nicht das Gleitmittel. Das könnte die Suche erheblich erschweren.«

»Wir suchen doch nur nach einem ersten Anhaltspunkt.«

»Und woran genau soll ich Ihre Messer testen?«

»Eine Rinderhälfte dürfte den Zweck erfüllen. Vielleicht sogar ein größerer Fisch, wenn seine Konsistenz fest genug ist.«

Der Gerichtsmediziner lächelte breit. »Warum nicht gleich ein menschlicher Körper? Sie hätten wohl nicht die

Güte, Inspektor, sich dafür freiwillig zur Verfügung zu stellen?«

»Kommt ganz darauf an, ob ich diesen Fall löse oder nicht.«

Kapitel 13

Ben hatte noch eine Sache zu erledigen, ehe er ins palästinensische Verwaltungsgebäude zurückkehren konnte, um dort mit seinem israelischen Kollegen zusammenzutreffen. Er fuhr in den Ostteil von Jericho, zu den teuren Villen, die über Palmen und Bananenbaumhaine hinwegblickten und von wo aus man den Jordan als dünnes, weißes Band inmitten der Wüste erkennen konnte.

Einige dieser Prachthäuser waren verlassen und seitdem ihrem Schicksal überlassen worden. Unkraut und Schlingpflanzen hatten von ihnen Besitz ergriffen, weil die ehemaligen Bewohner kein Interesse zeigten, an diesen Ort zurückzukehren.

Kamal konnte sich dunkel daran erinnern, als Kind hier gespielt zu haben. Damals hatte er seinen Vater einige Male gefragt, ob sie nicht auch in ein so schönes Haus ziehen könnten.

Sein Vater hatte ihm stets dieselbe Antwort gegeben: »Eines Tages.«

Diese Erinnerungen waren ihm einige Jahre später wieder zu Bewußtsein gekommen, kurze Zeit nach dem Tod seiner Mutter. Ben war in die Dachkammer hinaufgestiegen und dabei auf Briefe an seinen Vater gestoßen, die dieser während seiner fünf Jahre in den Vereinigten Staaten erhalten hatte, bevor er nach Palästina zurückgekehrt war. Die Schreiben stammten von einer Frau namens Dalia

Mikhail. Es hatte sich um Liebesbriefe gehandelt, und der Absender kam ihm irgendwie bekannt vor.

Bei der Adresse handelte es sich just um die Villa, zu der sein Vater ihn zum Spielen mitgenommen hatte – ohne Zweifel, um die Geliebte aufzusuchen, von der die Briefe stammten, die Ben zerknüllte, nachdem er sie gelesen hatte. Er kam sich betrogen vor und glaubte in seinem Zorn schon, sein Vater sei nicht aus patriotischen Gründen nach Palästina zurückgekehrt – aber dann wäre er wohl kaum ermordet worden, oder?

Ben warf die Schreiben jedoch nicht fort, sondern strich sie glatt, bewahrte sie auf und las sie im Lauf der folgenden Jahre immer wieder. Er fragte sich, ob seine Mutter von diesem Treiben etwas gewußt hatte. Vielleicht war so auch zu verstehen, warum sie Jafir Kamal keine Szene gemacht hatte, als er ihr erklärte, er ginge fort.

Der junge Mann hatte einige Male mit dem Gedanken gespielt, Dalia anzuschreiben, um so möglicherweise das zu erfahren, worüber die gefundenen Briefe ihm keine Auskunft geben konnten. Aber dazu war es nie gekommen. Die Geliebte seines Vaters blieb für ihn ein Geist, ein Schatten, der erst nach seiner eigenen Rückkehr nach Jericho deutliche Konturen annahm.

Ben hatte keine Ahnung, was er erwarten oder sagen sollte, und so überraschte es ihn eigentlich nicht, als Dalia ihm die Tür öffnete, ihn nur kurz ansah und dann erklärte: »Ich habe Sie schon erwartet.«

Die Frau hatte von seiner Rückkehr in die Heimat erfahren und die Presseberichte über ihn und seine Aufgabe verfolgt, in der Westbank eine Polizeitruppe aufzubauen und auszubilden. Trotz seiner Vorbehalte mußte Ben bald feststellen, daß von dieser Frau ein besonderer Reiz ausging. Er schätzte sie auf Anfang Sechzig, und sie strahlte immer noch Eleganz aus, besaß feine Gesichtszüge und einen schlanken Körper. Dalia war eine palästinensische Christin, und ihren Briefen war zu entnehmen gewesen, daß sie sich schon immer gegen jede Art von Fundamentalismus, gleich welcher Couleur, gewandt hatte. So hatte sie auch keine Angst, wenn sie israelische Freunde besuchte oder diese in ihrem Haus empfing.

Ursprünglich war er aus reiner Neugier hergekommen, doch bald freundete er sich mit Dalia an, wofür vielleicht auch seine Einsamkeit verantwortlich war. Sie trafen sich häufiger, speisten zusammen und tauschten Erinnerungen aus. Wenn sie zusammen auf der Terrasse saßen, fiel ihm ein, wie er als Kind im Garten unterhalb des Hauses gespielt hatte. Der kleine Ben hatte Steine geworfen und sich dabei vorgestellt, sie würden im Jordan landen. Er hatte sich die Zeit vertrieben und auf seinen Vater gewartet, der ihm stets gesagt hatte, er habe drinnen wichtige Geschäfte zu erledigen.

Ich habe mit Vati gespielt, pflegte er seiner Mutter zu antworten, wenn sie ihn fragte, was er den Tag über getrieben habe, und in seiner Vorstellung hatte es sich tatsächlich so verhalten.

Dalia Mikhails zweigeschossige Villa hatte nichts vom Charme jener frühen Tage verloren. Die Zimmer waren mit Möbeln in den verschiedensten Stilrichtungen eingerichtet, und manche davon waren museumsreif, denn die Dame besaß antike Stücke aus den unterschiedlichsten Kulturen. Zu jeder einzelnen Kostbarkeit wußte sie eine Geschichte zu erzählen. Ben hatte schon viele von ihnen gehört, konnte aber nicht genug davon bekommen.

Kein Zimmer war in einem gewissen Stil oder auch nur einer Epoche eingerichtet, aber alle waren in blassen, kühlen Farben gehalten, die sich von den dunklen Böden abhoben. Zum Kontrast stand gelegentlich auch eine Truhe aus sehr dunklem Holz zwischen den Möbelstücken. Daraus ergab sich ein ganz besonderer Charakter, und die Symmetrie der Einrichtung war allein für den erkennbar, der dieses Arrangement geschaffen hatte.

Dalia gab sich damit zufrieden, allein in diesem Kunstwerk zu leben. Sie hatte keine Bekannten und setzte sich höchstens einmal an ihren Computer, um über Internet Kontakt mit Freunden herzustellen – vorausgesetzt, die internationalen Telefonverbindungen funktionierten, was nicht regelmäßig der Fall war. Doch davon abgesehen endete für Dalia die Welt außerhalb der Fenster und der Außenmauern ihres Anwesens. Draußen gab es nichts, was für sie Reiz oder eine Verlockung darstellte. Alles, was für sie wichtig war, befand sich innerhalb ihrer Villa. In gewisser Weise erinnerte sie Ben an Rula Middein, die sich auf ihre Art mit dem Umstand abgefunden hatte, daß ihre Familie sich nie mehr zum gemeinsamen Abendbrot einfinden würde.

Die einzige Ausnahme in Dalias Abgeschiedenheit bildete ihr unnachgiebiger Feldzug gegen die momentane palästinensische Selbstverwaltung. Diesen Kampf führte sie vor allem in Form von wöchentlich abgeschickten Leserbriefen an die Redaktionen der verschiedenen palästinensischen Tageszeitungen. Mittlerweile wurden sie nur noch selten abgedruckt, und man lehnte auch ihren Wunsch ab, Anzeigenplätze zu kaufen und in einem eingerückten Inserat ihre Meinung kundzutun. Dennoch ließ sie von der Briefschreiberei nicht ab, und Ben machte es sich zur Angewohnheit, beim Zeitunglesen immer zuerst die Leserbriefseite aufzuschlagen, um nachzusehen, ob ihre Bemühungen erfolgreich gewesen waren.

Heute folgte er Dalia ins Wohnzimmer, das ihn an sein ehemaliges Zuhause in den USA erinnerte. Ihr Fernsehgerät war in einem Schrank untergebracht, und die Kabel von der Satellitenschüssel auf dem Dach zum Apparat hatte man hinter den Wänden und unter dem Fußboden verlegt, um die besondere Harmonie in diesem Raum nicht zu stören. An der gegenüberliegenden Wand befand sich ihr Computer. Vor den Fenstern der Villa hingen Jalousien aus hellen Naturfasern, die auf eine spezielle Weise miteinander verflochten waren und den Großteil des Sonnenlichts draußen hielten, das sonst während der heißesten Stunden des Tages Dalias Schätze ruiniert hätte.

Ben nahm in seinem gewohnten Sessel Platz. Dalia ließ sich ihm gegenüber auf der Couch nieder.

»Hast du heute schon die Al-Quds gelesen?« fragte sie.

»Nein, ich bin noch nicht dazu gekommen.«

»Die Mühe kannst du dir sparen. Ein weiterer Brief, der nie das Licht der Öffentlichkeit erblicken wird. Sie weigern sich, auch nur eine Zeile zu drucken, die die Zustände in den Flüchtlingslagern anprangert.«

Kamal rieb sich über eine der Wunden, die er sich am Vormittag in einem dieser Lager zugezogen hatte. »Ich habe diese Zustände vor wenigen Stunden mit eigenen Augen beobachten können.«

»Bist du deswegen zu mir gekommen?«

»Warum muß ich immer einen besonderen Grund haben, um dich zu besuchen? Kann ich nicht einfach so vorbeikommen?«

»Doch, das könntest du, aber das würdest du nie tun. Wenn du hier erscheinst, dann immer nur, weil dich irgend etwas beschäftigt.«

Ben senkte schuldbewußt das Haupt. »Nun ja, ich arbeite an einem Fall, und der geht mir einfach nicht aus dem Kopf.«

»Al-Diib?«

»Woher weißt du das?« fragte er verblüfft.

»Es war nur eine Frage der Zeit, bis sie sich an dich wenden würden.«

»Nun, hinter der Geschichte steckt noch mehr: Ich soll mit einem israelischen Kollegen zusammenarbeiten.«

Das schien Dalia zu gefallen. »Oho, du machst also Geschichte, so wie dein Vater.«

»Aber nur widerwillig.«

»Glaubst du vielleicht, für ihn wäre es anders gewesen?«

»Ich dachte immer, so etwas käme wie von selbst und sei ein ganz natürlicher Vorgang.«

»Ach, Ben, dein Vater war nur ein besserer Schauspieler als du. Er war so gut, daß er sich sogar selbst etwas vormachen konnte.«

Unvermittelt erhob sie sich von der Couch. »Das hätte ich ja beinahe vergessen. Ich möchte dir etwas zeigen, mein neuestes *Amanah* ...«

Sie trat an die Fernsehtruhe, zog sanft die Türen auf und holte eine kleine Ebenholzkiste heraus, die für Bens ungeübtes Auge chinesisch aussah.

»Ming-Dynastie«, erklärte sie und streichelte das Stück liebevoll. »Sehr selten.«

»Und sicher auch sehr exquisit.«

»Greif zu«, forderte Dalia ihn auf, und er hob die Kiste so vorsichtig aus ihren Händen, als handele es sich dabei um ein Baby.

»So etwas nennt man Buddha-Truhe. Einer Sage zufolge legt man seine Geheimnisse dort hinein, und Buddha selbst sorgt dann dafür, daß alles seinen rechten Platz findet.«

»Interessant.«

»Und sehr praktisch. Aber im Fernen Osten ist man immer schon sehr praktisch gewesen. Wir Palästinenser könnten eine Menge von diesen Menschen lernen.«

Kamal wollte ihr die kleine Kiste zurückgeben, aber Dalia machte keine Anstalten, sie entgegenzunehmen. »Du könntest das auch einmal versuchen, Ben. Oder hast du keine Geheimnisse, die du in der Buddha-Truhe ablegen willst?«

»Ich habe Angst«, gestand er schließlich und sprach damit etwas aus, was er eigentlich schon heute morgen im Zimmer des Bürgermeisters hätte sagen sollen.

»Vor einem Mißerfolg? Oder davor, eine gute Gelegenheit zu verlieren, deine Stellung zu behaupten?«

»Nein, ich habe Angst vor dem Erfolg. Derjenige zu

sein, der dieses Monster zur Strecke bringt. Genau wie damals.«

Dalia zeigte sich bekümmert. »Tut mir leid, eine dumme Bemerkung von mir.«

Ben stand auf und reichte ihr das Kästchen zurück. »Vergiß es. Das ist ganz allein mein Problem, und ich muß einen Weg finden, damit fertig zu werden. Eigentlich sollte man doch annehmen, ich müßte mich über die Gelegenheit freuen, ein weiteres Ungeheuer unschädlich zu machen.«

»Nein, nicht nach dem, was das erste dir angetan hat.«

»Doch, gerade deshalb.« Er schwieg für einen Moment, ehe er leise fortfuhr: »Aber ich will das nicht noch einmal durchmachen. Diese Typen jagen mir große Angst ein, Dalia, weil sie so ganz anders sind als die Menschen, die wir kennen. Sie arbeiten und funktionieren auf einer ganz anderen Ebene ... Ich habe dem Sandmann in die Augen gesehen, nachdem ...«

Seine Stimme klang jetzt scharf und schneidend: »Ich kann nicht beschreiben, was ich dort gesehen habe, nur, daß absolut nichts Menschliches darin war. Ich weiß nicht, ob ich es über mich bringe, noch einmal einem Monster gegenüberzustehen und in dessen Augen zu schauen. Heute morgen habe ich den Auftrag erhalten und danach meine normale Arbeit getan, so wie immer, aber tief in mir regt sich der Wunsch, diesen Mörder nicht zu fassen. Ich will nicht derjenige sein, der al-Diib erwischt, weil der Preis für diesen Erfolg zu hoch für mich wäre.«

Dalia stellte die kleine Truhe in den Fernsehschrank zurück.

»Erzähl mir etwas über den israelischen Kollegen, mit dem du zusammenarbeiten sollst«, forderte sie ihn auf, nachdem sie die Türen geschlossen hatte.

»Ich treffe ihn um fünfzehn Uhr, und das ist alles, was ich über ihn weiß.«

»Dann wollen wir doch mal sehen, ob wir nicht ein

wenig mehr herausfinden.« Sie setzte sich an ihren Computer.

Dalia stellte über E-Mail eine Verbindung mit einem Freund her, der im Archiv des israelischen Hauptquartiers arbeitete. Nachdem sie ihre Frage eingegeben hatte, lehnte sie sich zurück, um auf die Antwort zu warten.

Draußen wehte eine milde Brise aus dem Jordantal. Am späten Nachmittag war die Aussicht auf die Berge, das Tal, die Ausläufer der Oase und die Wüste rings herum ein einziger Genuß.

»Aha«, sagte Dalia schließlich, als die Antwort auf ihrem Bildschirm erschien. »Unser Freund scheint heute sehr gesprächig zu sein ... Moment mal, das ist ja höchst interessant.«

»Was denn?«

Sie drehte sich zu ihm um. »Sieh es dir doch selbst an.«

»Worum geht es denn?«

»Um deinen neuen Partner.«

Kapitel 14

Ben traf zwanzig Minuten zu spät im palästinensischen Verwaltungsgebäude ein. Er rannte die Stufen hinauf und versuchte auf dem Weg zu Bürgermeister Sumayas Büro im zweiten Stock wieder zu Atem zu kommen. Die Tür stand halb auf. Er klopfte dennoch an.

»Herein!« rief der Bürgermeister freundlich.

»Sir«, grüßte Kamal beim Eintreten.

»Hallo, Inspektor, wir haben schon auf Sie gewartet.« Der Bürgermeister erhob sich. Commander Shaath, der vor dem Schreibtisch saß, blieb sitzen. »Hier ist jemand, den ich Ihnen vorstellen möchte.«

Bens Augen folgten dem leicht nervösen Blick Sumayas

und entdeckten eine überaus attraktive dunkelhaarige Frau, die sich jetzt aus einem der beiden Sessel in der rechten Ecke erhob.

»Das ist Chefinspektor Danielle Barnea von der israelischen Polizei«, erklärte der Bürgermeister.

Die beiden neuen Kollegen trafen sich in der Mitte des Büros und reichten sich die Hand. Danielles Griff war fest und warm. Für ihre Größe besaß sie ziemlich kleine Hände, die jedoch ausgesprochen kräftig waren. Ben spürte Schwielen an ihren Fingergliedern.

»Ich freue mich auf die Zusammenarbeit mit Ihnen«, sagte er höflich und hoffte, man möge ihm diese Lüge nicht anmerken.

»Ganz meinerseits, Inspektor«, entgegnete sie ebenso freundlich, und Kamal merkte ihr an, daß auch sie von der geplanten Aktion nicht begeistert war.

Der Umstand, daß die Israelis eine Frau geschickt hatten, konnte ihn nicht überraschen, denn das hatte Dalia Mikhail bereits herausgefunden. Da der Bildschirm allerdings kein Foto von seiner zukünftigen Kollegin gezeigt hatte, verwunderte ihn doch die Schönheit dieser Frau. Sein Blick ruhte noch auf ihr, als sie sich schon längst umgedreht hatte. Die Chefinspektorin trug einen einfachen Rock und eine Bluse in einem militärischen Olivgrün. Sie besaß eine athletische, durchtrainierte Figur. Das dunkelbraune Haar fiel ihr locker bis über die Schultern.

»Chefinspektorin Barnea mußte in letzter Minute einspringen«, teilte Sumaya Ben mit und riß ihn damit aus seinen Tagträumereien. »Aus diesem Grund wird sie vermutlich einige Zeit benötigen, um sich in den Fall einzuarbeiten.«

»Das wird nicht nötig sein«, widersprach Danielle selbstsicher. »Wenn Sie nichts dagegen haben, möchte ich gleich mit der Arbeit beginnen.«

»Mir kann das nur recht sein«, sagte der Bürgermeister. »Und was meinen Sie, Inspektor Kamal?«

Er drehte sich zu Sumaya um. »Ich glaube, ich kann eventuelle Lücken im Kenntnisstand der Chefinspektorin ausfüllen.«

»Wie lange sind Sie denn schon mit dem Fall betraut?« wollte sie von ihm wissen.

»Seit heute morgen«, antwortete Ben, ehe der Bürgermeister eine Erklärung abgeben konnte.

»Da dürften sich bei Ihnen aber auch einige Lücken auftun«, bemerkte sie schnippisch.

»Nicht, soweit es das jüngste Mordopfer betrifft, und im Augenblick interessiert uns das am allermeisten.«

Danielle wandte sich wieder an den Bürgermeister. »Ich hatte eigentlich erwartet, mit jemandem zusammenzuarbeiten, der etwas tiefer in die laufenden Ermittlungen involviert ist.«

»Bis heute morgen«, erwiderte Kamal gelassen, »hat es eine Ermittlung, so wie Sie sie verstehen dürften, noch gar nicht gegeben. Deswegen hat der Bürgermeister mich gebeten, den Fall zu übernehmen.«

»Nach fünf Morden?«

»Eigentlich acht, wenn man die drei Toten hinzurechnet, bei denen die israelischen Stellen weder eine gründliche Untersuchung in die Wege geleitet noch die entsprechende Schlußfolgerungen gezogen haben.«

Sumaya erhob sich wieder hinter seinem Schreibtisch. »Schön, dann dürfte ja alles geklärt sein, was sich in meinem Büro regeln läßt.« Er betrachtete die beiden Polizisten unbehaglich, die einander wie Kampfhähne gegenüberstanden.

Auf dem Flur lief Danielle Ben voraus und blieb am Treppenabsatz stehen.

»Wir sollten in mein Büro im Polizeihauptquartier gehen«, schlug Kamal vor. »Dort können wir uns den Fall etwas genauer ansehen und uns gegenseitig besser kennenlernen.«

Die Israelin schien diese Worte als Herausforderung

anzusehen und begann mit ihrem Vortrag: »Bayan Kamal, geboren 1960 in Ramallah. Sohn des Volkshelden Jafir Kamal. 1965 in die USA ausgewandert, um bei Verwandten in Dearborn, Michigan, zu leben. Der Vater kehrt 1967 allein in die Westbank zurück und wird 1968 ermordet.«

Sie betrachtete ihn bei diesen Ausführungen genau.

»Nach erfolgreichem High-School-Abschluß Besuch der Universität von Michigan. Drittbester seines Jahrgangs. Zwei Semester juristisches Studium, dann Wechsel an die Polizeiakademie. Wiederum drittbester seines Jahrgangs. Danach Dienst bei der Polizei von Detroit. Im selben Jahr Heirat mit einer Amerikanerin. Zwei Kinder. War das für Sie ein Problem?«

»Was, Kinder zu haben?«

»Mit einer Amerikanerin verheiratet zu sein.«

»Ich bin Amerikaner.«

»Ich meine, als Sie wieder nach Jericho gekommen sind. Für einen Israeli wäre das ein Problem gewesen.«

»Ach, mein Volk hat genügend andere Probleme, um sich über so etwas Gedanken zu machen.«

Danielle fuhr fort: »Ich überspringe jetzt einige Passagen in Ihrer Personalakte und komme zu der Zeit, in der Sie ein Ermittlungsteam leiteten, das beauftragt worden war, eine Reihe von brutalen Familienmorden aufzuklären, die von einem Serienmörder namens Sandmann begangen wurden. Als Sie auf diesen besagten Killer stießen, haben Sie ihn erschossen.«

»Das reicht«, sagte Ben.

»Soll ich nicht weitermachen?«

»Befassen wir uns lieber mit der jüngsten Vergangenheit«, entgegnete Ben. »Ich bin vor etwa einem Jahr nach Jericho zurückgekehrt – in der Hoffnung, mein Leben wieder in den Griff zu bekommen. Ich habe damit begonnen, schlecht ausgebildeten Kriminalbeamten wenigstens die Grundbegriffe von Tatort- und Spurensicherung beizubringen.«

»Vielleicht sollten die palästinensischen Behörden auch eine Polizeiakademie gründen.«

»Wir haben bereits zwei, eine hier in Jericho und eine in Gaza. Ich habe an beiden Vorlesungen gehalten. Sonst noch was?«

»Warum nennt man Sie Ben?«

»Steht das nicht in Ihren Unterlagen?«

»Sonst würde ich ja wohl kaum fragen.«

»Als ich in Amerika in die Schule gegangen bin, konnten die Klassenkameraden meinen Namen nicht aussprechen, und deshalb nannten sie mich Ben. Als ich nach Jericho zurückkehrte, blieb der neue Name irgendwie hängen. Und nun bin ich an der Reihe, oder?«

Ben räusperte sich und war in Gedanken Dalias Computer zutiefst dankbar.

»Danielle Barnea, 1962 in Jerusalem geboren. Tritt 1980 dem Pionierkorps der Armee bei. Beantragt Versetzung zum Spezialkommando der israelischen Streitkräfte. Wird nach ihrem zweijährigen Wehrdienst dorthin versetzt, kurz nachdem ihr ältester Bruder während des israelischen Einmarsches in den Libanon 1982 gefallen ist. Wird als erste Frau in der Sayaret Einsatzgruppenleiterin. Führt siebzehn Einsätze durch. Wird im Alter von dreißig Jahren und im Rang eines Lieutenants aus dem dortigen Dienst entlassen –«

»Tatsächlich bin ich an meinem letzten Tag«, unterbrach sie ihn mit harter Stimme, »zum Captain befördert worden.«

»Bei der Polizei bekleidet sie den Rang einer stellvertretenden Inspektorin. Achtzehn Monate später wird sie die jüngste Frau, die je zum Pakad oder Chefinspektor befördert wird. Und zwar im selben Jahr, in dem ihr zweiter Bruder –«

»Ich glaube, wir können den nächsten Teil überspringen.«

»Nicht ganz. Ich wollte gerade darauf zu sprechen

kommen, daß Sie zum Shin Bet versetzt wurden. Und zwar vor drei Monaten, nachdem Sie den mutmaßlichen Terroristen Ahmed Fatuk verhaftet haben.«

»Nicht ›mutmaßlich‹. Er hat die Selbstmord-Attentate gegen zwei Linienbusse geplant.«

»Ich habe gehört, er sei einige Zeit vor diesen Anschlägen bei seiner christlichen Frau in Jerusalem eingezogen.«

»Uns lagen eindeutige Hinweise vor.«

»Aber keine Beweise.«

Danielle atmete tief durch. »Gut, jetzt weiß ich, wo Sie stehen.«

»Genau wie ich.«

»Dann lassen Sie uns in Ihr Büro fahren, Inspektor, und dort erzähle ich ihnen, was ich über den Wolf weiß.«

»Was würde Ihr Bürgermeister wohl sagen, wenn er wüßte, daß ich für den Shin Bet arbeite?« fragte Danielle, nachdem sie das Verwaltungsgebäude verlassen hatten.

»Alles, was Sie wollen, solange Sie sich nur bei Ihren Vorgesetzten lobend über ihn äußern.«

»Wir scheinen ja doch ein Stück vorangekommen zu sein, wenn sich jetzt schon Palästinenser Sorgen darüber machen, was die Israelis über ihn denken könnten.«

»Sumaya weiß genau, wer seine wirklichen Feinde sind.«

»Und was ist mit diesem großen Mann, der wie ein Neandertaler aussah und die ganze Zeit über still in seinem Sessel gesessen hat?«

»Sie meinen Commander Shaath? Nun, der ist alles andere als klug.«

»Er hat mir noch nicht einmal die Hand gegeben.«

»Noch etwas, das wir beide gemeinsam haben. Warum haben Sie uns eigentlich verschwiegen, für welchen Dienst Sie in Wahrheit arbeiten?«

»Weil die Teilnahme des Shin Bet darauf schließen läßt, daß meine Regierung ein ziemlich großes Interesse an diesem Fall hat. Wir hielten es für günstiger, diese Zusammenarbeit nach außen hin auf einer normalen polizeilichen Ebene stattfinden zu lassen.«

»Aber das funktioniert doch nicht. In allem, was mit diesem Fall zu tun hat, mischen die Regierungen mit, sowohl die Ihre wie auch die meine. Diese Geschichte hat sehr viel mit Politik zu tun, und die ganze Welt verfolgt unsere Zusammenarbeit. Wenn wir scheitern, werden nicht nur zwei normale Polizisten wie Sie und ich die Zeche zu bezahlen haben.«

»Aus diesem Grund sind ja auch beide Seiten so entschlossen, die Sache erfolgreich abzuschließen.« Sie sah ihn mit einem wissenden Lächeln an. »Irgendwie habe ich den Eindruck, daß Sie an diesem Erfolg nicht sonderlich interessiert sind.«

»Ich bleibe lieber unbeteiligt.«

»Waren Sie auch unbeteiligt, als Sie den Sandmann gejagt haben?«

Ben lief ein kalter Schauer den Rücken hinunter. »Diese Fähigkeit habe ich erst danach entwickelt.«

»Verstehe.«

»Wirklich?«

»Ich kenne Ihre Akte, Sie die meine. Geben Sie sich doch selbst die Antwort.«

»Es gibt dennoch Unterschiede zwischen unseren Schicksalen.«

»Wir haben beide geliebte Menschen verloren, und der Schmerz dürfte stets identisch gewesen sein.«

»Sollten wir am Ende doch eine Menge Gemeinsamkeiten besitzen, Pakad?«

»In gewissen Aspekten vielleicht, aber nicht in politischer Hinsicht.«

»Politik ist auch ein Aspekt.«

Beide verfielen in eisiges Schweigen, waren erneut zwei

Fremde, die nicht mehr miteinander teilten als denselben Bürgersteig.

»Wir sollten uns lieber auf den Fall konzentrieren, der vor uns liegt«, meinte die Israelin schließlich.

»Einverstanden. Also, was können Sie mir über die drei Morde berichten, die sich ereignet haben, als die Westbank noch unter israelischer Besetzung stand?« fragte Ben.

»Leider sind die beiden ersten Morde nie zufriedenstellend untersucht worden. Erst für die beiden folgenden läßt sich etwas Genaueres sagen, aber da hatte der Shin Bet schon die Sache in die Hand genommen.«

»Nach meiner Rechnung wären das vier. Nun, also vier Morde vor dem Rückzug Ihrer Truppen. Damit hätten wir insgesamt nicht mehr acht, sondern schon neun.«

»Der erste wurde im moslemischen Viertel in Jerusalem begangen, nicht in der Westbank.«

Kamal ging darauf nicht ein. »Und wo fand man die beiden Opfer, um die sich der Shin Bet gekümmert hat?«

»In Ramallah und in Bethlehem.«

»Ich bin in Ramallah aufgewachsen«, sagte Ben. »Irgendwann werde ich Ihnen vielleicht unser Zuhause zeigen.«

»Vermutlich werden Sie nun gleich dorthin zurückkehren wollen.«

Kamal sah sie lange an, ehe er entgegnete: »Nein, wir beginnen in Jericho, denn hier hat al-Diib zweimal zugeschlagen.«

»Ich kann Ihnen versichern, daß die Untersuchungsergebnisse der beiden Toten, die wir vor dem Rückzug gefunden haben, sich ziemlich mit dem decken, was Sie hier herausgefunden haben.«

»Sie haben uns die entsprechenden Akten aber nicht überlassen.«

»Niemand hat uns danach gefragt.«

»Sie hätten sie auch von sich aus anbieten können.«

»Wieso hätten wir davon ausgehen sollen, Sie würden unsere Hilfe wünschen?«

»Vielleicht wollten Sie die Akten aber auch lieber für sich behalten.«

»Wir hatten keine Veranlassung, Sie in die Sache hineinzuziehen.«

»Weil es sich bei den Opfern nur um Palästinenser gehandelt hat?«

»Weil wir davon ausgehen mußten, daß Sie aus diesem Angebot etwas ganz anderes herauslesen würden.«

»Und, Pakad, ist es tatsächlich so gewesen?«

»Darauf antworte ich Ihnen morgen, Inspektor.«

»Wenigstens läßt der Mörder ein Markenzeichen zurück, nicht wahr? Sagen Sie mir doch bitte, Pakad, welche Körperregionen er bei Ihren Leichen verstümmelt hat.«

»Das Gesicht und die Genitalien. Der Wolf scheint an seiner Arbeit offenbar Gefallen zu finden. Und er stellt bei jeder Tat sicher, daß ihm genügend Zeit bleibt, sein Werk zu vollenden. Als die Soldaten in Ostjerusalem die erste Leiche gefunden haben, waren sie nicht sicher, ob ein Mann oder eine Frau vor ihnen lag, weil al-Diib sein Opfer vollkommen zerfetzt hatte.«

»Und bei den anderen?«

»War es nicht ganz so schlimm.«

»Unsere Opfer waren alle entsetzlich verstümmelt.«

»Das ist mir bekannt.«

»Hat der Wolf auch bei den Opfern, die Sie untersucht haben, deren Taschen geleert?«

»Ja. Warum tut er das wohl?«

»Vielleicht, um uns auf eine falsche Fährte zu locken. Damit wir glauben sollen, es habe sich um Raubmord gehandelt. Möglicherweise handelt es sich dabei aber auch um ein Ritual, eine Art Souvenir, das ihn ständig an seine Tat erinnert. Gut möglich, daß er die einzelnen Stücke katalogisiert oder durchnumeriert, damit er das jeweilige Verbrechen jederzeit noch einmal in Gedanken nacherleben kann. Monster pflegen so etwas zu tun.«

»Was hat denn der Sandmann gesammelt?«

»Die Kleider, die seine Opfer während des Überfalls getragen haben. Wir haben diese Information vor der Presse zurückgehalten, bis ...« Ben spürte, wie ihm ein eiskalter Schauer über den Rücken lief. »Bis nach seinem Tod. Andernfalls wäre die ganze Stadt nur noch nackt zu Bett gegangen.«

»Oder hätte überhaupt nicht mehr geschlafen.«

»Dazu ist es tatsächlich auch gekommen. Die Bürger einer ganzen Stadt haben ihre Lebensgewohnheiten geändert. Erschreckend, welchen Schaden ein einzelner Mann anrichten kann.«

»Glauben Sie, wir haben es hier mit einem Mann zu tun?«

»Nun, die Anwendung von erheblicher Körperkraft spricht dafür. Hier in Jericho wurden die beiden Opfer regelrecht überwältigt. In drei Punkten dürften wir uns sicher sein, Pakad: Unser Täter ist groß, stark und männlich.«

»Und er steht auf Rituale.«

»Das trifft auf die meisten Serienmörder zu.«

»Aber unser Mann erfüllt ansonsten kaum die Norm, oder? Ich meine, er bringt zum Beispiel Männer und Frauen um. Das ist doch ungewöhnlich, nicht wahr?«

»Gab es bei den Opfern, die der Shin Bet untersucht hat, Anzeichen einer sexuellen Gewaltanwendung?«

»Wenn Sie Sperma meinen, das konnten wir weder bei dem einen noch dem anderen Opfer entdecken«, antwortete Danielle. »Auch keine Spuren eines gewaltsamen Eindringens, weder vaginal noch rektal. Dürfen wir daraus schließen, daß für den Mörder, hinter dem wir her sind, Sex keine besonders wichtige Rolle spielt?«

»Die Verstümmelungen an den Genitalien seiner männlichen und weiblichen Opfer lassen diesen Schluß zu. Aber selbst eine sexuelle oder androgyne Persönlichkeit würde sich nur unter den Angehörigen eines Geschlechts seine Opfer suchen, nicht aber wahllos unter beiden.«

»Natürlich können wir hier nur feststellen, daß es an den Tatorten keine Anzeichen einer sexuellen Handlung gegeben hat«, sagte die Israelin. »Das bedeutet aber noch lange nicht, daß der Wolf das sexuelle Verlangen nach vollbrachter Tat nicht zu Hause gestillt hat. So wie es der Sandmann mit den eingesammelten Kleidern getan hat.«

»Das ist nicht auszuschließen.«

»Halten Sie es für möglich, daß er selbst zum Geschlechtsverkehr unfähig ist? Ich denke da zum Beispiel an den Taxifahrer, dem man die Genitalien in den Mund gestopft hat.«

»In diesem Fall haben wir es aber mit einem anderen Motiv zu tun, denn der Taxifahrer war angeblich ein Kollaborateur.«

»Ich wollte auch nicht über diesen Fall diskutieren, aber ich könnte mir vorstellen, daß der Täter etwas Ähnliches hat erfahren müssen. Wäre es denkbar, daß ein solches Erlebnis einen Serienmörder aus ihm gemacht hat?«

Darüber hatte Ben noch nicht nachgedacht. Natürlich hätte er auch diese Möglichkeit in Betracht ziehen müssen. Vielleicht hatte er sich derartigen Gedanken bewußt widersetzt.

»Wenn wir eine Liste der Männer zusammenstellen könnten, die auf diese Weise kastriert worden sind«, fuhr Danielle fort, »dann hätten wir doch einen Anhaltspunkt, oder?«

»In dem Fall sollten wir gleich mit Ihren Akten beginnen, Pakad, weil die Wahrscheinlichkeit ziemlich groß ist, daß diese Verstümmelungen eine Folge israelischer Folter gewesen sind, die im Ansar-Gefangenenlager an der Tagesordnung ist.«

Kamal erwartete, daß die Chefinspektorin gleich wieder ihre Stacheln ausfahren würde. Doch eigenartigerweise blieb sie vollkommen ruhig.

»Wenn das der Fall wäre, Inspektor, dann verraten Sie mir doch, warum er nicht Israelis, sondern Palästinenser umbringt.«

»Die Folter kann den Geist eines Menschen erheblich verändern.«

»Einfach nur mal angenommen, die Kastration wurde von Palästinensern vorgenommen ...«

»Dann dürfte das Opfer in einem der Krankenhäuser behandelt worden sein, die auch unter israelischer Besatzung geöffnet blieben. Ich werde das sofort überprüfen. Und Sie würde ich bitten, das gleiche bei den Unterlagen des Ansar-Lagers zu tun. Allerdings kann ich mir gut vorstellen, daß die Akten sehr umfangreich sein dürften. Also können uns im Moment nur die Opfer weiterhelfen. Wenn wir herausfinden, wie er auf sie gestoßen ist oder warum er gerade sie ausgesucht hat, dann haben wir ihn schon fast am Kragen.«

Danielle schüttelte den Kopf. »Wenn Sie nach gemeinsamen Merkmalen suchen, dann sollten Sie sich keine großen Hoffnungen machen. Unsere Computer haben schon alle Möglichkeiten durchgespielt und nichts Brauchbares ausgespuckt.«

»Vielleicht standen Ihnen nicht alle Daten zur Verfügung. Zum Beispiel Zeugenaussagen oder die Aussagen der Familienangehörigen. Gut möglich, daß diese palästinensischen Familien wenig Neigung zeigten, sich an die Israelis zu wenden. Ein Computer kann nicht auf Informationen stoßen, die den Kriminalbeamten entgangen sind.«

»Richtig, und deswegen möchte ich gern die Akten über die fünf Personen sehen, die seit unserem Rückzug ermordet worden sind. Meine Unterlagen liegen übrigens in meinem Wagen.«

Kamal führte sie zum Parkplatz. »Gut, dann sollten wir uns gleich an die Arbeit machen.«

Kapitel 15

»Sie sind früh dran«, begrüßte Ben Officer Tawil, der auf den Wagen zumarschierte, in dem der Inspektor saß. Kamal hatte den Peugeot um dreiundzwanzig Uhr in der Jaffa-Straße geparkt.

»Sie aber auch, Sidi.«

»Ich konnte nicht schlafen.«

»Vermutlich war von dem Jungen noch nichts zu sehen, oder?« bemerkte der Polizist, während er auf dem Beifahrersitz Platz nahm. Er betrachtete den Inspektor genauer. »Wie, keine Uniform?«

»Ich weiß, auf der Westbank muß ich immer Uniform tragen, aber heute nacht habe ich mich entschlossen, in Zivil zu erscheinen. Davon abgesehen bezweifle ich sehr, daß wir jemanden verhaften werden.«

»Was ist denn mit Ihrem Gesicht passiert? Ich habe wohl recht behalten, oder? Hoffentlich haben Sie es dem Mann, der Ihnen das angetan hat, tüchtig heimgezahlt.«

»Es waren zu viele.«

Der Polizist senkte den Blick. »Meine Eltern wurden gesteinigt, als ich zehn war. Angeblich sollen sie mit den Besatzern zusammengearbeitet haben. Die Mörder haben mich gezwungen zuzusehen.«

»Und, waren Ihre Eltern Kollaborateure?«

»Meine Eltern suchten dringend eine Medizin für mich, ein Antibiotikum. Als die UN-Beobachter ihnen keins geben konnten, haben sie sich in ihrer Not an die Israelis gewandt. Das war schon ihr ganzes Verbrechen. Wenn meine Eltern keine Medizin für mich besorgt hätten, könnten sie heute noch leben. Aber weil sie bei den Besatzern Antibiotika besorgt haben, mußten sie sterben.«

Tawil hob den Kopf. Die Wut hatte seine Augen zu schmalen Schlitzen verengt. »Ihr Vater ist nach Jericho zurückgekehrt, um Zeichen zu setzen. Er hat für uns Partei ergriffen und sich den Israelis widersetzt.«

»Es waren aber nicht die Israelis, die Ihre Eltern umgebracht haben, Issa.«

»Aber sie haben Ihren Vater ermordet, Sidi.«

Nachdem die Israelis den Palästinensern eine gewisse Selbstverwaltung über Jericho zugestanden hatten, war deren Polizei in die alte Wache an der Baladiya gezogen. Das Kalksteingebäude stand der Stadtverwaltung auf dem großen Platz direkt gegenüber und war leicht an der weiten Veranda vor dem Eingang auszumachen. Im Keller befanden sich die Zellen, und in den drei darüber liegenden Stockwerken waren Büros und Konferenzräume untergebracht. Die Kripo nahm den Großteil des Erdgeschosses ein.

Am Nachmittag war Danielle mit Ben dort hingefahren, und gemeinsam hatten sie sich in sein fensterloses Büro im hinteren Teil begeben. Dort waren sie die Akten und Ermittlungsergebnisse durchgegangen, bis die Agentin pünktlich Feierabend gemacht hatte und kurz vor achtzehn Uhr gegangen war.

Keiner der israelischen Autopsieberichte erwähnte etwas von einer öligen Substanz in den Wunden der Opfer. Ben vergaß, Danielle zu fragen, ob diese Leichen noch einmal untersucht werden könnten, um die Ergebnisse mit dem zu vergleichen, was Dr. al-Shaer herausgefunden hatte.

Kamal nahm sich fest vor, Danielle bei der erstbesten Gelegenheit danach zu fragen, als jemand an die Tür klopfte und sie im nächsten Moment öffnete.

»Ich hatte gehofft, Sie hier anzutreffen«, grüßte Major Nabril al-Asi, der Chef des palästinensischen Sicherheitsdienstes. »Hätten Sie vielleicht eine Minute Zeit für mich?«

Der Major kam sehr ungelegen, und Ben fragte sich, was dieser Besuch zu bedeuten hatte. Da die Büros des Sicherheitsdienstes im Haus der Selbstverwaltung lagen, mußte al-Asi einen Grund haben, hierherzukommen, und das allein gab schon Anlaß zur Besorgnis.

Der palästinensische Sicherheitsdienst galt allgemein als Yassir Arafats Geheimpolizei und hatte etliche Funktionen übernommen, die nach dem Abzug der Israelis vakant gewesen waren. Die Hauptaufgabe des Sicherheitsdienstes bestand darin, die einzelnen Oppositionsgruppen unter Kontrolle zu halten. Zu diesem Zweck hatte der Major sich immer weitgehendere Befugnisse verschafft. Al-Asi versah seine Arbeit so gründlich, daß er mittlerweile einen Keil zwischen den Sicherheitsdienst und sein Volk getrieben hatte.

Der Major bevorzugte westliche Anzüge, und da er offiziell nicht der Polizei angehörte, war er auch nicht gezwungen, täglich Uniform zu tragen. Ben hatte gehört, daß die israelischen Kontaktleute des Majors ihm die fehlenden Haftbefehle in Tel Aviv besorgten, und auch sonst stand al-Asi in regem Informationsaustausch mit den ehemaligen Besatzern. Jedes Mal, wenn israelische Kommandos mutmaßliche Terroristen festnahmen oder umbrachten, tuschelte man auf den Straßen, der Major habe die entsprechende Vorarbeit geleistet. Niemand wagte, ihm in die Quere zu kommen, denn al-Asis Arm reichte weit, und er war nur Arafat gegenüber verantwortlich.

Der Major zeigte sich nicht in der Öffentlichkeit, aber jeder kannte seinen Namen, und alle Palästinenser gingen seinen Sicherheitsleuten tunlichst aus dem Weg. Ben bildete da keine Ausnahme.

»Ich bin gerade sehr beschäftigt«, erklärte Kamal.

Aber al-Asi schloß bereits die Tür. »Es dauert bestimmt nicht lange.« Er ließ sich auf dem einzigen Stuhl vor Bens Schreibtisch nieder und zupfte an den Enden seines Schnurrbarts.

»Ein Name ist auf meinem Schreibtisch gelandet«, begann der Major. »Ich möchte, daß Sie mir Näheres darüber erzählen.«

»Ich glaube nicht, daß ich einen wesentlichen Beitrag zu Ihren Ermittlungen leisten kann.«

»Dalia Mikhail.«

Ben erstarrte.

»Mir ist zu Ohren gekommen, daß diese Dame zu Ihrem Bekanntenkreis gehört. Wenn ich mich nicht irre, ist das so etwas wie eine Familientradition.«

»Was wollen Sie von mir?«

»Das habe ich Ihnen doch gerade gesagt.«

»Sie schreibt Leserbriefe an die Zeitungen«, sagte Kamal langsam. »Und zwar eine ganze Menge. Frau Mikhail versteht es durchaus, mit Worten umzugehen, und man kann ihr einen gewissen Esprit nicht absprechen. Ist Ihre Einheit nun auch für so etwas zuständig?«

»Wenn solche Briefe zum Protest aufrufen, dann durchaus, Inspektor. Ich hatte allerdings gehofft, Sie könnten etwas präzisere Auskünfte geben.«

»Wollen Sie etwa wissen, wie oft mein Vater mit ihr geschlafen hat?«

»Wir interessieren uns eher dafür, mit wem sie zur Zeit das Bett teilt.«

»Da können Sie mich gleich von Ihrer Liste streichen.«

»Oh, ich habe da ein paar Fotos, die Sie interessieren dürften.«

Ben legte die Hände auf den Schreibtisch und ballte sie zu Fäusten. »Worum geht es hier eigentlich?«

»Um eine Routineermittlung.«

»Wenn Ihr Dienst vorhat, das Leben einer Person zu ruinieren, steckt gewiß nicht nur Routine dahinter.«

»Sie gehen also davon aus, daß wir bei Frau Mikhail etwas finden?«

»Sie finden doch immer irgend etwas.«

»Nur, wenn es auch vorhanden ist, Inspektor. Aber leider kommt das immer wieder vor.«

»Ich kann Ihnen nur sagen, daß Sie bei Dalia Mikhail Ihre Zeit verschwenden.«

»Dann ist sie also vollkommen unschuldig?«

»Nein, man kann ihr vorwerfen, mit ihrer Meinung nicht hinterm Berg zu halten und die katastrophalen Zustände in der Westbank anzuprangern. Befürchten Sie vielleicht, selbst Gegenstand eines ihrer Leserbriefe zu werden?«

Al-Asi erhob sich. »Soweit ist es schon gekommen. Unglücklicherweise ist der Redaktion der entsprechende Brief verlorengegangen.«

Er verließ das Büro, und Kamal blieb vollkommen ausgelaugt zurück. Für heute war endgültig Feierabend.

Als Ben im vergangenen Jahr in die Heimat zurückgekehrt war, hatte man ihm ein bescheidenes Ein-Zimmer-Apartment mit Badezimmer zur Verfügung gestellt. Auf einer Skala von eins bis fünf, wobei Dalias Villa die Spitze und das Flüchtlingslager das Schlußlicht darstellte, bekam seine Wohnung eine glatte Drei. Sie besaß fließendes Wasser (außer während der häufigen Rationierungen), Strom und einen Deckenventilator, der die drückende Hitze etwas erträglicher machte.

Kamal hatte den Ventilator auf dem Schwarzmarkt erworben, der einzigen Stelle, an der man solche lebensnotwendigen Dinge auftreiben konnte. Fernsehapparate, Videorekorder und sogar Klimaanlagen waren dort erhältlich. Ben befürchtete aber, daß es in seinem Apartment zu einem Kurzschluß kommen würde, wenn er all diese Geräte gleichzeitig einschaltete. Deshalb hatte er auf die Klimaanlage verzichtet und behalf sich nach Feierabend mit einem Eisbeutel, den er sich an die pochende Stirn hielt.

Er erwachte um zweiundzwanzig Uhr und sprang auf, weil er glaubte, er habe verschlafen. Wie stets hatte Ben tief und traumlos geschlafen und fühlte sich jetzt wie gerädert. Das Ausbleiben der Träume erleichterte ihn, hatten sie ihm im vergangenen Jahr doch nichts anderes als das leere Gesicht und die Katzenaugen des Sandmanns gezeigt – so wie der Mörder in seiner letzten Nacht auf ihn zugekommen war.

Sechs Monate hatte er an dem Fall gearbeitet, und in dieser Zeit waren im Großraum Detroit vier Familien im Schlaf getötet worden. Die Ermittlungen hatten Ben nur sehr wenig Zeit für seine Frau und seine Kinder gelassen. Kamal war der Leiter des Teams und stand als solcher im Rampenlicht. An ihm ließen die Presse und die Bevölkerung all ihre Frustrationen und Ängste aus.

Ben war in jener entscheidenden Nacht mit der beruhigenden Gewißheit nach Hause zurückgekehrt, daß sie endlich eine Liste mit Tatverdächtigen zusammengestellt hatten. Morgen konnten die Ermittlungen in einem ganz anderen Rahmen durchgeführt werden. Er ließ seinen Wagen in der Einfahrt stehen und ging den Rest des Weges zu Fuß.

Schon nach ein paar Metern entdeckte er, daß die Haustür einen Spaltbreit offenstand.

In jenem Moment hatte er zum ersten Mal die mittlerweile vertraute elektrische Entladung in seinem Innern gespürt. Wie Schockwellen war sie über sein Rückgrat gefahren. Mit angehaltenem Atem hatte er seine Pistole gezogen.

Ben stürmte die Treppe hinauf und schrie den Namen seiner Frau.

Als er im ersten Stock ankam, roch er schon das Blut, und im nächsten Moment flog ein Schatten auf ihn zu. Er erkannte Jennys Nachthemd – blutbeschmiert und zerrissen, und dieser Anblick ließ ihn zögern, bis er das Messer aufblitzen sah.

Der Sandmann schwang es über dem Kopf, als er ihn ansprang, und Ben drückte sofort ab. Es wurden die längsten vier oder fünf Sekunden seines Lebens.

Die erste Kugel riß dem Mörder das Kinn und einen Teil seines rechten Kiefers weg. Drei weitere Kugeln trafen den Mann in die Brust. Eine fuhr ihm direkt ins Herz, und das herausschießende Blut bespritzte die Wände.

Aber der Sandmann griff immer noch an.

Dieses Monster besaß die Kraft, das Messer herabsausen zu lassen, ehe Kamals letzte Kugel ihm die Schädeldecke wegriß. Der Mörder kippte vornüber und fiel Ben vor die Füße.

Er verspürte keinen Triumph, sondern nur entsetzliche Furcht, die seinen Magen übersäuerte, bevor er in die Zimmer seiner Söhne rannte, zuerst in das von Tyler, dann in das von Ryan.

Den Anblick, der ihn dort erwartete, würde Ben niemals vergessen können. Und die Träume, die ihn danach befielen, hielten die Erinnerung erst recht wach. Schließlich taumelte er ins Schlafzimmer und fand dort seine Frau bäuchlings auf dem Bett vor. Sie sah aus wie eine zerstückelte Puppe, deren Einzelteile jemand nur grob zur ursprünglichen Form arrangiert hatte.

Es überraschte Kamal nicht, als er später erfuhr, daß der Sandmann Schlüsselschmied gewesen war. Der Umstand, daß in keinem Haus der Opfer ein gewaltsames Eindringen festzustellen gewesen war, hatte Ben mit einer entsprechenden Ahnung versehen – auch als die Überprüfung aller Schlüsseldienste der Umgegend nichts erbracht hatte.

Nun stellte sich heraus, daß der Sandmann als Halbwüchsiger eine Lehre bei einem Schlüsselmacher angetreten, aber nicht beendet hatte. Sein Name stand auch tatsächlich auf der Liste, mit der Ben nach Hause zurückgekehrt war. Seit der Lehre hatte der Mann sich privat weiter mit diesem Handwerk beschäftigt und gewisse Fertigkeiten entwickelt.

Der Serienmörder mußte gespürt haben, daß die Polizei ihm auf den Fersen war. Deswegen hatte er wohl auch

Kamals Haus heimgesucht, um den Einsatz zu erhöhen und die Herausforderung zu steigern.

Ben konnte sich ansatzweise vorstellen, wie der Sandmann diese Tat genossen hatte, wie ihn der Gedanke erregt haben mußte, daß jeden Moment ein Polizist mit einer Pistole, die mit vierzehn Hohlmantelgeschossen geladen war, zur Tür hereinkommen könnte. Doch nur das bizarre Ritual des Sandmanns, die Kleider seiner Opfer anzuziehen, hatte Kamal im letzten Moment den entscheidenden Vorteil gebracht, ihn zu bezwingen.

Die Tragödie, die Bens Heldentat begleitete, machte ihn nicht nur zu einer Berühmtheit, sondern zu einer lebenden Legende von mythischen Ausmaßen. Wie in Trance wandelte er von einer Pressekonferenz zur nächsten und nahm gar nicht mehr wahr, wie viele Hände von Personen er schüttelte, die ihm ihr Beileid ausdrückten und ihm gleichzeitig zu seinem Erfolg gratulierten. Als der Rummel um seine Person abebbte, blieb er ganz allein mit seinen Gedanken und seinem Schmerz. Er ließ sich vom Dienst beurlauben und trat schließlich in den frühzeitigen Ruhestand. Jetzt hatte er unendlich viel Zeit zur Verfügung. Er war allein mit seinen Gedanken, und das rund um die Uhr, weil er keinen Schlaf mehr finden konnte. Ständig wuchs die Versuchung, die Pistole ein letztes Mal abzudrücken.

Dann brach urplötzlich im Nahen Osten der Friede aus – jedenfalls eine Vorform davon. Die Palästinenser erhielten für bestimmte Gebiete eine gewisse Autonomie, und ein ganzer Berg von Verwaltungsaufgaben wurde auf ebenso eifrige wie unerfahrene Schultern geladen.

So stellte man unter anderem auch eine zehntausend Mann starke Polizeitruppe auf, deren Mitglieder sich aus ehemaligen Guerilla-Kämpfern zusammensetzten, die aus dem Libanon, aus Jordanien, Ägypten, dem Irak und anderen arabischen Staaten in ihre Heimat zurückgekehrt waren. Diese Ordnungshüter wurden hastig ausgebildet, und sie reichten kaum aus, den Gaza-Streifen zu kontrollieren oder in der stärker bevölkerten und urbaner strukturierten Westbank für Ruhe und Ordnung zu sorgen.

Außerdem schien in der Eile und den Wirren der entstehenden Selbstverwaltung niemand daran gedacht zu haben, eine schlagkräftige Kriminalpolizei aufzustellen, die mit allem ausgerüstet wurde, was für eine ordentliche Ermittlungsarbeit unabdingbar war.

Während der Besatzungszeit hatte man bei Kapitalverbrechen (die anderen hatte man lediglich registriert, und auch das nur unvollkommen) kaum mehr als das Nötigste in die Wege geleitet, und so stand der neuen palästinensischen Polizei nichts zur Verfügung, auf das sie aufbauen konnte. Die Notwendigkeit, diese Zustände zu beheben, hatte zum Aufbau einer provisorischen Kripo geführt, und das war für Ben Kamal der letztlich entscheidende Anstoß gewesen, sein Glück in der Heimat zu versuchen.

Er stürzte sich mit ganzer Kraft in die Aufgabe, die Ermittlungsbeamten auszubilden, und verdrängte sein anderes Ich so sehr, daß es ihm wieder möglich wurde, nachts zu schlafen.

Ben lebte sich überraschend schnell wieder ein. Immerhin sprachen die Menschen hier seine Muttersprache, er verstand ihre Mentalität und, wichtiger noch, die Arbeit gab seinem Leben einen Sinn.

Die palästinensischen Offiziellen hatten ihn mit offenen Armen empfangen, wußten sie doch, welch unschätzbare Hilfe er ihnen sein würde. Seine Landsleute hingegen begegneten ihm von Anfang an mit Zögern und Mißtrauen. Der Sohn des großen Kamal versuchte, sich davon nicht beirren zu lassen. Laß den Palästinensern Zeit, sagte er sich. Schließlich hatten diese Menschen, die über Jahre hinweg von den Behörden der Besatzer schikaniert worden waren, allen Grund, jedem Offiziellen oder Uniformträger mit Argwohn zu begegnen.

Doch auch nach zehn Monaten behielten die Menschen

in diesem Landstrich ihre abweisende Haltung ihm gegenüber bei, und so konzentrierte er sich darauf, seine Schüler in allen Fragen der Tatortsicherung und der gründlichen Ermittlung auszubilden.

Der Fall des hingerichteten Taxifahrers beschäftigte ihn sehr, und ihm lag außerordentlich viel daran, die Mörder zu finden und dingfest zu machen. Ben gab sich dabei der Vorstellung hin, seine Landsleute würden ihre Haltung ihm gegenüber deutlich zum Positiven ändern, wenn sie sahen, daß er den- oder diejenigen faßte, die einen der ihren umgebracht hatten. Doch als er dann den drei Polizisten auf die Spur gekommen war und sie verhaftet hatte, behandelte man ihn mit Verachtung und fing an, ihm Steine in den Weg zu legen.

Warum tue ich mir das an?

Ben stellte sich diese Frage häufiger, auch heute abend, als er aufgestanden war und sich unter die Dusche gestellt hatte, um den Schweiß und den Gestank des Flüchtlingslagers loszuwerden. Als er sich später abtrocknete, betrachtete er sich in dem kleinen Spiegel an der Wand. Alles an ihm wirkte erschöpft und müde. Seine Augen lagen tief in den Höhlen und waren blutunterlaufen. Die Linien neben seinem Mund hatten sich stärker eingegraben.

Wenn man von den Vereinigten Staaten nach Jericho zog, bedeutete das auch, auf einen Hairstylisten zu verzichten und sich mit einem Barbier zu begnügen. Aus diesem Grund trug er hier das Haar kürzer als sonst, und als Resultat davon traten die Linien auf seiner Stirn noch deutlicher hervor.

Warum tue ich mir das an?

Während er sich so im Spiegel betrachtete, mußte er feststellen, daß ihm darauf keine Antwort einfallen wollte. Er wußte nur eines: Wenn ihn irgendwo etwas Besseres erwartet hätte, wäre er schon längst nicht mehr hier. Irgendwie war ihm in den Ländern, in denen er sich niederließ, kein Glück beschieden. Der Sandmann hatte ihn aus Amerika vertrieben, und al-Diib drohte, ihm auch die alte Heimat zu verleiden.

Kamal spürte, daß ihn schon die bloße Möglichkeit, ein zweites Mal einem solchen Mörder gegenüberzustehen, mit Panik erfüllte. Wenn er den Wolf zur Strecke bringen wollte, mußte er sich darauf gefaßt machen, ihm von Angesicht zu Angesicht entgegenzutreten. Als beste Strategie erschien es ihm, sich vornehmlich mit der Kleinarbeit zu befassen und den Rest seinen Gang gehen zu lassen.

Doch Shaath und al-Shaer hatten ihn gereizt und damit gezwungen, nach Indizien und Hinweisen zu suchen, von denen er tief in seinem Innern gar nichts wissen wollte – und sei es nur, um sich selbst etwas zu beweisen.

Schließlich war auch noch Danielle Barnea in sein Leben getreten und hatte ihn zusätzlich herausgefordert. Ben wollte ihr zeigen, daß er der Bessere von ihnen beiden war, und wenn auch nur aus dem Grund, die Ehre seines Volkes zu behaupten.

Zaid Jabral, der Zeitungsmann, hatte Ben gegenüber bemerkt, er sei von seinen eigenen Behörden nur deshalb ausgesucht worden, weil die Israelis auf seine Mitarbeit bestanden hätten. Also hatten nicht seine Landsleute ihn erwählt, sondern die ehemaligen Besatzer ... Vielleicht aus dem Grund, weil sie einem Amerikaner eher über den Weg trauten; womöglich aber auch nur deshalb, weil sie der Ansicht waren, daß ein Palästinenser dieser Aufgabe nicht gewachsen sein würde.

Ben riß sich aus diesen Gedanken, drehte sich kurz zu Tawil um und starrte dann wieder nach vorn durch die Windschutzscheibe. Ein unerwarteter und heftiger Regenguß ging gerade nieder, und Kamal konnte draußen auf der Straße kaum etwas erkennen.

Doch plötzlich schien sich eine Gestalt dem Wagen zu nähern.

Ben sah seinen jungen Kollegen an, doch der hatte offenbar noch nichts davon bemerkt. Die Fenster beschlugen von innen, und Ben mußte mit dem Ärmel darüberwischen, um etwas erkennen zu können.

Die Gestalt kam immer noch auf sie zu, aber aufgrund des Regens war sie nur schemenhaft auszumachen. In seiner Not steckte Ben den Kopf aus dem Fenster.

Eine nackte Frau kam auf ihn zu. Trotz des Wolkenbruchs war sie vollkommen trocken. Ben wischte sich mit dem Handrücken das Wasser aus den Augen, um genauer hinsehen zu können.

Er erstarrte, und etwas Eiskaltes schien seine Eingeweide zu umklammern.

Bei der Gestalt handelte es sich um Jenny, seine Frau, und sie war so nackt und zerfetzt, wie er sie nach dem Kampf gegen den Sandmann aufgefunden hatte. Der Regen spülte das Blut aus den vielen Stichwunden.

Ben saß wie gelähmt da und bot alle Kraft auf, um nach Tawil zu rufen. Doch der junge Polizist schien ihn nicht zu hören. Er hockte nur gelangweilt auf dem Beifahrersitz, während die massakrierte und blutüberströmte Jenny so nah herankam, daß man den Schnitt durch ihre Kehle und die Augen erkennen konnte, die sich nicht schließen wollten. Sie streckte eine Hand aus, vielleicht um das Nachthemd zurückzuverlangen, das der Sandmann ihr abgenommen hatte.

»Jenny«, murmelte Kamal und spürte den Schrei, den er nicht länger zurückhalten konnte. »*JENNY!*«

Doch plötzlich mußte er erkennen, daß jetzt nicht seine Frau neben dem Wagen stand, sondern Danielle Barnea – ebenfalls tot und genauso verstümmelt.

Sie streckte die Hand durch das offene Seitenfenster und berührte Ben an der Schulter, während der Inspektor aus Leibeskräften schrie.

Kapitel 16

»Tut mir leid, Inspektor, ich wollte Sie nicht erschrecken«, entschuldigte sich Tamal und zog die Hand von Bens Schulter.

»Nein, mir tut es leid«, murmelte Kamal und fühlte sich orientierungslos. Die Straße jenseits der Windschutzscheibe war in völlige Finsternis gehüllt.

»Ich glaube ... Sie hatten wohl gerade einen Alptraum.«
»Wie lange war ich denn weggetreten?«
»Nur ein paar Minuten.«

Kamal sah auf seine Armbanduhr. »Wohl eine ganze Stunde.« Jetzt fiel ihm auf, daß es sich bei dem Regenschauer ebenso wie bei Jenny um ein Trugbild gehandelt hatte.

Der junge Polizist zuckte die Achseln. »Ist aber die ganze Zeit nichts passiert. Eine ruhige Nacht. Niemand hat sich blicken lassen.«

»Nicht einmal der Junge?«
»Auch der nicht.« Tawil öffnete die Beifahrertür. »Ich muß mal kurz austreten.«

»Soll ich Ihnen Deckung geben?« fragte Ben zum Spaß. Als der Witz nicht ankam, räusperte er sich verlegen.

Tawil stieg aus, lief um den Peugeot herum und stellte sich an Bens Fenster. »Ist mit Ihnen auch wirklich alles in Ordnung, Sidi?«

»Ich bin nur übermüdet.«
»Die Warterei führt ja doch zu nichts. Wir sollten die Sache abbrechen und nach Hause gehen.«
»Darüber reden wir, wenn Sie wieder zurück sind.«

Kamal rieb sich mit beiden Händen über das Gesicht, um wieder munter zu werden. Er seufzte und massierte die Augenlider. Als ihm bewußt wurde, wie verspannt er war, verließ er den Wagen und streckte sich. Dann lehnte er sich dagegen und atmete die klare Nachtluft ein.

Irgendwann hörte er ein Scharren und drehte sich zur Straße um. Eine Frau bewegte sich im Schatten der Häuser und hielt ständig nach einem unsichtbaren Verfolger Ausschau.

Ben war mit einem Mal hellwach. Er ließ den Wagen stehen und näherte sich leise der Frau. Gut möglich, daß sie vor al-Diib auf der Flucht war.

Plötzlich entdeckte sie ihn. Die Angst stand ihr ins Gesicht geschrieben.

»Helfen Sie mir«, flüsterte sie.

Kamal zog seine Pistole und lief zu ihr hin.

Dabei kam er an der Gasse vorbei, in welcher der Wolf letzte Nacht zugeschlagen hatte. Die Reste des gelben Absperrbandes, die den Tag überlebt hatten, flatterten leuchtend in der leichten Brise.

Er erreichte die Frau und spähte an ihr vorbei in die Nacht, um festzustellen, wer sie verfolgte.

»Keine Angst«, begann er, »ich bin –«

Ben spürte, wie jemand hinter ihm auftauchte, und duckte sich gerade noch rechtzeitig, bevor sich ein starker Arm um seinen Hals legen und ihm die Luftröhre abpressen konnte. Kamals Hände fuhren nach hinten und bekamen einen dichten Haarschopf zu fassen. Sofort ließ er sich auf ein Knie fallen und zog an den Haaren. Dabei mußte er allerdings seine Pistole loslassen.

Der Körper eines Mannes erschien über ihm, flog über Ben hinweg und landete hart auf der Straße. Doch im selben Moment versuchte der Unbekannte auch schon, sich wieder aufzurappeln.

Kamal erkannte, daß der Angreifer ein Messer in der Rechten hielt. Er trat es ihm aus der Hand, ehe der Unbekannte wieder auf die Beine kam. Erst jetzt wurde Ben bewußt, wie nahe diese Klinge eben noch an seiner Kehle gewesen sein mußte. Der Stahl klapperte über den Asphalt und verschwand in der Dunkelheit.

Der Mann bewegte sich rasch seitwärts, um das Messer

wieder an sich zu bringen, doch da trat Tawil ihm in den Weg.

»Keine Bewegung!«

Der junge Polizist näherte sich aus den Schatten zur Linken und hielt seinen Revolver direkt auf den Angreifer gerichtet, dessen Finger nur wenige Zentimeter vor der Klinge zuckten.

»Wenn Sie die Waffe berühren, sind Sie ein toter Mann!«

Kamal lief zu den beiden. »Schon in Ordnung, Issa, ich habe alles unter Kontrolle.«

Mit einer raschen Bewegung packte er den Unbekannten am Kragen und schleuderte ihn gegen die nächste Ladenfront. Ben war so wütend, daß er davon Kopfschmerzen bekam. Ein roter Schleier des Zorns bildete sich vor seinen Augen, und er bekam nur am Rande mit, wie der Schädel des Angreifers wieder und wieder gegen die heruntergelassenen Rolläden krachte.

Dann legten sich zwei starke Hände auf seine Schultern und zogen ihn zurück.

»Lassen Sie ihn, Sidi!« mahnte Tawil.

Kamal bedrängte den Mann nicht länger. Sein Gegner sackte auf dem Bürgersteig zusammen und hinterließ eine Blutspur. Die Rolladen selbst wiesen eine Reihe von Sprüngen auf.

»*Zaiyel mara! Zaiyel mara!*« zeterte die Frau und stieß damit eine der schlimmsten arabischen Verwünschungen aus. Der junge Polizist fuhr sofort herum und richtete die Pistole auf sie.

Ben stellte sich rasch vor ihn, während sie mit der Schuhspitze den Straßenschmutz durchwühlte. Vermutlich suchte sie nach dem Messer, das der Mann verloren hatte.

»Die Waffe ist hier«, rief Ben und hob seinen Fuß, um ihr das Messer darunter zu zeigen.

Die Frau fuhr sofort zu ihm herum. »Ich spucke auf dich, Bulle!«

Das tat sie auch, aber ihr Speichel verfehlte ihn knapp.

»Issa«, sagte Kamal ganz ruhig, »ich glaube, wir haben hier eine Prostituierte vor uns. Teil ihr doch bitte mit, welche Strafe dafür vorgesehen ist.«

»Nun, zu Zeiten meines Großvaters hat man einer Prostituierten, wenn man sie zum ersten Mal aufgegriffen hat, eine Brustwarze abgeschnitten. Wenn sie sich noch ein zweites Mal erwischen ließ, folgte die andere Brustwarze.«

Die Frau spuckte wieder.

»Aber seit der Selbstverwaltung sind wir viel zivilisierter geworden, nicht wahr?«

»Gewiß sind wir das, Inspektor. Ich glaube, die Strafe für Prostitution beträgt jetzt nur noch zwanzig Jahre Gefängnis. Das ist natürlich nur die Mindeststrafe. Bei schweren Fällen, wie zum Beispiel Widerstand gegen einen Polizisten, kommen noch ein paar Jährchen dazu.«

»Ich bin keine Hure!« kreischte die Frau.

»Nach diesem heimtückischen Spiel, das Sie und Ihr Freund mit mir treiben wollten, ist es eigentlich gleich, ob Sie auch noch auf den Straßenstrich gehen oder nicht.«

Kamal baute sich vor ihr auf. »Letzte Nacht ist hier ein Mann erstochen worden.« Er stieß die Klinge mit der Fußspitze fort. »Es wäre für Officer Tawil und mich ein leichtes, Sie und Ihren Freund deswegen zu verhaften. Wer würde schon Einspruch erheben? Wer würde glauben, daß ein anderer der Täter gewesen sei? Glauben Sie mir, das wäre für uns beide die einfachste Lösung, und man würde uns auch noch loben, diesen Fall gelöst zu haben. Die Strafe für Mord beträgt übrigens —«

»Schon gut!« gab sie nach. »Was willst du von mir wissen?«

»Man hat Sie letzte Nacht hier gesehen«, log Kamal. »Deswegen gehe ich davon aus, daß Sie etwas bemerkt haben. Und genau das möchte ich jetzt gern hören.«

»Ich war das nicht!« flehte sie. »Ein anderer hat ihn ermordet.«

»Jemand, der vielleicht auch so ein schäbiges Spiel wie Sie betreibt? Wer war das?«

Die Frau atmete tief durch. »Shanzi. Sie war es. Ich habe sie heute abend davon reden hören. In Ramallah.«

»Und wo kann ich diese Shanzi morgen finden?«

»Da, wo ich normalerweise auch bin, im Jalazon-Flüchtlingslager.«

»Gibt es dort nicht eine nächtliche Ausgangssperre?«

»Wer unbedingt raus will, findet auch einen Weg.«

»Ich glaube, Sie sollten jetzt lieber dorthin zurückkehren«, sagte Ben. Er hörte ein leises Stöhnen und sah, daß ihr Kumpan langsam wieder zu sich kam. »Und Ihren Freund nehmen Sie am besten gleich mit.«

Die Frau lief zu dem Mann und kniete sich neben ihn.

Tawil trat zu ihr. »Sie haben heute nacht großes Glück gehabt. Danken Sie Allah für seine Gnade, und lassen Sie sich hier in der Gegend nie wieder blicken.«

Sie half ihrem Komplizen auf, stützte ihn und warf den beiden Polizisten noch einen haßerfüllten Blick zu.

»Wir haben einen langen Tag hinter uns, Inspektor«, bemerkte der junge Polizist, als das Pärchen sich verzogen hatte.

»Aber es hat sich gelohnt, mein Freund«, entgegnete Ben. »Wir haben jetzt schon zwei mögliche Zeugen, und das sind zwei mehr als bei jedem vorangegangenen Mord des Wolfs.«

Kamal kehrte nach Hause zurück und war wesentlich optimistischer als noch vor ein paar Stunden. Gleich morgen früh würde er zum Flüchtlingslager Jalazon fahren und dort die Frau ausfindig machen, die sich angeblich zur Mordzeit in der Jaffa-Straße aufgehalten hatte.

Danach würde er sich um die Ermittlungen von Major al-Asi gegen Dalia Mikhail kümmern. Und zwar gründlich. Vielleicht konnte Ben sie irgendwie dazu bewegen, für eine Weile das Briefeschreiben einzustellen oder sich zumindest mit ihrer Kritik zurückzuhalten – nicht auszuschließen, daß al-Asi dann von ihr abließ. Gut möglich, daß es sich bei dem Besuch des Majors am frühen Abend nur um eine Warnung gehandelt hatte.

Kamal steckte den Schlüssel ins Schloß und schob die Tür auf. In der Vorhalle brannte mal wieder kein Licht, und er tastete sich durch die Dunkelheit zur Treppe.

Als er Schritte hinter seinem Rücken vernahm, blieb ihm gerade noch Zeit, sich wegzudrehen, sonst hätte sein Kopf die volle Wucht des Schlages abbekommen. So traf der Hieb ihn nur an der Schulter und schleuderte ihn gegen die Wand. Seine Stirn krachte gegen den Verputz, und Funken explodierten vor seinen Augen. Kamal warf seine Arme zurück, um den Unbekannten zu packen. Doch dieser wirbelte Ben herum und stieß ihm ein Stahlrohr in den Magen. Der Inspektor knickte zusammen, rang nach Atem und versuchte verzweifelt, sich zu wehren, bis sich ein Arm um seinen Hals schloß und heißer Atem über sein Ohr fuhr.

»Du wirst sterben.«

Kapitel 17

»Ganz ruhig«, befahl eine zweite Stimme. »Wir brauchen ihn lebend. Bring ihn nach draußen, rasch!«

Ben spürte, wie er über den Boden geschleift wurde und durch die Haustür nach draußen gelangte. Ein Lieferwagen hielt dort gerade mit quietschenden Reifen an, und seine Hecktüren flogen auf. Kamal wurde hineingehievt und der Länge nach hingelegt. Sein Gesicht ruhte auf einem muffigen Teppich.

Der Wagen sackte nach unten, als mehrere Männer

zustiegen. Ben hörte, wie die Hecktüren zugezogen wurden. Dann klopfte jemand gegen die vordere Trennwand, um dem Fahrer ein Zeichen zu geben.

Der Wagen fuhr los, und irgend jemand zog Kamal eine Kapuze über den Kopf.

»Jetzt?« fragte einer der Männer.

»Wir warten, bis wir die Stadt hinter uns haben«, erwiderte ein anderer, dessen Stimme Ben bereits kannte. Befehlsgewohnt und leicht nasal.

Ben bewegte sich.

»Bindet ihm die Hände.« Offensichtlich gehörte die nasale Stimme dem Anführer.

Der Inspektor spürte, wie jemand auf ihn zu kroch, seine Hände packte und sie ungeschickt mit einem Seil umwickelte, während der Wagen über die verfallenen Straßen Jerichos rumpelte. Der Knoten der Fessel schnitt ihm ins Fleisch.

Die ersten Minuten vergingen in völligem Schweigen. Ben merkte, daß die Fahrbahn glatter wurde und dann anstieg. Sie schienen das Tal zu verlassen, in dem Jericho lag.

Ben war klug genug, nicht als erster das Wort zu ergreifen. Eine solch dreiste Entführung trug die Handschrift der Hamas, aber bei all den Feinden, die er sich hier auf der Westbank schon gemacht hatte, konnte jeder hinter diesem Anschlag stecken.

»Sieh hinten nach!« befahl der Anführer. »Folgt uns jemand?«

»Nein, alles frei.«

Zwei Hände packten Kamal am Revers und zogen ihn hoch.

»Du weißt, wer wir sind?« knurrte der Anführer. Er befand sich so nahe vor ihm, daß Ben trotz der Kapuze seinen Atem spürte.

»Nein.«

»Dann rate doch mal, du amerikanischer Scheißkerl.«

»Hamas.«

»Gut. Du hättest niemals in unser Land kommen dürfen, denn du gehörst nicht hierher. Du wirst jetzt ausgewiesen. Ob tot oder lebendig hängt allein von dir ab.«

Ben erhielt einen Stoß gegen die Brust und knallte mit dem Hinterkopf gegen die Wagenwand.

»Also? Tot oder lebendig?«

»Gib du mir doch die Antwort«, entgegnete der Inspektor.

»Dann will ich dir mal sagen, was du tun mußt, um am Leben zu bleiben. Das ist gar nicht schwierig. Du wirst schon reden. Und sag ja die Wahrheit. Du erzählst uns alles, was wir wissen wollen.«

»In dieser Reihenfolge?«

Er erhielt einen Schlag mit dem Handrücken. »Ich stelle hier die Fragen. Gestern morgen ist ein Toter aufgefunden worden. Der Mann wurde ermordet. Wo sind seine Sachen? Ausweis, Papiere und so weiter?«

»Er hatte keine bei sich.«

Wieder ein Hieb ins Gesicht. »Lügner. Wir wollen seine Papiere haben. Die sind nämlich deine Überlebensgarantie. Deswegen frage ich dich noch einmal. Wo habt ihr die Papiere hingebracht, die er bei sich hatte?«

»Warum interessiert dich das?«

Ben erhielt einen Boxhieb, und anschließend drückte ihm der Anführer einen Unterarm gegen den Hals. Kamal bekam gerade noch genug Luft zum Atmen. »Das geht dich nichts an. Du sollst bloß meine Fragen beantworten.«

Bens Arme wurden hochgedrückt, und die Handgelenke preßten gegen den Knoten. Er spürte, wie der Knoten langsam nachgab, und rieb die Hände gegeneinander, um den Vorgang zu beschleunigen.

»Der Tote wurde ohne Ausweis oder sonstige Papiere gefunden, anhand deren wir ihn hätten identifizieren können«, antwortete Ben und schmeckte sein eigenes Blut. »Genau wie bei den früheren Opfern. Lest ihr eigentlich keine Zeitung? Zumindest an den Tagen, an denen ihr nicht irgendwelche Schulbusse in die Luft jagt?«

Kamal rechnete damit, erneut geschlagen zu werden, und wartete insgeheim darauf, weil das für eine gewisse Ablenkung sorgen würde und er Gelegenheit erhielt, seine Fesseln weiter zu lösen. Aber statt eines Hiebs erntete er bloß Gelächter.

»Keiner hat mir gesagt, daß du so tollkühn bist, Amerikaner.«

»Du bist nicht der erste, der mich unterschätzt hat.«

»Dir würde es bestimmt nicht sonderlich viel ausmachen, wenn ich dich umbringe, oder?«

»Eigentlich nicht.«

»Tja, zu dumm.«

Kamal hörte, wie ein Revolverhahn gespannt wurde. Im selben Moment bekam er seine Hände frei.

Ben warf sich mit aller Kraft in die Richtung, in der er den Anführer vermutete. Er traf ihn mit seinen Fäusten, und beide Männer flogen gegen die Hecktüren. Ben hörte neben und über sich hektische Bewegungen. Die restlichen Hamas-Mitglieder wollten wohl eingreifen. Sicher hielten auch sie ihre Waffen in den Händen, aber da Ben und ihr Anführer miteinander rangen, wagten sie wohl nicht, einen Schuß abzugeben.

Ben gelang es, die Revolverhand des Anführers zu umklammern. Er riß sie hoch, und ein Schuß krachte im Innern des Wagens. Der Donner war ohrenbetäubend. Dann zog er den Mann abrupt zu sich heran und schlug ihm die Stirn auf die Nase. Das Geräusch splitternder Knochen war deutlich zu vernehmen.

Ben warf sich auf seinen Gegner. Als der Wagen wieder in eine Kurve bog, gelang es ihm, die Hände zu lösen, die ihn immer noch hielten. Ben tastete erst gar nicht nach dem Griff, um die Hecktüren zu öffnen. Er warf sich einfach dagegen, und es gelang ihm, sie mit der Schulter aufzustoßen.

Die kühle Nachtluft wehte ihm entgegen, und der Inspektor ließ sich aus dem Lieferwagen fallen. Er versuchte sich abzurollen, aber der Aufprall war so hart, daß er beinahe das Bewußtsein verloren hätte. Kamal landete auf dem Asphalt, rollte weiter und weiter, bis ihm schwarz vor Augen wurde.

Endlich blieb er in der Böschung liegen, atmete tief durch, riß sich die Kapuze vom Kopf und spähte nach dem Lieferwagen, der hundert Meter weiter schlingernd zum Stehen kam. Mehrere Männer sprangen heraus und feuerten in seine Richtung.

Ben rappelte sich auf und stolperte fort. Die nahe gelegenen Berge von Juda sandten ihm ihre langen Finger aus Mondlicht und Schatten entgegen. Wenn der Wagen erst die Stadt hinter sich gelassen und die Wüste erreicht hätte, hätte Kamal nirgends eine Deckungsmöglichkeit finden können.

Doch hier gab es einige Sträucher, die fürs erste Schutz boten. Noch immer ertönten hinter ihm Schüsse, aber die Männer waren zu weit entfernt, um den Inspektor treffen zu können. Ben wußte nicht, wie viele Hamas-Kämpfer die Verfolgung aufgenommen hatten. Vermutlich vier, vielleicht auch fünf.

Einer seiner Fußknöchel fing an zu pochen und ließ sich nicht mehr so recht bewegen. Der Inspektor zog sich an herabhängenden Zweigen hoch und humpelte voran. Als Schritte hinter ihm im Unterholz ertönten und immer lauter wurden, bewegte er sich nur noch geduckt weiter.

Kamal lief über eine Hügelkuppe, glitt auf der anderen Seite aus und purzelte in dornenbewehrte Büsche, die die Grenzlinie zu einem Orangenbaumwäldchen bildeten.

Ben spürte stechende Schmerzen an den Händen und im Gesicht, wo die Dornen ihm die Haut aufgerissen hatten. Er schleppte sich in eine Bodensenke, die von Sträuchern umgeben war.

Schon kamen die Schritte den Hügel hinunter, den er

gerade hinter sich gebracht hatte. Im Dunkel der Nacht liefen die Hamas-Streiter an ihm vorbei in die Orangenplantage.

Kamal wartete, bis er wieder bei Atem war, ehe er sich erhob und versuchte, die Orientierung zu finden. Sie waren einige Kilometer die Jaffa-Straße entlanggefahren, die Jericho mit dem Rest der Westbank verband.

Er bückte sich, weil ihm ein Schnürsenkel aufgegangen war, als nur wenige Schritte vor ihm ein Zweig knackte. Kamal hielt den Atem an. Die Hamas-Soldaten hatten offenbar einen Mann zurückgelassen, der dem Inspektor den Fluchtweg abschneiden sollte.

Ben schluckte, ging in die Hocke und tastete den Boden nach einem Stock oder einem Ast ab. Statt dessen fand er einen großen Stein, der sich leicht aus dem Boden lösen ließ. Der Stein war nicht übermäßig schwer, reichte aber aus, einem Mann den Schädel einzuschlagen.

Er konnte den Gegner noch nicht ausmachen, obwohl dieser sich kaum weiter als drei Meter von ihm entfernt aufhalten mußte. Der Inspektor erhob sich ein Stück, hielt den Stein auf halber Höhe und schlich geduckt voran. Als er den Mann endlich zu sehen bekam, drehte dieser sich langsam um und blickte direkt in seine Richtung. Ben hielt den Atem an, und bereitete sich darauf vor, im nächsten Moment zur Seite zu springen.

Aber der Mann kehrte ihm wenig später wieder den Rücken zu und schien nichts bemerkt zu haben. Kamal wartete, bis er sich wieder beruhigt hatte. Dann schlich er langsam auf den Gegner zu, so daß er nur noch eine Armlänge von ihm entfernt war.

Der Inspektor wußte, daß jetzt alles rasend schnell gehen mußte, und dennoch kam es ihm so vor, als würden seine Bewegungen in Zeitlupe abrollen. Er hob den Stein und schlug zu.

Als der Gegner geräuschlos vor ihm zusammenbrach, konnte Ben erst einmal aufatmen.

Anschließend rannte er den Hügel wieder hinauf und kehrte von dort aus zur Straße zurück. Er hielt es für das Sicherste, wenn er in den Bäumen und Sträuchern am Straßenrand blieb, um sich so vor den Blicken seiner Verfolger zu verbergen, falls diese sich entschließen sollten, die Suche in einem größeren Umkreis durchzuführen.

Der Inspektor lief in Richtung Jericho, als plötzlich ein Wagen auf ihn zuraste. Nur mit Mühe konnte sich Kamal in ein Gebüsch retten.

ZWEITER TAG

Kapitel 18

Ohne abzubremsen, schoß der Wagen an ihm vorbei, und Ben beschloß, sich von jetzt an noch tiefer in den Schutz der Bäume zurückzuziehen. Endlich erreichte er die Ausläufer der Stadt, und kurz vor Sonnenaufgang gelangte er schweißgebadet und humpelnd nach Hause.

Kamal legte sich gleich hin, konnte aber trotz der Erschöpfung nicht einschlafen. Nach einer Stunde gab er es schließlich auf und stellte sich unter die Dusche. Als er sich abtrocknete, war es spät genug, um al-Shaer in seinem Büro anzurufen.

Doch in der Gerichtsmedizin hob niemand ab, und Ben beschlich sogleich eine dunkle Vorahnung. Er fuhr sofort hin. Als er dort anlangte, stand die Tür weit auf, und beim Näherkommen entdeckte er auch den Grund dafür – man hatte sie aufgebrochen. Kamal sah sich um und bemerkte Doktor Bassim al-Shaer am Ende des Flurs mit einem Besen in der Hand.

»Wann ist das geschehen?«

»Irgendwann vergangene Nacht. Wenn Sie es genauer wissen wollen, müssen Sie schon die anderen Bewohner dieses Etablissements befragen.« Er nickte in Richtung seiner ›Leichenhalle‹. »Allerdings gibt es jetzt einen weniger, den Sie verhören können.«

»Das gestrige Opfer …«

»Sie verfügen ja über Intuition.« Der Gerichtsmediziner hielt kurz mit dem Kehren inne und betrachtete Ben. »Ihre Gesichtsverletzungen sind aber nicht sehr gut verheilt.«

»Ich hatte einen Rückfall.«

»Sicher auch letzte Nacht, oder?«

»Sie haben doch hoffentlich dem Opfer Fingerabdrücke abgenommen? Erzählen Sie mir bitte nicht, daß Sie dazu nicht gekommen sind.«

»Natürlich habe ich das getan. Aber wer auch immer für dieses Chaos hier verantwortlich ist, hat auch alle Karteikarten mitgehen lassen.«

Kamal sackte sichtlich zusammen.

»Kopf hoch, Inspektor. Glücklicherweise haben unsere Freunde mein Ablagesystem nicht durchschaut. Die Karte mit seinen Fingerabdrücken ist immer noch da.«

Ben atmete erleichtert auf. »Wie weit sind Sie mit den Messer-Tests gekommen? Ohne die Leiche ist das jetzt wohl ...«

»Ich habe Bilder geschossen und die Wunden exakt vermessen.«

»Und das Öl, das Sie in den Wunden des ersten Jericho-Opfers entdeckt haben?«

Der Arzt schüttelte den Kopf. »So weit war ich leider noch nicht gekommen. Die entsprechenden Tests am jüngsten Opfer wollte ich heute durchführen. Selbst wenn die Leiche mir noch zur Verfügung gestanden hätte, wären dafür umfangreiche Vorbereitungen nötig gewesen. Aber kommen Sie mit, ich zeige es Ihnen besser selbst ...«

Da die Einbrecher nicht gewußt hatten, was genau zu der Leiche gehörte, an der sie interessiert waren, hatten sie sämtliche Schränke aufgerissen und den Inhalt auf den Boden verteilt. Klebrige Flüssigkeiten, Papiere und Scherben lagen überall herum. Da die Eindringlinge mit ihrer Suche offenbar erfolglos geblieben waren, hatten sie kurzerhand den Toten mitgenommen, um durch ihn an die nötigen Antworten zu gelangen.

»Einige Blut- und Gewebeproben des gestrigen Opfers sind noch vorhanden. Die dürften für eine Untersuchung ausreichen. Ich kann es ja mal versuchen«, bot al-Shaer an.

»Das ist immer noch besser als gar nichts.«

»Und was die Messer angeht«, fuhr der Arzt fort, »sobald mir die Klingen vorliegen –«

»Ich habe schon einen Beamten damit beauftragt«, unterbrach ihn Ben und dachte an Tawil. »Er wird sie Ihnen noch heute nachmittag vorbeibringen.«

Al-Shaer grinste breit. »Sagen Sie ihm, daß er die Rinderhälfte nicht vergessen soll.«

Kamal nahm die Karte mit den Fingerabdrücken entgegen und hoffte, mit ihrer Hilfe auf die Identität der jüngsten Leiche zu stoßen.

Um neun Uhr traf er auf der Wache ein. Danielle würde er erst in einer Stunde treffen. Seine Kopfschmerzen wollten einfach nicht nachlassen, und so schluckte er auf dem Weg zu seinem Büro zwei Aspirin ohne Wasser.

Als er dort ankam, stand die Tür offen. Der Schatten eines Mannes zeigte sich an der gegenüberliegenden Wand, und es roch streng nach Zigarrenrauch, der aus dem Raum auf den Flur driftete.

»Ja bitte?« fragte Kamal von der Tür aus.

Der Raucher drehte sich von der Landkarte weg, die die Westbank zeigte. Darauf waren bestimmte Zonen farbig markiert, die Gebiete, welche die Israelis bereits verlassen hatten oder aus denen sie sich noch zurückziehen wollten. Als Danielle gestern hiergewesen war, hatte Ben Stecknadeln in die Karte gestoßen und ihr die Stellen angezeigt, an denen man die Opfer des Wolfs gefunden hatte.

Der Fremde schien sich ebenfalls für die Stecknadeln zu interessieren.

»Kann ich Ihnen helfen?« fragte der Inspektor, als der Raucher keine Antwort gab.

»Das hoffe ich doch«, erwiderte der Fremde und nahm die Zigarre aus dem Mund.

Zuerst glaubte Ben, einen ziemlich fetten Menschen vor sich zu haben, aber an der Art, wie der Mann sich bewegte, erkannte er, daß sein Körper absolut durchtrainiert war. Die Anzugjacke konnte die Sehnenstränge und Muskeln kaum verdecken.

»Ich glaube nicht, daß ich bereits das Vergnügen hatte«, sagte Kamal.

»Colonel Frank Brickland«, stellte der Mann sich vor und reichte ihm die Hand.

»Inspektor Ben Kamal.«

»Ich weiß«, sagte Brickland und schob sich die Zigarre wieder in den Mund. »Wegen Ihnen bin ich ja gekommen.«

»Was soll ich denn für Sie tun?«

»Mir dabei helfen, meinen Sohn zu finden. Der wird nämlich vermißt.«

»Sie haben viel auf sich genommen, bloß um eine Vermißtenmeldung zu machen.«

»Ich glaube, Sie sind ihm schon begegnet. Ich habe Grund zu der Annahme, daß es sich bei der Leiche, die gestern gefunden wurde, um meinen Sohn handelt.«

Die beiden Männer verließen das Gebäude und setzten sich auf dem großen Platz auf eine Steinbank. Der Colonel schien ein unglaublich disziplinierter Mensch zu sein, wie man schon an den kleinsten Bewegungen erkennen konnte.

»Meine Freunde nennen mich Brick. Einige meiner Feinde übrigens auch. Wie ich gehört habe, nennt man Sie hier überall Ben.«

»Im Gegensatz zu Ihnen kann ich seit einiger Zeit kaum noch zwischen meinen Freunden und Feinden unterscheiden, Colonel.«

Brickland legte die Hände auf die Knie. »Den Rang können Sie weglassen. Ich bin nicht mehr in der Armee.«

»Das sieht man Ihnen aber nicht an.«

»Ja, wie es so schön heißt, man kann einen Mann aus der Armee nehmen, aber man kann nicht die Armee aus einem Mann nehmen. Seit sechs Monaten bin ich im Ruhestand. Vorher war ich bei einer Spezialeinheit in Fort Bragg, North Carolina. Ich bin wohl ein Opfer der Etatkürzungen und der Truppenreduzierung geworden. Zwei Kameraden wurden deaktiviert. Ich mußte gehen, weil ich meinem Unmut darüber Luft gemacht habe.«

»Womit Sie Zeit und Gelegenheit gefunden haben, die ganze Welt zu bereisen und sich die schönsten Ferienparadiese anzusehen.«

»Ich habe Ihnen doch gerade erklärt, was mich in dieses Scheißloch hier geführt hat. Obwohl ich erst ein paar Stunden hier bin, zweifle ich bereits am Verstand eines jeden, der freiwillig hierbleibt.«

»Wer sagt denn, daß ich eine Wahl habe?«

»Wer sagt denn, daß ich von Ihnen gesprochen habe? Könnte doch sein, daß Sie nicht der einzige sind, der sein Leben verpfuscht hat, bloß weil er seine Arbeit ordentlich machen wollte.«

»Da können Sie drauf wetten.«

»Das hätten wir also klargestellt. Und jetzt unterhalten wir uns von Amerikaner zu Amerikaner, kurz, knapp und bündig. Ich bin hier, weil die Beschreibung der Leiche, die Sie gestern gefunden haben, genau auf meinen Sohn zutrifft.«

»Wie sind Sie denn an den Bericht gelangt?«

»Ach, in diesem Land kann man Informationen wie Seife kaufen. Wenn man die richtigen Leute kennt, braucht man nur noch die Brieftasche zu zücken. Und dieser Laden hat vierundzwanzig Stunden am Tag geöffnet, wenn ich so sagen darf. Außerdem ist er an diverse Netzwerke angeschlossen. Ich habe meine Informanten, und letzte Nacht hat man mich zurückgerufen.«

Doktor al-Shaer hatte seinen Bericht erst gestern nachmittag geschrieben, sagte sich Kamal. Obwohl der Colonel ausgesprochen steif wirkte, konnte er schnell wie der Blitz sein, wenn er es für nötig hielt.

»Offenbar sind Sie nicht erst nach diesem Anruf aus den Staaten hierher geflogen«, bemerkte Ben.

»Nein, ich saß gerade in Kairo und war vorher in Beirut und Amman. Meine nächste Station sollte Tripolis werden.«

»Verstehe, Sie wollten keine der Touristenfallen im Nahen Osten auslassen.«

Brickland verzog die Mundwinkel zu einem Grinsen. »Genau, all die schönen Stätten, an denen man eher eine Kugel als einen Sonnenbrand bekommt.«

»Was bringt Sie zu der Überzeugung, daß es sich bei der Leiche, die wir gestern gefunden haben, um Ihren Sohn handeln könnte?«

»Wissen Sie, mein Sohn wollte in die Fußstapfen seines Vaters treten und ebenfalls in einer Spezialeinheit dienen. Er hat dann bei der Operation Wüstensturm mitgemacht, weil er für Vietnam etwas zu spät dran war. Na ja, wenigstens war der Mistkerl damit auf der Siegerseite. Hat den ganzen beschissenen Wüstenkrieg damit verbracht, mobile Scud-Raketenwerfer und andere ausgesuchte Ziele wegzuklicken.«

»Wegzuklicken?«

»Die Sache war doch so, mein Bester: Die ganze High-Tech-Hardware, die wir in den Himmel schicken, taugt keinen Furz, wenn ihr nicht jemand einprogrammiert, wo sie hinfliegen soll. Während der Operation Wüstensturm hantierten die Spezialeinheiten mit ferngesteuerten Raketen. Damit war alles ganz einfach: Ziel anvisieren, Signal geben, zielen und klicken – Ende der Geschichte.«

»War wohl doch etwas anders als das, was Sie in Vietnam gemacht haben.«

»Das können Sie laut sagen. Drüben im Fernen Osten mußte man nah an den Feind und auch noch persönlich ran. Statt eines Laserstrahls haben wir ein Messer mit uns getragen. Und das einzige, was wir aus der Ferne sehen konnten, war der Kopf des Vietkong im Fadenkreuz. Das war ja eben das Problem.«

»Was meinen Sie damit?«

»Vaters Fußstapfen. Der Junge konnte sie nicht ganz ausfüllen. Während des Golfkriegs hat er Appetit auf mehr bekommen. Aber um diesen Hunger zu stillen, ist es für ihn in den letzten Jahren viel zu ruhig gewesen.«

»Soll das heißen, daß er deswegen nach Jericho gekommen ist?«

»Als seine Dienstzeit bei der Spezialeinheit abgelaufen war, hat er sie nicht verlängert, sondern sich bei den Israelis gemeldet. Die haben ihn mit offenen Armen empfangen und ihm gleich die Chance gegeben, sich in diverse Nahkämpfe zu stürzen.«

Ben glaubte, eine Träne in Bricklands Augen zu erkennen, doch der Moment war viel zu schnell vorüber, als daß er sich dessen hätte sicher sein können. »Tja, und so ist der Bengel tatsächlich in meine Fußstapfen getreten. Vielleicht waren die Schuhe sogar noch ein oder zwei Nummern größer. Doch dann ist er eines Tages verschwunden.«

»Können die Israelis Ihnen denn nicht weiterhelfen?«

»Deren Informationsfluß läßt sehr zu wünschen übrig. Ich habe hier geschnüffelt und da gebuddelt, aber bei allem, was über drei Monate zurück in die Vergangenheit führt, renne ich gegen eine Wand.«

Kamal dachte darüber nach. »Und damit wären wir wohl bei der Leiche, die gestern morgen gefunden wurde.«

»Lassen wir doch mal die Fakten für sich sprechen: Mein Junge stellt verdeckte Ermittlungen an. Zufällig stößt er auf eine heiße Spur, und schon bläst ihm jemand das Lebenslicht aus, damit die ganze Angelegenheit hübsch in der Familie bleibt.«

»Wir gehen bei unseren Ermittlungen aber davon aus, daß der Mann, den wir gestern gefunden haben, von einem Serienmörder getötet wurde, der auf der Westbank schon etliche Menschen umgebracht hat.«

Der Colonel runzelte die Stirn. »Ja, natürlich, der Wolf. Über den habe ich in dem Bericht auch gelesen. Und ich habe die Stecknadeln auf Ihrer Karte gesehen.«

»Ich habe das Gefühl, der Bericht scheint Sie nicht sonderlich überzeugt zu haben.«

»Der Killer hat die Methode al-Diibs nachgeahmt, um sich ein Alibi zu verschaffen.«

»Halten Sie das nicht für ein bißchen weit hergeholt?«

Brickland stand auf, stemmte die Fäuste in die Hüften und wandte sich um. Der Inspektor bemerkte das wogende Muskelspiel unter seinem Hemd. Als der Colonel sich wieder zu ihm umdrehte, war seine Miene erschreckend ruhig geworden.

»Sie haben nie gedient, Benny, und dennoch halten Sie sich in einem gottverdammten Kriegsgebiet auf, und das auch noch freiwillig. Mein Bester, Sie stehen tief im Feindesland, und Sie halten immer noch die Stellung, auch wenn alle anderen Sie im Stich gelassen haben. Haben Sie überhaupt eine Vorstellung, warum Sie immer noch am Leben sind?«

»Mein Vater war ein Held. Es heißt, man schont mich aus Respekt vor ihm.«

»Respekt hat mit alledem nichts zu tun. Furcht ist der wahre Grund. Sie weilen noch unter den Lebenden, weil man sie fürchtet, weil man eine Heidenangst davor hat, was Sie anstellen werden, wenn Mist gebaut wird. Nur Furcht hält Menschen zurück. Die Angst vor dem, was geschieht, wenn etwas vermasselt wird. Sie haben Ihrem Volk bewiesen, aus welchem Holz Sie geschnitzt sind, als Sie die drei Polizisten verhafteten, und jetzt geht man Ihnen tunlichst aus dem Weg. An Ihrer Stelle würde ich das als Kompliment auffassen.«

»Wenn Sie meinen.«

»Wissen Sie, auch wenn Sie nie Soldat gewesen sind,

haben Sie mittlerweile eine ziemlich gute Vorstellung davon gewonnen. Deswegen möchte ich, daß Sie sich einmal folgendes durch den Kopf gehen lassen. Ein normaler Soldat steht im Vergleich zu dem Mitglied einer Spezialeinheit wie ein Schuljunge zu einem graduierten Studenten. Mein Sohn war sozusagen graduierter Student, und mit solchen Leuten hat er es auch zu tun bekommen, als er in dieses Land gekommen ist. Zumindest sehe ich das so. Und verzeihen Sie, aber jemand wie Sie kann nicht im entferntesten ermessen, wie Männer, die eine solche Ausbildung genossen haben, vorgehen. Sie wissen unglaublich viel und nutzen dieses Wissen, um andere zu manipulieren. Diese Leute zeichnen sich nicht dadurch aus, daß sie einem Plan folgen, sondern daß sie überhaupt einen haben.«

»Einmal angenommen, an Ihrer Theorie ist wirklich etwas dran ...«

»Davon sollten Sie ausgehen, verdammt noch mal!«

»... was genau wollen Sie dann eigentlich von mir?«

»Wenn es sich wirklich herausstellen sollte, daß Sie gestern meinen Sohn gefunden haben, dann müssen Sie in einer Liga mitspielen, die nicht die Ihre ist. Und wenn Sie weiter am Leben bleiben wollen, brauchen Sie jemanden, der sich in dieser Spielklasse auskennt. Sie halten mich auf dem laufenden, was ihre Ermittlungen angeht, und ich halte Ihnen dafür den Rücken frei. Wir können gleich damit anfangen, dem Büro des Gerichtsmediziners einen Besuch abzustatten. Ich möchte einen Blick auf die Leiche werfen.«

»Ich fürchte, das wird nicht so einfach sein.«

Ben berichtete ihm nur vage, wie er in der letzten Nacht entführt worden war und entkommen konnte. Und als er erzählte, in welchem Zustand er al-Shaers Büro vorgefunden hatte, wurde er auch nicht viel deutlicher.

»Sie scheinen gestern ja einen richtigen Scheißtag

gehabt zu haben«, erklärte Brickland danach. »Verprügelt, gefoltert, gesteinigt und beschossen. Was haben Sie denn für heute geplant?«

»Fragen stellen. Und hoffen, daß mich ein paar Antworten weiterbringen.«

»Sie haben die Karte mit den Fingerabdrücken in Ihrem Büro?«

»Ja, ich wollte sie eigentlich durch die richtigen Kanäle laufen lassen.«

»Wäre nett, wenn Sie vorher eine Kopie anfertigen könnten.«

Kamal schwieg dazu.

»Soldat, ich möchte wissen, ob das wirklich die Leiche meines Sohnes war.«

»Und wenn die Fingerabdrücke von jemand anderem stammen?«

Der Colonel sah ihn scharf an. »Sie haben mir erzählt, der Mann sei möglicherweise aus den Staaten gekommen. Was glauben Sie denn, wie hoch Ihre Chancen stehen, mit Hilfe Ihrer Kanäle diese Abdrücke in absehbarer Zeit von Washington oder Interpol überprüfen zu lassen?«

»Nicht sehr hoch.«

»Dann lassen Sie mich wenigstens einen Blick drauf werfen. Was haben Sie schon zu verlieren?«

»Hat Ihr Sohn sich den Blinddarm entfernen lassen?«

»Nein, aber die Gallenblase.« Der Colonel legte den Kopf schief und grinste. »War ein netter Versuch von Ihnen.«

»Lassen Sie mir etwas Zeit, darüber nachzudenken«, sagte Ben.

»Dann warte ich eben.«

Kamal erhob sich und stellte mit Verwunderung fest, daß Brickland drei oder vier Zentimeter kleiner war als er – der Mann wirkte nur wesentlich größer. »Sie sind hier in der Fremde, Colonel.«

»Sind wir das nicht beide, Benny?«

Kapitel 19

Sobald er wieder in seinem Büro saß, rief Ben Zaid Jabrol an, den Chefredakteur und Herausgeber der Al-Quds.

»Wollen Sie endlich mein Hilfsangebot annehmen?« fragte der Zeitungsmann, der sich in Jerusalem aufhielt. Es klang fast so, als freue er sich, mit dem Inspektor zu sprechen.

»Vielleicht wollte ich nur überprüfen, ob es Ihnen damit wirklich ernst war.«

»Dann schießen Sie mal los.«

»Ich brauche einige Informationen über einen Amerikaner …«

Er beschrieb Jabral Frank Brickland, zumindest das, was ihm nach der kurzen Begegnung im Gedächtnis geblieben war. Der Journalist versprach, sich umzuhören, und schlug ihm vor, später wieder anzurufen.

Kaum hatte Kamal aufgelegt, als auch schon Danielle in sein Büro eskortiert wurde. Punkt zehn Uhr. Er erhob sich, als sie eintrat.

»Ich nehme an, Sie sind bereit und wir können gleich starten«, erklärte die Israelin, ohne sich erst mit einer Begrüßung aufzuhalten. »Letzte Nacht habe ich die Berichte studiert. Dabei sind einige Fragen offengeblieben. Ich würde gern die Leiche sehen.«

Ben atmete vernehmlich aus. »Das geht nicht, denn sie ist nicht mehr da.«

»Wieso?«

»Sie wurde letzte Nacht gestohlen.«

»Schon wieder ein Rätsel?«

»Eigentlich nicht. Die Hamas steckt dahinter.«

»Woher wollen Sie das wissen?«

»Weil eines ihrer Kommandos mich gekidnappt hat, als der Tote ihnen nicht alle Antworten geben konnte, die ihnen wichtig waren.«

»Und diese Terroristen haben geglaubt, Sie könnten ihnen diese Antworten liefern?«

»Die Kämpfer wollten Ausweise, Papiere und überhaupt alles haben, was wir bei dem Toten gefunden haben.«

»Und was haben Sie ihnen gesagt?«

»Die Wahrheit. Daß das Opfer weder Papiere noch sonst etwas bei sich trug.«

»Warum interessiert sich die Hamas dafür?«

»Ich erhielt leider keine Gelegenheit, sie danach zu fragen.«

»Nicht viele Menschen haben eine Entführung durch Ihre Hamas überlebt.«

»Das ist nicht ›meine Hamas‹, Pakad.«

»Wie dem auch sei«, fuhr sie ungerührt fort, »dann muß ich mich eben mit etwas anderem zufriedengeben. Zeigen Sie mir bitte den Tatort.«

Den einzigen Hinweis darauf, daß sich in der Gasse ein Mord ereignet hatte, stellten schmutzige gelbe Fetzen dar, die von der ursprünglichen Absperrung übriggeblieben waren und hartnäckig an ihren Pfosten hingen.

Auf Danielles Bitte hin berichtete Kamal ihr alles, was er über diesen Fall wußte. Derweil untersuchte sie selbst methodisch den Tatort. Ben erklärte ihr auch, welche Anordnungen er seinen Männern gegeben und welche Schlußfolgerungen ihn zu seiner Ermittlungsstrategie gebracht hatten.

Die Chefinspektorin hörte ihm aufmerksam zu und stellte nur hin und wieder eine Frage.

Als Ben fertig war, schritt sie Entfernungen ab, grub mit den Fingern im Schotter und betrachtete den Gasseneingang und die dahinter liegenden Flächen genauer.

»Soviel Blut«, bemerkte sie, während sie sich vorstellte, wie es hier gestern morgen ausgesehen haben mußte.

»Unter diesen Umständen muß der Mörder selbst von oben bis unten damit bespritzt gewesen sein.«

»Das denke ich auch, aber wir haben keine Möglichkeit, es nachzuprüfen.«

»Haben Sie auf der Straße nach Blutspuren gesucht?«

»Ja, aber ohne Erfolg. Wir haben daraufhin ungefähr ein Dutzend Blutproben analysiert, die wir verschiedenen Tatortstellen entnommen haben. Sie alle stammten von dem Opfer.«

Danielle nahm jede Information wie ein Computer in sich auf. Als sie wieder in die Sonne trat, hob sie eine Hand, um ihre Augen abzuschirmen. Jericho lag dreißig Meter unter dem Meeresspiegel, und zu dieser Stunde war es in der Innenstadt so heiß wie in einem Backofen.

»Verwundbar und isoliert«, bemerkte die Israelin schließlich. »Alle Opfer waren allein und wurden in der Nacht ermordet. Für gewöhnlich hielten sie sich nicht weit von ihrem Zuhause auf. Das ist doch ungewöhnlich, oder was meinen Sie?«

»Ich halte das eher für eine praktische Vorgehensweise. So kann al-Diib sich darauf beschränken, die Häuser seiner Opfer auszukundschaften, statt ihnen überallhin folgen zu müssen. Er wartet, bis sie nachts nach Hause kommen, oder schleicht ihnen hinterher, wenn sie die Wohnung verlassen.«

»Und niemand will je etwas bemerkt haben.«

»Zumindest gibt das keiner zu.«

»Was ist mit dem ersten Mord in Jericho?«

»Der ereignete sich vor elf Tagen. Eine gewisse Leila Khalil war mit Freunden aus, und die haben sie vor ihrem Haus abgesetzt. Danach hat die junge Frau niemand mehr gesehen.«

»Dann muß der Wolf dort irgendwo auf der Lauer gelegen haben.«

»Ja, wie er es oft zu tun pflegt. Er scheint die Opfer zu

beobachten, bis er sich ihren Tagesablauf, ihre gesamten Lebensumstände eingeprägt hat.«

»Aber wie gelingt es ihm, stets unerkannt davonzukommen?«

»Sicher läuft er nicht zu Fuß davon. Das ist schon deshalb unmöglich, weil er im Lauf der Zeit im ganzen Land Morde begangen hat. Es muß sich bei ihm um jemanden handeln, der leicht irgendwo untertauchen kann, der niemals auffällt.«

»Vielleicht ist er ja Polizist«, entgegnete Danielle.

»Polizisten fallen hier sofort auf, das können Sie mir glauben.«

»Okay, war ja nur eine Idee. Aber wenn der Wolf seinen Opfern folgt, woher weiß er dann, wann er seinen Wagen abstellen oder sich ein Taxi nehmen muß? Und wie kann er den Tatort verlassen, ohne von jemandem gesehen zu werden oder eine Blutspur zu hinterlassen?«

»Ich kann mich nur wiederholen: Der Mann versteht es, sich unauffällig aus dem Staub zu machen.«

»Wer von oben bis unten mit Blut bespritzt ist, fällt immer auf.«

»Aber nur, wenn ein Zeuge in der Nähe ist. Ich habe lange über seinen Wagen nachgedacht, Pakad. Wir haben keine einzige Meldung über ein verdächtiges Fahrzeug vorliegen, das jemandem in der Nähe des Tatorts aufgefallen ist. Und dennoch muß er irgendwie dorthin gekommen sein, oder?«

Die Israelin richtete sich wieder auf und wischte sich die Hände am Rock ab. »Warum sehen wir uns nicht einen anderen Tatort an? Vielleicht finden wir dort mehr heraus.«

»Das muß noch ein wenig warten, Pakad. Zuerst schauen wir in einem Flüchtlingslager vorbei.«

»Und was wollen wir dort, Inspektor?«

»Einen Zeugen finden.«

Während der einstündigen Fahrt zum Lager Jalazon, das außerhalb von Ramallah lag und in dem angeblich die Prostituierte Shanzi lebte, berichtete Ben seiner Kollegin von den Ereignissen der vergangenen Nacht.

Am Ziel angekommen, mußten sie feststellen, daß über das Lager immer noch die Ausgangssperre verhängt war. Die Proteste der Insassen hatten sich in einem Gewaltausbruch entladen. Gerüchten zufolge sollte hier gestern noch geschossen worden sein. Kamal spürte eine aufgeladene Atmosphäre, die noch bedrückender war als die brütend heiße Luft über dem Landstrich.

Die einzigen Personen, die man vor Jalazon zu sehen bekam, waren die Angehörigen der Wachtruppe. Sie galt als eine Art Miliz, und ihre Ausbildung vollzog sich dementsprechend, obwohl sie lange nicht so gut war wie die der palästinensischen Polizei. Diese Truppe hatte das Lager von den Israelis übernommen, und man sagte ihr nach, zuweilen noch brutaler als die ehemaligen Besatzer vorzugehen.

Als die beiden Polizisten vor Jalazon standen, fielen Ben sofort die bedrohlich wirkenden Wachtürme in allen vier Ecken der Anlage ins Auge. Obwohl sie nicht mehr genutzt wurden, hatte man es bislang unterlassen, sie abzubauen. Heute wirkten sie wie ein Symbol dafür, wie wenig sich für die Insassen seit der palästinensischen Selbstverwaltung verändert hatte.

»Guten Morgen, Inspektor«, kam ihm ein Captain mit Namen Fawandi entgegen und führte ihn in sein winziges Büro. Danielle blieb, wie sie vereinbart hatten, diskret außerhalb des Lagers zurück. »Was kann ich für Sie tun?«

»Ich suche nach einer Frau, die hier leben soll.«

»Und der Name?«

»Zuletzt hat sie sich, wenn ich mich nicht irre, Shanzi genannt.«

»Ist das der Vor- oder der Zuname?«

»Der einzige.«

Captain Fawandi schlug sein Registraturbuch auf, in dem alles handschriftlich eingetragen war. Computer waren für Jalazon und die anderen Lager noch ein Wunschtraum.

»Ich finde hier niemanden dieses Namens.«

»Sie gehört zu einer Gruppe von Frauen, die sich darauf spezialisiert haben, zusammen mit männlichen Kollegen nachts Passanten in eine Falle zu locken, auszurauben und notfalls umzubringen.«

»Einen Moment bitte.« Der Milizoffizier nahm sich einen Aktenordner vor, der auf seinem Schreibtisch lag. Schon nach ein paar Seiten bemerkte er: »Ich wußte doch, daß mir die Frau nicht ganz unbekannt war ...«

»Was meinen Sie damit?« fragte Kamal.

Fawandi hob den Kopf und sah ihn ungerührt an. »Sie wurde während der gestrigen Proteste angeschossen und ist ihren Verletzungen erlegen.«

Ben hatte das Gefühl, jemand habe ihm in den Magen getreten. »Ich hätte nicht gedacht, daß sie zu denjenigen gehört hat, die sich Ausschreitungen anschließen.«

»Sie stand ja auch nur in der Nähe. Ein Querschläger hat sie getroffen.« Er zuckte die Achseln. »So etwas kommt leider vor.«

»Ziemlich oft sogar, oder?«

»Hören Sie, Officer —«

»Inspektor!«

»Also gut, *Inspektor*. Kann ich sonst noch etwas für Sie tun?«

»Ich verlange, daß ihr Leichnam in das Büro des Gerichtsmediziners in Jericho gebracht wird. Keine Sorge, ich schicke eine Transportmöglichkeit.«

»Sie haben hier keine Befehlsgewalt.«

»Wir befinden uns immer noch auf der Westbank, Captain, und ich bin der leitende Ermittlungsbeamte.«

»Ich wußte nicht, daß Sie den Tod dieser Frau untersuchen.«

»Nun, ich vermute, Shanzis Tod hat etwas mit der Mordserie zu tun, in der ich gerade ermittle.«

»Wie schön für Sie. Aber in den Vorschriften steht nirgends erwähnt, daß sich die Lagermiliz Anordnungen der Verwaltungsbehörden zu beugen hat.«

Kamal ließ sich auf dem wackligen Stuhl nieder, der vor Fawandis Schreibtisch stand, und lehnte sich bequem zurück. »Wissen Sie eigentlich, warum ich hier bin?«

»Eigentlich nicht.«

»Haben Sie von dem Mord gehört, der vorgestern nacht in Jericho begangen wurde?«

»Natürlich, das hat doch jeder. Ein weiteres Opfer von al-Diib.«

»Also, ich bin hier, weil nach offizieller Meinung al-Diib aus einem der Lager stammt, und mir bleibt nur noch eine Woche, um dem Bürgermeister einen Tatverdächtigen zu präsentieren. Ich könnte ihm im Grunde genommen jeden vorführen, einen Fall dazu konstruieren und mir sicher sein, daß meine Vorgesetzten mir augenzwinkernd gratulieren würden. Gefällt Ihnen eigentlich Ihre Arbeit hier, Captain?«

»Fangen Sie nicht an, mir zu drohen, Inspektor.«

Ben beugte sich zu ihm vor und erklärte leise: »Mir hat ein Vögelchen zugezwitschert, daß viele der Vorräte, die für die Lagerinsassen bestimmt sind, nie hier ankommen und sich auf dem Schwarzmarkt wiederfinden. Das wäre doch mal ein interessanter Fall, oder? Besser noch, man wendet sich damit gleich an die Presse. Ich kenne da einen Chefredakteur, der sich nach einer solchen Geschichte die Finger lecken würde.«

Fawandi ließ sich nicht anmerken, was in ihm vorging. Er starrte stur geradeaus und trommelte mit den Fingern auf dem Schreibtisch – für eine ganze Weile das einzige Geräusch in diesem Raum.

»Ich sorge dafür, daß der Leichnam zum Abtransport bereitgestellt wird«, erklärte der Captain schließlich.

Als Kamal das Lager verließ, stand Danielle draußen vor dem Tor und wurde von einigen Milizionären lüstern beäugt.

»Ich hätte den Burschen sagen sollen, daß Sie Jüdin sind«, erklärte Ben mit Blick auf die Wächter.

»Sie haben mich gefragt, wer ich sei, und ich habe geantwortet, ich sei Ihre Sklavin und würde regelmäßig von Ihnen verprügelt.«

»Jetzt weiß ich auch, warum die Männer mich so bewundernd angesehen haben«, entgegnete der Inspektor.

Während der Fahrt berichtete er ihr kurz, was er im Lager erfahren hatte.

»Glauben Sie denn, eine Autopsie könnte uns irgendwie weiterbringen?« fragte Danielle.

»Mir gefällt es nicht, daß eine potentielle Zeugin durch eine verirrte Kugel ihr Leben verloren hat. Das kann doch kein Zufall sein.«

»Jetzt spricht der Amerikaner aus Ihnen. Ein Palästinenser würde sich darüber freuen, daß das Schicksal eingegriffen hat.«

»Und was würde ein Israeli davon halten?«

»Natürlich würde er sich über das freuen, was ihm am meisten nutzt.«

»Das bedeutet für uns, diesen Fall bis morgen in einer Woche gelöst zu haben, damit die Friedensgespräche wieder aufgenommen werden können.«

»Dann folgen Sie mir, Inspektor.«

Kapitel 20

Jerusalem war die einzige Stadt in Israel, die Ben schon einmal besucht hatte. Aber sein Erinnerungsvermögen gab nicht mehr allzuviel her. Erbaut auf einem Hügel, wurde die uralte Stadt von zahlreichen Bergen umrahmt. Von den beiden höchsten, dem Mons Scopus und dem Ölberg, hatte man einen atemberaubenden Blick auf die Kirchenspitzen, Glockentürme, goldenen Kuppeln und Minarette der Stadt.

Kamal erinnerte sich weniger an das, was es hier zu sehen gab, sondern mehr an die Geräusche Jerusalems – das allgegenwärtige Glockenläuten, die pünktlichen Rufe des Muezzins an die Gläubigen und das konstante Summen der Betenden an der Klagemauer. Der Inspektor hatte von den jüngsten Sicherheitsmaßnahmen gehört, aber anscheinend konnte nichts und niemand den Eifer und die Inbrunst dämpfen, die die unzähligen Religionen und Kulte in dieser Stadt an den Tag legten.

Das erste bekanntgewordene Opfer des Wolfs, die sechsundzwanzigjährige Najwa Halevy, war im Moslem-Viertel in der Altstadt gefunden worden. Gemäß Danielles Unterlagen hatte sie jedoch in Ostjerusalem gelebt. An jenem Tag war sie in die Altstadt gekommen, um dort ihre Eltern zu besuchen. Vier oder fünf Stunden später hatte man ihre Leiche gefunden – in einer aufgegebenen Zisterne in Sichtweite des Damaskus-Tors.

»Ein Wachsoldat hat während seiner Runde einmal zufällig in den Brunnen gesehen«, teilte Danielle ihrem Partner mit, als sie dort ankamen.

Auf ihren Rat hin waren sie vom Jalazon-Flüchtlingslager aus erst nach Jericho zurückgefahren, damit Ben sich zu Hause umziehen konnte, bevor sie die knapp vierzig Kilometer bis nach Jerusalem zurücklegten. Kamals Dienstvorschriften verlangten, daß er in der Westbank stets Uniform trug. Doch wenn er diese Gegend verließ, war er nicht mehr daran gebunden. Und bei den Nachforschungen in Jerusalem wollte er vor allem kein Aufsehen erregen und sich nicht von der Arbeit ablenken lassen.

»Najwas Stichwunden sind laut Akte nahezu identisch mit denen, die Ihre Leiche von der Jaffa-Straße aufwies«, fuhr Danielle fort. »Und natürlich auch die anderen.«

Kies knirschte unter Bens Schuhen, als er die Umgebung des Fundortes abschritt. Hier standen keine Wohnhäuser, und das ließ diesen Tatort wesentlich logischer erscheinen.

»Und Najwa hat ihren Eltern erzählt, sie wolle noch jemanden treffen?« fragte er.

»Nein, sie sagte, sie wolle gleich wieder nach Hause zurück, in den Ostteil.«

»Statt dessen wurde sie gegen Mitternacht ermordet, genau wie unser letztes Opfer.« Ben drehte sich zu ihr um. »Wußten ihre Eltern zufällig, ob sie einen Ausweis oder sonstige Papiere bei sich trug?«

»Ja, sie hatte ihre Handtasche dabei«, antwortete Danielle. »Da waren alle wichtigen Unterlagen drin. Natürlich ist die Handtasche gestohlen worden, schließlich wurde die Leiche erst nach fünf Stunden gefunden.«

»Ich glaube nicht, daß irgend jemand die Gelegenheit beim Schopf ergriffen hat. Al-Diib gibt sich nicht damit zufrieden, seinen Opfern nur das Gesicht bis zur Unkenntlichkeit zu zerschneiden, er will ihnen jegliche Form von Identität rauben. Mit anderen Worten, er nimmt seinen Opfern alles, was uns irgendeinen Hinweis darauf geben könnte, wer sie sind. Vielleicht steht er unter dem Eindruck, ihm selbst sei auch nichts geblieben. Deswegen nimmt er seinen Opfern die Identität, um seine eigene, die er verloren hat, zurückzugewinnen.«

»Schließt das die Möglichkeit ein, daß er ebenfalls kastriert wurde?«

»Die Unfähigkeit, Kinder zu zeugen, bewirkt sicher das

Gefühl eines noch tieferen, endgültigeren Identitätsverlusts. Aber seine Zeugungsunfähigkeit erklärt nicht, warum er soviel Zeit und Mühe auf sich nimmt, die Opfer so gräßlich zu zerstückeln ...«

Kamal hielt inne, weil ihm eine Idee gekommen war. »Geht aus den Ermittlungsunterlagen des Shin Bet hervor, welche Körperpartien der Wolf als erstes verstümmelt?«

»Das Gesicht. Immer das Gesicht.«

»Damit die Opfer ihn nicht mehr ansehen können«, schloß Ben. »Das bedeutet, die Wurzel seiner Verbrechen liegt in Demütigung, Scham und der daraus resultierenden Wut begründet. Eine höchst gefährliche Kombination, Pakad.«

»Das würde aber auch unsere Theorie bestätigen, daß er selbst kastriert wurde – entweder durch einen Unfall oder infolge von Folter. Möglicherweise hat er aber auch einen angeborenen Genitalschaden.«

»Nur Folter kann ein solches Monster erschaffen.«

»Dann sollten wir unsere Suche auf die Personen konzentrieren, die ein Jahr vor dem ersten Mord gefoltert worden sind«, schlug Danielle vor.

»So einfach funktioniert das leider nicht«, entgegnete er. »Wir wissen ja nicht, wann al-Diib mit seinen Morden begonnen hat, oder? Niemand hat eine Ahnung, wie viele Menschen er umgebracht hat, bevor der Shin Bet sich für die Sache zu interessieren begann. Während der Besatzungszeit haben die Israelis, wie Ihnen sicher bekannt sein dürfte, keinerlei Ermittlungen und Untersuchungen bei Verbrechen angestellt, die an Palästinensern begangen wurden. Kurz gesagt, wir können nicht feststellen, wann unser Mann mit seinem Treiben angefangen hat und wie viele Morde bereits auf sein Konto gehen.«

»Ja, das stimmt«, gab die Israelin zu. »Aber bis zum letzten Mord in Jericho hat es immer größere zeitliche Abstände zwischen den einzelnen Taten gegeben. Warum ist al-Diib jetzt von seinem Schema abgewichen?«

»Keine Ahnung. Vielleicht hat er ja auch während der Pausen zugeschlagen oder es wenigstens versucht. Woher sollen wir wissen, ob wir schon auf alle seine Opfer gestoßen sind?«

»Aber es gibt doch Vermißtenanzeigen und dergleichen.«

»Ja, aber die Menschen hier melden längst nicht alles. Denn wenn sie es doch tun, geht niemand der Sache nach. Zuerst waren die Israelis hier, und die haben keinen Finger gerührt. Jetzt haben wir unsere Selbstverwaltung, aber es geschieht noch immer nichts, da es an allem fehlt und die Wirkungsmöglichkeiten begrenzt sind.«

»Das sind harte Worte.«

»Sie treffen aber zu, das können Sie mir glauben.«

»Warum sind Sie eigentlich noch hier?«

»Tja, ich habe keine große Wahl. Ich mußte nicht sämtliche Brücken hinter mir abbrechen, sie sind von allein eingestürzt.«

»Damit stehen wir wieder ganz am Anfang. Wir sollten zunächst eine Liste von Kliniken erstellen, die Verletzungen oder Verstümmelungen behandeln, wie Sie unserer Ansicht nach der Mörder erlitten haben muß.«

»Ich glaube, Pakad, daß die Unterlagen aus dem Ansar-3-Gefangenenlager uns am ehesten weiterhelfen können.«

»Ich habe dort bereits angerufen. Die Leute zeigten sich nicht sehr kooperativ. Sie behaupteten, solche Verletzungen habe es bei ihnen niemals gegeben. Meine Vorgesetzten wollen sich angeblich selbst darum kümmern, aber ich würde mich nicht darauf verlassen.«

»Ich verlasse mich nie auf jemanden.«

Die Rückfahrt zur Westbank verlief in bedrückendem Schweigen. Obwohl Städte wie Ramallah oder Nablus unter palästinensische Kontrolle gestellt worden waren, hatte man die Bestimmungen für den Rückzug der Israelis recht vage gehalten. So waren bei den Verhandlungen nicht viel mehr als Absichtserklärungen herausgekommen, und es gab nicht einmal einen Zeitplan für die Freigabe der Gebiete. Eine der Hauptursachen dafür war der Umstand, daß die Israelis ihren gut einhundertzwanzig Siedlungen in der Westbank höchste Sicherheitspriorität einräumten – und bei diesem Punkt kamen die Friedensgespräche nur sehr langsam voran.

Ben bemerkte, daß sie meist an israelischen Fahrzeugen und Bürgern vorbeikamen, die ihre Siedlungen gemäß Vertrag verlassen mußten oder deren Siedlungen nicht mehr in ausreichendem Maße gesichert werden konnten. Und dennoch bildeten sie nur den berühmten Tropfen auf dem heißen Stein. Von den geschätzten hundertdreißigtausend israelischen Siedlern in der Westbank hatten lediglich fünftausend ihre Koffer zu packen.

»Ich glaube, diese Leute wissen jetzt, was es bedeutet, seine Heimat zu verlassen«, sagte Kamal und bereute seine Worte im selben Moment.

Doch Danielle bedachte ihn nicht mit einer empörten Antwort. »Wir sind das Wandern gewöhnt. Die Vorstellung, eine Heimat zu haben, ist noch ziemlich neu für uns.«

»Genau wie für uns. Wir haben zwar immer noch keine richtige Heimat, aber wir sind ihr wenigstens ein Stück nähergekommen.«

Sie drehte sich zu ihm um: »Warum sind Sie eigentlich zurückgekehrt?«

»Haben Sie schon vergessen, was in meiner Akte steht?«

»Aber Sie müssen doch vorher schon darüber nachgedacht haben, oder?«

Kamal zuckte nur die Achseln, stritt es aber nicht ab.

»Möglicherweise haben Sie mit Ihrer Frau darüber gesprochen. Vielleicht aber auch nicht, weil Sie genau wußten, daß sie nie zustimmen würde. Und schließlich mußten Sie ja auch noch an Ihre Söhne denken.«

»Ja, es wäre ihnen gegenüber nicht fair gewesen.«

»Hätten Sie Ihre Familie verlassen?«

»Warum fragen Sie das?«

»Nun, Ihr Vater hat es seinerzeit getan.«

»Ich glaube, er wäre irgendwann nach Amerika zurückgekehrt«, entgegnete Ben, als wolle er sich selbst davon überzeugen.

»Warum ist er überhaupt von Ramallah weggezogen?«

»Er hat das Menetekel gesehen, die Schrift an der Wand, und es hat ihn frustriert, daß niemand ihm zuhören wollte.«

»Hat Ihr Vater denn noch den Sechstagekrieg und die Besetzung der Territorien miterlebt?«

»Nein, da war er schon nicht mehr hier. Andernfalls wären wir wohl nie nach Amerika gezogen, davon bin ich überzeugt. Deswegen ist er ja schließlich auch zurückgekehrt: um diesen Fehler wiedergutzumachen. Das hat ihn das Leben gekostet.«

»Sie glauben, unsere Leute hätten ihn getötet?«

»Das glaubt jeder hier. Er war eine geborene Führerpersönlichkeit und deswegen für die Besatzer ein Störfaktor. Früher oder später hätte er Ihrer Seite einen Haufen Probleme beschert. So mancher hier sagt, mein Vater und nicht Arafat wäre schließlich der Führer des palästinensischen Volkes geworden.«

Danielle überlegte lange, ehe sie entgegnete: »Möchten Sie, daß ich in dieser Angelegenheit Nachforschungen anstelle?«

Ben verzog höhnisch den Mund. »Ich bezweifle, daß seine Ermordung in irgendeiner Akte verzeichnet steht.«

»Ja, darüber wird es kaum schriftliche Unterlagen geben.«

Kamal drehte sich zu ihr um. »Ihr Vater ist doch auch angeschossen worden, nicht wahr?«

»Die Kugel eines Heckenschützen traf ihn vor zwei Jahren, als er gerade auf Patrouille war. Daß er überhaupt mit dem Leben davongekommen ist, haben die Ärzte schon ein Wunder genannt. Dann hat er schließlich auch noch einen Schlaganfall erlitten – und das war kein Wunder.«

»Was wurde aus dem Heckenschützen?«

»Den hat man nie erwischt. Keine der Terroristengruppen hat ein entsprechendes Bekennerschreiben veröffentlicht. Was soll's, er war eben nur ein einzelner Mann und ist noch nicht einmal an der Kugel gestorben.«

»Tut mir leid.«

Sie machte ein trauriges Gesicht. »Er war wie Ihr Vater, Ben. Auch mein alter Herr hat versucht, etwas zu bewirken, etwas zu verändern. Sagt Ihnen der Ausdruck *Gush Emunim* etwas?«

»Das ist doch eine Privatarmee der Siedler auf der Westbank, die unsere dortige Bevölkerung terrorisiert, oftmals unter den Augen der israelischen Armee.«

»Mein Vater hat versucht, sie in ihre Schranken zu verweisen. Er hat einen Trupp Soldaten zusammengestellt, allesamt Männer, die vom Treiben dieser Organisation ebenso angewidert waren wie er, und mit ihnen jedes *Gush-Emunim*-Mitglied verhaftet, das er zu fassen bekam. Natürlich ist nie einer von diesen wildgewordenen Siedlern wirklich von einem Gericht verurteilt worden, aber wenigstens konnte mein Vater am Morgen noch in den Spiegel blicken.«

»Ihr Vater war leider ein Einzelfall. Denken Sie doch einmal an die vielen tausend Israelis in den Gefangenenlagern oder in den Folterkammern; an diejenigen, die unsere Schulen schließen ließen. Die große Mehrheit der Besatzer hat es darauf angelegt, uns einzuschüchtern. Aber das hat im Endeffekt nicht funktioniert, weil die meisten von uns nichts mehr zu verlieren hatten. Die Israelis wollten uns zu willenlosen Kreaturen degradieren und haben statt dessen die Intifada bekommen.«

Danielle starrte ihn wütend an. »Das muß gerade

jemand sagen, der die ganze Zeit der Besatzung und der Intifada in Amerika verbracht hat.«

»Die USA haben ihre eigenen Formen der Tyrannei erlebt. Zum Beispiel die Internierung der Amerikaner mit japanischen Vorfahren im Zweiten Weltkrieg oder die McCarthy-Ära. Andere in Furcht zu versetzen scheint das Credo der Demokratien in der freien Welt zu sein.«

»Aber das ist doch genau der Knackpunkt!« rief sie. »Die rote Gefahr, der Schock, den der Angriff auf Pearl Harbor ausgelöst hat, und der darauf folgende Weltkrieg. Die Menschen lebten in beständiger Angst. Auch wenn die Mittel, zu denen sie dann gegriffen haben, im Rückblick falsch erscheinen mögen, so blieb ihnen zu jener Zeit doch oft genug keine andere Wahl. Uns ist es nicht anders ergangen.«

»Nur schwarz und weiß, oder? Keine Grautöne.«

»Dafür aber viel rotes Blut. Das wollen wir doch nicht vergessen, Ben«, entgegnete sie, und erst jetzt fiel ihr auf, daß sie ihn schon zum zweiten Mal mit seinem Vornamen angeredet hatte.

»Nein, ganz gewiß nicht. Doch auf der anderen Seite sollten wir auch die Bedeutung der Furcht nicht unterschätzen. Wir Palästinenser leben schon so lange mit der Angst, daß wir gar kein anderes Dasein mehr kennen. Zuerst die Jordanier, dann die Israelis und schließlich wir selbst. Und vor unserer eigenen Nation fürchten wir uns am meisten, weil sie uns die größte Angst einjagt.«

»Wie zum Beispiel die drei Polizisten, die Sie verhaftet haben.«

»Das waren zwar im eigentlichen Sinne keine Terroristen, aber auch diese drei haben Furcht und Schrecken verbreitet. Oder glauben Sie etwa, sie hätten den Taxifahrer im Namen der Gerechtigkeit gequält und umgebracht? Nein, sie wollten nur ein Exempel statuieren, eine Warnung aussprechen: Seht, so soll es jedem ergehen, der sich in irgendeiner Weise mit den Israelis einläßt. Wissen Sie, was geschehen ist, als die Israelis sich während des Golfkriegs geweigert haben, auf der Westbank Luftsirenen zu installieren? Die Israelis, die auf der Westbank lebten, haben ihre palästinensischen Freunde angerufen, wenn wieder irgendwelche Scud-Raketen in der Luft waren. Und diese Palästinenser sind dann hinaus auf die Straße gelaufen und haben gepfiffen – nicht ganz so laut wie Ihre Sirenen, aber genauso wirkungsvoll. Haben Sie schon einmal von Zaid Jabral gehört?«

Danielle nickte. »Seine Zeitung hat sich nicht gerade schmeichelhaft über Sie ausgelassen.«

»Aber Zaid hat mir einmal eine Geschichte aus der Zeit erzählt, als die israelischen Soldaten gekommen sind und unsere Schulen geschlossen haben. Daraufhin wurde ein ausgeklügeltes Ersatzsystem erfunden. Der Unterricht fand in Privathäusern statt, entweder klassenweise oder nach bestimmten Fächern. Dennoch brauchten die Kinder immer noch Bücher, wenn sie etwas lernen sollten.« Er drehte sich zu ihr um. »Und es hat tatsächlich einige israelische Soldaten auf Patrouille gegeben, die die Schulen für kurze Zeit wieder geöffnet haben, damit die Erwachsenen hinein und die Bücher herausholen konnten. Ich vermute, das waren Männer wie Ihr Vater.«

Danielle nickte langsam. »Aber was fangen wir mit denen an, die uns keine Wahl lassen, wie wir die anderen zu behandeln haben? Sie kennen meine Akte, Inspektor, und wissen also, was meinen Brüdern widerfahren ist.«

»Noch mehr Tragödien.« Er legte die Stirn in Falten.

»Für meine Familie kommt das einer Katastrophe gleich, denn die Brüder meines Vaters sind längst tot und haben keine Söhne hinterlassen. Wissen Sie, was das bedeutet? Unser Geschlecht stirbt aus, und zwar mit meinem Vater. Selbst an seinen wenigen guten Tagen ist ihm das schmerzlich bewußt.«

»Es ist immer furchtbar, seine Familie zu verlieren, Pakad.«

»Ein Schicksal, das in Israel recht verbreitet ist. Deswegen müssen wir so schnell wie möglich Frieden schließen.« Danielle starrte hinaus ins Jordan-Tal. »Und zwar um jeden Preis.«

»Aber nicht alle Familien haben einen Verwandten im Krieg verloren.«

»Doch, Ben«, entgegnete sie voller Leidenschaft. »Denn es gibt verschiedene Arten von Kriegen. Zum Beispiel den, der Ihre Familie das Leben gekostet hat, und den, dem die meine zum Opfer fiel.«

»Haben Sie je daran gedacht, den Dienst zu quittieren?«

Mit dieser Frage hatte Danielle nicht gerechnet. »Genausowenig wie Sie«, log die Agentin.

»Warum glauben Sie, ich hätte noch nie daran gedacht?«

»Weil Ihnen dann nichts mehr geblieben wäre, oder?«

Ben wandte den Blick von der Siedlung ab. »Anscheinend haben wir mehr gemeinsam, als mir bislang klargeworden ist.«

»Dann los«, forderte sie ihn auf, »wollen wir das Gemeinsame auch mit Sinn erfüllen!«

Das erste Opfer des Wolfs, bei dem der Shin Bet ermittelt hatte, war im Morgengrauen in den Bergen bei Ramallah von einer israelischen Streife gefunden worden. Es handelte sich dabei um einen Mann mit Namen Abu Bakkar, einen vierzigjährigen Kaufmann aus der Gegend – und damit der bislang älteste Ermordete.

Als Ben und Danielle durch den letzten Ort vor Ramallah fuhren, wurden sie von Kindern mit Steinen beworfen. Die Kleinen schrien jedes Mal vor Begeisterung, wenn eines dieser Geschosse den Wagen traf.

Die Agentin war offensichtlich an eine solche Behandlung gewohnt, denn sie zuckte nicht ein Mal zusammen.

Bei den meisten Ermordeten hatte es sich um Personen

gehandelt, die sich nach dem Besuch von Bekannten oder einer Nachtbar auf dem Nachhauseweg befunden hatten. Doch hier in den Bergen gab es keine Tür, an die man klopfen konnte, kein Lokal, das einem Einlaß gewährte. Abu Bakkar war zu einem Spaziergang hier heraufgekommen, was er nach Aussagen der Nachbarn regelmäßig zu tun pflegte.

»Die Wunden glichen denen der anderen Opfer«, teilte Danielle ihrem Kollegen mit. Sie hielt die Akte aufgeschlagen in der Hand, und der Wind machte ihr das Blättern schwer.

»Natürlich hat der Wolf auch ihn verstümmelt. In diesem Fall hat er die Halsschlagader durchtrennt. Das herausschießende Blut hat an der Stelle, wo man Bakkar gefunden hat, die Bäume besprizt und den Boden durchtränkt.«

»Dann muß der Täter auch von oben bis unten befleckt gewesen sein. Und derart besudelt kann man nicht ungesehen entkommen.«

»Richtig.«

»Trotzdem ist er wieder einmal unbemerkt verschwunden. Verdammt, er muß voller Blut gewesen sein, hat vermutlich auch seinen Wagen damit beschmiert ... doch niemals hat ihn jemand zu Gesicht bekommen.«

»Vielleicht trägt er eine Art Schutzanzug über seinen Sachen«, meinte Danielle. »Und den nimmt er ab, sobald er mit seiner Arbeit fertig ist, und steckt ihn in eine Tasche, in der er auch die Tatwaffe verstaut ...«

Kamal fragte sich, ob al-Shaer schon damit begonnen hatte, die Messer zu untersuchen, die er ihm geschickt hatte. »Ihre Leute waren wohl auch nicht in der Lage, den Klingentyp festzustellen, den al-Diib bei seinen Taten benutzt, oder?«

»Nein, aber alle Autopsie-Berichte melden die gleichen Wunden wie die, die Ihr Gerichtsmediziner untersucht hat – identisch im Radius und in der Eindringtiefe.«

»Wie steht es mit dem Gleitmittel, das in den Wunden des ersten Jericho-Opfers entdeckt wurde?«

»Meine Leute überprüfen gerade, ob noch irgendwo entsprechende Gewebeproben vorhanden sind, die man unter diesem Gesichtspunkt analysieren könnte.«

Die letzte Station dieses Tages hieß Bethlehem, doch hier war die Lage so gespannt, daß es ihnen nicht gelang, zum Tatort vorzudringen, der sich hinter der griechisch-orthodoxen Kirche befand.

Die palästinensischen Polizeikräfte, die dafür verantwortlich waren, für Ruhe und Ordnung zu sorgen, hatten die größte Mühe, den dritten Aufruhr innerhalb von drei Tagen zu unterdrücken.

Kamal und der Chefinspektorin blieb nichts anderes übrig, als Bethlehem für heute von der Liste zu streichen. Früher hatten die israelischen Soldaten hier mit Gummigeschossen und Knüppeln für Ruhe gesorgt.

Danielle setzte den Wagen von der Straßensperre zurück, an der man sie abgewiesen hatte, und hielt ein Stück entfernt wieder an. Sie befanden sich immer noch nahe genug an der alten Stadt, um Blicke auf die Protestler zu erhaschen, die gegen die Polizisten in voller Kampfmontur anstürmten.

»Gibt es irgend etwas Besonderes an diesem Opfer?« fragte Ben, während er dem gedämpften Knallen der Gewehre lauschte.

Danielle blätterte in der entsprechenden Akte. »Eine Frau. Die jüngste von allen Ermordeten. Erst achtzehn.«

»Ach ja, das junge Ding, das sich aus dem Haus geschlichen hat, um mit dem Liebsten allein zu sein.«

»Genau die.«

»Wurde die Möglichkeit überprüft, daß der Freund ...«

»Nein. Er hat die Leiche gefunden. So überzeugend schauspielern kann niemand.«

»Bei dem ersten Opfer in Jericho hat es sich ähnlich verhalten. Leila Khalil.«

Danielle nickte und erinnerte sich. »Eine Gruppe von Freunden hat sie vor der Haustür abgesetzt, aber sie ist nie in ihrer Wohnung angelangt.«

»Diese Freunde wurden natürlich befragt, aber alle haben ausgesagt, daß sie nichts bemerkt hätten.«

Kamal griff auf den Rücksitz, wo seine Akten lagen, und zog die von Leila aus dem Stapel. Er begann einige Stellen vorzulesen: »Ein Junge, der in das Mädchen verliebt war, saß am Steuer. Laut seiner Aussage ist er direkt nach Hause gefahren, nachdem er Leila abgesetzt hatte. Hier: ›Ich habe den Wagen unten stehengelassen und bin dann gleich ins Bett gegangen.‹«

Die Chefinspektorin mußte über etwas anderes nachdenken. »Eigenartig, nicht wahr ...«

»Was denn?«

»Daß alle Opfer im Freien ermordet worden sind. Oft sogar an öffentlichen Plätzen. Dadurch wird das Rätsel nur noch größer, wie es unserem Freund immer wieder gelingt, unbemerkt zu verschwinden. Auch wenn er von oben bis unten mit Blut bespritzt ist, scheint ihn niemand zu sehen. Haben Sie irgendeine Erklärung dafür?«

»Nein, außer der, daß es sich bei ihm wirklich um einen Wolf handelt.«

Gegen siebzehn Uhr kehrten sie zum alten Polizeirevier von Jericho zurück.

»Ich fahre jetzt besser gleich nach Jerusalem zurück«, sagte Danielle. »Dort kann ich die Informationen verwerten, die wir heute erhalten haben.«

»Viel war das ja nicht.«

»Kommen sie, das war unser erster Tag. Wir kommen sicher ein gutes Stück weiter, wenn das zweite Jericho-Opfer identifiziert worden ist. Sollte Ihr Gerichtsmediziner recht behalten, und bei diesem Toten handelt es sich tatsächlich um einen Palästinenser ...«

»Davon sollten wir ausgehen.«

»... dann hat unser Mörder womöglich sein Muster verändert und auch die Abstände zwischen den Taten verkürzt. Darüber werden wir uns morgen die Köpfe zerbrechen.«

Sie blieb neben ihm auf den Granitstufen stehen und schien noch nicht aufbrechen zu wollen. »Jericho, eine der ältesten Städte der Welt. So viele Traditionen, so viele Legenden. Wie die von den Mauern, die Josua mit seinen Trompeten zum Einsturz gebracht haben soll ...«

Ihre Stimme erstarb, und sie sah ihn an. Der Wind blies einige Haarsträhnen in ihr Gesicht, und sie strich sie beiseite, ehe sie fortfuhr: »Anscheinend brechen sie wieder zusammen. Vielleicht ist das die tiefere Bedeutung unserer Zusammenarbeit.«

»Ja. Aber schade, daß es dazu erst einiger Morde bedurfte«, sagte Ben.

Kaum war Kamal in seinem Büro angelangt, rief er gleich Jabral an.

»Ich bin's«, grüßte er. »Haben Sie schon etwas über Brickland herausgefunden?«

»Hm, ich habe einige Schwierigkeiten, Zugang zu seiner Akte zu erhalten. Sind Sie sicher, mir den Namen richtig durchgegeben zu haben?«

Der Inspektor buchstabierte ihn noch einmal, um sicherzugehen. »Colonel bei den Special Forces der USA. Vor sechs Monaten in den Ruhestand getreten.«

Der Zeitungsmann seufzte. »Das mit den sechs Monaten stimmt. Aber er hat sich nicht pensionieren lassen. Colonel Franklin Bricklands Karriere endete mit einem Hubschrauberabsturz, Inspektor. Der Mann ist tot!«

Kapitel 21

Sobald Ben das Gespräch mit Jabral beendet hatte, verließ er sein Büro und fuhr zum Haus des ersten Jericho-Opfers, Leila Khalil. Laut Akte war sie wenige Tage vor ihrem zweiundzwanzigsten Geburtstag ermordet worden. Man hatte ihre Leiche im unkrautübersäten Garten eines verlassenen Hauses gefunden, das unweit ihres eigenen stand.

Wenn die Fenster zu jener Zeit offengestanden hätten, wäre es ihrer Familie wohl möglich gewesen, die Schreie der Tochter zu hören.

Die junge Frau hatte bei ihren Eltern gelebt, in einer Allee, die sich ein gutes Stück abseits der Tankstellen, der Läden und des sonstigen Getümmels des Handelszentrums Jericho befand.

Das Heim der Familie Khalil lag abgesetzt von der Straße und teilweise hinter drei Meter hohen Hecken verborgen. Hohe Olivenbäume spendeten im Vorgarten Schatten, und auf der Terrasse stand ein kleiner Tisch.

Ein solches Anwesen war typisch für das Jericho der Zeit, als die Stadt noch vornehmlich als Winterrefugium für die reichen und prestigebewußten Palästinenser gedient hatte. Hier fand man Zuflucht vor den harten Winden und den kalten Nächten der weniger sonnenverwöhnten Gebiete westlich vom Flußtal des Jordan, wo eine Entfernung von zwanzig Meilen schon Temperaturunterschiede von dreißig Grad mit sich bringen konnte.

Wie bei den Villen im Osten der Stadt entdeckte man auch hier verlassene Häuser, um die sich niemand mehr kümmerte. Grundstücke wie das, auf dem Leila gefunden worden war, wurden von wild wuchernder Vegetation überzogen, während die Gebäude zerfielen.

Kamal parkte vor dem Khalil-Anwesen, lief die Auffahrt hinauf und nahm sich vor, Leilas letzten Schritten zu folgen. Er klopfte an der Haustür an.

Ein paar Sekunden später öffnete sich die Tür einen Spalt breit – gerade genug für eine in Schwarz gekleidete, verschleierte Frau, ihn in Augenschein zu nehmen.

»Mrs. Khalil?«

Die Frau nickte.

»Ich bin Inspektor Bayan Kamal von der palästinensischen Selbstverwaltung. Ich möchte mit Ihnen über Ihre Tochter sprechen.«

Die Frau schüttelte langsam den Kopf.

»Ich bin der Ansicht, daß die Ermittlungen über ihren Tod nicht mit dem Einsatz durchgeführt wurden, wie sie es verdient hätten. Deswegen möchte ich meine Hilfe anbieten, um dieses Versäumnis wiedergutzumachen und Ihrem Haus und Ihrer Familie Genugtuung widerfahren zu lassen.«

Die Frau schüttelte wieder den Kopf und schien die Tür schließen zu wollen, als eine andere Stimme ertönte.

»Sie hat kein Interesse daran, mit Ihnen zu reden.«

Nun schob sich eine etwa Zwanzigjährige zwischen die Verschleierte und Ben.

»Gestatten, ich bin –«

»Ich weiß, wer Sie sind, Inspektor. Schließlich habe ich alles über Sie gelesen.«

»Dann sind Sie mir gegenüber im Vorteil.«

»Ich bin Amal, Leilas Schwester.«

»Im Bericht stand aber nichts von einer Schwester.«

»Zu jenem Zeitpunkt war ich nicht hier. Erst zur Beerdigung bin ich zurückgekehrt und werde die Trauerzeit hier verbringen.«

Amal hielt sich im Schatten, doch das wenige, was der Inspektor von ihr zu sehen bekam, ließ auf eine überwältigende Schönheit schließen. Auf ihrem ovalen Gesicht zeigte sich die Anspannung der Trauer, aber ihre Haut wies einen Bronzeton auf, der seinesgleichen suchte. Und anders als ihre Mutter trug sie weder den traditionellen palästinensischen Schleier, den Mandila, noch ein Kopftuch. Dunkelrotes Haar umrahmte ihre Züge.

»Darf ich eintreten?«

»Das verstößt gegen die Sitten.«

»Wieso?«

»Weil Sie ein Fremder sind.«

»Offenbar kennen Sie mich doch nicht so gut, wie Sie glauben.«

Amal schien sich nicht erweichen zu lassen. »Doch, das tue ich.«

»Dann sollten Sie wissen, daß ich durchaus in der Lage bin, den Mörder Ihrer Schwester den Händen der Gerechtigkeit zu übergeben.«

»Unsere Gerechtigkeit liegt in Gottes Händen. Ein Palästinenser wüßte das.«

Der Inspektor ahnte, daß jede weitere Debatte fruchtlos bleiben würde. »Sie haben eben gesagt, Sie seien nach Hause gekommen.«

»Ja, aus Jordanien. Dort lebe ich nämlich. Nachdem die Grenzen geöffnet wurden, habe ich es versäumt, mir ein neues Visum ausstellen zu lassen. Das hat mich einen ganzen Tag gekostet.«

»Tut mir leid.«

»Warum sollte es das?«

»Ich meinte den Tod Ihrer Schwester. Wenn Ihre Mutter nicht mit mir sprechen kann, dann lassen Sie mich mit Ihrem Vater reden.«

Amal verkleinerte den Türspalt. »Weder er noch sonst jemand von uns könnte Ihnen irgend etwas mitteilen, das Ihnen weiterhelfen würde.«

»Wovor haben Sie eigentlich Angst?«

Die Tür war jetzt fast zu. »Wir können nicht mit Ihnen zusammenarbeiten.«

»Ihre Eltern haben vielleicht etwas gesehen oder gehört, das ihnen selbst als nicht so wichtig erscheint, uns aber eine entscheidende Hilfe sein könnte. Ich komme ein anderes Mal wieder und werde dann mit allen Familienmitgliedern reden. Ich möchte Ihnen mein Beileid aussprechen.«

»Verzeihen Sie, aber darauf lege ich nicht den geringsten Wert«, schnaubte Amal.

Ben lief gerade zu seinem Wagen zurück, als ein Volvo neben ihm anhielt und die rechte Hintertür aufging.

»Kann ich Sie ein Stück mitnehmen, Inspektor?« erbot sich Major Nabril al-Asi.

Kamal ging einfach weiter. »Mein Wagen steht gleich dort drüben.«

»Ich weiß. Steigen Sie trotzdem ein.«

Der Inspektor ahnte, daß ihm keine andere Wahl blieb und nahm neben dem Major Platz. »Hübscher Anzug. Von Christian Dior?«

»Nein, von Henry Grethel. Ich warte auf einen Armani-Anzug, der täglich eintreffen dürfte. Geben Sie mir doch Bescheid, wenn Sie auch an einem solchen Stück interessiert sein sollten.«

»Nur wenn die Selbstverwaltung neue Uniformen einführt.«

»Sie werden nicht immer eine Uniform tragen, Inspektor.«

»Und vielleicht auch nicht den nächsten Tag erleben, wenn gewisse Personen ihren Willen bekommen.«

Der Chef des Sicherheitsdienstes lächelte verschmitzt. »Sie sollten mehr darauf achten, Inspektor, mit wem Sie Umgang pflegen.«

»Wenn Sie auf meine israelische Kollegin anspielen ...«

»Ich spreche mehr von dem Amerikaner, mit dem Sie sich heute getroffen haben. Ich werde Sie nicht nach seinem Namen fragen. Schließlich haben Sie das Recht, Ihre Arbeit so zu tun, wie Sie das für richtig halten – genau wie ich. Und wo wir schon beim Thema sind, so möchte ich meiner Hoffnung Ausdruck verleihen, daß Sie mittlerweile Zeit zum Nachdenken gefunden haben.«

»Worüber?«

»Das Thema unseres letzten kurzen Gesprächs – Dalia Mikhail. Es wäre eine große Hilfe für mich, wenn Sie mir ein paar Fragen über die Dame beantworten könnten.«

»Ich habe Ihnen bereits alles erzählt, was Sie etwas angehen könnte.«

»Sie haben mir gar nichts erzählt.«

»Genau.«

Al-Asi beugte sich zu ihm hinüber. »Sie wissen sicher, daß wir mittlerweile unsere eigenen Gefangenenlager unterhalten. Wir haben alles übernommen, was wir von den Israelis an Erfahrung und Ausrüstung kriegen konnten. Das gilt auch für die recht eigenwillige Auffassung von Menschenrechten. Und für eine Frau, die, sagen wir mal, Dalias Alter hat, wäre ein solches Lager sicher nicht der geeignete Ort, um dort den Rest ihrer Tage zu verbringen.«

»Was wollen sie eigentlich von mir?«

»Das habe ich doch schon gesagt: Antworten auf ein paar simple Fragen.« Der Major legte eine kurze Pause ein. »Später vielleicht ein wenig mehr.«

»Warum beschäftigen Sie sich überhaupt mit ihr?«

»Aus Routine.«

»Und wenn ich sie dazu bewegen könnte, keine Leserbriefe mehr zu schreiben und auch sonst von ihren flammenden Angriffen auf die Selbstverwaltung Abstand zu nehmen?«

Der Wagen hielt an, und al-Asi griff über Kamal hinweg, um die Tür aufzustoßen. »Wenn Sie Ihre Meinung ändern sollten, Inspektor, wissen Sie ja, wo Sie mich finden können.«

Als Ben die Tür zu seinem Büro öffnete, hörte er schon das Telefon läuten. Er stürmte hinein und riß den Hörer von der Gabel.

»Wo, zum Teufel haben Sie den ganzen Tag gesteckt?« schimpfte al-Shaer. »Ich rufe schon seit Stunden bei Ihnen an.«

Kamal kramte auf seinem Schreibtisch herum. »Ich kann hier keine Notiz finden.«

»Ich habe auch keine Nachricht an sie hinterlassen, sondern immer wieder aufgelegt, wenn man mir mitgeteilt hat, daß Sie noch unterwegs seien. Himmel, Arsch und Wolkenbruch! Sie schmeißen mir einfach etwas in den Schoß und vergessen dann alles!«

Der Inspektor mußte kurz überlegen, ehe ihm einfiel, was der Gerichtsmediziner meinte: Shanzi, die Tote aus dem Lager Jalazon. »Tut mir leid, aber solchen Service bin ich gar nicht mehr gewohnt.«

»Die Leiche ist um dreizehn Uhr bei mir eingetroffen. Ich habe nur fünf Minuten gebraucht, um meine Diagnose zu stellen.«

»Sie ist erschossen worden.«

»Ja, sie hat eine Kugel abbekommen«, sagte der Arzt, »aber das hat sie nicht umgebracht. Die junge Frau ist erwürgt worden, bevor ihr jemand in den Kopf geschossen hat.«

Kapitel 22

»Heute haben Sie sich Ihr Gehalt wirklich verdient, Pakad«, lobte Hershel Giott seine Inspektorin, nachdem sie ihm ihren Tagesbericht erstattet hatte. Er saß an einem Ungetüm von einem Schreibtisch und drohte, dahinter unterzugehen. »Allem Anschein nach haben wir eine kluge Entscheidung getroffen, als wir den Amerikaner zu Ihrem Kollegen wählten.«

»Er ist auch Palästinenser«, erinnerte sie ihn.

»Ein Grund mehr, ihm nicht besonders zu vertrauen«, mahnte Moshe Baruch vom Shin Bet. »Ganz davon zu schweigen, daß Sie Ihre Zeit damit verschwenden, die alten Tatorte zu inspizieren.«

Danielle sah ihren Vorgesetzten verwirrt an. »Ich dachte, genau das würde von mir verlangt.«

»Zeit zu verschwenden?« raunzte Baruch.

»Nein, einen Mörder zu fangen.«

Der Shin-Bet-Offizier grollte vor sich hin, und Giott meldete sich rasch zu Wort, ehe sein Kollege explodieren konnte: »Zu dumm, daß man Sie so kurzfristig auf diese Mission geschickt hat.«

»Um ganz ehrlich zu sein, mir wurde überhaupt keine Frist eingeräumt.«

»Uns blieb leider keine andere Wahl, wenn wir die Operation noch irgendwie retten wollten.«

»Wir sprechen hier doch immer noch von einer gemeinsamen Operation, oder?« fragte sie besorgt.

Als Danielle sah, wie die beiden Männer sich einen kurzen Blick zuwarfen, fiel ihr automatisch die Warnung ihres Vaters auf dem Laptop-Bildschirm ein:

TRAU IHNEN NICHT ÜBER DEN WEG!

»Natürlich haben sich hier beide Seiten zu einer gemeinsamen Operation zusammengefunden«, erklärte Giott. »Nur verfolgt jede Seite dabei unterschiedliche Ziele.«

»Uns ist vor allem daran gelegen«, sagte Baruch, »ständig darüber informiert zu werden, wieviel die Palästinenser bereits herausgefunden haben.«

»Wieviel wissen *wir* denn, Sir?«

»Nicht genug, um beruhigt schlafen zu können. Erzählen Sie uns doch etwas über Ihren Partner.«

Die Agentin zuckte die Achseln. »Er ist hartnäckig und

hat was auf dem Kasten. Und er gelangt zu Schlußfolgerungen, auf die er lieber nicht stoßen würde.«

»Was soll das heißen?« wollte Giott wissen.

»Ich glaube, er würde es vorziehen, den Serienmörder nicht zu fassen.«

»Das käme auch uns sehr gelegen«, brummte Baruch.

Danielle starrte ihn fassungslos an. »Aber ich dachte, der Sinn und Zweck dieser Operation bestünde doch gerade darin, den Wolf –«

»Da haben Sie etwas Falsches geglaubt. Der Grund für diese Maßnahme besteht darin, unsere Seite zu schützen.«

»Vor was denn?«

»Vor der Möglichkeit, daß der Mörder sich als jemand herausstellt, der uns die schlimmsten Alpträume beschert.«

»Sie meinen ... daß er ein Israeli ist? Sie befürchten, der Mörder könnte ein Israeli sein?«

Die beiden Männer sahen sich wieder an, und ihr stiller Gedankenaustausch zerrte an Danieles Nerven.

»Wir glauben«, begann Giott dann, »nein, die Regierung glaubt, daß unserem Ansehen in der Welt schwerster Schaden zugefügt würde, wenn herauskäme, daß der Mörder einer von uns ist.«

»Dann muß ich Ihnen leider mitteilen, daß Sie mir den falschen Kollegen zur Seite gestellt haben. Denn er hat bereits mehr herausgefunden, als in unseren Ermittlungsberichten steht.«

»Mehr? Was soll das heißen?« platzte es aus Giott heraus.

»Er folgt einigen Spuren und stellt Untersuchungen an, die unseren Kriminalbeamten nie eingefallen sind oder die von unserer Seite als nicht so wichtig abgetan wurden.«

»Seien Sie nicht albern, Pakad.«

»Ben Kamal besitzt den Vorteil, aus unseren Akten erfahren zu haben, womit er es zu tun hat. Darüber hinaus hat er an den frischeren Leichen in Jericho Untersuchungen vornehmen lassen und daraus weitere Schlüsse ziehen können.«

Baruch erhob sich. »Vergessen Sie nie, aus welchen Gründen wir Sie nach Jericho geschickt haben, Pakad. Sie sollen bei diesen Ermittlungen jeden einzelnen Schritt verfolgen und uns darüber Mitteilung machen.«

»Und wenn sich herausstellt, daß der Täter einer von uns ist?«

»Dann besteht Ihre Aufgabe darin, die entsprechenden Beweise zu vernichten oder zu unterdrücken«, befahl Giott. »Und zwar mit allen erdenklichen Mitteln.«

Kapitel 23

Als Ben in al-Shaers Büro kam, sah es dort immer noch so aus wie kurz nach dem Einbruch. Den einzigen Unterschied stellte eine größere Sammlung von Messern dar, die nebeneinander auf dem längsten Tisch aufgereiht waren.

»Ihr Mitarbeiter hat sie heute mittag vorbeigebracht«, erklärte der Gerichtsmediziner. »Und die Rinderhälfte hängt in der Tiefkühltruhe. Ach ja, er hat eine Nachricht für Sie hinterlassen. Offensichtlich war ich nicht der einzige, der Schwierigkeiten hatte, Sie zu erreichen.«

»Was für eine Nachricht?«

»Ich soll Ihnen ausrichten, daß er auf eine Spur gestoßen ist, die er unbedingt weiterverfolgen will.«

»Hat er sich nicht etwas genauer ausgedrückt?«

»Bin ich etwa Ihr Sekretär? Es ging um irgendein Auto. Ich habe mir aber nichts aufgeschrieben.«

»Ein Wagen?«

»Ja, davon hat er gesprochen. Wenn Sie mir jetzt bitte folgen möchten.«

Kamal folgte dem Arzt in dessen Labor, wo die Prostituierte Shanzi aufgebahrt war. Ein weißes Laken bedeckte sie. Ihr Gesicht wirkte traurig und verwirrt, und die Augen waren nach oben verdreht, so als wollten sie das schwarze Loch mitten auf der Stirn anschauen.

Al-Shaer suchte in seinen Taschen nach einem Zigarettenpäckchen. Als sich dort nichts finden ließ, nahm er einen halbgerauchten Stummel aus der Schale, die er als Aschenbecher nutzte, schob ihn sich zwischen die Lippen und zündete ihn an.

»Bei der hier war es wirklich einfach«, sagte er nach dem ersten Zug. »Kommen Sie, ich zeige es Ihnen.«

Dem Inspektor fiel auf, daß der Gerichtsmediziner diesmal Gummihandschuhe überstreifte, bevor er die Leiche anfaßte. Rauch stieg unablässig aus der Zigarette, die mittlerweile in den Mundwinkel gewandert war.

Der Arzt hob Shanzis Kopf an und zog ein Lid hoch, damit Kamal es besser erkennen konnte.

»Sehen Sie die geplatzten Kapillaren und die roten hämorrhagischen Flecken? Das sind eindeutige Anzeichen für einen Erstickungstod.«

»Dann hat vermutlich jemand den oder die Mörder decken oder von ihnen ablenken wollen und Shanzi nachträglich eine Kugel verpaßt.«

»Da scheint dieser hilfsbereite Jemand aber übersehen zu haben, daß die Frau schon tot war und sich deswegen kein Blut in der Schußwunde sammeln würde.« Al-Shaer hob Shanzis Kopf noch ein Stück, damit Ben die Stelle erkennen konnte. »Natürlich dürfen wir auch folgende Möglichkeit nicht außer Betracht lassen: Die Mörder haben nicht damit gerechnet, daß ein echter Profi die Leiche untersuchen würde.«

»Kann der Profi denn auch die ungefähre Todeszeit bestimmen?«

»Gestern zwischen elf und vierzehn Uhr.«

Kamal nickte. Die Lagerberichte sprachen davon, daß

Shanzi zwischen sechzehn und sechzehn Uhr dreißig erschossen worden war. Offenbar hatte jemand sie erst erwürgt und ihr später noch eine Kugel durch den Kopf gejagt, um die wahre Todesursache zu verschleiern.

Ziemlich viele Personen konnten erfahren haben, daß die Prostituierte als mögliche Augenzeugin des jüngsten Mordes von al-Diib galt. Selbst die Frau, die Ben letzte Nacht zusammen mit ihrem Kumpan überfallen hatte, hatte Shanzi damit prahlen gehört, sie habe sich zum Zeitpunkt des Mordes auf der Jaffa-Straße aufgehalten.

Nun stellte sich natürlich die Frage nach dem Motiv des Mörders. Schließlich stand nicht einmal fest, ob die Prostituierte wirklich etwas gesehen hatte. Shanzis Ermordung konnte auch andere Ursachen haben, und ihr gewaltsames Ende mochte mit diesem Fall nicht das geringste zu tun haben. Es gab andere mögliche Gründe, warum jemand sie zuerst erwürgt und ihr anschließend eine Kugel in den Schädel gejagt hatte. So konnte etwa ein eifersüchtiger Freier dahinterstecken, der durch diese doppelte Gewalteinwirkung von sich ablenken wollte.

Aber wenn das nun doch alles mit al-Diib zusammenhing?

Der Inspektor verdrängte diese Überlegungen, weil sie im Moment doch zu nichts führen konnten. Er konzentrierte sich lieber auf die Fakten. Es gab einen zweiten Zeugen, den Jungen, von dem er nur den Namen Radji kannte. Shanzis Ende ließ es noch gebotener erscheinen, daß Ben den Knaben endlich ausfindig machte. Ein entmutigendes Unternehmen, und wenn er nicht wenigstens eine Nacht Schlaf bekam, brauchte er erst gar nicht damit anzufangen.

Von Müdigkeit überwältigt, sagte sich der Inspektor, daß er seine Berichte auch ein anderes Mal schreiben könne. Er verabschiedete sich von dem Gerichtsmediziner, der gerade zwischen seinen diversen Schalen nach einem weiteren Stummel suchte, und fuhr nach Hause.

Kurz nach Einbruch der Dunkelheit kam er dort an. Ben öffnete die Haustür diesmal mit größerer Vorsicht als gestern nacht.

»Es ist immer dumm, den Israelis zu vertrauen, Benny«, begrüßte ihn eine dunkle Stimme, als er seine Wohnung betrat. Der Inspektor hielt den Atem an.

Eine vertraute Gestalt löste sich aus den Schatten.

»Also, wenn das nicht Colonel Frank Brickland ist«, sagte Kamal. »Als was geben Sie sich heute aus, als Pensionär ... oder als Toter?«

Das laute Lachen, das der Mann von sich gab, verblüffte den Inspektor. »Sie haben sich ein wenig über mich schlau gemacht, nicht wahr?«

»Könnte man so sagen.«

»Meinen Glückwunsch. Sie haben den kleinen Test bestanden.«

»Geben Sie mir das Fleißkärtchen erst, nachdem Sie mir gesagt haben, was das alles zu bedeuten hat.«

»Hören Sie, Benny. Ich suche nach Leuten, die denken können, und nicht bloß zuhören. Wenn Sie mir alles abgekauft hätten, ohne mich zu überprüfen, würden Sie wahrscheinlich auch jedem anderen auf der Stelle glauben. Und wenn Sie nicht ein wenig gebuddelt hätten, um etwas über mich in Erfahrung zu bringen, hätten Sie mich bestimmt nie wiedergesehen.«

»Ich Dummkopf habe doch tatsächlich geglaubt, Sie wollten mir helfen.«

»Sie sollten sich besser an meine Art gewöhnen, denn ich bin der einzige, der Sie durch das Labyrinth dieser irrsinnigen Welt führen kann.«

Ben betrachtete Brickland von oben bis unten. »Warum steht in Ihrer Personalakte, daß Sie vor sechs Monaten bei einem Hubschrauberabsturz tödlich verunglückt sind?«

»Sie sind doch sonst so klug, Benny. Also, sagen Sie es mir.«

»Weil Sie sich nie aus dem aktiven Dienst zurückgezogen haben, aber alle Welt glauben machen wollen, Sie wären nicht mehr im Spiel.«

»Bei einem wie mir muß schon ein tödlicher Unfall konstruiert werden, damit ich von der Bildfläche verschwinde.«

»Sie haben meine Frage aber noch immer nicht beantwortet.«

Brickland schob sein kantiges Kinn vor. »Tja, mein Bester, wir leben in harten Zeiten. Die Krisengebiete in der Welt vermehren sich wie Flohbisse auf einem Hunderücken. Die USA können nicht überall offiziell einschreiten, aber wir können heimlich operieren und dafür sorgen, daß es zu keinem neuen Haiti oder Somalia kommt. Amerikanisches Blut ist an zu vielen Orten vergossen worden, und die Leute fragen sich zu Recht, was wir dort eigentlich verloren haben. Das kostet nur haufenweise Geld und bringt sowieso keinen Ruhm ein. Deshalb gibt es Leute wie mich, die vor einer etwaigen Militäraktion Erkundungen anstellen. Finanzielle und menschliche Opfer können auf diese Weise möglichst gering gehalten werden.«

»Das erklärt aber noch nicht, was Sie nach Jericho verschlagen hat.«

»Das wissen Sie doch schon.«

»Ich weiß nur, was Sie mir erzählt haben.«

»Und das war die Wahrheit. Sie sind der einzige, der mir in dieser Angelegenheit helfen kann. Was Sie aber nicht wissen oder einfach nicht glauben wollen – ich bin der einzige, der Ihnen weiterhelfen kann.«

»Ich bin ja ein wahrer Glückspilz.«

Brickland legte die Stirn in Falten. »Ich kenne die wahre Todesursache dieser Prostituierten, Benny.«

»Sie sind wirklich ein bemerkenswerter Mann, Colonel.«

»Ich setze einfach nur alle Mittel ein, die mir zur Verfügung stehen. Das sollten Sie auch so halten. Und wo wir schon dabei sind, habe ich gleich noch einen guten Rat für Sie: Trauen Sie den Israelis nicht über den Weg.«

»Warum?«

»Mein Junge hat mit ihnen kooperiert, und Sie wissen ja, was aus ihm geworden ist. Die Israelis haben bei diesem Fall viel zu verlieren.«

»Genau wie wir anderen auch.«

»Tja, aber einige mehr als die anderen. Ich will Ihnen sagen, was das Beste für Sie wäre, junger Freund: Vergessen Sie den ganzen Fall auf der Stelle, lassen sie ihn fallen wie eine heiße Kartoffel.«

»Aber wer bliebe dann noch übrig, Ihnen zu helfen, Colonel?«

Bricklands Grinsen zeigte an, daß dieser Punkt an Ben ging. »Ich kann auch ganz gut auf mich selbst aufpassen.«

»Ich ebenso.«

»Das Gefühl habe ich langsam auch. Aber leider haben Sie diesmal schlechte Karten. Sie können einfach nicht gewinnen. Gewisse Kreise wollen, daß Sie scheitern, denn dann haben sie den geeigneten Sündenbock. Das Problem ist nur, daß Sie den Fall tatsächlich knacken könnten.«

»Und warum soll das ein Problem sein?«

»Nun, wenn der Wolf ein Araber ist, macht man ihn zum Märtyrer. Und wenn er kein Araber ist, nun, strengen Sie einmal Ihre Fantasie an.«

»Ich befürchte, das ist heute irgendwie nicht meine starke Seite.«

»Dann verlassen sie sich auf meine.«

»Ich hätte Sie gut vor ein paar Nächten gebrauchen können.«

»Ich habe mich vor allem deshalb in Ihr Wohnzimmer gesetzt, weil ich befürchtete, daß diese Arschlöcher sich entschließen könnten, Sie ein zweites Mal zu kidnappen.« Er legte eine kleine Pause ein. »Außerdem dachte ich mir, ich könnte bei dieser Gelegenheit gleich die Kopie der Fingerabdrücke mitnehmen, die Sie mir versprochen haben.«

»Zu dumm, ich kann mich einfach nicht daran erinnern.«

»Rechnen Sie immer noch damit, daß die Stellen, an die Sie sich gewandt haben, Ihnen die Wahrheit sagen werden?«

Der Inspektor zog einen Umschlag aus seiner Jackentasche. »Warum sollte ich von Ihnen etwas anderes erwarten?«

»Falls die Fingerabdrücke von meinem Sohn stammen, lasse ich es Sie sofort wissen.«

»Und wenn nicht, sagen Sie's mir dann trotzdem?«

»Verdammt! Wenn Sie unbedingt wollen, daß ich Ihnen dabei helfe, Ihr eigenes Grab zu schaufeln, dann besorgen Sie mir eine Schaufel.«

Ben gab ihm den Umschlag. »In Jericho gibt es Leute, die sagen würden, ich stünde schon mit einem Bein drin.«

»So weit bin ich auch schon gewesen, Benny«, entgegnete Brickland, während er die Kopie in seine Manteltasche schob. »Aber glauben Sie mir, es kommt immer auf das zweite Bein an.«

Kamal schlief tief und fest, als ihn das Klingeln des Telefons aus dem Schlaf riß. Er wußte nicht, wie oft es bereits geläutet hatte, und tastete in der Dunkelheit nach dem Hörer.

»Hallo«, murmelte er halb benommen.

»Der Bürgermeister hat mir aufgetragen, Sie anzurufen«, erklärte Shaath. Der Mann schien niemals müde zu sein und klang immer gleich ruppig, egal, was die Stunde geschlagen hatte.

»Schön, das haben Sie ja jetzt getan.«

»Ein weiterer Mord ist geschehen. Sie sollen sofort zum Tatort kommen.«

Ben richtete sich auf, machte Licht und griff dann nach dem Block und dem Stift, die er auf dem Nachttisch aufbewahrte. »Die Adresse.«

Der Inspektor begann zu schreiben, hörte aber mittendrin auf, weil er das Haus kannte.

Seine einzige äußere Reaktion bestand darin, daß die zitternde Linke kaum den Hörer halten konnte, während der Colonel weiterredete. In seinem Innern breitete sich ein kalter Schrecken aus – wie in der Nacht, als er nach Hause gekommen war, um oben im ersten Stock den Sandmann anzutreffen.

Ben ließ den Hörer fallen, zog sich rasch etwas an und rannte aus der Wohnung und über den Bürgersteig, bis er im Wagen saß und mit Höchstgeschwindigkeit dem Alptraum entgegenjagte, den er nur zu gut kannte.

Kapitel 24

Danielle setzte sich aufrecht hin, weil sie doch nicht einschlafen konnte. Schon seit einiger Zeit fand sie keine wirkliche Ruhe mehr. Angefangen hatte es an dem Tag, an dem ihr zweiter Bruder gestorben war.

Die Agentin wußte, daß es in den USA eine Regelung gab, die vor allem während des Vietnamkriegs zum Tragen gekommen war und besagte, daß der zweite Sohn einer Familie, die bereits den ersten im Krieg verloren hatte, von der Musterung und vom Militärdienst befreit wurde. In Israel existierte keine derartige Regelung, aber es war ungeschriebenes Gesetz, daß in einem solchen Fall der zweite Sohn an weniger gefährdeten Stellen seinen Militärdienst ableistete – üblicherweise in der Schreibstube, in der Werkstattkompanie oder an einem kriegsfernen Posten wie Haifa oder Elat.

Danielles zweiter Bruder David hatte aber geglaubt, er schulde seinem Land mehr. Ihr Vater, immerhin ein General, hatte ihn beschworen, vom Dienst in den gefährdeten

Regionen Abstand zu nehmen. Schließlich hatten die beiden zu einem Kompromiß gefunden, und David wurde zu der Einheit abgestellt, die in Tel Aviv den Gebäude- und Personenschutz übernahm.

David hatte just an dem Tag vor zehn Monaten Dienst, als auf einem überfüllten Marktplatz eine Autobombe explodierte. Zu jener Zeit arbeitete Danielle noch bei der Polizei. Sie war als erste führende Beamtin am Tatort eingetroffen und wußte noch nicht, daß sich David unter den Opfern befand.

Danielle hielt sich bereits eine Stunde am Tatort auf, als ein Captain auf sie zukam und fragte, ob sie Lieutenant David Barnea gesehen habe. Sie starrte auf das Blut, die Knochensplitter und die abgerissenen Gliedmaßen, die die Straße bedeckten. Man würde sie neu pflastern müssen, um alle Erinnerungen an diesen Anschlag zu tilgen.

Noch während sie hinschaute, wurde ihr alles klar.

Am deutlichsten hatte sie eigenartigerweise die Geräusche in Erinnerung. Zuerst das Schreien und Wimmern der Verwundeten, dann das Heulen der Sirenen und schließlich die schreckliche Stille. Die Passanten und Neugierigen, die von einer Sicherheitsabsperrung zurückgehalten wurden, gaben keinen Laut von sich. Die Kriminalbeamten gingen ihrer Arbeit nach, ohne ein Wort miteinander zu wechseln. Das Schweigen war für Danielle das eigentlich Grauenhafte gewesen, kündete es doch am deutlichsten davon, was hier vorgefallen war.

Sie bestand darauf, ihrem Vater die schlechte Nachricht persönlich zu überbringen. Noch heute war sie davon überzeugt, daß Davids Tod den Schlaganfall ausgelöst hatte, der ihren Vater in einen stummen Krüppel verwandelte.

Damit hatte der Krieg Danielles Familie ausgelöscht, denn auch ihre Mutter, die den Tod des ersten Sohnes nie verwunden hatte, war im Alter von zweiundfünfzig Jahren gestorben.

Danielle hatte Ben erklärt, daß Israel den Frieden um

jeden Preis brauche, und mit jedem Tag, der verging, wurde sie in dieser Überzeugung bestärkt. Der Krieg war nicht das geeignete Mittel gegen einen Feind, der im Schatten kämpfte, seine Opfer unter der Zivilbevölkerung fand und sich als Märtyrer aufspielte. Wenn erst einmal Frieden herrschte, würden diese Märtyrer an Bewunderung verlieren, und die Weigerung der Israelis und Palästinenser, in friedlichem Miteinander zu leben, würde langsam an Bedeutung verlieren. Zukünftige Generationen mußten dann nicht mehr unter dem Fluch leiden, unter dem sie und Ben standen.

Nach dem Termin mit Baruch und Giott wollte Danielle eigentlich gleich nach Hause, doch statt dessen fand sie sich auf dem Weg zum Veteranenheim wieder. Auch das gehörte zu den Grausamkeiten ihres Lebens: Sie wußte vorher nie, was sie erwartete, wenn sie die Tür zu seinem Zimmer öffnete.

Die Schwestern und Pfleger nannten ihn nur General, und selbst an seinen schlechten Tagen schien ihn das zu beruhigen. Danielle fragte sich manchmal, ob diese Tage nicht vielleicht die besseren waren, weil sie ihm die Frustration darüber ersparten, was der Schlaganfall ihm genommen und wieviel der Krieg ihm darüber hinaus geraubt hatte.

Sie betrat sein Zimmer und atmete erleichtert aus, als sie die aufgeschlagene Zeitung in seinem Schoß entdeckte. Doch als sie vor seinem Bett stand, verpuffte ihre Freude sofort, denn er hielt die Zeitung verkehrt herum.

Als er seine Tochter sah, hob er den Kopf und setzte sogar ein Lächeln auf.

»Hallo, Vater.«

Er wirkte so schwach, daß sie ihm gleich seinen Laptop brachte, die einzige Möglichkeit, sich mit seiner Umwelt zu verständigen, ehe seine Augen wieder trübe wurden. Danielle legte die Zeitung auf den Nachttisch, um für das Gerät Platz zu schaffen.

»Ich würde gern mit dir über etwas reden.« Für sie war diese Art der Kommunikation tatsächlich ein Gespräch, und sie glaubte sogar, seine Stimme zu hören, wenn er Worte in den Computer eintippte.

ÜBER DIE WESTBANK?

Die Chefinspektorin lächelte. Nicht nur, weil er ansprechbar war, sondern auch, weil er sich an ihre gestrige Unterhaltung erinnern konnte.

»Die Arbeit dort ist ganz anders, als ich sie mir vorgestellt habe.«

WARUM?

»Die Menschen dort haben endlich wieder Hoffnung. Ich konnte es in ihren Augen lesen.«

UND DER FALL?

»Eine echte Herausforderung. Irgendwo dort draußen läuft ein Monster herum.« Unbewußt hatte sie Bens Ausdruck gebraucht. »Was dieser Mann alles getan hat ... Er trifft damit ein ganzes Volk, eine ganze Kultur mitten ins Mark. Wir müssen ihn fassen, aber ich weiß nicht, ob uns das gelingen wird.«

Die Augen des Generals trübten sich, aber dann fand er wieder zu sich und tippte rasch weiter:

DER PALÄSTINENSER?

Sie wußte gleich, daß er damit ihren Kollegen, Ben Kamal, meinte. »Ein sehr intuitiver Mensch. Jedes Land der Welt könnte stolz sein, einen solchen Kriminalbeamten in seinen Reihen zu wissen. Als ich diesen Auftrag angetreten habe, war ich fest entschlossen, ihn zu hassen. Ich wollte das wirklich, aber irgendwie ist es mir nicht gelungen.«

Diesmal reichte die Miene ihres Vaters aus, seine nächste Frage zu stellen.

»Weil er über diesen Auftrag genauso unglücklich ist wie ich. Weil er ebensogut wie wir versteht, was es heißt, einen geliebten Menschen zu verlieren. Weil auch er den Frieden will. Und weil er Amerikaner ist.«

Danielle dachte einen Moment nach, ehe sie fortfuhr:

»Er kennt sich mit Monstern aus. Ich glaube, ich kann einiges von ihm lernen.«

Deine Vorgesetzten

Ihr fiel auf, daß er diesmal kein Fragezeichen getippt hatte, und fragte sich, ob das mit Absicht geschehen war.

»Sie haben mir nicht alles erzählt.«

Das tun sie nie

»Anscheinend hat man mich nicht auf die Westbank geschickt, um den Wolf zu fassen. Vielmehr soll ich dafür sorgen, daß bei der Auflösung des Falls Israels Interessen keinen Schaden nehmen.«

Sie haben Angst

»Wovor?«

Kontrolle Imsivdnv ... Seine Finger rebellierten gegen seinen Willen, und er preßte sie schließlich wütend gegen die Brust.

»Nach ihrer Ansicht wäre es gegen die Interessen Israels, wenn sich herausstellen sollte, daß es sich bei diesem Monster um einen von uns handelt. Sie fürchten sich davor, wie wir dann in den Augen der Welt dastünden. Und deshalb erwarten sie von mir, gesetzt den Fall, es steckt tatsächlich ein Israeli dahinter, daß diese Entdeckung nie ans Tageslicht kommt.«

Sie fürchten nur, was sie wissen

Seine Augen funkelten jetzt. So wach hatte Danielle sie seit dem Schlaganfall nicht mehr erlebt. Er schien mit aller verbliebenen Kraft seine Finger zum Gehorsam zu zwingen.

»Das verstehe ich nicht.«

Warum du?

»Ich bin als Ersatz für den Kollegen eingesprungen, der verwundet worden ist. Das habe ich dir doch gestern schon erzählt.«

Der General schüttelte heftig den Kopf, und während er das nächste Wort eintippte, wischte die Tochter ihm den Speichel aus den Mundwinkeln.

NEIN!!!

»Aber ich war doch dabei, als der Mann angeschossen wurde, der ursprünglich auf diese Mission geschickt werden sollte.«

Ihrem Vater fiel es offenbar schwer, bei Sinnen zu bleiben.

IMMER DU

Mehr bekam er nicht zustande.

»Auch das verstehe ich nicht.«

Danielle wußte, daß es heute keinen Zweck mehr hatte. Aber eine Frage brannte ihr noch so auf der Seele, daß sie sie einfach stellen mußte.

»Hast du je von einem Mann namens Jafir Kamal gehört?«

Seine Augen flammten kurz wieder auf, und das reichte ihr als Antwort.

»Sein Sohn ist der Palästinenser, mit dem ich zusammenarbeite.« Danielle atmete tief ein, denn die nächste Frage erforderte viel Mut.

»Ich muß wissen, ob unsere Seite seinen Vater getötet hat.«

Die Augen des Generals weiteten sich.

»Bitte, Vater, sag es mir.«

Mit deutlicher Anstrengung brachte er ein mattes Kopfschütteln zustande und sank dann aufs Kissen zurück. Sein Blick war leer, seine Miene ausdruckslos.

Die Chefinspektorin streichelte ihm sanft die Wange. Die Haut fühlte sich so trocken und leblos an. Danielle blieb bei ihm, bis er eingeschlafen war.

Sie fand die ganze Nacht keine Ruhe. Nicht etwa, weil er ihr bestätigt hatte, daß die Israelis für Jafir Kamals Tod keine Verantwortung trugen, sondern wegen all der anderen Dinge. Der General hatte während seiner aktiven Dienstzeit Giott und Baruch kennengelernt. Gut möglich, daß er diese Namen längst vergessen hatte, doch der Rang und die Position dieser Männer sagten ihm etwas.

Natürlich hätte Danielle es sich leichtmachen und seine Äußerungen als das wirre Gerede eines Mannes abtun können, dessen Verstand stark in Mitleidenschaft gezogen war. Aber wenn sie es recht bedachte, hätte sie ihm damit Unrecht getan.

Zwei wache Tage hintereinander hatte er nun erlebt, und das dank einer Aufgabe, der er sich mit ganzer Energie widmete: Seine Tochter zu warnen.

Was ging eigentlich hinter den Kulissen vor? Was verschwiegen die Vorgesetzten ihr?

Sie grübelte wieder und wieder über diese Fragen nach, bis im frühen Morgengrauen das Telefon klingelte.

Kapitel 25

Gemessen an der Aktivität vor Dalia Mikhails Haus wurde Ben gleich klar, daß er mindestens eine Stunde zu spät eingetroffen war. Selbst die Klopfer waren vor ihm erschienen und warteten ungeduldig vor ihrem zu einer Ambulanz umgebauten Lieferwagen auf al-Shaers Zeichen, daß sie die Leiche abtransportieren konnten.

Kamal schritt wie in Trance auf die Eingangstür zu. Eine innere Unruhe ließ ihn nicht mehr los, wie damals, als er nach seiner Rückkehr aus Amerika zum ersten Mal dieses Anwesen besucht hatte.

Die Haustür stand offen, und niemand schien es für nötig befunden zu haben, hier einen Polizisten zu postieren. Commander Shaath stand im Wohnzimmer und redete leise auf einige Beamte ein. Als er den Inspektor bemerkte, drehte er sich sofort zu ihm um.

»Warum hat man mich nicht eher verständigt?« fuhr Ben den Riesen an.

»Die ersten Beamten, die hier eingetroffen sind, wußten nichts von Ihrer Beziehung zu dem Opfer.«

»Aber Sie!«

»Ich habe Sie gleich angerufen, nachdem al-Shaer seine vorläufige Untersuchung abgeschlossen hatte.«

»Nachdem der Bürgermeister Ihnen befohlen hatte, mich anzurufen.«

»Macht das einen Unterschied?«

»Und ob. Sehen Sie sich nur mal diesen Tatort an. Ein Dutzend Polizisten trampelt überall herum und zerstört eventuelle Fußspuren, Fingerabdrücke und andere Hinweise.« Ben blickte streng auf die riesigen Hände des Commanders. »Und warum tragen Sie keine Handschuhe?«

»Die habe ich zu Hause gelassen. Es ist ja gar nicht kalt.«

»Ich spreche von den Gummi- oder Latexhandschuhen. Als Sie mich angerufen haben, haben Sie sicher das Telefon hier im Haus benutzt, oder?«

»Ja, warum denn nicht?«

»Und Sie haben nicht einmal Handschuhe getragen, als Sie den Hörer abnahmen, was?«

»Ich konnte mir doch ausrechnen, daß der Mörder sich nicht noch die Zeit für ein paar Telefonate genommen hat.«

»Ausrechnen? Von wegen, Sie haben nicht nachgedacht.« Kamal spürte, wie sein Mund austrocknete und sein Herz immer schneller schlug – plötzlich überkam ihn eine Vision: Er sah, wie er Shaath die Augen auskratzte. »Wo ist sie?«

»Auf der Terrasse.«

Der Inspektor machte sich auf den Weg dorthin. Shaath folgte ihm.

»Einige von uns wissen, daß Dalia Mikhail die Geliebte Ihres Vaters gewesen ist.«

Ben fuhr herum und stand kurz davor, seine Vision in

die Tat umzusetzen, als er Major al-Asi entdeckte, der in Begleitung von vier Sicherheitsbeamten die Villa betrat.

Al-Asi und Shaath begrüßten sich mit einem Nicken, und der Major wollte gleich weiter auf die Terrasse.

Kamal stellte sich ihm in den Weg.

»Gibt es ein Problem, Inspektor?« fragte der Sicherheitschef, während seine Begleiter gleich nach den Waffen griffen.

»Hier ist ein Verbrechen geschehen.«

»Das weiß ich, Inspektor. Genau aus dem Grund bin ich doch gekommen.« Er versuchte, über Bens Schultern durch die Glastür zu spähen. »Ich glaube, wir dürfen wohl annehmen, daß Mrs. Mikhail keine Leserbriefe mehr schreiben wird. Wenn Sie mich jetzt bitte durchlassen würden –«

Kamal wich keinen Zentimeter. »Das werde ich nicht. Schließlich ist das mein Fall.«

»Ich wollte doch nur –«

»Sie können tun und lassen, was Ihnen beliebt, aber erst, nachdem ich Gelegenheit hatte, mir ein Bild vom Tatort zu verschaffen. Wenn das für sie ein Problem darstellt, können wir gern den Bürgermeister anrufen.«

»Ich bin dem Bürgermeister keine Rechenschaft schuldig«, erwiderte al-Asi verärgert.

»Dann richten Sie doch demjenigen, dem gegenüber Sie rechenschaftspflichtig sind, aus, daß heute nacht eine redliche Frau ermordet wurde. Und sagen Sie ihm auch, daß ich den Mörder fassen werde, solange mir niemand den Weg verbaut oder mir sonstwie Schwierigkeiten macht.«

»Das werde ich. Sobald meine Männer sich hier umgesehen haben.«

»Dann können sie mir auch gleich die Adressen der Zeitungen heraussuchen, an die Dalia regelmäßig ihre Briefe geschrieben hat. Ich glaube, diese Blätter wären sehr interessiert zu erfahren, daß ein hochgestellter palästinensischer Offizieller die Friedensgespräche zu sabotieren versucht, indem er die Ermittlungen im Fall al-Diib behindert.«

Der Major wäre beinahe explodiert, beherrschte sich dann aber und lächelte. »Ich glaube, meine Männer können sich noch etwas gedulden.«

»Schön. Wenn Sie dann bitte draußen warten würden ...«

»Aber gern«, entgegnete al-Asi. »Übrigens, wenn wir etwas finden sollten, das Ihrem Vater gehört hat, an welche Adresse sollen wir es dann schicken, Inspektor?«

Kamal lächelte nur, statt sich von dieser Äußerung provozieren zu lassen, und ging hinaus auf die Terrasse. Kaum war er durch die Glastür gelangt, als er feststellen mußte, daß alles wesentlich schlimmer war, als er befürchtet hatte.

Ein halbes Dutzend Polizisten hockte oder stand um den Gerichtsmediziner herum, der gerade die Leiche untersuchte. Als Kamal auf der Terrasse erschien, verfielen alle in Schweigen. Ohne Zweifel hatte Shaath sie davon in Kenntnis gesetzt, daß der Inspektor mit dem Opfer in enger Beziehung gestanden hatte.

Man hatte Dalias Körper bereits mit einem Tuch bedeckt, aber auf der Terrasse war überall noch Blut zu sehen. In großflächigen, sinnlosen Mustern befleckte es das dunkle Holz. Als Kriminalbeamter hätte Ben die Decke zurückziehen und sich ein Bild verschaffen müssen. Aber er wollte Dalia so in Erinnerung behalten, wie er sie zuletzt gesehen hatte, um die letzte Verbindung zu seinem Vater aufrechtzuerhalten.

»Schon wieder al-Diib«, sagte der Arzt und zog an dem Riemen der Kamera, die vor seiner Brust baumelte. »Das läßt sich jetzt bereits zweifelsfrei feststellen.«

Der Gerichtsmediziner zog eine Packung Zigaretten aus der Jackentasche.

»Dalia hat es nicht gemocht, wenn in ihrem Haus geraucht wurde«, warnte Ben.

Al-Shaer ließ die Zigarette stecken. »Ich fürchte, zur Zeit macht ihr das nicht mehr viel aus.«

»Aber mir. Und jetzt schicken Sie die Männer von hier fort«, verlangte Kamal von ihm, weil er sich vor dem fürchtete, was über seine Lippen gekommen wäre, wenn er den Befehl selbst gegeben hätte.

Der Arzt winkte die Polizisten fort, und sie schlurften davon.

»Was hatten die Beamten überhaupt hier draußen zu suchen?«

»Ach, sie hatten allerlei zu tun«, antwortete der Gerichtsmediziner und steckte das Päckchen in die Jackentasche zurück. »Außerdem habe ich ihre Hilfe gebraucht.«

»Sie haben keine Handschuhe getragen. Auch ihre Schuhe waren nicht verhüllt. Die Männer haben hier alle Spuren zunichte gemacht.«

»Glauben Sie wirklich, wir hätten hier auf etwas stoßen können, das uns mehr über den Wolf verraten hätte?«

»Das können wir wohl nie mehr feststellen, oder?«

»Der Mörder ist nicht durchs Haus gekommen, sondern von dort unten auf die Terrasse geklettert. Er hat seinem Opfer hier irgendwo aufgelauert.«

»Sie ist jede Nacht auf die Terrasse hinausgegangen. Al-Diib muß das gewußt haben.«

»Wie gewöhnlich gibt es keinen Zeugen. Niemand hat etwas gesehen oder gehört. Ein Nachbar hat aber angerufen und die offenstehende Terrassentür gemeldet. Er meinte, jemand sei hier eingebrochen.«

»Wie lange ist das her?«

Der kleine Mann blätterte in seinem Notizbuch.

»Vor etwa zwei Stunden. Dreißig Minuten später ist ein Streifenwagen hier eingetroffen.«

»Donnerwetter, das ging ja unglaublich zügig.«

»Dalia Mikhail ist ganz schnell gestorben, wenn das irgendeinen Trost für Sie bedeutet.«

»Tut es nicht.«

»Zum ersten Mal hat der Wolf ein Opfer in dessen Wohnung ermordet.« Der Arzt klappte sein Notizbüchlein zu. »Und heute scheint er sich wirklich beeilt zu haben. Darauf lassen die Schnitte und die vergleichsweise mäßigen Verstümmelungen schließen. Er hat nur symbolisch etwas abgeschnitten, als sei er in großer Eile gewesen.«

»Vermutlich hat er befürchtet, hier draußen könne ihn jemand sehen.«

»Warum hat er sich dann überhaupt über die Frau hergemacht?«

Die Klopfer erschienen in der Terrassentür, aber al-Shaer hielt sie mit einer Handbewegung zurück.

»Sie haben die Frau gekannt, nicht wahr?«

»Warum fragen Sie mich das, Doktor. Buchstäblich jeder hier scheint Ihnen darauf eine Antwort geben zu können.«

»Ich habe nur Gerüchte gehört und wollte gern von Ihnen die Wahrheit erfahren.«

»Ja, ich habe sie gekannt. Und das mag auch erklären, warum der Wolf ein solches Risiko auf sich genommen hat.«

»Wie bitte?«

»Er wollte mich damit treffen.«

»Sie?«

»Er hat Angst, aber er kommt nicht direkt an mich heran.« Ben spürte, wie sich alles in ihm verkrampfte. »Das wagen sie nämlich nie.«

»Hören Sie, Inspektor, so wie ich das sehe –«

»Ihre Aufgabe, Doktor, besteht darin, die Wunden der Toten zu vermessen und zu überprüfen, ob sich darin die ölige Substanz befindet.«

»Noch nicht!« fuhr der Gerichtsmediziner die Klopfer an, als sie schon wieder auf die Veranda heraustreten wollten. Al-Shaer senkte die Stimme und sah Ben an.

»Vermutlich haben Sie auch einige Geschichten über

mich gehört. Wie zum Beispiel, daß ich zuviel getrunken hätte und mir deswegen ein paar Patienten weggestorben sein sollen.«

»Ja, ich kenne diese Gerüchte«, nickte Kamal. »Ich hätte Sie danach fragen sollen.«

»Ach, das tut doch auch sonst keiner. Ich will Ihnen die Wahrheit erzählen. In meinem Dorf war ich ein angesehener *Hakeemna*, das können Sie mir ruhig glauben. Nun, ich war derjenige, der in Nablus, Ramallah und Hebron die Blutspendeprogramme ins Leben gerufen hat. Und meine Methoden der Identifizierung und Kontakterkennung werden heute noch verwendet ...«

»Und was ist dann geschehen?«

Der Gerichtsmediziner wandte den Kopf ab und sah in die Ferne. »Nun ja, eigentlich zwei Dinge. Eines Tages hat man eine junge Frau zu mir gebracht. Sie war von einem Querschläger getroffen worden, einer israelischen Kugel, die von einem Gebäude abgeprallt war. Man hat mich aus dem Restaurant geholt, in dem ich gerade speiste. Als ich mir die Frau angesehen habe, war sie schon halb tot. Also habe ich sie in meine Praxis geschafft. Im Grunde genommen konnte man nichts mehr für sie tun, aber ich habe es trotzdem versucht, und das war mein Fehler ... Nachdem sie ihrer Verletzung erlegen war, erhielt ich eine strenge Ermahnung vom örtlichen israelischen Militärkommandanten. Er behauptete, ihm lägen Beweise vor, ich hätte bei der Behandlung der Frau unter Alkoholeinfluß gestanden.«

»Mich wundert, daß ihn das überhaupt interessiert hat.«

»Ihm ging es ja auch in Wahrheit darum, einen Grund zu finden, um einen weiteren Arzt aus der Westbank zu vertreiben ...«

»Und die andere Sache?«

»Noch in derselben Woche passierte das mit dem älteren Mann. Ich hatte keinen Tropfen getrunken, das schwöre ich, als sie ihn in meine Praxis trugen. Er litt unter starkem Fieber, und sein Blutdruck hatte schwindelerregende Höhen erreicht. Ich mußte ihn nicht lange untersuchen, um festzustellen, daß sein Blinddarm durchgebrochen war. Ihm blieben nur noch wenige Minuten, und es war ausgeschlossen, ihn erst ins Krankenhaus zu bringen. Also habe ich ihn gleich bei mir operiert. Und ich habe ihn gerettet, Inspektor! Ich habe ihm wirklich das Leben gerettet!«

Obwohl er seine Stimme erhoben hatte, sackte er jetzt sichtlich zusammen. »Und dann ist er doch noch gestorben. Auf dem Weg zum Krankenhaus. An einem Herzschlag. Ein israelischer Soldat hat mich angezeigt, weil ich angeblich in meiner Praxis getrunken hätte. Er hatte gesehen, wie ich eine kleine Flasche Mineralwasser zu mir nahm, und gemeldet, darin sei Schnaps enthalten gewesen ... Nun, ich wurde verhaftet und ins Lager Ansar 3 in der Wüste Negev gesperrt.«

Der Inspektor sah ihn schweigend an.

»Ich erzähle Ihnen das«, fuhr der Arzt fort, »um Ihnen zu zeigen, daß wir in diesem Teil der Welt gelernt haben, schwere Verluste hinzunehmen. Vielleicht kann man sogar sagen, das sei der Kitt, der uns als Volk zusammenhält. Also, versuchen Sie, sich daran zu gewöhnen.«

»Glauben Sie mir, das ist beileibe nicht mein erster Verlust.«

Al-Shaer zuckte die Achseln und winkte endlich die Klopfer heran. Sie traten auf die Veranda und stellten die Trage neben Dalia. Dann legten sie die Tote ohne besondere Umstände darauf und trugen sie nach draußen. Der Gerichtsmediziner blickte derweil sehnsüchtig auf seine Packung Zigaretten.

Doch plötzlich hob er den Kopf und sah an Ben vorbei ins Wohnzimmer.

Kamal drehte sich um und sah Danielle Barnea, die von zwei palästinensischen Polizisten eskortiert wurde. Die

Agentin tat so, als würde sie ihren Begleitschutz nicht bemerken, und hielt nur an, um die Klopfer mit der Trage vorbeizulassen.

»Als ich die Nachricht erhielt, bin ich gleich losgefahren«, erklärte sie an der Verandatür. »Ich wollte ein Spezialistenteam von der Spurensicherung mitbringen, aber das hat man mir nicht zur Verfügung gestellt. Wahrscheinlich hätte die palästinensische Polizei sowieso etwas dagegen gehabt.«

»Keine Sorge, Dr. Al-Shaer kommt schon mit allem zurecht«, entgegnete Ben mit einem Blick auf den Gerichtsmediziner. Er sah den kleinen Mann jetzt mit ganz anderen Augen. »Passen Sie nur auf, daß Ihnen diesmal die Leiche nicht abhanden kommt.«

Al-Shaer verzog den Mund und verließ die Veranda. Kaum war er in der Wohnung, da hatte er sich schon eine Zigarette angezündet.

»Kommen Sie, Pakad, wir gehen auch. Meine lieben Kollegen haben hier schon längst alle Spuren verwischt.«

Aber Danielle blieb stehen. »Sie haben die Frau gekannt, nicht wahr?«

»Hat Shaath Ihnen das erzählt?«

Die Agentin schüttelte den Kopf. »Das brauchte er gar nicht.«

Sie räusperte sich. »Schon drei Tote in Jericho, insgesamt zehn. Und er weicht immer mehr von seinem ursprünglichen Muster ab. Sehr eigenartig.«

Ben hob den Blick von Dalias Schatten auf dem Verandaboden, der mit dem Blut teilweise zu verschmelzen schien. »Nein, eigentlich überhaupt nicht.«

»Sie glauben, er hat die Frau Ihretwegen ermordet?«

»Ich bin mir dessen sogar ziemlich sicher.«

»Der Wolf ist aber nicht der Sandmann.«

»Stimmt, er ist al-Diib, aber er kopiert den Sandmann. Als ich ihm zu sehr auf die Fersen gerückt bin, hat er sich gegen mich gewendet. Der Wolf tut das gleiche. Er überfällt den einzigen Menschen, der mir etwas bedeutet ... Und das sagt mir, daß ich auch ihm zu nahe gekommen bin.«

»Sie glauben also, er hat Dalia Mikhail so zugerichtet, um Ihnen Angst einzujagen?«

»Ich hatte vorher Angst.« Nicht nur seine Stimmlage, sondern auch seine Körperhaltung und Ausstrahlung schienen sich in diesem Moment zu verändern. »Aber jetzt nicht mehr.«

Kamal wandte sich von der Chefinspektorin ab und starrte in das üppige Grün im Osten. Alle Fragen nach der Art des Eindringens in die Villa, nach Fingerabdrücken und anderen möglichen Indizien waren in diesem Moment aus seinen Gedanken verdrängt.

Ben sah sich wieder, wie er die Treppe hinaufrannte, während sich oben der Sandmann das Nachthemd seiner Frau überstreifte, es sogar zerreißen mußte, um es über seinen Körper zu bekommen.

Der Sandmann hatte in seinem Heim zugeschlagen.

Al-Diib tat es ihm nach.

Ich werde dich töten, du Schwein.

Dieses Mal werde ich dich töten ...

DRITTER TAG

Kapitel 26

Ben verbrachte die ganze Nacht in Dalias Haus, und sei es auch nur aus dem Grund, al-Asi und seine Männer draußen warten zu lassen. Danielle blieb bei ihm. Irgendwann brachte ihm ein Polizist eine Nachricht von Tawil, er solle ihn unbedingt in der Baladiya treffen, weil er etwas herausgefunden habe, das diesem Fall zum Durchbruch verhelfen könne. Der Inspektor hatte fast vergessen, daß der junge Kollege eine angeblich heiße Spur verfolgte. Er hatte ihm Nachrichten hinterlassen, aber Ben hatte nie die Zeit gefunden, sich darum zu kümmern.

»Wir fahren mit meinem Wagen«, schlug Kamal vor und zog die Agentin hinter sich her. Wie auf ein Signal stürmten die Männer vom Sicherheitsdienst ins Haus.

Zehn Minuten später hielt der Inspektor den Wagen etwas außerhalb der Hisbe auf der Jaffa-Straße an. Die Gasse, in der die zweite Leiche gefunden worden war, lag nur vier Häuserblocks entfernt.

»Guten Morgen, Inspektor«, grüßte Issa Tawil ernst, als Ben ausgestiegen war. »Angeblich sollen Sie eine schlimme Nacht hinter sich haben.«

»Ja, und jetzt bin ich ziemlich aufgekratzt und ungeduldig. Also, erzählen Sie mir von Ihrem Durchbruch.«

Doch bevor der junge Polizist begann, weiteten sich seine Augen, als er Danielle sah, die jetzt ausstieg.

»Sie hatten noch keine Gelegenheit«, sagte Ben, »Pakad Danielle Barnea von der israelischen Polizei kennenzulernen.«

Die Agentin nickte dem jungen Mann zu. Kamal war ganz fasziniert davon, wie die frühe Morgensonne auf ihr Gesicht fiel und den Zügen eine bemerkenswerte Anmut verlieh. Offenbar war das auch Tawil aufgefallen, denn er starrte sie länger an, als es die Höflichkeit gebot.

»Die Chefinspektorin und ich arbeiten zusammen daran, al-Diib zu fassen. Sie werden ihr, wie jedem anderen Vorgesetzten, den nötigen Respekt erweisen«, erklärte Ben dem Polizisten. »Barnea und ich verfolgen die gleichen Interessen; deswegen wird nichts vor ihr zurückgehalten. Und jetzt teilen Sie mir bitte mit, warum Sie uns hierher bestellt haben.«

Tawil räusperte sich und konzentrierte sich wieder auf den Fall. »Es geht um den Wagen, Inspektor.«

»Wenn ich mich recht erinnere, hatte ich Sie doch damit beauftragt, in allen Hotels und Gasthöfen nachzufragen, ob dort ein Gast vermißt wird, bei dem es sich um unsere bislang nicht identifizierte Leiche handeln könnte.«

»Das habe ich schon gestern abend erledigt, Inspektor. Aber nirgendwo ist ein Gast abgängig, dessen Beschreibung auf unsere Leiche paßt.«

»Gut, dann berichten Sie mir von dem Wagen.«

»Nun, mir ist das einfach nicht aus dem Kopf gegangen, was Sie über die Schuhe des Opfers gesagt haben. Nur eine dünne Schicht Straßenstaub befand sich auf den Sohlen, und der setzte sich ausschließlich aus Partikeln zusammen, die man hier auf der Jaffa-Straße findet.«

»Und?«

»Daraus haben Sie dann geschlossen, daß der Mann keinen weiten Weg zu Fuß zurückgelegt haben kann, bevor er ermordet wurde. Nun, wie ist er dann in diese Gegend gelangt? Zu so später Stunde verkehrt hier kein Linienbus mehr. Ich habe bei den Taxizentralen nachgefragt – nichts. Das bedeutet, daß er entweder selbst hierher gefahren ist oder sich von jemandem hat absetzen lassen. Da man in der Nähe des Tatorts aber keinen abgestellten Wagen gefunden hat, bleibt nur die Möglichkeit, daß er gebracht wurde.«

»Ja, Tawil, an diese Debatte kann ich mich noch erinnern.«

Der junge Polizist sah kurz zu Danielle und wandte sich dann wieder an seinen Vorgesetzten. »Folgen Sie mir, bitte.«

Er führte die beiden durch eine Seitengasse der Jaffa-Straße, die ein Stück weiter in eine Parallelstraße einmündete. Schließlich blieb der junge Mann vor einem schmalen zweigeschossigen Haus stehen, das etwas abseits von der Straße lag und von den Nachbargebäuden geradezu eingerahmt wurde. Immerhin besaß dieses Anwesen eine eigene Auffahrt.

»Wie gesagt«, bemerkte Tawil, »das alles ist mir nicht mehr aus dem Sinn gegangen. Ich habe mich gefragt, wenn er nun doch selbst am Steuer gesessen hat, wo könnte er dann sein Fahrzeug abgestellt haben? Deshalb habe ich alle Anwohner befragt, die über einen eigenen Parkplatz oder eine Auffahrt verfügen.«

Der Polizist nickte in Richtung des Hauses, vor dem sie jetzt standen. »Der Mann, der hier wohnt, geht gerade seiner Arbeit nach, aber ich konnte ihn zuvor noch befragen. Er erzählte mir, in der Nacht zum Montag habe ein Mann an seine Tür geklopft und ihm fünfzig amerikanische Dollar geboten, wenn er seinen Wagen für ein paar Stunden in der Auffahrt stehenlassen dürfe.«

»Hat er Ihnen den Fremden auch beschrieben?« fragte Kamal sichtlich erregt.

Tawil zuckte die Achseln. »Wie gesagt, es war mitten in der Nacht, und der Bewohner sieht nicht mehr so gut. Er erinnerte sich aber an braunes Haar und dunkle Augen. Außerdem soll der Fremde ziemlich groß, mindestens ein Meter achtzig, und recht kräftig gewesen sein.«

Der Inspektor drehte sich zu der Israelin um. »Das deckt sich doch mit dem Autopsiebericht.«

»Der Mann konnte sich auch noch an den Wagen erinnern: ein gelber oder cremefarbener BMW.«

»Und das Kennzeichen?«

Wieder zuckte Tawil die Achseln. »Da hat er nicht hingeschaut.«

»Hat er irgendeine Bemerkung gemacht, wie lange der Fremde sein Auto bei ihm stehenlassen wollte?«

»Nicht sehr lange, nur ein paar Stunden, zwei, allerhöchstens drei. Der Bewohner hat es ihm erlaubt, das Geld genommen und sich wieder ins Bett gelegt.«

Ben schritt langsam die Auffahrt hinauf, so als könne der Kies ihm etwas verraten. »Hm, unser Opfer parkt also hier und will noch in derselben Nacht zurückkehren. Was hat der Bewohner denn getan, als der Wagen am nächsten Morgen immer noch hier stand?«

»Nun, er ist morgens aufgestanden, hat den BMW gesehen und ist zur Arbeit gegangen. Als er am Nachmittag zurückkehrte, hatte der Fremde das Auto immer noch nicht abgeholt. Er hat dann bis zum nächsten Morgen gewartet und den Wagen abschleppen lassen.«

»Aber er hat nicht die Polizei verständigt?«

»Doch, aber im Revier hat niemand abgehoben.«

»Sei's drum. Was ist nun mit dem BMW? Haben Sie ihn aufgetrieben?« Kamal spürte einen ersten Hoffnungsschimmer.

Aber sein junger Kollege verzog traurig das Gesicht. »Zuerst glaubte ich, ich hätte Glück gehabt. Das steckte hinter der Überraschung, die ich Ihnen heute morgen in Aussicht gestellt habe. Ich wollte Sie zu dem Abschleppunternehmen bringen, auf dessen Hof der BMW stand. Aber sie haben den Wagen dort nicht mehr.«

»Wieso denn das?«

»Er ist ihnen gestohlen worden.«

»Verdammt!« Ben dachte gleich an die Ermordung Shanzis. Und jetzt war auch noch das mutmaßliche Fahrzeug des Opfers gestohlen worden.«

»Das können aber keine Profis gewesen sein, Inspektor«, fuhr Tawil fort. »Überall auf dem Hof liegen Scherben herum. Sie haben offensichtlich auf der Fahrerseite die Scheibe eingeschlagen, statt das Schloß mit einem Spezialwerkzeug zu öffnen oder es aufzubohren. Vermutlich handelt es sich bei den Dieben um Jugendliche, die sich auf dem Mabara ihr Taschengeld aufbessern wollen.«

»Auf dem Friedhof?« fragte Danielle verwirrt, nachdem sie das arabische Wort in ihre Sprache übersetzt hatte.

»Nein, in diesem Fall handelt es sich um einen Platz in den Slums von Nablus, auf dem regelmäßig Schwarzmarktgeschäfte getätigt werden«, erklärte Kamal. »Er heißt Mabara, weil er direkt neben dem Friedhof liegt. Lassen Sie sich aber von dem Namen nicht irreführen. Der Schwarzmarkt ist nach dem teilweisen Rückzug Ihrer Truppen nicht etwa dahingeschieden, sondern regelrecht aufgeblüht.«

»Eigentlich sollte man doch annehmen, daß es sich genau umgekehrt verhalten würde.«

»Ja, das wurde auch allgemein angenommen. Aber unser neues Geld hat keinen großen Wert, und wer damit bezahlen will, bekommt nur selten das, was er haben will. So ist dann der Schwarzmarkt mit neuem Leben erfüllt worden. Die Händler auf dem Mabara bieten alles an, was es früher nicht gab, aber zu horrenden Preisen, und natürlich nur in harter Währung. Farbfernsehgeräte, Videorekorder, was immer Sie wollen.«

»Und Autos«, fügte Tawil hinzu.

»Das meiste, was man dort angeboten bekommt, ist natürlich gestohlen. Deswegen sollte man dort nicht auf ungeöffnete Verpackungen oder Herstellergarantie hoffen«, fuhr der Inspektor fort. »Auf dem Mabara kauft man gegen bar und kann dann erst zu Hause feststellen, ob das erworbene Gerät wirklich etwas taugt oder nicht.«

»Und Sie glauben, der BMW wird dort angeboten?« fragte die Agentin.

»Ein solches Fahrzeug ist natürlich wahnsinnig teuer. Gut möglich, daß es noch keinen Käufer gefunden hat«, antwortete der junge Polizist mit einem hoffnungsvollen Lächeln.

Danielle sah die beiden Männer aufmunternd an. »Worauf warten wir denn dann noch?«

»Sie können ihn jetzt schon sehen«, sagte Ben und deutete durch die staubbedeckte Windschutzscheibe. Sie waren über staubige Pisten von Jericho nach Nablus gelangt. »Gleich dort vorn.«

Von allen Städten und Ortschaften in der Westbank war Nablus mit Abstand die handelstüchtigste. Der Mabara, der Platz, auf dem die Schwarzmarkthändler ihre Waren anboten, lag inmitten von heruntergekommenen und zum Teil verfallenen Häusern am Rande des Friedhofs.

Das Angebot erinnerte Danielle an den Markt in Alt-Jaffa, doch fehlte es hier an den geschäftstüchtigen Händlern und ihren kunstvoll aufgetürmten Waren. Wer genug Geld hatte, kam hierher, wählte unter angestoßenen Kartons aus oder suchte in geöffneten Frachtkisten nach dem Gewünschten.

Die Agentin sah Videorekorder, Farbfernsehgeräte und Klimaanlagen, mit denen man halb Jericho hätte ausstatten können. Hier hatte Ben übrigens seinen Ventilator erstanden. Damals war er allerdings nicht in Uniform gekommen.

Die meisten elektronischen Geräte trugen israelische Aufdrucke, und wenn man den Gerüchten Glauben schenken wollte, verdienten israelische Kaufleute am besten auf dem Mabara. Täglich trafen hier neue Lieferungen ein, und der Profit wurde nach festen Quoten unter allen Beteiligten aufgeteilt. Allem Anschein nach brachte der Frieden den Schwarzmarkthändlern mehr ein als allen anderen. Die Agentin fragte sich, ob Atturis Kühlschränke, und auch die darin enthaltenen Gewehre, für den Mabara bestimmt gewesen waren.

Kamal parkte den Wagen am Straßenrand und stieg gleich aus. Danielle und Tawil folgten ihm. Der junge Polizist stellte sich neben ihn, während die Israelin hinter den beiden Männern blieb, um das ganze Areal in sich aufzunehmen.

Schließlich setzten sich die drei in Bewegung, und bald schon fanden sie sich inmitten von Gefeilsche, Verhandlungen und Geschäftsabschlüssen wieder. Die Gespräche wurden jedoch im Flüsterton geführt, wenn das Trio an einem Stand vorbeilief – schließlich trugen Ben und Tawil Polizeiuniform. Leise Verwünschungen und Drohungen folgten ihnen wie hungrige Hunde.

»Haut ab!«

»Was habt ihr hier verloren?«

»Wir schaden niemandem.«

»Kümmert euch um euren eigenen Scheißdreck!«

Die Bemerkungen wurden aggressiver, je tiefer sie in diese fremde Welt eintauchten. Kamal war insgeheim erleichtert, daß hier keine Waffen angeboten wurden. Soweit er feststellen konnte, war hier auch niemand mit einem Schießeisen bewaffnet. Nachdem die Selbstverwaltung verfügt hatte, daß die Palästinenser keine eigenen Waffen haben durften und schon den bloßen Besitz unter schwere Strafe gestellt hatte, waren Angebot und Nachfrage nach Pistolen oder Gewehren drastisch zurückgegangen.

Die Autos, die hier angeboten wurden, waren hinter einer Mauer geparkt. Zwei Männer schienen sich um den Verkauf zu kümmern, doch die Zahl der Interessenten war ausgesprochen gering.

»Was wollen Sie?« fuhr einer der beiden Verkäufer den Inspektor an.

»Vielleicht etwas kaufen«, gab Ben zurück und ließ den Blick über die Wagen wandern. »Gibt's Rabatte für Polizisten?«

»Sind Sie noch bei Trost?«

»Immerhin bin ich hierher gekommen, oder?«

Der fette Mann entspannte sich, und seine Unfreundlichkeit von vorhin schien ihm jetzt leid zu tun. »Ja, das steht fest. Ein Mann braucht einen fahrbaren Untersatz, und ich glaube, ich habe genau das Richtige für Sie.« Er lächelte Danielle an. »Oder soll es vielleicht etwas für die hübsche Lady sein?«

Kamal spürte, wie Tawil ihn leicht anstieß. Er drehte sich um. Der junge Polizist zeigte auf eine senfgelben BMW. Sie machten sich gleich auf den Weg dorthin, und der Händler folgte ihnen auf dem Fuße.

»Eine kluge Wahl!« lobte er mit einem breiten Grinsen. »Sogar eine ausgezeichnete Wahl.«

Die Türen waren nicht verschlossen. Kamal und Ben stiegen gleich ein. Der Inspektor überprüfte das Armaturenbrett, während der Polizist das Handschuhfach inspizierte. Danielle blieb draußen stehen und hielt Wache.

»Leer«, sagte Tawil.

»Hier ist auch nichts«, bemerkte der Inspektor, nachdem er alles unter dem Lenkrad abgetastet hatte.

»Selbstverständlich«, erklärte der Händler und klatschte in die Hände. »Meinen Sie etwa, ich würde einen Wagen anbieten, der vorher nicht gründlich gereinigt und auf Herz und Nieren geprüft wurde?«

»Ich glaube«, sagte Ben, »den nehmen wir gleich mit.«

»Wunderbar!« freute sich der fette Mann, um gleich darauf ein angespanntes Gesicht zu machen. »Aber wir haben uns noch gar nicht über den Preis unterhalten.«

»Der ist wohl nicht so wichtig.«

»Natürlich, aber natürlich, unter Gentlemen …«

»Hören Sie, ich mache Ihnen ein Angebot. Wir werden Ihnen einen großen Gefallen erweisen. Ich fahre jetzt mit dem Auto los, und im Gegenzug verzichte ich darauf, Sie zu verhaften. Das ist doch mehr als fair, oder?«

»Was soll diese Schei–«

Kamals Hand fuhr aus dem Wagen und umschloß die fleischige Gurgel des Mannes, ehe dieser seinen Satz beenden konnte. »Wir wollen doch nicht in Gegenwart einer Dame fluchen, oder? Ich verrate Ihnen mal was: dieses Auto gehörte einem Mann, der in der Nacht zum Montag ermordet wurde. Da das Fahrzeug nun bei Ihnen aufgetaucht ist, könnte man ja leicht annehmen, Sie hätten etwas mit dem Mord zu tun.«

»Aber –«

»Sie haben sich sicher ein hübsches Sümmchen für den Wagen erhofft. Genug, um Ihre nächsten tausend Mahlzeiten sicherzustellen, würde ich sagen. Ein ausreichendes Motiv für einen Mord ... Wissen Sie was, ich kann mir zwar auch nicht erklären, was plötzlich über mich gekommen ist, aber wenn Sie mir jetzt die Schlüssel geben, könnte ich doch tatsächlich vergessen, wie ich an dieses Auto gelangt bin. Mensch, das muß heute wirklich Ihr Glückstag sein.« Ben nahm die Hand von der Kehle des Autoverkäufers.

Der Händler winkte beschwichtigend und machte sich auf den Weg. »Einen Moment, bitte. Ich bin gleich zurück.«

Er eilte zwischen den abgestellten Fahrzeugen hindurch zu seinem Kollegen. Kamal ließ ihn nicht aus den Augen und öffnete das Holster seiner Dienstwaffe.

»Inspektor«, rief Tawil, der über dem Beifahrersitz hing und unten auf dem Boden nach etwas kramte. »Ich glaube, ich habe etwas gefunden ... ja, hier.« Er schob sich wieder auf den Sitz zurück.

Ben gab Danielle zu verstehen, daß sie weiterhin Wache halten solle, drehte sich zu dem jungen Polizisten um und nahm ein Stück Papier entgegen.

»Das lag unter dem Sitz.«

»Ein Parkschein«, bemerkte Kamal und zeigte ihn der Israelin. »Vom Hilton Hotel in Tel Aviv. Nun, was halten Sie davon?«

Kapitel 27

Ben und Danielle beauftragten Tawil, den BMW zu fahren, weil sie selbst nach Tel Aviv wollten. Die erste Station hieß jedoch Jericho, denn dort hatte Danielle ihr Fahrzeug geparkt, das sie für die Weiterreise benutzen wollten. Bens Wagen war mit den orangefarbenen Kennzeichen der palästinensischen Polizei versehen, und somit war es ihm, mit Ausnahme von Jerusalem, nicht gestattet, israelisches Territorium zu befahren.

Nachdem sie den ersten israelischen Checkpoint hinter sich gebracht hatten, beschloß Danielle, ihm zu berichten, was sie gestern abend von ihrem Vater erfahren hatte.

»Ich glaube, es gibt da etwas, das Sie wissen sollten«, begann sie und räusperte sich.

Ben bemerkte den veränderten Tonfall in ihrer Stimme und drehte sich gleich zu ihr um.

»Es waren nicht unsere Leute, die Ihren Vater umgebracht haben.«

Seine Miene blieb unbewegt.

»Jedenfalls starb er nicht im Auftrag unserer Regierung.«

»Ich weiß«, sagte Kamal. »Ich glaube, ich habe es immer schon geahnt.«

»Warum?«

»Die Israelis hätten ihn von einem gut postierten Scharfschützen erschießen lassen. Niemals hätten sie ihn in einen Hinterhalt gelockt, und schon gar nicht in einen so tölpelhaft vorbereiteten.«

»Immerhin war es die Kugel eines palästinensischen Scharfschützen, die meinen Vater erwischt hat«, wandte die Agentin ein. »Aber ich gebe Ihnen recht. Ein Mann wie Ihr Vater wäre für uns als Gefangener viel wertvoller gewesen. Wir pflegen, Exempel zu statuieren, aber nicht, Märtyrer zu schaffen.«

Der Inspektor mußte sich ebenfalls räuspern, weil das Sprechen ihm plötzlich schwerfiel. »Ich weiß es zu würdigen, daß Sie meinetwegen eine solche Mühe auf sich genommen haben.«

»Ich habe es für uns beide getan.«

Die Fahrt von Jericho nach Tel Aviv dauerte bei normalem Verkehr neunzig Minuten. Trotz seiner Freude darüber, in diesem Fall endlich ein Stück weitergekommen zu sein, verfiel Ben auf dem letzten Stück des Weges in nervöses Schweigen. So tief hatte er sich noch nie nach Israel hinein gewagt.

Gut, er hatte Jerusalem besucht, aber Jerusalem war nicht Israel. Die alte Stadt gehörte der ganzen Welt, ob die Israelis das nun einsehen wollten oder nicht.

In Tel Aviv konnte man nur wenige Palästinenser antreffen, die sich glücklich schätzen durften, in der alten Kulturstadt immer noch Arbeit zu haben, auch wenn sie sich dabei allerlei Schikanen gefallen lassen mußten. Diese Palästinenser, die außerhalb Israels wohnten, mußten sich um drei Uhr nachts an den Checkpoints einfinden, um frühestens ab sechs Uhr durchgelassen zu werden.

Tel Aviv brauchte den Vergleich mit einer amerikanischen Großstadt nicht zu scheuen. Danielle hielt vor dem Eingang zum Hilton-Hotel an und ließ den Wagen im Parkverbot stehen. Als ein Angestellter aus dem Hotel eilte, zeigte sie ihm ihren Dienstausweis und führte Kamal in die Lobby. Sie bewegte sich so rasch, daß er kaum mit ihr Schritt halten konnte. Gleichzeitig fiel ihm auf, daß er in seiner palästinensischen Polizeiuniform für großes Aufsehen sorgte. Wenigstens hatte er seine Dienstwaffe im Kofferraum des Wagens zurückgelassen.

Danielle blieb vor der Rezeption stehen, zeigte wieder ihren Ausweis und wartete dann, bis die Empfangsdame den stellvertretenden Manager herbeigeholt hatte.

»Was kann ich für Sie tun, Pakad?«

Sie schob ihm den Parkschein zu, den sie vorher in eine Schutzhülle aus Plastik gesteckt hatte.

»Mein Partner und ich möchten den Namen des Mannes erfahren, der diesen Wagen geliehen hat. Bitte nehmen Sie den Schein nicht aus der Hülle.«

Der stellvertretende Manager faßte ihn vorsichtig an den Rändern an, als habe er die größte Kostbarkeit vor sich, und trat an einen Computer.

»Der Name des Gastes war Harvey Fayles, aus New York City. Er hatte bei uns Sonntag und Montag gebucht und wollte am Dienstag abreisen. Allem Anschein nach hat er sich nicht an der Rezeption abgemeldet, und der Leihwagen wird seither vermißt. Haben Sie ihn vielleicht gefunden?«

»Ja, wir haben das Fahrzeug, und es befindet sich jetzt in Polizeiverwahrung«, antwortete Danielle, verschwieg ihm aber, daß er sich in den Händen der palästinensischen Polizei befand. »Sie können dem Autoverleiher mitteilen, daß er auf den Wagen noch eine Zeitlang verzichten muß.«

»Ist Mr. Fayles etwas zugestoßen?«

»Schwer zu sagen, denn wir haben bislang nur seinen Wagen gefunden. Vielleicht können Sie uns aber seine Adresse und seine Kreditkartennummern mitteilen. Und natürlich alles, was Sie darüber hinaus wissen.«

Der Mann machte einige Notizen auf einem Block mit dem Briefkopf des Hilton und reichte der Inspektorin dann das Blatt. Danielle steckte es ein, ließ den Direktor aber keinen Moment aus den Augen. »Wären Sie so freundlich, sich zu erkundigen, ob sich jemand an Mr. Fayles Aufenthalt in diesem Hotel erinnern kann? Vielleicht eines von den Zimmermädchen, jemand in der Bar oder der Angestellte, der den Leihwagen gebracht hat.«

Der Mann notierte sich alles.

»Selbstverständlich.«

»Außerdem möchten wir gern wissen, um welche Uhrzeit er in den Wagen gestiegen und fortgefahren ist.«

»Ich kümmere mich sofort darum, Pakad.«

Der stellvertretende Direktor verschwand in seinem Büro. Kamal trat neben seine Kollegin, um einen Blick auf den Zettel mit den Daten zu werfen.

»Kann ich das Blatt mal kurz haben?«

Sie legte es vor ihn auf den Tresen. Er nahm das Papier und studierte die Adresse.

»Wir sollten telefonieren«, erklärte er und lief mit ihr zu den Zellen, die in Sichtweite der Rezeption in einer Nische aufgestellt waren.

»Hallo«, sagte Ben, als am anderen Ende jemand abhob. »Mr. Harvey Fayles bitte ... Ach so, verstehe ... Tut mir leid ... Wann war das? ... Ja, er war noch so jung ... Wie alt, sagten Sie? ... Entschuldigen Sie bitte die Störung ... Ja, wir waren befreundet ... Nochmals, es tut mir sehr leid.« Der Inspektor hängte ein.

»Da war eine Frau dran«, bemerkte Danielle.

»Ja, Mr. Fayles' Gattin.«

»Hat Sie es schon gewußt? Es klang, als hätte man sie bereits informiert.«

»Über seinen Tod? Ja, das kann man wohl sagen. Wissen Sie, die Frau war nämlich auf seiner Beerdigung, und die hat schon vor sechs Jahren stattgefunden.«

»Woher haben Sie das gewußt?« fragte Danielle.

»Ich kenne New York City ziemlich gut, weil ich oft mit der dortigen Kripo zusammengearbeitet habe. Die Adresse auf dem Zettel liegt in einer Gegend, die von Schwarzen bewohnt wird. Bei unserem Mordopfer handelt es sich aber um einen Weißen.«

»Das heißt also, er hat nur Fayles' Identität angenommen. Deswegen haben Sie seine Frau auch nach Harveys Alter gefragt, oder?«

»Richtig. Er war zweiundvierzig. Damit befindet er sich noch innerhalb des Bereichs, den der Gerichtsmediziner festgestellt hat. Mir fällt in diesem Zusammenhang ein Verfahren ein, daß vor allem in den USA nicht unbekannt und leicht zu bewerkstelligen ist. Ich muß nur jemanden finden, der ungefähr mein Alter hat. Unter Angabe seines Namens melde ich mich im Rathaus und verlange eine Kopie seiner Geburtsurkunde. Diese bekomme ich meist ohne größere Schwierigkeiten, und schon besitze ich eine neue Identität.«

»Die Prozedur ist mir bekannt«, entgegnete Danielle auf dem Weg zurück zum Empfang. »Um Komplikationen zu vermeiden, sucht man sich am ehesten eine Person, die bereits seit längerem tot ist.«

»Ja. Aber unser Mann hat sich nicht groß damit aufgehalten, eine möglichst sichere neue Identität zu erwerben. Allem Anschein nach hatte er nicht vor, allzu lange als Harvey Fayles aufzutreten.«

»Dann hat er sich sozusagen einer Wegwerf-Identität bedient. Er brauchte sie wohl nur für eine gewisse Frist.«

»Tja, das stellt uns vor die Frage, wenn al-Diibs jüngstes Opfer nicht Harvey Fayles gewesen ist, wer war er dann?«

Laut Auskunft des stellvertretenden Managers war Fayles am Sonntag um zweiundzwanzig Uhr mit dem senfgelben BMW verschwunden. Das bestätigte die Aussage des Mannes in Jericho, der Fayles etwa zwei Stunden später in seiner Auffahrt hatte parken lassen. Da der falsche Fayles von Israel auf die Westbank gefahren war, mußte er mindestens einen israelischen Checkpoint passiert haben.

Anschließend wollte Danielle das Zimmer des Gastes sehen. Ein Sicherheitsbeamter des Hotels begleitete die beiden nach oben, schloß ihnen auf und wartete auf dem Flur, damit sie sich in Ruhe umsehen konnten. Vom Zimmer aus hatte man einen einmaligen Ausblick auf den Swimmingpool des Hotels.

Das Bett war gemacht, und auf den ersten Blick ließen sich nirgends Gegenstände aus dem Besitz des falschen Fayles ausmachen. Im Schrank fanden sich ein Koffer und eine Reisetasche, und darüber hing ein Anzug. Im Badezimmer stand ein Kulturbeutel, in dem eine peinlich genaue Ordnung herrschte. Danielle ging die Toilettenartikel durch, während Kamal die Reisetasche und den Koffer durchsuchte.

»Mundwasser, Zahnpasta und Aftershave«, teilte die Chefinspektorin mit, als sie aus dem Badezimmer zurückkehrte. »Also nichts.«

»Hier ebenso«, meldete Ben, der sich noch über den geöffneten Koffer beugte.

»Dann sollten wir alles nach Fingerabdrücken untersuchen und diese, falls wir fündig werden, mit denen des Mordopfers vergleichen. Ich kümmere mich darum.«

Ben nickte, auch wenn er nicht begriff, wozu das noch gut sein sollte. Er sah in den Innentaschen des Koffers nach und fand auch darin nichts Entscheidendes.

Danielle durchsuchte derweil die Schubladen. Als sie die zweite aufzog, hielt sie inne, und ihre Augen weiteten sich. Sie griff hinein und zog mit zwei Fingern einen zerrissenen Briefumschlag heraus. Nach einem ersten Blick darauf reichte sie ihn Kamal.

»Sehen Sie sich das mal an.«

Die Ecke mit der Marke war bereits entfernt worden. Jemand hatte sich nicht viel Mühe mit dem Öffnen des Umschlags gegeben und ihn einfach aufgerissen. Aber der maschinengeschriebene Absender war noch zu lesen.

Max Peacock
11 Amsterdam Avenue
New York, NY 93097

»Glauben Sie, dieser Peacock ist einer von Fayles' Freunden oder Mitarbeitern?« fragte die Chefinspektorin.

»Entweder das oder eine weitere seiner falschen Identitäten.«

»Wenn wir bloß wüßten, was in dem Umschlag gesteckt hat.«

Ben ließ ihn in seiner Jackentasche verschwinden. »Ich kenne ein paar Leute bei der New Yorker Polizei. Mit deren Hilfe können wir wenigstens herausfinden, was es mit dieser Adresse auf sich hat.«

»Ich dachte, Sie kennen sich in New York City aus.«

»Aber nicht auf der Amsterdam Avenue.«

»Wie lange wird es wohl dauern, bis Sie eine Antwort erhalten?«

»Lange genug, um diesen Bengel aufzuspüren, der möglicherweise als Zeuge in Frage kommt.«

Kapitel 28

Als Kamal erneut vor dem Tor des Einissultan-Flüchtlingslagers auftauchte, hoffte er, Radjis Schwester würde wieder dort erscheinen, aber soviel Glück hatte er heute nicht. Die Unruhen in Jalazon und den anderen Lagern waren auch hier nicht unbemerkt geblieben, und seitdem hatte man die Zügel straffer gezogen. Überall auf den Straßen und Wegen im Lager patrouillierte paramilitärische palästinensische Miliz.

Danielle hatte ihn in Jericho abgesetzt und war dann nach Tel Aviv zurückgefahren, um festzustellen, ob sich noch etwas über Harvey Fayles herausfinden ließe.

»Was kann ich für Sie tun?« fragte der Lagerkommandant, nachdem man den Inspektor in sein Büro geführt hatte.

»Ich war am Montag schon einmal hier.«

Der Kommandant betrachtete ihn eingehender, konzentrierte sich vor allem auf die Uniform und sagte dann: »Ach ja, der Polizist, der gegen den Rat der Wachen das Lager betreten hat. Bitte, nehmen Sie meine Entschuldigung für die Vorkommnisse entgegen, Officer ...«

»Inspektor.«

»Aber Sie müssen verstehen, daß wir hier am Montag einen sehr schwierigen Tag hatten. Damals fing es in Jalazon, Balata und Tukarem schon an zu brodeln ...«

»Ich war gestern in Jalazon.«

»Dann verstehen Sie ja sicher, warum meine Männer Angst haben. Die Patrouillen wurden verdoppelt, und ich habe zusätzliche Kräfte am Zaun postiert. Ich wünschte nur, ich hätte das bereits veranlaßt, bevor es zu dem Zwischenfall mit Ihnen kommen konnte.«

»Halb so wild.«

»Gibt es irgendeine Möglichkeit, wie ich die Sache wiedergutmachen kann?«

»Ja, indem Sie mir behilflich sind.«

»Ich will alles tun, was in meiner Macht steht.«

»Am Montag ist eine junge Frau zu mir gekommen, die mich am Ende meines Rückwegs, nun ja, vor den anderen beschützt hat. Ich kenne ihren Namen nicht, aber ich muß dringend noch einmal mit ihr reden. Wenn Sie so freundlich wären, mir bei der Suche nach ihr zu helfen ...«

»Aber gern, Inspektor. Ich kenne die Frau, von der Sie sprechen. Jedem hier ist sie bekannt. Erst gestern ist ein Bericht über sie auf meinem Schreibtisch gelandet.«

»Was für ein Bericht?«

»Ich fürchte, man hat sie zusammengeschlagen. Sie liegt jetzt im Krankenhaus. Wenn Sie mir bitte folgen möchten ...«

Bei dem Lagerkrankenhaus handelte es sich um eine Wellblechbude, die wohl ursprünglich als Kasernenbaracke gedient hatte. Kaum hatte der Kommandant den Vorhang beiseite gezogen, da hörte Ben auch schon das Stöhnen und Wimmern. Der Offizier führte ihn durch die Doppelreihe von schmalen Feldbetten, auf denen die Kranken und Verwundeten lagen. Die Luft in diesem Raum war unerträglich, und Kamal fühlte sich in dieser Mischung aus drückenden Temperaturen und menschlichen Ausdünstungen bald wie betäubt.

Er wartete, während der Kommandant mit einer Pflegerin sprach. Sie zeigte auf ein Bett am Ende der linken Reihe. Der Offizier winkte den Inspektor zu sich.

»Sie hat gestern nacht das Bewußtsein wiedererlangt, und heute hat sich ihr Zustand schon deutlich verbessert. Die ärztliche Prognose ist durchaus positiv.«

»Wie heißt sie überhaupt?«

»Sie hat uns den Namen Zahira angegeben.«

Kamal ließ ihn stehen und lief zu ihr hin. Der Boden war naß, und seine Schuhe platschten beim Auftreten. Nackte Glühbirnen hingen von der Decke und verbreiteten ein schummriges Licht.

Ben blieb vor dem Feldbett stehen, auf das die Pflegerin gezeigt hatte. Zahiras Gesicht war angeschwollen. Ein Auge blieb geschlossen, das andere öffnete sich nur zu einem schmalen Schlitz. Ihre Nase war bandagiert und anscheinend gebrochen. Die Frau atmete mühsam, und Kamal bemerkte, daß ihr ein paar Vorderzähne fehlten. Ihre Lippen konnte man kaum als solche bezeichnen. Sie erkannte den Inspektor und versuche zu lächeln, was sie aber rasch und mit schmerzverzogenem Gesicht wieder aufgab.

Ben trat näher und stieß gegen das Klemmbrett, das am Bettende hing.

»Hallo, Bulle«, murmelte sie.

»Wer hat Ihnen das angetan?«

Sie versuchte, sich über das rohe Fleisch der Lippen zu lecken. »Spielt das eine Rolle?«

»Okay, warum hat man Ihnen das angetan?«

Zahira schwieg.

»Wegen mir, nicht wahr?«

Wenn es ihr möglich gewesen wäre, hätte sie jetzt die Achseln gezuckt. »Hat nicht gerade meine Beliebtheit gesteigert, daß ich dir geholfen habe.«

»Bei wem?«

»Eigentlich war es nur einer. Ich war so dumm, ihm meine Schmerzen zu zeigen. Da hat es ihm dann doppelt Freude gemacht, weiter auf mich einzudreschen.«

»Wer?«

»Ich brauche eine Zigarette.«

»Tut mir leid, ich rauche nicht.«

»Das hätte ich mir ja denken können.« Wieder versuchte sie zu lächeln, um gleich das Gesicht zu verziehen.

Der Inspektor ging neben dem Bett in die Hocke.

»Wir müssen uns noch einmal unterhalten.«

»Hast du mir nicht schon genug Scherereien bereitet, Bulle?« versuchte sie zu scherzen.

»Das Leben Ihres Bruders ist in großer Gefahr.«

»Das kommt sicher davon, daß er Palästinenser ist. So geht es nämlich vielen von uns.«

»Eine andere Zeugin ist bereits tot. Vielleicht wegen dem, was sie gesehen hat. Ich habe sie zu spät gefunden, und ich will bei Radji nicht den gleichen Fehler begehen.«

»Wer hat ein Interesse daran, Zeugen umzubringen?«

»Das weiß ich nicht. Noch nicht.«

»Und du willst meinen Bruder vor ihnen schützen?«

»Ich will wenigstens mein Bestes versuchen. Sagen Sie mir, wo sich Ihr Bruder Radji aufhält.«

Aus dem leicht geöffneten Auge löste sich langsam eine Träne. »Ich habe ihm hundertmal erklärt, er solle lieber seine Klappe halten und nicht immer so frech sein. Ich habe ihm auch gesagt, draußen sei es noch schlimmer als hier. Aber er hat mir gar nicht zugehört. Und als sie ihn rausgeschmissen haben, war er nicht einmal traurig darüber.«

»Wo könnte er denn hingegangen sein?«

»Dorthin, wo alle jungen Palästinenser hingehen – zum

Sklavenmarkt. Am Tag stehlen sie, und in der Nacht verkaufen sie ihr Diebesgut. Ich bin auch schon dort gewesen, Bulle. Glaub mir, auf dem Markt wird es dir nicht gefallen.«

»Woran kann ich ihn erkennen?«

»Ach, die Bengel sehen doch alle gleich aus. Aber Moment mal, Radji fehlt ein Vorderzahn. Der linke Schneidezahn. Eine freundliche Aufmerksamkeit der Wächter.«

Ben erhob sich wieder.

Zahira griff nach seiner Hand. »Du kommst doch wieder, oder?«

»Wenn es dir besser geht.«

»Beim nächsten Mal schlägt er mir die restlichen Zähne aus.«

Der Inspektor streichelte ihr über die Stirn. »Nein, das wird er nicht.«

Kamal entfernte sich langsam von ihr und hoffte, daß sie einschlafen würde.

Der Kommandant wartete vor dem Schwesternzimmer auf ihn. »Sie wissen, wer sie so zugerichtet hat, nicht wahr?« fuhr Ben ihn an.

»An einem Ort wie diesem achtet man besser darauf, sich keine Schererreien einzuhandeln.«

»Sieht ganz so aus, als hätte sie die bereits.«

»Das geht Sie wirklich nichts an, Inspektor.«

»Doch, denn sie liegt wegen mir halb totgeschlagen in dieser Hütte.« Er beugte sich vor und kam dem Milizoffizier ganz nahe. »Sie kennen den Mann, oder?«

Der Kommandant nickte.

»Führen Sie mich zu ihm. Auf der Stelle.«

»Sie haben hier keine Befugnisse, Inspektor.«

Kamal nahm sein Abzeichen ab und zog die Pistole aus dem Holster. Beides reichte er dem Milizoffizier.

»Jetzt bin ich als Privatmann hier.«

Eine Gruppe Männer saß beim Würfelspiel beisammen, als Ben auf sie zu marschierte. Sie schrien sich die Augen zu, die sie erwürfelt hatten.

»Ayad«, sprach Kamal den Größten aus der Gruppe an und stampfte mitten durch ihr Spielfeld.

Der gefürchtetste Mann im ganzen Lager erhob sich unwillig und sah Ben unwirsch an. Als er dessen Uniform bemerkte, verzog er nur höhnisch den Mund.

Der Inspektor schritt direkt auf ihn zu. Ohne Vorwarnung verpaßte er ihm einen Kinnhaken. Ayad flog mitten in seine Kameraden und rappelte sich wieder auf.

»Ich wollte dir mal zeigen, wie sich so etwas anfühlt.«

Ben schlug wieder zu. Blut schoß aus der Nase des Mannes. Kamal trat ihn in die Rippen, und Ayad rang nach Atem.

»Du verprügelst lieber junge Frauen, die sich nicht wehren können.« Er schleuderte ihn zu Boden und drückte sein Gesicht in den Matsch. »Tja, ich kann mich aber wehren. Komm schon, nimm es doch mal mit mir auf.«

Der Mann kam schwankend wieder hoch. Mit wackligen Beinen wollte er auf seinen Gegner los und holte mit einer Faust weit aus. Ben hatte keine Mühe, dem ungezielten Hieb auszuweichen, ließ Ayad an sich vorbeitaumeln und rammte ihm den Ellbogen in die Nieren.

Ayad brüllte und brachte nicht mehr zustande, als wild um sich zu schlagen.

Kamal versetzte ihm einen rechten und einen linken Haken. Der Mann bekam nun seine ganze Frustration ab, die sich seit Dalias Tod in ihm aufgestaut hatte. Er konnte gar nicht mehr aufhören, auf den Mann einzuprügeln.

»Ist das alles, was du kannst, wenn einer mal keine Angst vor dir hat?«

Bens Fäuste waren mittlerweile so betäubt, daß er die Schläge gar nicht mehr spürte.

Ayad kam längst nicht mehr auf die Beine. Er kniete nur da und spuckte Blut und Zähne.

Doch der Inspektor gab sich noch nicht zufrieden, riß ihn an den Haaren hoch und schlug ihm ins Gesicht.

»Ich könnte dich einsperren, aber das wäre noch viel zu gut für dich. Eigentlich sollte ich dich totschlagen. Nein, das lasse ich wohl lieber. Willst du den Grund dafür wissen? Weil die junge Frau dann niemanden mehr hat, der ihr alles besorgt, was sie braucht, wenn sie wieder auf den Beinen ist. Und das wirst du doch jetzt für sie tun, nicht wahr, Ayad?«

Er hielt den Hünen immer noch an den Haaren, und dieser nickte. »So ist's recht, Ayad. Ich wußte doch, daß ein guter Kern in dir steckt.«

Dann flüsterte er dem Mann ins Ohr: »Mach Zahira keinen Ärger mehr. Sonst komme ich wieder und schlage dich wirklich tot.«

Der Inspektor ließ Ayad los. Der Mann brach lautlos zusammen.

Ben marschierte zum Ausgang. Erst nach ein paar Schritten wurde ihm bewußt, daß sich wieder eine Menge versammelt hatte. Doch heute bewarf ihn niemand mit Steinen. Die Menschen standen unbewegt da, und Kamal gelangte unbehelligt zum Tor, wo der Kommandant wartete und ihm Abzeichen und Dienstwaffe zurückgab.

Kapitel 29

»Wie gut kennen Sie diesen Ort?« fragte Ben Danielle, als sie sich dem Sklavenmarkt in Jerusalem näherten.

»Jeder israelische Polizist kennt ihn«, antwortete sie.

»Erzählen Sie mir davon.«

»Das müssen Sie sich schon selbst ansehen.«

Die beiden hatten sich vor einer Stunde – um einundzwanzig Uhr – am Checkpoint auf halbem Weg zwischen Jericho und Jerusalem getroffen. Danielle waren gleich die neuen Verletzungen aufgefallen, die er seiner bereits beträchtlichen Sammlung hinzugefügt hatte. Zusätzlich zu den blauen Flecken im Gesicht waren nun seine Hände geschwollen und wiesen Abschürfungen auf. Er konnte die Rechte kaum zur Faust ballen, und die Linke zitterte unkontrolliert. Erst eine ganze Weile nach seiner Abfahrt vom Flüchtlingslager waren ihm die Schmerzen in den Händen bewußt geworden.

»Wie wollen sie das Ihren Vorgesetzten erklären?« hatte sie ihn gefragt.

»Ich werde einfach sagen, meine Sklavin hat darum gebettelt, heute zweimal verprügelt zu werden.«

»Dafür sehen Sie aber noch nicht zerschunden genug aus.«

Vom Checkpoint aus fuhren sie mit Danielles Wagen weiter. Ben hatte die Uniform abgelegt, weil er wieder einmal israelischen Boden betreten würde. Außerdem war ein Polizist auf dem Sklavenmarkt seines Lebens nicht mehr sicher.

»Haben Sie noch etwas über den BMW unseres Mordopfers herausbekommen?« fragte der Inspektor während der Fahrt.

»Dummerweise interessieren sich unsere Checkpoints mehr für die Fahrzeuge, die die Westbank verlassen. Wer rein will, wird kaum überprüft. Nirgends läßt sich ein Eintrag über einen senffarbenen BMW finden. Vielleicht sollten wir uns der Frage zuwenden, was der Mann überhaupt in Jericho gewollt hat.«

»Die Antwort darauf wird uns aber kaum sagen, warum der Wolf von seinem bisherigen Muster abgewichen ist. Serienmörder tun so etwas nie, Pakad.«

»Nun, al-Diib offenbar doch.«

Kamal dachte kurz darüber nach. »Das würde bedeuten, wir haben es hier mit einem Killer zu tun, der seine Methoden verändert, womöglich, um sich einen neuen Kick zu geben.«

»Das heißt, wir haben ihn noch nicht genug herausgefordert.«

»Al-Diib ist ein Monster, und gegen die hat man einen schweren Stand. Das habe ich bereits zweimal herausfinden dürfen. Sie gehen auf die Jagd und genießen es, dabei selbst gejagt zu werden. Sie bedrohen und wollen ebenfalls bedroht werden. Wenn die Gefahr für den Wolf noch nicht groß genug gewesen ist, hat er sich vermutlich entschlossen, ein neues Risiko einzugehen.«

»Das macht die Sache für uns aber einfacher, oder?«

»Und für ihn lohnenswerter.«

»Wir sind gleich da«, sagte die Chefinspektorin zwanzig Minuten später. »Zuerst fahren wir am Sklavenmarkt entlang, und dann gehen wir zu Fuß dorthin. Ich möchte, daß Sie zunächst einen Eindruck bekommen, worauf Sie sich da einlassen.«

Der Sklavenmarkt bestand aus einer Reihe von Seitenstraßen, die von der Taifa-Straße abgingen. Die mit Brettern zugenagelten Fenster und die verlassenen Geschäfte sprachen eine ganz eigene Sprache, und die engen Kopfsteinpflastergassen boten kaum einem Auto Platz.

Der Inspektor schaute aus dem Fenster. Er kannte solche Orte. Hier konnte man buchstäblich alles erwerben, insofern man in der Lage war, den Preis dafür zu entrichten. Prostituierte stritten sich mit heimatlosen Halbwüchsigen und Flüchtlingen um die Plätze auf den Straßen. Freier fuhren mit ihren Wagen langsam an diesen Reihen vorüber.

Nur wenige Laternen funktionierten noch, und so wurde die Szenerie in ein gespenstisches Licht getaucht, das von den Autoscheinwerfern und den Fenstern der Häuser stammte, die noch bewohnt waren.

»Polizeistreifen patrouillieren hier nur selten«, erklärte Danielle. »Wozu auch?«

Jugendliche, die in modische Jeans und Sweatshirts gekleidet waren, standen in Gruppen beisammen und rauchten Zigaretten oder Joints. Einige teilten sich eine Flasche. Frauen boten jedem, der vorbeikam, die freizügigsten Einblicke. Jemand hatte einen Gettoblaster mitgebracht und vor eine Wand gestellt. Junge Leute tanzten zu der Musik.

»Wie kann jemand wie Radji hierher gelangt sein?« fragte Kamal.

»Sie meinen, als Palästinenser? Nun, es ist gar nicht so schwer, sich aus der Westbank hinauszuschleichen, sei es einzeln oder als kleine Gruppe. In Tel Aviv und auch in den meisten Teilen Jerusalems greift man solche Leute gleich auf und verlangt, ihre Papiere zu sehen. Aber in diesem Winkel hier stellt niemand Fragen.«

Danielle hielt den Wagen an.

»Diesmal sollen Sie Ihre Pistole mitnehmen«, riet sie ihm.

»Das widerspricht aber den israelischen Bestimmungen, Pakad.«

»Über die ich mich hiermit hinwegsetze. Los, stecken Sie Ihre Knarre ein.«

Ben schob die Waffe unter das lose Hemd und stieg mit der Chefinspektorin aus.

»Seltsam, nicht wahr?« bemerkte Danielle. »Dies ist einer der wenigen Orte, an dem Juden und Palästinenser miteinander auskommen. Na ja, wenigstens die Jüngeren. Die Palästinenser besorgen, was die Israelis haben wollen. Meist Haschisch. Ziemlich reiner Stoff, zehnmal so stark wie Marihuana. Die Palästinenser sind sehr geschäftstüchtig. Die Jugendlichen können hier in einer Nacht mehr verdienen als ihre Eltern in einem ganzen Monat. Deswegen kommen sie immer wieder aus der Westbank hierher, auch wenn ihnen die Gefahr droht, irgendwo von uns erwischt und eingesperrt zu werden. Das Traurige daran ist, daß fast nie jemand kommt, um einen dieser Halbwüchsigen abzuholen.«

»Vermutlich weil sie Angst davor haben, sich an israelische Behörden wenden zu müssen.«

»Nein, das ist gewiß nicht der entscheidende Grund. Vielmehr interessieren sich die Familien einfach nicht dafür, was aus ihren Kindern wird.«

Sie bogen um eine Ecke, und eine Gruppe palästinensischer Jungen lief sofort auseinander. Zwei junge Mädchen kamen auf sie zu. Ben stellte sich ihnen in den Weg.

»Wir suchen nach einem jungen Mann. Ein Palästinenser namens Radji.«

Die beiden Mädchen sahen sich an und fingen an zu kichern. Dann entgegnete die Größere: »Hier gibt es viele Radjis.«

»Unserer ist zwölf, höchstens dreizehn. Trägt lange Haare, vermutlich Dreadlocks. Und ihm fehlt ein Vorderzahn.«

Wieder kicherten die beiden. »Auch davon läuft hier jede Menge herum«, antwortete die Größere schnippisch. »Such dir doch einfach einen aus.«

Damit spazierten sie weiter. Kamal und Danielle liefen die Gassen auf und ab und versuchten, soviel wie möglich von der Szenerie mitzubekommen. Je später es wurde, desto stärker lag der Geruch von Rauschgift in der Luft. Mehrere Jugendliche schwankten bedenklich von einer Seite des Bürgersteigs zur nächsten. Andere hockten auf der Bordsteinkante und hoben und senkten den Kopf. Die Wagen fuhren jetzt mit Abblendlicht, ihre Fahrer waren aber weiterhin auf der Suche nach dem, wonach ihnen heute nacht der Sinn stand. Hin und wieder ging eine Autotür auf und wurde zugeschlagen. Offensichtlich war man sich dort handelseinig geworden.

Der Inspektor bemerkte, wie ein alter zweitüriger BMW im Zentrum des Sklavenmarkts anhielt. Nur eines der Bremslichter funktionierte noch. Die Fensterscheibe wurde heruntergekurbelt, und schon eilte ein junges Ding mit langen Haaren herbei und steckte den Kopf hinein.

Während sie mit dem Fahrer flirtete, stürmte plötzlich eine ganze Schar von Jungen zu dem offenen Fenster und hielt dem Mann die klebrigen Hände hin. Trotz ihrer modischen Kleidung sahen sie so aus, als hätten sie schon mehrere Nächte darin geschlafen.

»Geld!« verlangten sie. »Gib uns alles, was du entbehren kannst, damit wir uns etwas zu essen kaufen können.«

Einer der Knaben lispelte.

Der Fahrer kurbelte das Seitenfenster hoch und startete den Wagen.

»Pißarsch!« schimpfte der Lispler, rannte vor den BMW und hieb mit beiden Fäusten auf die Motorhaube.

Der Inspektor sah genauer hin. Nun warf sich der Bengel auf den Wagen und versperrte dem Fahrer die Sicht. Langes, ungekämmtes Haar fiel strähnig über die Stirn des Jugendlichen, der von der Kühlerhaube herabrutschte und dabei beinahe seinen Rucksack verloren hätte.

Der BMW setzte zurück, und der Inspektor konnte im Licht der Scheinwerfer für einen Moment das Gesicht des Lisplers sehen.

Ihm fehlte der linke Schneidezahn.

»Das ist er«, sagte Ben.

Danielle folgte seinem Blick. »Sind Sie sich sicher?«

»Ja. Das ist Radji.«

Selbst aus dieser Entfernung war die Ähnlichkeit des Jungen mit seiner Schwester Zahira unübersehbar. Kamal setzte sich in Bewegung und näherte sich dem Knaben rasch und in der Hoffnung, daß dieser zu sehr mit dem BMW beschäftigt war, um ihn zu bemerken.

Der Wagen fuhr los, mußte aber gleich wieder bremsen, weil die Bettler vor ihm hin und her sprangen. Er bog nach links, doch das änderte nichts. Die Jungen schlugen gegen die Fensterscheiben und traten gegen die Kotflügel. Radji hielt sich am Kofferraum fest und lief mit dem Wagen, als dieser sich wieder in Bewegung setzte.

Ben beschleunigte seine Schritte. Er warf einen Blick über die Schulter und entdeckte, daß seine Kollegin parallel zu ihm auf die Gruppe zusteuerte. Aber er sah noch etwas anderes. Ein schwarzer Mercedes war aufgetaucht.

Zuerst hielt Kamal ihn für einen weiteren Freier, aber er steuerte direkt auf den BMW zu, und das mit einer Geschwindigkeit, die zu hoch war, um nach Mädchen oder Knaben Ausschau zu halten.

Als der Mercedes Ben überholt hatte, hielt er abrupt an, und alle vier Fenster wurden gleichzeitig heruntergelassen.

»Ben!« schrie Danielle.

Aber er war schon längs losgelaufen, hatte seine Pistole herausgezogen und rannte zu Radji. Einen Moment später eröffneten die Insassen des Mercedes das Feuer. Die Heckscheibe des BMW explodierte.

Der Wagen brach unter dem Beschuß aus, schleuderte und krachte gegen einen Obst- und Gemüsestand. Augenblicklich war auf dem Platz die Hölle los.

Ben und Danielle erwiderten das Feuer auf den Mercedes. Als Antwort stellten sich die unsichtbaren Insassen auf das neue Ziel ein.

Kamal ließ sich fallen und rollte hinter Kisten und Müllsäcke, um den Gegnern das Zielen zu erschweren. Ein kurzer Rundblick zeigte ihm, daß Danielle den Mercedes von der anderen Seite unter Beschuß nahm.

»Der Junge!« rief sie, bevor sie hinter dem ruinierten Obstkarren Deckung suchte und das Feuer der Gegner auf sich lenkte. »Holen Sie den Jungen!«

Der Inspektor sprang gleich auf und entdeckte nach einem Moment die Bettlergruppe, die durch eine der Gassen des Sklavenmarkts das Weite suchten. Er rannte hinter den Jugendlichen her und schob das Ersatzmagazin in die Waffe – mehr Munition hatte er nicht dabei.

Reifen quietschten hinter ihm. Kamal drehte sich um und sah, daß der Mercedes gewendet hatte und ihn verfolgte. Der Wagen rammte ein Straßenschild und hatte Ben fast erreicht, als dieser sich hinter eine Reihe Mülltonnen warf, die aussahen, als seien sie seit einem Monat nicht mehr geleert worden.

Der Wagen hielt jedoch nicht an, sondern folgte den Knaben.

»Laufen Sie! Hinterher!« schrie Danielle und blieb stehen, um besser auf den Mercedes zielen zu können. »Dort entlang!« rief sie und zeigte auf eine Gasse, die sich unweit von Ben öffnete. »Schneiden Sie ihm den Weg ab!«

Kamal rappelte sich auf. Weitere Kugeln lösten sich aus ihrer Waffe, und die leeren Hülsen tanzten auf dem Kopfsteinpflaster.

Der Inspektor rannte den Jugendlichen hinterher, die sich jetzt nach einem Versteck umsahen.

»Zurück!« rief er jedem zu, der ihm in den Weg kam. »Weg da!«

Er erreichte das Ende der Gasse und sah auf der Hauptstraße eine Gruppe Kinder. Der letzte von ihnen trug die gleichen Haare wie Radji. Einen Moment später hörte er das eigentümliche Summen eines Mercedes-Motors.

Ohne lange nachzudenken, rannte er mitten auf die Straße, die parallel zum Sklavenmarkt verlief. Der Wagen rauschte direkt auf ihn zu. Einer der Scheinwerfer brannte überhaupt nicht mehr, der andere blinkte nur noch. Ben verschoß die Hälfte seines Magazins und durchlöcherte die Windschutzscheibe.

Das Auto fing an zu schlingern und raste auf eine Reihe verlassener Lagerhallen zu. Der Fahrer arbeitete wie wild am Lenkrad und konnte den Mercedes im letzten Moment herumreißen. Nun schabte er nur noch mit der Seite an den Fassaden entlang und löste einen Funkenregen aus, der erst an der nächsten Gasse aufhörte. Der Wagen bog gleich nach links ab.

War der Junge dorthin verschwunden? Kamal hatte ihn nicht mehr gesehen. Er drehe sich um, lief weiter und verließ sich auf sein Glück.

Danielle tauchte plötzlich auf, blieb aber nicht stehen und rannte weiter.

»Ich kümmere mich um den Mercedes!« rief sie ihm im Vorbeilaufen zu und bewegte sich fast so schnell wie der Wagen. Im nächsten Moment war sie in der Gasse verschwunden.

Ben lehnte sich an eine heruntergekommene Hauswand. Seine Lunge brannte wie Feuer, und er rang nach Atem. Überall tauchten Schatten und Gestalten auf, die sich bald hierhin und bald dorthin wandten. Die Kinder des Sklavenmarkts waren immer noch auf der Flucht.

Plötzlich löste sich jemand aus einer größeren Gruppe und rannte auf eine Gasse zu, die sich nicht weit von Kamal befand: Ein Junge mit langen Dreadlocks und einem Rucksack. Die Strähnen flogen auf und ab und schlugen ihm ins Gesicht.

Der Inspektor setzte sich sofort wieder in Bewegung. Die Gasse mußte auf der anderen Seite in eine größere Straße einmünden. Wenn der Junge zuviel Vorsprung gewann, würde er ihn dort nie mehr wiederfinden.

Ben bog in die Seitenstraße ein, versuchte das Hämmern seines Herzens zu ignorieren, und entdeckte, daß er in eine Sackgasse gelangt war.

Kamal blieb stehen, als Radji am Ende des Wegs angekommen war und nicht wußte, wohin er sich jetzt wenden sollte. Er entschied sich dafür, zurückzulaufen und sein Glück an einer anderen Stelle zu versuchen.

Der Inspektor preßte sich gegen eine Wand und ging dann hinter einem Haufen rostigen Schrotts in Deckung. Er hörte, wie die Schritte des Knaben näherkamen, und sprang aus seinem Versteck, als Radji sich auf seiner Höhe befand.

Die beiden prallten gegeneinander. Radji flog zurück und schleuderte an die gegenüberliegende Wand. Sofort stieß er sich dort ab und wollte weiterrennen.

Kamal bekam ihn am Kragen zu fassen.

»Laß mich los, Arschloch! Verpiß dich!«

Die langen Strähnen flogen in alle Richtungen.

»Laß mich sofort los!«

Ben sah, daß dem Jungen ein Vorderzahn fehlte. Er trug viele Narben im Gesicht, schien aber nicht an Unterernährung zu leiden.

Noch während er ihn betrachtete, schlug, trat und spuckte der Knabe.

Ja, das konnte nur Radji sein.

Kapitel 30

Der Inspektor schüttelte den Jungen durch und hielt ihn dann auf Armlänge von sich. Radji versuchte, ihn in die Hand zu beißen.

Als die Zähne sich tatsächlich in sein Fleisch versenkten, schüttelte Ben ihn heftiger. »Hör auf damit. Ich will dir nur helfen!«

»Blödsinn!« Eine Hand des Jungen schoß vor und griff nach der Pistole, die Kamal wieder in den Hosenbund geschoben hatte. Die Finger verfehlten sie nur um ein paar Zentimeter.

Ben hielt den Jungen jetzt links und schob die Waffe nach rechts.

Beide fuhren herum, als sich ihnen Schritte näherten. Bens Rechte schnappte sofort nach der Pistole.

»Nicht schießen!« rief Danielle und drehte sich rasch

nach links und nach rechts, um festzustellen, ob sie hier in der Sackgasse sicher waren.

»Ich habe den Mercedes gefunden«, meldete sie dann. »Abgestellt und leer. Überall Blut, aber keine Leichen.« Wieder sah sie sich um. »Sie sind jetzt bestimmt zu Fuß unterwegs und können sich überall aufhalten.«

Der Inspektor bemerkte, daß ihr linker Arm schlaff herabhing. Auf dem Ärmel breitete sich ein roter Kreis aus.

»Sie sind verletzt.«

»Nur ein Streifschuß.« Ihr Blick fiel auf den Jungen. »Ist er das? Radji?«

»Woher kennst du meinen Namen?« wollte der Knabe gleich wissen.

»Von mir«, antwortete Kamal.

»Und woher weißt du ihn?«

»Von deiner Schwester Zahira.«

Seine Miene verlor etwas von ihrer Aggressivität. »Du kennst meine Schwester?«

»Ich habe sie heute gesehen.«

»Wie geht es ihr?«

»Nicht so gut. Jemand hat sie verprügelt.«

»Scheiße.«

»Das ist meine Schuld. Ich war vorher nämlich im Lager und habe mich nach dir erkundigt.«

»Wir müssen zurück zu meinem Wagen«, drängte Danielle. »Rasch, bevor die Männer aus dem Mercedes uns finden.«

»Ich hole ihn«, sagte Ben und fügte, bevor sie protestieren konnte, hinzu: »Wenn Sie auf den Gegner treffen, können Sie sich in Ihrem Zustand nicht richtig wehren. Und fahren können Sie mit dem Arm auch nicht.«

Widerwillig reichte sie ihm die Autoschlüssel.

Kamal rannte mit gezogener Pistole los. Als er die Gasse hinter sich hatte, bog er nach rechts und bewegte sich an den Häusern entlang durch die Schatten. Danielles

Wagen kam in Sichtweite, und er legte das letzte Stück im Sprint zurück.

Kaum saß er hinter dem Steuer, fand er auf Anhieb den richtigen Schlüssel und startete. Der Inspektor drehte das Steuer herum und gab Gas. Der rechte Vorderreifen rollte über den Bürgersteig, kehrte dann aber auf die Fahrbahn zurück. Rasch hatte er die Frau und den Jungen erreicht. Danielle schob Radji auf den Rücksitz, schob seinen Kopf nach unten und stieg hinter ihm ein. »Mach dich klein.«

Der Inspektor startete gleich wieder und hielt mit der Rechten die Pistole am Lenkrad, während er im Rückspiegel nachsah, ob jemand ihnen folgte.

»Sie sollten Ihren Arm behandeln lassen«, erklärte er.

Danielle lehnte sich zurück und widersprach ihm nicht.

»Nur fünf Minuten von hier befindet sich eine Polizeiwache«, meinte sie dann. »Ich dirigiere Sie hin.«

»Seid ihr beiden etwa Bullen?« fragte Radji.

»Ja«, antworteten sie wie im Chor.

»Bin ich verhaftet?«

»Nein, du stehst unter unserem besonderen Schutz«, teilte Kamal ihm mit.

»Ich brauche euren Schutz nicht.«

Der Inspektor steuerte den Wagen nach rechts und bog dann scharf nach links ab. »Heute abend hat das aber nicht so ausgesehen.«

»Denk nur mal an die Männer mit den Pistolen im Mercedes«, fügte Danielle hinzu.

»Die hätten doch jeden im Visier haben können«, beharrte der Junge. »Wahrscheinlich waren sie sogar hinter euch her.«

»Nein, sie sind an uns vorbeigefahren«, sagte Ben. »Sie wollten dich, und ich glaube, du kennst auch den Grund dafür.«

»Wenn du meinst«, gab Radji patzig zurück.

»Ja, denn du hast in der Nacht zum Montag in Jericho etwas gesehen. Du warst Zeuge eines Mordes, und diese

Männer wollten verhindern, daß du jemandem davon erzählen kannst.«

»Und wenn ich gar nichts gesehen habe?«

»Die im Mercedes glauben das Gegenteil.«

»Wieso?«

»Aus demselben Grund wie ich: Weil du wirklich etwas gesehen hast.«

»Wer sagt, daß ich in Jericho war? Wer behauptet, ich hätte was gesehen? Wenn ich ihnen sage, daß mir nichts aufgefallen ist, werden sie mich schon in Ruhe lassen. Das gleiche solltet ihr auch tun.«

»Dafür ist es jetzt leider zu spät. Sie haben bereits einmal versucht, dich umzulegen. Also werden sie es auch ein zweites Mal versuchen.«

»Und wer hindert sie daran?«

Kamal zeigte auf Danielle und sich. »Wir.«

»Wie heißt du überhaupt?«

»Ben.«

»So heißt kein Palästinenser.«

»Mein richtiger Name lautet Bayan, aber jeder nennt mich nur Ben.«

»Und du glaubst, du könntest mich beschützen?«

»Ja.«

»Blödsinn. Du kannst ja noch nicht mal richtig treffen.«

»Im richtigen Leben können das die wenigsten.«

Der Junge streckte den Zeigefinger aus und hob den Daumen. »Päng! Päng!« machte er. »Das kann doch jeder.«

»Nicht unbedingt, wenn jemand vor dir steht, der gerade das gleiche versucht.«

»Bist du wirklich Palästinenser?«

»Ja.«

Radji studierte ihn eingehend. »Du hörst dich aber nicht wie einer von uns an.«

»Ich war ... für eine Weile fort.«

»Von hier kommt doch niemand fort.«

»Mit etwas Glück schon.«

Kamal bemerkte, wie der Junge kurz auf den Türgriff starrte.

»Woher soll ich wissen, daß ihr zwei nicht mit denen unter einer Decke steckt? Sie könnten euch doch geschickt haben, um herauszufinden, wieviel ich weiß. Und dann legt ihr mich trotzdem um.«

»Wenn ich einer von denen wäre, würde es mich nicht scheren, ob du etwas weißt oder nicht. Mir ginge es nur darum, dich zum Schweigen zu bringen, damit du niemandem etwas erzählen kannst.«

Radji dachte eine Weile nach. »Gut, dann sage ich auch nichts. Bring mich zum Lager zurück. Da findet mich niemand. Wahrscheinlich kommt auch keiner auf die Idee, dort nachzusehen.«

»Man hat dich aus dem Lager rausgeschmissen, weil du einen Wächter mit einem Stein beworfen hast. Sie werden dich also nicht zurücknehmen, und das ist dir auch klar.«

»Verfügt ein Bulle wie du eigentlich über gewisse Beziehungen?«

»Nicht im Einissultan-Lager.«

»Kann nicht schießen, hat keine Beziehungen ... Was fang ich bloß mit dir an?«

Mochte der Knabe auch noch so provokativ auftreten, Ben wußte, daß er tief in seinem Innern eine furchtbare Angst ausstand. Das wenige, was sein Leben bisher ausgemacht hatte, war ihm genommen worden. Kamal mußte an Zahira denken. Bruder und Schwester waren wirklich aus demselben Holz geschnitzt.

»Ich bring dich zu jemandem, der dich beschützen wird«, versprach der Inspektor.

»Hoffentlich kann er mit einer Knarre besser umgehen als du.«

»Braucht er nicht.«

»Warum?«

»Wart's ab, dann kannst du es selbst sehen.«

Sie setzten Danielle vor der Wache ab und fuhren dann in ihrem Wagen in die Westbank zurück. Radji wurde immer stiller, nickte mehrmals ein und verschlief sogar eine der frustrierenden Wartezeiten an einem israelischen Checkpoint. Danielles Passierschein half ihnen hier wenig weiter.

»Wer wohnt denn in dieser Bruchbude?« wollte der Junge wissen, als Ben endlich vor einem recht ansehnlichen Haus in einem Vorort von Jericho anhielt.

Mittlerweile war es zwei Uhr morgens geworden. »Ein Freund von mir.«

Kamal ging die Auffahrt entlang, und der Junge folgte ihm auf dem Fuße. Einen Moment später öffnete sich die Haustür.

Yousef Shifa füllte mit seinem mächtigen Körper den ganzen Rahmen aus. Heute erschien er dem Inspektor noch größer und beeindruckender als vor zwei Tagen in dem Restaurant.

»Hallo, Yousef.«

»Auf die Minute, Inspektor.«

Ben lächelte. In seinem ganzen Leben war er noch nie so froh gewesen, jemanden zu sehen. »Ich kann dir gar nicht genug dafür danken.«

»Heute morgen habe ich den Anruf erhalten. Morgen trete ich meine Stelle an. Eigentlich schulde ich dir viel mehr als du mir.«

»Mit dem hier hast du alles beglichen.«

Der Riese warf einen Blick auf den Knaben. »Deine Freunde sind mir jederzeit willkommen, Inspektor, ganz gleich, welche Umstände sie vor meine Tür führen.«

»Na ja, ich war mir nicht sicher, ob du für den Jungen genug Platz hast.«

»Ich habe schon fünf Kinder, da macht eines mehr oder weniger auch nichts aus.«

»Yousef, ich werde mit unserem Personalbüro reden. Du trittst morgen nicht die Stelle auf der Wache an, sondern arbeitest erstmal für mich. Deine Tätigkeit besteht darin, den Jungen zu schützen.«

Radji sah den Hünen an und nickte dann in Richtung Kamal. »Der Bulle hier kann nicht mal richtig mit 'ner Knarre umgehen.«

»Bei mir mußt du dir darum keine Sorgen machen«, lächelte Yousef den Knaben an, der ihm gerade bis an die Brust reichte.

Kamal fand bei der Rückkehr nur eine Nachricht auf seinem Anrufbeantworter vor. Er drückte auf den Rückspulknopf und begann sich auszuziehen.

»Inspektor, hier spricht Tawil. Ich befinde mich auf der Jaffa-Straße, unweit der Hisbe. Sie müssen so rasch wie möglich kommen. Ich warte auf Sie in der Gasse, in der wir das Mordopfer gefunden haben ...«

Der junge Polizist schwieg, als würde er durch etwas abgelenkt, und fuhr dann fort: »Ich glaube, ich weiß jetzt ... Im Namen des Propheten, nein!«

Kamal erstarrte, als er aus dem Lautsprecher das Knattern von automatischen Waffen hörte.

Er war schon aus der Tür, als die Nachricht endete.

Kapitel 31

Fünf Minuten später hielt der Inspektor oberhalb der Hisbe auf der Jaffa-Straße an und fand ein Chaos vor. Commander Shaath hatte sich der Sache persönlich angenommen. Der Riese stand hinter einer Absperrung, bestehend aus zwei Autos und drei Jeeps, und brüllte herum.

Als der Commander Ben kommen sah, machte er sich gar nicht erst die Mühe, seine Häme zu verbergen. »Zuerst die Geliebte Ihres Vaters und jetzt der junge Polizist, der das Unglück hatte, mit Ihnen zusammenzuarbeiten zu müssen. Vielleicht sollte ich besser Sie festnehmen.«

In diesem Moment hätte Kamal Shaath am liebsten die gleiche Behandlung zukommen lassen wie Ayad im Flüchtlingslager. Er stellte sich schon vor, wie der Polizeichef vor ihm auf den Knien rutschte und die Zähne zählte, die ihm noch geblieben waren. Doch dann atmete er nur tief durch und versuchte, an dem bärtigen Riesen vorbeizukommen.

Shaath stellte sich ihm in den Weg.

»Wann ist das geschehen?« fragte der Inspektor.

»Vielleicht sagen Sie mir mal, wie Sie überhaupt davon erfahren haben.«

»Tawil hat mir eine Nachricht auf dem Anrufbeantworter hinterlassen, in der er mich aufforderte, so rasch wie möglich hierher zu kommen.«

Der Commander verschränkte die Arme vor der Brust. »Tja, da sind Sie leider zu spät gekommen.«

Ben schob die Hände in die Taschen und ballte sie zu Fäusten, um nicht aus der Haut zu fahren. »Sie haben nicht gefragt, weswegen Tawil mich hierher bestellt hat.«

»Ich nehme an, das werden Sie in Ihrem Bericht ausführen, falls Sie je Gelegenheit erhalten, noch einmal einen zu schreiben.«

Shaath drehte sich um und stampfte zu der Leiche. Kamal folgte ihm.

Der junge Polizist lag bäuchlings und in seinem Blut auf der Straße. Der Hörer einer Telefonzelle, die an der Außenwand eines Ladens angebracht war, baumelte über der Leiche. Die Uniform war an mehreren Stellen aufgerissen, und der Inspektor mußte gleich an die Schüsse denken, die ihm aus dem Lautsprecher entgegengeschallt waren. Die Schaufensterscheibe neben dem Telefon war zerplatzt, und die Dienstwaffe des Polizisten lag außerhalb seiner Reichweite auf dem Kopfsteinpflaster.

Ben kniete sich hin, um den Schußwinkel herauszufinden, überblickte dann das Stück der Straße, von dem aus man Tawil niedergestreckt haben mußte, und weigerte sich, die Szene vor seinem geistigen Auge ablaufen zu lassen.

»Verschwinden Sie von hier«, hörte er den Commander über sich grollen. »Sonst lasse ich Sie abführen.«

»Tun Sie sich nur keinen Zwang an.«

»Dieser Tod war vermeidbar«, fuhr Saath fort. »Nach all den Unruhen der letzten Zeit habe ich Anweisung erlassen, daß kein Beamter nachts allein auf Streife gehen solle. Unsere Leute sind ein zu leichtes Ziel für Personen mit einer Schußwaffe.«

»Nein, nicht für irgendwelche Personen«, widersprach Kamal und richtete sich wieder auf, um den Mann anzusehen. »Jemand war hinter Tawil her, um ihn zum Schweigen zu bringen.«

Der Commander starrte ihn finster an. »Was wollen Sie damit sagen?«

»Daß das hier kein Zufall war. Tawil wurde nicht ermordet, weil er gerade in dieser Gegend Streife lief, sondern weil er etwas herausgefunden hatte, das er mir unbedingt mitteilen wollte.«

»Als der Bürgermeister Ihnen Tawil unterstellt hat, habe ich ihm erklärt, daß ein erfahrener Polizist dafür viel besser geeignet wäre.«

»Ich wollte ihn haben, weil er Initiative gezeigt hat. Anscheinend mehr, als ihm am Ende gutgetan hat. Der junge Kollege hatte bereits einiges herausgefunden. Ich hätte seinen Enthusiasmus nicht bestärken dürfen und darauf bestehen müssen, daß er mir regelmäßig Bericht erstattet.«

Der Inspektor spürte, wie allmählich die Wut in ihm hochstieg. »Und ich werde nicht hier herumstehen und mir anhören, wie jemand seine hervorragende Pflichterfüllung schmälern will ... auch wenn die ihn letztendlich das Leben gekostet hat.«

»Sind Sie in Ihren Berichten auf Officer Tawils Entdeckungen eingegangen?«

»Er ist erst gestern darauf gestoßen.«

»Dann wird es ihnen sicher nichts ausmachen, den morgigen Tag am Schreibtisch zu verbringen, bis alle Ihre Berichte geschrieben sind. Das ist ein Befehl, Inspektor.«

Kamal setzte sich in Bewegung und näherte sich der Stelle, von wo aus die Kugeln abgegeben worden sein mußten. Er sah sich aufmerksam um, weil er feststellen wollte, ob Tawil sich möglicherweise in oder vor einem der Häuser in dieser Zeile herumgetrieben hatte.

Die Nachtbrise wehte eine neue Schicht Staub über den Bürgersteig und verdeckte damit alle Fußspuren. Aber der Polizist hatte neue Dienststiefel mit dicken Sohlen getragen, und die hinterließen einen deutlicheren Abdruck. Außerdem konnte man an einigen Stellen den Abrieb der schwarzen Sohle ausmachen.

Dem Inspektor reichten diese Spuren aus. Sie führten die Straße hinunter und auf eine Telefonzelle zu. Kurz davor bogen sie zu einem Haus ab, in dessen Erdgeschoß ein Souvenirladen untergebracht war. Es stand nur einen Block von der Gasse entfernt, in welcher der falsche Harvey Fayles mit al-Diib zusammengekommen sein mußte.

Der Inspektor zog eine kleine Taschenlampe heraus und ging in die Hocke. Offenbar hatte Tawil den Weg abschreiten wollen, den der falsche Fayles in jener Nacht genommen haben mußte. In derselben Richtung befand sich auch die Seitenstraße, wo der Mann seinen Wagen abgestellt hatte.

Plötzlich kam Ben eine Idee – ein Gedanke, auf den er schon früher hätte kommen müssen, der ihm bislang aber entgangen war. Fayles hatte den Wagen kurz nach Mitternacht in einer Auffahrt abgestellt. Da er gemäß al-Shaers Angaben frühestens eine Stunde später ums Leben gekommen war, konnte er erst *nach* dem Treffen ermordet worden sein, das ihn in diese Gegend geführt hatte.

Darauf war wohl auch Tawil gekommen – leider erst, nachdem der Inspektor und er an den falschen Orten nach seinem Gesprächspartner gesucht hatten.

Aber wenn diese Person, mit der Fayles sich getroffen hatte, weniger wichtig war als der Ort? Wenn die beiden sich nun hier auf dieser Straße in einem Haus getroffen hatten, in dem Tawil etwas bemerkt hatte, das ihm wichtig genug erschien, um Kamal gleich anzurufen?

Doch dabei war der junge Polizist von jemandem gesehen worden, womöglich sogar von einer Person aus dem in Frage kommenden Haus. Dieser Jemand war Tawil dann bis zu der Telefonzelle gefolgt und hatte ihn niedergeschossen, ehe er Ben von seiner Entdeckung berichten konnte.

Der Inspektor schaltete die Taschenlampe aus, steckte sie wieder ein, erhob sich und wollte gerade an dem betreffenden Gebäude anklopfen, als er hinter sich Schritte hörte. Kamal drehe sich um und sah einen ihm unbekannten Polizisten, der sich herausfordernd vor ihm aufbaute.

»Commander Shaath besteht darauf, daß Sie den Tatort augenblicklich verlassen.«

»Ich wußte nicht, daß diese Häuserzeile noch zum Tatort gehört.«

»Ich bin ermächtigt, Sie abzuführen, wenn Sie sich nicht sofort entfernen.«

»Dann begleiten Sie mich zu ihm.«

Ben ließ sich von dem Beamten zum Commander führen, der gerade seine Leute in Gruppen aufteilte, bevor er sie zu den einzelnen Häusern schickte, um alle Bewohner zu befragen. Offensichtlich plante Shaath, die gesamte Nachbarschaft aus den Betten zu klingeln. Dabei mußte ihm doch klar sein, daß die Bürger vorgeben würden, nichts gesehen zu haben.

Der Polizeichef ließ den Inspektor einige Minuten warten, ehe er geruhte, dessen Anwesenheit zur Kenntnis zu nehmen.

»Sie sollten sich besser Ihren Berichten widmen, anstatt sich in Dinge einzumischen, die Sie nichts mehr angehen.«

»Das hier ist immer noch mein Fall, und deswegen betrifft mich auch der Mord an unserem Kollegen.«

Der Commander trat einen Schritt auf ihn zu. »Officer Tawils Tod hat nichts mit Ihrem Fall zu tun. Ich kann Ihre Theorien nicht akzeptieren, und der Bürgermeister ist nun einmal nicht hier, um etwas anderes anzuordnen. Bis morgen mittag liegen sämtliche Berichte von Ihnen auf meinem Schreibtisch. Wenn Sie das nicht schaffen, können Sie sich warm anziehen. Ich lasse keine Entschuldigung gelten. Wir werden schon herausfinden, was Ihre israelische Freundin und Sie so alles angestellt haben. Und wenn es Sie interessiert, unter ›wir‹ verstehe ich nicht nur mich, sondern auch Major al-Asi und den Bürgermeister.«

»Wenn es Ihnen nichts ausmacht, würde ich das doch lieber aus dem Mund des Bürgermeisters selbst hören.«

»Und ob mir das etwas ausmacht. Aber nicht nur das, sondern auch der Umstand, daß Sie ein Amerikaner sind, der sich in unserer Welt nur auf der Durchreise befindet und von hier verschwinden kann, wann immer es ihm beliebt.«

Ben verstand Shaaths Denkart nur allzu gut. Der Commander war zur Zeit der *Hakba* hier aufgewachsen, der Ära, in der Palästina unter fremder Besatzung stand, und er gehörte der Fraktion an, die erst nach einem vollständigen und bedingungslosen Rückzug der Israelis von der Westbank, aus dem Gaza-Streifen und aus Jerusalem zufrieden sein würde.

Leute wie Shaath lehnten die Friedensgespräche aus tiefstem Herzen ab, weil die palästinensische Seite dort Zugeständnisse machen und Kompromisse eingehen mußte. Und der Commander verabscheute jeden, der sich mit weniger als dem zufriedengeben wollte, was dem palästinensischen Volk angeblich zustand.

Bens bloße Anwesenheit und erst recht seine Zusammenarbeit mit der israelischen Polizei bedeuteten für ihn einen unerträglichen Kompromiß.

»Wenn es wirklich nur von meiner Laune abhinge«, entgegnete Kamal, »dann wäre ich schon längst wieder fort. Was mich hier hält, sind Menschen wie Sie und das, wofür Sie stehen: die alten Ängste, die alte Hoffnungslosigkeit und die Weigerung zu akzeptieren, daß eine Veränderung wirklich möglich ist. Denn tief in Ihrem Herzen wollen Sie überhaupt keinen Wandel. Also bleibe ich noch und helfe mit, den Frieden zu verwirklichen, der Sie und Ihresgleichen schließlich davonwehen wird.«

»Und wo waren Sie, als hier die wirklichen Schlachten geschlagen wurden?« fuhr der Commander ihn an. »Was wissen Sie schon von dem Leid, das wir während der Besatzungsjahre erleiden mußten? Sie waren nicht hier, als auf unserem Land Siedlungen entstanden sind, auf dem Gebiet, das die Israelis kurz zuvor konfisziert hatten. Sie haben nicht gesehen, wie Kinder verhaftet worden sind, bloß weil sie Schulbücher mit sich getragen haben. Sie haben nicht mitbekommen, wie Männer monatelang in Gefangenenlager gesteckt worden sind, bloß weil sie ihren Ausweis vergessen oder verlegt hatten. Die Israelis haben alles getan, um unseren Widerstand zu brechen, und als sie damit im Endeffekt nicht durchgekommen sind, haben sie eingewilligt, uns Gebiete zurückzugeben, die uns schon immer gehört haben. Dieser sogenannte Friede bezweckt in Wahrheit, daß wir den letzten Rest unserer Selbstachtung aufgeben sollen. Die Israelis bekommen alles, was sie wollen, wir hingegen nichts.«

»So spricht ein wahrer Feind des Friedensprozesses. Vielleicht sollte ich Sie auf meine Liste der Verdächtigen setzen, Commander.«

Shaath lächelte grimmig: »Aber erst, wenn man Ihre Leiche gefunden hat, Inspektor.«

Kapitel 32

Als Ben zu seiner Wohnung zurückkehrte, ging er nicht gleich hinauf, sondern lief noch eine Weile die Straße auf und ab. Er konnte kaum einen klaren Gedanken fassen. Obwohl der Tag an seinen Kräften gezehrt hatte, fühlte er sich hellwach und war sich jeder Bewegung, jedes Atemzugs bewußt.

Tawil hätte niemals allein seine Theorien und Spuren verfolgen dürfen. Der Inspektor war sein direkter Vorgesetzter, und er hätte besseren Kontakt zu seinem jungen Kollegen halten sollen. Wenn er gewußt hätte, welche Spur Tawil verfolgt hatte, wäre es vielleicht nicht zu dieser Bluttat gekommen.

Ein weiterer Toter auf seiner Liste. Zuerst seine Frau und seine Kinder. Dann Dalia. Heute Tawil ...

Aber so sehr Ben auch grübelte, er konnte nicht dahinterkommen, was der junge Mann kurz vor seiner Ermordung in dem Haus entdeckt hatte. Morgen wollte Kamal in die Hisbe zurückkehren und sich persönlich umsehen. Seine einzige Hoffnung bestand darin, daß Shaaths Polizeiaufgebot Tawils Mörder davon abhielt, zum Tatort zurückzukehren und damit fortzufahren, wobei Tawil sie allem Anschein nach gestört hatte. In diesem Fall konnte Kamal sich ausrechnen, das Gebäude morgen in dem Zustand vorzufinden, wie es gestern sein Kollege erblickt hatte. Der Inspektor betrat schließlich sein Haus, stieg müde die Stufen hoch und schloß auf. In seiner Wohnung brannte Licht. Sofort war er hellwach.

»Päng!« machte Brickland, ehe Ben nach seiner Waffe greifen konnte. Der Colonel hockte in einem alten Sessel und hatte die Füße auf ein Bänkchen gelegt.

»Fühlen Sie sich ganz wie zu Hause«, sagte Kamal und war trotz des Schreckens doch insgeheim froh, Brickland hier anzutreffen.

»Danke.«

»Was verschafft mir die Ehre Ihres Besuchs?«

»Ich bin hier, weil ich dafür bezahlt werde, mein Bester. Sie hingegen sollten schleunigst das nächste Flugzeug besteigen, schließlich besitzen Sie immer noch einen amerikanischen Paß.«

Ben bemerkte, daß der Colonel ein gerahmtes Foto in der Hand hielt. Er stellte es jetzt wieder auf den Tisch zurück und fragte: »Ist das Ihre Familie?«

»Das war meine Familie.«

»Wenn sie es immer noch wäre, dann wären Sie jetzt ja wohl nicht hier.«

»Stimmt.«

»Tja, dann sind Sie aus den falschen Gründen zurückgekommen. Dummerweise können Sie auch nicht mehr dorthin zurück, wo Sie wirklich zu Hause sind. Lassen Sie sich von einem Mann, der diese Situation selbst schon erlebt hat, einen guten Rat geben: Packen Sie, und fliegen Sie in die Staaten zurück.«

»Ich bin aber hier zu Hause.«

»Ach Quatsch! In Jericho ist niemand zu Hause, denn die Mauern dieser Scheißstadt stehen schon wieder kurz davor zusammenzubrechen. Verschwinden Sie, Benny, bevor Sie unter den Trümmern begraben werden.«

Er verschränkte die Hände hinter dem Kopf und lächelte. »Sie sind besser, als ich dachte. Doch wirklich, ich habe Sie unterschätzt. Haben Sie den Jungen gefunden, nach dem Sie gesucht haben?«

»Wissen Sie das etwa nicht? Ihnen bleibt doch sonst nichts verborgen.«

»Diese Information hat mich noch nicht erreicht. Deshalb bin ich ja persönlich hier vorbeigekommen.«

»Und falls ich den Knaben habe?«

»Was hat er gesehen, mein Bester?«

»Nichts. Behauptet er jedenfalls.«

»Und das glauben Sie ihm?«

»Nein.«

»Der Junge ist ein pfiffiger Bursche. So wie die Dinge hier laufen, bleibt er vielleicht noch ein paar Tage am Leben, wenn er vorgibt, nichts gesehen zu haben.«

»Sie haben nicht nach Officer Tawil gefragt.«

»Ich wußte nicht, daß Sie das von mir erwartet haben.«

»Heute nacht hat man ihn ermordet. Sie haben Shanzi umgebracht. Sie haben in Jerusalem versucht, den Jungen an sich zu bringen, und heute nacht haben sie Tawil umgelegt.«

»Sie?« fragte Brickland. »Hat der Wolf etwa Junge bekommen?«

Kamal seufzte. »Ich weiß nicht mehr, was hier eigentlich gespielt wird.«

»Erzählen Sie mir lieber etwas über die Frau, die man letzte Nacht gefunden hat.«

»Letzte Nacht ... Mir kommt die Zeit viel länger vor.«

»Ich habe gehört, Sie hätten die Frau gekannt. Tut mir leid für Sie ...«

»Danke.«

»Sie müssen mich ausreden lassen, mein Bester. Sie tun mir leid, weil die Geschichte jetzt einen persönlichen Zug bekommen hat. Ihre Chancen, diesen Fall zu knacken, standen eindeutig besser, als Ihnen die ganze Geschichte noch von Herzen egal war.«

»Vielleicht bin ich der Lösung ja schon ganz nahe, Colonel. Haben Sie die Killer nach Jerusalem geschickt?«

»Sind Sie noch am Leben?«

»Mehr oder weniger.«

»Dann können das nicht meine Männer gewesen sein.« Brickland atmete tief durch. »Gott, dieser Teil der Welt ist wirklich ein Schlamassel.«

»Soll ich meine israelischen Freunde nach Ihrem Sohn fragen, Colonel?«

»Mensch, Benny! Ich hatte gerade angefangen, Ihnen etwas Grips zuzugestehen, und jetzt so etwas ... Glauben Sie denn wirklich, die würden Ihnen etwas erzählen? Wieso sollten die überhaupt irgend etwas darüber wissen?«

»Nun, wenn Ihr Sohn für die Israelis gearbeitet hat, müßte man dort eigentlich informiert sein.«

»Ersparen Sie sich lieber die Mühe. In Israel ist alles in einzelne, mehr oder minder getrennt voneinander arbeitende Stellen aufgeteilt, und das aus gutem Grund. So läßt sich nämlich verhindern, daß Staatsgeheimnisse auf Wanderschaft gehen. Die Israelis sind darauf gekommen, weil sie seit Gründung ihres Staates immer mit dem Rücken an der Wand gekämpft haben. Die Gründe dafür spielen jetzt keine Rolle, wichtig ist allein das Ergebnis. Glauben Sie denn, Ihre kleine Freundin bräuchte sich nur an einen Computer zu setzen, um die Antwort auf Ihre Fragen zu bekommen? Wenn Sie das wirklich für möglich halten, dann sind Sie in der falschen Branche tätig. Mein Rat lautet immer noch: Fliegen Sie zurück in die Staaten. Machen Sie sich aus dem Staub, ehe diese vertrackte Geschichte Sie innerlich auffrißt.«

»Ich könnte es nicht über mich bringen, Sie hier allein zurückzulassen, wo Sie Ihre eigene Arbeit doch noch gar nicht abgeschlossen haben.«

»Vielleicht stehe ich ja kurz vor der Lösung. Ich bin auch nicht mit leeren Händen gekommen.«

Brickland griff in die Tasche und zog ein weißes Kuvert heraus. »›Hüte dich vor Amerikanern, die Geschenke bringen.‹ Möglicherweise haben Sie die Fingerabdrücke ja schon vergessen, die Sie mir letzte Nacht gegeben haben. Ich konnte die Leiche aus der Gasse inzwischen identifizieren. Das Ergebnis steckt in diesem Umschlag, und es läßt die ganze Geschichte in einem anderen Licht erscheinen. Vor allem hinsichtlich der Frage, aus welchem Bau der Wolf stammt.«

Kamal zeigte keine Reaktion.

»Als ich das hier erhalten habe, habe ich mich gleich auf

den Weg gemacht, um es Ihnen vorbeizubringen – solange Sie noch unter den Lebenden weilen. Ich würde Ihre Gesellschaft nämlich sehr vermissen.«

»Weil Sie sich in meiner Wohnung aufgehalten haben, sind die Herrschaften von neulich nicht zurückgekehrt – das wollen Sie mir damit doch sagen, oder?«

»Sie haben's erfaßt, mein Bester«, antwortete Brickland. »Ich glaube, jetzt kann ich Ihnen auch die Nummer geben, unter der Sie mich erreichen können.«

»Da fühle ich mich aber geschmeichelt.«

»Nun, ich fürchte, Sie werden die Nummer noch wählen, bevor diese Sache hier ausgestanden ist.«

»Warum?«

Der Colonel hielt ihm den Umschlag wie einen Dolch hin. »Tja, mein Bester, die gute Nachricht lautet: Das war nicht die Leiche von meinem Sohn ... und die schlechte Nachricht ... Nun, ich glaube, darauf sind Sie selbst schon gekommen.«

VIERTER TAG

Kapitel 33

»Ich dachte, wir wären in Ihrem Büro verabredet gewesen«, bemerkte Danielle, als sie ihn vor dem Laden traf, bis zu dem der Inspektor Tawils Spur mittlerweile verfolgt hatte.

»Leider ist was dazwischengekommen. Tut mir leid, daß ich Ihnen nicht rechtzeitig Bescheid geben konnte.«

»Auf Ihrer Wache hat man mir gesagt, wo ich Sie finden könne.«

Der vielbesuchte Souvenirladen hatte seit Montag geschlossen, einen Tag, nachdem man die Leiche des falschen Harvey Fayles gefunden hatte.

Kamal war seit heute morgen hier, um nach Spuren zu suchen. Als die Israelin eintraf, suchte er gerade zum dritten Mal die Fassade des Geschäfts ab.

»Ich führe von nun an sorgfältig Bericht, Pakad. Das ist der Preis, den ich bezahlen muß, damit der Bürgermeister in meiner Privatfehde mit Commander Shaath weiterhin auf meiner Seite bleibt.«

»Das tut mir leid für Sie.«

»Muß es nicht. Sie sind der einzige Grund, warum man mir den Fall noch nicht entzogen hat. Unsere Seite würde es niemals wagen, die Israelis zu verärgern.«

»Man hat Sie mit dem Fall betraut, weil Sie der einzige sind, der ihn lösen kann.«

»Und Sie glauben tatsächlich, daß Ihre Seite genau das will?«

»Das wollen doch wohl beide Seiten, oder«, entgegnete

sie und hoffte, halbwegs glaubwürdig geklungen zu haben.

»Da liegen Sie aber ganz schön falsch«, brummte Ben.

Er öffnete eine Seitentür, leuchtete mit der Taschenlampe hinein und hoffte, irgend etwas zu entdecken. Ein Stück Papier oder sonst etwas, das jemand weggeworfen hatte.

»Was wollen Sie damit sagen, Inspektor?« fragte Danielle, als er sich wieder zu ihr umdrehte.

»Entweder sind Sie so beschränkt wie ich, Pakad, oder eine ausgezeichnete Schauspielerin.«

»Ich habe von dem jungen Polizisten gehört«, sagte sie und legte ihm eine Hand auf den Arm. »Tut mir sehr leid.«

»Mir auch. Er stand gerade in der Telefonzelle dort drüben und sprach auf meinen Anrufbeantworter, als er niedergeschossen wurde. Ich habe alles mitangehört. Und das Schlimmste daran war, daß Tawil anscheinend auf etwas gestoßen ist, daß mir schon längst hätte auffallen müssen.«

»Was meinen Sie damit?«

Er trat mit ihr durch die Seitentür in den Souvenirladen und ließ den Blick über den leeren Verkaufsraum wandern. »Daß dies hier der Ort ist, an dem sich der falsche Harvey Fayles mit jemandem getroffen hat – und zwar, bevor er ermordet wurde.«

»Bevor er ermordet wurde?«

»Genau. Sein Treffen oder seine Besprechung war bereits beendet, als der Mörder zugeschlagen hat. Es kann nicht anders gewesen sein.«

Die Israelin schüttelte verwirrt den Kopf. »Was für ein Treffen? Wovon reden Sie eigentlich?«

»Sie haben wirklich keine Ahnung, nicht wahr?«

»Nein.«

»Niemand hat Ihnen auch nur ein Wort darüber gesagt?«

»Nein.«

»Man hat Sie also im dunkeln gelassen. Genau wie mich.«

Diese Worte trafen Danielle tief, und ihr kam sofort wieder die Warnung ihres Vaters in den Sinn.
TRAU IHNEN NICHT ÜBER DEN WEG!

»Worum geht es hier eigentlich?« brachte sie schließlich mühsam hervor.

»Der falsche Harvey konnte identifiziert werden. Anhand der Fingerabdrücke. Sein wirklicher Name lautet Mohammed Abdul Fasil ... Bringt das vielleicht etwas bei Ihnen zum Klingeln?«

Die Chefinspektorin erstarrte. »Mein Gott ... sind Sie sich da ganz sicher?«

»Mein amerikanischer Freund, Colonel Brickland, ist davon überzeugt, und das reicht mir als Beleg. Fasil war einer der radikalsten Hamas-Führer, wie Ihnen sicher bekannt sein dürfte, und er stand im Verdacht, Bombenattentate in Israel organisiert zu haben, die vor ein paar Jahren beinahe den Friedensprozeß zu Fall gebracht hätten. Wenn er nun zu einem Treffen nach Jericho gekommen ist, braucht man seine Fantasie nicht übermäßig zu strapazieren, um sich vorzustellen, worüber dort geredet worden ist.«

»Aber dann sollten wir doch froh sein, daß der Wolf sich ausgerechnet ihn als Opfer ausgesucht hat!«

»Ein merkwürdiger Zufall, oder?« Ben ging neben einem unerklärlich hellen Fleck auf dem Boden in die Hocke. »Tatsächlich war der Mord gar nicht die Arbeit von al-Diib.«

»Ich glaube, mir gefällt nicht, worauf Sie jetzt hinauswollen.«

»Mir auch nicht, aber wir müssen trotzdem davon ausgehen.«

Kamal stand wieder auf, stellte sich vor sie und entdeckte in ihrem Blick, daß sie die richtige Schlußfolgerung bereits gezogen hatte. »Das war ihr Werk.«

»Meins?«

»Nein, ein Werk Israels. Tut mir leid, wenn ich den Eindruck erweckt habe, Sie persönlich zu bezichtigen. Schließlich weiß ich, daß Sie nichts damit zu tun haben, und es würde mich nicht einmal überraschen, wenn der ganze Shin Bet davon keine Ahnung hätte. Aber irgendwer im Dickicht Ihrer Geheimdienste hat erkannt, daß al-Diib interessante Möglichkeiten eröffnet. Unter anderem die, Mohammed Fasil abzuschlachten und es wie das Werk eines Wahnsinnigen aussehen zu lassen, der bereits acht Palästinenser auf dem Gewissen hat.«

Danielle schüttelte heftig den Kopf. »Das ist doch lächerlich. Wenn wir jemanden beseitigen lassen, dann als Warnung an andere. Wir möchten, daß die ganze Welt davon erfährt!«

»Früher, ja. Aber heute kann Israel sich die politischen Verwicklungen nicht mehr leisten, die ein solches Attentat auslösen würde. Die Welt hat sich verändert, Pakad.« Kamal lächelte matt. »Selbst die Mauern von Jericho stürzen wieder ein. Ihre Geheimdienstleute müssen mittlerweile für ihre Handlungen Rechenschaft ablegen. Doch für irgend jemanden war die Versuchung, Fasil zu erledigen, wohl einfach zu groß. Und der oder die Täter ahmen die Vorgehensweise von al-Diib nach und bauen darauf, daß man ihm die weiteren Morde in die Schuhe schiebt.«

»Was natürlich auch alle Welt getan hätte, wenn Sie nicht gewesen wären.«

»Nein, Pakad, wenn *wir* nicht gewesen wären. Wir sind ein Team, und wir gehören schon deswegen zusammen, weil man uns manipuliert hat und weiter manipuliert.«

»Können Sie das alles auch beweisen?«

»Nun, ich habe einen abgeschlachteten Terroristen und einen ermordeten Polizisten, der das Unglück hatte, letzte Nacht hinter die Wahrheit zu kommen.«

»Und Sie glauben, die Mörder haben Ihren Kollegen bemerkt?«

»Ja, und dann beseitigt.«

»Wollen Sie etwa behaupten, meine Seite sei für die Tat verantwortlich?«

»Nein. Das war das Werk der Terroristen, mit denen sich Fasil in Jericho treffen wollte. Bei Shanzi hingegen würde ich auf Ihre Leute tippen ...«

Er legte eine kurze Pause ein, gerade lange genug, um seinen Worten die entsprechende Wirkung zu verleihen. »Ebenso wie der gestrige Anschlag auf Radji.«

»Das wird ja immer verrückter, Inspektor!« Danielle versuchte zu lachen, aber das Lachen blieb ihr im Halse stecken. »Sie trauen uns wirklich sehr viel zu.«

»Nun, ich traue Ihrer Seite zu, palästinensische Flüchtlingslager wie Einissultan oder Jalazon infiltriert zu haben. Trifft das zu oder nicht, Pakad?«

»Während der Besatzung, ja, aber heute bin ich mir dessen nicht mehr so sicher.«

»Gehen wir ruhig einmal davon aus, daß der israelische Geheimdienst immer noch seine Leute und Zuträger in den Lagern sitzen hat. Damit hätte die Gruppe, die auch für Fasils Ermordung verantwortlich ist, von unseren beiden Zeugen erfahren. Shanzi konnte ja noch nie ihren Mund halten ...«

»Und was ist mit Radji?« fragte die Chefinspektorin, als Ben nicht fortfuhr.

»Vermutlich sind sie deshalb auf ihn aufmerksam geworden, weil ich nach ihm gesucht habe. In solchen Lagern spricht sich alles schnell herum ...« Er hielt wieder inne und sah Danielle streng an. »Das erklärt aber nicht, warum diese Leute auf dem Sklavenmarkt aufgetaucht sind ... Haben Sie Ihren Vorgesetzten über alles Bericht erstattet, Pakad?«

»Natürlich. Dazu bin ich schließlich verpflichtet.«

»Dann wußten sie natürlich, was wir vorhatten und wann.«

»Ich habe ihnen aber noch nicht das mitgeteilt, was ich

herausfand, bevor ich heute morgen zu Ihnen gekommen bin.«

Trotz seiner Frustration sah er sie erwartungsvoll an.

»Nach allem, was mir bekannt geworden ist«, begann sie, »ist der falsche Fayles am Sonntag nicht zum ersten Mal in die Westbank gekommen. Vor dreizehn Tagen hat er schon einmal die Grenze zwischen Israel und der Westbank überschritten.«

Kamal runzelte die Stirn.

»Was haben Sie?« Die Chefinspektorin sah ihn besorgt an.

»Ich weiß nicht ... irgend etwas, das mit diesem Termin zu tun hat ... vor dreizehn Tagen ...«

»Nun, es läßt sich schwer sagen, ob er damals auch nach Jericho wollte. Jedenfalls ist er in Tel Aviv in einem Hotel abgestiegen, wenn auch in einem anderen, hat sich einen Leihwagen genommen und dann mit gültigen Papieren den Checkpoint vor der Westbank passiert.«

»Das bestärkt nur meine Theorie, daß es sich bei Fasils Mördern um Israelis gehandelt hat, die al-Diibs Vorgehensweise kopierten.«

»Wieso?«

»Der Gruppe blieb damit ausreichend Zeit, Fasil bei seiner Rückkehr hierher in eine Falle zu locken. Vielleicht haben sie sogar herausgefunden, wann und wo Fasil sich mit den Terroristen treffen wollte. Dann war es wirklich nicht schwer, ihn in einen Hinterhalt zu locken.«

»Wollen Sie damit etwa sagen, einer unserer Undercover-Agenten oder ein Maulwurf hätte Fasil ermordet?«

»Nein, aber er hat die nötigen Informationen zur Verfügung gestellt. Und ein anderer Undercover-Agent hat die Akten gestohlen, die es dem Mörder ermöglicht haben, al-Diibs Arbeit exakt nachzuahmen.«

»Aber in unseren Berichten stand nicht all das, was Sie inzwischen herausgefunden haben. Wie zum Beispiel das

Öl, das al-Shaer in den Wunden des ersten Opfers entdeckt hat.«

»Damit wäre es den Nachahmern also nicht möglich gewesen, auch das Öl zu beachten. Wenn das stimmt, dürfte der Gerichtsmediziner in den Proben, die er dem Toten entnommen hat, kein Gleitmittel entdeckt haben. Es hängt jetzt alles von diesem kleinen Detail ab.«

»Worauf warten wir dann noch?«

Kapitel 34

Doktor Bassim al-Shaer löste sich von dem Doppellinsen-Mikroskop und lud Ben ein, seinen Platz einzunehmen.

»Sehen Sie sich das selbst an.«

Der Inspektor ließ sich umständlich auf dem Hocker nieder, der, weil er nur das Gewicht des kleinen Doktors gewöhnt war, unter der ungewohnten Belastung zu ächzen begann. Kamal stellte zunächst die linke Linse scharf.

»Das erste Jericho-Opfer«, erklärte der Gerichtsmediziner, der hinter ihm stand. »Leila Khalil.«

Ben wußte, daß er auf eine Blutprobe blickte, die durch eine fremde Substanz verunreinigt war. Genaueres zu erkennen war ihm jedoch unmöglich. Nach einiger Zeit wandte er sich der rechten Linse zu.

»Das zweite Jericho-Opfer«, erläuterte al-Shaer. »Männlich und noch nicht identifiziert.«

Der Inspektor studierte die Probe und wandte sich dann wieder der linken zu. Sein Blick wanderte hin und her, und er versuchte angestrengt, einen Unterschied zwischen beiden festzustellen.

Doch die zweite Probe wies die gleiche fremde Substanz auf.

»Und jetzt sehen Sie sich das mal an«, sagte der kleine

Doktor und schob eine neue Probe unter das Glas. »Das stammt von der Frau, die vor zwei Tagen ermordet wurde – von Dalia Mikhail.«

Nur zögernd überprüfte Kamal die Probe. Sie unterschied sich in nichts von den beiden vorhergehenden.

»Alle drei sind identisch«, erklärte der Gerichtsmediziner. »Worum es sich bei diesem Öl auch handeln mag, ich kann einwandfrei feststellen, daß es in den Wunden von allen drei Opfern aus Jericho enthalten ist.«

Der Inspektor hob den Kopf. Seine Augen schmerzten, weil er sie viel zu fest auf das Okular gepreßt hatte. Kopfschmerzen breiteten sich zwischen seinen Schläfen aus. Er hatte geglaubt, der Lösung so nahe zu sein, und jetzt hatte al-Shaer mit ein paar Blutproben die ganze Theorie zunichte gemacht.

»Ich dachte mir schon, daß Sie sich darüber freuen würden«, sagte der kleine Mann. »Wenn ich erst einmal dieses Öl analysiert habe, werden wir dem Mörder hoffentlich einen Schritt näher sein.«

»Sie haben ausgezeichnete Arbeit geleistet, Doktor«, entgegnete Kamal mit einem Seitenblick auf Danielle, die offenbar genauso enttäuscht war wie er.

»Dann sagen Sie mir jetzt bitte, was Sie über das Messer herausgefunden haben«, forderte Ben ihn auf.

Al-Shaer grinste humorlos und zog eine Zigarette aus dem zerdrückten Päckchen in seiner Gesäßtasche. Er zündete sie an und tat einen tiefen Zug, ehe er antwortete: »Ihre verdammten Messer ... Wir haben es hier mit mikroskopischen Messungen zu tun. Zuerst steche ich mit einer Klinge in die Rinderhälfte. Dann schneide ich das entsprechende Stück heraus und lege es unter mein Mikroskop, um präzise Abmessungen zu erhalten. Officer Tawil hat mir fünfzig verschiedene Messer gebracht. Damit bin ich bis ans Ende meines Lebens beschäftigt.«

»Wie viele haben Sie denn schon untersucht?«

»Knapp zwanzig. Ein paar Klingen wiesen gewisse

Ähnlichkeiten auf, aber bislang war keine darunter, die zu echter Begeisterung berechtigt hätte.«

Der Inspektor erhob sich von dem Hocker. Er war völlig erschöpft, und die Enttäuschung von vorhin tat ein übriges. Dennoch bemühte er sich, einen neuen Anhaltspunkt zu finden. Seine Theorie konnte er getrost vergessen.

»Ich brauche dringend frische Luft«, sagte er schließlich.

Danielle führte ihn auf die Straße hinaus, hielt sich dann aber von ihm fern, bis er bereit war, mit ihr zu reden.

»Also nur ein Mörder«, begann er, doch sein Tonfall verriet, daß er davon noch immer nicht überzeugt war.

»Tut mir leid für Sie.«

»Wirklich?«

»Ich weiß, wie sehr Sie daran geglaubt haben, daß sich hier noch ein weiterer Mörder herumtreibt.«

Ben sah ihr ins Gesicht. »Und was haben Sie geglaubt?«

»Nun, Ihre Ausführungen haben sich sehr logisch angehört.«

»Tja, aber bei Shanzis Tod kann es sich tatsächlich um einen Zufall gehandelt haben, der keinerlei Verbindung zu dem Fall aufweist. Anders sieht es hingegen mit dem gestrigen Angriff auf den Jungen in Jerusalem aus. Die Männer in dem Mercedes haben nach ihm gesucht, genau wie wir.«

»Vielleicht nicht.«

Der Inspektor drehte sich wieder zu ihr um. Vor ihnen führten Autofahrer einen nahezu aussichtslosen Kampf gegen die Fußgänger, die ständig den Weg blockierten. Dieser Teil der alten Stadt war nicht mit Bürgersteigen ausgerüstet.

»Sie waren doch letzte Nacht auch dort«, sagte er, »und sind sogar angeschossen worden.« Kamal warf einen Blick auf den Verband an ihrem Arm, der unter dem Ärmel der Bluse herausragte. »Oder sollte ich mich dabei auch geirrt haben?«

»Ja, man hat auf uns geschossen. Aber woher wollen

wir wissen, ob die Männer auch hinter Radji her gewesen sind? Sie haben zuerst den BMW unter Feuer genommen, und als wir dann zurückgeschossen haben, haben sie ihre Waffen auf uns gerichtet. Sie haben im Grunde genommen nicht mehr getan, als sich gegen uns zu wehren.«

»Doch, sie waren hinter dem Jungen her«, beharrte der Inspektor.

»Vielleicht, weil wir ihm gefolgt sind ... Außerdem dürften sie es uns verübelt haben, daß wir ihren Angriff auf den BMW, ihr eigentliches Ziel, vereitelt haben.«

»Der Fahrer des BMW ...« Ben mußte sich eingestehen, daß Danielle vermutlich recht hatte, und diese Erkenntnis schmerzte so sehr wie al-Shaers Ausführungen.

»Darüber haben wir noch gar nicht nachgedacht«, fuhr die Chefinspektorin fort. »Das wirft natürlich ein ganz neues Licht auf den Hergang. Wahrscheinlich haben wir uns nur zur falschen Zeit am falschen Ort aufgehalten, ebenso wie Radji ... Wenn der Junge nun gar nichts damit zu tun hatte ... wenn man die Männer ausgesandt hatte, um uns aus dem Weg zu räumen?«

»Wer sollte das getan haben, Pakad?«

»Vielleicht dieselbe Gruppe, die Sie am Montag entführt hat.«

»Die Hamas? Was könnte sie damit gewinnen, uns umzubringen?«

»Was konnten die Hamas-Krieger damit gewinnen, Sie zu kidnappen?«

»Und Officer Tawil?« Kamal wußte, daß er nach einem Strohhalm griff.

»Da steckt ebenfalls die Hamas dahinter. Man wollte ihn daran hindern, weiter in diesem Umfeld herumzuschnüffeln.«

»Ihm blieb gerade noch die Zeit, mir zu sagen, ich solle mir etwas ansehen, was er entdeckt habe.«

Danielle stellte sich direkt vor ihn, schwieg und sah ihn

an, als sei gegen ihre Argumentation nichts mehr vorzubringen.

»Sie haben die ganze Zeit über gehofft, daß ich mich irren würde«, sagte Ben leise.

»Aber nur, weil für mich eine ganze Welt eingestürzt wäre, wenn Sie recht behalten hätten.«

Während Kamal dastand und seine Kollegin anstarrte, überfuhr ein weißer Lieferwagen ein Stop-Schild und krachte auf der Querstraße gegen ein Auto. Die Heckklappe des Lieferwagens flog auf und spuckte Eimer voller Eis und frischem Fisch auf die Straße. Die Tiere hüpften und sprangen, als wären sie noch lebendig, klatschten gegen Fensterscheiben, platschten auf die Fahrbahn und flogen in alle Richtungen davon. Der gesamte Straßenabschnitt schien bereits von ihnen und dem Eis bedeckt zu sein, als der Fahrer endlich seine Tür aufbekam und hinaussprang, um dem Mann entgegenzutreten, der das andere Fahrzeug gelenkt hatte.

Nun folgte das, was in einer solchen Situation üblich war: Die beiden brüllten sich an und gaben sich gegenseitig die Schuld an dem Unfall. Der Lieferwagenfahrer trug eine Gummischürze und gestikulierte erregt, weil seine Fische auf dem Asphalt verrotteten.

»Ich wollte doch im Grunde nur sagen«, begann Danielle, »daß wir –«

Der Inspektor erstarrte und faßte sich am Arm, um sie zum Schweigen zu bringen.

»Aua! Was ist denn?«

»Bei allen Gerechten ...«

»Nun sagen Sie schon, was los ist!«

»Unser Mörder!« entgegnete er.

Kapitel 35

»Vielen Dank, daß Sie gekommen sind«, begrüßte Ghazi Sumaya den Inspektor.

Als Ben in sein Büro zurückgekehrt war, fand er dort die Nachricht vor, daß der Bürgermeister ihn dringend sprechen wolle. Kamal machte sich gleich auf den Weg zum Rathaus und fand dort auch Commander Shaath vor, der ihn mit einem gehässigen Blick bedachte.

Sumaya warf einen kurzen Blick auf den Polizeichef, ehe er begann. »Der Commander hat mich bereits über die Ereignisse der vergangenen Nacht in Kenntnis gesetzt.« Der Bürgermeister sprach leise und klang so, als würde er seine Worte bedauern. »Ihre persönliche Verwicklung in diesen Fall stellt uns vor einige Probleme ...«

»Chefinspektorin Barnea wartet draußen«, fiel Kamal ihm ins Wort. »Macht es Ihnen etwas aus, wenn ich sie hinzubitte?«

Der Bürgermeister schien damit nicht gerechnet zu haben. »Inspektor Kamal, begreifen Sie eigentlich die Bedeutung dieser Unterredung?«

Ben ging nicht darauf ein. »Meine Kollegin und ich wollen Sie gern über den neuesten Stand unserer Ermittlungen informieren. Es hat nämlich einige neue Entwicklungen gegeben, und wir sind einen großen Schritt weitergekommen.«

Sumaya warf wieder einen Blick auf Shaath und entgegnete dann mit deutlicher Erleichterung: »Also gut, führen Sie die Dame herein.«

Der Inspektor öffnete Danielle die Tür, und der Commander kehrte ihr demonstrativ den Rücken zu. Die beiden Kollegen stellten sich vor den Schreibtisch des Bürgermeisters, der ihnen gleich einen Platz anbot.

»Also schön«, sagte Sumaya dann, »was sind das für

neue Entwicklungen? Und in welcher Frage sind Sie ein großes Stück vorangekommen?«

Danielle reichte dem Inspektor einen Umschlag, aber der hielt ihn fest und gab ihn nicht gleich an den Bürgermeister weiter.

»Obwohl wir noch nicht wissen, wer der Mörder ist, haben wir inzwischen herausgefunden, wo man ihn finden kann«, sagte Ben.

»Ist das Ihr Ernst?« entfuhr es dem Bürgermeister.

»Ich beginne mit den beiden Hauptindizien, auf die wir bei den Jericho-Opfern gestoßen sind. Eigentlich hat Dr. al-Shaer sie entdeckt, und ihm gebührt der Dank dafür.«

»Ja, ja, so fahren Sie doch bitte fort!«

»Bei dem ersten Indiz handelt es sich um eine ölige Substanz, die unser Gerichtsmediziner in den Wunden der drei Toten in Jericho gefunden hat. Das zweite sind die Wunden selbst, die den Opfern mit einer durchaus effektiven, gleichwohl aber höchst ungewöhnlichen zweischneidigen Waffe beigebracht wurden.«

»Und weiter?« drängte Sumaya aufgeregt.

»Ein weiterer Punkt sind gewisse Ungereimtheiten, auf die Pakad Barnea und ich gestoßen sind. Bestimmte Fakten passen nicht in das Bild der Ereignisse, wie sie sich abgespielt haben müssen. Vor allem erhebt sich die Frage, wie es al-Diib gelungen ist, in allen drei Fällen unbemerkt vom Tatort zu verschwinden, obwohl er sich bei jedem einzelnen Mord von oben bis unten mit Blut bespritzt haben muß?«

Der Bürgermeister sah Shaath fragend an, doch der starrte nur mit steinerner Miene vor sich hin, und der Inspektor konnte fortfahren.

»Die Antwort darauf lautet folgendermaßen: Bei dem Mörder muß es sich um jemanden handeln, dessen Anwesenheit auch in den frühen Morgenstunden als so selbstverständlich angesehen wird, daß niemand sich an ihn erinnert, und dessen blutbefleckte Kleidung keinerlei Aufsehen erregt. Möglicherweise war auch gar kein Blut mehr zu sehen.«

»Wollen Sie damit andeuten«, mischte sich Shaath jetzt doch ein, »daß er gebadet hat, bevor er den Tatort verließ?«

»Nein, aber er hat eine lange Schürze getragen.«

Der Commander schluckte, und dem Bürgermeister fiel die Kinnlade herab.

»Ein Fischhändler«, klärte Kamal sie auf und verschwieg, daß nur ein zufälliger Verkehrsunfall ihn auf diese Lösung gebracht hatte. »Al-Diib muß im normalen Leben Fisch verkaufen, und solche Leute erhalten ihre Ware oft zu sehr früher Stunde, so daß sich niemand darüber wundert, des Nachts einen Fischhändler herumlaufen zu sehen, selbst dann nicht, wenn er eine blutverschmierte Schürze trägt, denn die gehört zu seinem Erscheinungsbild.«

»Ja, Fischhändler halten sich ständig auf der Straße auf«, stimmte der Bürgermeister zu, »bei Tag und bei Nacht.«

»Dr. al-Shaer hat nun herausgefunden, daß es sich bei der Substanz, die in den Wunden aller drei Jericho-Opfer gefunden wurde, um eine Art Fischöl handelt. Es ist zwar nicht immer dasselbe Öl, entspricht aber dem der Fischsorten, die täglich vom Gaza-Streifen in die Westbank gebracht werden. Und unser Gerichtsmediziner hat darüber hinaus herausgefunden, daß es sich bei der Mordwaffe um ein Schuppenmesser handelt, wie man es zum Entschuppen und Filetieren von Fischen verwendet. Ein Messer wie dieses hier ...«

Der Inspektor öffnete den Umschlag und zog einen Plastikbeutel heraus, den er vor Sumaya auf den Tisch legte. Darin befand sich ein zweischneidiges Messer mit viereckigem Griff. Auf den ersten Blick wirkte es wie ein etwas zu dick geratenes Stilett.

Der Bürgermeister erhob sich langsam aus seinem Sessel, zog den Beutel zu sich heran und befingerte die Waffe durch das Plastik. Voller Erregung hielt er sie dem Commander hin, der aber keine Anstalten traf, sie entgegenzunehmen.

»Bei diesem Messer handelt es sich natürlich nicht um die Mordwaffe«, erklärte Ben, »aber wir gehen davon aus, daß der Typ der gleiche ist.«

»Sind wir eigentlich in der Lage, Inspektor«, fragte Sumaya, »eine Liste aller Fischhändler zusammenzustellen?«

»Wie Ihnen bekannt sein dürfte, sind alle Kleinhändler angewiesen, aus Steuergründen ihr Gewerbe anzumelden. Doch dieses Gesetz ist noch nicht überall durchgesetzt worden. Deswegen dürfte uns eine solche Liste kaum weiterhelfen. Aber wir haben eine andere Lösung gefunden. Die einzigen Fischhändler, denen der Transit vom Gaza-Streifen auf die Westbank gestattet wird, sind solche, die an den Docks des Gaza-Hafens registriert sind. Und dort werden wir unseren Mann aller Wahrscheinlichkeit nach finden.«

»Da treiben sich ja auch nur ein paar hundert potentielle Verdächtige herum«, brummte der Commander.

»Nun, diese Zahl läßt sich wesentlich einschränken, wenn wir die Pässe kontrollieren.«

»Warum das?«

»Wenn unser Mann schon von Gaza zur Westbank fährt, wird er sich bestimmt die Weiterfahrt nach Jordanien sichern wollen, als Fluchtmöglichkeit. Und dafür braucht er bestimmte Stempel.«

»Selbst wenn Sie Glück haben und den Kreis der Verdächtigen auf ein halbes Dutzend reduzieren können, wie wollen Sie dann unter diesen den Richtigen herausfinden?«

»Ganz einfach«, antwortete Ben und lächelte kurz Danielle an, »wir haben nämlich einen Augenzeugen in unserem Gewahrsam.«

Kapitel 36

»Warum haben Sie Ihren Vorgesetzten nichts über die wahre Identität des zweiten Jericho-Opfers berichtet?« wollte die Chefinspektorin wissen, nachdem sie das Rathaus verlassen hatten.

»Ich habe die Fingerabdrücke an die dafür zuständigen Stellen geschickt. Sobald ich von dort Bescheid bekomme, sollen auch der Polizeichef und der Bürgermeister davon erfahren.«

»Sie glauben aber nicht wirklich, jemals ein Ergebnis zu bekommen, oder?«

»Genausowenig wie Sie oder Brickland.« Kamal schwieg für einen Moment und fuhr dann leiser fort: »Ich habe mich geirrt. Es gibt nur einen Mörder.«

»Der Junge sagt, er könne den Mörder nicht identifizieren.«

»Ich hoffe immer noch, seinem Erinnerungsvermögen auf die Sprünge zu helfen.«

»Sie wollen ihn wirklich einer solchen Gefahr aussetzen, während wir daneben stehen und abwarten, was passiert?«

»Nein«, entgegnete er, »denn hier kommen Sie ins Spiel.«

Als Ben wieder in seinem Büro saß, fand er dort eine Nachricht vor. Lieutenant Jack Tourcot vom New Yorker Police Department hatte angerufen. Im ersten Moment wußte Kamal nicht, was das zu bedeuten hatte, bis ihm einfiel, daß er den amerikanischen Kollegen gebeten hatte, für ihn eine bestimmte Adresse zu überprüfen:

Max Peacock
1000 Amsterdam Avenue
New York, NY 93097

Der Inspektor hatte Tourcot während seiner Ermittlungen im Sandmann-Fall kennengelernt, als er eine Sonderkommission zusammenstellte und dafür Spezialisten anforderte, die sich mit Serienmördern auskannten. Tourcot hatte das New Yorker Team geleitet, das den Serientäter ›Son of Sam‹ zur Strecke bringen wollte. Sie waren dem Mann schließlich mittels einer großangelegten Überprüfung von Parkscheinen auf die Spur gekommen.

Serienmörder erforderten in der Regel diese methodische Kleinarbeit. Beim Sandmann hatte es sich nicht anders verhalten. Ben hatte ihn erst durch eine Untersuchung aller Schlüsselschmiede und Schlüsselschnelldienste der Region enttarnen können.

Kamal bedachte nicht den Zeitunterschied zwischen Jericho und New York und war deshalb im ersten Moment verwundert, als sich eine schläfrige Stimme meldete.

»Dein Fall sorgt hier in den Nachrichten inzwischen für einigen Wirbel, Benny«, meinte der New Yorker Detective. »Ein historischer Moment, ein wichtiger Schritt im Friedensprozeß, na ja, der ganze übliche Mist eben. Stimmt das denn alles? Arbeitest du wirklich mit einem Israeli zusammen? Und dazu auch noch mit einer Frau?«

»Ja, das stimmt.«

»Hol mich der Teufel! Und ich dachte, ich hätte schon alles erlebt. Gestern warst du auf der dritten Seite der *Times*. Der Journalist sprach von einem Joint Venture oder so ähnlich. Er hat deinen Namen übrigens falsch geschrieben.«

»Hätte ich auch nicht anders erwartet.«

»Und, Benny, kommst du einigermaßen voran?«

»Wir haben möglicherweise eine Spur«, antwortete der Inspektor ohne große Begeisterung.

»Gut für dich, denn ich habe hier rein gar nichts herausgefunden. Zunächst einmal gibt es diese Hausnummer auf der Amsterdam Avenue nicht, und im Telefonbuch der Stadt ist niemand mit dem Namen Max Peacock aufgeführt. Doch jetzt kommt das wirklich Merkwürdige an dieser Geschichte: Du suchst vielleicht an der falschen Küste.«

»Was meinst du damit?«

»Ist dir nichts an der Postleitzahl aufgefallen? Neun-Drei-Null-Neun-Sieben – das ist, wenn ich mich nicht irre, in Kalifornien.«

Dieses kleine Detail war Ben bisher gar nicht aufgefallen. Aber wenn er es recht bedachte, spielte das jetzt auch keine Rolle mehr.

»Soll ich das für dich überprüfen?« fragte Tourcot.

»Nein, laß nur. Das Ganze ist wahrscheinlich doch nur eine Sackgasse. Geh wieder schlafen.«

»Was soll ich für dich tun?« fragte Radji mißtrauisch. Er saß an Yousef Shifas Küchentisch.

»Du wirst mich zu den Docks in Gaza begleiten. Vielleicht entdeckst du dort den Mann wieder, der aus der Gasse gekommen ist.«

»Ich habe dir doch schon gesagt, daß ich nichts gesehen habe.«

»Ja, aber wir werden trotzdem hinfahren.«

»Wieso?«

Ben sah sich langsam um. »Gefällt es dir hier eigentlich?«

»Und wenn, was geht es dich an, Bulle?«

»Wann hast du zum letzten Mal in einem Haus mit einem richtigen Dach über dem Kopf geschlafen?«

»Zählen auch verlassene Häuser?«

»Nein.«

Der Junge runzelte die Stirn und streckte dann die Arme auf dem Tisch aus. »Ist schon verdammt lange her.«

Mit seinem gewaschenen und zurückgekämmten Haar sah er wie ein neuer Mensch aus. Außerdem trug er Kleider von einem der Söhne Yousefs – nicht gerade der letzte

Schrei, aber immer noch besser als die Lumpen, die er vorher auf dem Leib getragen hatte.

»Und?« fragte Radji rotzig.

»Ab morgen fahren wir jeden Tag zu den Docks. So lange darfst du hier schlafen.«

Ben sah dem Jungen an, daß er überlegte, wie er hier noch etwas mehr herausschlagen konnte. »Ich will meine Schwester sehen.«

»Es wäre keine gute Idee, ins Lager zurückzukehren.«

»Dann bring sie her, damit ich sie sehen kann.«

»Eine noch schlechtere Idee, denn ihr Zustand ist bedenklich. Man dürfte sie höchstens in einem Krankenwagen befördern.«

»Fein, dann besorg ihr einen.«

»In diesem Fall müßte deine Schwester vom Lager ins hiesige Krankenhaus verlegt werden.«

»Das kannst du doch sicher erledigen.«

Kamal zuckte die Achseln. »Dürfte schwierig werden, vielleicht sogar unmöglich sein.«

»Dann wird es mir auch unmöglich sein, mit dir nach Gaza zu fahren und nach dem Mörder Ausschau zu halten.«

»Mal sehen, was sich da tun läßt.« Er schwieg für einen Moment, setzte sich so hin, daß der Knabe ihn deutlich sehen konnte, und tat so, als müsse er mit einigen Schwierigkeiten ringen.

»Na ja …«, begann er.

»Was?«

»Nun, sobald sich im Lager herumgesprochen hat, wer ihre Verlegung veranlaßt hat und daß ihr Bruder mit der Polizei zusammenarbeitet, kann sie wohl kaum wieder nach Einissultan zurückkehren, weil es dann dort nicht mehr sicher für sie ist. Es wäre wohl besser, wir lassen deine Schwester dort und schmuggeln dich hinein, damit du mit ihr sprechen kannst.«

»Blödsinn. Warum holst du sie nicht einfach da raus und sorgst dafür, daß sie nicht mehr zurück muß?«

»Und wenn sie wieder gesund ist und das Krankenhaus verlassen kann, wo soll sie denn dann hin?«

»Besorg ihr doch eine Wohnung.«

»Nun, wir haben ein paar subventionierte, gemeinnützige Wohnungen, aber für die gibt es eine sehr lange Warteliste.«

»Scheiß auf die Warteliste!« Der Junge sprang auf. »Wenn du deinen Mörder haben willst, mußt du meiner Schwester eine Bleibe besorgen!«

Ben beugte sich zu ihm vor. »Kannst du ihn denn identifizieren?«

Radji nickte dramatisch. »Ja, wenn meine Schwester eine Unterkunft bekommt.«

»Also gut, einverstanden, du bist ja ein wirklich zäher Verhandlungspartner.«

Kapitel 37

»Das kommt überhaupt nicht in Frage!« brüllte Commander Shaath und sprang von seinem gewohnten Platz im Büro des Bürgermeisters auf.

Sumaya hob beide Hände, um den Polizeichef zu beruhigen, und betrachtete Ben wie ein Professor seinen Lieblingsstudenten. »Lassen Sie ihn doch erst einmal ausreden, Commander.«

Kamal räusperte sich. »Ich muß darauf hinweisen, daß eine Operation in dieser Größenordnung ein beträchtliches Kontingent an Männern und Material erfordert. Leider verfügen wir nicht über die entsprechende Ausrüstung, und das Personal, das uns zur Verfügung steht, ist für Observationen und die damit verbundenen Aufgaben nicht ausreichend geschult. Selbst in Zivilkleidung würden unsere Beamten im Gaza-Streifen sofort auffallen. Die einzige Alternative besteht darin, uns der Hilfe israelischer Teams zu versichern.«

»Etwa bewaffneter Israelis?« Shaath glaubte, seinen Ohren nicht trauen zu dürfen.

»Angesichts des Tatverdächtigen, dessen wir dort habhaft werden wollen, unbedingt.«

»Und was wollen wir unseren Leuten erzählen? Daß sie nicht fähig und zu unerfahren sind, um eine solche Operation erfolgreich durchzuführen?«

Der Inspektor wandte sich an den Bürgermeister. »Diese ganze Angelegenheit war doch von Anfang an als Teamarbeit konzipiert, zu unser beiderseitigem Nutzen, nicht wahr? Ich würde meinen, der Einsatz von zusätzlichen israelischen Einheiten bei einem Manöver, das zu einer gemeinsamen Verhaftung führen soll, wäre doch das beste Mittel, diesem edlen Zweck Genüge zu tun. Ganz abgesehen von der ungeheuren Publicity, die uns diese Operation einbringen würde.«

Kamal sah Sumaya an, daß er ihn an seiner verwundbarsten Stelle getroffen hatte. Er setzte sich aufrecht hin und gab sich große Mühe, Shaaths Anwesenheit zu ignorieren. »Ein sehr überzeugendes Argument, Inspektor, das muß ich schon zugeben. Wie soll das Ganze denn technisch funktionieren?«

»Die israelischen Teams stehen unter dem direkten Befehl von Pakad Barnea. Ich bleibe bei dem Jungen, stehe aber die ganze Zeit über mit diesen Teams in Verbindung.«

Der Bürgermeister nickte. »Natürlich muß ich mich erst mit unserem Präsidenten in Verbindung setzen und seine Zustimmung abwarten. Ich nehme an, er möchte, daß wir auch ein paar eigene Leute einsetzen, die vor allem bei der Verhaftung in Erscheinung treten sollen.«

»Ich glaube, Herr Bürgermeister, das wäre den Israelis nur recht.«

»Und Sie glauben, daß Ihre israelische Kollegin keine Schwierigkeiten haben wird, ihre Vorgesetzten von einer solchen Maßnahme zu überzeugen?«

»Warum sollte sie? Schließlich stehen wir in diesem Fall auf derselben Seite, oder?«

Moshe Baruch und Hershel Giott lauschten aufmerksam Danielles Vorschlag, ehe sie ihre Einwände vorbrachten.

»Ich würde lieber erst dann eingreifen«, bemerkte Giott schließlich, »wenn zweifelsfrei feststeht, daß es sich bei dem Mann, der am Hafen aufgespürt werden soll, tatsächlich um den gesuchten Serienmörder handelt. Sie verlangen von uns ziemlich viel Personal, und wir brauchen gewisse Sicherheiten, daß dessen Einsatz nicht vollkommen umsonst sein wird.«

»Sie verstehen sicher, daß ein Fehlschlag einige Unannehmlichkeiten mit sich bringen würde«, fügte Baruch ernst hinzu.

»Wenn wir das Unternehmen aber schon starten«, wandte Danielle ein, »dann ist es doch sicher nicht in Ihrem Interesse, daß nur deshalb alles schiefgeht, weil im entscheidenden Moment nicht genügend Beamte zur Verfügung gestanden haben.«

»Das gilt es natürlich auch zu bedenken«, nickte Giott.

»Selbstverständlich kann ein Erfolg nicht garantiert werden«, gab Baruch zu bedenken.

»Auf der anderen Seite ist es aber von enormer Bedeutung, den Mörder zu fassen, ehe die Friedensgespräche wieder aufgenommen werden«, entgegnete Danielle. »In sechs Tagen, wenn ich mich nicht irre. Ich stimme Ihnen zu, daß das Pendel der öffentlichen Meinung wieder etwas mehr in unsere Richtung ausschlägt. Die gemeinsame Operation zwischen unserer und der palästinensischen Seite hat uns viel Publicity eingebracht und die Aufmerksamkeit von der Mordserie abgelenkt. Aber sollte der

Wolf in der verbleibenden Zeit erneut zuschlagen, könnten wir alles Ansehen wieder verlieren, das wir gerade erst gewonnen haben. Dürfen wir ein solches Risiko wirklich eingehen, wenn uns die Chance winkt, ihn zur Strecke zu bringen?«

Die Leiter des Shin Bet und der Polizei stimmten schließlich ihrem Vorschlag widerstrebend zu und erlaubten den Einsatz von Observations-Teams bei der ›Operation Gaza‹.

Eine Stunde später befand sich Danielle im Archiv und ließ sich den Ausdruck mit den Checkpoint-Einträgen der letzten zwölf Monate aushändigen. Immer noch hoffte sie, dort auf den Namen eines Fischhändlers zu stoßen, der stets wenige Tage vor einem Mord eine der Übergangsstellen passiert hatte.

Sie blätterte gerade in dem dicken Stapel, als ihr etwas einfiel.

»Wo sind eigentlich die anderen Materialien, die ich angefordert habe?« fragte sie den Sachbearbeiter. Bens Vermutung, ein zweiter Killer, diesmal vom israelischen Geheimdienst ›fabriziert‹, ahme al-Diib nach, wollte ihr einfach nicht mehr aus dem Kopf gehen. Auch wenn alle Indizien dagegen sprachen, beschäftigten sie doch die Gründe, die Kamal für diese Theorie vorgebracht hatte. Danielle mußte es herausfinden, sonst würde sie so bald keine Ruhe mehr finden.

»Welche Materialien meinen Sie?« fragte der Mann verwirrt zurück.

»Kopien der Berichte von den Morden, die vor unserem Rückzug aus der Westbank begangen wurden.«

Der Sachbearbeiter gab eine entsprechende Anfrage in seinen Computer ein. »Die sind bereits ausgegeben worden.«

»Ja, an die Palästinenser. Ich benötige aber ebenfalls einen Satz Kopien.« Danielle zögerte kurz und warf einen Blick auf das Telefon. »Rufen Sie ruhig oben an, um sich abzusichern.«

»Das wird bei einer so einfachen Anfrage kaum nötig sein.«

Danielle hoffte, dem Mann würde nicht auffallen, daß sie sich während dieses kurzen Wortwechsels so postiert hatte, daß sie ihm beim Tippen über die Schulter blicken und die Befehle, die er eingab, erkennen konnte. Seine Finger flogen über die Tasten, aber Danielle war in der Lage, sich die Zugangs-Codes einzuprägen.

Als der Archivar fertig war, erhielt Danielle weitere Ausdrucke und verließ damit den Raum. Giott hatte ihr ein leeres Büro zuweisen lassen, um in Ruhe ihre Unterlagen studieren zu können. Dieses Büro verfügte aber auch über einen eigenen Computer, und bei diesem handelte es sich um das gleiche Modell wie unten im Archiv.

Dort angekommen, schloß Danielle gleich die Tür hinter sich, nahm am Schreibtisch Platz und schaltete den Computer ein. Rasch tippte sie die Zugangs-Codes ein, die sie eben dem Sachbearbeiter abgeschaut hatte.

Als Danielle im System war, rief sie das Menü mit den dort gespeicherten Dateien auf. Diese erschienen in alphabetischer Ordnung auf dem Schirm. Neben dem Titel waren die Datei-Attribute und das jeweilige Datum des Zugriffs aufgeführt.

Die beiden vollständigen und die zwei fragmentarischen Fallberichte der Mordserie, bei der der Shin Bet die Ermittlungen durchgeführt hatte, bevor die Angelegenheit den palästinensischen Stellen übertragen worden war, fielen Danielle sofort ins Auge. Sie klickte die entsprechenden Felder an, um die Angaben zu vergleichen.

Der letzte Zugriff auf diese Dateien hatte erst vor wenigen Minuten stattgefunden, als der Sachbearbeiter sie für Danielle aufgerufen und ausgedruckt hatte. Zum vorletzten Mal waren die Dateien am vergangenen Montag aufgerufen worden – dabei handelte es sich um die Kopien, die Ben in Jericho erhalten hatte. Wie zu erwarten, waren die Kilobyte-Angaben in beiden Fällen identisch.

Für die Fallberichte schienen sich nicht allzu viele Personen interessiert zu haben. Vor allem nach Beginn der zweiten Phase der palästinensischen Selbstverwaltung und dem Teilrückzug der israelischen Streitkräfte hatte sie kein Mensch mehr abgerufen. Oder etwa doch? Seitdem der Shin Bet den Fall abgegeben hatte, durfte eigentlich niemand mehr einen Blick auf diese Dateien geworfen haben.

Doch für den fraglichen Zeitraum war ein Datum vermerkt.

Die Dateien enthielten zu viele Informationen, um sie auf einen Blick erfassen zu können. An dem betreffenden Tag hatte jemand alle vier Dateien abgerufen, was an sich noch nicht ungewöhnlich war. Viel bemerkenswerter erschien jedoch der Umstand, daß die Kilobyte-Zahlen abwichen.

Danielle stellte eine Liste zusammen und notierte die Kilobyte-Werte der Dateien auf einem Zettel, um ganz sicher zu sein, daß sie sich nicht geirrt hatte. Als die Liste fertig war, stockte ihr der Atem. Die Zahlen vor dem mysteriösen Zugriff wichen erheblich von denen ab, die jetzt noch enthalten waren:

1. Fall	vorher:	25.621 kb –	nachher:	21.395 kb
2. Fall	"	21.433 kb –	"	17.657 kb
3. Fall	"	32.907 kb –	"	29.350 kb
4. Fall	"	31.650 kb –	"	28.657 kb

Die Chefinspektorin mußte keinen Computerexperten bemühen, um zu erkennen, daß größere Datenmengen vor einigen Monaten gelöscht worden waren – und zwar aus jeder einzelnen Datei.

Der Computer konnte ihr keine Auskunft darüber

geben, wer sich an den Fallberichten zu schaffen gemacht und welche Informationen dieser Unbekannte entfernt hatte.

Fest stand aber, daß jemand die Fallberichte manipuliert hatte, bevor sie den palästinensischen Behörden übergeben worden waren.

FÜNFTER TAG

Kapitel 38

»Das macht ja richtig Spaß!« meinte Radji, nachdem sie bereits einige Stunden auf den Docks im Hafen von Gaza verbracht hatten. Der Junge hatte sich von Anfang an auf das Abenteuer gefreut, erst recht, als sie am Checkpoint von zwei Wagen des israelischen Sicherheitsdienstes in Empfang genommen und dann zum Gaza-Streifen befördert worden waren. Ben zuckte nur die Achseln und wünschte sich, er könne ebensoviel Begeisterung aufbringen. Zu dieser Jahreszeit war die Hitze unerträglich, und die selten genug aufkommende Brise reichte kaum zur Erfrischung. Der einzige Vorteil bei dieser Operation bestand für ihn darin, daß er keine Uniform tragen mußte und sich bequeme Sachen hatte anziehen dürfen, um hier in den Hafenanlagen kein Aufsehen zu erregen.

Kamal fürchtete jedoch, daß diese ›Tarnung‹ bei genauerem Hinsehen auffliegen würde. So hatte man den beiden auch strikte Anweisung gegeben, sich nur so lange in den jeweiligen Sektionen der Docks herumzutreiben, bis der Junge alle Männer, die sich hier aufhielten, kurz in Augenschein genommen hatte.

Radji hatte dem Inspektor den Mann, den er in der Tatnacht gesehen hatte, so beschrieben:

»Er war groß und breit, ein richtig schwerer Brocken. An der linken Wange hatte er eine lange Narbe, und er bewegte sich wie ein Geist. Er dürfte mich nicht gesehen haben, aber ich habe ihn im Mondlicht deutlich erkannt, als er über die Straße huschte. Wenn er mir noch einmal begegnet, würde ich die Visage sofort wiedererkennen.«

Bislang gab es hier im Hafen aber recht wenig, was Radjis Aufmerksamkeit erregte, abgesehen von einem besonders großen Fisch oder einem Kahn, der mit einem enormen Fang einlief.

Ben und der Knabe arbeiteten zwar erst wenige Stunden als Partner, aber der Inspektor war überzeugt, daß der Junge ihn bereits ins Herz geschlossen hatte. Offensichtlich hatte er einen großen Nachholbedarf an Freundschaft, Kameradschaft und Liebe.

Radjis Hand legte sich bald zu selbstverständlich auf Kamals Schulter, und am liebsten hätte Ben sie im ersten Moment abgeschüttelt. Aber auch ihm wurde klar, daß ihm die Nähe des Jungen gefiel, und das Gefühl, wieder gebraucht zu werden, tat ihm außerordentlich gut. Es schien ein Leben lang her zu sein, daß er das zum letzten Mal verspürt hatte.

Die beiden blieben vor einer Halle stehen, in der Fische filetiert wurden. Eine lange Reihe von Männern mit scharfen Messern löste flink die Gräten aus den Meeresbewohnern und warfen diese in die Stahlpfannen, die vor ihnen aufgebaut waren. Sobald eine voll war, kam ein weiterer Arbeiter herbei, trug sie fort und stellte eine neue hin.

»Nichts ... Nichts ... Nichts ...«, teilte Radji ihm halb flüsternd mit, während sie an der langen Reihe entlangschlenderten. Er sprach die Worte in ein winziges Mikrophon, und Ben vernahm sie durch ein entsprechend kleines Empfangsgerät. Beides hatte Danielle ihnen zur Verfügung gestellt.

Der Inspektor hatte seine israelische Kollegin zum letzten Mal zu Beginn ihres Rundgangs gesehen. Allerdings war er sich ziemlich sicher, daß sie ihn und den Jungen stets im Blickfeld hatte. Ben war es bislang nicht gelungen, einen der getarnten israelischen Agenten zu entdecken, obwohl diese in unmittelbarer Nähe sein mußten und sofort zuschlagen würden, sobald Radji den Verdächtigen gefunden hatte.

Während der langwierigen Suche dachte Kamal weniger an den mutmaßlichen Serienmörder, sondern an seine israelische Kollegin. Schon bei ihrer ersten Begegnung im Büro des Bürgermeisters hatte er sie außerordentlich attraktiv gefunden. Von ihrer Schönheit mußte man sich einfach angezogen fühlen – und vielleicht beschäftigte sie ihn auch deshalb so sehr, weil sie beide aus zwei verschiedenen Kulturen stammten, die sich spinnefeind waren. Eine Beziehung zwischen ihnen war unmöglich, und doch drehten sich die Gedanken des Inspektors hauptsächlich darum.

In seinem Innern verschmolzen Danielle und seine ermordete Frau Jenny, und besonders in seinen Träumen nahm die Israelin immer häufiger die Rolle seiner Gattin ein. In ihrer Gegenwart überkam ihn die gleiche Freude und Erregung, wie er sie noch aus den Zeiten kannte, in denen er mit Jenny zusammengewesen war. Und wenn sie am Ende eines Tages auseinandergehen mußten, tat ihm das genauso weh wie früher, wenn er sich von seiner Frau verabschiedet hatte.

Ben war sich heute nicht mehr sicher, ob er diese Gefühle einfach vergessen oder nach Jennys Tod tief in sich vergraben hatte. Wie dem auch sei, sie waren plötzlich wieder da, und er konnte nicht mehr an Jenny denken, ohne daß ihm gleich Danielle in den Sinn kam – und umgekehrt. Daß sich zwischen ihnen eine gewisse Kollegialität entwickeln würde, war durchaus verständlich. Aber nach der Schießerei auf dem Sklavenmarkt hatte sich für Ben etwas verändert. Statt sich über ihre gute Zusammenarbeit zu freuen, fing er an, sich Sorgen zu machen – um Danielle und um sich selbst. War zwischen ihnen längst mehr im Gange, als er bislang bemerkt hatte? Was würde geschehen, wenn der Fall abgeschlossen war?

Würden sie dann einfach auseinandergehen, als wäre nichts gewesen?

Am schlimmsten war jedoch das Gefühl, wieder etwas verlieren zu können. Seit der Sandmann seine Familie ausgelöscht hatte, hatte ihm sein Leben nur noch wenig bedeutet. Und jetzt beschlich ihn immer öfter das unangenehme Gefühl, die erste Frau, für die er wieder etwas empfand, könne durch al-Diib in eine ähnlich tödliche Gefahr geraten.

»Nichts ... Nichts ... Nichts ...«, murmelte der Junge immer noch, obwohl sie das Ende des langen Arbeitstisches erreicht hatten. »Wohin jetzt?«

»Wir fangen wieder ganz am Anfang der Anlage an. Ständig laufen neue Schiffe ein, und mit ihnen kommen und gehen die Menschen.«

»Und was ist mit morgen?« fragte Radji enttäuscht.

»Da fangen wir früher an. Ziemlich viele Händler kommen in aller Frühe zum Hafen. Schließlich müssen sie sich mit Ware für die ersten Kunden versorgen. Um sieben Uhr sind diese Händler meist schon wieder verschwunden.«

Der Inspektor verfolgte, wie Kisten, in denen Fischfilets auf Eis lagen, in Lieferwagen gestellt wurden. Überall wurden Käufe und Verkäufe getätigt, und die Händler hatten es eilig, mit der Ware in ihre Läden zurückzukehren. Was sie heute nicht an den Kunden bringen konnten, mußte angesichts der herrschenden Temperaturen fortgeworfen werden. Verlorene Zeit bedeutete für sie verlorenes Geld.

Ben spazierte mit dem Knaben über eine Pier, die mit einem langen Dock verbunden war, an dem gerade eine neue Flotte palästinensischer Fischerboote angelegt hatte.

»Inspektor, können Sie mich hören?« fragte Danielle auf seinem Empfänger.

Ben legte eine Hand an sein Ohr und antwortete leise in sein Mikrophon: »Ja, klar und deutlich.«

»Kommen Sie sofort an die Vorderseite des Kais. Uns ist etwas dazwischen gekommen.«

Kapitel 39

Danielle hatte Ben noch nichts von den veränderten Dateien verraten, weil sie erst herausfinden wollte, was genau in den Fallberichten gelöscht worden war. Es war ja auch möglich, daß es sich dabei nur um Überflüssiges oder Nebensächliches gehandelt hatte. Vielleicht wurden solche Dateien routinemäßig überarbeitet und auf die wesentlichen Informationen reduziert. Und da Danielle sich unerlaubterweise Zugang zu diesen Fallberichten verschafft hatte, war es durchaus ratsam, darüber erst einmal den Mund zu halten.

Doch auf der anderen Seite wollte sie die Angelegenheit keineswegs auf sich beruhen lassen. Danielle wußte nur zu gut, daß der israelische Geheimdienst in vielen Bereichen tätig war. Wenn der zweite Mörder tatsächlich aus den Reihen des Mossad kam, wie Kamal vermutet hatte, dann konnte man durchaus davon ausgehen, daß der Geheimdienst alle Spuren gelöscht hatte, die auf ihn als Drahtzieher hinwiesen.

Aber wenn der Mossad dahintersteckte, wie hatte er diese Operation dann in die Wege geleitet?

Die Chefinspektorin wartete am Ende des Kais auf Ben und ließ ihren Blick über den Markt wandern, dessen Standort sich jeden Tag mit dem Lauf der Gezeiten veränderte. Jeder konnte an den Ständen seinen Fisch zu Niedrigpreisen kaufen, während auf dem Kai selbst die unterschiedlichsten Meeresfrüchte angeboten wurden.

Der Inspektor kam auf sie zu, Radji in seinem Gefolge.

»Was ist denn los?« fragte er gleich.

»Einige der Einheimischen haben erfahren, daß sich israelische Geheimagenten auf dem Hafengelände aufhalten. Und diese Nachricht verbreitet sich bereits in Windeseile.«

»Verdammt! Wie konnte das geschehen?«

»Das können Sie mir wohl eher beantworten.«

»Shaath!« platzte es aus Kamal heraus.

»Warum sollte Ihr Polizeichef unsere Arbeit sabotieren wollen?«

»Damit wir Ihre Teams gegen palästinensische austauschen müssen. Der blanke Unsinn. Unsere Polizisten würden sofort entdeckt werden ... Oder aber ...«

»Was?«

»Der Commander wünscht unseren Mißerfolg.« Bens Blick wanderte über den Kai und erwartete, dort irgendwo Shaath zu entdecken, der ihn finster anstarrte.

»Können Sie morgen mit neuen Leuten wiederkommen?« fragte er Danielle schließlich.

»Ich denke schon.«

»Gut, dann werde ich mit dem Bürgermeister über den Polizeichef sprechen.«

»Meinen Sie, er kann in dieser Sache etwas ausrichten?«

»Anders als der Commander hat Sumaya noch nicht vergessen, was bei dieser Operation auf dem Spiel steht.«

»Wenn unsere gemeinsame Operation ein Fehlschlag wird, sind wir rascher in der Versenkung verschwunden, als uns lieb sein kann.«

»Dann sollten wir lieber sicherstellen, Pakad, daß dieses Unternehmen ein Erfolg wird.«

So endete der erste Tag der ›Operation Hafenobservierung‹. Danielle war im Grunde gar nicht enttäuscht darüber. Die Art, wie man den Wolf zu stellen versuchte, bereitete ihr allmählich Unbehagen. Sie standen unter Erfolgszwang, und darunter litt die methodische und gründliche Ermittlungsarbeit. Normalerweise hätten sie mit einem Foto des Mörders hier erscheinen sollen, und nicht mit einem Knaben, der etwas gesehen zu haben glaubte. Und noch besser wäre ein Name gewesen, nach dem sie die Hafenarbeiter hätten fragen können.

Danielle verzichtete darauf, die Unterlagen des israelischen Gefangenenlagers Ansar 3 offiziell anzufordern. Ihre Vorgesetzten hätten das niemals gestattet. Desgleichen hatte sie auch davon Abstand genommen, persönlich zu dem Lager in der Wüste Negev zu fahren, denn die dortige Leitung hätte ihr jede Zusammenarbeit verweigert.

Doch in ihr wuchs immer stärker die Überzeugung heran, daß al-Diib einige Jahre in diesem Lager verbracht hatte, wenn nicht sogar dort aufgewachsen war. Die Antworten auf die Fragen, die dieser Serienmörder aufwarf, mußten irgendwo in Ansar 3 zu finden sein.

Doch wie sollte sie an die Antworten gelangen?

Danielle kam eine Idee, die zumindest einen Versuch wert schien. Sie fuhr nach Jerusalem, um dort etwas Wichtiges zu erledigen, und steuerte dann Ansar 3 an. Niemand würde Verdacht schöpfen oder ihr die Erlaubnis verweigern, wenn sie Ahmed Fatuk aufsuchte, den Terroristen, den sie in Jerusalem festgenommen hatte.

»Was, keine Schokolade?« fragte Fatuk statt eines Grußes, nachdem man ihn in eines der vielen Verhörzimmer des Lagers geführt hatte.

Der Raum war dunkel, besaß dicke Wände und wies keine Fenster auf. Ein Stahltisch und zwei Klappstühle stellten die gesamte Einrichtung dar. Während draußen Wüstentemperaturen herrschten, war es in diesem Zimmer so feuchtkalt, daß Danielle bedauerte, keinen Pullover zu tragen.

Sie setzte sich Fatuk gegenüber. »Tut mir leid, die Schokolade habe ich im Handschuhfach vergessen.«

»Dann sind Sie wohl nur gekommen, um sich an Ihrem Erfolg zu weiden.«

»Ich habe mit Ihrer Familie gesprochen.«

Fatuk erstarrte, und seine Unterlippe zitterte.

»Es geht ihnen gut«, versicherte sie ihm. »Sie haben mir einige Briefe mitgegeben. Ich glaube, die würden Sie gerne lesen.«

»Und was muß ich dafür tun?« fragte er mißtrauisch.
»Mir ein paar Fragen beantworten.«
Der Mann schob sich mit seinem Stuhl vom Tisch zurück. »Wie oft denn noch? Ich weiß schon gar nicht mehr, wie viele Male ich bereits Fragen beantworten mußte.«
»Mich interessiert etwas ganz anderes. Meine Fragen haben nichts mit Ihnen oder den Leuten zu tun, mit denen Sie früher zusammengearbeitet haben.«
»Und wenn ich Ihre Fragen beantworte?«
»Dann erhalten Sie die Briefe.«
»Ich will meine Kinder sehen.«
»Sie wissen, daß ich das nicht arrangieren kann.«
»Dann werde ich Sie wohl enttäuschen müssen.«
»Und Sie müssen ohne ein paar Zeilen von Ihren Lieben auskommen.« Danielle zog einen Brief aus ihrer Handtasche. »Der hier ist von Ihrer Frau. Tut mir leid, daß er nicht länger ausgefallen ist, aber ich hatte nicht viel Zeit und mußte sie drängen, nur das Nötigste niederzuschreiben.«
Fatuks Augen wurden groß. Er nahm den Zettel so vorsichtig auf, als befürchte er, die bloße Berührung könne ihn zerstören.
Der Mann hatte nach seiner Verhaftung behauptet, seit der Vermählung mit seiner jetzigen Frau, einer Christin, mit seinem bisherigen Leben gebrochen zu haben. Bislang war Danielle der Überzeugung gewesen, der Terrorist habe sich damit nur eine perfekte Tarnung verschaffen wollen.
Aber als sie nun sah, wie Fatuk jedes der wenigen Worte geradezu in sich aufsaugte, die seine Frau ihm rasch hingeschrieben hatte, wurde ihr bald klar, daß sie sich geirrt haben mußte. Der Mann hatte die Wahrheit gesagt. Und er wäre wohl auch nie bei seiner Frau in Jerusalem geblieben, wenn er etwas mit den Verbrechen zu tun gehabt hätte.
Danielle hatte einen Unschuldigen verhaftet. Zumindest hatte er mit den Verbrechen nichts zu tun, die man ihm zur Last legte und die zu seiner Inhaftierung in Ansar 3 geführt hatten.

»Die Briefe von Ihren Kindern sind unten«, erklärte sie, als er den Zettel wieder auf den Tisch legte.

»Wenn ich meine Kinder sehen darf, dann tue ich alles, was Sie von mir verlangen.«

»Vielleicht läßt sich das machen, aber versprechen kann ich Ihnen nichts.«

»Was können Sie schon für mich tun?«

»Ich kann dafür sorgen, daß Sie endlich ein Gerichtsverfahren bekommen. Und ich verspreche Ihnen, daß dann die Wahrheit ans Tageslicht kommt.«

Fatuk sah sich verächtlich um. »Die Wahrheit bedeutet hinter diesen Mauern nicht allzu viel.«

»Ein Grund mehr für Sie, jede Gelegenheit beim Schopf zu ergreifen, die Sie hier herausholen könnte.«

Er betrachtete sie mißtrauisch. »Also gut, was wollen Sie von mir?«

»Ich brauche den Namen eines Palästinensers, der hier gefoltert oder verstümmelt und später freigelassen wurde – vor ungefähr einem Jahr, vielleicht auch vor achtzehn Monaten.«

Der Mann lachte laut. »Lassen Sie sich die Entlassungsliste vorlegen, und sehen Sie für den entsprechenden Zeitraum nach. Diese Beschreibung trifft hier nämlich auf jeden zu.«

»Ich war noch nicht fertig. Dieser Palästinenser hat vermutlich schwere Verletzungen an seinen Genitalien, möglicherweise sogar eine Kastration erlitten.«

Fatuk blickte rasch in eine andere Richtung.

Danielle studierte sein Gesicht. »Sie wissen etwas, das spüre ich ganz genau.«

»Ich weiß, daß der Mann, nach dem Sie suchen, nicht mehr hier ist. Das Straflager hat er jedenfalls ohne seinen Schwanz verlassen.«

»Abu Garub«, erklärte Fatuk schließlich, und Danielle notierte sich rasch den Namen. »Was man mit ihm gemacht hat, weiß jeder hier.«

»Warum haben die Wärter ihn verstümmelt?«

»Oh, das waren nicht die Israelis, sondern Garubs Zellengenossen, seine eigenen Landsleute.«

»Der Mann war ein Spitzel der Israelis?«

»Und was für einer, ein richtiges Charakterschwein. Viele haben seinetwegen ihr Leben verloren. Soviel ich weiß, hat jemand aus Angst, von Garub verpfiffen zu werden, ihm mit ein paar anderen in der Dusche aufgelauert. War kein hübscher Anblick, als sie endlich von ihm abgelassen haben.«

»Beschreiben Sie mir Abu Garub.«

»Damals war ich noch nicht hier, aber nach allem, was ich gehört habe, muß er sehr groß und stark gewesen sein. Seine Zellengenossen werden große Mühe gehabt haben, ihn zu überwältigen.«

»Wann hat man ihn entlassen?«

»Ein paar Monate, bevor ich eingeliefert wurde.«

»Also vor einem Jahr?«

»So ungefähr. Den Israelis war klargeworden, daß der Mann für sie keinen Wert mehr hatte. Da haben sie ihn vom Haken gelassen und vor die Tür gesetzt.«

Danielle mußte nun noch überprüfen, ob Abu Garub aus Ansar 3 entlassen worden war, bevor der erste Mord auf der Westbank geschehen war. Sie begab sich in die Registratur des Lagers und verlange dort, seine Akte einsehen zu dürfen. Als sie ihre Dienstmarke vorlegte, sprang einer der Sachbearbeiter gleich auf und verschwand im Archiv.

Danielle glaubte schon, dem Wolf endlich auf die Spur gekommen zu sein, bis der Beamte zurückkehrte.

»Tut mir leid, aber wir haben keinen Gefangenen dieses Namens.«

»Vielleicht habe ich mich falsch ausgedrückt. Er war hier einmal inhaftiert und ist vor zwölf oder fünfzehn Monaten entlassen worden.«

»Das meinte ich damit, Pakad. In unseren Unterlagen wird kein Mann dieses Namens aufgeführt. Ich weiß nicht, woher Sie diese Information haben, aber ein Abu Garub hat hier nie eingesessen.«

SECHSTER TAG

Kapitel 40

Die neuen Shin-Bet-Agenten hatten sich schon unters Hafenvolk gemischt, als Ben und Radji eintrafen, um das fortzusetzen, was sie gestern begonnen hatten. Besser ausgedrückt, um mit der Suche noch einmal ganz von vorn anzufangen.

Der Junge machte einen gelangweilten und ruhelosen Eindruck. Offenbar ärgerte es ihn, das Hafengelände zum zweiten Mal abklappern zu müssen.

Wenigstens würden Kamal und der Knabe nichts zu befürchten haben. Die israelischen Agenten waren überall verteilt und gingen irgendwelchen Tätigkeiten nach, die dazu geeignet waren, keinen Verdacht aufkommen zu lassen, gleichzeitig aber nur so viel Aufwand erforderten, um den Inspektor und den Zeugen für keinen Moment aus den Augen zu verlieren. Die Agenten hatten sich so hervorragend getarnt, daß selbst Danielle Mühe hatte, sie unter den Einheimischen auszumachen.

Nach ihrer Rückkehr aus dem Gefangenenlager in der Wüste Negev hatte sie gleich die nächste aufwendige Arbeit in Angriff genommen und sich noch einmal die Fallberichte von den vier Morden vor dem israelischen Rückzug angesehen. Sie suchte nach irgendeinem Hinweis, der ihr Aufschluß über das geben konnte, was ein Unbekannter aus den Dateien gelöscht hatte.

Doch so lange sie die Unterlagen auch studierte, die Berichte wollten ihr Geheimnis nicht preisgeben. Der Betreffende hatte wirklich gründliche Arbeit geleistet und die Dateien so manipuliert, daß ein Außenstehender nie bemerkt hätte, daß etwas fehlte. Dennoch war Danielle davon überzeugt, daß jemand einen enormen Aufwand auf sich genommen hatte, um aus diesen Dateien alles zu entfernen, was seiner Meinung nach dort nicht hingehörte – und in diesem Verdacht bestärkte sie der Umstand, daß irgendwer alle Unterlagen über Abu Garubs Aufenthalt im Internierungslager Ansar 3 entwendet hatte.

Doch da Danielle keinen einzigen Beweis für diesen Verdacht hatte, beschloß sie, Ben vorerst nichts von der Existenz Abu Garubs mitzuteilen. Und auch nicht davon, daß die israelischen Ermittler offensichtlich viel mehr herausgefunden hatten, als in den Berichten stand. Warum waren Teile daraus entfernt worden?

Die einzige logische Antwort darauf konnte nur lauten: Ein zweiter Mörder mußte auf der Westbank sein Unwesen treiben – und al-Diib so geschickt nachahmen, daß niemand Verdacht schöpfte.

Danielle kam es so vor, als hätten sie und Ben mittlerweile die Rollen getauscht. Sie zerbrach sich jetzt ernsthaft den Kopf über das, was ihr Kollege vor zwei Tagen behauptet hatte. Damals hatte sie seinen Verdacht zerstreut, und heute wollte er nichts mehr davon wissen.

Sie beobachtete, wie der Inspektor und der Junge sich einem der einlaufenden Boote näherten. Selbst für Danielle wirkten die beiden wie Vater und Sohn, die sich auf einem Spaziergang befanden.

Der Anblick gefiel ihr, und sie stellte sich Kamal in der Vaterrolle vor. Trotz der schlimmen Verluste, die sie selbst erlitten hatte, konnte sie sich vorstellen, daß die Ermordung seiner ganzen Familie in ihm noch viel schrecklichere Wunden hinterlassen hatte.

Während sie darüber nachdachte, wurde ihr bewußt, daß sie sich immer stärker zu Ben hingezogen fühlte. Normalerweise hätte sie das ihrem Bedürfnis nach einer Partnerschaft zugeschrieben. Vielleicht wäre sie mit jedem Mann einverstanden gewesen, wenn sie damit nur einen Grund gefunden hätte, ihren Beruf aufzugeben, der bislang ihr Leben bestimmt hatte.

Aber mit Ben verhielt es sich anders. Fast kam es ihr so vor, als sei er ihr emotionaler Zwilling und das Schicksal habe sie zusammengefügt, weil sie die einzigen Menschen waren, die einander vor ihrem Los bewahren konnten.

Sie durfte jedoch nicht zu lange über eine mögliche Beziehung spekulieren, denn sie und Ben konnten niemals ein Paar werden, denn trotz ihrer Gemeinsamkeiten waren die Unterschiede zwischen ihren Kulturen und ihrer Herkunft einfach zu groß.

Aber was würde aus ihnen werden, sobald dieser Fall abgeschlossen war? Würde Danielle dann den Mut aufbringen und ihm ihre Gefühle gestehen? Würden sie beide den Mut besitzen, eine Brücke zu schlagen, die stark genug war, um alle Belastungen zu tragen, mit denen sie unweigerlich konfrontiert werden würden?

Danielle beobachtete ihn immer noch. Er hatte den Arm um den Jungen gelegt. Sie fragte sich, ob er ähnlich empfand wie sie ... Als Radji plötzlich erstarrte und langsam die Rechte hob.

Heute war der zweite Tag ihrer Suche, und der Inspektor spürte, wie ihn langsam der Mut verließ. Der Hafen setzte sich aus Dutzenden von Piers zusammen, an denen sich Boote drängten, um ihren Fang auszuladen oder wieder in See zu stechen. Dazwischen drängten sich Händler, Käufer und Hafenarbeiter.

Gestern nachmittag war er in sein Büro zurückgekehrt und hatte dort einen Stapel von Lizenzen vorgefunden. Dabei handelte es sich um die Papiere, die bestimmten Händlern die Passage vom Gaza-Streifen auf die Westbank gestatteten. Kamal wollte diese Namen mit der Liste derjenigen Männer vergleichen, die mit Genitalverstümmelungen oder sexuellen Disfunktionen in Krankenhäuser eingeliefert worden waren. Doch angesichts der noch in den Kinderschuhen steckenden Registrierung in Palästina hegte er nur wenig Hoffnung, bei dieser Suche erfolgreich zu sein.

Außerdem konnte er sich kaum auf diese Arbeit konzentrieren, weil etwas am Rande seines Bewußtseins bohrte, das sich einfach nicht fassen lassen wollte. Es hatte mit einer Bemerkung von Danielle zu tun, irgend etwas, dem er zunächst wenig Beachtung geschenkt hatte ...

Diese Worte ließen ihm auch jetzt keine Ruhe, als er mit Radji über ein Dock lief, das mehrere Piers miteinander verband. Ständig ertappte er sich dabei, wie er in seiner Erinnerung kramte.

Kamal ließ den Jungen vorangehen, um ihn von seinem gestrigen Erlebnis abzulenken. Sie hatten nämlich seine Schwester Zahira besucht, und das hatte den Knaben ziemlich verstört.

»Hier herein«, hatte Ben ihm gesagt, als sie sich in dem Krankenhaus befanden, in das Zahira auf Kamals Initiative hin verlegt worden war. Radji hatte einmal geschluckt und war dann eingetreten, während der Inspektor in der Tür stehengeblieben war.

Die junge Frau sah schon deutlich besser aus als an jenem Tag, an dem Kamal sie im Lagerlazarett aufgesucht hatte. Doch die Schrammen und Schwellungen waren ein Schock für den Jungen, der seine Schwester ganz anders in Erinnerung hatte.

Der Inspektor bemerkte, wie Radji die Knie weich wurden, als er sich dem Bett näherte. Als er es erreicht hatte, brachte er nicht mehr zustande, als dort zu stehen und Zahira schweigend anzustarren. Endlich richtete sie sich etwas auf und nahm seine Hand.

Ben zog sich diskret zurück und wartete unten in der

Halle auf den Jungen. Nach einer Weile schlurfte er mit hängenden Schultern heran und wischte sich die Tränen fort. Als er Kamal bemerkte, setzte er gleich ein zorniges Grinsen auf.

»Den Typen, der ihr das angetan hat, kaufe ich mir.«

»Das habe ich schon erledigt.«

»Hast du ihn verhaftet?«

»Nein, aber windelweich geprügelt.«

»Du bist ein besserer Bulle, als ich dachte«, lächelte der Knabe.

»Nein, leider nicht.«

Der Inspektor studierte Radji und sah ihm an, daß er jetzt am liebsten geweint hätte wie ein Kind, das er ja eigentlich noch war. Aber das vermochte Radji nicht, weil er seine Kindheit längst verloren hatte und sich auch nicht mehr an sie erinnern konnte. Der Knabe hatte schon seit langem gelernt, jede emotionale Wunde in eine Schwiele zu verwandeln. Und während er hier vor Ben stand, vernarbte bereits die jüngste Verletzung, die er erlitten hatte. Kamal hätte ihn gern in die Arme genommen und ihn getröstet.

Als er ihn voller Sympathie ansah, glaubte Ben seinen Augen nicht zu trauen.

Sein ältester Sohn stand vor ihm, lächelte ihn an und sagte: »Daddy ...«

Ben schüttelte sich, konnte aber nicht verhindern, daß er zu zittern begann. Zuerst Danielle, die zu Jenny wurde, und nun der Junge, der wie sein Ältester aussah. Stand er kurz davor, den Verstand zu verlieren? Oder war das längst geschehen?

»Du hättest ihn besser totgeschlagen«, murrte der Knabe und lief davon.

Doch heute auf den Docks war er wieder so wie immer – ein Junge mit einem Erwachsenen an seiner Seite, zu dem er Vertrauen haben und auf den er sich verlassen konnte. Schließlich hatte ihm Kamal ein Dach über dem Kopf besorgt.

Vielleicht hatte al-Diib ja auch etwas Gutes bewirken können.

Kamal fragte sich, wann der Wolf zum ersten Mal in Jericho zugeschlagen hatte und zu welchem Zeitpunkt Fasil dort zum ersten Mal als Harvey Fayles in Erscheinung getreten war.

Plötzlich kam ihm eine Idee.

Natürlich!

Die Antwort war so offensichtlich, daß er –

Ben bemerkte, daß Radji unvermittelt stehengeblieben und erstarrt war. Der Junge zeigte auf einen Hünen, der sich gerade über ein Fischbassin beugte – nur wenige Schritte von ihnen entfernt.

»Das ist er«, flüsterte der Knabe.

Kapitel 41

Ben schaute in die Richtung, in die der Junge zeigte. Der große Mann, den Radji meinte, erhob sich langsam. Sein Blick fand den des Inspektors. Kamal wußte instinktiv Bescheid.

Das ist al-Diib!

Wenn der Mann einfach weitergemacht und Fische sortiert hätte, wäre vermutlich nie etwas geschehen. Doch er ließ sein Werkzeug fallen, starrte Ben haßerfüllt an und entfernte sich von dem Becken. Der Wolf schien zu wissen, wen er da vor sich hatte. Denn er hatte Dalia nur aus dem Grund umgebracht, um mit Ben ein Spiel zu treiben. Aber

Kamal war entschlossen, dieses Spiel für sich zu entscheiden.

Al-Diib trat einen Korb um, und Fische flogen in alle Richtungen.

»Ich habe ihn! Danielle, hören Sie mich, wir haben ihn!« gab der Inspektor durch.

Der Wolf drehte sich um und floh über den Pier zu den dort angetäuten Booten. Ben folgte ihm langsam und griff nach der Pistole unter seinem weiten Hemd. Er hatte es nicht eilig. Al-Diib konnte nicht entkommen.

»Er haut ab!« schrie der Junge und rannte los, ehe Kamal ihn zurückhalten konnte.

»Scheiße!« knurrte der Inspektor und nahm die Beine in die Hand. In seiner Eile übersah er die verschütteten Fische, glitt aus, stürzte und verlor wertvolle Sekunden, in denen sich der Abstand zwischen ihm und dem Knaben immer mehr vergrößerte.

»Halt!« rief Radji. »Das ist der Mörder! Haltet ihn!«

Ben war wieder auf den Beinen und legte einen Spurt ein, als der Wolf auf das Deck eines Boots sprang und der Knabe sich nur wenige Meter von ihm entfernt befand.

»Ich habe ihn! Danielle, hören Sie, wir haben ihn!«

Danielle reagierte sofort: »An alle Teams! Zu Batman und Robin!« befahl sie unter Verwendung der Codenamen für Kamal und den Jungen. »Verdächtiger flieht über Pier sieben, und ... Zum Himmel, sie verfolgen ihn!«

Von ihrem Standort im Schatten einer Lagerhalle beobachtete sie, wie die israelischen Agenten aktiv wurden. Pistolen und Maschinenpistolen tauchten urplötzlich auf, und einige Scharfschützen liefen los, um sich in eine günstige Schußposition zu bringen. Die anderen folgten Ben über den Pier.

»Polizei!« riefen sie. »Aus dem Weg! Polizei!« Die

Arbeiter und Händler machten ihnen augenblicklich Platz, obwohl sie die Befehle im Eifer des Gefechts auf hebräisch und nicht auf arabisch riefen.

»Ben? Können Sie mich verstehen?« fragte Danielle besorgt, verließ die Lagerhalle und flitzte zwischen Kisten und Stapeln hindurch zum siebten Pier.

Der Inspektor gab keine Antwort. Danielle sah nur, wie er dem Jungen an den Fersen hing, der seinerseits den Wolf verfolgte. Einen Moment später sprang der Mann auf ein Boot, und Danielle konnte ihn nicht mehr ausmachen. Radji schwang sich über die Reling, und Ben erreichte das Boot genau in dem Moment, als es ablegte.

Kamal spürte, wie es ihm die Beine wegriß, als der Kahn sich unvermittelt in Bewegung setzte. Er prallte zurück und stieß mit dem Kopf gegen die Bordwand. Sterne explodierten vor seinen Augen, und er bemerkte, daß er die Pistole verloren hatte. Halb benommen tastete er den Boden ab – vergeblich. Das kleine Schiff fuhr aufs Mittelmeer hinaus, und der Hafen wurde immer kleiner.

Plötzlich tauchte Radji auf. Er wirkte zu Tode erschrocken und starrte aufs Deck. Kamal sah ebenfalls dorthin und entdeckte seine Waffe, die halb versunken in einer Pfütze lag.

Das Dröhnen des Motors ließ nach, und das Boot machte nur noch halbe Fahrt. Kamal schüttelte den Kopf, um die Benommenheit loszuwerden, und der Junge sprang vor, um die Pistole an sich zu bringen.

Doch da ergriff al-Diib den Knaben, riß ihn mit einer Hand hoch und hielt ihm mit der anderen ein rasiermesserscharfes Schuppenmesser an die Kehle.

»Scharfschützen, bitte melden!« rief Danielle in ihr Mikrophon, während sie über den Pier rannte und zu den acht Beamten ihres Teams aufschloß. »Hat jemand den Mann im Visier?«

»Nein.«

»Negativ.«

»Nichts.«

»Der Junge ist direkt vor ihm.«

»Der Wolf hält ihm ein Messer an die Kehle.«

»Wenn wir nicht näher herankommen, werden sie bald außer Reichweite sein.«

»Verdammt!« fluchte Danielle. Sie wünschte sich ein Fernglas, um selber feststellen zu können, was auf dem Boot vorging.

»Wir brauchen ein Schiff«, erklärte sie ihrem Team. Die Männer und Frauen standen mit ihren gezogenen Waffen unschlüssig herum.

»Da drüben!« Danielle rannte zu einem Boot, das gerade anlegte.

Plötzlich tauchte eine Schar palästinensischer Polizisten in dunkelgrünen Uniformen auf. Ein Moment der Verwirrung folgte, in dem beide Seiten die Waffen aufeinander richteten.

»Nicht schießen!« schrie Danielle und ruderte verzweifelt mit den Armen durch die Luft. »Keiner gibt einen Schuß ab!«

Ben kam allmählich wieder zur Besinnung und sprang auf.

»Bleib, wo du bist«, schnauzte al-Diib ihn an und riß Radjis Kopf zurück.

Der Junge rührte sich nicht. Das Boot war noch langsamer geworden und schaukelte nun auf den Wellen.

»Sie haben keine Chance«, entgegnete Kamal ruhig.

»Ich bringe ihn um.«

»Wir kriegen Sie trotzdem.«

Der Wolf preßte die Klinge fester an Radjis Hals. Panik und Wahnsinn mischten sich in seinem Blick.

»Ich töte den Jungen.«

Der Inspektor trat einen Schritt vor und hob die Hände hoch. »Beruhigen Sie sich.«

»Du!« Al-Diib zeigte auf ihn. »Du wirst das Boot steuern.« Ben nickte und hielt die Hände weiterhin erhoben, während er sich langsam zum Steuerrad begab. Er konnte nichts anderes tun, solange er keine Waffe besaß.

Die Pistole! Radji hatte nach ihr gegriffen, bevor der Mann ihn weggerissen hatte. Ben suchte mit den Augen das Deck ab. Er entdeckte die Waffe genau dort, wo sie vorhin gelegen hatte. Al-Diib folgte dem Blick des Inspektors. Seine Miene hellte sich sichtlich auf, als er die Pistole sah, die sich fast zu seinen Füßen befand.

Der Wolf hielt den Knaben weiterhin im Griff und bückte sich nach der Waffe.

Als der Mann sich umständlich vorbeugte, um die Pistole an sich zu bringen, nutzte Radji die Gelegenheit, ihm fest ins Handgelenk zu beißen. Al-Diib schrie vor Schmerz und stach mit der Klinge nach dem Jungen, doch der hatte sich bereits aus dem Griff befreien können.

Radji war wohl etwas zu hastig vorgegangen, denn er verlor sein Gleichgewicht und schlitterte über das Deck, während Ben zu seiner Pistole sprang.

»Lassen Sie Ihre Waffen fallen!« brüllte ein palästinensischer Polizeioffizier.

»Wir können sie alle ausschalten«, meldete einer der Scharfschützen über Danielles Empfänger. »Alle zehn auf einmal. Sie müssen nur den Befehl erteilen.«

Danielle fragte sich, ob ihr eine Wahl blieb. Ein dummes Mißverständnis, vielleicht aber auch bewußter Kalkül hatte Commander Shaath dazu veranlaßt, im entscheidenden Moment den Israelis entgegenzutreten.

Die Zeit schien stillzustehen, und Danielle stellte sich vor, was geschehen würde, wenn sie jetzt den Feuerbefehl gab.

Israelische Shin-Bet-Agenten und palästinensische Polizisten liefern sich im Hafen von Gaza ein Feuergefecht. Die erste gemeinsame Aktion der beiden Nationen endet in einem Blutbad, in deren Verlauf der Mörder mit zwei Geiseln entkommen kann.

Eine der Geiseln ist Ben.

Sie warf einen Blick aufs Meer. Das Boot schien außerhalb des Hafens angehalten zu haben, war jedoch zu weit entfernt, um Kamal noch rechtzeitig erreichen zu können.

»Wir sind Mitglieder der israelischen Exekutive und befinden uns auf einer gemeinsamen Mission mit den palästinensischen Behörden!« rief sie so laut, wie sie konnte. »Meine Kollegen und ich werden jetzt diesen Kahn dort besteigen. Wenn Sie unbedingt das Feuer auf uns eröffnen wollen, dann nur zu!«

Danielle wagte kaum zu atmen, als sie sich in Bewegung setzte und nach wenigen Schritten das Boot erreicht hatte. Sie winkte den Agenten zu, ihr zu folgen.

Kapitel 42

Ben hechtete zu seiner Pistole. Er bekam sie zwar nicht zu fassen, doch es gelang ihm, ihr einen Stoß zu versetzen. Die Waffe rutschte über das Deck und fort von al-Diib.

Kamal lag flach auf dem Boot und erhielt einen harten Tritt an den Kopf. Die Stiefelspitze des Wolfs traf ihn halb ins Gesicht und brachte jeden einzelnen Schädelknochen zum Vibrieren. Als er sich wegrollen wollte, setzte der Schmerz explosionsartig ein. Der zweite Tritt erwischte seine Niere. Ben bekam mit einer Hand die Reling zu fassen und zog sich daran hoch.

Al-Diib stürmte mit dem Messer auf ihn zu. Die Klinge wirkte im Schatten dunkel und matt. Da Ben keine Möglichkeit zur Flucht hatte, wich er so weit wie möglich zur Seite aus, als der Stahl auf ihn herniederfuhr. Die Schneide teilte sein Hemd und schnitt tief in seine Brust. Blut sickerte durch den Stoff. Halb benommen vor Schock und Schmerz wankte Kamal zurück. Wahrscheinlich wäre es mit ihm zu Ende gewesen, wenn der Wolf nicht beim zweiten Angriff auf den nassen Planken ausgeglitten wäre.

Der Inspektor konnte dem Messer ein weiteres Mal ausweichen, aber er wußte, daß er dem Mörder auf Dauer nicht gewachsen war.

Eine Waffe, ich brauche irgend etwas, womit ich mich wehren kann ...

Die Pistole war viel zu weit entfernt. Fieberhaft suchte er das Deck nach irgendeinem Gegenstand ab. Plötzlich bemerkte er den Jungen, der auf der Steuerbordreling des Kahns stand und al-Diib ansprang. Er packte mit beiden Händen den Arm des Mörders, der das Messer hielt, und zwang ihn mit einem Ruck nach unten.

Schon im nächsten Moment griff Ben den Riesen an. Er hatte ihn noch nicht ganz erreicht, als der Wolf seinen Arm befreien konnte und wild um sich stach.

Kamal verfolgte, wie der Stahl hierhin und dorthin sauste, während Radji weiterhin versuchte, den Arm zu blockieren.

»Nein!« brüllte der Inspektor, als die Klinge in den Bauch des Knaben fuhr.

Sobald sich alle Agenten auf dem Fischerboot befanden, befahl Danielle dem Kapitän, den Hafen mit voller Fahrt zu verlassen. Der Mann hatte zuviel Angst, um Einwände zu erheben. Er stellte sich gehorsam hinter das Steuerrad, lenkte seinen Kahn aufs offene Meer und nahm die Verfolgung des dahindriftenden Bootes auf, mit dem der Wolf geflohen war.

Sie waren noch viel zu weit entfernt, um etwas erkennen zu können. Aber Danielle entdeckte, daß sich jemand auf dem Deck bewegte. Offensichtlich lebte Ben noch.

»Schneller!« trieb sie den Kapitän an. Die Agenten gingen an der Reling in Position und richteten ihre Waffen auf den Kahn.

Kamal hörte, wie der Junge stöhnte, nach hinten torkelte und auf dem Deck zusammenbrach, während er sich mit beiden Händen den Bauch hielt, auf dem sich ein roter Fleck ausbreitete.

Aus Radjis Augen sprach nackte Angst, dann wurden sie glasig. Dieser Anblick gab Ben alle Kraft, die er brauchte.

»Du Schwein!«

Er warf sich auf den Riesen und schrie aus Leibeskräften – oder bildete er sich das nur ein? Später wußte er es nicht mehr zu sagen. Er spürte jedenfalls, daß er dem Hünen im Nahkampf überlegen war.

Kamal prügelte mit harten Schlägen auf al-Diib ein, und seine Wut verlieh ihm Bärenkräfte. Er glaubte, wieder den Sandmann vor sich zu haben – und diesmal würde es ihm vielleicht möglich sein, ein Leben zu retten.

Doch der Wolf war ein zäher Gegner. Er packte Ben und schleuderte ihn gegen die Kabinentür. Der Inspektor spürte, wie er den Boden unter den Füßen verlor, durch die Luft flog und dann hart gegen das Holz krachte. Sein Rückgrat schmerzte, und er konnte sich kaum noch bewegen. Mit letzter Kraft riß er die Arme hoch und drückte dem Riesen einen Daumen ins Auge.

Al-Diib heulte vor Schmerz, ließ Ben los und riß die Hände hoch, um sie über das verletzte Auge zu legen.

Kamal stieß sich von der Tür ab und rammte dem Mann ein Knie in den Unterleib.

Der Wolf knickte zusammen, holte aber noch zu einem Schlag aus, der den Inspektor am Kopf traf. Bens Schädel flog zur Seite.

Der Riese war schon wieder über ihm, riß ihn am Hemd hoch und schleuderte ihn hart aufs Deck. Trotz der Schmerzen, die ihm die Sicht zu nehmen drohten, sah Kamal, daß al-Diib nach einem Enterhaken an die Kabinenwand griff.

»Feuer!« schrie Danielle, als sie sah, wie der Enterhaken durch die Luft sauste. »So schießt doch!«

Aber in der Eile waren die Scharfschützen nicht mit an Bord gekommen, und die dreihundert Meter, die sie noch von dem Boot trennten, waren für die mitgeführten Maschinenpistolen und Pistolen eine zu große Distanz. Die Agenten feuerten, was ihre Waffen hergaben, doch die Chance, den Wolf zu treffen, war äußerst gering.

So vergingen wertvolle Sekunden.

Die Chefinspektorin sah, wie der Eisenhaken auf Ben niederging.

Kamal hörte die Schüsse wie durch einen Nebel. Als der Wolf mit dem Arm weit ausholte und alle Kraft in den tödlichen Schlag legte, trat Ben ihm mit voller Wucht gegen das rechte Knie. Der Enterhaken verfehlte den Inspektor und fuhr in die Planken.

Ben stieß sich wieder ab und rutschte über das Deck. Zum Aufstehen blieb ihm keine Zeit mehr. Vor ihm tauchte seine Pistole auf, die unter eine Bank geglitten war.

Al-Diib riß den Haken aus dem Holz, und einige Späne sausten durch die Luft. Er humpelte auf den Inspektor zu und achtete darauf, sein rechtes Bein nicht zu belasten. Der Mann kehrte dem Wasser den Rücken zu, und Kamal sah, wie der Haken wieder in die Höhe ging. Ben hatte die Pistole noch nicht erreicht, als die Waffe wieder herabsauste.

Danielle hockte vorn im Bug, hielt die Pistole mit beiden Händen und nahm den Mörder ins Visier. Knapp zweihundert Meter trennten die beiden Boote noch voneinander. Eine hinreichende Distanz, wenn nur nicht das ständige Schaukeln des Kahns gewesen wäre. Zielen war kaum möglich. Wiederum konnte sie nur auf ihr Glück hoffen.

Danielle atmete tief durch und drückte ab. Sie feuerte ununterbrochen, ohne Rücksicht zu nehmen, worauf sie eigentlich schoß.

Blut drang aus der Schulter des Wolfs, und er fiel zur Seite. Kamal nutzte die Gelegenheit, sich noch ein Stück vorzuschieben, bis er endlich die Hand um den Pistolengriff schließen konnte. Sofort wirbelte er herum und legte auf al-Diib an, als dieser erneut den Enterhaken schwang.

Die ersten Kugeln trafen den Riesen in die Brust und warfen ihn zurück. Der Inspektor hatte keine Zeit, sich in eine bessere Schußposition zu bringen, und so feuerte er einfach drauflos. Mehrere Kugeln fuhren dem Mann in den Bauch, und er taumelte immer weiter auf die Reling zu.

Kamal hob die Hand und zielte auf Hals und Gesicht des Mörders. Die letzten Kugeln warfen ihn von Bord.

Kapitel 43

Ben kroch auf allen vieren übers Deck, hielt Radji an sich geklammert und preßte eine Hand auf die Bauchwunde des Jungen, um die Blutung aufzuhalten.

Wie zierlich seine Gliedmaßen sind. Wie kindlich er jetzt aussieht, da er dem Tod so nahe ist.

Das Fischmesser steckte immer noch in der Wunde. Zum Glück für den Knaben war die Klinge nicht besonders lang und hatte vielleicht den inneren Organen nur geringen Schaden zugefügt.

Kamal lehnte sich an die Bordwand, hielt den Jungen im Schoß und bemühte sich, ihn kraft seines Willens am Leben zu halten. Damals, beim Sandmann, hatte er nicht die Chance bekommen, seine Söhne, oder wenigstens einen von ihnen zu retten ...

Dabei hatte es sich nur um Minuten gehandelt. Wenn er fünf Minuten früher nach Hause gekommen und gleich die Treppe hinaufgestürmt wäre, um den Sandmann zu erschießen, bevor dieser sich über die Kinder hermachen konnte, die friedlich in ihren Betten schliefen ...

Er hatte den Sandmann erschossen, um sein eigenes Leben zu retten – und das bedeutete ihm nicht viel. Fünf Minuten hatten über Leben und Tod entschieden – ganze dreihundert Sekunden, die er jedoch nie zurückholen konnte.

Der Inspektor schloß die Augen, um dem Schmerz zu entgehen, der in ihm hochstieg ...

Als er sie wieder öffnete, stieg al-Diib gerade über die Reling aufs Boot zurück. Die Fische des Mittelmeers hatten Stücke aus seinem Körper gebissen, und ein Augapfel baumelte an einem dünnen Fetzen an seiner Wange ...

Ben fuhr zusammen und erkannte, daß er einem Alptraum oder einer Halluzination erlegen war. Vermutlich hatte er sich beim Kampf mit dem Wolf eine Gehirnerschütterung zugezogen. Alles drehte sich vor ihm, und er preßte den Knaben fester an sich, um zu verhindern, daß er erneut in Ohnmacht fiel.

Kamal hörte, wie ein anderes Boot die Längsseite des Kahns erreichte. Das Deck unter ihm schwankte, als Danielle mit ihrem Team an Bord kam.

»Ari!« rief sie.

Ein Mann mit einer Arzttasche eilte zu ihm. Er kniete sich vor Ben und dem Jungen hin, stellte die Tasche ab und wollte dem Inspektor Radji abnehmen.

Aber Kamal ließ ihn nicht los.

Ein Schatten tauchte neben ihm auf. Ben spürte eine sanfte Hand auf seiner Schulter, die ihn streichelte.

»Alles ist gut«, sagte Danielle leise. »Ari ist ausgebildeter Mediziner. Er kümmert sich um den Jungen. Du kannst ihn jetzt loslassen.«

Kamal hob den Kopf, sah sie an und ließ von Radji ab. Ari begann sofort mit der Untersuchung. »Wird der junge Mann durchkommen?« fragte Danielle, nachdem Ari die Wunde inspiziert hatte.

»Ich habe schon Schlimmeres gesehen«, antwortete er grimmig.

»Danach habe ich nicht gefragt.«

»Er wird es überleben.«

Ben konnte sich später nur noch bruchstückhaft an das erinnern, was danach geschah. Sein Körper war wie betäubt, und er hatte große Mühe, die Augen offen zu halten. Er spürte nur, wie ihm jemand eine Decke umlegte und ihn festhielt.

Danielle.

Er erkannte sie an dem wunderbaren Duft, der ihm in den letzten Tagen so vertraut geworden war.

Als sie in den Hafen zurückkehrten, hatte sich dort

schon eine riesige Menschenmenge versammelt. Zwei Krankenwagen waren bereits eingetroffen. Wenn sie jetzt in Amerika gewesen wären, schoß es Kamal durch den Kopf, hätte sich auch die Pressemeute eingefunden. Aber hier waren sie eben im Gaza-Streifen, und die Menge machte bereitwillig Platz, als die Sanitäter mit den Tragen herbeieilten. Niemand versuchte, den Kordon zu durchbrechen, den die palästinensischen Polizisten bildeten.

Danielle stieg in den zweiten Krankenwagen, hielt sich aber nahe an der Tür, um den Sanitätern nicht im Weg zu stehen. Als man Kamal an den Tropf hängte, ruhte sein Blick auf Danielle. Augenblicklich fühlte er sich besser, und die Benommenheit wich der Erinnerung an al-Diib.

Der Wolf hatte ihm keinen Knochen gebrochen, und die Schnittwunde an der Brust war nicht tief. Nur die Schläge an den Kopf hinterließen bei ihm das Gefühl, dort wachse etwas von der Größe einer Wassermelone heran. Und sein Gaumen fühlte sich an, als habe jemand seinen Mund mit Watte ausgefüllt – aber das alles würde vorübergehen.

Danielle streichelte ihm über die Stirn. »Es ist vorbei, Ben.« Sie klang erleichtert.

Aber etwas in ihrer Stimme verriet ihm, daß sie selbst nicht so recht daran glaubte.

Kapitel 44

Im Krankenhaus verabreichte man Kamal Demerol, und die Welt verwandelte sich in einen treibenden Nebel, unter dem alle Schmerzen vergingen. Die Stunden verschmolzen miteinander und ließen sich nicht mehr voneinander unterscheiden. Der Inspektor erfuhr, daß es Radji – den Umständen entsprechend – gut ging. Ari hatte ihn versorgt und den Blutfluß gestoppt, so daß der Junge ins Krankenhaus transportiert werden konnte.

Als erster offizieller Besucher erschien der Bürgermeister bei Ben und strahlte über das ganze Gesicht.

»Meinen Glückwunsch!« lobte er begeistert. »Wir erhalten so viele Anrufe von der internationalen Presse, daß unser Telefonnetz jeden Moment zusammenbrechen wird. Für morgen ist eine gemeinsame Pressekonferenz mit den Israelis angesetzt, die Ihren Erfolg und die näheren Umstände bekanntmachen soll. Der Präsident hat sein persönliches Erscheinen zugesagt. Er freut sich schon darauf, Ihnen die Hand zu schütteln.«

»Dann muß mir aber jemand eine frische Uniform besorgen ...«

Sumaya lächelte. »Der Wolf hieß mit bürgerlichem Namen Abu Garub. Offensichtlich haben Sie mit Ihrer Theorie von einem kastrierten Mann hundertprozentig richtig gelegen. Er hat im Internierungslager Ansar 3 eingesessen, und seine Mithäftlinge haben ihm die Verstümmelungen beigebracht, nachdem sie erfahren hatten, daß er für die Israelis als Spitzel tätig war.«

»Woher wissen Sie das?«

»Von den Israelis.«

»Wohl nur, weil Garub von den Palästinensern so zugerichtet wurde. Wenn es Israelis gewesen wären ...«

»Ich habe auch schon mit Dr. al-Shaer gesprochen. Er hat bestätigt, daß den drei Jericho-Opfern mit einem Messer wie dem, das der Wolf bei sich gehabt hat, die Stiche zugefügt worden sind. Es war nicht unbedingt dasselbe Messer, aber bei einem Fischhändler darf man wohl davon ausgehen, daß er über mehrere solcher Werkzeuge verfügt.«

Der Bürgermeister sah Ben an, der gerade versuchte, sich in eine aufrechte Position zu bringen. »Die Journalisten sind ganz verrückt danach, mit Ihnen zu reden. Natürlich erst, wenn Sie sich etwas besser fühlen.«

Kamal bemühte sich, eine erfreute Miene aufzusetzen, verschwieg Sumaya aber den Umstand, daß er bereits Zaid Jabral ein Exklusiv-Interview zugesagt hatte.

»Sie haben heute Geschichte geschrieben, Ben. Es hat auch etwas Gutes, daß die Mauern von Jericho zum zweiten Mal eingestürzt sind und die Welt einen Blick hineinwerfen kann.«

»Hoffentlich gefällt ihr auch, was sie dort zu sehen bekommt.«

Anschließend verfiel der Inspektor in einen Dämmerzustand und wachte erst wieder auf, als Danielle ihn sanft an der Schulter rüttelte.

»Ich dachte, Sie würden gern erfahren, daß Radji nach Ihnen gefragt hat.«

»Wenn es ihm helfen würde, würde ich ihm sogar mein Blut spenden, aber ich fürchte, an das Demerol darin könnte er sich schnell gewöhnen.«

»Erstaunlich, nicht wahr, wieviel Widerstandskraft junge Menschen besitzen.«

»Glücklicherweise müssen die jungen Leute das in den meisten Kulturen nicht mit einem Messer im Bauch unter Beweis stellen.«

»Nein, da gibt es ja zum Beispiel auch noch Autobomben oder Landminen.« Sie zwang sich zu einem Lächeln. »Wie schön, daß es Ihnen schon etwas besser geht.«

Ben richtete sich auf den Ellenbogen auf. Der Tonfall in ihrer Stimme gefiel ihm nicht. »Was ist los?«

»Nichts. Das kann warten.«

»Nach Ihrem Gesichtsausdruck zu schließen, muß es aber ziemlich dringend sein.«

Danielle atmete tief durch. »Ich glaube, Sie hatten recht. Es gibt zwei Mörder.«

Kamal richtet sich noch ein Stück auf.

»In Ansar 3 gab es keine Unterlagen über einen Häftling

namens Abu Garub. Erst als Sie ihn getötet haben, sind seine Akten wie durch ein Wunder aufgetaucht.«

»Sind Sie dort gewesen?«

Danielle nickte.

»Und was noch?«

»Vor dem Rückzug unserer Truppen hat der Shin Bet in vier Mordfällen ermittelt. Die Dateien mit den Berichten darüber sind manipuliert worden. Jemand hat Teile davon gelöscht.«

»Haben Sie herausfinden können, was fehlt?«

»Nein, noch nicht. Aber mittlerweile glaube ich, daß meine Seite über wesentlich mehr Informationen verfügte, als sie schließlich herausgerückt hat.«

»Meinen Sie, das reicht aus, um von einem zweiten Täter auszugehen?«

»Kommt drauf an, was aus den Dateien gelöscht wurde.«

Aber Ben war ganz und gar nicht überzeugt. »Radji hat Garub eindeutig als Mörder identifiziert. Mir reicht das vollkommen aus.«

Er wollte sich umdrehen, aber Danielles Tonfall ließ ihn innehalten. »Sie scheinen wieder Angst zu haben ... tut mir leid.«

»Ich habe nie aufgehört, Angst zu haben.«

»Was ist auf dem Boot geschehen, Ben? Irgend etwas muß all die alten Erinnerungen geweckt haben.«

»Wenigstens ist diesmal nur das Monster gestorben.«

»Und Sie haben einem Jungen das Leben gerettet.«

»Ob er sich darüber freuen soll? Wahrscheinlich wird er ja doch wieder ins Flüchtlingslager zurückgebracht.«

Ben besuchte den Jungen am Abend. Radji sah immer noch blaß und mitgenommen aus. Ein dicker Verband bedeckte seinen Bauch. Aber die dunklen Augen blickten klar, und sie folgten dem Inspektor überallhin.

»Hier kann man noch nicht einmal fernsehen«, beschwerte sich der Knabe. »Im Krankenhaus sollten sie wenigstens Fernsehgeräte haben.«

»Ich werde nachher mit dem Bürgermeister darüber reden.«

»Sie haben mich nicht einmal aus dem Zimmer gelassen, damit ich meine Schwester besuchen kann.«

»Deine Schwester wird in Jericho behandelt. Wir befinden uns hier in Jerusalem.«

»Gibt es dort denn wenigstens Fernsehgeräte?«

»Ich glaube nicht.«

Radji richtete sich ein wenig auf. »Darüber solltest du auch mit dem Bürgermeister reden.«

Ben legte ihm eine Hand auf die Schulter. »Sonst noch Beschwerden?«

»Ich habe einen Messerstich abbekommen, der ziemliche Schmerzen verursacht. Doch das Schlimmste ist, daß eigentlich alles umsonst war.«

»Warum?«

»Leider ist es mir erst aufgegangen, als ich ihn aus der Nähe gesehen habe.«

»Was denn?«

Radjis Augen wurden groß. »Der Mann auf dem Fischerboot war nicht derjenige, den ich neulich in der Gasse gesehen habe.«

SIEBTER TAG

Kapitel 45

Das nächste Mal wachte Kamal vom durchdringenden Gestank einer Zigarre auf. Es war dunkel, und der Inspektor hatte Schwierigkeiten, sich zu orientieren. Nur die Außenbeleuchtung warf ein wenig Licht durchs Fenster. Ben hatte lange geschlafen. Er tastete nach der Uhr auf dem Nachttisch und stieß sie unbeabsichtigt herunter. Sie landete mit einem lauten Knall auf dem Boden.

»Zwei Uhr in der Frühe, mein Bester«, bemerkte die vertraute Stimme von Colonel Frank Brickland.

»Sie sollten hier drinnen nicht rauchen«, entgegnete Kamal.

»Ich weiß, ist schlecht für meine Gesundheit.«

»Eigentlich habe ich mehr an meine gedacht.«

»Stehen deswegen die Wachen vor Ihrer Tür?«

»Sie sollen Personen zurückweisen, die hier nichts zu suchen haben.«

»Nun, ich habe ihnen meinen Ausweis gezeigt.«

Ben verschränkte die Hände hinter dem Kopf. »Ich schätze, Sie machen sich jetzt aus dem Staub, oder?«

»Sind Sie sauer, weil ich Ihnen keine Blumen geschickt habe?«

»Ich dachte eher, daß Sie nach Amerika zurückreisen.«

»Leider habe ich meinen Sohn noch nicht gefunden, Benny.«

»Wenigstens wissen Sie jetzt, daß er noch lebt.«

»Er war nicht das Mordopfer, das Sie am Sonntag

gefunden haben, aber das bedeutet nicht, daß er noch unter den Lebenden weilt.«

»Wenn es anders wäre, hätten Sie es längst erfahren.«

»Woher wollen Sie das wissen?«

Kamal bereitete das Sprechen einige Mühe. »Als ich auf dem Boot den Jungen in den Armen hielt, wußte ich, daß er durchkommen wird.«

»Dabei sind Sie nicht einmal mit ihm verwandt.«

»Genau das wollte ich damit sagen.«

Bricklands Verhalten ihm gegenüber hatte sich seit ihrer ersten Begegnung deutlich verändert. Mittlerweile erkannte ihn der Colonel als gleichwertig an. Am Morgen auf dem Fischerkahn hatte Kamal den entscheidenden Test bestanden und konnte zum Beweis dafür die Verbände und Wunden vorweisen. In Bricklands Augen waren das wichtige Trophäen.

»Sie wissen sicher, daß die Geschichte noch nicht vorbei ist, oder?« fragte er den Colonel.

Der Mann setzte ein Lächeln auf, als wolle er Stahl durchbeißen. »Was hat der Bengel Ihnen erzählt?«

»Woher wissen Sie, daß ich ihn bereits besucht habe?«

»Weil ich das an Ihrer Stelle getan hätte.«

»Radji sagte, der Mann, den ich getötet habe, sei nicht der, den er bei der Ermordung Fasils beobachtet habe. Er meint, letzterer habe eine Narbe im Gesicht gehabt. Abu Garubs Wangen waren aber glatt.«

»Sie sind trotzdem ein Held.«

»Das tröstet mich nicht sehr.«

»Willkommen im Club. Erzählen Sie mir jetzt bloß nicht, daß Sie überrascht sind.«

»Überrascht hat mich nur, daß alle Indizien auf einen einzigen Mörder hingewiesen haben.«

»Das hängt damit zusammen, daß Sie es mit äußerst gerissenen und cleveren Gegnern zu tun haben, die nichts dem Zufall überlassen.«

»Sie meinen die Israelis?«

»Ich würde sie zumindest nicht von jedem Verdacht freisprechen. Verdammt, es sähe ihnen sogar ziemlich ähnlich. Natürlich wollen sie nicht, daß der Friedensprozeß in irgendeiner Weise gestört wird. Auf der anderen Seite gibt es da immer noch die Terroristen, und es wäre doch zu ärgerlich, wenn man von denen die Finger lassen müßte.«

»Das ist mir auch schon durch den Kopf gegangen.«

»Dann denken Sie doch mal darüber nach, mein Bester: Wenn Sie und Ihre israelische Freundin weiter im trüben fischen, wird man Ihnen nicht gerade auf die Schulter klopfen. Aber was Sie heute geleistet haben, erspart allen eine Menge Ärger. Und jetzt kommen Sie plötzlich daher, verderben die Stimmung und erklären, da draußen läuft noch ein zweiter Serienmörder frei herum ...«

»Es geht mir nicht allein um den Nachahmungstäter, sondern um Fasil.«

»Da kann ich Ihnen nicht ganz folgen.«

»Fasil ist in den letzten Wochen zweimal nach Jericho gekommen und hat beide Male an einem Treffen teilgenommen. Die Hamas hat mich gekidnappt, weil sie nach seiner Ermordung in seinen Unterlagen nicht das gefunden hat, wonach sie suchte. Das alles deutet darauf hin, daß der Mann ein großes Ding geplant und kurz vor seinem Ableben mitten in den Vorbereitungen gesteckt hat.«

»Und Sie glauben, dieses ›große Ding‹ ist nicht mit ihm gestorben?«

»Könnte gut sein.«

»Und Sie vermuten weiter, seine Planungen richteten sich gegen die anstehenden Friedensgespräche?«

»Colonel, Sie haben doch selbst seine Akte gelesen. Der Mann war einer der besten und gefährlichsten Kämpfer in den Reihen der Hamas. Diesen Leuten ist alles zuzutrauen.«

Brickland nahm die Zigarre aus dem Mund. Der Rauch driftete zur Decke. »Jetzt aber mal langsam mit den jungen

Pferden, mein Bester. Das Liedchen, das Sie da pfeifen, hört man weder auf Ihrer noch auf der anderen Seite gern. Wenn Sie in diesem Wespennest herumstochern, torpedieren Sie die Friedensgespräche und handeln so ganz im Sinne Fasils. Ich glaube nicht, daß Ihnen irgend jemand zuhören wird, ganz gleich, welche Beweise Sie auch haben mögen.«

»Haben Sie denn einen Vorschlag, was ich tun soll?«

»Hauen Sie einfach ab. Je weiter Sie kommen, um so besser.«

»Sie wissen, daß ich das nicht tun kann.«

»Dann machen Sie beide Augen zu. Genießen Sie Ihren Ruhm, und nehmen Sie sich Ihren Anteil vom Kuchen. Lassen Sie sich als Held feiern, und sagen Sie sich im stillen, daß das, was Fasil auch immer vorgehabt haben mag, mit seinem Tod untergegangen ist. Rufen Sie Ihre israelische Freundin an, und verbringen Sie eine Nacht mit ihr. Das, was Sie beide trennt, zählt jetzt nicht –«

»Zahlen!« entfuhr es Kamal, und er saß kerzengerade in seinem Bett.

»Was ist denn jetzt los?«

»Mir ist gerade etwas eingefallen!«

»Sie hatten recht«, sagte Ben am Telefon, nachdem er Danielle wachgeklingelt hatte. »Es gibt wirklich einen zweiten Wolf.«

»Dann hatten ja eigentlich Sie recht«, entgegnete Danielle und gähnte. »Aber können wir das irgendwie beweisen?«

»Radji hat gesagt, Garub sei nicht der Mörder gewesen, den er gesehen habe.«

»Das reicht wohl kaum aus.«

»Warten Sie, wir haben noch mehr. Was, wenn Fasil nicht der einzige Terrorist war, für dessen Tod der zweite al-Diib verantwortlich ist? Wenn dieser Mörder es nun auf Fasils gesamte Terroristengruppe abgesehen hat? Sie haben mir doch gesagt, daß Fasil schon einmal als Harvey Fayles in die Westbank eingereist sei. Wann war das?«

»Vor etwa zwei Wochen.«

»Genauer gesagt vor fünfzehn Tagen ... In der Nacht ist Leila Khalil in Jericho ermordet worden.«

Kapitel 46

»Aufgrund Ihrer herausragenden Arbeit sind Sie für eine hohe Auszeichnung vorgeschlagen worden«, erklärte Raz Nitza Giott Danielle am Sonntag morgen.

»Und wir wollen auch Ihre Diskretion nicht vergessen«, fügte Moshe Baruch hinzu. »Die Bearbeitung und rasche Lösung dieses Falles wird sich für Sie noch als Karrieresprungbrett erweisen.«

»Ich könnte mir vorstellen«, sagte Giott, »daß es Ihnen gefallen würde, zur Polizei zurückzukehren, und zwar im Rang eines stellvertretenden Commissioners!«

»Da Sie als Undercover-Agentin tätig waren, ersparen wir Ihnen natürlich die Pressekonferenz und die damit verbundene unnötige Publicity.« Baruch wandte sich an Giott. Er wußte offenbar nicht, wie er sich ausdrücken sollte. »Andererseits könnten wir ein positives Presseecho gut gebrauchen, und wenn Frau Barnea bereit wäre ...«

»Frau Barnea wäre gut beraten, sich jetzt etwas Urlaub zu gönnen«, schlug Giott in väterlichem Tonfall vor, ehe er sich wieder an Danielle wandte. »Verbringen Sie doch ein paar Tage in einem unserer Feriendörfer in Eilat.«

Danielle hatte den Eindruck, das Schicksal habe ihr einen Streich gespielt. Vor einer Woche noch hatte sie sich nichts sehnlicher gewünscht, als alles hinter sich zu lassen. Und jetzt, da man ihr die Chance bot, wollte sie es nicht mehr. Nein, sie konnte den Fall nicht ruhen lassen.

»Eine großartige Idee«, antwortete sie. »Ich werde darüber nachdenken.«

Dem Rest der Unterhaltung folgte Danielle nur noch mit halbem Ohr. Wie sollte sie diesen Männern schonend beibringen, daß vermutlich ein zweiter Mörder sein Unwesen trieb und daß wichtige Dateien manipuliert worden waren? Wenn ihr und Bens Verdacht sich erhärten sollte, würde die Spur unweigerlich nach Israel führen und vielleicht sogar bis zu Giott und Baruch ...«

Damit hätte sie ihr eigenes Leben in Gefahr gebracht. Danielle mußte sehr vorsichtig sein, wenn sie auf diesem Weg weitergehen wollte. Schließlich wußte sie nicht, wohin er sie führen würde.

»Genießen Sie Ihren Urlaub, Pakad«, sagte Giott zum Abschied und legte ihr wohlmeinend eine Hand auf die Schulter. »Und denken Sie über mein Angebot nach.«

»Vielen Dank«, entgegnete sie. »Das werde ich ganz bestimmt.«

Ben marschierte aus dem Krankenhaus, ohne offiziell entlassen worden zu sein, und fuhr mit einem Taxi zurück nach Jericho. Als in Jerusalem die Pressekonferenz mit Präsident Arafat und dem israelischen Verteidigungsminister begann, betrat Kamal durch eine Seitentür das Polizeirevier. Es gelang ihm beinahe, unbemerkt in sein Büro zu kommen. Doch kurz vor der Tür rief ihn jemand vom anderen Ende des Flurs:

»Dachte ich's mir doch, daß ich Sie hier antreffen würde, Inspektor.«

Ben drehte sich um und sah Major al-Asi, der in einem eleganten olivgrünen Anzug auf ihn zukam.

»Aha, Ihr Armani-Anzug ist also eingetroffen, Major.«

»Ich gebe Ihnen gern den Namen meines Schneiders«, sagte al-Asi und blieb vor ihm stehen. »Ich glaube, ich muß Ihnen wohl gratulieren.«

»Danke.«

Der Sicherheitschef sah demonstrativ auf seine Armbanduhr. »Wenn ich recht informiert bin, müßten Sie jetzt eigentlich woanders sein.«

»Ich habe genug von Krankenhäusern.«

»Das sollten Sie für die Zukunft beherzigen.« Al-Asis Miene wurde ernst. »Sie haben wirklich ausgezeichnete Arbeit geleistet, und dafür ist Ihnen mein Beifall gewiß. Sie sollten sich freuen, daß diese Arbeit erledigt ist, und mit den anderen Ihren Erfolg feiern.«

»Das werde ich auch noch.«

»Es sei Ihnen gegönnt. Wissen Sie, Inspektor, ich würde nie jemandem Steine in den Weg legen, der seine Arbeit ordentlich macht – selbst wenn sie im Widerspruch zu meinen eigenen Interessen steht. Aber wenn jemand gegen meine Interessen handelt und dabei auch noch schlampig arbeitet, sehe ich mich zum Eingreifen gezwungen.«

Kamal ließ sich davon nicht beeindrucken. »Ist das alles, Major?«

»Im Prinzip ja. Es sei denn, Sie möchten, daß einer meiner Männer Sie zurück nach Jerusalem fährt.«

»Das wird nicht notwendig sein.«

»Ich glaube, da liegen Sie falsch.«

»Warum rufen Sie nicht Sumaya an und sagen ihm, daß Sie mich gefunden haben?«

Al-Asi verzog das Gesicht. »Wenn ich schon jemanden anrufe, dann höchstens Arafat. Aber der Präsident möchte nur gestört werden, wenn ich etwas zu vermelden habe. Was könnte ich ihm denn jetzt mitteilen, Inspektor?«

»Daß es mir leid tut, ihm nicht begegnet zu sein«, erwiderte Kamal und begab sich in sein Büro.

Sobald er die Tür hinter sich geschlossen hatte und an seinem Schreibtisch saß, nahm er sich den Bericht über den Mord an Leila Khalil vor, dem ersten Jericho-Opfer. Nach seinen Erfahrungen beim Besuch ihrer Familie wußte er, daß er von dieser Seite keine Hilfe zu erwarten hatte. Damit blieb nur einer übrig, der ihm helfen könnte: Leilas Freund. Der junge Mann war zwar schon verhört worden, aber offensichtlich nicht gründlich genug.

Er war achtzehn, hieß Siyad Hijjawi und hatte sich zusammen mit mehreren anderen in dem Wagen aufgehalten, der Leila nach Hause gefahren hatte.

Die muslimische Tradition schrieb vor, daß junge Leute nur gruppenweise ausgehen durften, niemals als Paar. Hijjawis Aussage entsprach durchaus dieser Sitte – bis auf einen Satz, der Kamal beim ersten Lesen nicht sonderlich aufgefallen war.

»Ich bin danach direkt nach Hause gefahren, habe den Wagen auf der Straße abgestellt und bin gleich ins Bett gegangen.«

Wie aber waren dann die anderen, die sich in dem Fahrzeug aufgehalten hatten, nach Hause gekommen? Nur eine Erklärung war möglich: Die anderen hatte man bereits abgesetzt, und Hijjawi war zum fraglichen Zeitpunkt mit Leila allein im Wagen gewesen.

Ben hätte sich vermutlich immer noch nicht viel dabei gedacht, daß ein junger Mann ungern zu Protokoll gab, mit seiner Liebsten allein gewesen zu sein, wenn nicht der Mord an dem Hamas-Führer Fasil ein ganz neues Licht auf Leilas Ermordung geworfen hätte. Und damit wohl auch auf Hijjawi.

Der Inspektor ahnte bereits, was hier eigentlich gespielt wurde – und der Gedanke erschreckte ihn zutiefst.

Danielle fuhr nach der Besprechung im Hauptquartier der Polizei gleich nach Ostjerusalem, wo ein gewisser Leutnant Yori Resnick die Sicherheitszone leitete. Laut den Unterlagen, die ihr zur Verfügung standen, war Resnick, damals noch Sergeant, mit den Ermittlungen im ersten Mordfall betraut worden, den man dem Wolf zugeschrieben hatte.

»Natürlich erinnere ich mich an den Fall«, erklärte er ihr in seinem Büro. »Eine Leiche in einem solchen Zustand vorzufinden, nun, das vergißt man so leicht nicht wieder.«

»Was man im Abschlußbericht über Ihre Vorgehensweise erfährt, ist aber recht vage gehalten.«

»Das verstehe ich nicht«, wunderte sich der Lieutenant. »Im Gegenteil, ich habe alles sehr detailliert dargestellt, dessen bin ich mir ganz sicher. Nun, das Opfer wurde in der Nacht ermordet, und deshalb haben wir nur mit wenigen Zeugen gerechnet. Doch wir hatten Glück. Zwei Pärchen hielten sich gerade in der Gegend auf. Ob sie zufällig vorbeikamen oder ob sie sich zu, nun, Sie wissen schon, in die Büsche zurückgezogen hatten, haben wir nie herausgefunden.«

»In dem Bericht steht, daß das Opfer, eine junge Frau, sich gerade auf dem Weg zu ihrem Freund befunden habe.«

»Tja, scheint dort ein beliebtes Plätzchen zu sein. Doch wie dem auch sei, die beiden Pärchen kannten sich nicht und standen auch mit der Ermordeten in keiner Beziehung. Wir haben sie natürlich vernommen, machten uns aber nur wenig Hoffnung, weil es eben, wie gesagt, dunkel gewesen war. Aber als wir die Zeugenaussagen dann miteinander verglichen haben, konnten wir erstaunliche Übereinstimmungen feststellen.«

»Moment mal!« unterbrach Danielle ihn. »Soll das etwa heißen, Sie hatten eine Täterbeschreibung?«

»Mehr als das. Wir haben beide Pärchen unabhängig voneinander zu unserem Zeichner geführt, der aufgrund ihrer Angaben zwei nahezu identische Porträts gezeichnet hat.«

Danielle glaubte, ihren Ohren nicht zu trauen. »Es gab sogar ein Phantombild von dem Mörder?«

»Wir haben alles an den Shin Bet weitergeleitet, sobald dieser Dienst die Ermittlungen übernommen hat. Das scheint Sie zu überraschen ...«

Danielle wußte nicht, was sie entgegnen sollte. Irgend jemand hatte nicht nur entscheidende Passagen in Resnicks Bericht aus den Dateien entfernt, sondern auch das Phantombild gelöscht, das auf den Aussagen von vier Augenzeugen des ersten Mordes basierte!

»Wir möchten den Fall endgültig zu den Akten legen, und es sind noch ein paar Detailfragen offengeblieben«, sagte sie schließlich und drehte den Kopf zur Seite, damit der Lieutenant nicht erkennen konnte, wie empört sie war, woraus er möglicherweise falsche Schlußfolgerungen ziehen würde. »Erinnern Sie sich zufällig noch an den Namen des Zeichners?« fragte sie dann wie beiläufig.

Siyad Hijjawi lebte in Musa'Alfami, einer südlich von Jericho gelegenen Stadt. Als Ben das weiße Steinhaus erreichte, in dem der junge Mann mit seiner Familie wohnte, war Siyad gerade nicht daheim.

Kamal machte es nichts aus, sich in seinen Wagen zu setzen und so lange zu warten, bis Siyad zurückkehrte. Die Ärzte im Krankenhaus hatten ihm gesagt, daß er viel Ruhe brauche. Ob er nun hier in seinem Wagen hockte oder in einem Krankenhausbett lag, lief in seinen Augen auf das gleiche hinaus.

Drei Stunden in der glühenden Nachmittagssonne vergingen, ehe ein schmaler, noch sehr jugendlich wirkender junger Mann auf die Haustür zumarschierte und den Schlüssel aus der Hosentasche zog. Siyad hatte gerade aufgesperrt, als der Inspektor hinter ihm auftauchte und ihn mit seinem Namen anredete. Erschrocken fuhr der Jüngling zusammen und starrte verwirrt auf die Polizeiuniform. Der junge Mann machte einen gepflegten Eindruck und trug einen modisch kurzen Haarschnitt. Auf seinen Wangen zeigte sich der Schatten von erstem Bartwuchs.

»Wir müssen miteinander reden«, erklärte Ben ihm streng.

Kapitel 47

Siyad erklärte sich nur zögernd bereit, Ben auf einen Spaziergang zu begleiten. Die Wirkung der Schmerzmittel ließ immer mehr nach, und Kamal spürte jede Schramme, die er am Vortag auf dem Boot erlitten hatte. Schon ein bloßer Schritt bedeutete für ihn eine Anstrengung.

»Ich habe der Polizei bereits alles gesagt, was ich weiß«, beschwerte sich der Jüngling.

»Aber mir noch nicht.«

Hijjawi sah ihn plötzlich mit verkniffenen Augen an und riß den Mund weit auf. »Sie sind der Mann, der gestern al-Diib zur Strecke gebracht hat! Ich habe Ihr Bild in der Zeitung gesehen.«

Der Inspektor nickte.

»Sie müßten doch eigentlich noch im Krankenhaus liegen.«

»Dort war ich auch bis vorhin. Dann habe ich es verlassen, um Sie zu sehen.«

Hijjawis Verhalten ihm gegenüber hatte sich von einer Minute auf die andere vollkommen verändert. Er behandelte den Inspektor mit Respekt, beinahe mit Bewunderung. »Ich sollte Ihnen wohl danken. Nach all dem, was dieses Tier meiner Freundin angetan –«

»Leila war nicht Ihre Freundin, Siyad, und wir beide wissen das.«

Die unterschiedlichsten Gemütsregungen lösten einander auf der Miene des Jünglings ab. Ben blieb stehen.

»Sie brauchen es gar nicht abzustreiten, denn damit verschwenden wir nur unsere Zeit.«

Hijjawi zuckte die Achseln. »Sie haben trotzdem Leilas Mörder erledigt.«

»Nein, habe ich nicht, und auch das wissen wir beide. Ich habe den Mann getötet, der Leilas Mörder nachgeahmt hat, und zwar akribisch genau, damit niemand der Unterschied bemerken sollte.«

Der Jüngling gab sich große Mühe, seinen Schreck zu verbergen.

Kamal bog in die nächste Gasse ein, in der sich niemand aufhielt, damit sie beide ungestört miteinander reden konnten.

»Ich werde Ihnen sagen, Siyad, was ich glaube. Und ich werde Ihnen erzählen, wie Sie mir helfen können. Also, meiner Überzeugung nach gehörte Leila zu einer terroristischen Vereinigung, genauer gesagt zur Hamas. Und ich glaube, Sie gehören ebenfalls dazu. Deswegen waren Sie beide auch allein, als Sie Leila nach Hause gefahren haben – und nicht, wie in Ihrer Aussage zu lesen steht, in einer Gruppe unterwegs.«

»Die anderen haben auch ausgesagt –«

»Nichts als Freundschaftsdienste. Außer Ihnen beiden saß niemand in dem Auto. Sie waren allein mit Leila, bevor sie ermordet wurde.«

Der Jüngling wollte erneut protestieren, aber der Inspektor ließ ihn gar nicht erst zu Wort kommen.

»Die Ziele Ihrer Vereinigung interessieren mich nicht. Ich will nur den Mann fassen, der Leila auf dem Gewissen hat. Und dazu muß ich die Wahrheit erfahren.«

»So ein Blödsinn!«

Ben legte ihm beide Hände auf die Schultern. »Hören Sie, Siyad, wenn Sie kooperieren, werde ich auch etwas für Sie tun und vergessen, daß Sie der Hamas angehören. Sie erzählen mir, was auf der Versammlung besprochen wurde, an der Leila und Sie teilgenommen haben, bevor Sie das Mädchen nach Hause gefahren haben. Im Gegenzug werde ich in meinem Bericht verschweigen, welcher Bewegung Sie anhängen.«

»Ich weiß nichts von einer Versammlung.«

»Ich spreche von der Versammlung, an der auch Mohammed Fasil teilgenommen hat«, fuhr Kamal fort.

Bislang hatte er die Zusammenhänge nur vermutet, doch als er sie äußerte, wurden sie für ihn zur Gewißheit.

»Als Fasil zwei Wochen später wieder zu einer Versammlung nach Jericho kam, wurde er ebenfalls ermordet«, sagte der Inspektor. »Aber damit erzähle ich Ihnen natürlich nichts Neues. Sie und Ihre Gesinnungsgenossen wissen längst, daß sich ein Mörder herumtreibt, der es besonders auf Terroristen abgesehen hat. Und soll ich Ihnen noch etwas sagen, Siyad? Dieses Monster läuft immer noch frei herum, und Sie könnten das nächste Opfer sein.«

»Ich habe keine Ahnung, wovon Sie reden!« rief Hijjawi schrill und sah sich nervös um, als suche er nach einer Fluchtmöglichkeit.

Ben verstärkte den Griff seiner Hände auf den Schultern des jungen Mannes. »Mal sehen, wen wir da eigentlich vor uns haben. Gemessen an Ihrem jugendlichen Alter und Ihrer Naivität würde ich meinen, Sie sind ein idealer Kandidat für den bewaffneten Arm der Hamas, die Qassam-Brigaden, zu deren Spezialität Selbstmordattentate gehören. Hat man Sie schon darauf angesprochen, Siyad?«

»Nein! Nein, so ist es nicht gewesen!«

»Wie war es denn dann? Leila Khalil hat Sie rekrutiert, hat Ihnen wahrscheinlich schöne Augen gemacht, um Sie für die Bewegung zu gewinnen. Und Sie haben Ihr bisheriges Leben aufgegeben für, ja wofür? Die Hoffnung, Ihren Schwanz reinschieben zu können? Oder hat Leila Sie gar nicht rangelassen? Ich mache Ihnen bestimmt keine Vorwürfe deswegen, schließlich habe ich ein Foto von ihr gesehen. Eine wirkliche Schönheit, die einem jungen Mann ganz schön den Kopf verdrehen kann.«

»Nein, so war es nicht!«

»Wer hat Sie dann für die Hamas gewonnen?«

»Ihr Vater.«

Der Phantombildzeichner war ein älterer Herr, der aussah, als gehöre er an eine Staffelei und nicht an einen Computer. Er arbeitet nicht auf der Polizeiwache, sondern zu Hause. Man rief ihn dort an, damit er aus den teils widersprüchlichen, teils lückenhaften Aussagen ein möglichst lebensechtes Porträt schuf.

»Kopien?« fragte Moshe Goldblatt, als habe er nicht recht verstanden. Er war an den Rollstuhl gefesselt, seit ihn in einem der vielen Kriege Israels eine Kugel ins Rückgrat getroffen hatte.

»Von einer Ihrer älteren Arbeiten«, erklärte Danielle. »Bei dem Fall, an dem ich gerade arbeite, ist eine Ihrer Zeichnungen aus den Unterlagen verschwunden. Ich weiß nicht, wie ich sonst daran gelangen könnte.«

»Ich kann den Fall ja mal auf den Schirm rufen. Da müßten meine Zeichnungen nebst den Zeugenaussagen, nach denen ich sie gestaltet habe, zu sehen sein.«

Das war mehr, als Danielle erhofft hatte. »Ich fürchte, diese Teile sind während einer Routineüberarbeitung unbeabsichtigt gelöscht worden«, erklärte sie, um Goldblatt nicht mißtrauisch zu machen.

»Was ist bloß aus der Polizei geworden?« stöhnte der Mann und rief die entsprechende Datei ab.

»Das wüßte ich manchmal auch gern.«

»Soll das heißen, Leilas Vater ist in der Hamas?« fragte Kamal und bemühte sich, Ordnung in das Chaos seiner Gedanken zu bringen.

»Ich bin mit Leila aufgewachsen. Wir waren schon als Kinder miteinander befreundet. Aber zwischen uns hat es nie so etwas gegeben, wie ... wie Sie das gerade angedeutet haben ... Und ihr Vater hat mich nicht geködert, sondern ich bin freiwillig zu ihm gegangen«, fuhr der junge Mann in einem Tonfall fort, als wolle er sich damit brüsten. »Ich wollte der Befreiungsbewegung angehören und daran mitarbeiten, unsere Lebensbedingungen zu verbessern.«

»Mit dem Resultat, daß sie nun ebenso viele Feinde unter den Palästinensern wie unter den Israelis haben.«

»Mein Volk wird schon noch zur Einsicht gelangen und erkennen, daß unser Weg der einzig richtige ist. Das dauert natürlich seine Zeit, aber eines Tages wird die Wahrheit sich durchgesetzt haben. Die Friedensgespräche jedenfalls bringen überhaupt nichts!«

»Ersparen Sie mir bitte Ihre Ideologie. Mich interessiert nur die Versammlung in jener Nacht, in der Leila ermordet wurde. Hat Fasil daran teilgenommen?«

»Warum soll ich Ihnen das erzählen?« entgegnete Hijawi herausfordernd. »Sie gehören doch zu *denen*!«

Der Inspektor lächelte und nahm die Hände von den Schultern des Jünglings. »Wissen Sie was, Siyad, bei meiner letzten Arbeit habe ich einige israelische Freunde gewonnen. Wenn man die Israelis erst einmal näher kennenlernt, stellt man fest, daß es bei ihnen ebenso Gute und Böse gibt wie bei uns. Im Grunde genommen sind die Gemeinsamkeiten zwischen unseren beiden Völkern größer als die Unterschiede. Ich muß Ihnen aber auch sagen, daß die Israelis sehr an Namen von Hamas-Mitgliedern interessiert sein dürften. Ganz besonders von solchen, die bei den Qassam-Brigaden mitmachen.«

»Schwein!«

»Entweder Sie arbeiten mit mir zusammen oder mit denen. Eines kann ich Ihnen aber versichern: Die Israelis bringen weit weniger Geduld auf als ich.«

Der junge Mann gab sich geschlagen. »Also gut, was wollen Sie?«

»Etwas über die Versammlung erfahren. War Fasil dabei?«

»Ja.«

»Worüber ist gesprochen worden?«

»Das weiß ich nicht. Ich habe Leila hingebracht und

dann draußen vor dem Treffpunkt Wache gehalten.« Hijjawi wirkte betrübt. »Mein erster richtiger Auftrag, und ich konnte nicht einmal Leilas Leben schützen.«

»Aber ihr Vater wußte doch sicher, worum es bei der Versammlung ging, oder?«

»Keine Ahnung, schon möglich. Aber Sie haben recht, dort hat sich tatsächlich eine Zelle der Qassam-Brigaden getroffen. Fasil hatte das Treffen einberufen, obwohl er ...«

»Obwohl er was?«

»Mehr kann ich Ihnen nicht sagen«, wich der Jüngling ängstlich aus. »Man wird mich hinrichten! Sie wissen genau, daß sie mich umbringen werden!«

»Wie sollten sie davon erfahren?«

»Ihnen bleibt nichts verborgen.«

»Ich bin aber nicht hinter den Hamas-Kämpfern her, sondern hinter dem Mörder von Fasil und Leila.« Kamal sah dem jungen Mann ernst ins Gesicht. »Helfen Sie mir, ihn zu finden.«

Hijjawi zögerte, bevor er sich äußerte. »Leilas Vater ist ein ziemlich hohes Tier bei der Hamas, aber er vermeidet alles, was ihn mit dem Gesetz in Konflikt bringen könnte. Der Mann glaubt an die Bewegung, aber er muß auch an seine Familie denken.«

»Verstehe.«

»Er hat sicher gewußt, was bei der Versammlung besprochen werden sollte. Warum sonst hätte er alles von Leila koordinieren lassen?«

Ben wollte den Jungen schon in Ruhe lassen, als ihm ein merkwürdiger Gedanke kam, der schon die ganze Zeit in seinem Unterbewußtsein genagt hatte. Das Gespräch mit dem Jungen hatte ihn endlich an die Oberfläche gebracht. »Eines will ich noch wissen.«

»Was denn?« Der Jüngling erstarrte wieder.

»Kennen Sie eine gewisse Dalia Mikhail? Bitte, denken Sie genau nach. Hat sie zu Ihrer Bewegung gehört? War sie vielleicht sogar Mitglied der Zelle?«

Hijjawi sah ihn erstaunt an, bevor er antwortete. »In der Nacht, in der Leila ermordet worden ist, fand die Versammlung in Dalias Haus statt.«

Danielle hielt die Schwarzweiß-Zeichnung in den Händen, die der leise vor sich hin summende Laserdrucker gerade ausgespuckt hatte.

»Ist das der Mann?« fragte Goldblatt.

Die Chefinspektorin trat ans Fenster und hielt das Blatt ins hereinfallende Licht. Der Zeichner stand zu Recht in dem Ruf, ein begnadeter Künstler zu sein. Das Gesicht des Tatverdächtigen war so gut getroffen, als habe sie eine Fotografie vor sich. Es wirkte sogar noch lebendiger, denn ein Schnappschuß hätte nie diesen grimmigen, entschlossenen Gesichtsausdruck wiedergeben können.

Ja, das war Abu Garub – der Wolf.

Der hier abgebildete Palästinenser, den seine eigenen Zellengenossen in Ansar 3 kastriert hatten, entsprach genau dem Mann, den Radji ihnen im Hafen gezeigt hatte. Nur fehlte auch ihm die Narbe – und der Junge hatte Stein und Bein geschworen, daß Fasils Mörder eine solche im Gesicht getragen habe.

»Was ist, Pakad?« fragte Goldblatt.

Dieses Phantombild war aus den Dateien gelöscht worden, während gleichzeitig Garubs Personalakte im Internierungslager abhanden gekommen war. Das konnte nur bedeuten, daß israelische Stellen von Anfang an gewußt hatten, daß ein Serienmörder sein Unwesen trieb. Sie kannten auch seine Identität und hatten trotzdem nichts unternommen, ihn unschädlich zu machen.

Statt dessen hatten diese Stellen alle Informationen über Garub dazu benutzt, einen zweiten Mörder zu ›schaffen‹, der ungestraft mißliebige Personen, wie zum Beispiel mutmaßliche Terroristen, umbringen sollte.

Unter normalen Umständen hätte man die Morde an

Leila und Fasil auch dem Wolf zugeschrieben. Aber wer immer sich diesen ebenso gerissenen wie niederträchtigen Plan ausgedacht hatte, hatte dabei einen Faktor übersehen, an dem das ganze Vorhaben scheitern würde: Ben Kamal.

Nein, von nun an war ein zweiter Faktor hinzugekommen: sie selbst.

»Das ist doch der Mann, der gestern getötet worden ist, oder?« fragte Goldblatt neugierig.

»Ja, dieser Mann ist seit gestern tot«, antwortete Danielle.

Es war fast schon Nacht, als der Inspektor vor Akram Khalils Haus anlangte. Ben war nicht, wie er es eigentlich hätte tun sollen, vorher zum Bürgermeister gegangen, um ihn über den neuesten Stand seiner Ermittlungen zu informieren und Verstärkung für den Besuch bei Khalil anzufordern.

Kamal war davon überzeugt, daß der Hamas-Führer freiwillig und ohne Vorbehalte mit ihm zusammenarbeiten würde. Und die Möglichkeit, daß Khalil ihn gar nicht erst ausreden und ihn gleich umbringen lassen würde, erschien ihm nicht allzu groß. Eines ging ihm nicht aus dem Kopf:

Dalia hat zu ihnen gehört.

Er durfte nicht länger die Augen davor verschließen. In der Nacht, in der Leila umgebracht worden war, hatten sich die Terroristen in Dalias Villa getroffen. Ausgerechnet dort, inmitten der kostbaren Stücke und Antiquitäten, von denen Kamal geglaubt hatte, daß sie Dalias ganzes Leben ausmachten. Wie naiv er doch gewesen war!

Kein Wunder, daß al-Asis Sicherheitsdienst sie observiert und Ermittlungen angestellt hatte. Das Interesse des Majors an Dalia hatte nichts mit ihren Leserbriefen an die Zeitungen zu tun. Wahrscheinlich war er ihr längst auf die

Spur gekommen oder vermutete zumindest, welches Doppelleben sie führte. Ein Doppelleben, von dem Ben nur einen kleinen Ausschnitt kennengelernt hatte.

Hatte sein Vater mehr gewußt? Hatte sie ihn etwa auch in die Bewegung gelockt?

Warum war er nicht früher darauf gekommen? Alles hatte doch offen vor ihm gelegen. Sobald ihm klargeworden war, daß Leila zur Hamas gehört haben mußte, hätte er sich ausrechnen können, daß auch Dalia Verbindungen zu den Terroristen unterhielt, denn der Mörder war bei ihr nach dem gleichen Muster vorgegangen wie bei seinen anderen Opfern.

Dennoch traf ihn die Wahrheit wie ein Keulenschlag, und Dalias Lüge bohrte sich immer tiefer in seine Seele. Ben konnte nicht glauben, daß sein Vater mehr über diese Frau gewußt hatte als er. Er erinnerte sich an die wenigen Details, die er über den Hinterhalt in Erfahrung gebracht hatte, bei dem sein Vater getötet worden war. Wenn Danielle recht hatte und der Tod seines Vaters nicht auf das Konto der Israelis ging, dann konnten nur Palästinenser dahinterstecken.

Warum auch nicht? Jafir Kamal hatte sich viele zu Feinden gemacht, als er nach Amerika gegangen war. Und als er nach dem Sechstagekrieg auf die Westbank zurückgekehrt war, hatte er weiteren Unmut auf sich gezogen, weil er sich öffentlich für einen Dialog mit den Israelis aussprach. Sein Vater hatte die Nutzlosigkeit des gewalttätigen Widerstands erkannt und war damit im Gegensatz zu den damaligen palästinensischen Führern getreten. Also hatte man ihn kaltstellen wollen.

Und wer wäre dafür besser geeignet gewesen als die Frau, die er liebte und die schon zur Zeit der Gründung der Al-Fatah in der Widerstandsbewegung mitgewirkt hatte?

Die schreckliche Logik hinter dieser Theorie bereitete ihm körperliche Übelkeit. Daß auch Dalia ohne Zweifel etwas für seinen Vater empfunden hatte, machte die ganze Geschichte erst recht unerträglich.

Als Ben sie zum letzten Mal gesehen hatte, mußte sie schon gewußt haben, daß sie in Gefahr schwebte. Aber er war so töricht gewesen, ihren Andeutungen keine rechte Beachtung zu schenken, weil er zu sehr damit beschäftigt war, ihr von seinen eigenen Problemen zu berichten.

Zum Himmel, er hatte ihr alles erzählt!

Kamal kam sich wie der letzte Idiot vor. Brickland hatte von Anfang an recht gehabt. Ben hatte sich auf Gegner eingelassen, denen er nicht gewachsen war, hatte sich in eine Welt vorgewagt, in der Männer wie Brickland selbst oder al-Asi besser zurecht kamen. Ja, er hätte wirklich die Koffer packen und nach Amerika zurückkehren sollen, wie der Colonel es ihm mehrmals geraten hatte.

Aber dafür war es jetzt zu spät. Er würde das zu Ende bringen, was er begonnen hatte.

Kamal bemühte sich gar nicht erst um Subtilität. In voller Uniform und unter den Augen der Nachbarn trat er vor die Tür des Khalil-Hauses. Er glaubte nicht, daß Siyad so töricht gewesen sein mochte, Akram vorzuwarnen, denn dann hätte er ihm ja auch gestehen müssen, wie der Inspektor überhaupt an diese Informationen gelangt war. Damit hätte der junge Mann sich selbst ans Messer geliefert.

Der Inspektor klopfte an, und ein etwa elfjähriger Junge öffnete ihm. Bevor Ben etwas sagen konnte, wurde der Knabe zurückgezogen, und seine ältere Schwester Amal erschien, die Kamal schon bei seinem letzten Besuch kennengelernt hatte.

»Ich habe dir doch schon gesagt, Bulle, daß wir dir nicht weiterhelfen können.«

»Ich möchte Ihren Vater sprechen.«

»Das kann nur ein Narr wollen!«

Der Inspektor suchte noch nach Worten, um einen neuen Versuch zu starten, als er einen Schlag an den Hinterkopf erhielt. Der Schmerz durchzuckte seinen Körper, während ihm die Beine wegsackten. Er verlor das Bewußtsein erst in dem Moment, als sein Körper zwischen Stufen und Diele auf den Boden prallte.

Kapitel 48

Am frühen Sonntag abend stieg Danielle im zweiten Kellergeschoß aus dem Fahrstuhl. Hier befand sich das forensische Labor der Polizei. Sie durchquerte die Räume, bis sie den Pathologen fand, der die beiden letzten Opfer des Wolfs vor dem Abzug der Israelis untersucht hatte. Als der Mann sie bemerkte, stand er sofort auf.

»Pakad, was für eine nette Überraschung. Ich hätte nicht erwartet, Sie hier zu sehen – jetzt, nach Ihrer Beförderung.«

»Ich möchte Sie bitten, einen Test für mich durchzuführen.«

»Jetzt gleich?«

»Wir würden gern eine gewisse Geschichte zu den Akten legen.«

»Nicht zufällig die Geschichte, die gestern ihren Höhepunkt gefunden hat?«

Danielle nickte.

Er lächelte und zwinkerte ihr zu. »Natürlich weiß offiziell niemand, daß Sie in Jericho waren. Nehmen Sie also bitte meine inoffiziellen Glückwünsche entgegen. Und jetzt sagen Sie mir, was ich, natürlich ganz inoffiziell, für Sie tun kann.«

Danielle zog ein kleines Fläschchen aus ihrer Handtasche, das zu einem Drittel mit einer trüben, dicken Flüssigkeit gefüllt war.

»Ich möchte wissen, ob dieses Öl mit dem identisch ist, das in den Wunden der Wolf-Opfer gefunden wurde. Ich spreche natürlich von den Opfern zur Zeit unserer Besetzung der Westbank.«

Der Pathologe nahm das Fläschchen, schüttelte es, hielt es ans Licht und entfernte sich dann, um ein Mikroskop zu besorgen.

»Das dürfte nicht lange dauern.«

»Dann haben Sie also tatsächlich eine ölige Substanz in den Wunden der Opfer feststellen können?«

Der Mann sah sie verwirrt an. »Selbstverständlich. Mein Bericht war doch in der Akte enthalten.«

Bis man ihn ebenfalls aus den Dateien gelöscht hatte, dachte Danielle. Genauso wie das Phantombild, die Personalakte in Ansar 3 und überhaupt alles, was schon vor Monaten den israelischen Behörden über die Existenz und das Treiben al-Diibs bekannt gewesen war.

Ben erwachte von einem intensiven Pochen im Kopf – ein Gefühl, das ihm in der letzten Zeit sehr vertraut geworden war. Er wollte eine Hand heben, um die Beule an seinem Hinterkopf abzutasten, und mußte feststellen, daß man ihm die Arme hinter einem Stuhl festgebunden hatte.

»Er kommt wieder zu sich«, hörte er jemanden sagen.

Der Inspektor öffnete langsam die Augen und versuchte, soviel wie möglich von seiner Umgebung zu erfassen, ehe man ihn wieder niederschlug. Er befand sich in einem großen Raum mit mehreren Stühlen und wenig Licht. Durch die Schlitze in den geschlossenen Jalousien konnte er lediglich erkennen, daß draußen Nacht herrschte. Aber es war Ben unmöglich, einen Blick auf seine Armbanduhr zu werfen, um festzustellen, wieviel Zeit vergangen war, seit er an Khalils Tür geklopft hatte.

»Wer bist du?« fragte eine männliche Stimme. Dann trat die Person aus dem Schatten und baute sich vor dem Inspektor auf.

»Ich bin gekommen, um Akram Khalil zu sprechen«, entgegnete Ben.

»Und was willst du von ihm?«

»Das geht nur Akram selbst etwas an.«

»Er will aber nicht mit dir reden.«

»Das sollte er sich gut überlegen. Es geht nämlich um seine Tochter. Ich bin wegen des Mannes hier, der sie ermordet hat.«

»Der Mann, der sie getötet hat, weilt selbst nicht mehr unter den Lebenden.«

»Nein, das war ein anderer. Ich muß es wissen, schließlich habe ich den Mann erschossen, von dem Sie glauben, er sei der Mörder gewesen.«

»Lügner!«

»Dann lesen Sie es doch in den Zeitungen nach. In den palästinensischen Tageszeitungen steht die Geschichte überall auf der Titelseite. Zusammen mit einem Foto von mir. Nun gut, ich gebe zu, es ist nicht das beste Bild von mir.«

»Das reicht jetzt!« befahl eine dunkle Stimme hinter Bens Rücken. Der Mann näherte sich mit gemessenen Schritten. Kamal kam die Stimme irgendwie bekannt vor, auch wenn der Sprecher stark näselte.

Er stellte sich direkt vor den Inspektor – ein großer, dunkelhäutiger Mann, dessen Augen über der bandagierten Nase sich grün und blau verfärbt hatten.

Jetzt fiel es Kamal wieder ein. Vor sechs Nächten hatte er diesem Mann, dem Chef der Hamas-Entführer, mit einem Gewehrkolben die Nase gebrochen.

»Sie wollten mich sprechen«, sagte Akram Khalil kalt, »hier bin ich.«

»Schön, Sie endlich zu sehen«, entgegnete der Inspektor. »Tut mir leid wegen der Nase.«

»Eigentlich sollten Sie längst tot sein.«

»Wenn Sie meine Geschichte gehört haben, werden Sie froh sein, daß ich noch unter den Lebenden weile.«

Blut tropfte aus Khalils Nase, und er wischte es mit dem Ärmel ab, achtete aber darauf, bloß nicht an den Verband zu geraten. »Sie scheinen nicht sehr überrascht zu sein.«

»Daß Sie ein Hamas-Führer sind – nein. Aber daß Sie derjenige sind, der mich am Montag gekidnappt hat, das verwundert mich schon.«

»Trotzdem haben Sie sich hierher gewagt?«

»Weil es ungeheuer wichtig ist, daß wir miteinander reden.«

»Tatsächlich?«

»Und uns gegenseitig unterstützen.«

»Wobei?«

»Der wahre Mörder Ihrer Tochter muß unschädlich gemacht werden.«

»Sie wissen natürlich, wer das ist«, entgegnete Khalil spöttisch.

»Das ist nur eine Frage der Zeit. Schließlich habe ich den ersten Wolf auch gestellt. Seinen Nachahmer werde ich ebenfalls zur Strecke bringen. Aus diesem Grund bin ich gekommen. Ich schlage Ihnen einen Handel vor: Den Mörder Ihrer Tochter gegen gewisse Informationen.«

Der Hamas-Führer dachte nach, und Ben hatte Gelegenheit, ihn genauer zu studieren. Khalil war groß und stämmig, hatte graues Haar und eine Menge Fett über den Muskeln angesetzt.

»Ich will mehr über Mohammed Fasil wissen«, fuhr Kamal fort, als Akram schwieg. »Warum ist er zweimal nach Jericho gekommen, und worum ging es bei der Versammlung, an der Ihre Tochter kurz vor ihrem Tod teilgenommen hatte?«

»Tut mir leid, aber auf Ihren Handel kann ich nicht eingehen. Ich vermag nichts über die Hintergründe der Versammlung zu sagen.«

»Dann wird der Mörder Ihrer Tochter weiterhin frei herumlaufen und noch mehr aus Ihren Reihen umbringen.«

»Nein, Sie haben mich offenbar nicht richtig verstanden. Ich kann Ihnen diese Informationen nicht geben, weil ich sie selbst nicht habe.«

»Halten Sie mich nicht zum Narren, Khalil. Ich weiß doch, wie wichtig Sie in Ihrer Bewegung sind. Fasil wäre wohl kaum nach Jericho gekommen, wenn Sie nicht eingeweiht gewesen wären und entsprechende Vorbereitungen getroffen hätten.«

»Ja, ich habe alles für das Treffen arrangiert. Ich bin auch darüber informiert gewesen, daß er eine große Sache plante. Aber worum es im Detail ging und wie er vorgehen wollte, darüber hat er sich ausgeschwiegen. Und das aus gutem Grund. Die Israelis versuchen schon seit Jahren, uns zu infiltrieren – bislang ohne Erfolg. Aber seit den *Friedensgesprächen*« – er sprach das Wort wie etwas Unanständiges aus – »wächst der Druck auf unser Volk, die Hamas nicht länger zu unterstützen. Mit einem Mal werden unsere Operationen von unseren eigenen Landsleuten sabotiert. Unsere Kämpfer werden von Palästinensern verraten und verhaftet – von Arafats Geheimpolizei und von Leuten wie Ihnen.«

Akram beugte sich über Kamal und starrte ihn voller Verachtung an. »Kollaborateure wie Sie wissen ja gar nicht, wieviel Schaden sie anrichten!«

»Wir reden hier über Ihre Tochter, Khalil. Wollen Sie ihren Mörder oder nicht?«

»Ich hätte Sie längst erledigt, wenn mich das nicht interessieren würde. Soviel ich weiß, hatte Fasil ein großes Ding vor, und dafür brauchte er viele Leute.«

»Zum Beispiel die Qassam-Brigaden.«

»Ja, das sollte Leila koordinieren. Seine Operation scheint darüber hinaus sehr kompliziert gewesen zu sein, denn er mußte mehrere Male in die Vereinigten Staaten reisen. Einmal wollte er sich in New York mit jemandem treffen.«

Ben erinnerte sich an den Namen und die Adresse in

New York, bei der sein alter Freund Jack Tourcot ihm nicht weiterhelfen konnte.

»Ich weiß allerdings nicht, wann oder wo er dort jemanden treffen wollte«, fuhr Akram fort. »Das wußte niemand, bis auf Fasil selbst. Nach der jüngsten Welle von Verrat und Kollaboration war er äußerst verschwiegen. Er hat keinem mehr vertraut.«

»Sie wußten aber, daß er noch eine zweite Versammlung einberaumt hatte.«

»Ja, obwohl ich persönlich nicht daran teilgenommen habe. Wir erfuhren dann aber, daß er im Anschluß an dieses Treffen auf der Jaffa-Straße ermordet worden ist. Natürlich hofften wir, irgend etwas bei ihm zu finden, das uns Aufschluß über seine geplante Operation geben könnte.«

»Und als Ihre Suche in den Räumen des Gerichtsmediziners erfolglos verlief, verfielen Sie auf die Idee, mich zu entführen.«

»Ja, wir dachten, Sie hätten das Gesuchte bereits entdeckt und an sich genommen.«

»Vielleicht habe ich ja tatsächlich etwas gefunden«, sagte Kamal. »In Fasils Hotelzimmer in Tel Aviv bin ich auf einen Briefumschlag mit einer Adresse in New York City gestoßen.«

»Wenn Sie schon so viel herausgefunden haben, warum sind Sie dann überhaupt noch zu mir gekommen?«

»Weil der Name auf dem Kuvert unbekannt ist und die Adresse in New York nicht existiert.«

»Dann handelt es sich vermutlich um einen Code. Fasil war viel zu vorsichtig, um eine so wichtige Information offen herumliegen zu lassen.«

»Wie steht es mit den anderen Mitgliedern der Qassam-Brigade, zu der auch Ihre Tochter gehört hat? Die müssen doch Bescheid wissen.«

»Jedes Mitglied hat einen eigenen Auftrag erhalten, und zwar unabhängig von den anderen. Fasil hat sich auch nie mit der ganzen Gruppe getroffen, sondern nur mit Teilen davon ... Wir wissen, daß er vor seinem Ende nicht mehr dazu gekommen ist, alle Kämpfer einzuteilen, die er für seine Operation brauchte.«

Akram seufzte und schwieg für einen Moment. »Leila sollte dann alles in die Wege leiten und die einzelnen Kämpfer koordinieren. Also, was können wir jetzt tun, um ihren Mörder zu fassen?«

»Zunächst einmal könnten Sie mich losbinden.«

»Eine gute Idee«, bemerkte Danielle Barnea, die in der Tür stand und ihre Pistole auf die Anwesenden richtete.

Kapitel 49

»Jeder legt seine Waffe auf den Boden und hebt dann die Hände«, befahl die Chefinspektorin. »Aber bitte ganz langsam.«

Während die Männer mit Ben beschäftigt waren, hatte sie sich unbemerkt hineingeschlichen. Danielle wandte sich an Khalil. »Binden Sie ihn los.«

Khalil warf ihr einen verächtlichen Blick zu, zögerte und machte sich dann daran, die Knoten zu lösen.

»Sie können die Pistole wieder senken, Pakad«, sagte Kamal, als seine Hände endlich frei waren. »Herr Khalil und ich haben gerade eine freundliche Unterhaltung geführt. Er hat ein großes Interesse daran, den wahren Mörder seiner Tochter der Gerechtigkeit zuzuführen.«

Danielle behielt die Hamas-Mitglieder weiterhin im Auge und richtete unverwandt die Waffe auf sie. »Wie großmütig von ihm.«

»Wie haben Sie mich gefunden, Pakad?«

Die Chefinspektorin starrte ihn verwirrt an. »Sie haben

mir doch eine Nachricht hinterlassen, daß ich Sie hier treffen soll!«

Kamal spürte, wie es ihm eiskalt den Rücken hinunterlief. »Ich habe Ihnen nichts dergleichen hinterlassen.«

Danielle sah Akram an. »Dann habe ich Ihre beiden Wächter draußen vor dem Haus wohl umsonst ausgeschaltet.«

Nun war es Khalil, der verblüfft dreinschaute. »Ich habe draußen keine Wachen postiert.«

»Ja, aber wer –«

Der Hamas-Führer wandte sich an seine Krieger. »An die Fenster, los!«

Die Männer bückten sich, um ihre Waffen aufzuheben, und postierten sich dann neben den Fenstern. Danielle stand als erste an einer der Jalousien. Sie drückte das Ende einer Lamelle nach unten und schaute nach draußen. Vor Khalils Haus standen zwei Jeeps. Zwei Gestalten schlichen durch den Garten. Beide trugen lange, zylindrische Gebilde auf den Schultern.

Raketenwerfer! »Alles auf den Boden!« schrie Danielle und ließ sich fallen. Schon zerbarst ein Drittel der Wand unter dem Doppelbeschuß.

Drei Hamas-Kämpfer, die sich noch auf dem Weg zu den Fenstern befunden hatten, flogen rückwärts durch die Luft und wurden an der gegenüberliegenden Wand unter brennenden Trümmern begraben.

Ben hatte den Kopf eingezogen, und als er wieder aufzublicken wagte, hörte er bereits das charakteristische Pfeifen neuer Raketen. Für einen kurzen Moment glaubte er, das Geschoß sehen zu können, das durch die neuentstandene Öffnung heransauste. Er duckte sich automatisch, als der Sprengstoff ein großes Stück aus der gegenüberliegenden Wand riß und die Trümmerstücke durch das ganze Zimmer flogen.

»Meine Familie!« heulte Akram, während er sich aus dem Schutt befreite. »Meine Familie!«

Er wollte aufstehen, brach aber sofort wieder zusammen und hielt sich das Bein. Kamal kroch zu ihm und entdeckte den Steinsplitter, der oberhalb des Knies herausragte.

»Wie viele sind hier?« fragte er Khalil.

Der Mann atmete schwer. »Meine Frau ... mein Sohn ... und meine Tochter ... Amal.«

»Wo sind sie?«

»Unten ... im Keller.«

Der Inspektor warf einen Blick auf Danielle. Im selben Moment erhob sich einer der letzten Hamas-Soldaten aus den Trümmern und eilte geduckt zur Vorderseite des Hauses. Er war noch nicht ganz dort angelangt, als ihn das Dauerfeuer aus einer automatischen Waffe zu Boden streckte.

Danielle nahm die Gelegenheit wahr, auf allen vieren zur Tür und nach draußen zu huschen.

Akram schrie vor Schmerz und Wut und versuchte noch einmal, sich zu erheben. Kamal wollte ihn zurückhalten, aber als Danielle in der Diele verschwand, konnte der Führer sich von ihm befreien.

»Nein!« brüllte er. »Nicht meine Familie!«

Ben bekam ihn wieder zu fassen und schob ihn auf den Boden zurück.

Khalil schlug ihm mit der Faust ins Gesicht. »Das ist Ihr Werk! Sie haben diese Leute hierher geführt! Sie haben mir eine Falle gestellt!«

»Nein!« widersprach der Inspektor ruhig. Er wehrte sich nicht, sondern versuchte, den Schlägen so gut wie möglich auszuweichen. »Sie sind meinetwegen hier! Mich wollen sie ausschalten!«

Akram gab sich geschlagen. Er sah Ben in die Augen und erkannte die Wahrheit seiner Worte.

»Ich bringe Sie hier raus«, versprach Kamal.

»Aber meine Familie ...«

»Die retten wir auch, Akram. Sie haben mein Wort darauf. Wo steckt bloß –«

Der Rest seiner Frage ging im Getöse einer dumpfen Explosion unter.

Danielle hatte in der Diele gerade die oberste Stufe der Kellertreppe erreicht, als die Haustür zerbarst. Sie glaubte, kurz vor der Explosion zwei oder drei Gestalten gesehen zu haben, war sich aber nicht ganz sicher. Danielle schüttelte den Staub und die Trümmerstückchen ab und rappelte sich wieder auf.

Ein schrilles Geräusch lag in der Luft, und ehe sie sich versah, schwirrte eine weitere Rakete durch den Eingang und explodierte im Treppenhaus. Danielle spürte, wie der Boden unter ihr schwankte und nachzugeben drohte. Das ganze Haus ächzte und schwankte, und plötzlich hatte Danielle keinen festen Boden mehr unter den Füßen. Sie fiel nach unten und versuchte, sich auf den Aufprall vorzubereiten.

Als Ben und Khalil die Diele erreichten, regneten Trümmer von der Decke auf sie herab. Das Haus schien kurz vor dem Einsturz zu stehen. Der Hamas-Führer murmelte ein Gebet, und Kamal zog ihn weiter.

Dort, wo sich vorhin noch der Treppenabsatz zum ersten Stock befunden hatte, zeigte sich jetzt nur noch ein gezacktes Loch. Kamal zog die Pistole heraus, die der Hamas-Führer im Gürtel trug, und spähte hinunter in den Keller. Eine Treppe gab es nicht mehr – nur Rauch, Schutt und Feuer.

Wo war Danielle abgeblieben?

Die tiefe Dunkelheit, die mittlerweile im Haus herrschte, und der Rauch, der die Luft erfüllte, vereitelten jegliche Orientierung. Der Inspektor überlegte verzweifelt, wie er mit Akram nach unten gelangen sollte, als drei mit Taschenlampen ausgerüstete Männer über die Trümmer stiegen.

Danielle landete auf allen vieren. Der Aufprall hatte sie gründlich durchgerüttelt, aber sie schien sich nichts gebrochen oder verstaucht zu haben.

Sie lag auf der Seite und spähte durch das Loch in der Decke, als sie ein leises Wimmern hörte.

Das mußte ein Kind sein.

Was hatte Khalil vorhin gesagt? Seine Frau, sein Sohn und seine zweite Tochter hätten sich in den Keller zurückgezogen. Drei Personen, die irgendwo in diesem teilweise eingestürzten Gewölbe verborgen waren.

Danielle kroch auf das Wimmern zu. Bei dem Sturz hatte sie ihre Pistole verloren, aber das spielte jetzt keine Rolle. Der Instinkt trieb sie vorwärts. Sie mußte versuchen, Khalils Familie zu retten, denn diese Menschen waren in einen Überfall verwickelt worden, der eigentlich Ben und ihr galt.

Ihr Körper schmerzte an mehreren Stellen, und sie kam rasch außer Puste. Hatte sie den Aufprall doch nicht so gut überstanden?

Allmählich kam sie dem Wimmern immer näher. Als sie ein verängstigtes Kindergesicht auszumachen glaubte, streckte sie die Hand danach aus.

Im selben Moment spürte Danielle, wie scharfe Fingernägel ihren Rücken zerkratzten.

»Nein!« kreischte Khalils Tochter wie von Sinnen, als der Schein dreier Taschenlampen oben durch das Haus wanderte.

Als Amal Danielle von hinten angriff, entsicherte Ben die Pistole, versuchte durch die Rauchschwaden ein Ziel zu erfassen, und drückte ab. Sofort veränderte er seine Position und schoß erneut auf die Lichtstrahlen.

Kamal wußte, daß er einen Treffer erzielt hatte, als ein Lichtstrahl sich abrupt drehte, die Reste der Decke anstrahlte und sich nicht von der Stelle bewegte.

»Einen haben Sie erwischt«, schnaufte Khalil, zog ein neues Magazin aus der Hosentasche und reichte es dem Inspektor.

Ben schob es in die Waffe. Ein Blick nach draußen belehrte ihn, daß sich weitere Gestalten dem Haus näherten.

Das Scharmützel im oberen Teil des Hauses hallte in Danielles Ohren wider. Sie drehte sich rasch herum und schlug Amals Hände beiseite. Dann trat sie ihr die Beine weg, sprang auf, warf sich auf sie und drückte ihr einen Daumen in den Hals, bis die junge Frau ruhiger wurde und sich nicht mehr rührte.

Danielle ließ die Bewußtlose in den Trümmern liegen und krabbelte zu dem Mann, der von oben in den Keller gestürzt war. Er besaß ein automatisches Gewehr, das aber zwischen ihm und einigen Mauerresten eingeklemmt war.

Dem Aussehen nach stammte der Mann aus dieser Region, war also Semit. Damit stand aber noch lange nicht fest, ob es sich bei ihm um einen Israeli oder einen Palästinenser handelte. Danielle bekam die Waffe frei und kletterte über den Schutt nach oben.

Undeutlich machte sie weitere Bewaffnete aus, die sich dem Haus näherten.

Sie kletterte deshalb wieder hinunter und suchte nach dem Kind, das sie hatte retten wollen, bevor sie von Amal angegriffen worden war.

Der Knabe lag benommen zwischen den Beinen einer Frau, bei der es sich um Khalils Gattin handeln mußte. Sie ging vor den beiden in die Hocke und fühlte den Puls des Jungen und der Frau, während die nächsten Angreifer ins Haus gelangten.

Ben spürte Akrams Hand auf seiner Schulter, als die Bewaffneten sich aufteilten. Ein paar von ihnen konnte er deutlich ausmachen, aber da ihm nur ein Magazin zur Verfügung stand, mußte er mit den sechzehn Kugeln sorgfältig umgehen. Er durfte erst schießen, wenn sich so viele Angreifer wie möglich nach unten begeben hatten.

Der Hamas-Führer neben ihm keuchte. Kamal drehte sich rasch um und entdeckte im Keller Amal mit einem abgebrochenen Brett in der Hand. Sie schlug es einem der Angreifer an den Kopf und hieb weiter auf ihn ein, ohne zu bemerken, daß die anderen Schützen auf sie aufmerksam wurden.

»Runter mit –«

Ein Feuerstoß brachte sie zu Fall, ehe Khalil seine Warnung beendet hatte. Doch auch der Angreifer brach zusammen, so als sei er selbst getroffen worden.

Im nächsten Moment tauchte Danielle unvermittelt auf und legte mit einem automatischen Gewehr die Angreifer unter Beschuß. Das orangefarbene Mündungsfeuer ihrer Waffe sauste hin und her.

Ben nahm nun ebenfalls die Bewaffneten ins Visier, und unter seinem und Danielles Feuer fielen die Männer übereinander. Einige versuchten, über die Trümmer und durch eines der vielen Löcher zu entkommen. Heiße Patronenhülsen tanzten über den Boden, und der bittere Pulvergestank erfüllte das Gebäude.

Kamal hielt den Finger immer noch am Abzug, als das Magazin längst leergeschossen war, und bekam nur am Rande mit, wie Danielle ihm ein Gewehr in die Hand drückte, das sie einem der Gefallenen abgenommen hatte.

Danielle schulterte ihr Gewehr und stemmte sich gegen einen Pfeiler, der unter dem Stück wegzurutschen drohte, auf dem sich Ben und Khalil befanden.

»Kommt schon!« rief sie mit der Waffe in der Hand,

suchte nach weiteren Angreifern und wandte sich dann Amal zu.

Kamal half dem Mann auf. Trotz des verwundeten Beins, das er kaum noch bewegen konnte, gelang es ihm relativ rasch, einen Weg nach unten zu finden. Im Keller machte er sich gleich auf die Suche nach seiner Familie.

Ben folgte ihm vorsichtig und untersuchte zunächst die Gefallenen. Er fand ein geladenes Gewehr und nahm es sofort an sich.

Dann entdeckte er Akram, der über Amals Leiche hockte. In knapp zwei Wochen waren ihm zwei Töchter gewaltsam genommen worden. Kamal ließ ihn für den Moment mit seinem Schmerz allein und begab sich zu Danielle, die gerade Khalils Frau und Sohn versorgte.

Dem Inspektor fiel es schwer, in Akram bloß einen Terroristenführer zu sehen. Der Mann hatte den Großteil seines Lebens inmitten von Gewalttätigkeit und Mord verbracht, aber jetzt war er nur noch eine tragische Gestalt, die über ein weiteres sinnloses Opfer trauerte.

»Sehen Sie vorn nach«, sagte Danielle.

Kamal stieg wieder nach oben und entdeckte ein Stück Wand, das erhalten geblieben war. Von dort konnte er den gesamten Garten einsehen. Einer der Jeeps setzte gerade mit quietschenden Reifen zurück.

Als er sich umdrehte, kam Akram mit seiner toten Tochter in den Armen auf ihn zu. Sein Schluchzen ging im Stöhnen und Ächzen des Hauses unter. Ben hielt ihn fest und wollte ihn von seiner Last befreien.

»Ich lasse sie nie mehr los«, beharrte der Vater.

Die Wand hinter Khalil drohte jeden Moment einzustürzen und mitsamt einem großen Teil des Hauses im Keller zu verschwinden. Der Inspektor zog Khalil in einer Art Hindernislauf an den Trümmern vorbei nach draußen. Mauerstücke und Putz regneten auf sie herab.

Danielle befand sich bereits mit der Ehefrau und dem Sohn im Freien.

»Sie haben das getan! Sie haben die Mörder hierher geführt!«

Khalil sprang ihn ohne Vorwarnung an, und Kamal spürte, wie sich die Hände des Mannes um seinen Hals schlossen. Aber er war viel zu schwach, um dem Inspektor etwas anhaben zu können, und sein verwundetes Bein knickte sofort ein. Ben setzte sich neben den gebrochenen Mann, der jetzt hilflos auf dem Rasen lag, und legte ihm eine Hand auf die Schulter.

»Ich verspreche Ihnen, daß diese Leute dafür bezahlen werden. Wer immer auch hinter diesem Angriff steckt, er wird dafür büßen.«

Kapitel 50

Die Angreifer hatten einen ihrer Jeeps zurückgelassen. Kamal setzte sich ans Steuer, Danielle auf den Beifahrersitz, und auf der Rückbank hockte Akram, der immer noch seine tote Tochter festhielt, zwischen seiner Frau und seinem Sohn. Alle schwiegen, auch aus Furcht darüber, der andere Jeep könne jeden Moment zurückkehren und sie beschießen.

»In welches Krankenhaus sollen wir Sie bringen?« fragte Ben, nachdem er den Wagen gestartet hatte.

»Kein Krankenhaus«, antwortete Khalil leise. »Es gibt hier einen Arzt, der Patienten in seiner Privatwohnung behandelt. Ich gebe Ihnen seine Adresse.«

Nachdem Kamal sie vernommen hatte, bog er nach rechts ab und fuhr dann in der entgegengesetzten Richtung weiter.

Danielle mußte unwillkürlich daran denken, wie sie noch vor ein paar Jahren mit einer solchen Situation umgegangen wäre. Ein hoher Hamas-Führer in ihrer

Gewalt, der sie außerdem zu einem Arzt führte, über den man wahrscheinlich an alle Hamas-Mitglieder gelangen konnte. Doch heute nacht war das vollkommen unwichtig. In diesen Stunden standen sie alle auf derselben Seite.

Im Haus des Arztes brannte kein Licht. Ben und Danielle halfen der Frau und dem Sohn aus dem Jeep. Als sie die beiden auch noch bis zur Tür führen wollten, stellte Akram, der es sich nicht nehmen ließ, seine Tochter weiter zu tragen, sich ihnen in den Weg.

»Der Doktor mag keine Fremden. Es wäre wirklich besser, wenn Sie mich und die Meinen jetzt allein lassen würden.«

»Natürlich, tut mir leid«, sagte der Inspektor.

Khalil sah ihn lange an. »Ich weiß, wer Sie sind und daß Ihnen die Situation vertraut ist, die ich gerade durchmache ... Bitte, vergessen Sie Ihr Versprechen nicht.«

Kamal nickte und wartete, bis die Khalils ins Haus gelangt waren, bevor er mit Danielle zum Wagen zurückkehrte.

»Und was nun?« fragte sie.

»Nun suchen wir uns ein Versteck, in dem wir für die Nacht sicher sind.«

»Inspektor! Kommen Sie herein, nur zu!« freute sich Yousef Shifa, als er die Tür öffnete. »Sie haben ja merkwürdige Dienstzeiten.« Er spähte an Ben vorbei. »Ist der Junge wieder bei Ihnen?«

»Nein, heute nicht.«

Der Riese zuckte die Achseln. »Er ist ein guter Junge. Schließlich kann er ja nichts dafür, daß ihm das Leben so wenig zu bieten hat.«

Yousef trat beiseite, um die beiden hereinzulassen. »Und wo wir gerade beim Thema sind, Sie sehen auch nicht besser aus.«

»Ach, hätte schlimmer sein können«, entgegnete Kamal, und als sie im Haus waren, zeigte er auf Danielle. »Das ist ... meine Partnerin.«

Shifa nickte. »Sie scheinen sehr gut zueinander zu passen.«

Yousef bestand darauf, sein Schlafzimmer dem Inspektor zu überlassen, während Danielle in einem der Kinderzimmer unterkam. Kamal erklärte sich nur zögernd damit einverstanden, weil er der Ansicht war, daß der Riese seine Schuld längst abgetragen hatte. Ihn zusammen mit Danielle zu so später Stunde aufzusuchen war gewiß eine Zumutung, ganz zu schweigen davon, daß sie den Mann damit in Lebensgefahr brachten.

Ben lag bereits seit einer Stunde wach auf der Decke, weil er weder schlafen noch die Augen schließen konnte, als die Tür mit einem leisen Knarren aufging und Danielle hereintrat. Sie lief auf nackten Füßen durch das Zimmer und legte sich neben ihn.

Kamal genoß das Gefühl, sie so nahe zu spüren und ihre Haut an der seinen zu fühlen.

Normalerweise hätten sie vollkommen erschöpft sein müssen. Doch Schlaf hatten sie beide nicht finden können. Noch vor ein paar Stunden waren sie mit knapper Not dem Tod entronnen, und als Folge davon nahmen ihre Sinne alles übersteigert wahr. Sie waren unbesiegbar, und sie waren mit dem Leben davon gekommen.

Ihre Lippen fanden sich, noch bevor sie wußten, wie ihnen geschah. Sekunden dehnten sich zu Minuten, und nach einer innigen Umarmung entlud sich ihre Liebe in hemmungsloser Leidenschaft.

Sie begehrten einander, seit sie sich zum ersten Mal im Büro des Bürgermeisters begegnet waren. Beide waren dazu ausgebildet, ihre Emotionen im Griff zu haben, und jetzt endlich konnten sie ihren Gefühlen freien Lauf lassen.

Als aus dem Küssen mehr wurde, fanden sie beide zu einem Rhythmus. Nachher wußte keiner mehr zu sagen, wer eigentlich angefangen hatte. Woran sie sich aber erinnern würden, war das beharrliche Quietschen des Bettgestells und die ungelöste Frage, ob ihre Liebe überhaupt eine Chance hatte.

Führten sie die Ermittlungen etwa nur aus dem Grund fort, um den Moment noch etwas hinauszuzögern, an dem sie wieder auseinandergehen mußten? Hatten sie vielleicht einen Fall konstruiert, um endlich – und dann möglichst für lange – zueinander finden zu können?

Diese Fragen kamen ihnen natürlich nicht in den Sinn, während sie sich zur Begleitmusik der Sprungfedern liebten ... aber später, als ihre Leidenschaft sich erschöpft hatte und Bens Gesicht an Danielles Hals ruhte.

»Dieser Angriff heute nacht ...«, begann Kamal, »... der muß von deiner Seite gekommen sein. Man wollte uns zum Schweigen bringen, bevor wir die Wahrheit herausfinden.«

»Und wenn es Fasils Leute waren, die uns daran hindern wollten, hinter das Geheimnis seiner großen Operation zu kommen?«

»Woher sollte die Hamas wissen, auf welchem Wege man dir eine Nachricht zuspielen kann, die dich zu Khalils Haus führen würde?«

Er spürte, wie sie neben ihm kurz erstarrte. Dann seufzte sie leise. »Ja, du hast recht.«

»Eigentlich ist es völlig egal, welche Seite heute nacht zugeschlagen hat. Ich habe das auch nur zur Sprache gebracht, damit du weißt, daß ich deine Gefühle verstehen kann ... Die Frau, die vor drei Nächten ermordet wurde ... war die Geliebte meines Vaters ... und sie hat zu ihnen gehört, zur Hamas. Wir beide sind also betrogen worden. Ich hätte es ahnen müssen, hätte ihr besser zuhören sollen. Sie hat ja versucht, es mir zu erklären, aber ...«

»Aber was?«

»Sie war alles, was mir von meinem Vater geblieben ist. Als er uns verließ, war ich sieben. Danach habe ich ihn nie wiedergesehen, und das ist mir immer als eine große Ungerechtigkeit erschienen.«

»Bist du deshalb nach Jericho zurückgekehrt?«

»Das weiß ich nicht ... vielleicht. Auf jeden Fall habe ich nach Dalia gesucht und sie ja schließlich auch gefunden. In ihrer Gegenwart kam ich mir weniger vom Schicksal betrogen vor. Dabei war alles nur eine einzige Lüge. Dalia hat mich ebenso belogen wie meinen Vater ... Ich kann damit leben, alles verloren zu haben. Das schlimme ist nur, sich selbst einzugestehen, daß man nie etwas besessen hat.«

Danielle zog sich ein Stück von ihm zurück. »Das zu verlieren, an das man immer geglaubt hat, ist auch nicht gerade einfach. Ich habe den ganzen heutigen Tag damit verbracht, mir vorzustellen, daß irgend jemand aus den Reihen des israelischen Geheimdienstes einen zweiten Mörder ›geschaffen‹ hat. Und diese Gruppe, es müssen mehrere Personen gewesen sein, hat genau gewußt, was sie da tut ...«

Anschließend berichtete sie ihm, wie sie entdeckt hatte, daß die Dateien manipuliert worden waren, und sie daraufhin den Phantombildzeichner und die forensische Abteilung aufgesucht hatte, um dort das Öl untersuchen zu lassen. Sie erzählte ihm auch, daß auf dem Phantombild eindeutig Abu Garub zu erkennen gewesen war, der Mann, den Ben auf dem Boot erschossen hatte – und daß der Garub auf der Zeichnung keine Narbe getragen habe.

»Die Gruppe innerhalb des israelischen Geheimdienstes hat eine Person gesucht und gefunden, die Garub ähnelte. Dieser Unbekannte wurde damit beauftragt, Fasil und die anderen Terroristen auf die gleiche Weise abzuschlachten. Und plötzlich bietet meine Regierung ihre Hilfe an, den Mörder zu fassen.«

»Den Wolf zu fassen, Pakad, nicht aber den Nachahmungstäter des Geheimdienstes.«

»Glaubst du, eine Gruppe von Renegaten steckt dahinter? Männer, die andere Ziele verfolgen als die Regierung?«

»Das ist die einzige Erklärung, die ich finden kann.«

»Dann müssen meine Vorgesetzten gewußt haben, was hinter den Kulissen gespielt wird. Deshalb sollte ich al-Diib unschädlich machen. Damit würde der Friedensprozeß gerettet und ich zur Heldin. Viel wichtiger war aber noch die Überlegung, daß man auf diese Weise der Renegatengruppe einen gehörigen Strich durch die Rechnung machen konnte.«

»Richtig. Sobald der Wolf nämlich erledigt wäre, könnte der Nachahmer nicht länger ungestört und ungestraft sein Unwesen treiben.«

Ben dachte nach und verkrampfte. »Aber damit ist es jetzt vorbei, Pakad. Wir müssen uns jetzt mit dem befassen, was Fasils Gruppe geplant hat. Wenn die Operation nicht mit ihm gestorben ist, dann besteht die Gefahr, die davon ausgeht, weiterhin.«

»Aber was können wir denn tun?«

»Jeder von uns wird morgen seine jeweiligen Vorgesetzten aufsuchen und ihnen von unserem Verdacht berichten. Wir beschränken uns auf das Wesentliche, auf das, was wir wissen oder zu wissen glauben: Ein zweiter Mörder treibt sich herum und ist für den Tod von mindestens drei Terroristen verantwortlich. Die anderen Dinge, wie die Geheimdienstmanöver, die Manipulationen an den Berichten und so weiter, lassen wir außen vor und tun so, als hätten wir nie davon gehört.«

»Und was ist mit Fasils Operation?«

»Tja, das ist der Knackpunkt. Nur wenn wir die Ermittlungen gegen den Nachahmungstäter fortsetzen, kommen wir vielleicht dahinter, was er geplant hat, und können entsprechende Gegenmaßnahmen ergreifen.«

»Wenn sein Tod nicht längst alles hinfällig gemacht hat.«

»Ein Mann wie Fasil hat sicher vorgesorgt. Ich glaube, selbst Dalia sind zum Schluß Zweifel gekommen, ob sie Fasils Vorhaben mit ihren politischen Idealen in Einklang bringen könne.«

»Ich fürchte aber, unsere Vorgesetzten würden es lieber sehen, wenn die Operation mit Fasil untergegangen wäre. Sie haben viel zu verlieren, wenn diese Sache ans Tageslicht kommt.«

»Ja, aber jetzt bleibt ihnen gar nichts anderes übrig, als uns zuzuhören.«

»Und aus welchem Grund?«

Ben lächelte breit und nahm sie wieder in die Arme. »Weil wir beide mittlerweile Helden geworden sind.«

ACHTER TAG

Kapitel 51

Commander Shaath stampfte wutentbrannt zur Tür und warf Kamal einen haßerfüllten Blick zu.

»Ich werde Sie rufen lassen, sobald der Inspektor und ich unsere Unterredung beendet haben«, versprach der Bürgermeister und schob sich vorsichtshalber zwischen die beiden Männer. Als der Polizeichef endlich den Raum verlassen hatte, seufzte Sumaya und bedachte Ben mit einem kummervollen Blick.

»Zu verlangen, seinen Vorgesetzten hinauszuschicken, ist schon ein starkes Stück, Inspektor. Ich kann nur hoffen, daß Sie gute Gründe dafür haben.«

»Ich befürchte, Herr Bürgermeister, daß mir der Respekt für ihn abhanden gekommen ist. Außerdem traue ich ihm nicht mehr. Von Anfang an war er dagegen, daß ich diesen Fall übernehme, und dann hat er alles in seiner Macht Stehende unternommen, um mir Steine in den Weg zu legen.«

Sumaya, der die ganze Zeit auf und ab gelaufen war, blieb jetzt direkt vor Kamal stehen. »Eigentlich hat Shaath sich dafür ausgesprochen, Ihnen den Fall zu übertragen.«

Das verblüffte Ben, aber nur für einen Moment. »Natürlich, weil ich ihm so den Rücken freihalten konnte. Und wenn ich scheitern würde, hätte man bequem alle Schuld und alle Verantwortung auf mich abwälzen können. Der Commander ist keinen Moment davon ausgegangen, daß ich wirklich Erfolg haben könnte.«

»Mag sein, daß ich ganz allein auf Sie gesetzt habe. Das war nicht einfach für mich, und ich kann Sie nur bitten, jetzt nichts zu unternehmen, was mein Vertrauen in Sie erschüttern könnte.«

Der Bürgermeister kehrte hinter seinen Schreibtisch zurück, setzte sich aber nicht hin. »Ich habe gehört, daß Sie sich gestern selbst aus dem Krankenhaus entlassen haben. Und leider haben Sie auch keine Nachricht hinterlassen, wo man Sie erreichen kann. Dabei gab es hier noch einige Angelegenheiten, um die wir uns kümmern mußten. Der Präsident war übrigens ziemlich enttäuscht, weil Sie nicht an der Pressekonferenz teilgenommen haben. Arafat hätte Sie gern kennengelernt.«

»Ich würde mich freuen, ihm begegnen zu dürfen«, entgegnete Kamal, »aber erst, wenn dieser Fall wirklich abgeschlossen ist.«

»Ich fürchte, ich verstehe nicht ganz.«

»Herr Bürgermeister, es gibt zwei Mörder, und einer von ihnen läuft immer noch frei herum.«

Danielle überlegte noch, wie sie am besten bei Giott und Baruch vorgehen sollte, als die beiden ihr zuvorkamen und sie am Montag morgen anriefen. Sie zog sich rasch an und fuhr zum Hauptquartier der Polizei.

Doch Giott und Baruch waren nicht allein. Ein unauffällig gekleideter Mann mit ausdruckslosen Gesichtszügen saß in einer Ecke des Büros und hielt eine brennende Zigarre in der Hand. Weder Baruch noch Giott stellten ihn Danielle vor, und überhaupt taten sie die ganze Zeit so, als sei er gar nicht anwesend. Der Fremde hockte im Schatten, und der Rauch, den er von Zeit zu Zeit ausblies, stellte sein einziges Lebenszeichen dar.

Die beiden Vorgesetzten wirkten heute sehr ernst. Die Heiterkeit und Begeisterung des Vortags war verflogen.

»Setzen Sie sich, Pakad.«

Danielle ließ sich vor dem Schreibtisch nieder. Giott warf

Baruch einen kurzen, unsicheren Blick zu, bevor er begann.

»In den letzten zwölf Stunden sind einige recht beunruhigende Berichte auf meinem Tisch gelandet. Ich hoffe, Sie können mir dafür eine Erklärung geben.«

»Ich will es versuchen.«

»Mehrere Hinweise sprechen dafür«, übernahm Baruch, »daß Sie die Ermittlungen in einem Fall fortsetzen, der offiziell als abgeschlossen gilt.«

»Ein solches Verhalten ist Ihrer unwürdig, Pakad«, fügte Giott hinzu. »Ich glaube aber, daß Sie dafür einige logische Gründe vorbringen können.«

»Nun«, entgegnete Danielle, »ich möchte diese Ermittlungen tatsächlich gern fortsetzen.«

»Und warum?« wollte Baruch wissen.

»Weil einige Dinge nicht zusammenpassen und manches keinen Sinn ergibt.«

»Ist das auf dem Mist dieses Palästinensers gewachsen?« fragte Giott scharf.

»Er heißt Kamal, Inspektor Kamal. Und wir sind beide zu dem Schluß gelangt, daß noch einige Dinge geklärt werden müssen. Schließlich haben wir gut eine Woche sehr eng zusammengearbeitet, falls Sie das schon vergessen haben sollten.«

»Ein solcher Tonfall gegenüber seinen Vorgesetzten steht einem Shin-Bet-Agenten nur schlecht zu Gesicht«, entgegnete Baruch.

Danielle spürte, wie der dritte Mann sie intensiv studierte. »Tut mir leid, ich habe letzte Nacht nicht genug Schlaf bekommen.«

»Es sieht ganz danach aus, als hätten Sie sich eine Verletzung zugezogen«, bemerkte Giott argwöhnisch.

»Ich bin nur gestürzt.«

»Sie hätten auf uns hören und Urlaub nehmen sollen«, mahnte Baruch so streng, wie sie ihn noch nie erlebt hatte. »Dadurch, daß Sie diesen Rat nicht befolgt haben, haben Sie uns einen Haufen Scherereien bereitet.«

»Aber ich will Sie doch nur vor weiterem Schaden bewahren«, widersprach Danielle. »Sie beide.«

»Und wie wollen Sie das anstellen, meine Liebe?«

»Nun, wir dachten, der Mörder sei ausgeschaltet und der Fall erledigt. Aber damit haben wir falsch gelegen.«

Ben hatte dem Bürgermeister alle Indizien unterbreitet und ihm erzählt, daß der gesuchte Terrorist Mohammed Fasil in der Nacht auf die Westbank gekommen war, in der man Leila Khalil ermordet hatte. Er wies außerdem auf Danielles Entdeckung hin, daß sich jemand an den israelischen Dateien zu schaffen gemacht und alle Hinweise auf den Täter gelöscht hatte – in der Absicht, einen Nachahmungstäter mit allen Details auszustatten. Schließlich kam er auf die große Operation zu sprechen, die Fasil kurz vor seinem Ende vorbereitet hatte.

»Sie behaupten also«, entgegnete Sumaya, »daß dieser zweite Mörder es nur auf Hamas-Mitglieder abgesehen hat. Habe ich Sie da recht verstanden?«

»Ja. Bislang sind uns drei Fälle bekannt geworden«, sagte Kamal. »Und alle waren in der Hamas.«

»Zuerst die junge Khalil, dann derjenige, den wir nicht identifizieren konnten ...«

»Wir dürfen inzwischen davon ausgehen, daß es sich bei ihm um Mohammed Fasil gehandelt hat.«

»Und wer war der dritte?«

»Die Tote, die wir vor zwei Tagen gefunden haben: Dalia Mikhail.«

Der Bürgermeister sah ihn gequält an. »Danke, darüber hat mich Commander Shaath schon ausreichend informiert.«

»Er hat sicher nicht vergessen zu erwähnen, daß Dalia die Geliebte meines Vaters gewesen ist. Stellt das für Sie ein Problem dar?«

»Problematisch ist wohl eher die Tatsache, daß Sie persönlich in diese Geschichte verwickelt sind. Ich hoffe nur, Sie interpretieren nicht zuviel in diese Angelegenheit hinein. Die Sache ist auch so schon kompliziert genug.«

»Ob ich nun persönlich betroffen bin oder nicht, Herr Bürgermeister, die Fakten sprechen für sich. Warum reden Sie nicht mit Major al-Asi über Dalia. Ich glaube, er kann Ihnen eine ganze Menge über sie berichten.«

Sumaya zuckte bei der Erwähnung des Sicherheitschefs sichtlich zusammen. »Sie sind also der Ansicht, bei diesem zweiten Mörder handele es sich um einen Israeli?«

»Alles deutet darauf hin.«

»Ja, leider – nichts als Andeutungen. Ein bißchen vage, oder? Es ist uns zu Ohren gekommen, daß einige Ihrer Schlußfolgerungen auf Informationen beruhen, die Sie sich auf nicht ganz legale Weise beschafft haben. Ben, Sie haben mehrfach die Regeln gebrochen, obwohl Ihnen bekannt sein dürfte, daß wir in dieser Hinsicht nur wenig Spaß verstehen.«

Der Inspektor wußte, worauf der Bürgermeister anspielte – auf seinen Besuch bei Akram Khalil. Ben hatte ja von vornherein gewußt, daß es sich bei ihm um einen Führer der Hamas handelte. Solche Kontakte waren der palästinensischen Polizei ausdrücklich untersagt, und wenn sie sich als unumgänglich erwiesen, benötigte man dafür eine Sondergenehmigung.

Aus diesem Grund hatte Ben auch darauf bestanden, daß Shaath den Raum verließ. Der Commander konnte ihn dafür zwar immer noch zur Rechenschaft ziehen, aber so würde Kamal sich diesen Moment wenigstens selbst aussuchen können.

»Mir blieb leider keine Zeit, einen entsprechenden Antrag zu stellen«, entgegnete der Inspektor. »Nach allem, was mir bekannt war, hätte Khalil der nächste sein können. Und wie sich dann herausstellte, ist er gestern nacht ja auch überfallen worden.«

»Er ist mitsamt seiner Familie untergetaucht.«

»Daraus kann man ihm nun wirklich keinen Vorwurf machen.«

»Schade. Es würde uns sicher weiterhelfen, wenn wir ihn befragen könnten, und sei es nur, um eine Bestätigung für Ihre Geschichte zu erhalten.«

»Ich fürchte, er wird sich noch eine ganze Weile versteckt halten.«

»Ja, leider.«

Unglücklich schüttelte der Bürgermeister den Kopf, erhob sich und trat ans Fenster, wo er die Jalousien aufzog. Dann verschränkte er die Hände hinter dem Rücken und starrte auf die Straße hinaus.

»Sie haben in der zurückliegenden Woche ausgezeichnete Arbeit geleistet«, bemerkte er nach einer Weile, ohne sich zu Kamal umzudrehen. »Überall im Land feiert man Sie als Helden, und das haben Sie sich auch verdient. Aus diesem Grund will ich Ihnen einen Gefallen tun.«

Anschließend wandte er sich wieder Ben zu und sah ihm ins Gesicht. Das hereinfallende Sonnenlicht umrahmte ihn wie ein goldener Kranz. »Wenn Sie mein Büro auf der Stelle verlassen, vergesse ich, daß diese Unterhaltung jemals stattgefunden hat.«

Der Inspektor blieb sitzen.

Danielle hatte Giott und Baruch ihre Geschichte erzählt und dabei immer wieder einen nervösen Seitenblick auf den Fremden geworfen, der die ganze Zeit über still auf seinem Stuhl saß und rauchte.

»Ist Ihnen eigentlich bewußt, was Sie damit zum Ausdruck bringen?« fragte Giott leise, als die Chefinspektorin geendet hatte.

»Ja, Sir, das weiß ich.«

»Dann sind Ihnen hoffentlich auch die Konsequenzen

klar, die uns blühen, wenn irgend etwas davon an die Öffentlichkeit dringt.«

»Ja, Sir, auch dessen bin ich mir bewußt.«

»Eine israelische Verschwörung, die den Zweck verfolgt, unter dem Deckmantel eines Serienmörders reihenweise Hamas-Mitglieder zu beseitigen ...«

»Nein! Es ist keine israelische Verschwörung.«

»Seien Sie bitte nicht naiv, Pakad«, knurrte Giott. »Wir alle sind Israel, und Israel ist jeder einzelne von uns. Dazu gehören auch Sie.«

»Verstehe.«

»Nein!« brüllte Baruch. »Mir scheint, daß Sie ganz und gar nicht verstehen! Was der Raz Nitza gerade andeuten wollte, ist nicht mehr und nicht weniger, als daß diese Geschichte, sollte sie an die Öffentlichkeit gelangen, durchaus geeignet ist, die Friedensgespräche zunichte zu machen!«

»Genau darum geht es mir ja«, erwiderte Danielle. »Auch ich befürworte die Friedensgespräche. Deshalb habe ich mich in dieser Angelegenheit ja auch an Sie gewandt.«

»Das Zustandekommen der Friedensgespräche ist also Ihre Hauptsorge?« fragte Baruch und sah sie durchdringend an.

»Ja, der Friede und Fasils Operation. Ich muß herausfinden, ob die Aktion auch nach seinem Tod realisiert werden soll.«

»Mit anderen Worten, Sie haben vor, diese Ermittlungen fortzusetzen.«

»Möglicherweise werde ich sie sogar ausdehnen müssen.«

Die beiden Vorgesetzten starrten sich an und blickten schließlich zu dem Unbekannten mit der Zigarre.

Das schien ihm Aufforderung genug zu sein, denn er erhob sich und trat ins Licht.

»Ich glaube, es ist an der Zeit, daß wir uns unterhalten.«

Kapitel 52

Für einen Moment war in Sumayas Büro nur das leise Surren des Deckenventilators zu hören. Dann erhob der Bürgermeister seine Stimme, die nun aber wesentlich leiser und emotionsloser klang.

»Inspektor, Sie wissen hoffentlich, daß hier sehr viel auf dem Spiel steht.«

»Das haben Sie mir letzte Woche schon gesagt, als Sie mich aufforderten, diesen Fall zu übernehmen.«

»Aber statt sich mit dem Erfolg zufriedenzugeben, wollen Sie jetzt unbedingt weitermachen.«

»Wenn Fasils Operation gestartet wird, haben wir mehr zu verlieren al nur die Friedensgespräche.«

Sumaya drehte sich wieder zum Fenster um und riß die Jalousien hoch, so daß die Lamellen an der Scheibe klapperten. Helles Sonnenlicht strömte in den Raum und betonte die Kargheit der Einrichtung.

Der Bürgermeister zeigte nach draußen. »Schauen Sie auf die Straße. Bis jetzt hat es weder eine Demonstration noch sonstige Proteste gegeben. Ich habe erfahren, daß heute nachmittag ein Marsch *für* den Frieden stattfinden soll. Sie haben al-Diib gefaßt, Ben, und diese Entspannung erst möglich gemacht.«

Sumaya schwieg für einen Moment. Als er fortfuhr, klang er gereizt. »Und jetzt wollen Sie das alles wieder kaputt machen?«

»Herr Bürgermeister, bei Fasils Aktion geht es nicht um ein paar Autobomben oder Selbstmordattentate. Er hatte ein großes Ding vor, das größte, das die Hamas je geplant hat.«

»Und deswegen haben die Israelis ihn und einige seiner Gefolgsleute abgemurkst.«

»Wir wissen nicht, ob die Operation damit begraben worden ist.«

»Sie verlangen von mir, die Israelis des Mordes an Personen zu beschuldigen, die wir selbst lieber tot sehen würden?«

Ben mußte an Dalia denken und spürte einen Anflug von Zorn.

»Diese Personen hatten sich dazu verpflichtet, den Friedensprozeß mit allen Mitteln zu stören«, fuhr Sumaya fort. »Und jetzt, wo wir diese Typen los sind, wollen Sie das Risiko eingehen, auf andere Weise die Friedensgespräche zu Fall zu bringen?«

»Ich möchte nur die Ermittlungen fortsetzen. Dazu brauche ich lediglich ein paar Beamte. Ich garantiere Ihnen, daß wir sehr behutsam vorgehen werden.«

»Dabei riskieren Sie Kopf und Kragen.«

»Das habe ich schon letzte Nacht getan.«

»Weil Sie das Pech hatten, sich zur falschen Zeit am falschen Ort aufzuhalten – und das auch noch ohne Sondergenehmigung. Es ist doch möglich, daß die Hamas ihrem Genossen Khalil nicht mehr getraut hat und ihn deswegen beseitigen wollte. Ich möchte Ihnen dringend raten, sich eingehend mit dieser Version zu befassen.«

»Das brauche ich nicht. Pakad Barnea ist auf eine angebliche Nachricht von mir in Khalils Haus erschienen. Nur habe ich ihr eine solche Nachricht nie hinterlassen. Wer immer sie zu dem Haus gelockt hat, muß gewußt haben, daß Danielle und ich zusammenarbeiten. Er hat die Gelegenheit beim Schopf ergriffen, zwei Fliegen mit einer Klappe zu schlagen.«

»Das reicht jetzt, Inspektor!«

»Nein, es reicht mir erst, wenn ich sicher sein kann, daß Fasils Operation gestorben ist.«

»Sie ist mit ihm untergegangen. Akzeptieren Sie das doch endlich!«

»Das kann ich nicht. Lassen Sie mich weiter ermitteln, notfalls auch allein. Ich werde die volle Verantwortung übernehmen.« Der Bürgermeister nickte langsam. »Werden Sie auch die volle Verantwortung für Ihr Volk übernehmen, Ben? Sie sagen, Sie seien Palästinenser. Nun, dann handeln Sie auch wie einer! Glauben Sie etwa, mit der Autonomie, der Unabhängigkeit und der Gründung eines eigenen Staates sei es schon getan? Nein, mein Lieber, das ist erst der Anfang. Der Friede bietet uns nicht nur die Gelegenheit, den Israelis unsere Türen zu öffnen, sondern auch den Touristen. Die Städte, die bereits seit Jahren die friedliche Koexistenz genossen haben, werden dann das Modell für die gesamte Westbank abgeben. Verstehen Sie das denn nicht?«

Kamal schwieg.

»Und auch das wäre noch nicht der Endpunkt«, fuhr Sumaya fort. »Wir planen schon, die Handelsbeschränkungen und das Embargo aufzuheben. Israel wird damit in der Lage sein, nach Syrien, Jordanien, Saudi Arabien und in alle anderen Länder exportieren zu können, von denen es jahrzehntelang wie ein Aussätziger behandelt worden ist.

Ich spreche von Waren, die dann nur noch einen Bruchteil dessen kosten werden, was heute für sie verlangt wird, weil sie aus Europa oder den USA importiert werden müssen. Ich spreche auch davon, daß Israels Industrie sich verfünffachen, wenn nicht verzehnfachen wird. Begreifen Sie, was das für unsere Region bedeutet?

Wer wird in den israelischen Fabriken arbeiten, Ben? Wer wird an den Fließbändern stehen? Hier geht es um Arbeitsplätze, um Jobs für die Palästinenser im Gaza-Streifen und in der Westbank. Israel wird dringend auf die Arbeitskräfte angewiesen sein, die wir billig und zuverlässig stellen können.

Ich sehe auch schon Fabriken und Verteilungszentren, die mit israelischem Kapital hier bei uns entstehen werden.

Aber auch das wird noch nicht das Ende der Entwicklung sein. Bereits heute verhandeln arabische Finanzkonsortien mit israelischen Interessenten über Joint-Venture-Projekte. In Gaza soll ein Marriott-Hotel entstehen, für sechzig Millionen Dollar. Und in Ramallah ist eine Investment-Bank geplant, deren Bau einhundert Millionen Dollar verschlingen wird.

Sobald der Markt für jedermann offen ist, werden sich unzählige Investitionsmöglichkeiten ergeben. Die ganze Welt wird dann Interesse an unserer Region haben, gilt es hier doch, unerschlossene Märkte zu gewinnen. All das bietet unserem Volk Möglichkeiten, die man zu diesem Zeitpunkt noch gar nicht absehen kann.«

Sumaya stützte sich mit beiden Händen auf den Schreibtisch und beugte sich zu Kamal vor.

»So etwas hätte Ihrem Vater bestimmt gefallen. Aber ohne einen endgültigen und anhaltenden Frieden wird es nie dazu kommen. Wir haben erst ein Fenster in diese Zukunft aufgestoßen. Wenn wir das wieder schließen, wird es bei dem gegenwärtigen politischen Klima in Israel Jahre dauern, bis sich die nächste Möglichkeit dazu ergibt.«

Der Bürgermeister ließ sich in seinen Sessel fallen. »Der Friedensprozeß mag durch Fasils Verschwörung, von der Sie offenbar nicht abzubringen sind, ernsthaft gefährdet sein, aber er wird ganz sicher nicht die Anschuldigungen überleben, die Sie an die Adresse der Israelis richten.«

»Und was soll ich Ihrer Meinung nach tun?«

Sumaya dachte kurz darüber nach. »Am besten gehen Sie nach Hause und gönnen sich ein paar Tage Ruhe.«

»Chefinspektorin Barnea« begann der Mann mit der Zigarre, ohne es für nötig zu erachten, sich ihr vorzustellen. »Zunächst einmal möchte ich Ihnen zu der brillanten Karriere in israelischen Diensten gratulieren.«

Mein Gott, dachte Danielle – er hört sich an wie mein Vater in seinen besten Zeiten.

»Diese Zusammenkunft beschäftigt sich mit einigen

gravierenden Fragen«, fuhr der Unbekannte fort, »doch hauptsächlich geht es jetzt um die eingangs von mir erwähnte Karriere. Es wäre doch wirklich eine Schande, sie plötzlich zu beenden, oder?«

»Ja.«

Der Raucher nickte zufrieden. »Ich bin heute nicht nur aus Respekt vor Ihnen hierhergekommen, sondern aus Respekt vor Ihrer ganzen Familie. Ich bin aber auch hier, um Ihnen zu erklären, daß es keine weiteren Morde gegeben hat, seit Ihr palästinensischer Kollege diesen al-Diib erledigt hat, und es werden sich auch in Zukunft keine mehr ereignen. Habe ich mich verständlich genug ausgedrückt?«

»Ja.«

»Was nun diese angebliche Verschwörung angeht, die der ermordete Terrorist Fasil angezettelt haben soll, so kann ich Ihnen versichern, daß wir diese Angelegenheit sehr ernst nehmen. Immerhin dürfte sich diese Aktion in erster Linie gegen Israel richten. Aus diesem Grund verlegen wir die Friedensgespräche auch an einen Ort, der uns wesentlich sicherer erscheint. Darüber hinaus werden wir mit allen zur Verfügung stehenden Kräften dieser Geschichte nachgehen, und Sie sind herzlich eingeladen, sich an den Ermittlungen zu beteiligen – aber erst, nachdem die Gespräche abgeschlossen sind. Können Sie diese Bedingungen akzeptieren, Pakad?«

Danielle wußte genau, daß man ihr keine Wahl ließ. Diese drei Männer fürchteten das Presseecho, das von weiteren Ermittlungen ausgelöst werden würde. Die Chefinspektorin stellte sich vor, daß Ben in Jericho vor ähnlichen Schwierigkeiten stand. Was mochte man ihm wohl als Strafe androhen, wenn er sich den Wünschen seiner Vorgesetzten nicht fügte?

»Wir warten, Pakad«, drängte Giott.

»Ja, ich kann sie akzeptieren«, sagte sie schließlich.

»Natürlich ist mir klar, daß Sie noch einige Bedenken

haben«, erklärte der Fremde. »Ich bin nicht in der Lage, sie alle zu zerstreuen, aber ich kann Ihnen noch einmal versichern, daß wir alles unter Kontrolle haben. Haben Sie mich verstanden? *Wir haben alles im Griff.* Ich kann Sie nur bitten, mir in diesem Punkt zu vertrauen. Außerdem sollten Sie akzeptieren, daß Ihre Dienste in dieser Angelegenheit nun nicht mehr vonnöten sind. Haben Sie das verstanden?«

»Sehr genau sogar.«

»Ich spreche von den Vereinigten Staaten«, erklärte der Bürgermeister.

»Ich weiß, worauf Sie hinaus wollen.«

»Damit meine ich natürlich nicht, daß Sie wieder dorthin ziehen sollen. Schließlich sind Sie ja jetzt ein Held unseres Volkes. Aber wie wäre es, wenn Sie dort Ihre Ferien verbringen würden? Gewissermaßen als Belohnung, einen Fall gelöst zu haben, an dem wir uns über ein Jahr lang die Zähne ausgebissen haben. Sie müßten ja nicht für ewig bleiben, vielleicht drei Wochen? Was halten Sie davon, Ben?«

»Fein, dann kann ich ja den Verlauf der Friedensgespräche bei CNN verfolgen.«

»Die Welt wird nicht mehr dieselbe sein, wenn die Gespräche zu den Ergebnissen gelangen, die wir uns erhoffen. Ich darf Ihnen aus gut unterrichteter Quelle versichern, daß wir uns auf einige Überraschungen gefaßt machen dürfen.«

Sumaya schenkte Kamal ein warmherziges Lächeln. »Überraschungen, die wir zu einem nicht geringen Teil Ihnen zu verdanken hätten. Sie haben bewiesen, wozu Sie in der Lage sind. Reisen Sie in die USA, und erholen Sie sich gut. Kommt Ihnen der Gedanke denn so abwegig vor?«

»Das hängt ganz davon ab, was sich nach meiner Rückkehr hier alles verändert haben könnte.«

Danielle erreichte das Veteranenheim gegen Mittag. Ihr Vater wirkte erholt und war bei klarem Verstand. Seit dem Schlaganfall hatte sie ihn so nicht mehr erlebt. Er hatte das Laptop bereits auf seinen Schoß gesetzt, und diesmal lag die Zeitung nicht verkehrt herum auf seiner Brust.

»Ich bin zu ihnen gegangen«, sagte Danielle.

Sein Blick drängte sie fortzufahren.

»Die Ermittlungen sind offiziell beendet. Die hohen Herren sind mit den bisherigen Ergebnissen zufrieden.«

BIST DU ES AUCH?

»Nein, überhaupt nicht. Sie wissen genau, daß ich recht habe. Aber darum geht es ihnen nicht.«

WORUM DENN DANN?

»Um Demütigung, um Schande um ... Sie wollen um jeden Preis eine schlechte Presse vermeiden, weil sie sich einen weiteren Rückschlag bei den Friedensgesprächen nicht leisten können.«

Danielle zögerte, lief ein Stück auf und ab und bemerkte, daß sein Blick sie verfolgte. »Heute war ein dritter Mann dabei. Jemand, den ich noch nie im Hauptquartier gesehen habe und dem ich auch sonst nirgendwo begegnet bin.«

VOM MOSSAD?

»Vielleicht, wer weiß das schon? Du würdest ihn sicher kennen. In gewisser Weise ist er nämlich wie du. Einer von der alten Garde.«

DANN KANN ER NUR VOM GEHEIMDIENST SEIN

»Sie drehen der Wahrheit den Rücken zu. Man hat mir sehr eindringlich nahegelegt, meine Ermittlungen einzustellen.«

WIRST DU DAMIT AUFHÖREN?

Sie zuckte die Achseln. »Die Herren haben betont, daß für Israel eine Menge auf dem Spiel stünde.«

ALLE HABEN ETWAS ZU VERLIEREN, AUCH DU

»Ja, darauf haben sie mich auch mit Nachdruck aufmerksam gemacht.«

NEIN!

Danielle sah ihrem Vater an, daß er am Ende seiner Kräfte war und seine letzten Reserven bemühte.

Sie sind noch nicht mit dir fertig. Noch längst nicht. Für sie stellst du ein grosses Sicherheitsrisiko dar

Danielle dachte an die Unterredung zurück, und jetzt fielen ihr die versteckten Drohungen wieder ein, die alle drei von sich gegeben hatten.

Du bist für sie zu einer Belastung geworden, und du weisst, wie man in solchen Kreisen mit Belastungen verfährt

Danielle schluckte. Die Augen ihres Vaters wurden wieder glasig, und alle Lebenskraft wich aus ihnen.

Ein letztes Mal gelang es ihm, die Kontrolle über sich zurückzugewinnen, und er brachte noch einen Satz zustande:

Die Wahrheit ist das einzige, was dich jetzt noch retten kann ...

Ben hockte müde in seinem Büro, starrte die Karte mit den zahllosen Stecknadeln an und fragte sich zum wiederholten Male, was er jetzt tun sollte.

Die Einschätzung des Bürgermeisters, Bens fortgesetzte Ermittlungen könnten die Friedensgespräche ernsthaft gefährden, war natürlich nicht von der Hand zu weisen. Gleichzeitig schien Sumaya aber auch die Möglichkeit eines Anschlags in Betracht zu ziehen. In dieser Hinsicht teilte er die Sorge des Inspektors. Doch sein Angebot war eindeutig gewesen: Halt den Mund, und du bleibst ein Held.

Ein Held ...

Er hatte nun schon zweimal ein Monster jagen müssen, und beide hatte er zur Strecke gebracht. Nach beiden Fällen war er geschlagen und einsam zurückgeblieben. Der Sandmann hatte seine Familie ausgelöscht und ihn veranlaßt, in die Heimat zurückzukehren. Al-Diib hingegen schickte ihn zurück in die USA. Kamal kam sich schon wie ein Pingpong-Ball vor. Sein Instinkt gebot ihm, an der Sache dranzubleiben und Standhaftigkeit zu beweisen. Aber ohne handfeste Belege für Fasils Operation erschien ihm die Verantwortung untragbar. Konnte, durfte er sie wirklich auf sich nehmen? Wenn er sich geirrt hatte, würde er damit alle Träume seines Vaters zerstören. Er wünschte, Dalia Mikhail wäre noch am Leben, vielleicht hätte sie ihm einen Rat geben können ...

Wahrscheinlich hatte sie sich kurz vor ihrem Tod in einer ähnlichen Verfassung befunden, und sicher hatte sie gespürt, in welch großer Gefahr sie nach dem Tod von Leila und Fasil schwebte.

Ben versuchte sich daran zu erinnern, was sie ihm bei ihrer letzten Begegnung hatte sagen wollen. Sie hatte viele Entschuldigungen vorgebracht und immer wieder auf seinen Vater angespielt. Rückblickend klang das höchstens nach einer Frau, die ihren Frieden finden wollte.

Aber sie, die kinderlos geblieben war, hatte ihm einmal gesagt, er sei für sie eine Art Ersatzsohn geworden. Sollte sie ihrem ›Sohn‹ nichts hinterlassen haben, genauso wie sein Vater? Kamal richtete sich kerzengerade in seinem Stuhl auf. Natürlich hatte Dalia ihm etwas dagelassen! Sie hatte es ihm sogar gesagt.

Geheimnisse ...

Dort würde er den Beweis finden, den er suchte.

Kapitel 53

Danielle fuhr mit einem merkwürdigen Gefühl in der Magengrube zur Westbank, nachdem sie vergeblich versucht hatte, Ben telefonisch zu erreichen.

Der Checkpoint tauchte vor ihr auf, und sie legte ihren Dienstausweis und Paß bereit. Die Reihe derjenigen, die eine Transitgenehmigung vorweisen konnten, war nicht lang, die Schlange der anderen, zusammengesetzt aus Autos und Lastwagen, war jedoch beachtlich. Die Chefinspektorin gelangte in ihrer Reihe rasch nach vorn und reichte dem Soldaten ihre Papiere.

»Einen Moment bitte, Pakad«, sagte der Grenzer, anstatt sie gleich durchzuwinken.

Danielle sah, wie er mit ihren Ausweisen im Wachhaus verschwand, und klopfte mit den Fingerspitzen ungeduldig aufs Lenkrad. Nach einer Minute kehrte der Soldat mit einem Captain zurück.

»Tut mir leid, Pakad, aber Ihr Paß ist beschlagnahmt worden«, erklärte der Offizier.

Die Chefinspektorin erstarrte. »Das ist doch ausgeschlossen. Da liegt sicher ein Irrtum vor.«

»Wir dürfen Sie trotzdem nicht durchlassen, bis die Angelegenheit geklärt ist. Tut mir leid.« Damit kehrte er ins Wachhaus zurück.

Danielle wußte, daß es keinen Zweck hatte, sich mit den Grenzern herumzustreiten. Außerdem ahnte sie, daß gar kein Irrtum vorlag. Giott und Baruch wollten sie kaltstellen und unternahmen alles, um sie daran zu hindern, ihre Ermittlungen fortzusetzen.

Sie wendete den Wagen und fuhr Richtung Israel zurück. Doch in ihrem Kopf überschlugen sich die Gedanken. Sie war so weit gekommen, da würde sie doch jetzt nicht aufgeben! Schließlich gab es noch andere Möglichkeiten, auf die Westbank zu gelangen.

Wie Kamal gehofft hatte, hatte Shaath keine Wachen vor Dalias Haus zurückgelassen. Der Commander hatte lediglich die Tür mit einem Polizeischloß versperren lassen, und das ließ sich leicht mit dem Standardschlüssel öffnen, den die meisten Polizisten mit sich führten.

Der Inspektor schloß auf und trat ein. Eigentlich hatte

er damit gerechnet, daß man das Haus längst geplündert und die Schätze und Antiquitäten geraubt hätte, doch zu seiner großen Überraschung stellte er fest, daß alles noch genauso aussah wie früher, abgesehen von den Fußspuren, die die Armee von Polizisten in der Mordnacht hinterlassen hatte.

Ben erinnerte sich an al-Asis besonderes Interesse an dieser Villa. Vermutlich hatte der Major angeordnet, daß niemand das Haus betreten dürfe, solange seine Leute nichts Brauchbares gefunden hatten.

Kamal schritt langsam durch das Erdgeschoß, und dabei kamen ihm seine zahlreichen Besuche in den Sinn. Er spürte immer noch Dalias Anwesenheit in diesen Räumlichkeiten und erwartete sie hinter der nächsten Ecke, wo sie ihn mit einem freundlichen Lächeln begrüßen würde.

All die Stücke, die sie in ihrem Leben zusammengetragen hatte, strahlten immer noch ihre Nähe aus. Schließlich verbarg sich ein großer Teil ihrer Persönlichkeit in den Kunstwerken und Antiquitäten, die Dalia mit soviel Liebe und Fingerspitzengefühl zusammengestellt hatte.

Er blieb vor dem Fernsehschrank stehen und zögerte einen Moment, ehe er ihn öffnete. Bald würde er wissen, ob seine Ahnung ihn getrogen hatte oder nicht – ob er endlich beweisen konnte, daß Fasils Verschwörung immer noch von Bedeutung war oder nicht ...

Die Tür ließ sich ohne Mühe öffnen, und sein Herz hämmerte in der Brust, als er in das unterste Fach griff, um die chinesische Buddhakiste herauszuholen, die Dalia ihm vor einer Woche kurz gereicht hatte.

Geheimnisse legte man dort hinein ...

Er stellte die lackierte Schachtel auf den Tisch, ließ sich auf einem Stuhl nieder, öffnete mit zittrigen Fingern den Deckel und schob eine Hand hinein. Ben stieß auf eine Diskette, die mit einem Stück Papier umwickelt war.

Danielle stellte ihren Wagen zwei oder drei Kilometer vom Checkpoint entfernt neben der Schlange ab, die hier noch immer kein Ende gefunden hatte. Sie war inzwischen zu dem Schluß gelangt, daß es sinnlos wäre, zum nächsten Checkpoint zu fahren, da die dortigen Grenzbeamten ebenfalls informiert sein dürften. Damit verlor sie nur wertvolle Zeit, und so lange konnte Ben nicht auf sie warten. Jetzt zählte jede Minute.

Die Chefinspektorin schlenderte ein Stück weiter, und ihr Blick wanderte über die Schlange der palästinensischen Fahrzeuge, die nur quälend langsam vorankam. Jeder Wagen wurde am Checkpoint angehalten, wo man die Papiere des Fahrers und der Insassen sorgfältig prüfte und dann auch noch den Inhalt des Kofferraums inspizierte. Einige Wagen und mehrere Laster waren herausgewunken worden. Sie standen ein Stück abseits, und der jeweilige Fahrer mußte nicht nur alles ausräumen, sondern auch noch die Reifen abmontieren, die von den Grenzern ebenfalls inspiziert wurden. Danielle gewann den Eindruck, daß die israelischen Soldaten an dieser Schinderei offenbar Freude hatten.

»Mußt du nach drüben?« Danielle drehte sich um und sah eine Frau, die urplötzlich vor ihr aufgetaucht war.

»Ist wirklich keine Schande, am Checkpoint abgewiesen zu werden. Das ist jedem von uns schon einmal passiert«, erklärte sie. »Kommt immer darauf an, was für eine Laune die Grenzer gerade haben.«

Die Frau war etwa in Danielles Alter. Obwohl sie Palästinenserin war, sah sie der Israelin ziemlich ähnlich.

»Vielleicht kann ich dir ja helfen.«

Sie muß mich für eine der ihren halten, dachte Danielle.

»Und wie?«

»Siehst du den Laster da vorn? Der kommt aus Gaza. Hinten ist sicher noch Platz für dich.«

Danielle und die Frau schlenderten zu dem Wagen. Er war bis zum Rand der Seitenwände mit Obst und Gemüse beladen, und man hätte annehmen müssen, daß er einen Teil der Fracht während der Fahrt verlieren dürfte.

»Da soll noch Platz für mich sein?« fragte Danielle fassungslos.

Die Frau zuckte die Achseln. »Ich habe nicht gesagt, daß es auf der Pritsche besonders komfortabel wäre, aber wenigstens kommst du so an dein Ziel.«

Kapitel 54

Kamal faltete den Zettel auseinander. Erst jetzt bemerkte er, daß er vor lauter Anspannung den Atem angehalten hatte. Er seufzte, als er oben auf dem Blatt seinen Namen las:

> Ben,
> wenn Du diese Zeilen liest, bedeutet das, daß ich tot bin und Du Dich als der große Detektiv erwiesen hast, für den ich Dich immer gehalten habe. Leider habe ich Dir das alles nicht schon früher sagen können, weil ich es nicht ertragen hätte, daß Du schon zu meinen Lebzeiten die Wahrheit über mich auch nur erahnt hättest.
>
> Um es gleich vornweg zu sagen: Ich habe nichts mit dem Tod Deines Vaters zu tun. Er ist zu mir zurückgekehrt, weil er wußte, daß die Widerstandsgruppe, der ich angehörte, die einzige Hoffnung in unserem besetzten Land darstellte. Aber die Vorstellungen und Wege Deines Vaters haben sich doch erheblich von den unseren unterschieden. Die hiesigen Führer widersetzten sich seinen Visionen, und er teilte nicht ihren Wunsch nach bewaffnetem Widerstand.

Dein Vater wurde für die palästinensischen Gruppen immer problematischer, und so glaubten sie bald, nur noch eine Möglichkeit zu haben. Ich habe an dieser Entscheidung keinen Anteil gehabt und lange genug geglaubt, die Israelis hätten ihn ermordet. Erst Jahre später habe ich die Wahrheit erfahren.

Ich glaube, die Geschichte hat Deinem Vater im nachhinein Recht gegeben. In all den Jahren haben die Methoden unseres bewaffneten Widerstands sich nur wenig verändert und uns noch weniger eingebracht.

Nun, wie dem auch sei, auf der Diskette, die diesem Schreiben beiliegt, findest Du alles über Mohammed Fasils große Operation. Ich selbst kannte nur wenige Details und sollte bei der Aktion bloß eine kleine Rolle spielen.

Wie eigenartig, daß ausgerechnet Mohammed es war, von dem ich die Buddha-Schatulle erhalten habe. Er bat mich, sie für ihn aufzubewahren. Als er dann nicht mehr in der Lage war, sie bei mir abzuholen, habe ich sie meiner Sammlung einverleibt.

Und das hat sich letzten Endes ausgezahlt, denn so konnte ich sichergehen, daß Du genau wissen würdest, wo Du suchen mußt. Außerdem würde außer Dir niemand etwas Besonderes in diesem Kistchen vermuten.

Ben, Du bist Deinem Vater sehr ähnlich, und ich kann Dir gar nicht sagen, wie sehr ich ihn vermisse. Er hat seine Familie sehr geliebt und war alles andere als glücklich darüber, von euch getrennt zu sein.

Ich glaube, er hatte damals schon Pläne geschmiedet, wieder in die Staaten zurückzukehren. Wenn ich nicht gewesen wäre, hätte er sich bestimmt längst auf den Weg gemacht. Aber er hat es nicht übers Herz gebracht, mich und dieses Land zu verlassen.

Sobald Du den Inhalt der Diskette kennst, mußt Du alles tun, was Du für richtig hältst ...

Allah Yunsrak
Dalia

Allah Yunsrak ...
Möge Allah dir den Sieg schenken ...
Statt eines traditionellen Abschiedsgrußes hatte Dalia sich für diese Worte entschieden. Damit gab sie ihm bestimmt ein weiteres Zeichen und hatte wohl bei der Niederschrift dieser Zeilen geahnt, daß der Sohn ihres Geliebten zum Zeitpunkt der Lektüre die größte Herausforderung seines Lebens zu bewältigen hätte.

Kamal hielt den Zettel sehr lange in der Hand und rührte sich nicht vom Fleck. Die Diskette, die auf dem Tisch lag, hatte er fast vergessen, weil ihn das Schreiben so sehr berührte. Schließlich nahm er die Diskette, schaltete Dalias Computer ein und schob den Datenträger hinein.

Die Diskette schien nur eine Datei zu besitzen. Kamal klickte das Icon an und wartete geduldig. Nach einiger Zeit erschienen lange Zahlenkolonnen auf dem Bildschirm, die an eine Bilanz erinnerten.

Kamal ließ alle Werte abrollen und erkannte schließlich, daß es sich bei diesen Zahlen um eine Aufstellung von Transfers und Überweisungen handelte, die von den unterschiedlichsten Städten dieser Erde aus getätigt worden waren. Die Summen waren meist sechsstellig und in der Regel in ausländischen Währungen übertragen worden. Aber darunter fanden sich auch Goldzertifikate aus dem Iran, die auf verschiedenen New Yorker Bankkonten und in Moskauer Kredithäusern gelandet waren!

Die nicht existierende Adresse, die er und Danielle in

Fasils Hotelzimmer in Tel Aviv gefunden hatten, kam ihm in den Sinn. Das schien ein Hinweis auf die New Yorker Konten zu sein.

Aber Moskau? Worin bestand die Verbindung nach Rußland?

Der Inspektor wandte sich vom Bildschirm ab, um die Fakten zu sortieren, auf die er bis jetzt gestoßen war.

Dalia hatte offensichtlich größere Geldmengen verwaltet und transferiert. Sie hatte von iranischen Konten Gelder abgebucht, mit denen Fasil wohl irgend etwas zu erwerben gedachte ... aber was?

Etliche Summen waren auf Konten in Moskau geflossen – folglich waren Russen in Fasils Operation involviert. Kamal wußte noch aus seiner Zeit in den USA, daß Mitglieder der Russen-Mafia bevorzugt New York aufsuchten, um dort ihre illegalen Geschäfte zu betreiben.

Alle nur denkbaren Schwarzmarktwaren gelangten dort von einer Hand in die andere – darunter auch waffentaugliches Nuklearmaterial! Der Zusammenbruch der Sowjetunion hatte die größten Ängste der Menschheit wahr werden lassen. Das gigantische Atomwaffenpotential, das der Ostblock im Lauf des Kalten Krieges angesammelt hatte, war zwar zu einem Großteil zerstört oder unbrauchbar gemacht worden, Teilbestände waren jedoch in dunklen Kanälen verschwunden – und zwar in Mengen, die es interessierten Gruppen ermöglichten, daraus Bomben zu bauen.

Die Vorstellung erschreckte Ben zutiefst. Fasil mußte den Ankauf von Nuklearmaterial im Sinn gehabt haben. Was sonst könnte diese Unsummen rechtfertigen? Wofür sonst würden die Geldgeber im Iran solche Summen lockergemacht haben?

Eine bestimmte Gruppe in den Reihen des israelischen Geheimdienstes hatte es sich zur Aufgabe gemacht, Fasil und seine Gesinnungsgenossen aus dem Weg zu räumen. Ob diese Gruppe wußte, was die Hamas-Mitglieder vorhatten? Vermutlich nicht. Es konnte sich nur um einen Zufall handeln, daß die Mörder sich ausgerechnet für diese Palästinenser entschieden hatten.

Fasil hatte sein Vorhaben nicht zu Ende führen können. Dafür sprach allein die Tatsache, daß er ein zweites Mal nach Jericho gereist war. Dort hatte er offenbar organisatorische Dinge klären müssen, und daraus war zu schließen, daß er die Ware noch nicht erhalten hatte, für die ihm so gewaltige Mittel zur Verfügung standen.

Doch höchstwahrscheinlich warteten seine Handelspartner schon auf ihn – und zwar in New York City.

Wie hatte Fasil die Ware in Empfang nehmen wollen? Und warum war er unter falschem Namen in Israel geblieben, statt sich in der Westbank aufzuhalten?

Der Inspektor fand darauf keine Antworten, aber die Diskette mußte genügen, um den Bürgermeister zu überzeugen. Nun konnte niemand mehr ernsthaft bezweifeln, daß eine Verschwörung angezettelt worden war. Nun würden die Behörden aktiv werden müssen und durften sich nicht länger wegen der möglichen Konsequenzen für den Friedensprozeß davor drücken.

Ben ließ die Diskette auswerfen, steckte sie in die Schutzhülle zurück und schob sie in seine Tasche. Auf halbem Weg zur Tür erinnerte er sich an die Holzkiste. Er stellte sie in die Truhe zurück. Alles andere wäre ihm Dalia gegenüber als respektlos erschienen, vor allem, weil es doch das letzte Stück war, das sie ihrer Sammlung hinzugefügt hatte. Dalia hatte sie ihr eigen nennen dürfen, weil der wahre Besitzer gestorben war. Er hatte Dalia die Kiste zur Aufbewahrung gegeben, aber wohl nicht im Traum damit gerechnet, daß sie dadurch der Polizei in die Hände fallen würde. Welch eine Ironie des Schicksals!

Kamal mußte während der Rückfahrt zur Wache die ganze Zeit darüber nachdenken.

Der Inspektor betrat Sumayas Büro, ohne sich vorher anmelden zu lassen.

»Herr Bürgermeister«, begann er formell und wartete, während der große Schreibtischsessel sich langsam vor der Wand drehte, an der das Porträt von Arafat hing.

Ben stockte der Atem, als ihn die kalte Miene von Commander Shaath anblickte.

»Wo ist der Bürgermeister?« konnte er nur hervorbringen.

»Arafat hat ihn nach Gaza beordert«, antwortete Shaath. »Er soll ihn bei den Vorbereitungen für die Friedensgespräche unterstützen und wird noch eine Weile dort beschäftigt sein.«

Der Commander setzte ein höhnisches Grinsen auf. »Während seiner Abwesenheit bin ich mit der Ausübung seines Amtes betraut worden.«

»Ich muß aber dringend mit Sumaya reden«, verlangte Kamal.

»Und ich mit Ihnen, Inspektor, denn meine erste Amtshandlung wird darin bestehen, Sie unter Arrest zu stellen.«

Schon traten zwei palästinensische Polizisten ein und richteten ihre Waffen auf Ben.

»Sie sind ein verdammter Narr!«

»Wenn Sie jetzt bitte die Hände erheben würden, Inspektor.«

Kamal gehorchte. »Ich bestehe darauf, mit dem Bürgermeister zu sprechen.«

»Ich glaube nicht, daß er mit Ihnen zu reden wünscht.« Shaath erhob sich, während die Polizisten Ben Handschellen anlegten.

»Ich glaube, es wird Ihnen in unseren Internierungslagern gefallen, Inspektor«, erklärte der Commander und umrundete den Schreibtisch. »Wir haben sie von den Israelis übernommen und nur wenig darin verändert.«

Danielle konnte sich nicht daran erinnern, sich jemals in einer unbequemeren Lage befunden zu haben. Der Lastwagen, auf den die Palästinenserin sie gesetzt hatte, brauchte zwar nur eine Stunde bis zum Checkpoint, aber die oft unterbrochene Fahrt zerrte bald an ihren Nerven. Hinzu kam, daß kein Licht durch die Gemüse- und Obstkisten bis zu ihr durchdrang und sie so beengt in einer Ecke hockte, daß sie ständig einen Krampf bekam.

Sie glaubte, ein ganzer Tag sei vergangen, als der Wagen endlich an der Grenze hielt. Zwei Soldaten öffneten die Rückklappe und leuchteten mit einer Taschenlampe ins Innere. Aber die Kisten waren so dicht an dicht gestapelt, daß den Grenzern wohl die Lust verging, hier genauer nachzusehen. Schließlich wurde die Klappe wieder geschlossen, und Danielle atmete erleichtert auf.

Der Laster rumpelte weiter, und bei jedem Schlagloch hatte sie das Gefühl, jemand stoße ihr glühende Nadeln ins Rückgrat. Ihr blieb nichts anderes übrig, als die Arme über den Kopf zu legen, um ihn vor verrutschenden Kisten oder herabfallenden Früchten zu schützen.

So ratterte, rumpelte und schaukelte das Fahrzeug dahin, und bei jedem Ruck hatte Danielle das Gefühl, der Wagen breche jeden Moment auseinander. Doch irgendwann besserten sich die Straßenverhältnisse, und endlich kam der Transporter zum Stehen. Der Fahrer zog die Handbremse an und schaltete dann den Motor aus. Ich bin endlich am Ziel, dachte sie und wartete darauf, daß jemand die Kisten über ihr weghob, damit sie die Pritsche verlassen konnte. Sie hörte eine Stimme, die Anweisungen gab, und einige Männer fingen an, die ersten Kisten herunterzunehmen.

Als Danielle endlich wieder das Tageslicht sehen konnte, mußte sie im ersten Moment die Augen schließen. Eine Hand half ihr auf, und als sie von der Pritsche heruntersprang, landete sie in den Armen zweier Männer.

»Danke«, krächzte Danielle. Nachdem sie sich einigermaßen an die Lichtverhältnisse gewöhnt hatte, mußte sie mit Erschrecken feststellen, daß sie sich vor einem Halbkreis von Bewaffneten befand. Pistolen und Gewehrläufe richteten sich auf sie.

Diesen Ort kenne ich doch, schoß es ihr durch den Kopf. Ich bin nicht auf der Westbank, sondern in Israel!

»Hände hoch!« befahl hinter ihr eine Stimme auf Hebräisch. Der Sprecher trat um sie herum und baute sich vor ihr auf.

Seine Züge kamen ihr sofort bekannt vor, auch wenn sie diesen Mann noch nie gesehen hatte. Die letzten Puzzleteile hatten ihren Platz gefunden und machten ihren schlimmsten Alptraum wahr.

»Ihre Waffe, Pakad«, verlangte der Mann mit einer Narbe auf der Wange, der wie ein Doppelgänger von Abu Garub aussah.

Shaath marschierte die Treppe hinunter, und die beiden Polizisten folgten ihm mit Ben in ihrer Mitte. Sie erreichten das Erdgeschoß, und der Commander drehte sich schon triumphierend zu Kamal um, als unvermittelt Major al-Asi auftauchte. Vier seiner Sicherheitsagenten blieben vor dem Ausgang stehen.

»Ich übernehme den Mann nun, Commander«, erklärte al-Asi. Shaath erstarrte und schien nicht recht zu wissen, wie er sich verhalten sollte. Er machte einen Schritt zurück, bis er direkt vor dem Inspektor stand, so als wolle er ihn schützen.

»Ich würde Ihnen dringend raten, Commander, meine Autorität nicht in Frage zu stellen. Oder muß ich Sie erst daran erinnern, daß Angelegenheiten des Sicherheitsdienstes höchste Priorität genießen?«

Als Shaath keine Antwort gab, trat der Major vor und zog Ben an den Handschellen zu sich.

»Vielen Dank, Commander. Sie dürfen jetzt in Ihr Büro zurückkehren.«

Shaath stand noch immer wie vom Donner gerührt da.

»Ich sagte, vielen Dank, Commander.«

Der Polizeichef drehte sich wortlos um und lief mit seinen Männern die Stufen hinauf.

»Nehmt ihm diese Dinger ab«, befahl al-Asi seinen Männern.

Einer der Sicherheitsbeamten schloß die Handschellen auf, und Kamal streckte die Arme.

»Ich habe Ihnen doch einmal gesagt, Inspektor, daß ich mich nie einem Mann in den Weg stelle, der seine Arbeit erledigen will«, erklärte der Major, während er Ben zur Tür geleitete. »Und ganz offensichtlich ist Ihre Arbeit noch nicht beendet.«

Kamal fragte sich, ob er endlich jemand gefunden hatte, der ihm zuhören würde, doch als er den Mund öffnete, unterbrach al-Asi ihn gleich.

»Tut mir leid, Inspektor, aber ich fürchte, von nun an kann ich nichts mehr für Sie tun.«

»Sie könnten mir wenigstens sagen, wer meinen Vater umgebracht hat.«

Der Major betrachtete ihn zögernd. »Wollen Sie das wirklich wissen?«

»Sonst hätte ich nicht gefragt.«

»Gut, das steht Ihnen zu«, nickte al-Asi. »Aber ich kann Ihnen nur eine inoffizielle Antwort geben.«

»Damit bin ich zufrieden.«

»Einem jungen Widerstandskämpfer ist damals diese Aufgabe übertragen worden. Sein Name war Omar Shaath.«

Kamal zitterte am ganzen Leib. Nun wurde ihm klar, warum er und der Commander sich von Anfang an nicht hatten verstehen können.

»Danke«, preßte er hervor.

Der Major zog seine Krawatte gerade. »Behalten Sie

Ihren Dank für sich. Schicken Sie mir lieber einen Anzug, wenn Sie wieder in den Staaten sind.«

Der Inspektor fuhr in sein Büro, setzte sich an den Schreibtisch und überlegte, ob es eine Möglichkeit gab, den Bürgermeister zu erreichen. Noch bevor er eine Lösung gefunden hatte, läutete sein Telefon. Er nahm unwillig den Hörer ab und erwartete schon, Shaats Stimme zu vernehmen.

»Hallo?«

Aber am anderen Ende war nicht der Commander. Bens Magen zog sich zusammen, als er kommentarlos lauschte, was man ihm mitteilte. Er sackte immer mehr auf seinem Stuhl zusammen. Als die Verbindung beendet worden war, hielt er noch eine ganze Weile den Hörer ans Ohr.

Die israelische Renegatengruppe hatte Danielle in ihre Gewalt gebracht!

Er sollte zu einem bestimmten Treffpunkt in Israel kommen, andernfalls würde man Danielle umbringen ...

Aber wenn er sich dort zeigte, würde man ohne Zweifel ihn töten. Ben hatte seine Gegner offenbar unterschätzt.

Der Inspektor starrte vor sich hin und wollte sich in seiner Not schon an al-Asi wenden. Aber nein, der Major hatte bereits alles getan, was in seiner Macht stand.

Ben mußte sich an jemanden wenden, der mehr für ihn tun konnte.

Endlich legte er auf, hob gleich wieder ab und wählte die Nummer, die er vor drei Tagen erhalten und sich gleich eingeprägt hatte.

»Ja?« meldete sich eine tiefe, heisere Stimme.

»Ich brauche Ihre Hilfe, Colonel Brickland«, sagte der Inspektor.

Kapitel 55

Brickland fuhr in aller Ruhe auf den Checkpoint zu und betrachtete den israelischen Grenzer, der streng durch die Windschutzscheibe starrte.

»Bleiben Sie ganz ruhig, mein Bester. Das ist jetzt erst der leichte Teil unserer Unternehmung. Der richtige Spaß kommt später.«

Yousef Shifa, der auf dem Rücksitz hockte, rutschte nervös hin und her.

»Und sagen Sie Ihrem King Kong da hinten, daß er sich beruhigen soll.«

»Ich spreche Englisch«, erinnerte ihn der Riese.

»Das war nur ein kleiner Test.«

Der Grenzer hielt sie mit erhobenem Arm an.

»Sie wollen mit mir reden«, hatte Ben dem Colonel vor zwei Stunden mitgeteilt, als Brickland ihn vor der alten Wache abgeholt hatte. »Diese Leute haben mir Uhrzeit und Ort genannt.«

»Und wenn Sie sich dort nicht blicken lassen, wird man Danielle abmurksen. Irgendwie kommt mir das bekannt vor. Die Burschen sind nicht sehr originell.«

»Haben Sie irgendwelche Vorschläge?«

»Wo soll das Treffen stattfinden?«

»Im Amphitheater von Caesarea.«

»Eine kluge Wahl. Diesen Ort hätte ich auch gewählt. An drei Seiten hohe Mauern, und die vierte nicht allzu weit vom Mittelmeer entfernt. Anscheinend haben Sie sich ihren Respekt erworben, Benny.«

»Das ist mir ziemlich egal.«

»Dann sagen Sie sich doch einfach, daß heute Ihr Glückstag ist, mein Bester. Wie gut, daß ich in der Stadt geblieben bin.«

»Warum sind Sie eigentlich wirklich hier, Colonel?«

»Nun, im Augenblick will ich Ihrer kleinen Freundin einige Unannehmlichkeiten ersparen.«

»Und was war in der vergangenen Woche?«

»Die Geschichte von meinem verlorengegangenen Sohn hat wohl deutlich an Glaubwürdigkeit verloren, oder?« lächelte Brickland.

»Ja, sie ist so löchrig wie ein Schweizer Käse. Jetzt aber raus mit der Sprache: Warum sind Sie nach Jericho gekommen?«

»Weil ich hier einen Job zu erledigen hatte«, antwortete der Colonel nebulös.

»Sie haben es auf den zweiten Mörder abgesehen, und auf die Gruppe, die hinter ihm steht. Die ganze Zeit über haben Sie gehofft, daß es so weit kommen würde wie jetzt. Sie haben mich und Danielle benutzt, um diese Leute aus ihrem Bau zu locken!«

»Volltreffer!«

»Für wen arbeiten Sie eigentlich, Colonel? Wer unterzeichnet Ihre Gehaltsschecks?«

»In meiner Branche nimmt man nur Bargeld, mein Bester. Und jetzt sollten Sie sich lieber Gedanken machen, wie ich Ihnen weiterhelfen kann, während ich gleichzeitig meine Arbeit zu Ende bringe. Sie wollen Ihr Mädchen zurück, ich will die Typen, die Danielle in ihrer Gewalt haben. Ich würde meinen, wir beide haben mehr gemeinsam als so manche Ehe.«

»Aus Ihrem Mund hört sich das alles ganz einfach an.«

»Wissen Sie, ich bin in diesem Spiel der Joker. Die Renegaten haben keine Ahnung, daß ich im Lande bin, ganz zu schweigen davon, daß ich auch noch auf Ihrer Seite stehe.«

»Sie wollen mir also wirklich helfen?«

»Was meinen Sie denn, was ich die ganze Zeit über getan habe? Ich war es schließlich, der Ihnen Fasils Fingerabdrücke überlassen hat, wodurch diese ganze Geschichte überhaupt erst ins Rollen gekommen ist. Und wenn ich es recht bedenke, war es gar keine schlechte Idee von mir, Sie für meine Zwecke einzuspannen.«

»Was sollen wir jetzt tun?«

»Tun Sie nur das, Benny, was ich Ihnen sage. Ein dritter Mann könnte uns aber eine große Hilfe sein.«

»Ich glaube, mir fällt da jemand ein.«

Brickland zeigte sich tatsächlich beeindruckt, als Kamal ihm Yousef Shifa vorstellte. Vor allem die Größe und offensichtliche Körperkraft des Riesen schienen ihm zu gefallen.

»Die Sache wird bestimmt gefährlich«, warnte Ben den Hünen.

»Für mich ist das kein Problem.«

»Wir werden einige Leute recht unsanft behandeln müssen«, fügte Brickland hinzu.

»Auch das wird mir keine schlaflosen Nächte bereiten«, erwiderte Yousef und grinste über das ganze Gesicht.

Als Bricklands Wagen vor dem Grenzer anhielt, warf dieser nur einen Blick auf die Papiere des Colonels und winkte ihn gleich durch, ohne sich weiter um die Insassen zu kümmern.

»Sie sind wirklich ein erstaunlicher Mann, Colonel«, wunderte sich der Inspektor.

»Danke für das Kompliment, aber wir sollten uns jetzt lieber noch einmal mit den Instruktionen befassen, die man Ihnen gegeben hat.«

»Ich soll ins Amphitheater gehen, die Hände weit vom Körper halten und warten.«

Brickland nickte nachdenklich. »Ich schätze, sie haben irgendwo zwei oder drei Scharfschützen postiert, die Sie die ganze Zeit über im Fadenkreuz haben. Ein weiterer Grund für die Wahl des Amphitheaters.«

»Stellt das ein Problem dar?«

»Klar, aber nur für die Scharfschützen«, grinste der Colonel und warf dann einen kurzen Blick auf die Rückbank. »Und wie haben Sie beide sich kennengelernt, mein Bester?«

»Die Geschichte würden Sie mir kaum glauben.«

»Versuchen Sie doch mal Ihr Glück.«

Ben hatte die Geschichte, wie Shifa ganz allein das Restaurant aufgemischt hatte, noch nicht zu Ende erzählt, als Brickland schon laut lachte.

»Was ist denn daran so komisch?« fragte der Inspektor.

»Sie haben mich gerade auf eine glänzende Idee gebracht, Benny!«

Kapitel 56

Ben betrat das Amphitheater von Caesarea wie befohlen und hielt die Arme möglichst weit von seinem Körper. Rasch warf er einen Blick auf die Uhr. Fünfzehn Minuten waren vergangen, seit Brickland und Yousef vor dem Parkplatz ausgestiegen waren, weil nicht ausgeschlossen werden konnte, daß Danielles Entführer bereits hier Beobachter aufgestellt hatten.

»Soll ich Ihnen etwas Zeit verschaffen, um in Position zu gelangen?« hatte er den Colonel gefragt.

»Das wird nicht nötig sein. Die Burschen werden Sie bestimmt warten lassen, damit Sie zu schwitzen anfangen und nervös werden.«

»Woher wissen Sie dann, daß –«

»Das überlassen Sie ruhig King Kong und mir.«

Diesmal lächelte Yousef über den Spitznamen.

Kamal sah den Riesen an. »Du mußt das nicht tun, wenn du nicht willst.«

»Was sollte mich hindern?« entgegnete der Mann. »So etwas habe ich schließlich auch früher schon getan.«

»Weißt du noch, was du machen sollst, wenn wir die ganze Sache hinter uns gebracht haben?«

»Ja, ich werde den Redakteur Jabral anrufen und ihm sagen, Inspektor Kamal habe eine tolle Geschichte für ihn.«

»Ausgezeichnet.«

Ben wiederholte dieses Gespräch wieder und wieder, während er die Bühne des antiken Theaters erreichte und das steinerne Rund entlangschritt. Man hatte schwarze Klappstühle auf den Rängen aufgestellt. Die Bestuhlung wirkte sehr fremd, wenn man sie mit der Steinanlage verglich, die noch aus der Römerzeit stammte. Kamal stellte sich vor, daß auf dem Boden, den er gerade betrat, erstmals Gladiatoren gekämpft hatten und das Blut unzähliger Christen vergossen worden war.

Das Amphitheater galt als eine der Touristenattraktionen von Caesarea und gehörte zum bedeutendsten antiken Erbe Israels. Die Stadt, die direkt am Ufer des Mittelmeers liegt, konnte aber auch mit anderen Sehenswürdigkeiten aufwarten, wie den wiederhergestellten Ruinen der alten Kreuzritterfestung, den Überresten einer jüdischen Siedlung und einem Aquädukt.

Dort, wo der Inspektor jetzt stand, konnte er die Wellen hören; nur die Sicht auf das Meer wurde ihm durch die hohen Mauern versperrt, die einst den Bewohnern Sicherheit gegeben hatten.

Er sah wieder auf seine Uhr. Weitere zehn Minuten waren vergangen. Sein Blick wanderte immer wieder hinauf zu den steinernen Rängen, die sich bis zu den Flutlichtanlagen für die Abendvorstellungen hinzogen. Dabei fragte er sich, wo die Scharfschützen stecken mochten, von deren Anwesenheit Brickland so überzeugt war.

Zwischen den Reihen fanden sich vier Ausgänge, die hinunter in das Kellerlabyrinth der Anlage führten.

Kamal konnte von hier aus das berühmte Touristenrestaurant Via Maris nicht erkennen, wußte aber, daß Yousef es bereits betreten haben mußte und dort auf Bricklands Signal wartete: Eine Kugel durch eines der Fenster, sobald er die Heckenschützen ausgeschaltet hatte.

Der Inspektor riß sich aus seinen Gedanken, als er Schritte hörte. Zwei Gruppen näherten sich ihm aus entgegengesetzten Richtungen, jede drei Personen stark.

In der rechten fiel ein Riese auf, der sich bei Danielle eingehakt hatte, als sei sie eine gute Freundin.

Ein Frösteln überlief Kamals Rücken, als er den Riesen genauer betrachtete. Im ersten Moment glaubte er, der Geist von Abu Garub schreite auf ihn zu – bis er die Narbe bemerkte, die seine Wange verunzierte.

Drei Schritte vor ihm blieb der Doppelgänger stehen und versetzte Danielle einen Schubs, so daß sie zwischen die beiden Männer gelangte.

»Ziehen Sie Ihr Hemd hoch, und halten Sie es oben. Dann drehen Sie sich mit erhobenen Händen um«, befahl der zweite Wolf.

Der Inspektor bemerkte, daß jeder der Männer bewaffnet war. Sie hielten die Pistolen aber nicht in der Hand, da sie als harmlose Touristen erscheinen wollten.

»Was verlangen Sie für die Freilassung der Frau?« fragte Ben, während er sich mit erhobenen Händen umdrehte.

»Meine Befehle lauten, Sie beide zu übergeben.«

»Wem?«

»Das werden Sie schon früh genug feststellen.«

Danielle meldete sich jetzt zum ersten Mal zu Wort, und ihre Blicke wanderten zwischen Kamal und dem Riesen hin und her. »Bestimmt ein israelischer Rechtsradikaler, der nichts vom Frieden hält.«

»Es dürfte schwerfallen, den Frieden zu erhalten, wenn man nicht vorher die Schweine umbringt, die ihn gefährden.«

»Da bin ich aber froh, daß Sie so sehr an den Wert Ihrer Arbeit glauben«, erwiderte Danielle sarkastisch.

»Wir alle glauben an irgend etwas.«

»Dann sollte es uns ja eigentlich leid tun, daß wir Ihnen in die Suppe gespuckt haben«, ließ Ben einfließen.

»Wir haben eines unserer Primärziele eliminiert, und dazu noch zwei seiner Gesinnungsgenossen. Damit haben wir Mohammed Fasils Schreckensherrschaft ein Ende bereitet.«

»Was wollen Sie dann noch von uns?« fragte Danielle verblüfft.

»Sie wollten die Geschichte nicht auf sich beruhen lassen.«

»Aus gutem Grund«, entgegnete Ben. »Sie mögen zwar Fasil ausgeschaltet haben, aber noch lange nicht die Operation, die er initiiert hat und um derentwillen er zweimal nach Jericho gekommen ist.«

»Das spielt für uns keine Rolle.«

»Sollte es aber.« Kamal versuchte Zeit zu gewinnen. »Ich bin der festen Überzeugung, daß Fasil beabsichtigte, mit russischen Waffenhändlern ins Geschäft zu kommen. Und ich spreche hier nicht von ein paar Flinten oder alten Panzern, sondern von spaltbarem Material. Gewaltige Geldsummen sind bereits transferiert worden, so daß der Handel so gut wie abgeschlossen sein dürfte. Alles, was noch zu tun bleibt, ist, das Zeug abzuholen. Glauben Sie mir, ich habe entsprechende Beweise.«

Garubs Doppelgänger schien nachzudenken, und das gab Kamal Gelegenheit, Danielle einen Blick zuzuwerfen. Zuerst hatte sie wohl geglaubt, er bluffe nur, doch jetzt erkannte sie an seinem Gesicht, daß er keineswegs übertrieben hatte. Ein kalter Schauer rieselte ihr über den Rücken.

»Sie werden diese Beweise meinen Vorgesetzten vorlegen«, erklärte der Riese schließlich.

»Blödsinn!« erwiderte Danielle. »Halten Sie mich etwa für einen Einfaltspinsel? Glauben Sie vielleicht, ich wüßte nicht, wie so etwas gehandhabt wird? Kaum sind wir mit Ihnen unterwegs, bringt man uns um. Erzählen Sie keinen

Quatsch! Es gibt überhaupt keine Vorgesetzten, zu denen Sie uns bringen könnten!«

»Wäre es Ihnen lieber, wenn wir Sie gleich hier an Ort und Stelle eliminieren würden?«

»Das eine ist so gut wie das andere, es macht überhaupt keinen Unterschied.«

Kamal bemerkte, wie der zweite Wolf verkrampfte, als seine Aufmerksamkeit von einem größeren Polizeiaufgebot abgelenkt wurde, das auf das Touristenrestaurant zu stürmte. Brickland mußte Yousef das Signal gegeben haben.

Ben stellte sich vor, wie sein großer Freund im Via Maris Tische umwarf und die Auslage zertrümmerte.

Bricklands Strategie hatte die gewünschte Wirkung. Die israelischen Polizisten konnten sich nicht mehr um das Amphitheater kümmern und mußten im Restaurant für Ruhe sorgen.

»Lassen Sie die Waffen fallen«, sagte der Inspektor in aller Ruhe.

Der Riese starrte ihn an, als wisse er nicht, ob er lachen oder weinen solle.

»Das ist Ihre letzte Chance.«

Das Narbengesicht wollte gerade etwas entgegnen, als der Mann zu seiner Linken wortlos zusammenbrach. Einen Moment später folgte sein rechter Begleiter.

Kamal sprang los, warf Danielle zu Boden und rollte mit ihr über den Kiesboden in Deckung. Jetzt hörte er auch den leisen Knall der Schüsse.

Die Renegaten verschwanden zwischen den Sitzreihen und erwiderten von dort das Feuer. Sie schossen wild um sich, weil sie ihren Gegner nicht erkennen konnten.

Der zweite Wolf krabbelte zwischen den Klappstühlen umher und brüllte Befehle in sein Walkie-talkie. Wahrscheinlich versuchte er gerade, seine Heckenschützen zu erreichen. Doch er bekam keine Antwort. Ohne Zweifel hatte Brickland sie ausgeschaltet.

Die anderen krochen noch immer durch die Ränge und

feuerten auf alles, was sich bewegte. Ihre Kugeln rissen Stücke aus den steinernen Verzierungen.

»Los, fort von hier!« forderte Kamal die Chefinspektorin auf. Er war überzeugt, daß der Colonel sich ständig in Bewegung hielt, um den Israelis keine Möglichkeit zu geben, ihn zu entdecken und sich auf ihn einzuschießen.

Die beiden hatten gerade die erste Reihe erreicht, als Kugeln rings um sie herum Steine und Erdreich aufspritzen ließen. Sie rannten auf ein Portal zwischen den unteren Rängen zu, und ein Steinregen prasselte auf sie nieder.

Dann verschwanden sie in der kühlen Dunkelheit der Treppe, die nach unten in die Kellerräume der Anlage führte. Sie gelangten auf eine abwärts führende Rampe, und als sie deren Ende erreichten, fühlten sie sich in dem Wirrwarr der Gänge wie gefangen. Nur durch ein paar Luftlöcher drang etwas Licht.

Sie irrten hin und her und blieben erst stehen, als sie Schritte hörten. Die Dunkelheit und die sonderbare Akustik machten es ihnen unmöglich, festzustellen, aus welcher Richtung sie kamen. Ihnen blieb nichts anderes übrig, als weiterzugehen und zu hoffen, daß die Schritte von Brickland stammten.

Danielle verschwand unter einem Bogen, der in eine kleine Halle führte. Sie nahm aus dem Augenwinkel eine Bewegung wahr, und im nächsten Moment packte jemand sie am Haar und schleuderte ihren Kopf gegen die Wand. Danielle sank zu Boden, während das Narbengesicht seine Waffe auf Ben richtete.

»Sie zwingen mich jetzt zu einer Entscheidung, die ich lieber vermieden hätte«, knurrte der Mann und zögerte einen Moment, so als wisse er nicht, wen er zuerst erschießen sollte.

»Dann werde ich sie Ihnen abnehmen«, ertönte hinter ihm eine Stimme, die Kamal sehr vertraut war.

Der Riese wirbelte herum und zielte auf den unerwarteten Angreifer.

Aber Brickland war schneller. Er feuerte sechs Mal auf den Doppelgänger Garubs, und dessen Schuß fuhr in die Decke. Die Kugeln schleuderten den Israeli zu Boden, wo er unter einer Staubwolke zusammenbrach.

Der Colonel sicherte seine Maschinenpistole, sah abwechselnd Ben und Danielle an und schüttelte dann den Kopf.

»Was hat dieser Spinner sich bloß dabei gedacht?«

Kapitel 57

Sie sprinteten gemeinsam über den Parkplatz. Brickland schob ein frisches Magazin in die Maschinenpistole und schaltete auf automatisches Feuer. Die Israelis, die sich für eine Zeitlang von Yousefs Raserei in dem Restaurant hatten ablenken lassen, kehrten nun zurück und schlossen die Fliehenden von allen Seiten ein.

»Lauft! Los!« brüllte der Colonel und gab mehrere Feuerstöße ab, damit die beiden den Wagen erreichen konnten.

Er zielte nicht, sondern schoß einfach drauflos, um die Polizisten und Soldaten in Deckung zu zwingen, damit sie genug Zeit erhielten, das Auto zu starten und von hier zu verschwinden. Danielle warf sich auf den Rücksitz, während Ben und Brickland vorn Platz nahmen. Die ersten Treffer fuhren ins Blech.

»Unten bleiben!« rief der Colonel, während die Fensterscheiben zerplatzten. Er drehte den Zündschlüssel herum, gab sofort Gas und verließ mit quietschenden Reifen den Parkplatz, auf dem gerade Verstärkung eintraf. Brickland sauste an ihnen vorbei, und die Tachonadel zeigte bereits sechzig an, als er die Straße erreichte. Der Mann trat nicht einmal auf die Bremse, bis sie vor dem einige Kilometer entfernten Dan Caesarea Hotel angekommen waren.

Drei Minuten später saßen sie schon in einem entwendeten Kleinbus. Brickland wirkte jetzt nicht mehr so angespannt und schien auch seine Privatfehde mit dem Gaspedal beendet zu haben.

»Sie arbeiten doch für Israelis, oder?« fragte Danielle plötzlich mit eisiger Stimme.

»Ja, bis vor zehn Minuten. Ich war hinter ein paar Leuten her, über die Ihre Regierung die Kontrolle verloren hatte.«

Danielle geriet ins Grübeln. Kontrolle – davon hatte der namenlose Mann in Giotts Büro doch auch gesprochen ... Was hatte er noch gesagt? Alles sei unter Kontrolle, und sie brauche sich keine Gedanken zu machen ... Ob er damit Brickland gemeint hatte?

»Für wen haben die Männer um den zweiten Wolf gearbeitet?« fragte sie schließlich.

»Darüber bin ich nicht informiert. Eigentlich interessiert es mich auch nicht, genausowenig wie Ihre Regierung. Ihre Leute wollten nur, daß alles erledigt wird, ohne viel Staub aufzuwirbeln. Deshalb hat man ja auch mich engagiert.«

»Inwiefern ist die israelische Regierung an der Aktion beteiligt? Was wußte man in diesen Kreisen?«

»Kaum mehr als Sie beide. Ich war auf Benny und Sie angewiesen, weil ich selbst nicht in Erscheinung treten konnte, ohne größeres Aufsehen zu erregen. Deswegen habe ich Inspektor Kamal vorgeschickt und ihn mit den nötigen Informationen versorgt.«

»Wie nett von Ihnen«, murrte Kamal.

»Die israelische Seite ahnte, daß etwas im Busch war, aber sie wußte nicht, worum es diesen Renegaten im Endeffekt ging oder wie man sie aufhalten könnte. Und da den Israelis auch die Größe dieser Gruppe nicht bekannt war, konnten sie niemandem mehr so recht trauen.«

»Also haben Sie jemanden von außen geholt«, bemerkte Danielle. »Jemanden, der für Geld die Drecksarbeit erledigt.«

»Wenn ich nach Leichen bezahlt würde«, entgegnete der Colonel mit einem Zwinkern, »wäre ich längst steinreich. Nun, ich sagte mir, wenn die Regierung schon nicht an diese Terroristen herankam, wie sollte mir das dann gelingen? Also habe ich mir einen Plan ausgedacht.«

»Die Ermittlungen gegen den Serienmörder«, sagte Ben.

»Und daß wir beide zusammenarbeiten«, fügte Danielle hinzu. »Eine Kooperation von Israelis und Palästinensern ...«

»War das Ihre Idee, Colonel?«

»Allerdings. Ich habe Sie und Ihre hübsche Kollegin für die Aktion ausgewählt. Die Entscheidung fiel aber erst in letzter Minute.«

»Nach der Schießerei in der Altstadt von Jaffa«, sagte Danielle.

»Das hat mir bewiesen, daß Sie genau die Frau waren, die ich für den Job brauchte.«

»Mit anderen Worten, wir waren für Sie bloß eine Art Köder.«

»Immerhin habe ich Ihnen die ganze Zeit den Rücken freigehalten. Und falls Sie das schon vergessen haben sollten: Ich habe Ihnen auch von Zeit zu Zeit einen Schubs gegeben, um Sie auf Trab zu halten. Der Erfolg gibt mir Recht, denn es ist Ihnen ja schließlich gelungen, die Burschen ins Freie zu locken, wo ich sie dann ganz bequem auspusten konnte.«

Er drehte sich kurz zu der Chefinspektorin um. »Ihre Vorgesetzten sind mit der Entwicklung übrigens alles andere als glücklich.«

»Und was soll jetzt aus uns werden?« fragte Danielle.

»Ich habe Ihnen das Leben gerettet. Mehr kann ich nicht für Sie tun. Benny fliegt am besten zurück in die Staaten. Und da Sie, meine Teure, anscheinend ganz gut mit ihm zurechtkommen, sollten Sie ihn begleiten.«

»Nein, die Geschichte ist noch lange nicht vorüber«, erklärte Kamal grimmig. »Hören Sie gut zu, Brickland.

Fasil hat mit der Russenmafia einen Deal abgeschlossen. Die Kerle sind schon bezahlt worden, und er hat nur noch auf die Lieferung gewartet.«

»Was für eine Lieferung, mein Bester?«

Ben warf Danielle einen nervösen Blick zu und schluckte, ehe er antwortete: »Nuklearmaterial. Ungefähr zwanzig Millionen Dollar haben den Besitzer gewechselt, und die Transaktionen sind in den beiden Nächten abgewickelt worden, in denen er sich in Jericho aufgehalten hat.«

»Russen ...«, wiederholte Danielle und erinnerte sich an die Schießerei auf dem Marktplatz in Jaffa, ein Ereignis, das ihr wie aus einem anderen Leben vorkam. »Deswegen ist er nicht in der Westbank, sondern in Israel geblieben. Er hat dort seine russischen Kontaktleute getroffen.«

»Aber Fasil ist auch mehrere Male in New York gewesen«, wandte der Inspektor ein.

»Trotzdem ist sein Aufenthalt in Israel der Schlüssel«, entgegnete sie.

»Der Schlüssel wozu?« fragte Brickland.

»Um herauszufinden, wann er die Ware in Empfang nehmen wollte.«

Während der Rückfahrt teilte Danielle den beiden ihre Überlegungen mit.

»An dem Tag, an dem man mich für diese Operation ausgewählt hat, kam es in der Altstadt von Jaffa zu einer Schießerei. Ein Araber, der als Schmuggler bekannt war, wollte gerade eine Ladung in die Westbank bringen, und der Shin Bet plante, ihn bei dieser Gelegenheit hochgehen zu lassen.

Dummerweise kam uns jemand zuvor – Russen. Woher ich das weiß? Nun, einer von ihnen hat mich als *suka* bezeichnet, und das heißt auf Russisch Hure.«

»Dafür bringe ich ihn um«, knurrte Brickland.

»Das habe ich schon erledigt. Nun hat Ismael Atturi,

unser Schmuggler, meist nur Kleinkram über die Grenze gebracht. Doch diesmal enthielt seine Ladung Maschinengewehre, und zwar eine ganze Menge davon. Anscheinend wollte er bei größeren Deals mitmischen und ist dabei wohl jemandem auf den Schlips getreten.«

»Den Russen«, vermutete der Inspektor.

»Sicher sieht die Russenmafia Waffenschmuggel als ihre ureigene Domäne an. Anscheinend hat die russische Unterwelt sich längst in Israel breitgemacht und sich vor allem in Jaffa eingenistet.«

»Das müssen Fasils Kontaktleute sein!«

»Die Verbindungsleute zwischen ihm und den Russen in New York.«

»Das bedeutet, daß sie genau wissen, was Fasil für die zwanzig Millionen gekauft hat.«

»Und Sie wissen auch, wo und wann er die Ware in Empfang nehmen sollte.«

Ben und Danielle hielten in ihrem Gedankenaustausch inne und sahen gleichzeitig den Colonel an.

»Machen Sie mit, Brickland?« fragte Kamal.

Der Mann starrte weiter geradeaus, als seien die Straßenverhältnisse im Moment das einzig Wichtige. »Ich bringe Sie zurück nach Jaffa und halte ein Auge auf Sie. Die Stadt liegt sowieso auf dem Weg zum Flughafen.«

Kapitel 58

Brickland stellte den Wagen vor dem Flohmarkt ab, und Danielle führte die kleine Truppe. Der Markt schien sich seit der letzten Woche nicht verändert zu haben. Dieselben Händler verfolgten sie wieder mit Kaufangeboten und supergünstigen oder einmaligen Gelegenheiten.

Die drei spazierten ins Zentrum des Marktes und

näherten sich unauffällig den offenen Läden an einer Seite des Platzes. Nach dem blutigen Gefecht vor sieben Tagen patrouillierten hier mehr Soldaten als gewöhnlich, und Danielle hielt den Kopf gesenkt, weil sie befürchten mußte, von den israelischen Militärs erkannt zu werden.

Ben und Brickland nahmen sie von Anfang an in die Mitte und entzogen sie so den neugierigen Blicken. Danielle hielt derweil Ausschau nach den Läden, die von russischen Immigranten geführt wurden, denn sie war überzeugt, daß sich in einem davon der Verbindungsmann zwischen Fasil und der russischen Mafia in New York aufhalten mußte.

Einige Geschäfte strich sie gleich nach einem Blick auf das Warenangebot von der Liste, andere nach dem Aussehen der Inhaber. Und wenn einer der Händler modernes Hebräisch sprach, konnte sie davon ausgehen, daß er hier geboren war und daher ebenfalls nicht in Frage kam.

Sie liefen mehrmals hin und her, bis Danielle sich auf einen Komplex von drei Mini-Warenhäusern konzentrierte, in denen Russen bedienten.

»Es muß eines von den dreien sein«, erklärte sie den beiden, nachdem sie sich ein Stück in die Jaffa-Straße zurückgezogen hatten. »Ich weiß nur nicht, welches.«

»Gehört dazu auch der Laden, der Brenner und Öfen verkauft?« fragte der Colonel.

Danielle sah ihn verblüfft an. »Ja. Woher wußten Sie das?«

»Wenn ein Laden schon zwei Bewaffnete an den Fenstern im oberen Stock postiert, so ist das zumindest dort, wo ich herkomme, nicht sehr gut fürs Geschäft.«

Brickland sah die beiden an. »Meinen Sie, Sie und Ihr Freund können das allein bewerkstelligen?«

»Kein Problem«, entgegnete Danielle.

»Geben Sie mir nur ein paar Minuten«, sagte der Colonel. »Ungefähr fünf. Dann gehen Sie hinein. Ich sorge dafür, daß man Sie nicht bei der Arbeit stört.«

Ben und Danielle liefen fünf Minuten wie ein Touristenpärchen herum, das sich bei dem Riesenangebot nicht so recht entscheiden kann, und betraten dann das Warenhaus, das bis unter die Decke mit alten und rostigen Öfen angefüllt war.

Offensichtlich herrschte im Moment nicht viel Betrieb, und sie entdeckten rasch, daß sie die einzigen Kunden waren. Der Geruch von frischem Fisch und gebratenem Falafel drang von draußen herein.

»Kann ich Ihnen helfen?« Ein recht beleibter Mann eilte ihnen entgegen.

»Wir suchen nach einem Herd, aber es müßte schon ein neueres Modell sein, und in besserem Zustand«, erklärte Danielle.

»Sie meinen einen, der auch funktioniert«, grinste der Verkäufer und winkte ihnen zu. »Folgen Sie mir bitte, ich zeige Ihnen mein ganz besonderes Angebot.«

Er führte die beiden durch einen dicken Vorhang in ein Hinterzimmer. Auf den ersten Blick unterschied sich die Ware hier kaum von den rostigen und alten Geräten im Verkaufsraum.

»Ja, aber diese hier werden mit Butan betrieben«, erklärte der Mann, als er ihre Gesichter sah. »Die halten viel länger, eine halbe Ewigkeit. Außerdem werde ich Ihnen einen Sonderpreis machen.«

»Ein Freund hat uns Ihr Geschäft empfohlen.«

»Tatsächlich? Wer denn?«

»Mohammed Fasil.«

Der Mann wurde weiß wie die Wand, und er zog sich in Richtung Vorhang zurück, aber Kamal versperrte ihm den Weg.

»Lassen Sie mich gefälligst durch«, sagte der Russe. »Immerhin bin ich nicht allein hier.«

»Doch«, entgegnete Danielle kalt. »Wir haben Ihren Freunden oben im ersten Stock für den Rest des Tages frei gegeben.«

»Sind Sie von der Polizei? Oder von der Armee? Wenn ja, dann lassen Sie sich gesagt sein, daß ich weiß, wie man mit Ihresgleichen umgehen muß. Vergessen Sie nicht, daß ich aus Rußland stamme. Da ist man es gewöhnt, mit Leuten wie Ihnen fertig zu werden.«

»Wir sind weder von der Polizei noch von der Armee«, entgegnete Danielle. »Aber wenn wir mit Ihnen fertig sind, werden Sie sich wünschen, wir würden Uniform tragen.«

Sie stellte sich vor den Verkäufer. »Wissen Sie, wir müssen niemandem Rechenschaft ablegen. Es gibt viele Leute, die uns gern tot sehen würden, und wir haben bereits einige getötet, um selbst am Leben zu bleiben. Ob also einer mehr oder weniger auf der Liste steht, ist uns ziemlich egal.«

Der Russe war immer weiter zurückgewichen und stand jetzt mit dem Rücken an einem Propanbrenner. Danielle war ihm die ganze Zeit gefolgt, und ihre Worte schienen ihm offenbar Angst einzujagen.

»Gut, ich kenne Fasil. Haben Sie gehört, ich kenne ihn! Er ist hier gewesen und wollte Kontakt zu einigen Leuten in Amerika aufnehmen, die ich zufällig kenne. Also habe ich sie zusammengebracht und mich nicht weiter darum gekümmert. Ich schwöre, mehr habe ich nicht damit zu tun!«

»Sie sind doch Verkäufer, oder?«

»Ja.«

»Ich würde meinen, Sie sind sogar ziemlich gut in Ihrem Gewerbe.«

Der Mann nickte und hatte offensichtlich keine Ahnung, worauf die Frau hinauswollte. »In Rußland kannte man mich als –«

»Ein guter Händler sieht seinen Kunden doch sofort an, was er von ihnen zu erwarten hat, ganz gleich, welche Waren er verkauft, oder? Ich wette, Sie können uns eine ganze Menge mehr über Fasil erzählen.«

Danielle lächelte ihn an, legte ihm einen Arm um die

Schulter und stieß völlig unvermittelt seinen Oberkörper nach vorn, während sie ihm gleichzeitig das Knie in den Bauch rammte. Der Russe brach ächzend zusammen, doch schon packte die Chefinspektorin ihn an einer Hand und zog ihn zu einem der Brenner.

Ben hörte ein Zischen, bevor die elektrische Zündung das Gas in Brand setzte. Danielle drehte an einem der Regler.

»Sie hatten recht«, sagte Danielle. »Hier gibt es ja tatsächlich ein Gerät, das funktioniert.« Sie hielt die Hand des Mannes ein paar Zentimeter über der Flamme.

»Bitte«, krächzte der Verkäufer.

»Jetzt erzählen Sie mir mal alles über Mohammed Fasil.« Sie drehte das Ventil auf, und die Flamme wuchs höher.

»Ja, ist ja schon gut! Schon gut!«

Sie hielt seine Rechte mit beiden Händen am Platz und wartete.

»Die Männer, mit denen ich Fasil in Verbindung bringen sollte, sind allesamt richtige Scheißkerle. Die würden sogar ihre Mutter verkaufen, wenn sie einen guten Preis dafür bekämen. Ach, was rede ich denn, die haben ihre Mütter längst umgebracht.«

»Kommen Sie zur Sache.«

»Diese Leute handeln mit allem, was nicht frei verkäuflich ist, vor allem aber mit Waffen.«

»Und wie steht's mit strategischen Waffen?«

»Womit?«

»Mit Atomwaffen?«

Der Mann nickte langsam und starrte auf seine malträtierte Hand. »Wenn jemand solche Geschäfte betreibt, dann diese Burschen.«

Danielle warf einen Blick auf Kamal. »Soll das heißen, Sie wissen nicht, was Fasil von ihnen gekauft hat?«

»Nein, ich habe keine Ahnung! Bitte, meine Hand, sie tut so schrecklich weh!«

»Sie sollten sich besser daran gewöhnen.«

»Alles wurde in New York City abgewickelt. Ich habe nur den Kontakt hergestellt. Und die Zahlungen weitergeleitet. Mehr nicht!«

»Und als Jude hat es Sie nicht gestört, Terroristen zu helfen?«

»Ich habe mein ganzes Leben lang die Seiten gewechselt, um erfolgreich zu sein. Und was ist dabei herausgekommen? Nur dieser verfluchte Laden hier.«

Danielle verstärkte den Griff um seine Hand. »Bisher habe ich nur gespielt, aber jetzt werde ich Ihre Rechte richtig verbrennen.«

»Nein! Ich habe Ihnen doch schon alles gesagt, was ich darüber weiß!«

»Dann erzählen Sie mir, was Sie sonst noch wissen.«

»Da gibt's nicht viel. Fasil wollte nach New York, um dort die Ware in Empfang zu nehmen.«

»Er wollte selbst dorthin?«

»Ja, es sei denn, etwas Unvorhergesehenes würde dazwischenkommen.«

»Und dann …«

»Sollte ein Ersatzmann in die Staaten fliegen.«

»Und wie sah die weitere Planung aus?«

»In New York wurde ein Treffpunkt vereinbart. Fasil oder sein Ersatzmann soll dort mit einem Gegenstand erscheinen, der ihn eindeutig als Käufer identifiziert, und dann würde es zum Transfer kommen.«

»Was sollte Fasil mitbringen?« fragte Kamal und trat auf den Russen zu.

»Das hat mir keiner gesagt, und ich habe auch nie danach gefragt. Irgendeinen ungewöhnlichen und auffälligen Gegenstand, nehme ich an.«

»So simpel?« fragte Danielle, und Ben stellte sich wieder an den Vorhang.

»Meine Bekannten in den Staaten haben ihr Geld doch bereits erhalten, warum also noch unnötigen Aufwand betreiben?«

»Wenn das alles so einfach ist, warum haben sie dann nicht gleich die Kohle eingesteckt und sich aus dem Staub gemacht?«

»Das ist eine der wenigen Fragen, die ich mir nie gestellt habe, und deswegen kenne ich auch die Antwort nicht.«

»Und Sie wissen auch nicht, zu welchem Zeitpunkt die Übergabe stattfinden soll?«

»Nein, nur daß es schon recht bald sein soll.«

»Noch vor der Wiederaufnahme der Friedensgespräche ... noch vor Mittwoch?«

Als der Verkäufer keine Antwort gab, drehte sie die Flamme noch ein Stück höher. Der Mann kreischte vor Schmerzen, und Ben drang der Gestank von verbranntem Fleisch in die Nase.

»Antworten Sie!«

»Ja, ja«, wimmerte der Russe.

»Also innerhalb der nächsten zwei Tage ...«

»Ich sage die Wahrheit!«

Danielle ließ ihn los und stellte den Brenner aus. Der Mann lehnte sich an eine Wand, preßte die verbrannte Hand gegen den Bauch und winselte vor sich hin.

Danielle trat durch den Vorhang nach draußen. Ben folgte ihr nach einer Weile.

»Was ist denn los?« fragte sie ihn, als er endlich in den Verkaufsraum gekommen war.

Kamal wartete, bis draußen eine Touristengruppe weitergezogen war. »Den Wievielten haben wir morgen?«

»Den 30. September.«

»1997 ...«

»Was hast du?«

Er wühlte in seinen Taschen, bis er den zerknüllten Umschlag gefunden hatte, auf den sie in Fasils Hotelzimmer in Tel Aviv gestoßen waren.

Max Peacock
1100 Amsterdam Avenue
New York, NY 93097

»Sieh dir die Postleitzahl an. Der Kollege in New York, den ich gebeten hatte, diese Adresse zu überprüfen, sagte mir, das sei nicht in seiner Stadt, sondern irgendwo in Kalifornien. Aber jetzt wird mir einiges klar. Das hier ist keine Postleitzahl, sondern ein Datum: 9 für September, 30 für den Tag und 97 für das Jahr – der 30. September 1997. Morgen.«

»Und der Rest?«

»Mein Freund meinte, auf der Amsterdam Avenue gebe es keine Hausnummer 1100 ...«

»Also muß auch das etwas anderes bedeuten.«

»Ja, die Uhrzeit: Elf Uhr«, nickte der Inspektor.

»Folglich wollte Fasil am dreißigsten September um elf Uhr einen gewissen Max Peacock treffen.«

»Und jetzt wird ein anderer dort auftauchen und Max Peacock treffen«, lächelte Kamal.

»Aber er muß einen bestimmten Gegenstand mitbringen, als Erkennungszeichen.«

»Richtig.«

»Wenn wir diesen Peacock ausfindig machen, können wir vielleicht doch noch etwas erreichen.«

»Aber leider hat mir mein Freund mitgeteilt, daß im New Yorker Telefonbuch niemand mit diesem Namen aufgeführt ist.«

»Es muß aber doch einen Max Peacock geben, wenn Fasil sich mit ihm treffen wollte.«

»Nur, wenn schon der befreundete Detective keinen Peacock ausfindig machen konnte, wie sollen wir dann auf ihn stoßen, und das auch noch innerhalb der nächsten vierundzwanzig Stunden?«

»Und selbst wenn uns ein glücklicher Zufall auf seine Spur bringen sollte«, meinte Danielle bedauernd, »so fehlt uns immer noch dieser besondere Gegenstand, mit dem wir uns ihm präsentieren müßten.«

»Moment mal, mir fällt da gerade etwas ein ...«

Kapitel 59

Ich habe ihn in meinen Händen gehalten ...

Dieser Gedanke ging Ben unablässig durch den Kopf, seit der Verkäufer davon gesprochen hatte, daß Fasil oder sein Vertreter mit einem besonderen Objekt bei den New Yorker Russen vorstellig werden sollte.

Dann fiel ihm Dalias Brief wieder ein. Hatte er darin vielleicht einen Hinweis überlesen?

Die Buddha-Schatulle!

Es sah Dalia ähnlich, daß sie ihm nicht direkt geschrieben hatte, er solle das Kästchen nehmen, nach New York fahren, dort Max Peacock treffen und sich als Fasils Stellvertreter ausgeben. Niemals hätte die Geliebte seines Vaters ihn dazu aufgefordert, sich in eine solche Gefahr zu begeben. Aber wenn er von allein dahinter kam, brauchte sie die Verantwortung für die Folgen nicht mehr zu tragen ...

Fasil hat mir die Kiste vorbeigebracht und mich gebeten, sie für ihn aufzubewahren. Als er sie dann nicht mehr abholen konnte, habe ich sie an mich genommen und meiner Sammlung einverleibt.

Nun wurde Ben allmählich klar, was sie damit hatte andeuten wollen.

»Wo wollen Sie hin?« fragte Brickland ungläubig, als die drei wieder auf der Straße standen.

»Das habe ich doch gerade gesagt, nach Jericho«, antwortete Kamal.

»Wird Ihre Kollegin Sie etwa begleiten?«

»Ich kenne die geheimen Schleichwege der Terroristen nach Israel und zurück«, entgegnete Danielle.

»Das ist absoluter Wahnsinn!« schimpfte der Colonel.

»Wir verlangen ja nicht von Ihnen, daß Sie mit uns kommen«, entgegnete Danielle.

»Sie haben wirklich bereits mehr als genug für uns getan«, fügte Kamal hinzu.

»Was glauben Sie denn, wie weit Sie kommen werden?« gab Brickland zurück.

»Und welche Chance hat diese Region, wenn einer von Fasils Genossen den Waffendeal abschließt und Israel vernichtet wird?«

Der Colonel lachte. »Wir beide sind aus demselben Holz geschnitzt, mein Bester. Wissen Sie auch warum? Weil keiner von uns beiden weiß, wann er aufhören muß. Also gut. Wir besorgen uns einen neuen Wagen und machen uns an die Arbeit.«

Danielle behielt recht: Ihr Schleichweg dauerte zwar länger, brachte sie aber ohne Zwischenfälle in die Westbank. Ben hatte auch nicht daran gezweifelt und machte sich mehr Sorgen darum, unbemerkt in Dalias Villa zu gelangen. Vermutlich hatte Shaath dort längst einen Hinterhalt gelegt, weil er sich ausrechnete, daß der Inspektor dorthin zurückkehren würde. Das war natürlich nicht auszuschließen, auch wenn er der Ansicht war, daß der Commander sich dabei nicht allzu geschickt anstellen würde.

Dennoch ermahnte er Brickland, die Augen offenzuhalten, sobald sie Jericho erreicht hatten. Der Colonel fuhr ausnahmsweise zivilisiert durch die Stadt, hielt einen Block vor der Villa an und bestand darauf, erst persönlich nachzusehen, ehe seine beiden Schützlinge das Haus betreten sollten.

Nach zehn Minuten saß er wieder im Wagen. »Keine Bullen zu sehen. Weder im noch vor dem Haus liegt jemand auf der Lauer.«

Ben und Danielle seufzten erleichtert. Zusammen mit Brickland machten sie sich auf den Weg. Kamal zog den Schlüssel aus der Hosentasche, mit dem er das Polizeischloß öffnen wollte.

Doch das Schloß war fort und die Tür eingetreten. Der Inspektor hatte schon bei seinem letzten Besuch befürchtet, irgend jemand würde die Gelegenheit nutzen und in das leerstehende Gebäude eindringen.

»Gehen Sie beide hinein«, befahl der Colonel. »Ich warte hier draußen, falls unerwünschte Besucher auftauchen.«

Kamal ging voran, und Danielle folgte ihm.

Die Einbrecher hatten das Innere der Villa verwüstet. Alle Schränke waren aufgebrochen, sämtliche Schubladen herausgerissen, und der Inhalt lag auf dem Boden verstreut. Etliche Antiquitäten fehlten, die Wände waren ihrer Kunstwerke beraubt, und die Podeste und Halbsäulen standen leer da. Der Computer war natürlich verschwunden, während der riesige Fernseher im Flur lag. Offensichtlich war er den Dieben zu schwer geworden.

Die Fernsehtruhe stand glücklicherweise noch an ihrem Platz, und die Einbrecher hatten auch nicht nachgesehen, ob sich darin noch etwas anderes als der Apparat befände. Ben öffnete die Doppeltür ganz und griff hinein ...

... die Buddha-Kiste war fort.

Kamal wußte nicht mehr, wie lange er dagestanden und überlegt hatte, ob er das Kästchen bei seinem letzten Besuch vielleicht an einen anderen Platz gestellt hatte. Er suchte die Regale und Schränke ab, doch die Schatulle blieb verschwunden.

»Meinst du, die Einbrecher haben sie mitgehen lassen?« fragte Danielle.

Ben schüttelte den Kopf. »Sie sah nicht sehr wertvoll aus. Warum sollten sie die Schatulle stehlen und wesentlich kostbarere Stücke zurücklassen? Nein, die Hamas war hier und hat das Kästchen geholt. Anschließend wurde die Villa verwüstet, damit es nach einem Einbruch aussehen würde.«

Der Colonel kam herein und ließ die Tür offenstehen. »Benny, wir sind schon viel zu lange hier.«

Aber der Inspektor war noch nicht bereit aufzugeben. »Fasils Ersatzmann wird mit dem Kästchen nach New York fliegen, um sich mit Peacock zu treffen«, erklärte er. »Er wird das in Empfang nehmen wollen, was Fasil bei den Russen gekauft hat ... im Grunde können wir noch froh sein.«

»Wie bitte?« entfuhr es Danielle.

Sie gingen nach draußen, und Kamal versperrte die Tür. Brickland trat nervös von einem Fuß auf den anderen. »Wenn es wirklich gewöhnliche Einbrecher gewesen wären, wären wir jetzt mit unserem Latein am Ende. Aber da die Hamas hier war, wissen wir, an wen wir uns wenden müssen.«

»An einen Mann, der offenbar nicht existiert«, erinnerte ihn Danielle.

»Ich fliege auf jeden Fall nach New York«, beharrte Ben. »Und ich werde Max Peacock finden.«

Der Colonel drehte sich zu ihm um, neigte den Kopf zur Seite und lachte. »Max Peacock? Von dem reden Sie die ganze Zeit? Der Bursche, den Ihr Freund in New York nicht ausfindig machen konnte?«

»Ja«, bestätigte der Inspektor verwirrt.

»Sind Sie je in New York City gewesen, mein Bester?«

»Ja.«

»Nun, dann haben Sie offensichtlich nicht alle Sehenswürdigkeiten abgeklappert.«

»Wieso?«
»Weil Max Peacock keine Person, sondern eine Bar ist!«

»Eine Strip-Bar an der Amsterdam Avenue, in der ich so manches Bündel Scheine losgeworden bin«, erklärte Brickland, nachdem Kamal sich von seinem Schock erholt hatte. »Aber jetzt sollten Sie besser los, wenn Sie morgen um Punkt elf Uhr dort sein wollen.« Doch Ben und Danielle bewegten sich nicht von der Stelle.

»Wir brauchen Ihre Unterstützung, Colonel«, sagte Danielle.

Er schüttelte den Kopf. »Tut mir leid, aber ich habe mich in Dinge eingemischt, die mich eigentlich nichts angehen. Das ist so ziemlich das einzige in meiner Branche, was man besser unterlassen sollte.«

»Dann werden wir Sie mieten«, sagte der Inspektor.

Brickland runzelte die Stirn. »Sie? Mich? Selbst Ihre Jahresgehälter würden nicht ausreichen, um mich für eine halbe Stunde zu mieten.«

Der Colonel betrachtete die beiden, die betreten zu Boden blickten. »Ach, zur Hölle, ich wollte ja sowieso zurück in die Staaten. Warum also nicht einen kleinen Zwischenstopp in New York einlegen …«

NEUNTER TAG

Kapitel 60

Das Max Peacock's befand sich nicht an der Amsterdam Avenue, sondern etwas abgelegen in einer Seitenstraße. Ben und Danielle ließen sich ein Stück davon entfernt vom Taxi absetzen.

Es war zehn Uhr am Dienstag morgen. Brickland hatte versprochen, um elf Uhr dort zu sein und sich um alles zu kümmern ...

Die sieben Stunden, die sie bei dem Atlantikflug aufgrund der Zeitverschiebung gewonnen hatten, waren ihre letzte Rettung gewesen. Achtzehn Stunden Reise lagen hinter ihnen, nachdem sie Dalias Villa verlassen hatten. Von dort aus ging es nach Haifa, wo Danielle ihnen eine Passage auf einem türkischen Frachter besorgt hatte, der als nächsten Hafen Alexandria anlaufen wollte. Dort angekommen fuhren sie mit einem Taxi nach Kairo, wo einer von Bricklands Kontaktleuten mit Pässen und Tickets für einen Flug nach New York City auf sie wartete.

»Die Flugscheine setze ich Ihnen natürlich mit auf die Rechnung«, grinste der Colonel.

Sobald sie in den USA gelandet waren und die Zollkontrolle durchlaufen hatten, schickte Brickland sie zu der Strip-Bar voraus, während er sich um Verstärkung kümmern wollte. Er versprach, spätestens um Viertel vor elf im Max Peacock's zu erscheinen.

So blieb den beiden jetzt nichts anderes übrig, als zu

warten. Sie vertrieben sich die Zeit damit, vor dem Laden auf und ab zu gehen und so wenig Aufmerksamkeit wie möglich zu erregen. Als die Uhr Viertel vor anzeigte und nur noch fünfzehn Minuten Zeit blieben, um das entgegenzunehmen, was Fasil für zwanzig Millionen gekauft hatte, war von dem Colonel keine Spur zu sehen.

»Irgend etwas stimmt nicht«, murmelte Kamal. Sie befanden sich auf der anderen Straßenseite, gegenüber der Strip-Bar. »Er kommt nicht.«

»Dann müssen wir es eben allein versuchen.«

Bevor der Inspektor noch etwas sagen konnte, tauchte ein bärtiger Mann mit einer auffälligen Sonnenbrille auf und steuerte direkt das Max Peacock's an. Bevor er eintrat, sah er sich nach allen Seiten um.

»Das muß Fasils Ersatzmann sein«, sagte Danielle. Diese Erkenntnis rührte weniger von seinem Erscheinungsbild her als vielmehr von einer Reisetasche, die groß genug wirkte, um darin das Buddha-Kästchen zu transportieren. Ben war völlig aufgedreht. Sein Blick fuhr hierhin und dorthin, und er schaute immer wieder auf die Uhr.

»Jetzt gehe ich hinein«, verkündete er plötzlich.

»Was willst du?«

Ohne den Blick vom Eingang der Bar zu wenden, entgegnete er: »Du hast recht, das muß der Mann sein, der an Fasils Stelle gekommen ist. Ich gehe jetzt hinein und nehme seinen Platz ein.«

Punkt zehn Uhr fünfzig marschierte Kamal in den Laden und hielt in der stickigen, verrauchten Luft nach dem Mann Ausschau, der die Bar kurz vor ihm betreten hatte. Dank einer Klimaanlage herrschten hier angenehme Temperaturen. Auf drei kleineren Bühnen bewegten sich Tänzerinnen in verschiedenen Entkleidungsstadien. Im Zentrum der Bar war ein Grill-und-Salat-Buffet aufgebaut. Darüber hing ein Schild von der Decke:

IMMER FRISCHFLEISCH –
AUCH AUS EIGENER SCHLACHTUNG!

Was für ein Komiker, dachte Kamal und näherte sich der ersten Bühne, wo eine junge Frau in einer Art Cowboy-Kostüm gerade mit einem Lasso einen Kunden eingefangen hatte, der mit einem Zwanziger winkte.

Der Mann mit der Reisetasche saß ganz allein in einer Nische an der rückwärtigen Wand. Die Tasche, in der Ben Dalias Schatulle vermutete, lag auf seinem Schoß, und er hielt sie mit beiden Händen fest.

Der Inspektor warf noch einen Blick auf die Uhr – 10 Uhr 52 –, dann atmete er tief durch und schob sich zwischen den Tischen hindurch.

Je näher er der Nische des Ersatzmannes kam, desto stärker fielen ihm dessen semitische Züge auf. Damit waren alle Zweifel beiseite geräumt. Als Kamal ihn erreichte, legte der Hamas-Kämpfer instinktiv beide Arme um die Tasche.

»Der Plan ist geändert worden«, sagte der Inspektor unvermittelt.

Der Mann starrte ihn verunsichert an. »Wer sind Sie? Ich habe Sie noch nie gesehen.«

»Aber ich kenne dich. Und ich höre mich nicht wie ein Russe an. Was könnte ich denn sonst sein? Nun stell dich nicht dümmer an, als du bist. Jetzt steh auf, und komm mit mir nach draußen.«

Als der Hamas-Krieger immer noch zögerte, legte Ben ein gehöriges Maß Verzweiflung in seine Stimme. »Was ist denn noch? Rasch, ehe es zu spät ist!« Der Ersatzmann erhob sich unsicher, nahm die Tasche mit einer Hand, folgte Kamal und schaute sich nervös um. Statt wieder die ganze Bar zu durchqueren, führte Ben den Mann zur Hintertür, durch die man auf einen Hof gelangte.

»Was hat das zu bed …«

Der Hamas-Kämpfer konnte seinen Satz nicht zu Ende bringen. Kamal packte ihn am Kopf und schlug ihn gegen die Hauswand. Trotz seiner Benommenheit gelang es dem Araber noch, Ben einen Faustschlag ins Gesicht zu versetzen. Der Inspektor ließ den Kopf des Mannes ein zweites Mal gegen die Ziegelsteine krachen, und als dieser immer noch versuchte, sich von ihm zu befreien, auch noch ein drittes Mal, jetzt mit dem Gesicht voran.

Anschließend zog der Inspektor den Bewußtlosen hinter die Mülltonnen, nahm rasch die Reisetasche auf, die der Mann bei der unerwarteten Attacke fallengelassen hatte, und schlüpfte ins Lokal zurück.

Als der Inspektor die Tasche öffnete, sah er auf den ersten Blick, daß er richtig getippt hatte. Dalias chinesisches Buddha-Kästchen befand sich darin. Ben hockte an dem Tisch, an dem bis vor kurzem noch der Ersatzmann gesessen hatte. Die Schatulle stellte er vor sich hin. Immer wieder ließ er den Blick durch die Bar schweifen, um vielleicht den ominösen Kontaktmann zu entdecken, aber die Tänzerinnen versperrten ihm regelmäßig die Sicht.

Plötzlich bemerkte er vier stämmige Gestalten. Sie bewegten sich selbstsicher zwischen den Tischen, auf denen die Frauen den großzügigeren Gästen entgegenkamen, und ihr ganzes Gehabe drückte aus, daß sie es gewohnt waren, alles zu bekommen, was sie sich in den Kopf gesetzt hatten. Kamal schaute auf seine Uhr. Punkt elf.

Der Mann in der Mitte, der wie eine wandelnde Litfaßsäule wirkte, entdeckte das Buddha-Kästchen auf Bens Tisch und gab seinen Begleitern ein Zeichen, ihm dorthin zu folgen. Das Quartett erreichte Bens Nische und baute sich wie eine massive Wand davor auf. Kamal konnte nicht erkennen, was sich hinter den Gestalten abspielte.

»Sie sind pünktlich«, lobte der Mittlere in Englisch mit starkem russischen Akzent.

»Sie auch.«

»Habe ich mich nicht von Anfang an als sehr zuverlässig erwiesen?« fragte der Russe mit leicht drohendem Unterton. »Aber das können Sie natürlich nicht beurteilen, denn wir beide hatten noch nicht das Vergnügen. Wo steckt denn mein Freund Fasil?«

Der Inspektor bemerkte, daß der Sprecher zwar breit, aber nicht besonders groß war. Sein zur Schau getragenes Selbstbewußtsein rührte wohl eher von den Gorillas her, die ihn begleiteten. Die drei verfolgten jede Regung Bens.

Er strich über die Schatulle. »Man hat Ihnen doch gesagt, daß jemand kommen würde, um die Ware abzuholen.«

»Mein Freund Fasil hat aber betont, er würde selbst kommen, wenn nicht irgend etwas dazwischen käme.«

»Nun, so verhält es sich auch. Er ist nämlich tot.«

Der Russe wurde weiß wie die Wand. »Nein!«

»Als wenn Sie das nicht längst erfahren hätten. Treiben Sie keine Spielchen mit mir. Sonst könnte ich auf den Gedanken kommen, daß Sie unser kleines Abkommen nicht einhalten wollen.«

»Ich halte immer mein Wort!« empörte sich der Mafioso. »Und ich breche niemals eine Vereinbarung. Ich bin ein Ehrenmann!«

»Dann beweisen Sie es mir.«

»Ihr Geld ist bereits bei mir eingetroffen, und ich bin zum Treffpunkt gekommen. Würde ich das tun, wenn ich Sie betrügen wollte? Bei einem Deal, der uns beiden eine Zukunft in Wohlstand garantiert? Warum sollte ich so dumm sein? Was würde ich damit gewinnen? Wir sind doch Partner. Ich brauche Sie, und Sie brauchen mich.«

Partner, dachte Ben. Was ging hier eigentlich vor?

»Sie waren der Partner von Fasil, aber so weit sind wir beide noch nicht. Außerdem hat sich inzwischen einiges geändert.«

Die Augen des Mannes verengten sich zu Schlitzen, und Kamal glaubte, ihn leise knurren zu hören. »Was soll das heißen? Wollen Sie aus dem Geschäft aussteigen? Oder Ihr Geld zurück? Nun, ist es das?«

»Nein. Ich will nur das in Empfang nehmen, wofür Sie bezahlt worden sind.«

Der Mafioso ließ sich Ben gegenüber auf einer Bank nieder, und das Holz knarrte unter der Belastung. »Aber was sollte sich dann geändert haben? Der Deal bleibt damit doch der gleiche, und die Abmachungen stehen noch.« Er zwinkerte dem Inspektor zu. »Uns erwartet also auch weiterhin eine glänzende Zukunft. Wir werden einige Leute sehr reich machen. Auch Sie werden genug verdienen, um Ihrem Volk alles bieten zu können.«

Kamal versuchte, äußerlich gelassen zu bleiben und sich nicht anmerken zu lassen, daß sich die Gedanken in seinem Kopf überschlugen. Eigentlich hatte er damit gerechnet, hier in der Bar die Ware in Empfang zu nehmen, die Fasil bereits bezahlt hatte. Aber offensichtlich ging es bei dem Deal, den der Hamas-Führer mit der Russenmafia abgeschlossen hatte, um wesentlich mehr. Er mußte irgendwie herausfinden, was hier gespielt wurde.

»Die Zeit ist dabei ein wesentlicher Faktor«, bemerkte er, um festzustellen, wie die andere Seite darauf reagierte.

»Wir halten den Zeitplan ein, so wie er besprochen wurde«, entgegnete der Stämmige. »Das Schiff ist schon beladen und läuft noch heute aus – wie abgemacht. Sie können die Ware in drei Wochen in Empfang nehmen.«

Der Russe lächelte breit. »Was für ein Anblick, mein lieber Freund. Ich bringe Sie jetzt dorthin. Das müssen Sie sich einfach ansehen.«

»Selbstverständlich.«

Der Blick des Mafioso ruhte auf dem Kästchen. Offensichtlich enthielt es mehr Geheimnisse, als selbst Dalia geahnt hatte. »Darf ich das mal aus der Nähe betrachten?«

Kamal schob ihm das Kästchen zu. Der Russe schaute sich die Schatulle mit bewunderndem Blick an und öffnete sie. »Darf ich sie behalten?«

»Betrachten Sie es als ein persönliches Geschenk.«

Der Mafioso bedankte sich überschwenglich und sagte

dann: »Das ist für meine Frau. Oh, sie wird das Kästchen lieben. Wissen Sie was, mein lieber Freund, wir beide werden Geschichte machen!«

Er hielt Ben die fleischige Rechte entgegen. »Ich heiße Kreschensky, Wladimir Kreschensky. Aber du darfst mich Wlad nennen. Ist doch wirklich eine Freude, mit dir Geschäfte zu machen.«

»Und ich heiße Kamal, aber du kannst mich ruhig Ben nennen.«

»Das ist doch ein amerikanischer Name ...«

»Ich habe ein paar Jahre in den Staaten gelebt und bin dann wieder in meine Heimat zurückgekehrt.«

»Ein wunderbares Land, dieses Amerika. Ich vermisse meine alte Heimat schon lange nicht mehr.«

»Dann bist du ein glücklicher Mann.«

»In Rußland kommt man nicht sehr weit. Ich höre ständig Geschichten, daß Leute wie wir dort alles übernehmen wollten, Millionen verdienten und die Fäden in der Hand hielten. Ha! In Rußland gibt es nichts, was man übernehmen kann. Deshalb bin ich auch in die Staaten gekommen, denn hier kann ein Mann alles aus sich machen, was er will. Stimmt doch, oder?«

»Wenn es anders wäre, würde ich jetzt nicht hier mit dir sitzen.«

Wladimir lehnte sich zurück, und wieder ächzte das Holz. Er stieß einen langen Seufzer aus. »Ein wunderbares Land, das kannst du mir glauben ...«

Der Russe erhob sich. »Was meinst du, mein Freund? Sollen wir jetzt zum Hafen gehen und dem Schiff eine glückliche Fahrt wünschen?«

Danielle kämpfte gegen die immer stärker werdende Versuchung an, die Strip-Bar zu betreten und nach Ben Ausschau zu halten. Wenn er bis zwanzig nach elf nicht herausgekommen war, würde sie genau das tun.

Die gräßlichsten Bilder schossen ihr durch den Kopf. Wenn der Ersatzmann sich als zu starker Gegner erwiesen und seinerseits Kamal erledigt hatte? Was, wenn die vier kräftigen Burschen, die sie eben beim Betreten der Bar beobachtet hatte und die sie für Vertreter der Russenmafia hielt, Ben durchschaut hatten?

Der Laden verfügte bestimmt über Hinterausgänge oder über Séparées – vielleicht hielten sie den Inspektor dort bereits fest und verhörten ihn, folterten ihn oder schlugen ihn tot.

Sie war mit ihrer Geduld am Ende, als plötzlich die Tür aufflog und Kamal in Begleitung der vier Kleiderschränke erschien. Ihre Ahnung hatte sie nicht getrogen: Bei den Männern handelte es sich tatsächlich um die Kontaktleute.

Der Inspektor und der Dickste aus dem Quartett liefen hinter den drei anderen her, die einen menschlichen Wall zu bilden schienen. Der Mann neben Ben lachte und scherzte, klopfte ihm immer wieder auf den Rücken und führte ihn zu einem Wagen. Kamal schien sich ebenfalls glänzend zu amüsieren. Wirklich?

Danielle glaubte ihm ansehen zu können, daß seine Heiterkeit nur aufgesetzt war. Er warf nicht einmal einen Blick in ihre Richtung – ein ungutes Zeichen.

Danielle war sich jedoch sicher, daß die Russen ihn nicht gefangen genommen hatten. Allerdings führten sie ihn irgendwo hin, vermutlich an den Ort, an dem die Übergabe stattfinden sollte.

Sie beobachtete, wie die vier Hünen sich auf den Rücksitz eines Lincoln quetschten. Ben setzte sich nach vorn, zwischen den Dicken und den Fahrer.

Kaum war der Wagen gestartet, da trat Danielle auch schon an den Bordstein, um ein Taxi heranzuwinken. Die Zeit verstrich, aber eine Mitfahrgelegenheit wollte sich nicht einstellen. Danielle fürchtete schon, den Inspektor aus den Augen zu verlieren.

Doch dann hielt ein Mietwagen direkt vor ihr. Noch ehe

sie ihn erreicht hatte, wurde die Tür aufgestoßen, und ein bekanntes Gesicht lächelte sie an.

»Nur herein, wenn's kein Schneider ist«, sagte Brickland. »Wir haben ein kleines Problem.«

Kapitel 61

»Haben Sie die Verteilung schon organisiert?« fragte Wladimir, während der Wagen über die 42. Straße rollte.

Der Inspektor hatte keine Ahnung, was er darauf antworten sollte. Er durfte weder zuwenig noch zuviel sagen und beschränkte sich deshalb auf die unverbindliche Bemerkung: »Alles ist geregelt.«

Das schien dem Russen zu genügen. »Anfangs wird es natürlich Probleme geben – Kinderkrankheiten, die man überwinden muß. Vergiß das nicht, schließlich seid ihr ja neu in diesem Spiel.«

Der Wagen bog auf den West Side Highway ab. »Wir lernen schnell.«

»Lern vor allem, Geld zu zählen, denn das wird bald schneller bei dir eintreffen, als du zu träumen wagst.«

»Sieht so aus, als hätten Ihre israelischen Freunde Anstoß daran genommen, wie ich den Schlußteil unseres Vertrags interpretiert habe«, bemerkte der Colonel, während ihr Taxi hinter dem Lincoln den West Side Highway erreichte.

»Ich habe mich auf die Suche nach ein paar Leuten gemacht, die uns helfen könnten. Aber man hat mich dort bereits erwartet und wollte offenbar ein Hühnchen mit mir rupfen. Nun bin ich raus aus dem Geschäft.«

»Was meinen Sie damit?«

»Kurz und bündig: Wir erhalten keine Verstärkung

und müssen uns allein auf unsere zwei Pistolen verlassen. Oder mit anderen Worten: Wenn wir drei heil aus der Geschichte herauskommen, haben Sie keine Heimat mehr, in die Sie zurückkehren können. Sie haben sich gegen Ihre Leute gestellt, und das wird man Ihnen nicht verzeihen.«

Danielle hatte diesen Gedanken bisher stets verdrängt, aber jetzt mußte sie sich eingestehen, daß der Colonel recht hatte. Sie war einen Schritt zu weit gegangen und mußte sich nun den Konsequenzen stellen – falls sie hier in New York mit dem Leben davonkam.

»Gott, wohin denn jetzt?« schimpfte Brickland, als der Lincoln schon wieder abbog, diesmal nach Osten, Richtung Brooklyn Bridge.

Der Wagen rollte irgendwo in Brooklyn über ein Schlagloch, und Ben wurde erst gegen Wladimir und dann gegen den Fahrer geworfen. Letzterer murmelte etwas auf Russisch und fuhr, sobald sich eine Möglichkeit bot, auf die Brooklyn-Queens-Schnellstraße. Dort blieb er auf der rechten Spur und fuhr nicht allzu schnell. Offenbar kamen sie ihrem Ziel näher. Kamal schaute aus dem Fenster und erkannte den East River und dann den Buttermilk Channel, der zwischen Brooklyn und Governors Island verlief. Sie befanden sich im Hafen. Frachter warteten an den Betonmolen, um Ladung aufzunehmen oder zu löschen.

Der Wagen erreichte die Ausfahrt ›New Yorker Hafen‹ und verließ die Schnellstraße dort, wo der Hudson River in die Upper Gravesend Bay einmündet.

Kamal konnte die Piers nun deutlich erkennen, ebenso die Frachter, die turmhoch aufragten und ihm ihre Steuerbordseite präsentierten.

Der Lincoln hielt schließlich zwischen zwei Lagerhallen an, deren Tore zu den angedockten Schiffen wiesen.

»Da wären wir«, verkündete der Mafioso, schlug Ben

an die Brust und zeigte auf einen schweren Frachter, der ein Stück weiter abseits vor Anker lag. »Siehst du ihn?«

Der Inspektor konnte nur das Heck erkennen. »Ja.«

»Komm, wir gehen an Bord«, drängte der Russe und stieg sofort aus.

Als Ben den Wagen verlassen hatte, kamen auch die drei Gorillas heraus.

»Jetzt zeige ich dir etwas, das du so schnell nicht vergessen wirst!« versprach Wladimir und lief in eine der Lagerhallen.

Kamal hatte den Eindruck, in einen großen, finsteren Bunker geraten zu sein. Die wenigen Lampen, die von der Decke hingen, konnten die Dunkelheit nicht vertreiben. Hier und da fiel etwas Licht durch die offenen Garagentore.

In der Halle war es heiß wie in einem Backofen, und Ben bekam kaum Luft zum Atmen.

Der Russe führte den Inspektor durch ein Labyrinth von Kisten und Stapeln, die allesamt einen unverdächtigen Eindruck machten. Dann erreichten sie das Ende der Halle, wo zwei seiner Männer mit grimmiger Miene warteten.

Der Mafioso blieb aber nicht bei seinen Männern stehen, sondern führte Kamal durch ein offenes Tor aus der Halle. Sie standen vor einem Schiff, das gerade mit den letzten Frachtcontainern beladen wurde.

Gabelstapler und Kleintransporter machten sich geschickt auf der Ladefläche Platz, wichen einander aus und drehten ihre Runden, ohne auch nur einmal zusammenzustoßen.

Die Fracht ...

Zahllose Säcke wurden in große Container verladen und dann von einem Kran in den Bauch des Schiffes gehievt. Die Säcke sahen aus, als würden sie Dünger enthalten.

»Wir haben ein zweites Schiff gechartert«, erklärte der

Mafioso und zeigte auf die Säcke, die immer noch aufeinandergestapelt in der Halle ruhten. »Ein Schiff allein kann diese Menge unmöglich aufnehmen. Der zweite Frachter trägt denselben Namen, dieselbe Seriennummer und besitzt dieselben Frachtpapiere wie dein Schiff. Es legt in fünf Tagen ab, und sobald es sich auf hoher See befindet, wird niemand ahnen, daß dein Frachter überhaupt existiert.«

Mein Frachter, dachte Kamal. Fasils Schiff, der Transport für die Hamas ...

Sie liefen an den offenen Toren der Lagerhalle entlang und blieben schließlich vor dem rostigen Schiff stehen. Ben sah Besatzungsmitglieder, die die letzten Vorbereitungen für das Auslaufen trafen. Anscheinend sollte der Frachter in wenigen Minuten ablegen.

Währenddessen trugen die Gabelstapler unvermindert Säcke heran. Wladimir lief allein voraus und trat auf einen Mann zu, der ein Klemmbrett vor sich hielt. Er hörte sich an, was dieser zu sagen hatte, und gab ihm dann einige Instruktionen.

Anschließend drehte er sich zu Ben um. »Das Schiff ist so gut wie beladen. Es hat keinen Zweck, einen weiteren Container hineinzubringen. Den Rest werden wir auf dem zweiten Frachter verstauen.«

Der Russe ging zu den beiden Gabelstaplern und strich liebevoll über einen der Säcke.

»Ein wunderbarer Anblick«, lächelte er und riß den Sack auf. »Was für ein Gefühl, Geschichte zu machen. Nicht wahr, mein Freund?«

Der Mafioso stieß eine Hand in den aufgerissenen Sack. Als er sie wieder herauszog, war sie mit einem feinen weißen Pulver bedeckt. Ben wußte gleich, worum es sich dabei handelte.

Reinstes, unverschnittenes Kokain!

»Die größte Ladung Rauschgift, die die Welt je gesehen hat«, strahlte Wladimir und tippte sich mit der sauberen Hand an die Brust. »Und es gehört ganz allein uns!«

Kapitel 62

»Wieviel haben wir davon?« fragte Ben.

»Etwa fünfzig Tonnen, meist Kokain in dieser Qualität«, antwortete der Russe und ließ das Pulver durch seine Finger rinnen. »Der Rest ist Heroin.« Er zwinkerte und fügte dann hinzu: »Erstklassige Ware.«

Kamal setzte ein gespieltes Lächeln auf, wußte aber nicht, ob er überzeugend genug wirkte. Seine Gedanken überschlugen sich, und er kam sich vor wie in einem Traum. Erst das laute Dröhnen des Schiffshorns, das die baldige Abfahrt ankündigte, riß ihn aus seiner Trance.

Was hier vor sich ging, war einfach undenkbar! Palästinensische Terroristen hatten mit der Russenmafia einen Drogendeal von ungeahnten Ausmaßen eingefädelt. Die Russen unterhielten enge Beziehungen zu den Drogenbaronen Kolumbiens, und aus dieser Quelle stammte gewiß auch der Stoff, den Ben hier vor sich sah.

Eine unheilige Allianz, die jedoch aus Sicht der Terroristen durchaus einen Sinn ergab. Die Hamas mußte sich gesagt haben, daß mit dem Fortschreiten des Friedensprozesses im Nahen Osten die Geldmittel für ihre militanten Gruppen immer mehr versiegen würden. Aber ohne die entsprechenden Gelder konnten Ausbildung, Ausstattung und Rekrutierung der Guerillas nicht gewährleistet werden. Auch die Propaganda würde in einer friedlichen Region immer weniger verfangen.

Aber wenn die Hamas dieses Gebiet mit Drogen überschwemmte und den Verkauf organisierte, würde sie über ausreichende Mittel verfügen, um ihren Terror noch mehrere Jahrzehnte lang fortsetzen zu können. Die Fracht auf diesem Schiff konnte den Friedensprozeß endgültig zunichte machen. Und die Gewalt, die dann dem Nahen Osten drohte, würde alle bisherigen Schrecken in den Schatten stellen.

Die Hamas würde das bekommen, wonach sie immer gestrebt hatte.

»Was heißt das eigentlich, *Muna Zarifa*?« fragte der Russe.

Der Inspektor folgte dem Blick des Mannes und erkannte, daß er den Namen des Schiffes meinte, der in großen, abblätternden Buchstaben auf dem Bug zu lesen stand. »*Muna* ist ein Frauenname, und *Zarifa* bedeutet wunderschön.«

»Oh, großartig«, sagte der Mafioso. »Dann gehen wir doch an Bord und sehen uns dieses Wunderschöne einmal näher an!«

Brickland wies den Taxifahrer an, ihn und Danielle ein Stück vor dem Lincoln abzusetzen. Sie spazierten dann ganz gemütlich am Wasser entlang und taten so, als würden sie sich den Hafen anschauen. Dabei warteten sie nur, bis alle Insassen des Lincoln in der Lagerhalle verschwunden waren.

Anschließend näherte der Colonel sich dem Wagen und blieb am Kofferraum stehen. Danielle folgte ihm dorthin.

»An der Lenksäule befindet sich der Öffnungshebel für den Kofferraum. Betätigen Sie ihn bitte.« Die Russen hatten die Türen nicht abgeschlossen, und auf der Fahrerseite war auch das Fenster heruntergekurbelt. Danielle griff einfach in den Wagen und zog an dem Hebel. Sie hörte ein Klacken, drehte sich um und sah, wie Brickland die hintere Haube hochschob.

Als Danielle wieder neben ihm stand, riß er bereits den schwarzen Teppichboden heraus und starrte in die darunter befindliche Geheimkammer, die ein einziges Waffenlager darstellte.

»Hab ich's mir doch gedacht.« Er schüttelte den Kopf. »Diese Mafiabastarde scheinen wirklich zu glauben, die

Stadt gehöre ihnen und sie könnten hier tun und lassen, was ihnen gefällt.«

Er holte eine Maschinenpistole, eine Pump-Gun und eine Neunmillimeter-Pistole aus dem Versteck. Dann trat er beiseite und sagte: »Jetzt sind Sie an der Reihe. Suchen Sie sich etwas Passendes aus.«

Der Schlepper, der die *Muna Zafira* aus dem Hafen hinausziehen sollte, erschien schon an Steuerbord, als Wladimir mit Ben die Besichtigung des Frachters begann. Zuerst mußten sie einem Kranbaum ausweichen, doch dann konnte es losgehen.

Der Russe schien besonders stolz zu sein, daß die Frachträume über falsche Wände verfügten, hinter denen die Drogen gelagert waren. Man hatte diese Stahlplatten so angebracht, daß jeder glauben mußte, die echte Begrenzung des Frachtraums vor sich zu haben.

Kamal war in seinem ganzen Leben noch nie auf einem so großen Schiff gewesen. Die rutschigen Decks schienen kein Ende zu nehmen. Der Frachter war nicht nur in Algerien registriert, er besaß auch eine arabische Crew. Der Inspektor fragte sich, ob die Matrosen auch nur eine Ahnung davon hatten, daß die Fracht an Bord den Ablauf der Geschichte verändern, die Welt sogar zerstören konnte.

Das Rauschgift bot der Hamas nicht nur die Möglichkeit, weitere Morde und Sabotageakte zu organisieren, sondern konnte den Terroristenführern auch dabei helfen, ihre Streiter besser unter Kontrolle zu halten. Wenn die Hamas erst einmal ihr Drogennetzwerk aufgebaut hatte, könnte sie ihre Mitglieder süchtig machen und sie so zu den scheußlichsten Verbrechen zwingen.

Als Menschen widerte Kamal diese Vorstellung an. Als Palästinenser erzürnte sie ihn.

Er lauschte aufmerksam den Worten des Mafioso, um

später der Hafenpolizei eine möglichst genaue Beschreibung von allem geben zu können. Ben hatte nicht vor, etwas Unüberlegtes zu tun, und schätzte sich schon glücklich, überhaupt so weit gekommen zu sein.

Die Sirene des Schiffes ertönte zum zweiten Mal – drei kurze Töne, die die Mannschaft zur Eile antrieben.

»Wir sollten jetzt wohl besser wieder von Bord«, sagte der Inspektor, als sie vor einer der versteckten Kammern standen.

»Wozu die Eile? Wir haben noch ausreichend Zeit«, erwiderte der Russe und tastete die Wand nach dem verborgenen Öffnungsmechanismus ab. Einer seiner Kleiderschränke kam ihm mit einer Taschenlampe zu Hilfe. »Das mußt du wirklich gesehen haben.«

Er fand, was er suchte, und drückte das Schott auf. Die Stahlplatte fuhr leicht wie eine Feder zurück, und der Mafioso trat geduckt ein. Ben folgte ihm.

»Wir hätten schon viel früher zusammenarbeiten sollen«, erklärte Wladimir heiter. »Gemeinsam könnten wir die ganze Erde beherrschen. Denk mal darüber nach.«

Plötzlich tauchten zwei Männer auf, die Kamal vorhin beim Beladen bemerkt hatte.

»Sie kommen da besser raus«, sagte einer von ihnen.

»Sehen Sie nicht, daß ich hier gerade beschäftigt bin?« erwiderte Wladimir ungehalten.

»Es gibt da etwas, das –«

»Bringen Sie das doch einfach hier herein.«

Die beiden Männer sahen sich an und zuckten die Achseln. Dann stieg der eine in die Geheimkammer, und der andere reichte ihm nach einem Moment etwas Großes an – einen Menschen.

»Wir haben diese Frau im Lagerhangar entdeckt«, erklärte der erste.

Danielle!

»Sind Sie bereit?« hatte Brickland vor ein paar Minuten gefragt, nachdem Danielle einen Revolver und eine Maschinenpistole aus dem Geheimfach des Kofferraums genommen hatte. Sie sah der bevorstehenden Schlacht nicht gerade mit Zuversicht entgegen, nickte dem Colonel aber trotzdem zu. Gemeinsam betraten sie den Lagerraum und schlichen zwischen den Kisten und Stapeln umher, bis sie fast am anderen Ende angelangt waren und dort zwei Wachen entdeckten.

Der Colonel machte seine Waffe bereit: die Pump-Gun trug er in der Rechten, die Maschinenpistole in der Linken und die Pistole vorn im Gürtel.

Brickland gab Danielle per Handzeichen zu verstehen, daß sie ihm Rückendeckung geben sollte. Sein überzeugter Blick weckte in ihr das nötige Vertrauen.

Nach wenigen Sekunden stand er wieder vor ihr. Er hatte die Wächter ausgeschaltet und bedeutet der Chefinspektorin, ihm zu folgen.

Sie durchquerten die Halle. Brickland deutete nach rechts, und Danielle lief geduckt in diese Richtung, während er selbst weiter links nach Ben Ausschau halten wollte.

Wenn der Inspektor sich nicht mehr in der Lagerhalle aufhalten würde, so hatten sie vorher besprochen, müsse er bereits das Schiff betreten haben, das sich allmählich zum Auslaufen bereit machte.

Vom Colonel war schon nach einigen Sekunden nichts mehr zu sehen. Danielle lief alleine weiter und duckte sich schließlich hinter einen leeren Container. Sie wollte gerade weiter, als zwei Garagentore herunterratterten und es in der Halle augenblicklich dunkler wurde. Plötzliches Gewehrfeuer ließ Danielle vor Schreck erstarren. Zwischen den Feuerstößen aus automatischen Waffen donnerte die Pump-Gun.

Brickland!

Danielle rannte in Richtung der Schüsse und mußte dabei immer wieder abwechselnd Licht- und Schattenflächen überqueren. Die Schüsse kamen offenbar von der Seite, und diesmal ertönten auch Schreie.

Sie sprang in den schmalen Gang zwischen zwei Containerreihen. Danielle hielt den Atem an, denn ein Gabelstapler, der einen ganzen Berg von Säcken trug, rollte direkt auf sie zu. Die Chefinspektorin wollte ihm ausweichen, aber der Fahrer trat hart auf die Bremse, und die Säcke stürzten ihr entgegen.

Danielle wurde zu Boden geworfen und bemühte sich anschließend, wieder auf die Beine zu kommen. Sie verlor wertvolle Zeit, als sie nach ihrer Maschinenpistole suchte, und als sie sich erneut aufrichtete, stand sie zwei Männern gegenüber, die ihre Gewehre auf sie richteten.

Danielle hob die Hände, und einer der beiden schleuderte sie gegen eine Containerwand. Danach mußte sie sich eine Leibesvisitation gefallen lassen, die aber nur den Revolver zutage brachte, den sie aus dem Lincoln genommen hatte.

Der andere Mann schlug ihr hart ins Gesicht, und sie spürte, wie Blut aus ihrer Nase tropfte. Die beiden nahmen sie nun in die Mitte, zogen sie aus der Halle und schleppten sie die Gangway eines Schiffes hinauf, das den Namen *Muna Zarifa* trug. Die ganze Zeit über bohrte sich die Mündung einer Maschinenpistole in ihren Rücken. Doch insgeheim war Danielle froh, denn dies war das Schiff, auf dem sie Ben vermutete. Die Chefinspektorin ließ sich hängen und tat so, als sei sie recht benommen. Sie hoffte, dadurch Zeit zu gewinnen. Der Colonel würde gewiß alles unternehmen, um sie zu retten. Doch zu ihrer großen Enttäuschung ließ der Amerikaner sich nicht blicken.

Oben an Deck sah sie, daß bereits dicker Rauch aus den Schornsteinen des Schiffes quoll, und die Sirene verkündete, daß jeden Moment abgelegt würde.

Wo steckte dieser Colonel bloß? War er in einen Hinterhalt geraten, vielleicht sogar getötet worden? Hatten die Russen ihm in der Lagerhalle eine Falle gestellt?

Die beiden Männer schoben und stießen sie unbarmherzig weiter, stapften mit ihr in den Frachtraum hinab und blieben erst vor einem Schott stehen, das sonderbarerweise in die Schiffswand selbst eingelassen war.

Danielle schüttelte den Kopf und erkannte, daß sie sich vor einer Geheimkammer befand.

Einer ihrer Entführer unterhielt sich mit jemandem, der sich wohl im Innern aufhielt, und dann stieß man sie hinein.

Sie fand sich vor Ben und dem Anführer des Russenquartetts wieder.

»Wir haben sie erwischt, als sie in der Lagerhalle herumschnüffelte«, meldete einer der Bewacher Wladimir. »Sie hatte das hier bei sich.« Er zeigte eine Maschinenpistole und einen Revolver.

»War sie allein?«

»Nein, ein Mann war bei ihr.«

»Nur einer?«

Der Matrose nickte. »Er hat zwei von uns erwischt. Aber dann haben wir ihn erledigt ... glaube ich jedenfalls.«

»Was soll das heißen?«

»Nun, wir haben seine Leiche noch nicht gefunden.«

Der Mafiosi rief einen seiner Leibwächter zu sich. »Sag dem Kapitän, er soll so schnell wie möglich auslaufen.«

Der Gorilla grunzte und machte sich sofort auf den Weg.

Wladimir wandte sich an den Inspektor. »Da sind sicher noch mehr. Wir sollten zusehen, rasch von hier wegzukommen.«

»Wie, sollen wir etwa an Bord bleiben?« fragte Ben und bemühte sich, Danielle nicht anzusehen, weil er sich damit bestimmt verraten hätte. »Sobald wir auf hoher See sind, lasse ich einen Hubschrauber kommen.«

Er nickte in Richtung Danielle. »Und die schmeißen wir dann einfach von Bord.«

Der Russe grinste und winkte die beiden verbliebenen Kleiderschränke zu sich. »Zuerst müssen wir aber noch feststellen, ob es weitere blinde Passagiere an Bord gibt.«

Die beiden Riesen nahmen Danielle in ihre Mitte. Kamal sah, wie sie plötzlich erstarrte.

Er überlegte gerade, welche Chancen er hatte, sie zu befreien, als am Vorderdeck des Schiffes Schüsse krachten.

Kapitel 63

In der allgemeinen Verwirrung, die nun folgte, konnten Ben und Danielle sich mit einem Blick darüber verständigen, was ihnen gerade klargeworden war:

Colonel Frank Brickland war an Bord!

Kamal sah, wie Danielle kurz nickte. Sie gab ihm damit das Signal zum Angriff.

Er warf sich auf Wladimir. Der Russe war völlig überrascht, als der Inspektor gegen ihn krachte. Bevor der Mafioso sich zur Wehr setzen konnte, hatte Ben ihm schon den Ellenbogen in den Hals gerammt und ihm mit der freien Hand die große Pistole aus der Jacke gezogen.

Der Russe griff sich röchelnd an den Hals und brach dann zusammen.

Bei der Pistole handelte es sich um eine .45er aus alten Beständen der US-Army. Kamal hatte einen solchen Revolver noch nie in der Hand gehalten. Der erste Schuß fuhr deshalb viel zu hoch in die Decke, und von dem Knall klingelte es ihm in den Ohren.

Die beiden Leibwächter zogen nun ihrerseits die Waffen, und auch die zwei Matrosen, die Danielle herangeschleppt hatten, hielten plötzlich Pistolen in den Händen.

Ben legte an und feuerte. Die Kehle des ersten Kleiderschranks explodierte, und Blut spritzte aus der offenen Wunde – der Mann kam nicht einmal mehr dazu, einen Schuß auf den Inspektor abzugeben.

Der zweite sah aus, als sei er von einem schweren Gegenstand getroffen worden. Die Revolverkugeln, die Ben auf ihn abfeuerte, fällten ihn schließlich wie einen Baum.

Kamal ging in die Hocke und wandte sich den Matrosen zu.

Der eine wand sich schon auf dem Boden und preßte die Hände an die Augen. Offenbar hatte Danielle das Überraschungsmoment für sich genutzt und einen ihrer Bewacher kampfunfähig gemacht.

Er sah, daß sie mit dem zweiten beschäftigt war und mit ihren kleinen Fäusten auf ihn einhieb, und sei es auch nur zu dem Zweck, ihn daran zu hindern, auf den Inspektor zu zielen. Als der Matrose dennoch abdrückte, verfehlte die Kugel Ben um zwei Meter und fuhr in die Stahlwand.

Doch schon im nächsten Moment sauste eine Kugel haarscharf an seinem Kopf vorbei. Er spürte ihre Hitze, als sie vorbeizischte. Wo steckte der neue Schütze?

Kamal bemerkte den zweiten niedergeschossenen Leibwächter. Eine der Revolverkugeln hatte ihn aus nächster Nähe in den Bauch getroffen. Sein Hemd war zerfetzt und qualmte, und überall spritzte Blut hervor. Trotzdem besaß er die Kraft, seine Waffe erneut auf den Inspektor zu richten.

Ben wollte ihm zuvorkommen, zielte mit Wladimirs Revolver auf den am Boden Liegenden und drückte ab.

Klick!

Die Trommel enthielt nur acht Kugeln, und die waren bereits verbraucht. Ben hatte nicht bedacht, daß die alten Revolver nicht wie die modernen Waffen vierzehn oder mehr Kugeln aufnehmen konnten.

Kamal starrte hilflos in die Mündung der Pistole, die der

sterbende Riese auf ihn richtete, als der Kopf des Russen unvermittelt zur Seite kippte und Blut aus seiner Schläfe schoß.

Ben drehte sich nach rechts und entdeckte Danielle, die den Finger am Abzug der rauchenden Waffe des Matrosen hatte. Der versuchte gerade, ihr die Pistole wieder abzunehmen.

»AHHHHH!«

Der Inspektor vernahm den wilden Schrei Wladimirs erst, als der Russe schon über ihm war. Wladimir packte seinen Kopf mit beiden Händen und schlug ihn gegen einen Container. Speichel rann dem Russen aus beiden Mundwinkeln, und sein Atem ging nach dem Hieb, den er von Ben empfangen hatte, immer noch röchelnd. Nun stieß der Mafioso Kamals Schädel wieder und wieder gegen den Stahl, um sich dafür zu revanchieren.

Danielle kämpfte unterdessen mit dem Matrosen um den Besitz der Pistole, so daß sie von Bens Notlage kaum etwas mitbekam. Als der Matrose seine Gesichtsdeckung vernachlässigte, rammte ihm Danielle den Ellenbogen gegen die Nase.

Sein Schmerz war so groß, daß er die Pistole freigab und Danielle die Gelegenheit nutzte, ihn mit drei Schüssen niederzustrecken. Sie wollte gerade Kamal zu Hilfe eilen, als der andere Matrose, dem sie vorhin die Augen zerkratzt hatte, blindlings nach seiner Maschinenpistole tastete.

Die Chefinspektorin erledigte ihn mit zwei Kugeln, und konnte sich dann endlich Ben zuwenden. Sie zielte auf den dicken Russen, als sein dritter Gorilla unerwartet zurückkehrte und sich sofort auf sie warf.

Danielle bekam unter seinem Griff keine Luft mehr und spürte, wie die Daumen des Mannes sich immer tiefer in ihren Hals bohrten. Die Augen drohten ihr aus den Höhlen zu treten, und die Umgebung vor ihr nahm surreale Formen an.

Der Kleiderschrank hob sie hoch und blickte ihr höhnisch ins Gesicht. Benommen stellte sie fest, daß ihre Füße keinen Bodenkontakt mehr besaßen.

Nachdem Bens Schädel zum sechsten Mal gegen den Container gekracht war, hatte er das Gefühl, sein Kopf würde platzen. Er suchte verzweifelt nach einem Gegenstand, womit er sich zur Wehr setzen konnte, und fand schließlich den Deckel der Kiste, der sich unter dem mehrfachen Aufprall seines Kopfes bereits gelöst hatte. Als er fester daran zog, kam der Deckel frei, und er zerrte ihn ganz los. Nach einem Ruck hielt er ihn in den Händen, auch wenn er an einem Ende aufgerissen war.

Als der Russe Ben wieder zurückzog, um ihn erneut gegen den Behälter zu schleudern, umschloß er den Deckel fest und schlug Wladimir die aufgerissene Seite ins Gesicht.

Er hörte, wie etwas krachte, und dann das Kreischen des Mafioso. Der Russe ließ ihn los und fuhr sich mit beiden Händen ins Gesicht. Er taumelte zurück, schrie und heulte unentwegt, prallte von den Wänden ab und preßte die Hände so fest an Augen, Stirn und Wangen, als wolle er verhindern, daß auch nur ein Tropfen Blut herausfließe.

Der Inspektor kam auf wackligen Beinen hoch, ließ den Deckel fallen und verfolgte, wie Wladimir an einer Wand hockte und den Kopf zwischen den Knien hielt.

Kamal wischte sich mit einem Ärmel über das Gesicht, um das Blut zu entfernen, das aus seinen Kopfwunden floß. Dabei stellte er fest, daß Danielle in der Luft hing und mit den Beinen strampelte.

Der dritte Gorilla hielt sie mit beiden Händen am Hals und schüttelte sie durch. Ihr Gesicht war bereits blau angelaufen.

Der Inspektor stürmte auf den Mann zu und schlug wie wild auf ihn ein. Doch das schien dem Kleiderschrank überhaupt nichts auszumachen. Ben drehte sich rasch um und entdeckte die Maschinenpistole, die der geblendete Matrose vorhin vergeblich hatte erreichen wollen.

Er brachte die Waffe an sich, wirbelte sofort herum und

425

eröffnete das Feuer auf den Russen. Mittlerweile hingen Danielles Arme schlaff herab.

Kugel um Kugel drang in den Körper des Gorillas, aber der schien nichts davon zu spüren und dachte überhaupt nicht daran, sein Opfer loszulassen.

Schließlich schob Ben dem Riesen die Mündung ins Rückgrat und feuerte ohne Pause. Der Körper des Kleiderschranks zuckte und ruckte, aber seine Hände hielten Danielle weiter im eisernen Griff. Kamal drang der Gestank von verbrannter Kleidung in die Nase, und er sah die schwarzumrandeten Löcher in der Anzugjacke, die sich mit jedem Schuß roter färbte.

Nach einem endlos erscheinenden Moment knickten die Beine des Russen ein, und er fiel auf die Knie. Danielle brach auf dem Boden zusammen. Die Finger des Riesen hatten sich immer noch um ihren Hals geschlossen.

Der Inspektor eilte zu ihr. Sie hatte das Bewußtsein verloren, und ihr Atem ging flach. Sofort löste er die Finger von ihrer Kehle, nahm sie in die Arme und fühlte nach ihrem Puls. Jetzt spürte er auch, wie sehr der Kampf an seinen eigenen Kräften gezehrt hatte. Schließlich legte er sich neben Danielle auf den Boden. Ihr Gesicht war immer noch verfärbt, doch im Moment konnte Ben nichts für sie tun.

Plötzlich ging ein Ruck durch das Schiff, der ihn zusammen mit Danielle gegen eine Wand schob.

Der Frachter hatte abgelegt.

Kapitel 64

Für einen Moment wurde ihm schwarz vor Augen, und erst das leise Atmen der Chefinspektorin brachte ihn wieder zur Besinnung. Er sah sie an und stellte dabei fest, daß er nur noch mit einem Auge sehen konnte. Vorsichtig betastete er das andere und fürchtete schon, dort eine leere Höhle vorzufinden. Doch es war nur getrocknetes Blut, das von einer seiner Kopfwunden stammen mußte. Der Russe hatte ihn vorhin mehrmals ...

Wladimir!

Als Ben der Name seines Feindes durch den Kopf schoß, griff dieser auch schon wutentbrannt an. Ben richtete sich auf und griff nach der Pistole des dritten Leibwächters, die er vorhin in dessen Gürtel bemerkt hatte.

Als er sie endlich in der Hand hielt, war der Russe schon über ihm. Die erste Kugel zerfetzte Wladimirs linkes Knie. Der Mann drehte sich um die eigene Achse und brach neben Danielle zusammen.

Doch jetzt nahm er ihr Gesicht zwischen seine Hände und hatte offensichtlich vor, ihre Stirn auf den Stahlboden zu rammen.

Kamal drückte ihm die Pistole an die Schläfe und betätigte den Abzug. Wladimir brach leblos zusammen.

Der Schuß hatte Danielle aus ihrer Bewußtlosigkeit gerissen. Sie kam langsam wieder auf die Beine und hielt sich mit beiden Händen an einer Stange fest.

Der Inspektor spürte, daß sie etwas sagen wollte, aber sie konnte noch nicht sprechen, und nur ihre Lippen bewegten sich.

Die beiden fielen sich in die Arme, und erst das leichte Schaukeln des Bodens erinnerte sie daran, daß sie sich auf einem fahrenden Schiff befanden und möglichst rasch von hier verschwinden sollten. Im Frachtraum begleitete sie der Gestank von Pulver, Blut und Tod.

Sie hatten die Geheimkammer bereits hinter sich gelassen, als ein Schatten vor ihnen auftauchte.

Wladimirs Chauffeur.

Der Mann richtete seine Pistole auf die beiden. Ben schob sich sofort vor Danielle, hörte einen Schuß und spürte, wie er von etwas Hartem getroffen wurde.

Als er die Augen wieder öffnete, sah er den Fahrer zu

seinen Füßen. Ein roter Fleck breitete sich auf dem Rücken des Mannes aus.

Brickland stand in der Tür zur nächsten Abteilung und hielt eine rauchende Pistole in der Hand. Er kam auf sie zu, sah die vielen Toten und schüttelte den Kopf.

»Herrje, was für eine Bescherung!«

»Sie beide darf man ja nicht einmal für ein paar Minuten allein lassen. Nun sehen Sie sich mal an, was Sie hier angerichtet haben«, grinste der Colonel.

Kamal hielt sich seine Jacke an den Kopf, um den Blutstrom zu stillen. Danielle trat einen Schritt auf Brickland zu, aber ihre Beine knickten ein, und sie fiel dem Colonel in die Arme.

»Sie werden doch wohl jetzt nicht schlapp machen? Ich brauche Sie noch, und unseren Benny auch.«

Danielle roch seinen Atem, der nach kaltem Zigarrenrauch stank. Ben vergaß für einen Moment, die Jacke an den Kopf zu pressen, und starrte den Mann an.

»Wir warten schließlich nicht auf die Küstenwache«, erklärte Brickland.

Der Colonel marschierte durch den Frachtraum. In der einen Hand hielt er die Pump-Gun, in der anderen die Maschinenpistole. Er feuerte auf alles, was sich bewegte. Brickland führte Danielle und Ben über einen schmalen Gang, bevor er eine Treppe fand, auf der er nach oben stieg. Mit jedem Schritt schienen neue Gegner aufzutauchen, die sofort das Feuer eröffneten.

Der Colonel bediente jeden mit der gleichen gelassenen Miene, ging zügig voran und streckte einen Gegner nach dem anderen nieder.

Er verwandelte den Bauch der *Muna Zarifa* in ein Chaos von Blut und Tod.

Brickland stand schon auf der ersten Stufe der steilen Treppe, als oben zwei weitere Besatzungsmitglieder erschienen. Der Colonel feuerte zwei Mal und trat ein Stück beiseite, als die beiden Leichen heruntergepurzelt kamen. Dann wartete er, bis seine Begleiter über die Toten hinweggestiegen waren. Endlich hatten sie das letzte Frachtdeck vor dem Oberdeck erreicht. Als sie zu einer weiteren schmalen Treppe gelangten, wurden sie vom oberen Ende mit Gewehrfeuer empfangen.

Der Inspektor riß Danielle an sich und verfolgte, wie Brickland ungerührt die Treppe hinaufstieg und den Finger nicht vom Abzug der Maschinenpistole nahm. Kugeln und Querschläger flogen überall herum und belasteten zusätzlich Bens bereits arg strapaziertes Trommelfell.

Dann ertönten mehrere Schreie, und danach kehrte Ruhe ein. Der Kopf des Colonels erschien am Ende der Treppe.

»Alles erledigt. Worauf warten Sie denn noch?«

Kamal sah Tageslicht am Ende der Treppe und stieg eilig darauf zu. Er kam jedoch nicht so rasch voran, weil Danielle völlig erschöpft war und sich nur noch an ihm festhalten konnte. Brickland hockte oben, streckte die Arme aus und zog Danielle zu sich herauf. Er hatte sie gerade gepackt, als ihn eine Kugel in den Oberschenkel traf. Der Colonel fuhr sofort herum und erwiderte das Feuer.

Doch diesmal schien er seine Kräfte überschätzt zu haben. Er kippte nach hinten in den Treppenschacht, und Ben konnte ihn gerade noch auffangen.

»Scheiße«, schimpfte Brickland, als er aufzustehen versuchte. »Und ich hatte schon vor, Sie beide über Bord zu werfen und die Sache allein zu beenden.«

»Dafür haben wir Ihnen nicht genug bezahlt.«

»Wer sagt denn, daß ich Ihnen vorher Schwimmwesten gegeben hätte?« Der Colonel grinste, verzog aber schnell das Gesicht. »Mist, das tut ganz schön weh.«

Er streckte das Bein, um einen Verband anzulegen. »Tja, mein Bester, sieht ganz so aus, als wären Sie jetzt an der

Reihe. Die Chefinspektorin und ich halten hier Wache und geben Ihnen Rückendeckung, während Sie die Sache zum Abschluß bringen.«

»Was soll ich denn tun?«

Brickland riß ein Stück aus seinem Hemd und wickelte den Streifen mit schmerzverzerrtem Gesicht um die Wunde.

»Sie werden diesen Frachter und das verfluchte Kokain in die Luft sprengen!«

Der Colonel erklärte Kamal, wie er den Maschinenraum erreichen konnte, und erläuterte ihm, wie er dort weiter vorzugehen habe. Ben stellte fest, daß es nicht besonders schwer war, einen alten Frachter in Brand zu stecken. Die verrotteten Dieselleitungen und die leicht entflammbare Einrichtung kamen dem Vorhaben sehr entgegen.

Die eigentliche Herausforderung sollte ihn erst im Maschinenraum erwarten. Die Heizer und Maschinisten würden sicher nicht tatenlos zusehen, wie er das Schiff in Brand steckte. Für alle Fälle gab ihm der Colonel einen Revolver mit, und Kamal hoffte, daß sich nicht allzu viele Personen im Maschinenraum aufhalten würden.

Bricklands Route führte ihn durch den Frachtraum zurück und in die unteren Abteilungen des Schiffes.

Ben stieg also die Treppe wieder hinunter, die er eben heraufgekommen war. Von Ebene zu Ebene wurde die Luft im Innern des Frachters heißer und stickiger.

Zu seinem Glück traf er nirgendwo auf Widerstand. Schließlich erreichte er ein System von Laufstegen, die sich fünf oder sechs Meter über dem schwarzen Grund des Schiffes erstreckten.

Zehn Meter über ihm befand sich der Maschinenraum. Die Laufstege bestanden nur aus Gittern, damit sich die Hitze von oben verteilen konnte. Andernfalls wäre der Aufenthalt hier unten nicht zu ertragen gewesen.

Kamal mußte sich bücken, um durch eine enge Schleuse zu gelangen, die ihn an ein U-Boot erinnerte. Er ging in Gedanken die Ausführungen des Colonels durch.

Die Laufstege überqueren, dann zu einer Leiter und dort ...

Er blieb abrupt stehen, als von links Schritte zu hören waren. Ben eilte zurück zu der Schleuse, stieg hindurch und versuchte, die massive Stahltür hinter sich zuzuziehen.

Die Tür war unglaublich schwer und schien schon seit Jahren nicht mehr bewegt worden zu sein. Er zog mit aller Kraft daran und konnte sie in dem Moment zuziehen, als vor ihm die Matrosen die Leiter herabstiegen.

Ben verriegelte die Tür, überprüfte den Sitz der Sperre und lief weiter.

Am anderen Ende dieses Raumes mußte sich ebenfalls eine Leiter befinden. Er konnte sie schon sehen, als erneut Schritte zu vernehmen waren.

Die Schleuse, durch die er jetzt stieg, bereitete ihm nicht so viele Schwierigkeiten. Er verschloß sie und hörte das wütende Gehämmer der Matrosen, denen dieser Weg versperrt war.

Kamal erreichte mit pochendem Herzen die Leiter und stieg die Sprossen hinauf, die von einer mächtigen Pumpe hinauf in den Maschinenraum führte.

Erst jetzt wurde er sich der Gefahr bewußt, mit einer einzigen Pistole dort alles unter Kontrolle bringen zu wollen.

Sein Blick fiel auf etliche Rohre, die von der Pumpanlage ausgingen. Über einem Drehrad war ein Warnschild angebracht, auf dem in verblichenen Buchstaben zu lesen stand:

WARNUNG!
HAHN ERST ÖFFNEN, WENN DIE MASCHINEN ABGESCHALTET SIND!

Die Maschinen liefen auf vollen Touren. Ben konnte sie über sich schnaufen hören. Diesel rann durch die rostigen Stahladern des Schiffes.

Der Hahn diente dazu, die Rohre und den darin enthaltenen Treibstoff vor Luftbläschen zu bewahren, die die Leistungskraft der Maschinen erheblich beeinträchtigten.

Wenn er den Hahn jetzt aufdrehte ...

Kamal kam zu dem Schluß, daß er Bricklands Plan nicht Punkt für Punkt befolgen mußte. Er stieg zwei Sprossen hinunter und konnte nun den Hahn erreichen.

Mit beiden Händen drehte er daran. Es rumpelte dumpf in den Leitungen, und Luft zischte heraus. Kamal stieg rasch die Leiter hinauf, während unter ihm der schwarze Diesel erst kleckerweise und dann in Strömen aus dem Hahn lief und den Boden noch dunkler färbte.

Der Inspektor riß ein paar Streifen aus seinem Hemd und tunkte diese in den Treibstoff. Dann stieg er noch ein Stück höher und zündete den Stoff mit dem Feuerzeug an, das Brickland ihm geborgt hatte.

Der Diesel floß über die Laufstege und tropfte durch die Gitter auf den Grund.

Der Inspektor ließ die Streifen fallen.

Sie segelten durch die stickige Luft und landeten auf einem Laufsteg, um gleich mit dem Treibstoff in Berührung zu kommen.

Sofort erhob sich eine schwarze Qualmwolke, aus der bald eine Flamme züngelte, die sich über die gesamte Länge des Laufstegs ausbreitete.

Kamal stieg rasch nach oben und warf ein oder zwei Mal einen Blick über die Schulter. Als er die Luke erreicht hatte, die in den Maschinenraum führte, hatte auch das herausrinnende Öl Feuer gefangen. Unter ihm sah es so aus, als stünde die Luft selbst in Flammen.

Ben sprang durch die Luke und stand schon im Maschinenraum, bevor die verwirrten Arbeiter reagieren konnten.

»Feuer!« brüllte er auf Arabisch. »Alles raus hier! Feuer!«
Im gleichen Moment explodierte ein Treibstofftank und unterstrich seine Worte. Eine Sekunde später liefen die Heizer und Maschinisten in alle Richtungen auseinander, und schon breiteten sich die Flammen im Maschinenraum aus.

Das Schiff besaß keine Sprinkleranlage. Lediglich eine altmodische Feuerglocke erwachte zum Leben und übertönte die verzweifelten Schreie der Seeleute.

Die Matrosen versuchten sich irgendwo in Sicherheit zu bringen, während an allen Ecken und Enden Feuer ausbrach.

Brickland und Danielle, die oben warteten, hörten die Glocke, und schon drang ihnen der beißende Geruch von brennendem Öl in die Nase.

Einen Moment später stieg eine Rauchwolke aus der Treppenöffnung, und dann konnte man eine endlose Folge von Explosionen aus dem Bauch des Schiffes vernehmen. Jede davon erschütterte den Frachter.

Die beiden sahen zu, wie die Matrosen auf dem Oberdeck in großer Eile Rettungsboote an den Schiffswänden hinabließen. Andere warfen Strickleitern über die Reling, damit man die Boote auch erreichen konnte. Offensichtlich war der Befehl, den Frachter zu verlassen, bereits erteilt worden.

»Ben«, murmelte Danielle.

»Der Junge hat ein bemerkenswertes Talent dafür, alles auf die Spitze zu treiben, nicht wahr?« brummte der Colonel. Ihm war immer noch anzusehen, welche Schmerzen ihm die Beinwunde bereitete. »Ich glaube, ich werde eines von diesen Booten für uns sicherstellen. Sie bleiben hier und warten auf Ihren Liebsten.«

Er ließ ihr die Pump-Gun da, humpelte zur Reling und ließ sich an einer Strickleiter hinab, die nach unten führte.

Danielle hockte unterdessen vor der Treppe, über die Ben vor einiger Zeit verschwunden war, und wünschte sich mit aller Kraft, er möge zurückkehren. Aber sie sah nur schwarzen Qualm, der sich anschickte, das ganze Schiff einzunebeln. Wenn man dort unten, im Bauch des Frachters festsaß ...

Die Vorstellung war entsetzlich.

Danielle atmete tief durch und stieg in die Dunkelheit hinab.

Der Inspektor stieg höher und höher. Der Qualm ließ ihn nicht zu Atem kommen und raubte ihm die Sicht, so daß er sich allein auf seine Hände verlassen mußte. Bald wußte er nicht mehr, in welche Richtung er sich wenden sollte oder wohin der nächste Gang, die nächste Treppe führte. Die Hitze war unerträglich und schien wie ein wütender Hund nach ihm zu schnappen.

Kamal wurde schwarz vor Augen. Er hatte keine Ahnung, wo er sich befand, und irgendwann erkannte er, daß seine Hände nicht mehr arbeiteten.

Als frische Luft in seine Nase drang, spürte er, daß die Außenwelt und das Oberdeck in Reichweite lagen. Aber wo konnte er sie finden?

Ben spürte, wie seine Beine nachgaben. Seine Lunge verlangte dringend nach frischer Luft, konnte den Körper aber nicht mehr ausreichend versorgen, um ihm die Kraft zu geben, nach draußen zu gelangen ...

Zwei Hände ergriffen ihn.

Kamal wurde hochgerissen und vorwärts gestoßen. Er fand das Geländer und zog sich daran weiter nach oben. Als er an Deck stand, schnappte er begierig nach Luft, aber Danielle ließ nicht locker und zog ihn zur Reling.

»Nun machen Sie schon!« brüllte Brickland von unten herauf. Er hatte große Mühe, sich in dem Rettungsboot halbwegs aufrecht zu halten.

Danielle half Kamal, über die Reling zu klettern, und sicherte ihn, bis seine Hände die Strickleiter erfaßt hatten.

»Steig hinunter«, sagte sie. »Keine Angst, ich bin direkt über dir.«

Ben kam nur langsam voran. Er nahm eine Sprosse nach der anderen, konzentrierte sich darauf und blickte weder nach unten noch nach oben.

Irgendwann hörte er den Colonel, der ihm etwas zurief, und im nächsten Moment plumpste er in das Boot und riß Brickland, der ihm helfen wollte, mit sich.

Anschließend kam Danielle ins Boot und setzte sich gleich ans Ruder. Mit kraftvollen Bewegungen steuerte sie den Kahn von dem Frachter fort, dessen Oberdeck mittlerweile vollständig von Rauch eingehüllt war. Auch aus den Seiten stieg Qualm auf. Als sie dreißig oder vierzig Meter von dem Schiff entfernt waren, schoß dort eine Stichflamme in die Höhe. Eine ganze Serie von Explosionen folgte, von denen jede einzelne einen Feuerball in die Luft schleuderte.

Wenig später erreichten die drei einen Kutter, der sie an Bord nahm. Zu diesem Zeitpunkt war die *Muna Zarifa* nur noch ein schwimmender Sarg, eine schwarzverkohlte Hülle, deren Fracht für immer verloren war.

ZEHNTER TAG

Kapitel 65

Der Flug von New York in die jordanische Hauptstadt Amman näherte sich seinem Ende. Die Maschine würde pünktlich am Mittwoch vormittag landen.

Ben blickte nervös auf seine Uhr und rüttelte Danielle wach. Die Chefinspektorin hatte fast den gesamten zwölfstündigen Flug verschlafen. Sie würden nur wenige Stunden vor dem Wiederbeginn der Friedensgespräche in Amman ankommen.

»Wir sind wieder da«, erklärte er ihr.

Danielle war darüber alles andere als erfreut.

»Du weißt, daß wir nie mehr nach Hause können«, hatte Danielle gestern an Deck des Kutters gesagt, während der Frachter allmählich ausbrannte. Die Flammen und der Rauch waren meilenweit zu sehen gewesen.

»Doch, wenn wir bereit sind, uns dem zu stellen, was uns erwartet.«

»Ach, Ben! Wir sind Ausgestoßene, Unberührbare. Wir haben uns gegen unsere eigenen Leute gewandt. Für sie sind wir Verräter, und so wird man uns auch behandeln.«

Kamal verzog keine Miene. »Ich bin schon einmal fortgegangen. Ein zweites Mal werde ich das nicht tun.«

»Und was schlägst du vor?«

»Wir präsentieren der Welt die wirklichen Verräter und enthüllen den wahren Sachverhalt.«

»Das würde unser Todesurteil bedeuten.«

»Wäre es denn besser, den Rest unseres Lebens immer nur davonzulaufen? Es tut mir leid, Danielle, aber das ist die einzige Alternative, die uns bleibt. Wenn wir schweigen und uns ruhig verhalten, werden beide Seiten die Jagd auf uns eröffnen. Jeder wird versuchen, uns als erster aus dem Weg zu räumen.«

Brickland kam zu ihnen. Er hatte die ganze Zeit am Heck gestanden und auf den Frachter gestarrt. Der Colonel zog sein verwundetes Bein nach und lehnte sich an die Kabinentür. »Es gibt nur einen Weg, damit fertig zu werden, mein Bester. Sie müssen schneller sein als die anderen.«

»Wir können sie nicht alle erwischen, Colonel.«

»Es müssen ja auch nicht alle sein. Ich kann vielleicht etwas tun, um Ihre Ausgangsposition zu verbessern, und ich zeige Ihnen, wie Sie vorgehen müssen, ohne Ihre Pistolen einsetzen zu müssen. In Ihrem Teil der Welt regiert der Haß, und deswegen fällt es um so leichter, dort das eine oder andere zu manipulieren.«

Der Inspektor schüttelte den Kopf. »Nein, diesmal machen wir es nicht so.«

»So ist aber nun einmal der Lauf der Welt, mein Bester.«

»Das ist Ihre Welt, aber nicht meine.«

»Darf ich Sie etwas fragen, Colonel?« sagte Danielle.

»Ich habe noch Termine frei, wenn Sie das meinen«, entgegnete Brickland grinsend.

»Vorhin, im Lagerraum, als ich Ihre Schüsse hörte ...«

»Verstehe schon«, unterbrach er sie. »Damit wollte ich Sie zu mir locken. Ich tat so, als ob ich Hilfe bräuchte.«

»Wieso?«

»Weil ich eine Ablenkung benötigte, um an Bord dieses Schiffes zu gelangen.«

»Hätten Sie mir nicht vorher etwas sagen können?«

»Nun, die Wahrheit ist, ich habe noch nie mit Ihnen zusammengearbeitet, und obwohl wir viel miteinander geredet haben, so konnte ich doch nicht wissen, wie Sie unter großem Streß reagieren würden.«

Er nickte in Richtung des qualmverhangenen Frachters.

»Meine oberste Priorität bestand darin, auf diesen Kahn zu gelangen.«

»Um das zu erreichen, gab es sicher viele Wege – so wie jetzt.«

»Tut mir leid, aber auf beides kann ich nur mit Nein antworten.«

»Doch!« rief Kamal, und seine Augen wurden groß. »Ich glaube, ich hab's!«

Der Jet rollte auf den Flughafen zu, und Ben mißachtete die Warnung, sitzenzubleiben und den Gurt nicht zu lösen. Er stand auf und zog eine kleine Reisetasche aus dem Fach unter der Decke. Von nun an hielt er sie fest an seine Brust gedrückt. Danielle wich nicht von seiner Seite. Erst recht nicht, als sie die Zollkontrolle passierten und auf der anderen Seite Commander Shaath in Begleitung von schwerbewaffneten jordanischen Polizisten antrafen.

»Inspektor«, begrüßte ihn der Polizeichef von Jericho überschwenglich. »Wie schön, Sie wieder hier bei uns zu sehen. Anscheinend haben Sie nichts aus Ihren Fehlern gelernt.«

»Liegt wohl in der Familie«, entgegnete Kamal. Er behielt seinen Zorn im Zaum, blickte Shaath offen ins Gesicht und gewann den Eindruck, daß der Commander einen Plan verfolgte.

Shaath streckte eine Hand aus. »Ich darf doch um die Tasche bitten.«

Ben reichte sie ihm und warf einen Blick auf Danielle. »Sie können die Frau gehen lassen.«

»Könnte ich schon, will ich aber nicht. Mal sehen, ob die Israelis sie zurückhaben wollen. Ihnen ist sicher bekannt, daß die Israelis noch immer dreitausend Palästinenser gefangenhalten.« Er grinste. »Wissen Sie, Sie hätten wirklich aus Ihren Fehlern lernen sollen.«

Der Commander öffnete die Reisetasche erst, als sie sich in einem Polizeitransporter befanden. Kamal, der inzwischen Handschellen trug, sah zu, wie sich Shaath zwei Bänke weiter mit dem Doppelreißverschluß abmühte. Als die Tasche offen war, zog er eine verschlossene Plastiktüte heraus, befingerte den Inhalt und wog sie in der Hand ab.

»Wie haben Sie dieses kleine Souvenir eigentlich an Bord des Fliegers bringen können?« fragte der Commander.

»Sie verfügen über bessere Quellen, als ich dachte«, entgegnete der Inspektor.

»Beantworten Sie nur meine Fragen.«

»Die Plastiktüte ist mit Blei beschichtet. Die Röntgenstrahlen im Terminal erfassen sie nicht.«

Shaath hielt die Tüte hoch. »Sie haben sicher geglaubt, das hier könne Sie retten. Sie wollten den Inhalt Ihren jeweiligen Vorgesetzten vorlegen, um so Ihre abstruse Geschichte doch noch belegen zu können. Ich halte es aber für besser, der Welt die ganze Wahrheit zu berichten. Alle sollen erfahren, daß die Israelis einen Mörder gedungen haben, der al-Diibs Stil nachgeahmt hat.«

»Das können Sie nicht beweisen, Commander.«

»Sie haben alle Informationen zurückgelassen, die ich brauche. Und das wenige, was noch fehlte, ließ sich leicht zusammenreimen.«

Er hielt Kamal die Plastiktüte hin. »Und jetzt haben Sie mir den letzten Beweis geliefert, der mir noch gefehlt hat: eine Probe von Fasils Drogen, die einzig und allein den Zweck verfolgten, die terroristischen Aktionen der Hamas zu finanzieren, bis unser Volk all das zurückerhalten hat, was ihm zusteht. Doch, Inspektor, das sollte die Welt unbedingt erfahren.«

»Damit unterlaufen Sie die Friedensgespräche, unsere einzige Chance auf einen eigenen Staat.«

»Das ist doch bloß eine Farce, eine Speichelleckerei, die jeden aufrechten Palästinenser anwidern muß, der sich noch an die Zeit erinnern kann, in der wir in unserem eigenen Land als Geiseln gehalten wurden. Soll der Terror doch weitergehen! Meinetwegen kann der Krieg fortgesetzt werden. Alles ist besser, als dabei zusehen zu müssen, wie Arafat israelische Ärsche küßt – was übrigens Ihr Vater schon gewollt hat!«

Ben hatte Mühe, seine Wut zurückzuhalten. »Sie werfen uns damit um viele Jahre zurück. Der Schaden, den Sie anrichten, wird irreparabel sein!«

»Aber mein Volk wird seine Ehre behalten.«

Shaath schwieg für einen Moment, ehe er hinzufügte: »Sie und die Frau werden mich begleiten, Inspektor. Das ist das mindeste, was ich für Sie tun kann.« Er lächelte grausam. »Schließlich hätte ich ohne Ihre Vorarbeit nie so weit kommen können.«

Die Friedensgespräche waren im letzten Moment nach Jerusalem verlegt worden, und die teilnehmenden Diplomaten und die Medienvertreter mußten sich hastig um neue Unterkünfte und Transportmöglichkeiten in die geteilte Stadt kümmern.

Als Tagungsort war das König-David-Hotel auserwählt worden, und manch einer hielt diese Wahl für einen grausamen Scherz. Vor fünfzig Jahren hatten israelische Terroristen im Kampf für die Unabhängigkeit ihres Landes in eben diesem Hotel einen blutigen Bombenanschlag verübt.

Das Hotel war kurz danach wieder aufgebaut worden und hatte sich seitdem wenig verändert. Die Eleganz des Hauses lag in seiner Tradition, obwohl Ben erkennen konnte, daß die Marmorböden und die Ledersessel in der Lobby erst vor kurzem angeschafft worden waren.

Kamal und Danielle betraten das Hotel. Man hatte ihnen die Handschellen abgenommen, doch Shaaths Polizisten ließen sie nicht aus den Augen. Der Commander brauchte nur seinen Ausweis vorzuzeigen, und man ließ ihn und seine Begleiter ungehindert ein. In dem allgemeinen Gedränge fielen er und seine Truppe niemandem auf.

Shaath führte sein Gefolge in einen Konferenzsaal, in dem gerade eine Pressekonferenz mit den palästinensischen Delegierten abgehalten wurde. Der Commander hatte natürlich die Plastiktüte nicht vergessen, die Ben aus Amerika mitgebracht hatte. Er trug sie in einer Aktentasche, die er unter den Arm geklemmt hatte.

Der Polizeichef befahl seinen Männern, mit Kamal und der Israelin hinten zu bleiben, und schob sich dann durch die Reportermeute nach vorn. Von seinem Platz an der Rückwand konnte der Inspektor einen langen Holztisch erkennen, der auf einem Podest stand und mit einer palästinensischen Flagge geschmückt war. Doch die sieben Delegierten, in deren Mitte Arafat stand, mit Bürgermeister Sumaya zu seiner Rechten, waren wohl noch nicht dazu gekommen, sich dort niederzulassen, weil die Pressevertreter sie unablässig mit Fragen bombardierten.

»Präsident Arafat!« rief ein Journalist. »Bitte, sagen Sie uns doch Ihre Meinung zur anhaltenden Weigerung der Israelis, die Teilung Jerusalems auch nur zum Diskussionspunkt zu machen.«

»Die Frage, die uns hier beschäftigen soll«, antwortete Arafat, »ist nicht die Teilung Jerusalems, sondern die Erschaffung einer gemeinsamen Hauptstadt für unsere beiden Völker.«

Kaum ein Reporter, der diese Neuigkeit nicht sofort auf seinen Block kritzelte. Alle Kameras richteten sich auf den Präsidenten, Blitzlichter blendeten die Anwesenden, und Videokameras surrten leise.

Das allgemeine Interesse für Arafat nahm ab, als Commander Shaath auf das Podest stieg und hinter dem Tisch Platz nahm. Ben sah, wie der Präsident sich an den Bürgermeister wandte. Dieser flüsterte ihm etwas zu, was bei Arafat offensichtlich keine Freude auslöste.

Shaath öffnete die Aktentasche. »Herr Präsident, ehrenwerte Delegierte, sehr verehrte Damen und Herren, ich muß mich dafür entschuldigen, erst so spät hier erschienen zu sein.«

Alle Kameras richteten sich auf den Polizeichef.

»Die Führer unseres stolzen Volkes haben mich mit einer Mission betraut, die ich eben erst zu ihrem Abschluß bringen konnte. Dabei bin ich auf etwas gestoßen, das ich Ihnen, auch auf dringenden Wunsch unserer Führer, ohne weitere Verzögerung zur Kenntnis bringen will.«

Der Präsident kochte sichtlich vor Zorn. Er winkte die Delegierten zu sich, und gemeinsam bestiegen sie das Podium.

Shaath hatte inzwischen die Plastiktüte herausgeholt und kippte ihren Inhalt auf den Tisch aus, damit alle ihn sehen konnten.

»Dies hier ist das Ergebnis meiner Nachforschungen.«

Kamal beobachtete, wie das Gesicht des Commanders immer länger wurde, während die versammelte Presse schweigend auf die angekündigte Sensation wartete.

Schon fingen die ersten an zu tuscheln, einige kicherten sogar.

Aus der Tüte rieselte nämlich nichts weiter als Sand, der sich auf dem Tisch zu einem kleinen Berg auftürmte.

»Sand«, sagte schließlich ein Journalist.

»Sand aus der Wüste Sinai!« rief Ben von hinten und schob sich mit Danielle an der Hand durch seine Bewacher nach vorn.

Die Blicke aller, auch die von Arafat und Sumaya, wandten sich den beiden zu. Doch Kamal hatte nur Augen für Shaaths haßerfüllte Miene, und er verfolgte mit grimmigem Vergnügen, wie der selbstsichere Gesichtsausdruck des Commanders sich immer weiter verfinsterte, als ihm bewußt wurde, daß man ihn hereingelegt hatte.

Das war für meinen Vater, du Hund, dachte der Inspektor und wünschte, Shaath könnte seine Gedanken lesen.

»Pakad Danielle Barnea von der israelischen Polizei und ich haben diesen Sand heute nach Jerusalem gebracht – als

Symbol für einen bereits beschlossenen und gefestigten Frieden.«

»Und wer sind Sie?« wollte einer der Reporter wissen. Die meisten seiner Kollegen hatten ihn längst erkannt und waren schon dabei, ihren Block weiter zu füllen.

»Inspektor Bayan Kamal von der palästinensischen Polizei.«

Wieder erhob sich allgemeines Gemurmel, und die Fotografen stellten sich auf Tische und Stühle, um eine Aufnahme von ihm schießen zu können.

»Sind Sie nicht der Kriminalbeamte, der den Serienmörder gefaßt hat, der unter dem Namen ›der Wolf‹ sein Unwesen getrieben hat?«

Ben nahm Danielle an seine Seite. »Das haben wir beide gemeinsam vollbracht, eine Israelin und ein Palästinenser. Wir sind das lebende Beispiel für die verbesserten Beziehungen zwischen unseren Völkern.«

Kamal drehte sich zu den Delegierten am Tisch um. »Aus diesem Grund haben unser geschätzter Präsident und Bürgermeister Sumaya auch dringend gewünscht, daß wir beide zum Tagungsort kämen. Und wir haben ein Symbol mitgebracht« – er blickte dem Commander direkt ins Auge –, »das Polizeichef Shaath freundlicherweise bereits allen gezeigt hat.«

Arafat lächelte zufrieden und nickte jemandem zu, der weiter hinten im Raum stand. Sumaya warf Shaath einen finsteren Blick zu. Der Commander erhob sich und zog sich wortlos vom Podium zurück.

Die Reporter umringten Ben und Danielle und bestürmten sie mit Fragen, doch die beiden verwiesen sie an das Podium.

Als sie die Meute endlich abgeschüttelt hatten, fiel Kamals Blick auf al-Asi, der sich im Hintergrund hielt. Der Major lächelte kurz, und fast hätte man meinen können, er zwinkere dem Inspektor zu.

Der Sicherheitschef wechselte noch ein paar Worte mit

einem älteren Israeli, der lässige Kleidung trug und unentwegt rauchte. Dann stellte sich al-Asi Commander Shaath in den Weg.

»Ich kenne den Mann«, sagte Danielle und wies auf den Raucher, der sich gerade diskret aus dem Raum entfernte.

»Wen meinst du?« fragte Ben.

Sie zögerte und schaute noch einmal hin, als sei sie sich nicht ganz sicher. »Ach, ist nicht so wichtig.«

Die beiden verließen einige Minuten später die Pressekonferenz, schüttelten die hartnäckigsten Journalisten ab und verschwanden in der Hotel-Bibliothek, in der sich niemand aufhielt.

Kaum hatten sie die Tür hinter sich geschlossen, da fielen sie sich auch schon in die Arme.

»Du hast es geschafft«, sagte Danielle, nachdem sie wieder bei Atem waren. »Jetzt können sie uns nicht mehr wie Ausgestoßene behandeln. Nun sind wir Helden, und unser Bild wird die Titelseiten aller Zeitungen zieren.«

»Ich hoffe nur, sie haben meine Schokoladenseite aufgenommen.«

»Und was fangen wir jetzt an? Möchtest du dabei sein, wenn hier Geschichte geschrieben wird?«

»Warum nicht ... Nein, wenn ich es recht bedenke, sollten wir so schnell wie möglich von hier verschwinden. Mir fallen auf Anhieb Dutzende Orte ein, an denen man den Rest der Woche angenehmer verbringen kann.«

»Mir auch«, meldete sich eine dritte Stimme zu Wort.

Kamal drehte sich um und entdeckte einen Mann, der am anderen Ende des Raums in einem Sessel saß und ihnen den Rücken zugekehrt hatte. Im ersten Moment glaubte der Inspektor, Brickland sei ihnen wieder einmal auf die Spur gekommen. Doch dann erhob sich der Mann, und seine rechte Hand schloß sich um einen Gehstock.

»Sie haben sich auf der Pressekonferenz gut geschlagen«, lobte Zaid Jabral. »Und vielen Dank, daß Sie die ganze

Geschichte für sich behalten haben, um mir ein Exklusivinterview zu geben.«

»Ja, ich werde Ihnen alles erzählen. Sie können dann entscheiden, wieviel Sie davon drucken wollen.«

»Ich glaube, diesmal möchte ich die Geschichte einfach nur hören. Und eines Tages vielleicht ... Übrigens hat mich Ihr Freund Yousef Shifa angerufen. Die Israelis haben ihn über Nacht festgehalten, werden ihn aber wohl heute nachmittag freilassen. Ich habe ihnen gesagt, der Mann arbeite für mich, und ich würde für den ganzen Schaden aufkommen.«

»Danke.«

Jabral humpelte auf sie zu. »Ich schicke Ihnen die Rechnung.« Er lächelte. »Wie fühlt man sich, wenn man zum zweiten Mal eine Heldentat vollbracht hat?«

Ben sah kurz zu Danielle. »Wenn ich ganz ehrlich sein soll, ich glaube nicht, daß ich mich für diese Sachen eigne.«

»Ach, da fällt mir gerade etwas ein. Ich habe gestern einen Bericht über diesen Jungen, Radji, und seine Schwester gebracht. Die israelische Presse hat den Artikel heute nachgedruckt. Inzwischen habe ich auch gehört, daß in den Krankenhäusern, in denen die beiden liegen, Berge von Geschenken eingetroffen sind. Mehrere Paare wollen den Knaben adoptieren, und ihm liegt bereits ein Filmangebot aus Hollywood vor.«

»Fein, dann müssen sie ja nicht ins Flüchtlingslager zurück.«

»Höchstens, wenn das Drehbuch eine entsprechende Szene vorsieht.« Jabral blieb vor Kamal stehen. »Und was wird nun aus Ihnen, Inspektor?«

»Ich glaube, ein richtiges Zuhause wäre jetzt genau das Richtige für mich.« Er legte Danielle einen Arm um die Schulter. »Oder besser gesagt, für uns.«

»Und wo liegt dieses Zuhause?« wollte der Journalist wissen.

»Spielt das eine Rolle?« entgegnete Danielle.

»Lassen Sie mir eine Telefonnummer da, damit ich Sie erreichen kann, falls Hollywood sich meldet. Das wird nämlich nicht ausbleiben. Wenn ich Sie wäre, würde ich mir schon eine Fortsetzung überlegen.«

Kamal zog Danielle an sich heran. »Wir werden darüber nachdenken. Mal sehen, was sich machen läßt.«

ENDE

Jon Land

Der amerikanische Bestseller-Autor gilt als der absolute Meister des Katastrophenthrillers. Keiner bringt mehr Action und atemberaubende Spannung zwischen zwei Buchdeckel.

Band 13 135 · OMEGA-KOMMANDO

Warum wird ein Top-Agent des Geheimdienstes in New York ermordet?
Was ist die Bedeutung der bizarren Information, die ein Unbekannter vor seinem Tod der Fernseh-Reporterin Sandy Lister zuspielt?
Wer ist der Multi-Millionär Randall Krayman, und welche finsteren Absichten liegen hinter den verwirrenden Geschäftsmanövern von Krayman Industries?
Wie will der verrückte Araber Mohammed Sahhan das Herz der amerikanischen Demokratie zum Stillstand bringen?
Blaine McCracken versucht, einen furchtbaren Plan zu vereiteln. Er ist der einzige Mensch, der zwischen der Welt und ihrer völligen Vernichtung steht.

Band 13 148 · DER RAT DER ZEHN

Vier Großmütter schmuggeln offensichtlich Kokain in die USA – und werden umgebracht. Der Journalist Drew Jordan, Enkel einer der Frauen, bekommt durch einen Geheimdienstmann heraus, daß die Großmütter für den Drogenhändler Trelana gearbeitet haben. Jordan will den Dealer erschießen. Ein anderer ist jedoch schneller. Aber Drew ist es, der wegen Mordes gejagt wird. Dabei gerät er in eine Verschwörung, die furchtbarer nicht sein kann: Er kommt dem Rat der Zehn in die Quere. Dessen Ziel ist die Vernichtung der USA. Und der Countdown läuft ...